KB266030

사교계의 영광과 비참 2

Splendeurs et misères des courtisanes

세계문학전집 490

사교계의 영광과 비참 2

Splendeurs et misères des courtisanes

오노레 드 발자크

이철의 옮김

민음사

일러두기

1 인명, 지명 등은 모두 국립국어원의 외래어표기법을 따랐다.
2 번역 대본으로는 Honoré de Balzac, *Splendeurs et misères des courtisanes*, édition présentée, préfacée et annotée par Patrick Berthier, *Le Livre de Poche*, Librairie Générale Française, 2008을 사용했다.
3 '원주' 표시가 없는 주석은 모두 옮긴이 주다.
4 원문에 이탤릭체 등으로 강조한 부분은 고딕체로 구분했다.

차례

3부

잘못된 길의 결말

1절
콩시에르주리 감옥

1. 죄수 호송차

이튿날 6시, 민중이 그들의 강렬한 언어로 샐러드 바구니라고 부르는 죄수 호송차 두 대가 라포르스 구치소를 빠져나와 콩시에르주리 법원 감옥을 향해 전속력으로 내달렸다.

이 움직이는 감옥을 거리에서 마주치지 않은 사람은 별로 없을 것이다. 그러나 대부분의 책이 오직 파리 사람들을 독자로 겨냥해 쓰인 형편이니, 외국인들 입장에서는 프랑스의 이 기막힌 형사재판 도구에 대한 설명을 여기서 접하고는 꽤 반가운 마음이 들 것이다. 누가 알겠는가? 샐러드 바구니와 같은 죄수 호송용 경찰차가 없는 러시아나 독일이나 오스트리아의 사법기관이 그것을 도입해 활용할지도 모를 일이다. 그리고 여러 나라에서 이러한 죄수 호송 방식을 따라 한다면 그건 분명히 죄수들에게도 좋은 일일 것이다.

철판을 덧댄 커다란 노란색 호송함이 적재된, 불명예의 상징인 그 이륜마차는 두 칸으로 나뉘어 있다. 앞부분에는 가죽을 씌운 푹신한 의자가 놓였고 그 위로 포장이 쳐 있다. 그 칸은 호송차에서 자유롭게 타고 내릴 수 있는 부분으로, 집행관과 헌병을 위해 마련된 공간이다. 일반적인 카브리올레와 비슷하게 생긴 그 앞 칸은 마차의 폭과 높이에 딱 맞춘 크기의 견고한 격자 형태 쇠창살에 의해 뒤에 붙은 칸과 분리되는데, 그 뒤쪽 공간 양옆에 승합마차 좌석처럼 설치된 긴 나무 의자가 죄수들이 앉는 곳이다. 죄수들은 발판을 딛고 올라 마차 꽁무니에 난 틈새 하나 없는 문을 통해 그 안으로 들어가게 된다. 샐러드 바구니라는 죄수 호송차 별명은 원래는 사방이 촘촘한 창살로 이루어진 마차가 우툴두툴한 포석 위를 달릴 때 그 안에 갇힌 죄수들이 요란하게 흔들리는 모습이 샐러드용 채소를 흔들어 탈수하는 바구니처럼 보였기 때문에 붙여졌다. 안전을 더할 목적으로 만일의 사태에 대비해 호송차 뒤에는 기마 헌병 한 명이 뒤따르는데, 사형수들을 집행장으로 호송할 때는 특히 더 그렇다. 그러므로 탈출이란 애초에 불가능하다. 호송차에 철판을 덧대고 나서는 어떤 도구로도 뚫리지 않는다. 죄수들은 체포되거나 수감될 때 철저하게 몸수색을 당하기 때문에 기껏해야 창살을 톱질하는 데 쓰이는 시계태엽이나 은닉하는 정도지만 그것도 판판한 철판에는 무용지물이다. 그렇게 파리 경찰청의 천재성으로 완벽하게 개량된 샐러드 바구니는 도형장으로 도형수들을 압송하는 칸막이 쳐진 호송차의 모델이 되어, 『마농 레스코』에서[1] 그린 듯 묘사된 대로 지난 세기 문명의 수치였던 그 끔찍한 죄수 호송 수레를 대체하기에 이르렀다.

샐러드 바구니는 우선 수도에 흩어져 있는 구치소에 수감된 피의자들을 예심판사의 신문을 위해 법원으로 호송할 때 사용한다. 감옥 은어로 그것을 학습하러 간다고 부른다. 그다음, 역시 수도에 흩어진 구치소에 수감된 피고인들이 경범죄에 해당할 경우에 한해 재판을 위해 그들을 법원으로 호송할 때도 쓰인다. 그리고 법원 용어로 중죄인일 경우, 그들을 구치소에서 센도(道)의[2] 법원 감옥인 콩시에르주리로 이감할 때도 사용한다. 마지막으로, 사형수들 역시 샐러드 바구니에 실려 비세트르에서 7월혁명 이후 중요한 사형장으로 쓰이고 있는 생자크 성문 광장으로 압송된다.[3] 사형수들은 이전에는 장작 장사꾼들이 쓰는 수레와 하나 다를 바 없는 수레에 실려 콩시에르주리에서 그레브 광장까지[4] 압송되었는데, 이제 그들은 박

----

1) 18세기 중반에 나온 아베 프레보의 소설이다.
2) 대혁명 직후인 1790년 프랑스는 전국을 83개의 '도'(département)라는 행정구역으로 재편한다. 당시 수도 파리는 '파리도'였다가 1795년 '센(Seine)도'로 명칭이 바뀐다. '센도'는 1968년까지 사용되다 '파리도'로 다시 이름이 바뀌고 2019년부터는 도 편제에서 독립된 '특별시'가 된다. 현재 프랑스 행정구역은 94개의 도와 1개의 특별시로 이루어져 있다.
3) 비세트르는 당시 장기수나 사형수를 수용하던 파리 남쪽 교외의 감옥이고, 생자크 성문 광장은 오늘날 파리 14구의 생자크 광장으로, 1832년 이후 그곳에 단두대가 설치되었다.
4) 그레브 광장은 특히 대혁명 기간에 파리에서 공개 사형 집행이 거행된 대표적인 장소로, 1803년 공식적으로 파리 시청 광장으로 명칭이 바뀐 이후로도 공개 사형장을 가리키는 대명사로 쓰였다. 7월혁명 이후인 1832년

애주의 덕분에 더는 과거의 잔혹한 행로를 밟지 않아도 된다. 옛날에 사형수를 실어 나르던 그 수레는 이제는 단두대를 실어 나르는 데 쓰일 뿐이다. 이런 설명이 없다면 한 유명한 사형수가[5] 자기 공범에게 했다는 그 말, "지금부터는 말〔馬〕들의 처분에 맡기는 수밖에 없다!"가 무슨 뜻인지 알 수 없을 것이다. 이제는 파리에서 이보다 더 편안하게 사형장으로 가는 경우란 있을 수 없다고 해야 할 것이다.

2. 두 환자

그 시각, 전례 없이 아침 일찍 거리로 나선 두 대의 샐러드 바구니는 라포르스 구치소에서 콩시에르주리 감옥으로 두 명의 피의자를 호송하는 중이었다. 두 피의자가 따로따로 샐러드 바구니에 태워진 것이었다.

독자들 가운데 열에 아홉은, 그리고 나머지 하나의 또 10분의 9는 용의자, 피의자, 피고인, 수감자, 구치소, 법원 감옥, 교도소 등의 단어들 사이에 존재하는 커다란 차이를 모를 것이 분명하다. 따라서 그들 모두는 여기서 프랑스 형법 체계의 전모에 대한 이해가 필요하다는 점을 알고 놀랄 가능성이 크다. 프랑스 형법에 대한 앞서의 간략하고 선명한 설명에는 이 이야기

법령으로 공개 사형 집행이 금지된다.
5) 1836년 1월 처형된 라스네르라는 사형수를 가리키는데, 발자크는 원고에서는 그 이름을 적시했으나 이후에 물의가 빚어질 것을 염려해 삭제한다.

의 결말을 명확하게 전개하려는 목적 못지않게, 독자에게 관련 정보를 제공하려는 의도도 있다. 게다가 첫 번째 호송차에는 자크 콜랭이, 두 번째 호송차에는 사회적 명예의 절정에 있다가 불과 몇 시간 만에 감옥의 나락으로 추락한 뤼시앵이 실려 있다는 사실을 알게 되면 호기심이 충분히 자극될 것이다. 이 두 공범의 태도는 대조적이었다. 뤼시앵 드 뤼방프레는 호송차가 생탕투안가를 지나 마르트루아가로 들어선 다음 당시 시청 앞 광장을 건너려면 지나야 했던 생장 홍예문을 통해 강변로로 접어드는 내내, 그 음산하고 불길한 마차의 쇠창살에 와서 꽂히는 행인들의 시선을 피하고자 몸을 감추었다. 오늘날 그 홍예문은 철거되고 없는데,[6) 거대한 청사 안에 있는 센 도지사 관저 현관이 그 홍예문이 있던 자리다. 반면 자신들이 호송하는 두 대의 샐러드 바구니가 철통같다고 믿는 집행관과 헌병이 잡담을 나누는 가운데, 다른 대담한 도형수는 호송차의 쇠창살에 보란 듯이 얼굴을 대고 있었다.

1830년 7월의 나날들과[7) 그것이 몰고 온 엄청난 폭풍우가 그 요란함으로 이전의 사건들을 뒤덮었기에, 그리고 정치적 이해관계가 그 해 하반기 6개월 동안 프랑스 전체를 집어삼켰

---

6) 마르트루아가와 생장(Saint-Jean) 홍예문은 1837년에서 1841년까지 이어진 파리 시청 확장 공사로 사라졌다. 발자크는 자신의 작품에서 이렇듯 '파리에서 사라지는 것'(1845년 그가 쓴 글의 제목)을 자주 환기하는데, 일례로 『두 집 살림』의 첫머리를 장식하는 긴 묘사는 옛 모습을 찾을 수 없는 파리 시청 일대에 대한 한 편의 고고학 보고서라고 할 만하다.
7) 복고왕정을 무너뜨리고 부르주아 입헌왕정인 7월왕정을 수립한 7월혁명이 일어났던 1830년 7월 27~29일(이른바 '영광의 3일')을 가리킨다.

기에, 매년 파리의 호기심거리로 왕성하게 소비되는, 그 해 상
반기 6개월 동안에도 어김없이 발생했던, 비록 흔한 일은 아니
었어도 개인적으로나 사법적으로 또 금융의 측면에서도 대참
사임이 분명한 그러한 사건들을 지금은 아무도 기억하지 못하
거나 기억해도 극소수의 사람들에 그친다. 그러므로 그 당시
에스파냐 신부가 한 창녀의 집에 숨어 있다가 체포되었다는
소식과, 마드무아젤 그랑리외의 미래의 배우자라고 알려졌던
뤼시앵 드 뤼방프레라는 고상한 청년이 그레츠라는 조그만 촌
락 근처, 이탈리아 방향 대로에서 체포되었다는 소식이, 그리
고 그 둘이 700만 프랑을 노리고 살인을 저지른 혐의를 받고
있다는 소식이 파리를 잠시나마 얼마나 뜨겁게 달구었는지 특
기할 필요가 있다. 그 재판 스캔들은 결과적으로 샤를 10세
치하에서 치러진 마지막 선거가 된 그 해의 선거에 쏠린 엄청
난 관심사를 며칠 동안 압도하기도 했었기 때문이다.[8]

　우선, 이 형사재판의 일부분은 은행계의 거물 뉘싱겐 남작

---

8) '재판'이라는 말은 이 사건이 재판 전 심리 단계에서 종결되었기 때문에
다소 부적절한 표현이다. 언급된 선거는 1830년 6월 23일과 7월 3일, 두 차
례에 걸쳐 치러진 선거를 말하는데, 소설 속 사건은 5월 16일 종결되기 때
문에 이 또한 어폐가 있다. 다만 '재판 스캔들'이라는 진술은 작가가 뤼시앵
의 자살 시점을 아직 확정 짓지 못했음을 드러내거나, 아니면 7월혁명 직전
의 정치적 혼란을 강조하려는 의도일 수 있다. 실제로 3월에 절반 이상의 국
회의원들이 샤를 10세에 반대하는 청원에 찬성했다. 샤를 10세는 5월 16일
의회를 해산하고 선거를 발표한다. 이런 일련의 강압 정책이 '부르주아지의
승리'라고 일컬어지는 7월혁명을 야기했는데, 뤼시앵과 자크 콜랭에 의한 귀
족 사회의 스캔들이 7월혁명 직전을 뜨겁게 달구었다는 설정은 매우 상징적
이다.

의 고소로 비롯되었다. 그리고 당시 수상의 비선(秘線) 비서관으로 임명되기 직전 상태였던 뤼시앵의 체포는 파리 최상류 사회를 뒤흔들 만한 것이었다. 파리의 모든 상류 사교계 살롱에서 뤼시앵이 아름다운 모프리뇌즈 공작 부인의 총애를 받는 모습을 보고 부러워했던 기억을 가진 젊은이들이 한둘이 아닐 것이며, 그가 당시 프랑스에서 최고 권세를 누리던 세리지 부인의 관심을 한 몸에 받고 있다는 사실을 모르는 여인들 역시 아무도 없었을 것이다. 요컨대 피의자의 특출한 아름다움이 파리의 여러 유력 집단에, 그러니까 상류 사교계, 금융계, 유흥가, 문학계, 젊은이들 모임 등 가리지 않고 유별난 관심을 불러일으켰다. 그렇게 이틀 전부터 파리는 온통 그 두 건의 체포를 둘러싼 이야기뿐이었다. 그 사건을 배당받은 예심판사 카뮈조 씨는 수사의 성공에 자신의 승진이 달려 있음을 직감했다. 그래서 그는 최대한 신속하게 수사에 착수하기 위해 뤼시앵 드 뤼방프레가 퐁텐블로에서 압송된 즉시 두 용의자를 라포르스에서 콩시에르주리로 이송하도록 지시한 것이었다. 라포르스에서 사제 카를로스는 고작 12시간을, 뤼시앵은 고작 반밤밖에 보내지 않았기 때문에 그 구치소를 자세히 묘사할 필요는 없을 것이다. 게다가 그 구치소는 그 후로 완전히 형태가 바뀌기도 했다. 그리고 그곳에서의 수감 기록으로 말하자면 콩시에르주리에서 일어날 일의 되풀이였겠기에 굳이 상술할 이유도 없다.

3. 사교계 사람들도 쉽게 이해할 수 있는 형법

그렇지만 형사소송이 시작되면서 펼쳐질 그 끔찍한 드라마에 본격적으로 들어가기에 앞서, 조금 전 언급했다시피 그런 종류에 속하는 소송의 일반적 절차에 관해서는 설명하지 않을 수 없다. 우선 그래야 형사소송의 여러 국면이 프랑스 사람들에게든 외국 사람들에게든 더욱 쉽게 이해될 터이고, 나아가 혹시 그 절차에 문외한인 사람들도 나폴레옹 법전의 입법자들이 구상했던 그대로 형법의 체계 및 구조를 감상할 수 있을 것이다. 이러한 설명은 작금에 대두된 이른바 징벌 위주의 시스템에 의해 그 위대하고 아름다운 법전이 파괴될 위험에 처해 있기에 그만큼 더 중요하다고 하겠다.

어떤 범죄가 발생했다고 하자. 현행범으로 체포되었을 경우, 용의자는 가까운 경비대로 연행되어 민중이 바이올린이라고 별명을 붙인 조그만 유치장에 구금되는데, 수감자가 거기서 비명을 지르거나 울부짖는 모습이 곡을 연주하는 것 같다고 해서 붙인 별명일 것이다. 용의자는 거기 있다가 관할 경찰서장 앞에 서게 되는데, 서장은 심리 절차 개시에 착수하고, 만약 체포가 잘못되었다면 용의자를 석방할 수도 있다. 서장의 심리가 종결되면 용의자는 경찰청 유치장으로 이송되고, 경찰은 검사와 예심판사가 신문할 수 있도록 그들을 유치장에 가둬두는데, 사안의 경중에 따라서 바로 통보를 받기도 하고 다소 늦게 통보를 받기도 하는 검사와 예심판사는 경찰청에 와서 임시 구류된 자들을 신문한다. 신문 결과에 따라서 예심판사는 구속영장을 발부해 용의자를 구치소에 가두도록 한다. 파리에는 생트펠라지, 라포르스, 마들로네트, 이렇게 세 개의 구치소가 있다.[9]

용의자라는 이 표현에 주목하시기를 바란다. 나폴레옹 법전은 범죄 행위에 대해 기본적으로 용의자 신분, 피의자 신분, 피고인 신분, 이렇게 세 가지로 구분한다. 중범죄나 심각한 위법행위를 저질렀다고 추정되는 당사자들은 체포영장이 발부되지 않은 한 용의자라 한다. 체포영장이 발부되면 그들은 피의자로 전환되는데, 심리가 진행되는 동안 그들은 그냥 단순히 혐의를 받는 상태다. 예심판사가 피의자를 법정에 세우는 것이 타당하다고 일단 판단하면, 그리고 법원이 일반 검사의 기소 요청에 따라 피의자를 중죄 재판소로 넘길 만한 충분한 증거가 있다고 판단하면, 피의자는 피고인의 신분으로 전환된다. 이처럼 중범죄 혐의를 받는 사람들은 세 가지 다른 신분 단계, 세 개의 선별기를 거쳐 마지막으로 흔히 재판소라고 불리는 국가 기구 앞에 선다. 첫 번째 단계에서 무죄를 주장하는 사람들에겐 자신들의 무죄를 증명해 줄 많은 수단이 있는데, 대중과 경비대와 경찰이 그들이다. 두 번째 신분이 되면 그들은 사법관 앞에 출두해 증인들과 대질신문을 받으며 파리 재판부나 각 지방 재판부의 판결을 받는다. 세 번째 신분이 되면 그들은 12명의 심판관으로 구성된 배심원단 앞에 서

---

9) 생트펠라지는 당시 경제사범을 가뒀던 구치소다. 1780년부터 1845년까지 파리의 대표적 구치소로 운영되었던 라포르스는 마레 지구에 있었다. 마들로네트는 탕플 지구에 있던 여성 구치소다.

게 되고, 중죄 재판소의 판결은 법 해석의 잘못이 있거나 절차상의 하자가 있을 때 피고인의 요청으로 파기원으로[10] 넘겨질 수도 있다. 배심원단은 피고인을 무죄 방면할 때 대중적 행정적 사법적 권위에 미칠 타격에 관해서는 어떠한 고려도 하지 않는다. 따라서 우리가 볼 때, 파리에서는(다른 재판 관할 구역에 대해서는 언급을 삼가도록 하겠다.) 결백하다면 중죄 재판소의 피고인석에 앉을 가능성은 이전에도 아주 희박했고 앞으로도 그럴 것이다.

수감자란 유죄 판결을 받은 죄수, 곧 기결수를 말한다. 프랑스 형법은 구치소, 법원 감옥, 교도소를 만들었는데, 그 사법 시설들의 차이는 거기에 각각 피의자, 피고인, 기결수가 수감된다는 차이이다. 감옥에는 가벼운 형량을 받은 수형자를 수용하기도 한다. 사소한 범법 행위에 대한 처벌이다. 그러나 갇힌다는 것은 체벌형이며 몇몇 경우에는 아주 치욕적이기도 하다. 근래에 우리 징벌 체계를 바꾸자고 하는 사람들은 그러므로 처벌 수준이 단계적으로 높아지도록 탁월하게 설계된 훌륭한 형법을 뒤엎자는 것이고, 그렇게 되면 작은 과실도 거의 중범죄처럼 엄격하게 처벌하는 결과를 빚을 것이다. 게다가 독자는 저자의 '정치 생활 장면' 시리즈(특히 『어둠 속의 사건』 참조.)에서 혁명력 4년 브뤼메르 법전의 형법과 그것을 대체한 나폴레옹 법전의 형법 사이에 존재하는 흥미로운 차이점들을 비교해 볼 수 있을 것이다.[11]

---

10) la Cour de cassation. 우리나라의 대법원에 해당하는 최고 법원이다.

이번 경우처럼 떠들썩한 소송사건에서는 용의자 대부분이 곧장 피의자 신분으로 전환되기 마련이다. 법원이 즉시 체포영장이나 구속영장을 발부하는 것이다. 사실 대다수 용의자는 도주를 시도하기 때문에 현장에서 즉시 검거되어야만 한다. 그렇기에 앞서 본 경우에는 영장의 집행 기관인 경찰이 발부 기관인 법원을 현장에 대동해 전광석화처럼 에스테르의 거주지를 급습했던 것이다. 코랑탱이 사법경찰에 불어넣은 복수라는 동기가 없었더라도, 뉘싱겐 남작이 75만 프랑의 절도를 신고했기에 가능한 일이었다.

4. 도형장의 마키아벨리

자크 콜랭을 태운 첫 번째 호송차가 좁고 어두운 통로인 생장 홍예문에 당도했을 때, 돌연 소동이 일어나는 바람에 마부는 홍예문 밑에서 호송차를 멈출 수밖에 없었다. 마차 속 피의자는 전날 라포르스 구치소장이 의사를 불러야 하지 않을까 생각했을 정도로 다 죽어가는 얼굴이었지만 두 눈만은 쇠창살 너머로 마치 나란히 놓인 석류석 두 알처럼 형형하게 빛났다. 헌병도 집행관도 그들의 고객에게 고개를 돌려 살펴볼 짬

---

11) 1810년 나폴레옹 법전이 공포되기 이전인 1803년에서 1806년까지를 시간 배경으로 하는 작품 『어둠 속의 사건』(1843)에서 코랑탱은 비밀경찰로서 중요한 역할을 하며, 반(反)나폴레옹파인 시뫼즈 형제가 부조리한 형법 체계로 과도한 형벌을 받는다.

을 내지 못했기 때문에 그 순간 아무런 장애를 받지 않게 된 그 불타오르는 두 눈은 어떤 말을 담은 것이었는데, 예컨대 포피노 씨같이 유능한 예심판사가 보았더라면 그 말뜻이 너무나 분명해서 하느님의 종을 참칭한 그 도형수를 대번에 알아보았을 것이다. 사실 자크 콜랭은 샐러드 바구니가 라포르스 구치소의 문을 넘자마자 지나는 길 위의 모든 것을 세심히 살폈다. 호송차가 빠르게 달렸어도 그는 집요하고 철저한 시선으로 주변 집들을 지붕 꼭대기에서부터 맨 밑층까지 단숨에 훑었다. 그는 행인들도 하나도 빼놓지 않고 살펴보며 한 명 한 명 다 분석했다. 이 사내는 사물들과 행인들 무리를 아주 미세한 차이까지 구별해 파악했는데, 조물주라도 자신이 수단과 목적을 총동원해 창조한 피조물을 그 사내보다 더 잘 파악하지는 못할 것이다. 옛날 호라티우스 가문의 3형제 중 최후의 1인이 양날 검으로 무장하고 싸웠듯이[12] 희망으로 무장한 그 사내는 구출의 손길을 기다렸다. 이 도형장의 마키아벨리 말고 다른 죄수였다면 그런 희망은 실현 가능성이 전혀 없는 것이기에 그저 수동적으로 끌려갈 수밖에 없었을 터, 사실 그게 모든 죄수의 처지다. 어떤 죄수도 파리 법원과 경찰이 피의자들을 꼼짝없이 통제하는 그런 상황에 부닥친다면 저항할 엄두조차 못 내기 마련인데, 특히 뤼시앵이나 자크 콜랭처

---

12) 고대 로마 건국기의 전설 가운데 로마 왕국의 호라티우스(프랑스어로 '오라스') 가문 삼형제와 알바롱가 왕국의 쿠리아티우스(프랑스어로 '퀴리아스') 가문 삼형제 간 결투를 소재로 한 피에르 코르네유의 비극 『오라스』에 나오는 장면이다.

럼 철저하게 접견이 금지된 상황이라면 더 말할 필요도 없다. 독자는 피의자가 맞닥뜨리게 되는 느닷없는 격리가 어떤 것인지 좀처럼 상상이 안 될 것이다. 피의자를 체포하는 헌병들, 그를 신문하는 관할 경찰서장, 그를 감옥에 집어넣는 자들, 정말로 지하 독방 그 자체라 할 만한 곳에 그를 처넣는 경비대원들, 그의 두 팔을 결박하고 샐러드 바구니에 태우는 자들, 체포 직후 그를 에워싸는 자들, 그들은 모두 아무 말이 없거나, 피의자의 말을 경찰이나 판사에게 그대로 전하기 위해 일일이 다 기록한다. 피의자와 나머지 세계 전체 사이를 아주 간단하게 떼어놓는 그 완벽한 분리는 피의자의 신체 기능을 완전히 와해시키고 정신을 아득할 정도로 낙담하게 만드는데, 특히 전과가 없어 사법 절차에 익숙하지 않은 자는 더 말할 필요도 없다. 그러므로 죄인과 판사 사이에 펼쳐지는 대결은 법원이 높은 감옥 벽의 침묵과 그 요원들의 요지부동한 무관심을 조수로 거느리고 있기에 더욱 몸서리나는 양상을 띠게 된다.

그렇지만 자크 콜랭 혹은 카를로스 에레라는(이제 그를 상황에 맞춰 그 두 이름 중 하나로 불러야 할 필요가 있다.) 경찰과 감옥과 법원의 행태를 오래전부터 익히 아는 존재였다. 그렇기에 술수와 암수에 능한 이 거인은 지력과 연기력을 총동원해 사법관들에게 다 죽어가는 희극을 연출함으로써 아무것도 모르는 순진한 존재의 놀람과 어리숙함을 기막히게 흉내 냈다. 이미 보았듯이, 저 박식한 로쿠스타[13] 아지가 치명적인 병과 비슷한

---

13) 아지는 1권 128쪽에서 로마 제국의 유명한 여자 독살범 로쿠스타에 비

효과를 내도록 조제한 독극물을 그에게 가져다주었던 것이다. 그래서 카뮈조 씨의 심리, 경찰서장의 조사, 검사의 시시콜콜한 신문이 피의자의 급성 뇌졸중 증상으로 모조리 취소되었다.

"이자는 음독하였소." 자칭 사제라고 하는 자가 체포되던 날, 끔찍한 경련을 하는 상태로 지붕 밑 방에서 끌려 내려오자, 고통스러워하는 그를 보고 카뮈조 씨는 깜짝 놀라 소리쳤더랬다.

네 명의 요원이 카를로스 사제를 계단을 통해 사법관들과 헌병들이 모두 모여 있던 에스테르의 침실로 옮겼다.

"그가 진짜 범인이라면 더할 나위 없는 선택을 한 것이로군." 검사가 대꾸했다.

"그렇다면 이자가 아프다고 생각하는 겁니까……?" 경찰서장이 물었다.

경찰은 항상 모든 것을 의심하는 법이다. 그래서 당시 그 세 명의 사법관은 당연히 서로 귓속말을 주고받았다. 그러나 자크 콜랭은 그들의 표정을 보고 그들이 은밀하게 나누는 대화의 주제를 이미 알아차렸고, 체포되는 순간 약식으로 이루어지는 신문을 불가능하거나 아니면 완전히 무의미하게 만들어 버리기 위해 병을 활용했던 것이다. 그는 프랑스어와 에스파냐어가 뒤섞여 무슨 말인지 알아들을 수 없는 말을 우물거렸다.

라포르스 구치소에서 그 연극은 더욱 완벽한 성공을 거두었는데, 옛날 마담 보케르가 운영하는 서민 하숙집에서 자크

유된 바 있다.

콜랭을 체포한 적이 있는 수사대장(파리 경찰청 산하 범죄수사대 대장의 줄임말.) 비비뤼팽이 다른 임무를 부여받고 지방으로 전보되는 바람에, 그 도형수를 전혀 모르는 요원이 비비뤼팽의 후임으로 임명되었던 까닭이다.

그 역시 도형수 출신으로서, 그 옛날 도형장에서 자크 콜랭의 동료였던 비비뤼팽은 일찍이 콜랭의 개인적 원수였다. 그 적대감은 둘이 대결을 벌일 때마다 자크 콜랭이 항상 승리를 거둔 데다 불사조가 동료 도형수들 사이에서 패권을 장악하고 있던 데서 싹텄다. 요컨대 자크 콜랭은 지난 10년 동안 풀려난 도형수들의 수호자이자 지도자였으며, 파리에 있는 그들 조직의 고문이자 금고지기였기에 결과적으로 비비뤼팽의 적수가 된 것이다.

5. 접견 금지를 뚫고 거둔 승리

그러므로 자크 콜랭은 비록 접견 금지 상태였지만 자신의 오른팔인 아지의 지능적이고 절대적인 헌신에 기대를 걸었으며, 왼팔인 파카르도 역할을 할 것이라고 기대했는데, 그는 신중한 심복인 파카르가 훔친 75만 프랑을 안전하게 숨겨놓았을 테고, 자신의 명령에 따라 다시 돌아올 것이라고 자신했다. 그가 초인적 주의력을 발휘해 길 위의 상황을 하나도 놓치지 않고 살펴본 까닭은 그래서였다. 그런데 참으로 신기할지니! 그 희망은 충분히 달성될 터였다.

생장 홍예문의 견고한 양쪽 돌벽에는 배수로에서 튄 진흙으로 형성된 약 2미터 높이의 항구적인 흙벽이 켜켜이 덧씌워져 있었다. 홍예문 밑을 끊이지 않고 드나드는 행인들에겐 마차와 수레바퀴의 타격이라 할 횡액을 피할 수단이라곤 수레바퀴의 길게 튀어나온 차축에 걸려 오래전에 뽑혀나가 널브러진 경계석들밖에 없었다. 돌을 가득 실은 마차가 홍예문 밑에서 부주의한 행인들을 치고 지나간 적이 한두 번이 아니었다. 파리는 오랫동안 그리고 많은 동네가 그 모양이었다. 이 자세한 묘사는 생장 홍예문이 얼마나 협소한 곳인지, 그래서 그 문을 가로막기가 얼마나 쉬운지 금세 이해할 수 있게 해주리라. 삯마차 한 대가 그레브 광장을 통해 그리로 들어온 상태에서, 흔히들 청과 행상이라고 부르는 여인 한 명이 마르트루아가 쪽에서 사과를 한 아름 안은 채 작은 수레를 밀고 들어왔고, 세 번째로 다른 마차 한 대가 느닷없이 들이닥치는 바람에, 다들 오도 가도 못하는 상황이 벌어졌다. 겁에 질린 행인들은 여전히 돌아다니는 구닥다리 수레의 긴 차축에 다치는 걸 막아줄 경계석을 찾아 달아나느라 어수선했다. 옛날 수레의 차축은 터무니없이 길게 뻗어 나와서 튀어나온 차축을 잘라내도록 법으로 규제해야만 했었다. 죄수 호송차가 도착했을 때 홍예문은 청과 행상 여인 한 명에 의해 가로막힌 상태였는데, 파리에 과일 가게들의 수가 늘어나는 추세였는데도 불구하고 청과 행상이 아직도 있다는 점에서 그 여인은 더욱 눈길을 끌 만했다. 그 여인은 영락없이 거리의 행상 모습이어서, 당시 경찰에 도시 순찰대가 창설되어 운용되었다 하더라도[14] 순찰대원은 범죄 냄새를 풍기는 그 여인의 음산한 표정은 살펴보지도 않고 신분증 검사도 없이 그냥 무사통과시켰을 것이다. 머리에 뒤집어쓴 누더기나 다름없는 허름한 체크무늬 면 수건 위로 아무렇게나 삐져나온 머리카락 뭉치는 멧돼지 털처럼 거칠고 뻣뻣했다. 주름진 불그스레한 목은 공포감을 안겨주었고, 어깨에 두른 숄은 햇볕에 그을리고 먼지와 진흙을 뒤집어쓴 피부를 다 감추지 못했다. 몸에 두른 펑퍼짐한 옷은 무슨 태피스트리 같았다. 신발은 옷과 마찬가지로 곳곳이 해진 모습쯤은 우습다는 듯이 잔뜩 구겨진 상태였다. 허리춤에 두른 앞치마는 또 어떻고……! 고약이 덕지덕지 묻었더라도 그것보다는 더 깨끗했을 것이다. 악취를 풍기는 행상 여인의 남루한 차림새는 열 걸음쯤 떨어진 거리라도 후각이 예민한 사람들을 자극했을 것이다. 그녀의 큼지막한 두 손에는 어마어마한 양의 청과가 들려 있었다! 그녀는 독일의 마녀 축제에서 돌아왔거나, 아니면 걸인 수용소에서 막 출소한 모습이었다.[15] 그렇지만 눈빛은 어떠한가! 그녀의 눈에서 뿜어져

---

14) 이 부분은 발자크의 착오로 보인다. 파리 경찰청이 도시 순찰대를 창설하여 운용하기 시작한 것은 1829년부터이므로 소설의 배경인 1830년 5월에는 이미 거리에 그 임무를 맡은 경찰들이 배치되어 있었다고 보아야 타당할 것이다.

15) 독일의 마녀 축제는 중부 유럽과 북유럽 전설 속 '발푸르기스의 밤'에 하르츠산맥의 최고봉인 브로켄산에서 열리는 마녀들의 축제를 말한다. 걸인 수용소는 1808년 혁명정부가 구걸 행위를 금지하는 법을 공포하면서 마련한 수용소로, 신체장애가 없는 걸인들에게 숙식을 제공하고 일자리를 알선한다는 취지로 설립되었지만, 실제로는 부랑자들을 가둬두는 시설로 활

나오는 광선이 자크 콜랭의 타오르는 눈빛과 자력이 통하듯 만나 무언의 교감이 오가던 순간, 번득이던 그 대담한 총명함 이란, 그 응축된 생체 에너지란!

"저리 비켜, 이 늙다리 병쟁이……!" 호송차 마부가 험악한 목소리로 외쳤다.

"날 깔아뭉개지도 못할 거면서, 기요틴 경기병[16] 나부랭이 가." 그녀가 응수했다. "네 물건이 내 물건보다 값이 더 나가지 도 않아."

행상 여인은 두 경계석 사이로 몸을 비켜 길을 터주려고 용 쓰는 척하면서 자기 계획을 완수할 동안 통로를 가로막았다.

'오, 아지!' 대번에 자신의 공범을 알아본 자크 콜랭이 속으 로 중얼거렸다. '이젠 됐다.'

호송차 마부는 여전히 아지와 실랑이를 벌였고, 그 바람에 뒤따르던 마차들이 마르트루아가에서 뒤엉켜 일대 혼잡이 빚 어졌다.

"아에! 페케레 페르마티. 수니 라. 베드렘……!" 늙은 아지가 거리에서 행상하는 여인들 특유의 억양으로, 그러니까 일리노 이 인디언이 내는 소리라고 해도 좋을 그런 요령부득의 억양 으로 외쳤다. 행상 여인들은 자신들의 말을 아주 기막히게 변

용되었다. 구걸 금지명령 위반자는 감옥에 투옥되었다.
16) '기요틴 경기병'은 범죄 세계의 은어로 '헌병'을 가리킨다. 발자크는 여기 서는 이 표현을 은어라고 특별히 강조하지 않았지만 4부에서 헌병을 가리 키는 은어로 이것 말고도 '교수대 올가미 장수', '그레브 광장의 제비' 등이 있다고 소개한다.

조하는 버릇이 있어서 그들이 내뱉는 말은 파리 사람들에게나 겨우 익숙해진 무슨 의성어 같은 것이 되어버린다.

거리의 아우성에 파묻혀, 그리고 몰려든 마부들이 저마다 질러대는 고함에 섞여 아지가 내지르는 야성의 소리는 그저 행상인의 외침이겠거니 간주해 아무도 주의를 기울이지 않았다. 그러나 그 외침을 자크 콜랭만은 똑똑히 알아들었는데, 그의 귀에 꽂힌, 엉터리 이탈리아어와 프로방스어가 뒤죽박죽 섞여 이루어진 그 문장의 뜻은 이랬다. "너의 가엾은 새끼도 붙잡혔어. 하지만 내가 너희를 돌볼 거야. 넌 곧 나를 다시 보게 될 거야……."

사법 당국을 이겼다는 생각에 몰려온 엄청난 기쁨에 휩싸인 자크 콜랭은 체포된 후 바깥 조직과 연결될 수 있기만을 고대했던 터라, 자기 앞에 나타나는 누구라도 단숨에 죽일 수 있을 것처럼 기운이 불끈 솟았다.

"뤼시앵이 체포되었다니……!" 그가 중얼거렸다. 이어 그는 정신이 아득해져 기절할 뻔했다. 그가 만약 사형선고를 받고 상고했는데 기각되었다면 참으로 절망적이었겠지만, 그로서는 뤼시앵의 체포 소식이 그보다 더 뼈아팠다.

6. 파리 사법 단지에 얽힌 역사적 고고학적
전기적 단편적 생리학적 이야기

체증이 풀리고 두 대의 샐러드 바구니가 강변로를 내달리게 되었으니, 이들 죄수 호송차가 콩시에르주리에 도착하기를 기다리며 콩시에르주리에 관해 몇 마디 보태는 것이 이 이야기의 흥미에 부합하는 일이겠다. 콩시에르주리는 역사적 내력을 가지는 명칭으로서, 단어만 들어도 끔찍하지만 실물은 단어보다 훨씬 더 끔찍한데, 프랑스가 그동안 겪은 여러 번의 혁명, 특히 파리에서 일어난 혁명과 밀접한 관련을 맺는다. 중대한 죄인들은 대부분 콩시에르주리를 거쳐 갔다. 그것은 파리에 있는 모든 기념물 중 가장 흥미로운 기념물이지만, 동시에 특권층에 속한 사람들에게는 가장 덜 알려진 기념물이기도 하다. 콩시에르주리의 내력에 관한 본론을 벗어난 이 이야기가 엄청나게 흥미로운 것은 맞지만, 여담은 여담이니만큼 샐러드 바구니의 질주처럼 아주 빠르게 약술하고 지나가기로 하겠다.[17]

파리 사람이라면, 아니면 외국인이든 지방에서 온 사람이든 한 이틀 파리에 잠시라도 머물렀다면, 커다란 세 개의 원뿔형 망루를, 그중 두 개는 한 쌍처럼 거의 붙어 있는데, 측면에 거느리고 있는 그 거대한 성벽, 뤼네트 강변로라고 불리는 지역에 그늘을 드리우고 있는 그 신비로운 거대한 구조물을 접하지 못한 사람이 어디 있겠는가? 뤼네트 강변로는 두 개의 다리, 퐁토샹주에서부터 퐁뇌프로 이어지는 부분이다. 세 개

---

17) 여기서부터 이어지는 4개의 장은 애초에(1846년 7월 8일) 연재분의 형태로 발표되었다. 발자크는 이러한 식의 여담을 통해 자기 작품이 역사적이고 고고학적인 가치를 담기를 꾀했지만, 신문 연재소설의 독자들로서는 지루한 부분이었던 것도 사실이다. 위와 같은 부연 설명은 발자크의 그러한 난감한 처지와 관련 있을 것이다.

의 망루 말고 시계탑이라고도 불리는 사각형 탑 하나가 한쪽 끝에 우뚝 솟아 있는데, 그 옛날 종교전쟁 때 성바르톨로메오 축일의 대학살 신호탄이 올랐던 곳인 그 탑은 높이가 강 건너의 생자크 라 부슈리 탑과 비슷해서, 사법 단지를 굽어보면서 뤼네트 강변로 한 귀퉁이의 풍경을 이루고 있다.[18] 그 네 개의 탑과 거대한 성 벽면은 파리의 북향 건물들이 다 그렇듯이 검은 수의(壽衣)를 입고 있는 듯한 모습이다. 앙리 4세 치하, 센강에 퐁뇌프가 놓이면서 시테섬 서쪽 끝 강변로 중간쯤에 조성된 부지에 아치형 통로를 마주 보고 사설 건축물들이 들어서기 시작한다. 그렇게 형성된 도핀 광장의 판박이가 루아얄 광장이다.[19] 건축 양식이 똑같고, 각석(角石)을 벽돌 삼아 지은 건물들이 일렬로 광장 테두리를 둘러싼 형태도 똑같다. 이 아치형 통로와 아를레가가 시테 궁의 서쪽 끝과 맞닿는 부분이다. 지금 파리 경찰청사는 구체제 때 고등법원장의 공관으로 쓰였던 건물로서 옛날에는 이 시테 궁의 부속 건물이

---

18) '안경'이라는 뜻의 뤼네트 강변로(지금의 오를로즈 강변로)는 당시 그곳에 안경점이 많아서 붙은 이름이다. 생자크 라 부슈리 탑은 콩시에르주리 건너편 센강 우안 리볼리가에 있는, 16세기 초에 건립되었던 생자크 라 부슈리 교회 터에 남은 종탑으로서, 이른바 산티아고 순례길의 파리 출발점이기도 하다. 주로 줄여서 생자크 탑이라고 불린다. 참고로 예수의 열두 사도 중 한 사람인 '세베대의 아들 야고보'를 프랑스에서는 생자크, 에스파냐에서는 산티아고라고 부른다.
19) 앙리 4세 치하, 거의 같은 시기에 조성된 두 광장은 닮은꼴이지만, 도핀 광장은 세모꼴이고 루아얄 광장(현재 마레 지구에 있는 보주 광장의 원래 이름)은 네모꼴로 규모도 훨씬 크다.

었다.[20] 시테 궁에는 감사원과 조세심판원도 자리를 잡아 최고 사법기구가, 그러니까 절대군주의 사법기구가 완성되었다. 이를 보면 대혁명 이전의 시테 궁이 오늘날 새롭게 정비해 확보하려고 하는 공간, 외부와 완벽히 차단된 공간을 이미 누리고 있었던 것을 알 수 있다.

이 정방형의 공간, 성왕(聖王) 루이의[21] 보석 중에서도 가장 웅장한 보석인 생트샤펠 성당을 중심으로 각종 건물과 역사적 기념물이 빼곡하게 들어선 이 섬은 파리의 성소(聖所)다. 파리의 신성한 장소, 거룩한 방주다. 무엇보다도 이 공간은 모든 것이 갖춰진 최초의 도시였다. 도핀 광장 자리가 원래 주화를 찍어내는 조폐창이 있던 왕실령(王室領)에 딸린 목초지였던 것만 봐도 그 점을 알 수 있다. 그런 연유로 퐁뇌프에 이어지는 거리에는 조폐창 거리라는 의미의 '라모네가'라는 이름이 붙었다. 세 개의 원뿔형 망루 중 하나, 곧 두 번째 망루의 이름인 은화 망루도 그런 연유에서 붙여진 것인데, 그 이름으

---

20) 나폴레옹 시대에 창설된 파리 경찰청은 앙시앵레짐부터 1791년까지 고등법원장 공관으로 쓰였던 건물을 청사로 쓴다. 그 건물은 시테섬 서쪽 센강 좌안을 바라보는 오르페브르 강변로에서 시테 궁으로 들어가는 길인 예루살렘가(지금은 없어진 길)에 있었고, 그래서 '예루살렘가'가 경찰의 대명사로 쓰였다. 이 건물은 1871년 파리 코뮌 당시 방화로 전소된 후 재건축되면서 주소가 '오르페브르 강변로 36번지'로 변경되는데 더불어 경찰의 대명사도 그 주소명으로 바뀐다. 이후 파리 경찰청은 1929년에 파리 사법 단지와 노트르담 성당 사이에 있는 옛 국민방위대 병영 건물로 이전해 오늘에 이른다.
21) 루이 9세(1214~1270)는 사후 1297년 로마 교황에 의해 시성(諡聖)되어, 생루이(성왕 루이)로도 불린다. 독실한 기독교도였던 루이 9세는 십자군 전쟁에 참전했으며, 시테섬에 왕실 예배당인 생트샤펠을 건축했다.

로 미루어보아 애초에는 거기서 주화를 찍어냈던 것으로 짐작된다. 왕실령의 그 유명한 조폐창은 옛날 파리 지도에서도 확인되는데, 궁 안에서 주화를 찍어내던 시절 이후 지어진 것이 거의 확실하며, 아마도 조폐 기술이 개량되면서 그렇게 궁 밖으로 옮겨졌을 것이다. 은화 망루와 거의 붙어 있다시피 한 첫 번째 원뿔형 망루는 몽고메리 망루라는[22] 이름이 붙어 있다. 셋 중 규모는 가장 작지만, 총안이 그대로 남아 있을 정도로 보존 상태가 가장 좋은 세 번째 망루는 봉베크 망루라는 이름을 가지고 있다. 생트샤펠과 그 네 개의(시계탑까지 포함해서) 탑을 이은 선이 메로빙거 왕조에서부터 직계 발루아 왕조까지 시테 궁의 성벽, 등기소 직원이 쓰는 용어로는 경계선이겠지만, 아무튼 그 성벽을 확정하는 선이다. 그러나 지금 우리에게 그 궁은 개축에 개축을 거듭했음에도 성왕 루이 시대를 대표하는 가장 특별한 건물이다.

샤를 5세가 시테 궁을 당시 새롭게 만들어진 기관인 고등법원 청사로 내주고, 왕으로서는 최초로 바스티유 요새가 든든히 지키는 그 유명했던 생폴 관저로 거처를 옮겼는데, 투르넬 궁은 훗날 그 생폴 관저와 인접해 지어진 왕궁이다.[23] 그러

---

22) 콩시에르주리 중앙부에 은화 망루와 나란히 붙어 있는 망루의 이름은 '카이사르 망루'다. 발자크의 착오로 보인다.

23) 1361년에서 1365년에 걸쳐 지어진 생폴 관저는 샤를 5세와 샤를 6세의 거처로 사용되다가 1543년 프랑수아 1세에 의해 철거된다. 현재 마레 지구의 '샤를 5세가'가 생폴 관저가 있던 자리이다. 투르넬 궁은 1388년 건축되어 1432년에서 1559년까지 왕궁으로 쓰이다가 앙리 2세 사후 왕비 카트린드 메디치에 의해 철거된다. 오늘날 보주 광장 일대가 옛날 투르넬 궁이 있

다가 방계 발루아 왕조 치하에서 왕실은 바스티유에서 파리 최초의 요새였던 루브르로 돌아오게 된다. 프랑스 왕들이 살았던 최초의 거처로서, 왕궁의 전형이라는 의미에서 수식어 없이 그냥 대문자로 **왕궁**이라고 칭했던 성왕 루이의 궁은 오늘날 그렇게 전체가 사법 단지 밑에 파묻혀 있는 형국이다. 사실 시테 궁은 생트샤펠 성당과 함께 센강 가운데 세워졌기 때문에, 그리고 강물이 최고 수위에 이르러도 궁의 맨 아래 계단을 적실락 말락 하도록 아주 면밀히 설계되었기 때문에, 사법 단지 청사를 지하실처럼 떠받치는 형태다. 제방을 높여 쌓고 그 위에 낸 오를로즈 강변로로[24] 인해, 수 세기에 걸쳐 지어진 그 건축물들은 6미터가량 파묻혀 보인다. 오늘날은 그 세 망루를 받치고 있는 견고한 원통형 기둥의 기둥머리 높이로 조성된 길을 마차들이 내달리는데, 옛날엔 그 망루들의 높이가 궁의 우아함과 조화를 이루고 수면 위에서 그림 같은 효과를 연출했음이 틀림없었을 것이, 오늘날도 그 망루는 파리에서 가장 높은 기념물들과 높이에서 자웅을 겨루기 때문이다. 팡테옹 꼭대기 돔에 올라 이 드넓은 파리 심장부를 내려다보면, 생트샤펠을 품은 시테 궁은 지금도 여전히 파리의 수많은 대형 건축물 중에서도 으뜸가는 위용을 자랑한다. 여러분이 그 넓은 중앙 로비를 무시로 출입할 때마다 발로 밟게 되는, 프랑스 왕들이 머물렀던 그 궁은 그 당시 건축의 불가

던 자리다.

24) Le quai de l'Horloge. 시테섬의 시계탑(오를로즈)에 가까워서 붙은 이름이다.

사의였고, 오늘날 콩시에르주리를 조사하기 위해 궁을 방문한 눈 밝은 시인이 보더라도 여전히 불가사의한 건축물이다. 오호라! 콩시에르주리가 그 옛날 왕들의 거처였던 궁을 집어삼켰다. 비잔틴 양식, 로마네스크 양식, 고딕 양식, 이 세 고대 예술 양식이 12세기의 건축술과 결합했던 이 장엄한 왕궁이 어떻게 감옥이며 골방이며 좁은 복도며 숙소며, 볕도 들지 않고 바람도 통하지 않는 공간들로 개조됐는지 직접 보게 되면 가슴이 에인다. 이 왕궁이 프랑스 건축사에서 첫 번째 중흥기를 대표한다면, 블루아 성은 두 번째 중흥기의 대표적 건축물일 것이다.[25] 블루아의 중정에 서면, 누구나 블루아의 역대 백작들이 건축한 성, 루이 12세가 건축한 성, 프랑수아 1세가 건축한 성, 가스통이 건축한 성이 중첩된 모습을 보고 경탄해 마지않는 것처럼(저자의《철학 연구》중『카트린 드 메디치에 대하여』를 볼 것.[26]) 콩시에르주리에 들어서면 같은 내부인데도 파

---

25) 파리 남쪽 오를레앙과 투르 사이에 있는 도시 블루아에 자리 잡은, 르네상스 시대에 역대 프랑스 왕들의 왕궁으로 쓰였던 유서 깊은 성이다.

26) 『카트린 드 메디치에 대하여』는 발자크가 1830년부터 1844년까지 긴 시간을 들여 완성한 역사소설이다. 16세기 종교전쟁, 특히 1572년 성바르톨로메오 축일의 대학살 전후가 소설의 주된 배경이다. 프랑스 왕비와 섭정 여왕을 거치며 권력을 무자비하게 행사했다는 부정적 이미지가 강한 카트린 드 메디치(이탈리아어로는 카테리나 데 메디치, 프랑스어로는 카트린 드 메디시스, 1519~1589)를 분열된 국가 권력의 통일이라는 숭고한 목표에 매진한 뛰어난 통치자로 재해석한 작품으로서, 대혁명 당시 공포정치의 주역 로베스피에르와 마라를 그녀와 동일 선상에 놓는 흥미로운 설정을 담고 있다. 권좌에서 물러난 카트린 드 메디치는 말년에 블루아 성에 기거하며 반격을 꿈꾸다 1589년 거기서 사망한다.

리에 정착한 초창기 종족들의 특성을 발견할 수 있고, 생트샤 펠에서는 성왕 루이 시대 건축물의 진면목을 접할 수 있다. 파리 시의회여, 수백만 프랑의 예산을 투입하시라! 건축가들에게 한두 명의 시인을 붙여주시라! 파리에, 프랑스를 대표하는 궁전의 최고 정원에 돈을 들여서 파리의 요람을, 프랑스 왕들의 요람을 복구하시라! 이 일은 실행에 옮기기 전 수년간의 연구가 필요한 문제다. 최근에 세운 로케트 감옥처럼 파리에 감옥을 한두 개 더 세울 필요가 있다.[27] 그때 비로소 성왕 루이의 궁전은 제 모습을 되찾을 것이다.

7. 이어지는 같은 주제

몽마르트르 석고 채석장에서 발굴된 태곳적 동물의 화석처럼, 궁전과 강둑길들에 파묻힌 그 거대한 구조물은 그동안 수많은 상처를 입었다. 그러나 그중에서도 가장 큰 상처는 콩시에르주리다! 콩시에르주리라는 말이 원래 무슨 뜻인지는 다들 안다.[28] 중세 왕정 치하에서 자유농민들과 도시 평민들

---

27) 실제로 1830년 파리 북동쪽 페르라셰즈 공동묘지 인근 지역에 소년범을 수용하는 '소(小) 로케트 감옥'이 건립되고 1836년에는 '대(大) 로케트 감옥'이 추가로 건립된다. 두 감옥 모두 1970년대에 철거되었고 지금은 그 자리에 '로케트 공원'이 조성되어 있다.

28) 원래 시테 궁의 일부였던 건물이 13세기 초 필리프 2세 치하에서 왕실 유물 보관소로 쓰이면서 관리인(concierge, 콩시에르주)을 임명했고, 그 후 그 건물을 관리인 건물이라는 뜻의 '콩시에르주리(conciergerie)'라고 불렀

은 관할 도시나 영주의 법정에서 재판을 받았기 때문에 수감 대상이 아니었고, 신분이 높은 죄인들, 그러니까 대규모든 소규모든 영지를 소유한 자들은 왕 앞에 불려 가기 때문에 콩시에르주리에 수감되었다. 한데 그렇게 신분이 높은 죄인들을 체포하는 일은 드물었으므로 콩시에르주리는 국왕의 관할법원 감옥으로 충분했다. 원래의 콩시에르주리 자리가 어디인지 정확하게 특정하기는 어렵다. 그렇지만 성왕 루이 시대의 주방이 지금도 남아 있고, 그 부분이 오늘날 수리시에르라고[29] 불리는 독방들로 개조돼 쓰였던 시설임을 보면, 원래의 콩시에르주리는 1825년 이전에 고등법원의 부속 감옥이 있던 자리, 즉 왕궁으로 이어지는 커다란 외부 계단의 오른쪽 회랑 밑에 있었음이 확실하다고 추론할 수 있다. 1825년까지는 사형선고를 받은 사람들이 거기에서 나와 형 집행장으로 떠났다. 앙크르 원수 부인이나 프랑스의 왕비, 상블랑세, 말레르브, 다미앵, 당통, 데뤼, 카스탱 같은 높은 신분의 죄인이나 중죄인들이[30]

다. 이후 콩시에르주리는 구체제 최고 사법기구인 고등법원, 그리고 대혁명 당시 혁명재판소의 부속 감옥으로 사용된다.

29) 수리시에르(Souricière)에는 '쥐덫'이라는 일반적인 뜻도 있다.

30) 피렌체 출신인 앙크르 원수 부인(본명은 레오노라 도리, 1568~1617)은 역시 피렌체 출신으로서 프랑스의 대원수에 올라 앙크르 후작 작위를 얻은 콘치노 콘치니(1569~1617)의 부인이다. 섭정 여왕 마리 드 메디치의 최측근으로 활약하다 신임을 잃고 마녀로 몰려 참수 후 화형당한다. 프랑스 왕비 마리 앙투아네트가 콩시에르주리를 나와 레볼루시옹(혁명) 광장[현 콩코르드(화합) 광장]에서 참수형에 처해진 것은 1793년 10월이다. 상블랑세 남작(1445~1527)은 프랑수아 1세의 은행가로서 횡령 혐의로 교수형을 받았다. 혁명재판에서 루이 16세를 변호한 당대의 유명 변호사 크레티앵 기욤 드 라

모두 그곳에 갇혀 있다 형장의 이슬로 사라졌다. 대혁명 당시 푸키에 탱빌의[31] 집무실 자리는 현재의 검찰 검사 집무실과 같았는데, 혁명재판소가 유죄 판결을 내린 사람들이 죄수 호송차에 실려 가는 모습을 혁명재판소 공안검사가 지켜볼 수 있는 곳이었다. 사법의 칼을 휘두른 그 인물은 그렇게 자기가 처리한 사람들에게 마지막 눈길을 보낼 수 있었다.

페로네가 법무부 장관으로 있던 1825년부터 사법 단지는 커다란 변화를 맞았다.[32] 수감 절차나 형장으로의 이송 절차가 이루어지던 콩시에르주리의 옛 철책 출입문은 폐쇄되었고, 오늘날의 출입 철책은 시계탑과 몽고메리 망루 사이, 아치형 통로로 들어가면 나오는 안뜰로 옮겨졌다. 안뜰 왼편에 수

무아뇽 드 말레르브(1721~1794)는 1794년 4월 단두대에서 처형되었다. 로베르 프랑수아 다미앵(1715~1757)은 루이 15세를 암살하려다 미수에 그쳤고, 구체제에서 시역(弑逆) 죄인에게 내리는 형벌인 거열형(車裂刑)을 받은 마지막 인물이다. 로베스피에르, 마라와 함께 프랑스 혁명의 '거두 3인'인 조르주 자크 당통(1759~1794)이 단두대에서 처형된 것은 1794년 4월 5일이다. 앙투안 프랑수아 데뤼(1744~1777)는 아내와 아들, 그리고 자신의 채권자인 국왕 시종 일가족을 독살한 혐의로 차륜형(車輪刑)을 받고 처형되었다. 의사였던 에드메 사뮈엘 카스탱(1796~1823)은 막대한 유산을 상속 받은 친구를 모르핀으로 독살하고 재산을 가로채려 한 혐의로 처형되었다.
31) 앙투안 푸키에 탱빌(1746~1795)은 공포정치 시대 혁명재판소의 공안검사로서 '단두대의 공급자'라고 불릴 만큼 많은 사람을 반(反)혁명분자로 낙인찍어 무차별적으로 사형선고를 구형했다. 마리 앙투아네트, 당통, 그리고 그가 추종했던 로베스피에르 등이 그의 손을 거쳐 처형되었다. 테르미도르 반동 후 그 자신도 단두대에서 처형된다.
32) 피에르 드니 페로네 백작(1778~1854)은 왕정복고 후반 빌렐 내각(1821~1828)에서 법무부 장관을 역임한 인물이다.

리시에르가 있고 오른편에 철책 출입문이 있다. 샐러드 바구니들은 부등변 다각형인 그 안뜰로 들어와 멈춰 서 있기도 하고 걸리는 것 없이 여유 있게 선회하기도 하는데, 소동이 일어나면 아치형 통로의 견고한 쇠창살이 습격을 막아준다. 예전에는 청사의 오른쪽 옆면과 커다란 외부 계단 사이에 나 있는 좁은 공간을 이용해야 했기에 샐러드 바구니들은 운신의 폭이 아예 없었다. 오늘날 콩시에르주리는 피고인들이나 겨우 수용하는 형편이라(충분해지려면 남녀 구분해 모두 300명을 수용하는 공간이 필요할 것이다.) 자크 콜랭이나 뤼시앵처럼 아주 예외적인 경우 말고는 피의자나 구금자가 콩시에르주리로 끌려오는 일은 없다. 그곳에 수감된 죄수들은 모두 중죄 재판소에 출두해야 한다. 극히 드물게 상류사회 출신 죄수들이 그곳에 수감되는 일이 있는데, 중죄 재판소의 판결로 이미 충분히 명예가 실추된 그들이 믈룅이나 푸아시 같은 파리 외곽 감옥에서 형을 살면 가중처벌을 받는다고 생각될 수도 있기 때문이다. 그래서 우브라르 같은 거물은 생트펠라지보다는 콩시에르주리 수감을 선호했다.[33] 지금 콩시에르주리에는 공증인 르옹과 베르그 대공이 자의적인, 그러나 인간미만은 충만한 관용의 조치에 따라 구금되어 있다.[34]

---

33) 당시 유명한 은행가였던 가브리엘 쥘리앵 우브라르(1770~1846)는 1824년 채무 불이행으로 생트펠라지에 수감되었다가 이듬해 콩시에르주리로 이감돼 18개월을 복역했는데, 수감되었다기보다는 호텔에 투숙했다는 말이 나올 정도로 호사스럽게 생활했다.
34) 본문의 '지금'은 이 작품 3부가 연재분으로 처음 발표된 1846년을 가리

8. 이 모든 것의 활용법

일반적으로 피의자들은, 법정 은어로 '학습하러 간다'고 하는 신문을 받으러 갈 때든, 아니면 경범 재판소에 출두할 때든, 샐러드 바구니에서 부려지면 바로 쥐덫이라 불리는 수리시에르로 직행한다. 철책 출입문과 마주 보는 수리시에르는 성왕 루이 시대의 주방을 개조해 만든 상당수의 독방으로 이루어져 있는데, 구치소를 나온 피의자들은 거기서 법정 개시 시각이나 그들을 심리할 예심판사의 도착을 기다리며 대기한다. 수리시에르는 북쪽으로는 강둑길, 동쪽으로는 파리 경비대 위병소, 서쪽으로는 콩시에르주리 안뜰, 그리고 남쪽으로는 아치형 천장을 인 거대한 홀과(예전에는 연회장으로 쓰였을 터이지만 현재는 아무 용도로도 쓰이지 않는다.) 접하고 있다. 수리시에르 위쪽은 실내 위병소가 차지하고 있는데, 십자형 유리창으로 콩시에르주리 중정을 내려다보는 그곳은 도(道) 소속 헌병 경비단 담당이고 계단을 통해 올라가게 되어 있다. 재판 시각을 알리는 종이 울리면 집행관들이 피의자들을 부르러 오고, 피의자 수만큼의 헌병이 내려와 헌병 한 명이 피의자 한 명씩 맡아 두 팔로 결박 짓는다. 그렇게 짝을 지어 계단을 힘들게 올라가 위병소를 통과한 다음 복도를 지나 경범 재판소 심리를 담당하는 그 유명한 6호 법정 옆에 붙어 있는 방에 도착한

킨다. 공증인 자크 르옹은 1841년 떠들썩한 재판 결과, 사기죄로 수감되었고, 왕정복고 말기 귀족원 의원을 역임한 골수 왕당파 베르그 대공(1791~1864)의 죄목은 확인되지 않는다.

다. 그 길은 피고인들이 콩시에르주리에서 중죄 재판소로 갈 때, 그리고 다시 콩시에르주리로 돌아올 때 밟는 경로이기도 하다.

중앙 로비, 1심 법원의 1호 법정 출입문과 6호 법정으로 이어지는 기단 사이에는 그곳을 처음으로 둘러보는 사람의 눈에도 금방 들어오는, 문이 달리지도 않고 어떤 건축 장식도 없는 입구가, 그러니까 썰렁하기 짝이 없는 네모난 구멍이 하나 있다. 판사들과 변호인들이 그 구멍으로 들어가 복도와 위병소를 지나 수리시에르와 콩시에르주리의 철책 문으로 내려간다. 예심판사들의 집무실은 모두 그 구역 여러 층에 몰려 있다. 각각의 집무실은 흉악스럽게 난립한 계단을 통해 가게 되어 있는데, 법원 청사가 낯선 사람들은 거의 언제나 그 미로 같은 곳에서 길을 잃는다. 그 집무실들 중 절반가량은 강둑길 쪽으로 창이 나 있고, 나머지는 콩시에르주리 안뜰 쪽으로 창이 나 있다. 1830년 당시, 예심판사 집무실 몇 개는 라바리유 리가[35) 쪽으로 창이 나 있었다.

샐러드 바구니가 콩시에르주리 안뜰에서 좌회전을 하면 피의자들을 수리시에르에 부리는 것이고, 우회전을 하면 피고인들을 콩시에르주리로 데려가는 것이다. 그러므로 자크 콜랭을 태운 샐러드 바구니는 그를 철책 문 앞에 내려놓기 위해 오른쪽으로 돌았다. 이보다 더 소름 끼치는 광경은 일찍이 없었다. 죄수들이나 방문객들 앞을 가로막는 견고한 철책 여닫이문은

---

35) 1858년 오늘날의 '불바르 뒤 팔레'가 뚫리면서 없어진 길이다.

두 짝이 항상 순차적으로 1.8미터 정도 너비로 열리는 구조인데, 그 쇠창살 너머로 모든 것이 워낙 면밀하게 감시되고 있기 때문에 방문 허가증이 발부된 사람들이 철책 문을 통해 안으로 들어가는 즉시 열쇠가 자물쇠 안에서 돌아가는 소리가 난다. 예심판사나 검사 같은 사법관들도 신분이 확인된 다음에야 들어갈 수 있다. 사정이 이러하니 연락을 취하거나 탈옥할 가능성을 말한다……? 콩시에르주리 소장은 입가에 미소를 지을 것이고, 그 미소는 관행적 진실에 가장 무모하게 도전하는 소설가의 의심마저도 꽁꽁 얼어붙게 할 것이다. 콩시에르주리 연감에도 라발레트의 탈옥밖에 기록된 것이 없다. 그러나 그 탈옥의 경우, 국왕의 묵인이 있었기에 가능했는데, 오늘날 확실한 증거로 뒷받침되는 그 묵인으로 라발레트의 아내가 기울인 헌신적 노력이 폄하되는 것은 아니지만, 적어도 실패의 확률은 현저히 감소했던 사례로 보아야 한다.[36] 기적을 신봉하는 사람들조차도 탈옥을 가로막는 갖가지 장치들의 배치를 보면 그 장애물들이 과거에도, 지금도, 앞으로도 난공불락이라는 점을 인정할 것이다. 어떠한 말로도 벽과 아치형 천장의 견고함을 묘사할 수 없을 터이니 제대로 실감하려면 직접 보는 수밖에 없다. 중정에 깔린 포석(鋪石)이 강둑길의 포

---

36) 나폴레옹 제정과 '백일천하' 당시 고위 관료였던 라발레트 백작은 1815년 사형선고를 받고 콩시에르주리에 수감되었지만, 면회 온 아내와 옷을 바꿔 입고 탈옥에 성공한다. 그러나 그것은 간수의 방조가 있었기에 가능했는데, 그 배후에는 루이 18세의 묵인이 있었다는 것이 정설이다. 라발레트 백작은 1822년 사면된다.

석보다 더 낮은 위치지만, 콩시에르주리 접수대를 넘고 나서도 계단을 한참 더 내려가야 아치형 천장을 인 넓은 홀에 당도하는데, 거대한 기둥들과 어우러진 그 홀의 견고한 벽체 한쪽에는 오늘날 콩시에르주리 소장의 숙소에 속하는 몽고메리 망루가, 다른 쪽에는 감시자든 간수든 열쇠지기든 뭐라 불려도 상관없는 콩시에르주리 직원들의 숙소로 쓰이는 은화 망루가 접하고 있다. 직원들의 수는 생각하는 것처럼 그리 많지는 않다.(20명이다.) 그들이 쓰는 숙소는, 침상도 그렇고, 전반적으로 특혜받은 일부 죄수들이 수감되는 피스톨이라 불리는 감방과 별반 다르지 않다. 그 이름은 모르긴 해도 옛날에 그 감방이 매주 1피스톨을[37] 내는 죄수들에게 주어진 데서 나왔을 터인데, 그래 봐야 피스톨은 전도양양한 청년이 파리에 와서 처음으로 묵는 냉기 도는 허름한 다락방 수준에 불과하다. 그 커다란 홀의 왼편에는 유리로 칸막이를 한 형태의 사무실인 콩시에르주리 서류 보관소가 있는데, 소장과 서기가 근무하는 그곳엔 수감자 명부가 보관되어 있다. 피의자와 피고인들은 이름과 신상이 모두 그곳에 비치되어 있으므로 누가 수감되어 있는지도 확인할 수 있다. 수형자가 어느 방에 머물지도 그곳에서 결정되는데, 수형자의 주머니 사정에 따라 결정이 다르게 내려진다. 그 홀의 접수창구 맞은편으로 유리문이 하나 보이는데, 그 문을 통해 들어가는 면회실에서 피고인들

---

37) 피스톨은 16, 17세기에 에스파냐와 이탈리아에서 주조되었된 금화를 가리키는데, 그 가치가 프랑스 앙시앵레짐에서 주조되고 통용되던 10리브르(10프랑에 해당) 주화와 같아서 그 주화를 피스톨이라고도 불렀다.

과 그들의 친지, 변호사들 간의 대화가 나무 창살이 이중으로 쳐 있는 창구를 사이에 두고 이루어진다. 면회실은 안마당으로 난 창을 통해 채광되는데, 건물 내부 산책장인 그 안마당에서 피고인들은 정해진 시간에 바람을 쐬거나 운동을 하는 것이 허락된다.

입구의 중정으로 난 창이 하나 있지만 서류 보관소가 그 창을 완전히 가로막고 있어서 접수창구와 면회 창구를 통해 들어오는 뿌연 빛으로만 겨우 채광이 되는 그 넓은 홀을 직접 눈으로 접하게 되면 분위기와 채도가 머릿속으로 미리 그리고 있던 모습과 완벽하게 일치함을 경험하게 된다. 은화 망루와 몽고메리 망루가 버티고 있는 모습에다 면회실 주변을 빙 둘러싼, 아치형 천장에 볕도 들지 않는 그 신비롭고 위압적인 지하 동굴까지 접하면, 그리고 그곳이 여왕과 마담 엘리자베스가 갇혔던 지하 감옥,[38] 그리고 접견이 완전히 금지된 스크레라고 불리는 좁은 독방들로 이어지는 곳이라는 사실을 알고 나면, 두려움은 배가될 것이다. 각석으로 지어진 이 미궁은 오랫동안 왕실의 잔치를 지켜보다가 이렇게 사법 단지의 지하실로 변모했다. 1825년에서 1832년까지, 사형수들의 마지막 준비 절차가 이루어지던 곳이 바로 이 넓은 홀 안, 대형 난로와 두 개의 철책 문 중 첫 번째 문 사이 공간이었다. 사형수들이 던진 그 무수한 최후의 시선과 거기 담긴 내밀한 이야기를 받

---

38) 여왕은 마리 앙투아네트고, 마담 엘리자베스는 루이 16세의 여동생 (1764~1794)으로, 역시 공포정치기에 처형되었다.

아주었던 바닥 돌을 밟고 지나갈 때마다, 세월은 흘렀지만 지금도 여전히 전율을 피할 수 없을 것이다.

9. 어떻게 죄수 명부에 오르는가

빈사 상태로 보이는 피의자는 무시무시한 호송차에서 내릴 때 헌병 두 명의 부축을 받아야 했다. 두 헌병은 양옆에서 각자 한쪽 팔로 기절한 것 같은 죄수를 결박하고 껴안듯이 사무실 안으로 끌고 들어갔다. 그렇게 질질 끌려가던 빈사의 죄수는 흡사 십자가에서 내려지는 구세주 그리스도처럼 눈을 들어 하늘을 바라보았다. 당연히 그 어떤 그림 속 예수도 시체를 연상시킬 정도로 완전히 숨이 끊긴 표정을 연기하는 그 가짜 에스파냐인을 넘어서지 못한다. 그는 마지막 숨을 내쉬기 직전처럼 보였다. 사무실 안에 강제로 앉혀지자 그는 다 죽어가는 목소리로 체포될 때부터 주변 아무에게나 계속 요구했던 말을 되풀이했다. "에스파냐 대사님을 불러주시오……."

"그런 요구는," 소장이 대답했다. "예심판사에게 하시오……."

"아! 이런!" 자크 콜랭이 절망의 한숨을 내쉬며 대꾸했다. "그러면 성무일도서도 소지할 수 없나요……? 의사의 진찰은 계속 받을 수 없는 겁니까……? 난 살 시간이 2시간도 안 남았는데."

카를로스 에레라는 스크레에 수감되어야만 하는 처지였기에 그에게 피스톨의 특혜를 요구하겠느냐고, 다시 말해 사법

기구가 허용하는 유일한 편안함을 누리는 감방에 머물 권리를 요구하겠느냐고 물을 필요가 없었다. 피스톨이라 불리는 감방들은 감옥 안마당 끝에 자리 잡고 있는데, 그 점이 나중에 중요한 문제로 떠오르게 될 것이다. 법원 집행관과 서기가 서로 협력하며 침착하게 수감 절차를 밟았다.

"소장님," 자크 콜랭이 프랑스어에 서툰 것처럼 어눌하게 말했다. "당신도 보시다시피 난 다 죽어가는 목숨이오. 해줄 수 있다면, 특히 가능한 한 빨리 판사에게 말씀 좀 꼭 해주시겠소? 범죄자라면 가장 두려워하기 마련인 것을 내가 원한다고 말이오. 판사가 오는 즉시 판사 앞에 출두하도록 호의를 베풀어주십사 이렇게 간청한다고 말이오. 왜냐하면 내가 정말 참을 수 없을 정도로 아파서 한시가 급하거든요. 내가 판사를 면담하는 순간 모든 잘못이 바로잡힐 거요……."

일반 법칙일지니, 범죄자들은 예외 없이 자신이 잡힌 것이 착오 때문이라고 말한다! 도형장에 가서 도형수들에게 물어보시라. 그들은 거의 모두 자신들이 잘못된 재판의 희생자라고 할 것이다. 그렇기에 피의자나 피고인, 기결수 들과 접촉한 사람들은 그 말을 듣고 슬며시 미소를 짓는다.

"예심판사에게 당신의 요청을 전하겠소." 소장이 대답했다.

"그래 주시면 당신을 위해 축복을 빌겠습니다, 소장님……!" 에스파냐인이 하늘을 향해 눈을 들며 말했다.

수감자 명부 등재가 끝나자마자 경찰청 경비대원 둘이 양쪽에서 카를로스 에레라의 팔을 결박했고, 그들을 안내할 간수에게 소장은 피의자가 수감되어야 할 스크레 하나를 지정해 알려주었다. 카를로스 에레라는 그렇게 콩시에르주리의 지하 미궁으로 끌려가, 일부 박애주의자들은 뭐라 말할지 모르지만 그래도 매우 깨끗한 편인, 그러나 외부와의 접촉이 완전히 차단된 독방에 수감되었다.

그가 나가고 나자, 간수들과 소장, 소장의 서기, 집행관, 그리고 헌병들이 상대방의 의견을 묻는 사람들처럼 서로 시선을 주고받았는데, 그들 모두는 의심쩍어하는 표정이었다. 그러나 곧이어 또 다른 피의자가 들어오자, 모두들 평소의 애매한 모습으로 돌아가 무관심한 표정을 지었다. 특별한 경우가 아니라면 콩시에르주리의 직원들은 죄수들에게 별로 호기심을 보이지 않는데, 그들에게 죄수는 이발사들에게 단골손님이나 마찬가지로 익숙한 상대이기 때문이다. 따라서 두려울 것이라고 지레짐작하는 모든 수감 절차도 은행에서 돈거래를 하는 것보다 더 간단하고, 대체로는 더 정중하게 진행된다. 뤼시앵은 호송차 안에서 자포자기 상태에 빠져 될 대로 되라는 심정이었기 때문에 처연한 죄수의 얼굴을 하고 들어왔다. 퐁텐블로에서부터 시인은 자신의 파멸을 곱씹었고, 속죄의 시간을 알리는 종이 이미 울렸다고 주억거렸다. 자신이 없는 동안 에스테르에게 무슨 일이 일어났는지 전혀 모르는 그는 자신이 탈옥한 도형수와 절친한 사이라서 잡혀 왔다고 생각했다. 그 상황은 그로서는 죽음보다 더 나쁜 파국을 직감하게 하기에 충분했다. 그의 생각이 하나의 계획으로 수렴했으니, 그것은 자살이었다. 그는 악몽 속 환영처럼 어렴풋이 모습을 드러내는 치욕스러운 상황을 무슨 수를 써서라도 피하고 싶었다.

자크 콜랭은 두 피의자 중 위험한 자였기에 자연석을 절단한 돌로 벽 전체를 견고하게 쌓은 독방에 감금되었는데, 그 방은 시테 궁의 높은 외벽 안쪽, 검사 집무실이 있는 부속 건물에 있어서 빛줄기라곤 그곳에 산재한 여러 조그만 안뜰 중 여성 수인들의 산책장으로 쓰이는 한 곳을 통해 들어오는 것뿐이었다. 뤼시앵은 자크 콜랭과 같은 절차를 밟은 다음, 예심판사의 지시에 따라 소장이 특별 배려를 했기 때문에 피스톨과 인접한 독방에 수감되었다.

10. 두 피의자는 어떻게 고통을 감내하는가

소송사건에 말려들 일이 없는 사람들은 일반적으로 밀실 독방 감금을 최악의 처지에 놓인 것으로 생각하기 마련이다. 형사재판을 떠올리자마자 자동 반사처럼 옛날에 성행했던 고문, 비위생적인 감옥, 물기가 줄줄 흘러내리는 차가운 돌벽, 각종 드라마에서 빠지지 않는 조연 역할을 하는 상스러운 간수들과 형편없는 식사가 결부되는 것이다. 그러나 그러한 과장된 상황들은 연극에서나 존재하는 것이지 정작 사법관들이나 변호사들, 그리고 호기심에서 콩시에르주리를 구경하거나 세심히 관찰해 본 사람들은 그런 생각에 빙그레 미소를 짓는다는 점을 이 자리에서 밝히는 것도 쓸모없지는 않을 것이다. 오랫동안 콩시에르주리가 끔찍했던 곳이었음은 사실이다. 루이 13세와 14세 시대의 고등법원 시절, 피고인들은 예전의 접수

대 아래에 있던 일종의 중이층 같은 공간에 아무렇게나 내던
져지듯 수감되었다. 콩시에르주리 수감 시설은 1789년 대혁명
이 저질렀던 여러 중대 과오 중 하나다. 옛날 행형제도의 끔찍
한 모습을 일부나마 접해 보려면 여왕의 감옥이나 마담 엘리
자베스의 감옥을 구경하는 것으로 충분할 것이다. 그러나 오
늘날 이른바 박애 정신이 발휘되어서, 비록 그것이 사회 전체
에는 이루 말할 수 없는 해악을 끼쳤지만,[39] 개인들의 처우에
있어서는 얼마간 개선이 이루어진 것도 사실이다. 우리 사회
는 나폴레옹 덕분에 제대로 된 **형법**을 갖추었다. 우리의 형법
은, 똑같이 훌륭하긴 하지만 몇 가지 사항에서 시급한 개정이
필요한 민법을 제치고, 나폴레옹 시대라는 그 매우 짧았던 치
세가 남긴 가장 위대한 유산 중 하나로 꼽힐 것이다. 이 새로
운 형법 덕분에 그동안의 끝 모를 고통이 완전히 종식되었다.
따라서 상류계급에 속하는 사람들이 처벌의 대상이 됨으로써
겪게 되는 그 끔찍한 정신적 고문을 별도로 한다면, 오늘날
사법권의 행사는 온건하고 깔끔하게 작동하는 편이라고 인정
할 수 있는데, 그러한 온건함과 깔끔함이 뜻밖의 면모이기에
그 효과는 더욱 크게 느껴지는 측면이 있다. 용의자든 피의자
든 물론 자기 집에 있는 것처럼 편안하지는 않다. 하지만 파리

---

39) 발자크는 당시 커다란 사회적 관심 사항이었던 박애주의 혹은 자선사
업에 대해 매우 비판적인 입장을 취한다. 발자크가 볼 때 그것은 영적 구원
을 목표로 하는 전통적 기독교적 자비와는 달리, 물질지상주의의 산물일
뿐으로 "허영 의식의 딸"이고, 박애주의자 또는 자선사업가들의 지위를 확
보하기 위해 사회의 병리 현상을 조장하는 위선적 행위에 불과했다.

의 감옥들에는 필요한 것이 얼추 갖추어져 있다. 게다가 수감된 사람들이 겪는 감정은 워낙 특별해서 생활에 필요한 소품들은 평소 의미와는 다른 의미를 지니게 된다. 감옥에서 고통받는 것은 절대로 몸이 아니다. 정신이 워낙 극심한 고통에 시달리는지라 갇힌 몸이 겪게 될 불편과 낯섦은 어렵지 않게 참을 수 있다. 그리고 특히 파리에서는 죄 없는 결백한 수인은 이내 석방된다는 사실을 인정해야 할 것이다.

사정이 그렇기에 뤼시앵은 감방에 수감되면서 그곳이 자신이 파리에 올라와 처음 한동안 살았던 클뤼니가의 호텔 방을 빼다 박은 모습이라고 생각했다. 라틴 구역의 아주 저렴한 하숙용 여관방에나 있을 법한 침대 하나, 밀짚 방석 의자 몇 개, 탁자 하나, 그리고 몇 가지 물품들이 그 감방 안 설비의 전부였는데, 위조나 파산처럼 죄질이 무겁지 않고 품행이 얌전한 피고인일 경우 두 명이 함께 수감되기도 하는 그런 곳이었다. 순진무구하기만 했던 자신의 출발점과 수치와 모욕의 나락으로 떨어진 도착점, 그 둘 사이의 유사성이 마지막 남은 시적 감수성이 발휘되면서 그런 식으로 확연히 느껴지자, 불행에 빠진 존재는 눈물로 범벅이 되었다. 그는 겉으로는 목석같이 무심해 보였지만, 자신의 모든 희망이 무산되어 고통스러운 심정인 데다, 모든 사회적 허영이 물거품이 되고, 자존심은 무너지고, 야심가, 사랑받는 연인, 행복한 자, 댄디, 파리지앵, 시인, 향락주의자, 특권층 등 자신을 구성했던 모든 자아가 무참하게 붕괴되어 무려 4시간 동안이나 울었다. 그의 전부가 이카로스의 추락으로 산산이 부서졌다.

카를로스 에레라는 우리 안을 뱅뱅 도는 파리 식물원의 백곰처럼 홀로 수감된 감방 안을 계속 서성거렸다. 그는 감옥 문을 세심하게 살펴보고 조그만 감시 구멍 말고는 어떤 틈새도 없다는 것을 확인했다. 그는 모든 벽을 샅샅이 살펴보다가 시야를 가리는 빗살창 틈새로 희미한 빛이 스며드는 것을 발견하고 중얼거렸다. "이 정도면 안전하군!" 그는 간수가 철망이 쳐진 감시 구멍에 눈을 대고 바라보더라도 절대로 시선이 닿지 않을 구석을 찾아가 바닥에 앉았다. 그런 다음 그는 가발을 벗고 그 속에 붙은 종이를 재빨리 뜯어냈다. 머리와 닿았던 면이 기름기에 절어 너무나도 더러워서 종이가 가발 안쪽의 막처럼 보였다. 비비뢰팽이 이 에스파냐인이 다름 아닌 자크 콜랭임을 밝히기 위해 설사 그 가발을 벗겨낼 생각을 했었더라도 그 종이의 존재만큼은 눈치채지 못했을 텐데, 그 정도로 그것은 가발을 구성하는 일부로 여겨지기에 충분했다. 그 종이의 다른 면은 비교적 하얗고 깨끗해서 글자를 몇 줄 적을 만했다. 가발에서 종이를 뜯어내는 작업은 라포르스 구치소에서부터 시작되었는데, 2시간 정도로는 어림없을 만큼 까다롭고 손이 많이 가는지라 전날 구치소에서 반나절을 그 일에 바친 터였다. 피의자는 그 종이의 가장자리를 자르기 시작해 너비가 1센티미터 정도인 긴 띠가 되도록 만든 다음, 여러 조각으로 나누었다. 그러고 나서 아라비아산 고무풀에 수분을 먹여 접착력을 복원시키고, 그 종잇조각들을 그렇게 만든 독특한 보관소에 다시 저장했다. 그리고 벗어놓은 가발의 머리 타래 속에서 옷핀처럼 가는 여러 필기도구 중 하나를 꺼냈는데, 그것들은 최근 쉬스가 만들어 상품화한 것으로서[40] 머리 타래에 아교풀로 부착되어 있었다. 그는 필기할 수 있을 만큼은 길이가 되는, 그러나 귓속에 감출 수 있을 만큼 작은 것을 골랐다. 원숭이처럼 교활한 노회한 도형수답게 빈틈없는 실행 기술로 그 재빠른 사전 작업을 마친 후, 자크 콜랭은 침대 모서리에 앉아서 앞으로 어떤 식으로든 아지와 마주칠 것이라 확신하고 그녀에게 내릴 지시를 곰곰이 생각하기 시작했다. 그만큼 그는 그 여인의 재능에 많은 기대를 걸고 있었다.

"약식 신문을 받을 때," 그가 혼자 중얼거렸다. "난 에스파냐인인 척 프랑스어를 어눌하게 했고, 에스파냐 대사 접견을 요구했으며, 외교관 특권을 주장했고, 무슨 말을 하는지 도무지 모르겠다는 반응을 보였다. 그 모든 연기를 힘없는 말투와 질질 끄는 말끝, 그리고 한숨을 적재적소에 섞어 기막히게 했지. 요컨대 다 죽어가는 사람이 하는 정신 나간 소리와 완전히 닮게 했단 말이야. 내 신분증명서는 법적으로 문제가 없어. 아지와 나, 우리 둘은 카뮈조를 얼마든지 요리할 수 있어. 그자는 강적이 아니야. 그러니 뤼시앵 걱정을 하도록 하자. 그가 다시 마음을 굳게 먹도록 하는 게 관건이야. 무슨 수를 써서라도 그 심약한 애에게 접근해 행동 지침을 알려줘야 해. 안 그러면 그는 스스로 굴복하고 말 것이고, 내 정체까지 실토할 것

---

40) 니콜라와 빅토르 쉬스 형제는 당대에 유명했던 청동 주물 장식품 제작자이자 판매업자인데, 처음에는 문구류 사업에서 출발했다. 파리에 그가 운영하는 상점이 두 개 있었으며, 가장 유명한 물품이 이른바 '영구 침필'이라는 필기도구였다.

이야. 그러면 만사 끝장이지……! 그가 신문받기 전에 끊임없이 반복해서 주입해야만 해. 그러고 나서 사제라는 내 신분을 뒷받침해 주는 증인들을 구해야만 하고!"

이상이 두 피의자가 처한 정신적 육체적 상태였다. 그 시점에서 둘의 운명은 센 지방법원 예심판사인 카뮈조 씨에게 달려 있었는데, 예심판사는 형법이 그에게 부여한 시간 동안은 두 피의자의 지극히 사소한 부분까지도 얼마든지 좌지우지할 수 있는 권한을 가진 주인이었다. 카뮈조 씨가 콩시에르주리의 부속 사제든 의사든 또는 다른 누구든, 두 피의자와 접견할 수 있도록 허가를 내주는 유일한 결정권자였기 때문이다.

11. 예심판사란 누구인가 — 예심판사를 경험해 보지 못한 사람들을 위한 설명

어떤 인간의 권력도, 그러니까 왕도, 법무부 장관도, 수상도 예심판사의 권한을 침해할 수 없다. 아무것도 그를 가로막지 못하고, 그 무엇도 그에게 이래라저래라 하지 못한다. 그는 오직 법과 자기 양심만을 따르는 군주 같은 존재다. 철학자들과 자선가들, 그리고 정치 기자라고 하는 자들이 사회의 권력이란 권력은 모조리 축소하려고 집요하게 달려드는 작금의 세태에서 우리의 법이 예심판사에게 부여한 권한도 엄청난 공격의 대상이 되었는데, 예심판사의 권한을 두고 지나치다고들 떠들어대지만 실상은 바로 그 권한에 의해 우리 법의 정당성이 입증되는 사정이고 보니, 공격은 그럴수록 더욱 거세지고 있다. 사정이 그렇지만 건전한 상식을 가진 모든 사람이 볼 때는 그 권한은 절대 침해되어서는 안 되는 권한이다. 몇몇 경우 보석금 제도의 광범한 활용을 통해서 그 권한의 실행을 완화할 수는 있겠다. 그러나 우리의 형법 전체를 지탱하는 그 기둥이 무너지고 만다면, 배심원단의 반지성과 무능력 때문에 이미 크게 흔들린 우리 사회는 붕괴할 위험에 직면할 것이다.(그래서 존엄한 지위의 최고 법관직은 선출된 명사들에게만 맡겨져야 할 것이다.) 범죄 예방을 목표로 하는 예비검속은 예심판사가 가진 무섭고도 꼭 필요한 권한 중 하나인데, 그 권한의 사회적 위험성이 없진 않겠으나 그것이 지닌 커다란 장점 자체로 상쇄되고도 남는다. 게다가 사법관을 불신하고 그에 맞서는 것은 사회 붕괴의 신호탄이다. 현행 제도를 파괴하시라, 그리고 다른 바탕 위에 제도를 재건하시라. 대혁명 이전처럼 사법관에게 엄청난 재산의 보장을 요구하시라. 하지만 정말로 그렇게 될 것이라고 믿으시는가? 사회에 모욕을 안길 요량으로 사회가 그럴 수 있다는 이미지를 만드는 작태를 하지 마시라. 오늘날 사법관은 일개 공무원처럼 급료를 받는 존재로서 거의 대다수가 가난한 처지인데, 그래서 옛날의 위엄은 버리고 자기와 평등해져 버린 모든 사람이 볼 때 용납할 수 없는 것처럼 보이는 교만을 취했다. 왜냐하면 교만은 근거를 갖지 못한 위엄의 한 형태기 때문이다. 바로 거기에 현 제도의 악폐가 도사리고 있다. 프랑스가 고작 10개의 재판 관할구역으로 나뉘어 있다면 사법관에게 거액을 주기로 함으로써 사법관 수준을 높일 수 있겠지만, 그것은 지금처럼 26개의 관할 구역이 있는 점을 고려하면 불가능한 일이다. 현재 예심판사에게 부여된 권한의 행사 범위 내에서 요구할 수 있는 현실적인 유일한 개선책은 구치소의 정비와 확충뿐이다. 피의자 신분이라고 해서 피의자 개개인의 평소 생활에 어떠한 변화도 초래되어서는 안 될 것이다. 적어도 파리에서는 피의자의 처지와 대우에 대해 대중이 갖고 있는 평소 생각을 근본적으로 바꿀 수 있도록 구치소들을 새로 짓고 감방 안 설비를 잘 갖추고 전체적인 시설도 잘 정비해야 할 것이다. 법은 그 자체로는 선하며 필수적이나 그 집행은 악한 속성을 가진다. 그리고 세태는 법을 그것이 집행되는 방식을 보고 판단한다. 프랑스에서 여론은 피의자는 비난하면서도, 피고인으로 신분이 바뀌면 설명이 안 되는 모순된 논리로 그가 죄가 없다고 단정한다. 아마도 그건 권위에 저항하는 프랑스인들의 본질적 정신이 드러난 결과일 것이다. 파리의 대중이 보여주는 이러한 일관성을 잃은 모습은 이 드라마의 파국적 결말을 부추긴 여러 이유 중 하나였다. 심지어 그것은 앞으로 차차 보게 되겠지만, 그 이유 중 가장 강력한 축에 들었다. 예심판사의 집무실 안에서 벌어지는 여러 두려운 장면의 비밀에 접근하기 위해, 서로 치열하게 다투는 피의자들과 사법기관 양쪽의 입장을 제대로 알기 위해 (그 다툼의 목표물은 바로 감옥 은어로 아주 적절하게 **호기심쟁**이라고 불리는 예심판사의 신문에 맞서 피의자들이 한사코 지키려 하는 비밀을 가리킨다.) 절대로 잊지 말아야 할 사실은, 독방에 구금된 피의자들이 일고여덟 무리의 사람들로 형성되는 이른바 대중의 의견이 어떤지, 경찰과 법원이 무엇을 알고 있는지 전혀 알수 없고, 언론 매체마다 범죄의 정황에 대해 이러쿵저러쿵 써대는 내용만을 그저 조금 아는 형편이라는 점이다. 따라서 자크 콜랭이 방금 전 아지를 통해 알게 된 뤼시앵의 체포 같은 정보를 피의자에게 제공하는 것은 물에 빠진 사람에게 동아줄을 던져주는 것과 같다. 앞으로 살펴보겠지만, 그러한 연락이 없었더라면 도형수를 무력화시킬 수 있었을 시도가, 바로이런 이유로 해서 실패로 끝나고 만 것이다. 자, 이러한 사항들이 일단 전제되었으니, 웬만해서는 꿈쩍도 하지 않을 독자들도 유폐와 적막과 회한이라는 공포의 세 요소가 합작해 내는효과를 접하고 모골이 송연해질 것이다.

12. 혼란에 빠진 예심판사

왕실 수장고 집행관이었던 인물의 사위인 카뮈조 씨에 관해서는 독자 여러분이 이미 너무나 잘 알고 있겠기에 이 자리에서 그가 어떻게 결혼했고 그의 지위와 평판이 어떤지 굳이설명할 필요가 없을 터,[41] 아무튼 예심판사 카뮈조 씨는 그즈

---

41) 발자크는 원고에서 카뮈조가 "부르도네가의 부유한 비단 포목상의 아들"이라고 명기했으나, 이 대목을 쓸 즈음 이미 꽤 많이 배포된 『인간극』 전집을 고려해, 발표 시 카뮈조에 대한 구체적 설명을 지운다. 카뮈조의 아버지는 『잃어버린 환상』에서 뤼시앵의 애인이었던 코랄리를 정부로 삼아 돈을 대주던 인물이다. 노르망디의 도시 알랑송에서 시작된 카뮈조의 법조인 경

음 자신에게 배당된 심리를 두고 수사 대상인 카를로스 에레라와 거의 흡사하게 심적으로 당혹스러운 상태였다. 얼마 전까지 지방의 통합 관할법원 재판장이었던 그는 그 유명한 모프리뇌즈 공작 부인의 도움 덕에 그 자리에서 벗어나 모든 법조인이 선망하는 보직인 파리의 판사로 임명되었다. 모프리뇌즈 공작 부인이 빈궁(嬪宮)과 가까운 사이인 데다, 그녀의 남편도 왕세자의 시종장이자 왕실 근위 기병대의 대령으로서 아내 못지않게 국왕의 두터운 신임을 얻고 있었던 까닭이다.[42] 알랑송의 한 은행가가 젊은 데그리뇽 백작을 상대로 낸 고소를 무고죄로 처리해 준 덕분에, 그런 일이야 판사로선 아주 사소한 사안이나 모프리뇌즈 공작 부인에게는 매우 중요한 사건이었는지라('지방 생활 장면' 중『골동품 진열실』을 볼 것.[43]) 그

___

력은 바로 뒤에 언급되는 작품『골동품 진열실』(1838)에서 다루어지는데, 거기서 독자는 루이 18세의 종복으로, 왕실 수장고 집행관인 그의 장인 티리옹이 그의 출세에 큰 역할을 했다는 사실과 함께, 그가 우유부단한 성격에 무능하며 아내에게 휘둘리는 인물이라는 사실을 접할 수 있다.

42) 루이 18세는 후손이 없었기에 동생 다르투아 백작, 곧 샤를 10세가 프랑스 왕위를 이었다. 한편, 샤를 10세에게는 아들이 둘이었는데, 장남인 앙굴렘 공작이 본문에 언급된 '왕세자'다. 그리고 샤를 10세의 차남이 베리 공작이어서, '빈궁'은 베리 공작 부인을 가리킨다. 루이 18세 치세인 1820년, 아버지와 형에 이어 왕위 계승 서열 세 번째였던 베리 공작은 반대파에 의해 암살당했고, 그로 인해 복고왕정의 정책이 유화책에서 강경책으로 선회한다. 베리 공작 부인은 남편의 사망 후 1830년 7월혁명이 일어나기 전까지 왕당파의 구심적 역할을 한 인물로, 왕실에 막강한 영향력을 행사했다. 왕세자였던 앙굴렘 공작은 7월혁명 이후 망명자 신분이 된다.

43) 파리에 상경한 알랑송의 귀족 청년 빅튀르니앵 데그리뇽과 파리의 대귀족 모프리뇌즈 공작 부인 사이의 스캔들은『골통품 진열실』의 주요 이야기

는 지방의 별 볼일 없는 일개 판사에서 통합 관할법원장으로, 지방 법원장에서 다시 파리로 일약 승진했다. 그가 왕국에서 가장 중요한 법원의 자리 하나를 꿰찬 지는 18개월이 지났는데, 그새 그는 벌써 모프리뇌즈 공작 부인의 부탁을 받고 그녀 못지않게 유력한 귀부인인 데스파르 후작 부인 사건에 관여할 수 있었다. 비록 그의 개입은 실패로 끝나고 말았지만 말이다.(『금치산』을 볼 것.) 이 장면의 초반부에서[44] 이미 언급한 바 있지만, 데스파르 부인과 악감정으로 얽힌 뤼시앵은 그녀가 남편에 대한 금치산 선고를 받아내려고 수를 쓸 때, 그녀에게 복수하기 위해 검사장과 세리지 백작 앞에서 사건의 진상이라고 낱낱이 떠벌린 적이 있었다. 그 두 고위 권력이 데스파르 후작의 친구들과 힘을 합치게 되자 데스파르 부인은 그나마 남편의 관대한 마음씨 덕에 모해죄에 관한 법원의 유죄판결을 겨우 면할 수 있었다. 전날, 뤼시앵의 체포 소식을 들은 데스파르 후작 부인은 시동생인 데스파르 기사를 카뮈조 부인 집으로 보냈다. 카뮈조 부인은 지체 없이 고명한 후작 부인을 접견하러 집을 나섰다. 저녁 식사 무렵 귀가한 카뮈조 부인은 남편과 이야기를 나누기 위해 그를 자기 침실로 불렀다.

"당신이 그 건방진 애송이 녀석 뤼시앵 드 뤼방프레를 중죄재판소로 보낸다면, 그리고 유죄판결을 받아낸다면," 그녀가 남편의 귀에 대고 말했다. "당신은 국사원[45] 판사로 승진할 거

중 하나이다.

44) 여기서 초반부란 이 작품 1권의 1부 15장과 20장을 가리킨다.

45) 구체제에서 '국사원(Conseil d'Etat 또는 Conseil du Roi)'은 사법관들로

야……."

"그게 어떻게?"

"데스파르 부인이 그 천한 젊은이의 목이 떨어지는 걸 보고 싶어 하거든. 그 어여쁜 부인의 입에서 나오는 증오의 목소리를 듣는 순간, 난 등에 한기를 느꼈어."

"재판 업무에 그렇게 개입하면 안 돼." 카뮈조가 대답했다.

"내가 재판에 개입한다고?" 그녀가 대꾸했다. "제삼자가 후작 부인과 나의 대화를 들었을 수는 있겠지만 설사 그렇더라도 무슨 말을 했는지는 알 수 없을 거야. 우리 둘은, 당신과 내가 지금 이 순간 그러듯이, 서로 교묘하게 속을 감추었거든.

구성된 왕정의 핵심 기관으로서 왕령의 제정과 그에 근거한 심판 등 왕이 독점한 입법권과 사법권을 보좌하는 역할을 했다. 이후 일반 사법권은 '고등법원(Parlement)'으로 이관되었지만, 왕은 자신의 통치 행위와 관련된 분쟁은 국사원을 통해 스스로 심판했다. 왕이 유지하는 이러한 '독자적 사법권(justice retenue)'에 반해, 고등법원이 가진 사법권은 '위임 사법권(justice déléguée)'이라고 불렀다. 대혁명 이후 나폴레옹 시대에, 일반 법원은 통치(행정) 행위를 막을 수도 행정 집행자들을 소환할 수도 없도록 규정하는 법령이 공포되며 국사원의 기능은 막강해졌고, 이를 바탕으로 '나폴레옹 법전'이 제정된다. 왕정복고 후 루이 18세는 '1814년 헌장'에서 국사원을 언급하지 않지만, 국사원을 존속시키고 구체제의 명칭을 빌린 관련 위원회를 거기에 부속시켜 — 정식 명칭은 아니지만 통상 이 기관들을 '왕의 법정(la cour royale)'이라고 부른다. — 민감한 정치적 사건에 대한 구체제 군주의 심판 권한을 일정 부분 회복하고자 했다. 원문에서 '왕의 법정에 소속된 사법관(le conseiller à la cour royale)'이라 표기된 직책을 여기서는 '국사원 판사'로 옮기기로 한다. 이후 민주공화국 이념에 맞춰 재정비되는 과정을 거쳐, 오늘날 프랑스의 국사원은 최고 행정법원으로서 행정소송의 상고심 역할을 하는 기관으로 정착된다.

후작 부인은 자기 사건에서 당신이 특별히 신경 써준 것에 대해 내게 고맙다고 말을 전했어. 비록 성공을 거두지는 못했어도 그 일에 감사의 마음을 가지고 있다면서. 그녀는 법이 당신에게 부여한 그 엄중한 임무를 내게 언급했어. '한 사람을 단두대로 보내야만 하는 것은 분명 끔찍한 일이에요. 하지만 바로 그것, 그것이 정의를 구현하는 일이죠…… 운운.' 후작 부인은 자기 사촌인 샤틀레 부인의 손에 이끌려 파리에 상경한[46] 그처럼 잘생긴 청년이 그렇게 인생이 뒤바뀌는 것을 매우 안타까워했어. 그녀는 이렇게 말했어. '문제는 바로 코랄리나 에스테르처럼 질이 안 좋은 여자들이 젊은 남자들을 타락의 길로 이끌어 몹시 역겨운 이득을 나눠 가진다는 점이에요!'라고. 그러고는 자비와 신앙에 관한 그럴듯한 장광설이 뒤따랐지! 샤틀레 부인은 뤼시앵에게 그가 자기 누이와 어머니를 망하게 한 것만으로도 천 번을 죽어 마땅하다고 말했다는 거야……. 후작 부인 말이, 국사원 판사 한 자리가 공석이래. 자신이 법무부 장관을 잘 알고 있대. '부인, 당신 남편은 두각을 나타낼 절호의 기회를 잡은 거예요!' 그녀는 이렇게 말을 마무리 지었어. 이상이야."

---

46) 『잃어버린 환상』 1부에서 앙굴렘에 간접세 담당 국장으로 부임한 샤틀레 남작은 앙굴렘 사교계의 최상층인 바르주통 부인의 환심을 사려고 젊은 청년 뤼시앵을 소개해 준다. 바르주통 부인은 뤼시앵을 후원한다는 명목으로 그를 데리고 파리로 상경했지만, 데스파르 후작 부인의 이간질과 뤼시앵의 촌뜨기 같은 모습에 변심해 곧 그를 버린다. 이후 과부가 된 바르주통 부인은 샤틀레와 재혼해 샤틀레 부인이 되었다.

"우리 법관은 법관에게 주어진 의무를 이행함으로써 매일 매일 두각을 나타내는 것이지." 카뮈조가 말했다.

"당신이 그렇게 언제 어디서나 법관의 본분을 다한다면, 당신은 더 높이 올라갈 거야, 당신 아내와 더불어 말이야." 카뮈조 부인이 외쳤다. "그래, 난 당신이 미련하기만 하다고 생각했어. 그런데 오늘 보니 감탄이 절로 나오네……."

법관은 그들 특유의 미소라고 할 수 있는 그런 미소를 입가에 머금었다. 무희의 미소가 무희들만 지을 수 있는 것처럼 말이다.

"마님, 들어가도 되나요?" 하녀가 물었다.

"무슨 일이지?" 안주인이 답했다.

"마님께서 안 계시는 사이 모프리뇌즈 공작 부인의 수석 시녀가 와 있습니다. 마님께서 만사 제쳐두고 지금 바로 카디냥 저택으로[47] 와 달라는 공작 부인의 전갈을 가지고요."

"저녁 식사를 좀 미뤄야겠네." 그녀가 자기를 태워다 준 마차의 마부가 가지 않고 마차 삯 지급을 기다리고 있다는 사실을 떠올리며 말했다.

그녀는 다시 모자를 쓰고, 타고 왔던 삯마차에 올랐다. 그리고 20분도 채 안 걸려 카디냥 저택에 도착했다. 부속 출입

---

47) 모프리뇌즈 공작 부인은 1830년 그녀의 남편이 사망한 아버지 카디냥 대공 작위를 물려받으면서 카디냥 대공 부인으로 불리게 된다. 모프리뇌즈 공작 부부는 그리기 전부터 카디냥 저택에서 살았다. 모프리뇌즈 공작 부인이 카디냥 대공 부인이 된 이후의 이야기는 『인간극』의 다른 작품 『카디냥 대공 부인의 비밀』(1839)에서 이어진다.

문을 통해 저택에 안내된 카뮈조 부인은 공작 부인의 침실 바로 옆 규방에서 10분여 동안 혼자 기다렸다. 이윽고 공작 부인이 눈부신 차림으로 나타났는데, 궁정 모임에 초대를 받아 생클루 궁으로[48] 향하는 참이었다.

"이보시게, 우리 둘은 잘 통하는 사이니까 몇 마디면 충분하겠지요."

"그렇습니다, 공작 부인."

"뤼시앵 드 뤼방프레가 체포되었어요. 당신 남편이 사건을 맡고 있고요. 그 불쌍하고 순진한 청년의 결백은 내가 보장해요. 그는 24시간 안에 석방되어야 해요. 이게 다가 아니에요. 어떤 사람이 내일 비밀리에 감옥에서 뤼시앵을 만나고 싶어 해요. 당신 남편이 그러고 싶다면 입회해도 좋아요. 다만 당신 남편이 그 사람들 눈에 띄지 않는다는 조건에서요……. 당신도 잘 알다시피 나는 나를 도와주는 사람들에게 약속은 꼭 지키는 사람이에요. 국왕 전하께서는 곧 불어닥칠 것으로 예상되는 심각한 위기 국면에서 법관들의 몸 사리지 않는 용기를 기대하고 계세요. 당신 남편이 승진할 수 있도록 손을 쓸게요. 당신 남편이 목숨을 걸고서라도 국왕 전하께 충성을 다할 사람이라고 천거하겠어요. 우리의 카뮈조는 먼저 국사원 판사로 임명될 거고, 그다음엔 수석 재판장 자리에 오를 거예요, 어떤 법원이 될지는 모르지만……. 자, 이만 가보세요……. 볼

---

48) 생클루 궁은 16세기에 조성된 파리 서쪽 센 강변의 궁전으로, 1870년 프랑스 프로이센 전쟁 때 전파된 후 건물은 복원되지 않고 공원으로 조성되었다. 나폴레옹과 왕정복고의 두 번째 왕인 샤를 10세가 애용했다.

일이 있어서요, 양해해 줄 거지요? 당신이 그렇게 해주면 이번 사건에 나설 처지가 못 되는 검사장의 부담을 덜어주는 것만이 아니에요. 지금 다 죽어가는 한 여인의 목숨을 구하는 일이기도 해요, 세리지 부인 말이에요. 그러니 부탁을 소홀히 하지 마세요……. 자, 이제 당신에 대한 나의 신뢰를 알았으리라 봐요. 내가 당신에게 굳이 당부할 필요는 없겠지요……. 명심하시길!"

공작 부인은 입술에 손가락을 대는 동작을 해 보이고는 자리를 떴다.

'데스파르 후작 부인이 단두대에 선 뤼시앵을 보고 싶어 한다는 사실을 공작 부인에게 내가 감히 어떻게 말한담!' 법관 부인이 삯마차로 다가가며 속으로 중얼거렸다.

집에 도착한 그녀의 표정에 근심이 가득한 것을 보고 판사가 물었다. "아멜리, 무슨 일 있어……?"

"우리는 두 개의 불구덩이 사이에 낀 신세야……."

그녀는 남편의 귀에 대고 공작 부인과 만난 이야기를 전했다. 하녀가 문밖에서 엿들을까 걱정이 되었기 때문이다.

"두 부인 중 누가 더 힘이 셀까……?" 그녀가 말을 마치며 물었다. "후작 부인은 자기 남편을 상대로 한 어리석은 금치산 선고 요청 건으로 당신을 위태로운 지경에 빠지게 할 뻔했어. 반면에 우리는 모든 것을 공작 부인에게 신세지고 있어. 한쪽은 나에게 막연한 약속만을 했어. 반면에 다른 쪽은 '당신은 우선 국사원 판사가 될 것이고, 이후 수석 법원장이 될 것이다!'라고 했어. 내가 당신에게 이래라저래라 하는 것은 본분에 어긋나. 난 재판과 관련된 사안에는 절대 관여하지 않겠어. 다만 궁정에서 얘기되는 것과 준비 중인 것을 당신에게 있는 그대로 전달하겠어.”

“아멜리, 당신은 파리 경찰청장이 오늘 아침 내게 무엇을 전했는지 모르지? 그리고 누구를 통해 그것을 전했는지 알아? 왕국경찰총국에서 가장 유력한 인물에 속하는 자로서 정치경찰계의 비비뤼팽이라 할 만한 자야.[49] 그는 내게 나라가 이 재판에 비밀리에 관심을 갖고 있다고 전했어. 우선 저녁 식사부터 하고 바리에테 극장에 가자고……. 그리고 오늘 밤 사방이 고요할 때 서재에서 이 모든 일을 논의하기로 하자고. 왜냐하면 난 당신의 머리가 필요하니까. 판사의 머리로는 충분치 않을 테니…….”

13. 침실은 종종 회의실이 된다

법관 중 열에 아홉은 이런 상황에서 남편에 대한 아내의 영향력을 부인하지 못할 것이다. 그건 사회적으로 극히 드문 예외에 속하지만, 그런 예외가 비록 우발적이긴 해도 실재한다는 점을 얼마든지 보여줄 수 있다. 법관이란, 특히 엘리트 법

---

49) 유력 인물은 이전 상황으로도 짐작이 가능하지만, 이후 명확히 밝혀지듯이 코랑탱이다. 왕의 명령을 받아 비밀경찰 팀을 지휘하고 있는 코랑탱은 비비뤼팽보다 훨씬 더 막강한 인물이지만, 그 점을 알 리 없는 카뮈조는 코랑탱과 비비뤼팽을 동일 선상에 놓고 비교한다.

관이 모이는 파리에서는 사제와 비슷한 존재다. 그는 재판 사안에 대해서는, 판결이 내려진 다음이 아니라면 좀처럼 입을 열지 않는다. 법관의 아내들은 재판에 관해 절대 아무것도 모르는 척할 뿐 아니라, 자기들이 어떤 비밀을 알게 되었을 때 그걸 알고 있다는 모습을 보인다면 남편의 앞날을 망치리라는 점을 내다볼 정도의 식견은 모두 충분히 지니고 있다. 그렇긴 하지만, 어떤 결정을 내리느냐에 따라 승진 여부가 좌우되는 중차대한 경우, 법관의 아내 중 상당수는 아멜리처럼 예외적으로 법관의 숙고에 깊숙이 관여해 온 것도 사실이다. 요컨대 부부 사이라는 전혀 속을 들여다볼 수 없는 관계에서 벌어지기에, 그만큼 더 부인하기도 쉬운 그러한 예외들이 일어나는 경우는 전적으로 부부의 성격이 그간 어떻게 맞부딪쳐 왔는지, 그 방식에 달려 있다. 그런데 카뮈조 부인은 자기 남편을 완전히 지배하는 여자였다. 집 안이 모두 깊이 잠든 시각, 법관과 그의 아내는 서재의 책상에 앉았다. 판사는 책상 위에 이미 재판 관련 서류들을 분류 정리해 놓은 터였다.

"경찰청장이 사람을 시켜 내게 건네준 자료들이야. 내가 요청한 것들이지." 카뮈조가 입을 열었다.

카를로스 에레라 사제

상기인은 불사조라는 별명으로 불리는 자크 콜랭임이 분명함. 최근의 검거는 1819년으로 거슬러 올라감. 뇌브생트즈느비에브가에서 서민 하숙집을 경영하는 보케르라는 여인의 집에서 체포된 그는 그곳에서 보트랭이라는 가명으로 숨어 지내고 있었음.

여백에는 경찰청장 친필로 다음과 같이 적혀 있었다.

범죄수사대장 비비뤼팽에게 대질신문을 돕기 위해 지체 없이 귀청하라는 명령을 전보로 전달했음. 비비뤼팽은 1819년 미쇼노라는 여자의 협조를 받아 자크 콜랭을 체포한 당사자로서 자크 콜랭을 개인적으로 잘 알고 있음.[50]

보케르 집에서 살았던 하숙생들은 아직 생존해 있어서 이자의 신원을 확인하기 위해 증인으로 소환할 수 있음.

자칭 카를로스 에레라는 뤼시앵 드 뤼방프레의 절친한 친구이자 그를 뒤에서 조종한 자로서, 지난 3년간 절취를 통해 조달한 것이 분명한 엄청난 금액을 그에게 제공했음.

자칭 에스파냐인과 자크 콜랭이 동일인임이 밝혀진다면 이 공생관계는 뤼시앵 드 뤼방프레의 유죄에 결정적 근거가 됨.

페라드 요원의 급작스러운 사망은 자크 콜랭이나 뤼방프레, 또는 그들의 심복들에 의해 자행된 독극물 주입에 의한 것임. 독살의 이유는 그 요원이 오래전부터 두 교활한 범죄자의 행적을 추적해 왔기 때문임.

---

50) 비비뤼팽은 『고리오 영감』(1835)에서 보트랭을 검거한 공뒤로와 동일 인물이다. 그런 점에서 본다면 『고리오 영감』에서 보트랭이 검거될 당시, 과거 자신의 도형장 동기였던 비비뤼팽을 알아보지 못한 것은 다소 의아하다.

법관은 여백에다 경찰청장이 직접 쓴 다음의 문장을 가리
켰다. '이는 내 개인적 정보 수집에 의한 것인데, 나는 이번 일
이 뤼시앵 드 뤼방프레가 세리지 백작 각하와 검사장을 농단
한 사건이라고 확신한다.'

"아멜리, 당신은 어떻게 생각해?"

"무섭네⋯⋯!" 판사의 아내가 대답했다. "마저 읽어봐!"

도형수 콜랭이 에스파냐 신부로 둔갑한 것은 쿠아냐르가 생
텔렌 백작 행세를 할 수 있었던 범죄보다 더 교묘하게 자행된
어떤 범죄의 결과다.[51]

뤼시앵 드 뤼방프레

뤼시앵 샤르동은 앙굴렘 약제사의 아들로서, 그의 어머니가
뤼방프레 귀족 가문 출신인바, 국왕의 칙령으로 뤼방프레라는
성을 취할 권리를 획득했음. 이 칙령은 모프리뇌즈 공작 부인과
세리지 백작의 청원에 따른 것임.

1820 몇 년경, 이 젊은이는, 데스파르 후작 부인의 사촌으로
서 현재는 식스트 뒤 샤틀레 백작 부인이 된 바르주통 부인을

---

51) 피에르 쿠아냐르(1774~1834)는 국민공회 시대에 절도와 사기죄로 수감
되었으나 탈출한 도형수로서, 왕정복고기에 가공의 인물인 생텔렌 백작 행
세를 하며 프랑스 지배층을 상대로 대담한 범죄 행각을 벌인 인물이다. 당
시 파리 범죄수사대장이던 비도크에 의해 검거돼 1819년 종신형을 선고 받
고 도형장에서 옥사한다.

따라 아무런 생업도 없이 파리로 상경했음.

그는 상경 후 바르주통 부인을 배반하고 코랄리 양과 사실 혼 관계를 맺고 살았음. 짐나즈 극장의 여배우 코랄리는 그에게 반해, 자신의 정부였던 부르도네가의 비단 포목상 카뮈조 씨를 버렸음.

그 여배우가 제공하는 지원금이 부족해 얼마 안 돼 빈궁한 처지에 빠진 그는 앙굴렘의 인쇄업자인 정직한 그의 매제 명의로 가짜 어음을 발행해 자신의 매제를 심각한 곤경에 처하게 한 바, 그의 매제인 다비드 세샤르는 그 가짜 어음의 변제 때문에, 상기한 뤼시앵의 짧은 앙굴렘 체류 기간 중 체포된 적이 있음.

이 사건으로 뤼방프레는 도주를 결행할 수밖에 없었고, 그 후 느닷없이 카를로스 에레라 신부와 함께 다시 파리에 등장함.

알려진 생업이 없음에도, 뤼시앵은 두 번째 파리 체류가 시작되고 처음 3년 동안 대략 30만 프랑을 지출했는바, 자칭 카를로스 에레라 신부라고 하는 자에게서 나올 수밖에 없었던 그 돈이 그에게 어떤 명목으로 지급되었는지는 알 수 없음.

최근 그는 마드무아젤 클로틸드 드 그랑리외와의 혼인 조건으로 제시된 뤼방프레 영지 매입을 위해 100만 프랑 이상을 지출한 바 있음. 그 결혼이 깨진 것은, 뤼시앵이 그랑리외 댁에 그 거금을 자신의 매제와 누이를 통해 조달했다고 말했으나, 그랑리외 댁이 특별히 소송대리인 데르빌을 통해 앙굴렘에서 좋은 평판을 받는 세샤르 부부에게 직접 진상을 파악한 결과, 말이 달랐기 때문임. 그 부부는 영지 매입 사실 자체를 몰랐을 뿐 아니라 뤼시앵이 엄청난 빚을 지고 있다고 생각했음.

더욱이 세샤르 부부가 상속 받은 재산은 부동산으로 이루어져 있으며, 그 부동산을 환금한다 해도 그 액수는 그들이 신고한 바에 따르면 기껏해야 20만 프랑 수준임.

뤼시앵은 에스테르 곱세크라는 여자와 비밀리에 동거한 적이 있음. 그러므로 그 여자의 정부인 뉘싱겐 남작이 그 여자에게 아낌없이 쏟아부은 돈이 모두 상기한 뤼시앵에게로 전해진 것이 분명함.

뤼시앵과 그의 짝꿍은 등록된 매춘부였던 상기한 에스테르가 매춘을 통해 벌어들인 수익을 편취함으로써 예전에 사교계를 상대로 범죄 행각을 벌였던 쿠아냐르보다 더 오랫동안 행세를 할 수 있었던 것임.

14. 경찰과 경찰의 서류철에 대하여

이 수사 자료가 우리의 드라마에서 전개된 이야기를 지루하게 반복 재생하는 것은 맞지만 파리에서 경찰의 역할이 어떤지 실감하게 하려면 그것들을 문서 내용 그대로 보여줄 필요가 있었으니 양지해 주시기 바란다. 경찰은 우리가 이미 다른 장면에서 페라드에 관해 요청된 자료를 통해 보여준 바 있듯이, 생활이 의심스럽고 행실이 비난받는 모든 집안과 모든 개인에 대해 거의 항상 정확한 자료들을 확보하고 있다. 경찰은 그 어떤 도덕적 법적 일탈 행위에 대해서 모르는 것이 하나도 없다. 모든 것을 망라하는 서류철, 모든 양심에 관한 그 종합 보고서는 프랑스 중앙은행이 모든 재산에 관해 갖고 있는 서류철 못지않게 철저히 관리되고 있다. 중앙은행은 조금이라도 연체해도 어김없이 적발하고, 그래서 상환을 끌어내고, 모든 신용대출을 저울질하고, 자본가들을 평가하고, 그들의 거래를 예의 주시한다. 경찰은 시민들의 정직성을 중앙은행이 재산을 대하듯이 다룬다. 경찰이 이러는 것에 대해서 죄 없는 사람은, 법원에서와 마찬가지로, 두려울 것이 하나도 없다. 경찰의 그러한 행위는 범법자들만을 대상으로 한다. 어떤 집안이 아무리 위세 등등하다 해도 이 사회의 섭리로부터 자신을 지킬 수 없을 것이다. 게다가 이 권력이 고수하는 비밀주의는 그 광범위한 권력의 크기에 필적한다. 경찰 요원마다 가지고 있는 방대한 양의 조서들, 보고서들, 문건들, 서류들, 요컨대 이 정보의 망망대해는 바다가 평소 그렇듯이 잔잔하고 깊고 고요하게 잠들어 있다. 그러다가 어떤 사건이 하나 터지면, 부정행위나 범죄행위가 일어나면 법원은 경찰에 도움을 요청한다. 피의자에 대한 서류가 존재하는 경우, 판사는 즉시 그 서류를 검토할 수 있다. 피의자의 전력이 낱낱이 분석되어 있는 그 서류들은 명목상으로는 사법 단지의 성채 안에 사장된 정보들에 불과하다. 법원은 그것들을 절대 합법적으로 쓸 수 없다. 다만 그것들을 참고하고 활용할 뿐이다. 그게 전부다. 그 서류철들은 어떤 의미에서 범죄라는 태피스트리의 이면, 범죄의 맨 처음 원인, 거의 언제나 영원히 묻히기 마련인 원인이다. 어떤 배심원도 그런 것이 있다는 사실을 상상하지 못할 것이다. 만일 중죄 재판소의 신문 과정에서 그 서류철의 존재가 드러나 이의제기가 들어온다면, 온 나라가 분노로 폭동이 일어날 것이다. 그것은 그러니까 언제 어디서나 그렇듯, 영구히 우물 속에 묻히는 처벌이 내려진 진실이라고 할 것이다. 파리에서 12년 이상 근무한 법관 치고 중죄 재판소와 경범 재판소가 법과 도덕에 위배되는 사안들, 결국 나중에 범죄의 온상이 되는 사안들에서 절반 이상을 묵인하고 있다는 사실을 모르는 법관은 없다. 그래서 경험 있는 법관들은 이구동성으로 저질러진 범죄의 절반가량은 법이 처벌하지 못하는 실정이라고 토로한다. 기억력이 뛰어난 경찰 공무원들의 입이 어느 정도까지 무거울 수 있는지 사람들이 안다면, 그 성실한 경찰들을 세베뤼스 추기경[52] 못지않게 존경하게 될 것이다. 사람들은 흔히 경찰을 교활하고 권모술수에 능하다고 여기지만, 사실 경찰은 한없이 너그럽다. 다만 경찰은 범죄를 일으키는 열정이 최고조에 올랐을 때 그 열정을 알게 되는 것뿐이고, 밀고를 받는 것뿐이고, 그렇게 작성된 모든 보고서를 간직하고 있는 것뿐이다. 경찰이 무서운 것은 일면일 뿐이다. 경찰은 사법을 위해 한 일을 정치를 위해서도 한다. 그러나 경찰은 정치의 영역에서는 지금은 사라지고 없는 중세의 종교재판소 못지않게 잔인하고 편파적이다.

"이건 못 본 걸로 하자고." 판사가 보고서를 서류철에 도로

---

52) 장 루이 르페브르 드 세베뤼스(1768~1836)는 보르도 대주교이자 1836년 추기경에 서임된 성직자로, 신심이 높기로 유명했다.

넣어두면서 말했다. "경찰과 법원 사이의 비밀에 속하니까. 판사는 나중에 그것이 어떤 가치를 지니고 있는지 알게 되겠지. 하지만 카뮈조 부부로서는 그것에 대해 전혀 아무것도 몰랐던 것이어야 해."

"나한테 굳이 그런 당부를 되풀이할 필요가 있나?" 카뮈조 부인이 대꾸했다.

"뤼시앵은 유죄야," 판사가 말을 이었다. "하지만 무슨 죄목이지?"

"모프리뇌즈 공작 부인과 세리지 백작 부인과 클로틸드 드 그랑리외의 사랑을 받는 남자는 유죄가 아니지." 아멜리가 반박했다. "다른 사람이 그 모든 일을 저지른 것으로 해야 해."

"하지만 뤼시앵은 공범이야!" 카뮈조가 소리쳤다.

"그 점에 대해 내 말을 들어보겠어……?" 아멜리가 말했다. "에스파냐 사제에 관해서는 외교 문제로 돌려, 사제는 가장 근사한 외교적 장식물이니까. 그 불쌍한 애송이는 무죄로 방면하도록 해. 그리고 다른 죄인들을 찾아내는 거야……."

"당신 참 대단하군……!" 판사가 미소 지으며 대답했다. "여자들은 법을 통해 목표에 도달해, 마치 공중에서 아무런 제지도 받지 않는 새들처럼 말이야."

"됐고," 아멜리가 말을 이었다. "사제가 됐든 도형수가 됐든 카를로스 사제는 혐의를 벗기 위해 당신에게 다른 사람을 지목해 줄 거야."

"나는 그냥 머리쓰개일 뿐이네, 당신이 두뇌고." 카뮈조가 아내에게 말했다.

"됐어! 논의는 끝났어. 마무리하고 당신의 사랑하는 아멜리를 안아주러 오라고. 벌써 1시나 됐어……."

카뮈조 부인은 다음 날 있을 두 명의 피의자 신문을 위해 서류를 정리하고 생각을 가다듬는 남편을 놔두고 잠자리로 향했다.

15. 사법 단지의 특산품 하나

자, 다시 본 이야기로 돌아가자면, 샐러드 바구니 두 대가 자크 콜랭과 뤼시앵을 콩시에르주리로 이송하는 동안, 예심판사는 평소대로 아침 식사를 마친 다음 검소한 생활 습관을 의식적으로 몸에 들이려는 파리 법관들이 흔히 그러듯이 걸어서 파리 시내를 이동해 집무실로 출근했다. 집무실에는 사건 서류 전체가 이미 도착해 있었다. 그럴 수 있었던 까닭은 이러하다.

모든 예심판사에게는 서기가 각기 한 명씩 딸려 있다. 자격을 갖춘 일종의 법률 비서인 그 종족은 수당과 상여금을 받지 않아도 종신 근무하며 늘 뛰어난 인재들을 배출하는데, 그들에게 철통같이 무거운 입은 당연하면서도 절대적 조건이다. 초창기 고등법원 시절부터 오늘날까지 파리 법원의 예심 과정에서 서기가 저지른 비밀 누설 사례는 한 건도 없을 정도다. 장티는 루이즈 드 사부아가 상블랑세에게 발행한 지급증서를 팔아먹었었고, 국방부의 한 서기는 체르니쇼프에게 러시아 원정 지도를 팔아먹었었다.[53] 그러나 그 모든 반역자는 정도의 차이는 있지만 부자들이었다. 성실히 일하면 파리 법원에서 한자리 얻으리라는 기대, 그리고 충실한 직업의식만으로도 예심판사 서기를 무덤보다 입이 무거운 존재로 만드는 데 충분하다. 무덤은 화학이 비약적으로 발전한 이후 영원한 침묵의 대명사 자리를 잃었기 때문이다.[54] 법원의 서기 공무원은 판사의 펜 그 자체다. 많은 사람이 인간이 기계장치의 굴대일 수는 있다고 생각하겠지만, 인간이 어떻게 기계의 너트로 계속 남아 있을 수 있냐고 의아해할 것이다. 그러나 기계의 너트는 행복하나니, 어쩌면 기계를 외경(畏敬)의 대상으로 생각할지도 모른다. 카뭐조의 서기는 코카르라는 이름의 스물두 살 젊은이였는데, 그날 아침 판사가 검토할 모든 서류와 문서를 가져다 놓는 등 집무실 안에 만반의 준비를 끝마친 상태였다. 그 시각 법관은 강변로를 따라 거닐며 골동품 상점에 진열된 물건들을 기웃거렸는데, 머릿속으로는 내내 다음과 같은 자문자답이었다. '카를로스 에레라가 정말 자크 콜랭이라면

---

53) 루이즈 드 사부아는 프랑수아 1세의 모후로, 프랑수아 1세가 이탈리아 원정을 떠나 있는 동안 섭정을 맡았다. 1524년, 섭정 모후가 당시 재정 감독관이던 상블랑세 남작에게 돈을 빌리고 발행한 지급증서를 재정 부처의 서기인 르네 장티가 훔쳐 이를 다시 섭정 모후에게 건넸고, 상블랑세를 제거하고자 했던 섭정 모후는 상블랑세에게 기밀 누설 혐의를 씌워 사형에 처했다. 1811년, 미셸이라는 이름의 국방부 서기가 파리 주재 러시아 외교관 체르니쇼프에게 거액을 받고 프랑스군 기밀 서류를 넘겼다. 무절제한 씀씀이로 경찰의 의심을 받던 그는 결국 범죄가 발각되어 단두대형을 받았다.
54) 이미 당시에도 매장된 시신의 부검은 드문 일이 아니었다.

자크 콜랭 같은 강한 녀석을 어떻게 상대해야 하지? 범죄수사 대장 비비뤼팽이 그자를 알아볼 수 있을 거야. 나는 내 직무를 충실히 수행하는 모습을 보여야만 해, 그것이 설령 경찰에게만 보이도록 하는 것이라도 말이야! 이 사건은 해결 불가능한 부분이 하도 많아서 나로서는 최선의 방책이 후작 부인과 공작 부인에게 경찰의 보고서를 제시하면서 두 부인이 사태를 파악하도록 하는 것일지도 몰라. 그러면 나로서는 뤼시앵에게 코랄리를 뺏긴 내 아버지의 복수를 하는 것일 테고……. 그 흉악무도한 악당들의 정체를 밝혀냄으로써 나는 유능한 예심판사라고 온 세상에 알려지겠지. 그리고 뤼시앵은 곧 그의 모든 친구로부터 버림받고 말 거야. 어쨌건, 신문을 해보면 모든 게 결정되겠지.'

그러고 나서 공예가 불이[55] 만든 괘종시계에 이끌려 골동품점 안으로 들어갔다.

16. 영향력

'양심에 어긋나는 일은 하지 말 것, 그리고 두 귀부인의 뜻을 따를 것, 이것이야말로 능란함의 끝판이지.' 그는 그렇게 생

---

55) 앙드레 샤를 불(1642~1732)은 프랑스의 궁정 공예가로, 상감세공 기법을 적용한 가구와 시계 등으로 유명하다. 열렬한 골동품 수집가이기도 한 발자크는 불을 일급의 예술가로 평가했다. 카뮈조도 수집가 취미를 가진 인물로 설정되어 있다.

각했다. "아니, 검사장님 아니십니까?" 카뮈조가 큰 목소리로 말했다. "메달을 찾고 계시는군요!"

"거의 모든 사법 종사자의 취향이지요." 그랑빌 백작이 웃으며 대답했다. "메달의 이면이 겉면과는 달리 좀 수상하잖아요."

그러고는 하던 일을 마저 하려는 듯이, 한동안 골동품점 안을 둘러보다가 백작은 카뮈조를 데리고 나가 강변을 걸었는데, 카뮈조로서는 그것이 우연한 만남의 결과지 별다른 뜻이 있어 검사장이 그런다고는 생각할 여지가 없었다.[56]

---

56) 이쯤에서 소설의 이해를 돕기 위해 프랑스 사법제도를 간략히나마 살펴볼 필요가 있다. 나폴레옹에 의해 완성되어 오늘날까지 그 큰 틀이 변함없이 유지되는 프랑스 사법제도에서 우리나라와 다른 가장 큰 특징은 법원이 정부 기구에서 독립된 기관이 아니라, 검찰과 함께 법무부에 소속된 기관이라는 점이다. 법원의 판사와 검찰의 검사를 모두 사법관이라고 부른다. 행정적으로는 법원이 법무부 산하에 있지만, 법무부 장관은 재판에 절대 관여할 수 없고 법관의 신분상 독립은 엄격하게 보장된다. 법원은 크게 파기원을 정점으로 형사 및 민사 사건을 다루는 일반 법원과 국사원을 정점으로 행정 사건을 다루는 행정법원으로 나뉜다. 검찰은 자체적으로는 강제 수사권을 갖지 않고 사법경찰에 대한 수사 지휘권과 기소권만 갖는다. 프랑스에만 있는 독특한 사법제도가 예심판사 제도인데, 예심판사는 법원 소속이지만 재판에는 관여하지 않고 수사만 담당하는 사법관이다. 한편, 검찰은 중대한 사건의 경우 예심판사에게 수사 개시를 청구할 수 있다. 발자크도 강조했다시피, 독립적 수사권을 갖는 예심판사와, 수사 개시 청구권을 갖는 검사의 관계는 견제와 균형의 관계라고 할 수 있다. 검찰청은 독립적으로 있지 않고 각급 법원에 부설된다. 그중 파기원과 항소법원에 부설된 검찰을 고등검찰이라고 부르고, 그 최고 책임자를 검사장이라 부른다. 검찰을 총괄 지휘하는 우리나라의 검찰총장에 해당하는 직급은 따로 없으며, 각급 고등검찰 검사장이 맡은 임무를 수행한다. 요컨대 소속이 다른 검사장 그랑빌과 예심판사 카뮈조는 비록 직급 차이가 크게 나지만, 상하 지휘 관계에 있

"오늘 오전에 뤼방프레 씨를 신문하기로 되어 있지요?" 검사장이 입을 열었다. "불쌍한 젊은이 같으니라고, 내가 아끼던 젊은이였는데……"

"그에게 불리한 증거들이 너무 많습니다." 카뮈조가 말했다.

"알아요, 나도 경찰 보고서를 봤어요. 하지만 그 보고서의 상당 부분은 경찰청장의 지휘를 받지 않는 요원이 작성한 것이오. 바로 악명 높은 코랑탱이라는 자인데, 당신이 향후 단두대로 보낼 죄수들보다 이제까지 그자에 의해 목이 잘린 무고한 사람들의 수가 더 많소. 그리고…… 아무튼 그 고약한 자는 우리의 통제 범위 바깥에 있소.[57] 당신 같은 법관의 양심에 영향을 미치고자 하는 것은 아니오만, 나로서는 당신에게 다음의 사항을 살펴보라는 말을 하지 않을 수 없구려. 무슨 말인가 하면, 만일 당신이 그 아가씨의 유서와 관련하여 뤼시앵이 사전에 아무것도 몰랐다는 심증을 굳히기만 한다면, 뤼시앵이 그녀의 죽음으로 어떠한 이익도 꾀하지 않았다는 결론이 도출될 거요. 그녀가 유서로 그에게 어마어마한 돈을 남겼기 때문이오……!"

"우리는 그 에스테르라는 아가씨가 음독할 당시 뤼시앵은 현장에 부재중이었다는 사실은 확인했습니다." 카뮈조가 말했다. "그는 그때 퐁텐블로에서 마드무아젤 그랑리외와 르농쿠르 공작 부인을 태운 마차가 지나가는 길목을 지키고 있었으니

지는 않다. 검사장의 조심스러운 접근은 그 때문이다.
57) 코랑탱은 사법경찰의 본산인 파리 경찰청 소속이 아니라, 국왕 직속의 비밀경찰, 곧 정치경찰의 핵심 요원이다.

까요.”

“오!” 검사장이 말을 받았다. “그는 마드무아젤 그랑리외와의 결혼에 대해 너무나도 간절한 기대를 품고 있었소. 이 사실을 나는 그랑리외 공작 부인에게 직접 들었지. 그렇게 영특한 친구가 모든 걸 망칠 수도 있는데 아무 도움도 되지 않는 범행을 저질렀다고 생각하는 것은 당치 않은 일이오.”

“맞습니다.” 카뮈조가 말했다. “특히 그 에스테르라는 아가씨가 자기가 번 돈을 전부 그에게 남겼다면…….”

“데르빌과 뉘싱겐의 말에 따르면, 이미 오래전에 그녀에게 유산이 남겨져 있었는데, 그녀는 이 사실을 모른 채로 죽었다는 겁니다.” 검사장이 덧붙였다.

“그렇다면 검사장님 생각은 무엇입니까?” 카뮈조가 물었다. “뭔가 수상한 점이 분명히 있으니까요.”

“하인들에 의해 저질러진 범행이라고 봅니다.” 검사장이 대답했다.

“유감스럽게도,” 카뮈조가 주의를 환기했다. “뉘싱겐이 준 연리 3퍼센트짜리 연금증서를 매각해 생긴 75만 프랑을 착복하는 수법은 바로 자크 콜랭의 전형적 행태입니다. 에스파냐 신부라는 자가 탈옥한 도형수 자크 콜랭임이 분명하니까요.”

“모든 점을 면밀하게 검토하세요, 친애하는 카뮈조, 신중에 신중을 기하고요. 카를로스 에레라 신부는 외교관 신분이오……. 하지만 대사가 범행을 저질렀다면 그 대사는 외교관 신분이라고 면책이 되지는 않을 거요. 그자가 카를로스 에레라 신부냐 아니냐, 그것이야말로 가장 중요한 물음이오…….”

그러고 나서 그랑빌 씨는 대답이 필요 없다는 듯 인사를 건네고 가버렸다.

'검사장도 뤼시앵을 구명하려고 하는 걸까?' 검사장이 아를레 중정을 통해 법원 청사 안으로 들어가는 모습을 보고 뤼네트 강변로로 접어들며 카뮈조가 속으로 중얼거렸다.

17. 도형수의 덫

콩시에르주리 중앙 정원에 도착한 카뮈조는 교도소장 방에 들어가 소장을 데리고 나와 엿들을 이가 아무도 없는 포도(鋪道) 한가운데로 갔다.

"소장님, 라포르스 구치소에 좀 다녀오셨으면 좋겠습니다. 소장님 동료 분께 가셔서 지금 그곳에 구금된 피의자 중 1810년부터 1815년까지 툴롱 도형장에 수감되었던 경력이 있는 도형수가 있는지 확인해 주십사 하고요. 이곳에도 그런 경력이 있는 도형수가 수감되어 있는지 알아봐 주십시오. 라포르스에 그런 자들이 있다면 며칠간 이곳으로 이감시키도록 합시다. 소장님께서는 그들을 통해 자칭 에스파냐 신부라고 하는 자가 불사조라는 별명으로 불리는 자크 콜랭인지 아닌지 확인해 주시고 결과를 제게 말씀해 주십시오."

"알았습니다. 카뮈조 판사님. 그런데 비비뤼팽이 도착했어요……."

"아! 벌써요?" 판사의 목소리가 높아졌다.

"그는 믈룅 감옥에 가 있었습니다. 그에게 불사조를 확인해 줄 수 있냐고 말했더니 환하게 미소를 지었습니다. 지금 판사님의 지시를 기다리고 있습니다."

"그를 나에게 보내주십시오."

그제야 콩시에르주리 소장은 예심판사에게 자크 콜랭의 심각한 건강 상태를 실감 나게 전하면서 그가 낸 청원을 전달할 수 있었다.

"그자를 제일 먼저 신문할 생각이었습니다." 법관이 대답했다. "그러나 그건 그자의 건강 상태 때문이 아닙니다. 오늘 아침 라포르스 구치소 소장의 보고서를 받았습니다. 원래 원기 왕성한 그자는 24시간 전부터 죽을 것 같다고 하소연했지만, 어찌나 깊이 잠들었는지 구치소장이 의사를 불러와 함께 그가 수감된 방에 들어갔는데 그런 줄도 모르더랍니다. 의사는 그의 맥조차 짚어보지 않고 그냥 자게 내버려 두라고 했답니다. 그자가 건강이 양호함은 물론 의식도 명료하다는 것을 보여주는 증거입니다. 내가 그자의 칭병(稱病)을 믿으려는 것은 다만 내가 신문해야 할 상대가 부리는 술수를 연구하기 위함입니다." 카뮈조 씨가 미소를 지으며 말했다.

"우린 항상 피의자들과 피고인들을 통해 배우는 셈이지요." 콩시에르주리 소장이 거들었다.

파리 경찰청은 콩시에르주리와 지하 통로로 연결되어 있다. 사법관들도 콩시에르주리 소장과 마찬가지로 그 지하 통로의 존재를 알고 있어서 아주 신속하게 경찰청으로 갈 수 있다. 검찰청 검사들과 중죄 재판소의 재판장들이 재판이 열리는 동안 특정 정보들을 얻을 수 있는 까닭은 그렇게 설명된다. 따라서 카뮈조 씨가 자신의 집무실로 올라가는 계단 맨 위에 당도하기까지 얼마 걸리지 않았는데도 그의 눈에 비비뤼팽이 법원 청사의 넓은 중앙홀을 지나 급히 달려오는 모습이 들어왔다.

"열성이 대단하시군!" 판사가 미소를 지으며 그에게 말했다.

"아! 그자가 바로 그라면," 파리 범죄수사대장이 대답했다. "판사님은 감옥 안마당에서 펼쳐지는 끔찍한 광란을 보게 되실 거니까 말입니다. 거기에 돌아온 야생마(도형수 출신을 가리키는 감옥 은어)들이 조금이라도 있다면 말입니다."

"그건 왜지요?"

"불사조가 개구리 저금통, 즉 자기가 관리하는 도형수들의 자금을 꿀꺽했거든요. 제가 파악한 바로는 그자들이 그를 찾아내 죽이자고 결의했다는 거예요."

그자들이란 20년 전부터 자신들의 자금을 불사조에게 맡긴 도형수들을 가리키는데, 알다시피 그 자금은 이미 뤼시앵 밑으로 다 들어가 한 푼도 남지 않았기 때문이다.

"그가 마지막으로 체포되던 장면을 증언해 줄 증인들을 찾을 수 있겠습니까?"

"저에게 증인 소환장을 두 부 발부해 주시면 오늘 중으로 판사님 앞에 증인들을 대령하겠습니다."

"코카르," 판사가 장갑을 벗고 지팡이와 모자를 구석에 놓으며 서기에게 말했다. "이분이 일러주는 대로 소환장 두 부를 작성해 다오."

그는 벽난로 위에 걸린 거울 속에 비친 자기 모습을 바라보았다. 벽난로 틀 위에는 추시계 대신 대야와 조그만 물동이가 놓여 있었다. 그 옆에는 물이 가득 든 물병과 컵이 하나씩 있었고, 다른 쪽에는 램프가 놓여 있었다. 판사는 종을 쳤다. 잠시 후 집행관이 들어왔다.

"사람들이 다 와 있는가요?" 증인들을 접수하고 그들의 소환장을 확인하고 그들이 온 순서대로 기다리게 하는 일을 맡은 집행관에게 그가 물었다.

"예, 판사님."

"온 사람들의 명단을 내게 갖다주시오."

예심판사들은 시간 여유가 없기에 때로는 여러 신문을 동시에 진행할 수밖에 없는 처지에 놓이게 된다. 법원 집행관들이 지키고 있고 예심판사들의 초인종 소리가 울려 퍼지는 방에서 소환된 증인들이 하염없이 기다리는 것은 그런 연유다.

"그런 다음에," 카뮈조가 집행관에게 지시했다. "가서 카를로스 에레라 신부를 데려오시오."

"아! 그자가 에스파냐인 행세를 하고 있어요? 사제 행세를 하고 있다는 말은 들었는데요. 훗! 콜레의 수법을 따라 했군요,[58] 카뮈조 판사님." 범죄수사대장이 목소리를 높였다.

---

58) 앙텔름 콜레(1785~1840)는 변장의 귀재로 알려진 19세기의 유명한 범죄자인데, 1820년 문서 위조 혐의로 체포돼 20년형을 받고 로슈포르 도형장에서 복역 중 석방되기 보름 전에 사망했다. 그는 죽기 전 펴낸 자서전에서 한 번은 주교로, 또 한 번은 주교좌성당의 참사원으로 변장한 적이 있었다고 밝혔다. 그와 행적과 이름이 비슷하다는 이유로 자크 콜랭의 현실 모델 중 하나로 꼽히기도 한다.

"새로울 건 하나도 없어요." 카뮈조가 대답했다. 그러고 나서 판사는 소환장 두 부에 서명했다. 소환장이라는 게 얼마나 두려운지, 따르지 않으면 심각한 처벌을 받는다는 조항이 명시된 법원의 출두 명령서를 받은 모든 사람은, 심지어는 아무런 죄가 없는 사람들조차도 겁을 잔뜩 집어먹기 마련이다.

18. 독방의 자크 콜랭이 세상을 뒤흔들다

그 무렵 자크 콜랭은 30분 정도 심사숙고한 다음 전투태세를 갖추고 있었다. 그가 기름에 전 종잇조각에 적어 넣은 몇 줄의 글귀보다 더 완벽하게 법에 저항하는 민중의 모습을 보여주는 그림은 이 세상에 없을 것이다.

첫 장에 쓰인 글귀를 일상어로 번역하면 다음과 같다. 그와 아지, 둘만 알아볼 수 있게 은어 중의 은어를 사용하고 난수표를 활용해 전하려는 내용을 적었기 때문이다.

모프리뇌즈 공작 부인이나 세리지 부인을 찾아갈 것. 두 부인 중 한 명이 뤼시앵이 신문을 받기 전에 그를 면회하고 동봉한 쪽지를 전해야 함. 그다음 외롭과 파카르를 찾아낼 것. 그 두 도둑이 다시 내 수족이 되어 내가 앞으로 그들에게 지시할 임무를 수행하도록 해야 함.

라스티냐크에게 급히 갈 것. 그가 오페라 무도회에서 만났던 사람의 부탁으로 왔다고 하면서, 이곳으로 와서 카를로스 에레라 신부가 보케르 하숙집에서 체포되었던 자크 콜랭과 하나도 닮지 않았다고 진술하라고 전할 것.

의사 비앙숑에게도 가서 똑같은 말을 전할 것.

뤼시앵과 연루된 두 부인이 이런 목적을 위해 움직이도록 만들 것.

동봉된 종이에는 또한 정상적인 프랑스어로 다음과 같이 적혀 있었다.

뤼시앵, 나에 대해 어떠한 진술도 하지 말 것. 나는 너에게 카를로스 에레라 신부여야 함. 그건 너의 무죄 증명을 위한 것이기도 하지만, 너의 본분이기도 해. 그러면 700만 프랑과 함께 명예를 지킬 수 있음.

그 두 종잇조각은 한 장처럼 보이도록 글이 적히지 않은 가장자리를 이어 붙인 다음, 도형장에서 탈출할 방도를 궁리하던 자들이 보유한 특별한 솜씨를 발휘해 돌돌 만 형태로 바뀌었다. 그것은 전체적으로는 근검절약하는 여인네들이 부러진 바늘귀를 수선하기 위해 붙인 밀랍 뭉치처럼 꼬질꼬질하고 투박하며 단단해 보이는 공 모양이었다.

"둘 중 내가 먼저 신문 받는다면 우린 풀려난다. 하지만 그 애송이가 먼저라면 만사휴의다." 그가 기다리며 중얼거렸다.

그 순간은 너무나도 혹독해서 그토록 강인한 사내조차도 얼굴에 식은땀이 흐를 정도였다. 비범한 그 사내도 범죄라는 자신의 전문 영역에서만은 그처럼 진심이었다. 몰리에르가 극작술 분야에서, 퀴비에가 멸종된 생명체와의 관계에서 진심이었듯이 말이다. 천재성이란 어떤 경우에서든 일종의 직관력이다. 그 현상의 하위에 속하는 나머지 뛰어난 업적들은 그저 재능의 산물이다. 일급의 인물들과 이급의 인물들을 가르는 차이가 바로 이 점에 있다. 범죄의 세계에도 천재성을 지닌 인물들이 있다. 궁지에 몰린 자크 콜랭은 야심만만한 카뮈조 부인, 그리고 뤼시앵에게 닥친 그 끔찍한 파국의 충격에 사랑의 마음이 되살아난 세리지 부인의 심리를 꿰뚫고 있었다. 사법기관이 휘두르는 강철 무기에 맞서 인간의 능력이 최고조로 발휘되는 모습은 그러했다.

자기 방 자물쇠와 빗장이 내지르는 육중한 쇳소리가 들리자 자크 콜랭은 다시 다 죽어가는 모습으로 돌아갔다. 복도에서 들리는 간수의 구둣발 소리로 인해 차오른 희열의 감정으로 그는 그 상태에서 적이 마음이 놓였다. 그는 아지가 어떤 방식으로 자기와 접선할지 알지 못했다. 하지만 그는 이동하다가 그녀를 보게 될 것이라고 기대했는데, 특히 생장 홍예문에서 그가 그녀로부터 약속을 받고 난 이후 그 기대는 더 커졌다.

19. 아지가 작업에 착수하다

생장 홍예문에서 기막힌 방법으로 자크 콜랭과 접선한 후,

아지는 그레브 광장으로 내려갔다. 1830년 이전 '그레브'라는 명칭은 오늘날은 없어진 의미를 지니고 있었다.[59] 당시엔 다르콜 다리부터 루이필리프 다리까지의 강변로 전체가 포석이 깔린 통행로를 제외하고는 자연 그대로의 모습이었는데, 그나마 그 통행로도 경사지에 조성되어 있었다. 그래서 사람들은 강가에 늘어선 집들을 따라 너른 강을 배를 타고 통행하기도 했고, 물가로 이어지는 비탈길을 이용하기도 했다. 그 일대 강변로의 집 1층은 거의 모두 지면에서 몇 계단 위에 올려 지어졌다. 강물이 집 하단을 때릴 만큼 불어나면 마차들은 몹시 열악한 라모르텔르리가를 이용했는데, 오늘날 그 길은 시청사를 확장하느라 완전히 없어졌다. 그러므로 가짜 행상 여인은 자신이 빌렸던 작은 행상 수레를 강변로 밑으로 재빨리 밀고 내려가 어렵지 않게 숨겨둘 수 있었는데, 수레를 빌려준 진짜 행상 여인은 그렇게 자신의 물건을 통째로 팔아 횡재한 돈을 라모르텔르리가의 구질구질한 선술집에서 술값으로 다 날린 다음 수레를 돌려놓기로 약속한 장소로 가서 자기 수레를 되찾았다. 당시는 펠르티에 강변로 확장 공사가 마무리될 무렵이어서 공사장 입구는 달랑 상이군인 한 명이 지키고 있었는데, 그 상이군인에게 맡겨진 외발 손수레는 그래서 잘못될 위험이 전혀 없었다.

아지는 즉시 시청 앞 광장에서 삯마차를 잡아타고 마부에게 말했다. "탕플 지구로요! 빨리요, 거기 털 돈이 무진장 널렸거

---

59) 그레브(Grève)는 '모래사장'이라는 뜻을 가지고 있다.

든요."

아지처럼 옷을 걸친 여자는 어떠한 관심도 끌지 않은 채, 파리의 누더기란 누더기는 죄다 몰려들고, 수많은 행상인이 우글거리며, 수두룩한 잡상인들 소리로 시끌벅적한 탕플 지구의 드넓은 시장 속으로 섞일 수 있다. 두 피의자가 구치소에 갇히자, 그녀는 재봉사나 재단사 들이 훔쳐낸 온갖 종류의 자투리 천을 파는, 로메트라 불리는 노처녀가 제로메트라는 상호를 내걸고 운영하는 음침한 가게로 들어가 천장이 낮고 습도가 높은 좁은 반지하 방에서 옷을 갈아입었다. 로메트가 옷이나 장신구를 파는 행상 여인들과의 관계에서 차지하는 지위는, 전주(典主)라고 불리는 부인들이 금전적 곤경에 빠진 지체 높은 귀부인들과 맺는 관계에서 차지하는 지위, 곧 100퍼센트의 이율로 돈을 빌려주는 고리대금업자와 같다.

"어이, 딸내미!" 아지가 말했다. "근사한 옷으로 갈아입어야겠네. 난 최소한 포부르 생제르맹의 남작 부인 정도로는 보여야 해. 근데 평소보다 훨씬 빨리 그 모든 걸 해내자고. 내가 지금 끓는 기름에 두 발을 담근 형편이거든! 넌 어떤 드레스가 나한테 잘 어울리는지 알잖아. 립스틱 통 좀 이리 줘봐, 멋진 레이스도 골라주고! 그리고 휘황찬란한 보석들도 좀 줘……. 심부름하는 애를 시켜 삯마차를 불러오라고 해, 그리고 마차를 이 집 뒷문에 대기하고 있으라고 일러."

"알았어요, 부인." 노처녀가 주인 앞에 선 하녀처럼 공손하고 민첩하게 대답했다.

이 광경을 지켜본 사람이 있다면, 그녀에게 아지라는 이름

뒤에 숨겨진 다른 여자가 있다는 것을 쉽게 눈치챌 수 있었을 것이다.

"다이아몬드를 사라는 제안이 왔는데요……!" 로메트가 아지의 머리를 단장해 주면서 말했다.

"장물인가……?"

"그럴 거예요……."

"됐다고 해! 이익이 아무리 크더라도 말이야, 이봐, 지금은 자제해야만 해. 우리에게 얼마 동안 조심해야 할 짭새들이 따라붙고 있으니까."

이제 아지가 어떻게 예심판사가 도착하기 15분 전쯤 증인 소환장을 손에 들고 법원 청사 중앙홀에 나타날 수 있었는지, 카뮈조 씨를 찾아왔다고 하고 안내를 받아 예심판사들의 집무실이 있는 곳으로 통하는 복도와 계단을 지날 수 있었는지 이해될 것이다.

20. 중앙홀 일람(一覽)

아지는 평소의 그녀와는 다른 모습이었다. 나이 든 얼굴을 배우처럼 깨끗이 씻고 분과 립스틱을 바른 다음, 멋들어진 금발 가발을 썼다. 잃어버린 개를 찾아 나선 포부르 생제르맹의 귀부인을 쏙 빼닮은 차림을 한 그녀는 근사한 검정 레이스 베일로 얼굴을 가렸기 때문에 40대로 보였다. 코르셋이 부엌데기 같은 그녀의 허리를 가차 없이 졸라맸다. 손목이 긴 장갑도 그럴듯하게 착용하고 치마도 다소 심하게 부풀려 착용한 그녀는 분 냄새를 풀풀 풍겼다. 금테를 두른 핸드백을 살랑살랑 흔들며 그녀는 누가 봐도 법원 청사에 난생처음 와서 어여쁜 킹 찰스 스패니얼 강아지를 잃어버리고 길을 헤매는 부인처럼 청사의 높은 담벼락과 빈 강아지 목줄을 번갈아 연신 두리번거렸다. 그러한 나이 지긋한 지체 높은 귀부인의 모습은 서성거리며 시간을 죽이는 곳이라는 별명으로 불리는 그 넓은 중앙홀을 차지하고 있던 검은 법복을 입은 사람들의 눈에 바로 띄었다.

중앙홀에는 의뢰받은 소송사건도 없으면서 법복으로 바닥을 쓸고 다니며, 귀족들이 자기들끼리 특권층의 일원임을 과시하기 위해 그러듯이, 잘나가는 유명 변호사들을 세례명으로 부르며 친분을 과시하는 그런 한가한 변호사들도 있지만, 그들 말고도 소송대리인의 수족 역할을 하는 젊은이들도 종종 눈에 뜨이는데, 그들은 자신이 담당한 유일한 소송사건의 순번이 맨 뒤로 밀렸음에도 우선순위의 소송사건들을 맡은 변호사들이 양보만 해준다면 변호 기회를 잡을 수도 있기에 학수고대하며 끈질기게 그곳을 지키는 이들이다. 이 거대한 중앙홀에서 삼삼오오 무리 지어 서성거리는 검은 법복 차림들의 면면을 하나하나 묘사하면 참으로 흥미로운 그림이 될 것이다. 쏟아내는 말 못지않게 서성거림이 변호사들의 기운을 빼는 일이기에 절묘하다고 할 만큼 별명을 잘 붙인 그 중앙홀은 그들이 주고받는 말들로 늘 웅성거리는 소리가 울려 퍼졌다. 그러나 그러한 묘사는 파리의 변호사들을 다루게 될 별

도 연구의 몫으로 남기고자 한다.[60] 아지는 그렇게 법원 안을
하릴없이 서성이는 자들을 이용할 심산이었다. 그녀는 귓전에
들려오는 몇몇 수작에 은밀히 웃음을 보이다가 마침내 마솔
이라는 이름을 가진 젊은 변호사 시보(試補)의 관심을 끌 수
있었다. 자신의 의뢰인들로 인해 바쁘기보다는 법원의 판결
공보를 챙기느라 더 분주한 처지인 그 시보는 부유하게 차려
입고 좋은 향수 냄새를 풍기는 귀부인의 환심을 사기 위해 만
면에 웃음을 띠며 다가와 무슨 도움이 필요하냐고 물었다.

아지는 귀여운 척 가성(假聲)을 써서 그 친절한 남자에게
자신이 판사의 소환장을 받고 왔노라고 설명하고, 그 판사 이
름이 카뮈조라던가, 하고 덧붙였다.

"아! 뤼방프레 사건 관련이군요."

소송에는 벌써 정식 명칭이 붙어 있었다!

"오! 내가 아니고요, 내 하녀가 관련돼서요. 나를 24시간 시
중들던 외룝이라는 별명으로 불리는 앤데, 우리 집 정문 문지
기가 관인이 붙은 이 서류를 나한테 가져다주는 것을 보고는
그만 달아났지 뭐예요."

그러고 나서 날마다 난롯가에서 수다나 떨며 시간을 보내
는 늙은 여인인 것처럼 그녀는 마솔의 안내를 받아 걸음을 옮
기며 여담을 늘어놓았는데, 자신의 첫 남편이 국토기금국에
있는 세 명의 국장 중 하나였고, 그와 사별했다는 그런 얘기였

---

60) 발자크는 실제로 '법원 풍경'이라는 제목으로 파리의 변호사를 다루는
소설을 계획하나 실행에 옮기지는 못했다.

다. 그러고 나서 그녀는 자기 딸을 아주 불행하게 만든 사위인 그로나르 백작을 고소해야 하는지, 그리고 자신이 자신 명의의 재산을 처분하려고 하는데 법이 그것을 허용할지 그 젊은 변호사에게 조언을 구했다.[61] 마솔은 증인 소환장이 하녀에게 발부됐다는 말인지, 아니면 주인에게 발부됐다는 말인지 아무리 생각해도 도통 갈피를 잡을 수 없었다. 애초에 그는 익히 알려진 서식을 갖춘 그 법원 서류를 그저 흘낏 쳐다보았을 뿐이었다. 예심판사의 보좌 서기들은 소환장의 신속한 발부를 위해 미리 인쇄된 양식에서 빈칸으로 남아 있는 부분에 증인의 이름과 거주지, 그리고 출두 시간 등을 채우기만 하는 것이 관행이었기 때문이다. 아지는 법원을 변호사 자신보다 더 잘 알고 있으면서도 그에게 어디로 가야 하는지 어떻게 해야 하는지 안내해 달라고 했다. 그러고 나서 마침내 그녀는 그 카뮈조 판사가 몇 시에 출근하는지 물었다.

"평소 예심판사들은 10시쯤 신문을 시작합니다만."

"10시 15분 전이네요." 그녀는 상당히 가격이 나가 보이는 앙증맞은 회중시계를 꺼내 들며 말했다. 보석상의 걸작임이 틀림없어 보이는 그 회중시계를 보고 마솔은 '운명의 여신이 과연 어디로 깃들 것인가……!' 하는 생각에 가슴이 설렜다.

---

61) 국토기금국은 아지가 지어낸 가공의 정부 부처고, 그 뒤에 나오는 그로나르 백작도 그녀가 지어낸 인물이다.

21. 마술이 결혼을 꿈꾸다

그렇게 이야기를 나누면서 아지는 콩시에르주리 안마당에 접한 그 어두컴컴한 사무실, 법원 집행관들이 근무하는 방에 도착했다. 창문 너머로 보이는 창구를 확인하며 그녀는 소리쳤다. "저기 거대한 벽들은 다 뭐예요?"

"콩시에르주리입니다."

"아! 콩시에르주리, 우리의 가련한 왕비 마마가 갇혔던……. 오! 그녀가 갇혔던 감옥을 보고 싶어요."

"그건 불가능합니다, 남작 부인." 죽은 남편의 막대한 재산을 상속 받은 것으로 보이는 귀족 과부에게 팔을 내밀며 젊은 변호사가 말했다. "허가증이 있어야 하는데, 얻기가 아주아주 어렵습니다."

"그런 말을 들은 적이 있어요" 그녀가 말을 이었다. "마리 앙투아네트의 감옥에 붙은 명판을 루이 18세 전하께서 라틴어로 손수 썼다는 말을요."[62]

"맞습니다, 남작 부인."

"그 명판에 새겨진 말들을 연구하기 위해 라틴어를 공부하고 싶어요!" 그녀가 맞장구쳤다. "당신 생각엔 카뮈조 판사가 나에게 그 허가증을 발급해 줄 수 있을까요……?"

---

62) 1793년 1월 루이 16세가 처형되자 그동안 탕플 감옥에 갇혀 있던 마리 앙투아네트는 8월에 콩시에르주리로 이감되어 혁명재판소의 재판을 받고 10월에 처형된다. 그 후 왕정복고 시대에 루이 18세는 마리 앙투아네트가 갇혀 있던 독방을 속죄의 예배당으로 개조하고 명패를 붙인다.

"그건 그분의 소관이 아닙니다. 그렇지만 그분이 마담을 그곳으로 안내할 수는 있을 겁니다만……."

"그러면 신문은 어떻게 하고요?" 그녀가 물었다.

"오!" 마솔이 대답했다. "피의자들은 기다리면 되죠."

"그렇지, 그들은 피의자들이지, 맞네요!" 아지가 순진한 척 대꾸했다. "그런데 전 그랑빌 씨와 아는 사이에요, 검사장이신……."

불쑥 뱉은 이 말이 집행관들과 변호사에게 마법의 효과를 발휘했다.

"아! 검사장님과 잘 아시는 사이로군요" 마솔이 우연히 얽어걸린 이 의뢰인 여인의 이름과 사는 곳을 물을 요량으로 말했다.

"그분과는 그분 친구 분인 세리지 씨 댁에서 자주 뵙는 사이예요. 세리지 부인께서 롱크롤 가문 쪽으로 저의 친척이거든요……."

"그런데 부인께서 콩시에르주리로 내려가 보고 싶다고요?" 집행관 하나가 말했다. "그러시면……."

"그렇소." 마솔이 나섰다.

집행관들은 변호사와 남작 부인이 내려가도록 길을 터주었다. 그들은 쥐덫이라는 뜻의 독방 감옥인 수리시에르로 내려가는 계단 중간에 자리한 작은 초소에 곧 도착했다. 아지가 이미 익숙하게 알고 있는 그곳은, 앞서 살펴본 수리시에르와 6호 법정 사이에 만들어둔 감시 초소로, 밑으로 내려가려면 누구나 반드시 그곳을 통과해야 했다.

“저 사람들에게 카뮈조 씨가 출근했는지 물어봐 줘요!” 그녀가 카드놀이를 하는 헌병들을 가리키며 말했다.

“있답니다, 마담, 판사는 조금 전 수리시에르에서 올라왔답니다……”

“수리시에르!” 그녀가 말했다. “무슨 일이지……. 오! 곧장 그랑빌 백작 댁으로 가지 않고 내가 이 무슨 바보짓이지……. 하지만 시간이 없네……. 이봐요, 카뮈조 씨가 바빠지기 전에 말할 게 있어 그러는데, 나를 좀 안내해 줘요.”

“오! 마담, 카뮈조 씨에게 말할 시간은 충분해요.” 마솔이 말했다. “그분에게 당신 방문증을 전하라고 건네주면 그걸 보고 그분이 마담께서 다른 증인들과 함께 대기하는 불편함을 겪지 않게 해줄 겁니다. 법원에서는 당신 같은 분들을 특별히 대접하거든요. 방문증은 갖고 계시지요?”

22. 마솔과 킹 찰스 스패니얼은 무슨 쓸모가 있었는가

아지와 그녀의 변호사가 말을 나누던 곳은 헌병들이 콩시에르주리의 입구 대기소의 움직임을 훤히 볼 수 있는 초소 창문 바로 앞이었다. 과부와 고아의 변호를 맡고 있는 사람들에게 마땅히 존경심을 갖추도록 잘 훈련된 데다가 그들이 걸친 법복의 위력을 익히 아는 헌병들은 변호사를 대동한 남작 부인의 존재를 한동안 묵과해 주었다. 아지는 젊은 변호사가 젊은 혈기와 과장을 섞어 감옥 대기소와 관련된 갖은 끔찍한 이야기들을 한껏 떠벌리는 것을 물끄러미 듣고만 있었다. 그녀는 그가 쇠창살을 가리키며 저 뒤에서 사형수들이 처형되기 직전 마지막 단장을 받는다는 말을 듣고는 믿을 수가 없다고 도리질을 쳤다. 그러나 경비반장이 그녀에게 그 말이 맞다고 확인해 주었다.

"그런 장면을 정말 보았으면……!" 그녀가 말했다.

그녀는 그 자리에서 그렇게 경비반장과 변호사에게 번갈아 애교를 보이고 관심을 끌다가 마침내 자크 콜랭이 두 명의 헌병에 의해 양팔이 붙들린 채 카뮈조 판사의 집행관을 뒤따라 대기소 밖으로 나오는 모습을 보았다.

"아! 저기 감옥의 부속 사제인가 보네요, 아마도 불쌍한 사형수를 막 준비시키고 나오는 길인가 봐요……."

"아닙니다, 아니에요, 남작 부인." 경비반장이 대답했다. "저자는 신문을 받으러 온 일개 피의자일 뿐입니다."

"그런데 대체 무슨 죄로 잡혀 왔대요?"

"저자는 그 떠들썩한 독살 사건에 연루된 자입니다……."

"오! 혹시…… 저 사람을 볼 수 있을까……."

"여기에 더 있으면 안 됩니다." 경비반장이 말했다. "저자는 접견이 일절 금지된 자니까요. 우리 초소를 통과해 가십시오. 저기로요, 마담, 저 문이 계단으로 난 문입니다."

"고마워요, 반장님." 남작 부인이 문 쪽으로 향하며 말하고 나서 계단으로 고꾸라지듯 향하다가 소리쳤다. "그런데 여기가 어디야?"

갑작스레 터져 나온 그 목소리가 자크 콜랭의 귀에까지 닿았다. 그녀는 그렇게 콜랭이 자기와 접선하도록 마음의 준비를 시켰다. 경비반장이 남작 부인을 쫓아 달려와 그녀의 허리를 붙잡고는 일사불란하게 도열해 있던 다섯 명의 헌병 가운데로 깃털을 옮기듯 가볍게 이동시켰다. 경비 초소 안에서는 무엇이든 의심하고 보는 까닭이었다. 그렇게 하는 것은 경비반장의 재량에 따른 임의적 조치였지만 일리가 있었다. 변호사 자신도 "마담, 마담!" 하며 두 마디 비명을 내질렀다. 그만큼 그는 뭔가 잘못될까 봐 겁을 잔뜩 집어먹은 상태였다.

그러는 바람에 카롤로스 에레라 사제는 거의 혼절한 모습으로 경비 초소 안 의자에 잠시 앉은 채 대기했다.

"불쌍한 사람 같으니라고!" 남작 부인이 입을 열었다. "저자가 범인인가요?"

이 말은 젊은 변호사만 들으라고 그의 귀에 대고 한 소리였지만, 그 살벌한 초소 안에는 죽음 같은 침묵이 지배하고 있었기 때문에 그 자리의 모든 사람이 그 소리를 다 들었다. 특권을 지닌 몇몇 사람들은 관심이 집중된 범죄자들이 이 초소나 복도를 지나갈 때 그들을 접견하는 허락을 간혹 얻기도 한다. 그래서 카를롤스 에레라를 호송하는 집행관과 헌병들은 어떠한 주의도 기울이지 않았다. 게다가 접견이 금지된 피의자와 외부인들 간의 소통을 완전히 차단하기 위해 남작 부인의 허리춤을 움켜잡았던 경비반장의 헌신적 노력 덕분에 초소 안은 매우 안심하는 분위기였다.[63]

---

63) '움켜잡다'는 말이 강조된 것은 '체포하다'라는 뜻의 경찰 은어이기 때문

"자, 갑시다!" 자크 콜랭이 일어나려고 애를 쓰며 말했다.

그 순간 조그만 종이 뭉치가 그의 소매에서 툭 떨어졌고, 그것이 멈춘 자리가 베일을 쓰고 있어 시선 처리가 자유로웠던 남작 부인의 눈에 포착되었다. 축축하고 기름기에 젖은 그 작은 뭉치는 얼마 굴러가지 못했는데, 겉으로는 아무 관련이 없어 보이는 그 사소한 요소들은 완벽한 성공을 거두기 위해 자크 콜랭에 의해 낱낱이 계산되었던 까닭이다. 피의자가 계단 맨 윗부분으로 끌려가고 나서 아지는 아주 자연스럽게 들고 있던 손가방을 놓쳐 바닥에 떨어뜨렸고, 이어 떨어진 가방을 천천히 집어 들었다. 그리고 그 틈을 이용해 허리를 굽혀 그 작은 종이 뭉치를 무사히 확보했는데, 그 색깔이 먼지 뭉치나 바닥의 흙덩이와 완전히 똑같았기 때문에 다른 사람들의 눈에는 전혀 띄지 않았다.

"아!" 그녀가 말했다. "허리를 굽혔더니 심장에 압박이 오네요……. 심장이 멈추려나……."

"단지 그런 느낌이 드는 걸 겁니다." 경비반장이 대꾸했다.

"이봐요," 아지가 변호사에게 말했다. "나를 신속히 카뮈조 씨 방으로 데려가 줘요. 난 그 일 때문에 온 거예요…… 저 불쌍한 사제를 신문하기 전에 나부터 보는 편이 아마 더 나을지 몰라요……."

변호사와 남작 부인은 벽마다 기름때와 그을음에 찌든 감시 초소를 벗어났다. 하지만 그들이 계단 위쪽에 다다랐을 때

이다.

아지는 외마디 비명을 질렀다. "내 강아지……! 오! 이봐요, 불쌍한 내 강아지."

그러더니 그녀는 정신 나간 사람처럼 중앙홀로 내달려 가며 마주치는 사람마다 자기 개를 못 보았냐고 물었다. 그렇게 상점들이 늘어선 아케이드에 다다른 그녀는 "저기 있구나……!" 하고 소리치며 계단을 향해 달렸다.

아를레 중정을 향해 난 그 계단을 지나고, 자신이 펼친 연기가 마무리되자 아지는 오르페브르 강변로에 대기하고 있던 삯마차 중 하나로 몸을 던지듯 올라탔다. 그리고 그녀는 외룁이라는, 그녀의 진짜 이름은 경찰도 법원도 아직 알지 못하는 사람 앞으로 발부된 출두 명령서를 손에 쥔 채 시야에서 사라졌다.

23. 공작 부인과 최고로 잘 어울리는 아지

"뇌브생마르크가로 가주세요." 그녀가 마부에게 외쳤다.

아지는, 누리송이라는 이름으로 불리지만 동시에 생테스테브 부인이라는 이름으로도 알려진 양품점 여주인의 무거운 입을 무한히 신뢰할 만했다. 그녀는 아지에게 자신의 신분뿐만 아니라 가게까지도 빌려줘서 이전에 거기서 뉘싱겐이 에스테르를 두고 아지와 흥정을 하기도 했었다. 아지는 누리송 부인의 거처에 방 하나를 마음대로 쓰고 있었기 때문에 그곳을 자기 집처럼 여겼다. 그녀는 마차 삯을 치르고 누리송 부인에게 간단한 인사말도 나눌 겨를이 없다는 표시를 해 보이고는 황급히 자기 방으로 올라갔다.

근처에 아무도 염탐하는 이가 없음을 확인한 아지는 학자들이 양피지를 대할 때처럼 극도로 조심하며 종이 뭉치를 펼치기 시작했다. 거기에 쓰인 지시 사항들을 다 읽고 나서 그녀는 뤼시앵에게 보내는 부분은 편지지에 옮겨 적어야 할 필요가 있다고 판단했다. 그런 다음 그녀는 누리송 부인이 있는 곳으로 내려와, 가게에서 심부름하는 여자애가 이탈리아 대로로 가서 삯마차를 불러올 때까지 기다리며 대화를 나누었다. 그러면서 아지는 모프리뇌즈 공작 부인과 세리지 부인의 주소를 알아냈는데, 누리송 부인은 귀부인들의 하녀들과 통하는 사이였기 때문에 주소를 잘 알고 있었다.

그렇게 여기저기 다녀오고 면밀한 대비를 하느라 2시간이 훌쩍 지났다. 포부르 생토노레 위쪽에 사는 모프리뇌즈 공작 부인은 하녀가 내실 문을 두드리고 아지가 '뤼시앵과 관련한 긴급한 용무로 방문'이라고 메모를 적은 마담 드 생테스테브의 명함을 전달했는데도 그녀를 1시간이나 기다리게 했다. 아지는 공작 부인의 표정과 마주하자마자 첫눈에 자신의 방문 시점이 얼마나 부적절했는지 알아차렸다. 따라서 그녀는 뤼시앵이 처한 위험한 상태를 가지고 공작 부인의 휴식을 방해한 것에 심심한 사과를 표시했다……

"그런데 누구시더라……?" 공작 부인은 아지를 위아래로 훑어보며 격식을 완전히 배제한 불손한 말투로 물었다. 아지는 법원 중앙홀에서는 변호사 마솔이 남작 부인으로 착각하고

도 남을 차림새였지만, 카디냥 저택 내실의 거실 양탄자 위에
서는 새하얀 공단 드레스 위에 묻은 기름때처럼 몰골이 초라
했다.

"저는 양품점을 운영하는 여자입니다, 공작 부인 마님." 이
와 비슷한 상황에 놓였을 때 귀부인들이란 입이 철통같이 무
겁기로 정평이 나 있는 직종의 여성들과는 스스럼없이 말을
섞기 마련이다. "저는 이제까지 남을 배신한 적이 한 번도 없
습니다. 얼마나 많은 귀부인께서 저에게 한 달 동안 다이아몬
드를 저당 잡히면서 대신 그것과 아주 똑같이 생긴 패물을 마
련해 달라고 부탁했는지는 하느님만이 아실 겁니다……."

"다른 이름도 가지고 있지요?" 그러한 아지의 응대로 옛 기
억 한 대목이 어렴풋이 떠오른 공작 부인이 미소 지으며 말
했다.

"예, 공작 부인 마님, 평소에는 생테스테브 부인이라고 불립
니다만, 거래를 하는 경우에는 누리송 부인이라는 이름을 씁
니다."

"좋아요, 좋아……." 공작 부인이 어조를 바꾸며 환하게 대
답했다.

"저는," 아지가 계속해서 말을 이었다. "커다란 도움을 드릴
수 있습니다. 우리 같은 여자들은 아내들의 비밀만큼이나 남
편들의 비밀을 알고 있으니까요. 저는 드 마르세 씨와 함께 많
은 일을 했지요, 공작 부인 마님께서도 아시는……."[64]

---

64) 모프리뇌즈 공작 부인은 『카디냥 대공 부인의 비밀』에서 자신의 숱한

"됐네요! 됐어……!" 공작 부인이 목소리를 높였다. "뤼시앵 이야기만 합시다."

"공작 부인 마님께서 그 사람을 구하시고 싶으시다면 지체할 시간이 없습니다. 지금 차림 그대로 움직이실 용기가 필요하다고 사료됩니다. 게다가 공작 부인 마님께서는 지금 이대로의 모습보다 더 아름다우실 수 없을 정도로 완벽하십니다. 이 늙은 여자의 명예를 걸고 말씀드리건대 마님께서는 깨물어 주고 싶을 정도로 예쁘십니다! 자, 마님, 마차를 준비시킬 여유가 없습니다. 저와 함께 제가 타고 온 삯마차에 오르시죠……. 지금 세리지 부인 댁으로 향하세요, 케루빔 같은 그 귀여운 아이의 죽음도 죽음이지만, 그 죽음이 불러올 더 큰 불행을 피하고 싶으시다면 말입니다……."

"앞장서시게! 내 뒤따라감세." 그러고는 잠시 머뭇거리더니 공작 부인이 말했다. "우리 둘이라면 레옹틴에게 용기를 북돋아 줄 수 있을 거야……."

24. 지독한 고통

도형장의 도린이[65] 펼쳐 보인 지옥을 불사하는 그 필사적

연애사를 언급하며 지난날의 과오를 술회하는데, 앙리 드 마르세도 그녀의 연애 상대 중 한 명이었다.
65) 도린은 몰리에르의 희극 『타르튀프』에 등장하는 충직하고 수완이 좋은 시녀의 이름으로, 여기서는 아지를 가리킨다.

노력에도 불구하고, 그녀가 모프리뇌즈 공작 부인과 함께 쇼세당탱가에 거주하는 세리지 부인 댁에 도착했을 때 시계는 이미 2시를 알리고 있었다. 그러나 그곳에서는 공작 부인 덕분에 한순간도 허비하지 않았다. 두 여자 모두 도착 즉시 백작 부인 곁으로 안내되었다. 백작 부인은 진귀한 꽃들이 향기를 뿜는 정원 한가운데 알프스의 샬레(chalet)를 본떠 지은 작은 오두막 안 장의자에 비스듬히 누워 있었다.

"마침 잘됐네요." 아지가 주위를 두리번거리며 말했다. "아무도 우리 말을 엿들을 수 없겠어요."

"아! 자기! 난 죽을 것 같아! 이봐, 디안, 대체 어떻게 된 거야……?" 백작 부인이 노루 새끼처럼 펄쩍 뛰어 공작 부인의 양어깨를 부여잡더니 눈물을 쏟으며 외쳤다.

"자, 레옹틴, 우리 같은 여자들이 울고 있지만 말고 행동으로 나서야 하는 때가 있는 법이야." 공작 부인이 백작 부인을 억지로 장의자에 다시 앉히고 자신도 따라 앉으며 말했다.

아지는 교활한 노파 특유의 눈길로 백작 부인을 낱낱이 뜯어보았는데, 그것은 외과의사의 메스가 상처를 헤집듯 재빠르게 여인의 영혼을 누비고 해부하는 그러한 눈길이었다. 그 결과 사교계 여인들에게서는 웬만해서는 절대로 드러나지 않는 그런 감정의 흔적, 그러니까 어떤 진정한 고통의 자취를 자크 콜랭의 공범은 간파했다……! 가슴과 얼굴 위에 영영 지워지지 않을 자국을 남기는 그 고통. 백작 부인의 자태에는 일부러 멋을 부린 어떠한 흔적도 없었다! 백작 부인의 나이는 당시 마흔다섯이었다. 그리고 그녀가 몸에 걸친 날염한 모슬린 가운은 구겨진 상태 그대로, 아무런 방비도 하지 않은, 코르셋도 안 한 앞가슴을 훤히 드러내 보여주었다……! 눈자위가 검게 물든 두 눈과 대리석같이 뽀얀 두 뺨에는 쓰라린 눈물 자국이 역력했다. 가운은 허리띠로 동여매지도 않았다. 속치마와 슈미즈에 놓인 자수는 잔뜩 흐트러져 있었다. 레이스로 짠 잠자리 모자 아래 욱여넣은 머리카락은 빗질로 다듬지 않은 지 하루도 넘어서, 외줄기로 땋은 부분이 짧고 가늘어진 상태 그대로 보였으며 다 풀린 머리 타래의 컬이 빈약한 상태 그대로 노출되었다. 레옹틴은 땋은머리 가발을 착용할 겨를도 정신도 아예 없는 지경이었다.

"부인께서는 난생처음 진정한 사랑을 느끼셨도다……." 아지가 한껏 꾸민 어조로 그녀에게 말했다.

그제야 레옹틴이 아지를 알아보고 소스라치게 놀랐다.

"이 사람은 누구야, 디안?" 그녀가 모프리뇌즈 공작 부인에게 물었다.

"내가 너한테 누구를 데려왔으면 좋겠어? 바로 뤼시앵에게 헌신하는 여자, 우리를 도와줄 여자지."

25. 전형적인 파리 여인

아지는 사태의 진상을 이미 훤히 짐작하고 있었다. 사교계에서 가장 경박한 여인 축에 속한다고 알려진 세리지 부인은 데글몽 후작과 10년 동안 애정 관계를 맺어왔더랬다. 후작이 식민지로 떠난 후 그녀는 뤼시앵에게 홀딱 빠져버렸고, 에스테르를 향한 뤼시앵의 사랑은 까맣게 모른 채, 물론 그 사실은 그녀만이 아니라 파리 전체가 몰랐지만, 뤼시앵을 모프리뇌즈 공작 부인에게서 가로챘다.[66] 상류 사교계에서 만천하에 알려진 한 번의 애정 관계는 두 번의 비밀 연애보다 여인의 평판을 더 훼손하는 법인데, 하물며 공공연한 연애를 두 번씩이나 했다면 더 말할 것도 없다. 그렇지만 세리지 부인이 그러한 떠들썩한 연애를 몇 번이나 했는지는 아무도 정확히 셀 수 없을 판이니, 이야기꾼으로서는 접시의 이가 두 번 나갔을 뿐이라고 그녀의 덕성을 보증할 수도 없는 실정이다.[67] 그녀는 중키에 금발이었는데, 금발의 여인들이 대개 그렇듯이 몸매를 유지해 젊어 보였다. 그러니까 그녀는 서른 살도 채 안 돼 보였으며 말랐다는 느낌 없이 늘씬했고 피부는 하얬으며 머리카락은 적당히 센 상태였다. 두 발과 두 손, 몸매에는 귀족다운 섬세함이 어렸다. 롱크롤 가문의 여자답게 재기 넘치고 신랄한 그녀는 남자들에게 나긋나긋한 만큼 여자들에게는 모질게 굴었다. 그녀는 자신 소유의 엄청난 재산 덕분에, 그리고 남동생 롱크롤 후작과[68] 남편의 막강한 지위 덕분에 다른 여자들이

---

66) 빅토르 데글몽 후작과 세리지 백작 부인의 관계가 어떻게 시작되었는지는 『랑제 공작 부인』(1834)에서 언급된다. 『인간극』에서 데글몽 후작은 특히 『서른 살 여인』(1834)에 등장해 어리석고 무심한 남편의 전형을 보여 준다. 1827년 은행가 뉘싱겐의 농간으로 파산한 그는, 1829년 이 작품 1권에서 묘사한 자크 팔레의 파산에 연루되어 식민지로 도피한다.
67) 세리지 백작 부인에 대한 이어지는 묘사는 당시의 관습이 허용하는 최대치의 언어로 그녀가 색정에 광적으로 빠진 인물임을 강조한다.

라면 예외 없이 곱씹었을 것이 분명한 좌절과 역경을 언제나 피해 갈 수 있었다. 그녀에게는 커다란 장점이 하나 있었으니, 자신의 색정을 솔직히 표현했으며, 섭정시대의 자유분방한 풍속을 공공연하게 예찬했다.[69] 그런데 마흔두 살이 되자, 그때까지 남자들을 재미있는 장난감으로만 여겼던 그녀가, 사랑을 남자들을 지배하기 위해 감내해야 하는 희생 정도로만 여겨 남자들에게 많은 것을 허락했던 그녀가 뤼시앵을 보고는 돌연 에스테르를 향한 뉘싱겐 남작의 사랑과 비슷한 그러한 사랑에 빠져버렸다. 그녀는 아지가 조금 전 말했듯이 난생처음으로 그런 사랑을 느꼈던 것이다. 파리 여인들에게서, 그것도 신분이 높은 귀부인들에게서 그러한 회춘은 생각보다 더 자주 일어나는 일이어서, 사십 문턱에 들어선 몇몇 덕성스러운 여인들이 전혀 그럴 리가 없는데 나락으로 떨어지고 마는 숨은 요인으로 작용한다. 모프리뇌즈 공작 부인은 레옹틴이 사로잡힌 그 지독하고 완전한 정념, 첫사랑의 유치한 감흥에서

---

68) 부르고뉴 지방에 대토지를 소유하고 있는 롱크롤 후작은 앙리 드 마르세, 몽리보 장군 등과 함께 '13인당'의 일원이다. 기지 넘치는 화법을 구사하는 인물이지만, 소설 속 그의 발언은 대체로 여성혐오 정서를 보인다.(『13인당의 이야기』 연작 참조.)

69) 프랑스에서 섭정시대란 태양왕 루이 14세가 죽은 1715년부터, 그 뒤를 이어 다섯 살에 왕위에 오른 루이 15세가 직접 통치를 시작한 1723년까지 8년 동안, 루이 15세의 재종조부인 오를레앙공 필리프 2세가 섭정으로 통치하던 기간을 가리킨다. 오랜 절대군주 체제에서 벗어나 정치권력이 분산되고 가톨릭교회의 장악력이 쇠퇴하면서 사회 전반에 자유분방한 기운이 널리 퍼졌던 시대다.

부터 관능의 어마어마한 폭발에 이르기까지 레옹틴을 헤어날 수 없는 열락에 빠뜨려 미치도록 갈급하게 만든 그 정념의 비밀을 공유하는 유일한 인물이었다.

진짜 사랑이란 잘 알다시피 무자비한 모습을 보인다. 그래서 에스테르 같은 여자의 존재를 알고는 분노의 결별 선언이 뒤따랐던 것인데, 여자들의 경우 그런 격분 상태를 못 이기고 살인으로까지 치닫기도 한다. 그런 다음, 진지한 사랑이 여러 번 열락을 경험하면서 비겁하게 타협하는 상태에 빠지는 시기가 도래했다. 그렇게 한 달 전부터 백작 부인은 뤼시앵을 일주일 동안만이라도 다시 만날 수 있다면 자신의 10년 치 목숨을 기꺼이 바치겠노라는 심정이었다. 그러다가 마침내, 그렇게 온화해진 애정이 절정에 이르렀을 무렵, 사랑해 마지않는 애인의 체포 소식이 마치 최후의 심판을 알리는 나팔 소리처럼 울려 퍼지자, 그녀는 연적이었던 에스테르의 운명을 자신도 받아들이기로 작정했다. 백작 부인은 거의 죽음의 문턱까지 갔다 왔다. 그녀의 남편은 그녀의 발광 상태가 밖으로 알려질까 봐 두려워하며 몸소 그녀의 머리맡을 지켰다. 그리고 하루 전부터 그녀는 가슴속에 단검 한 자루를 품고 지냈다. 그녀는 극도로 흥분해서 남편에게 같은 말을 되풀이했다. "뤼시앵을 풀어줘, 그러면 앞으로 난 오로지 당신만을 위해 살게."

26. 다뉴브강의 농부가 된 아지[70]

"공작 부인 마님께서 말씀하셨듯이 죽은 염소 눈깔을 하고 있을 때가 아니에요." 사나운 표정의 아지가 백작 부인의 팔을 붙잡고 흔들며 소리쳤다. "그 사람을 구하고 싶다면 단 1분도 허비할 여유가 없어요. 그 사람은 죄가 없어요, 우리 엄마 뼈를 걸고 그 점을 장담해요!"

"오! 맞아요, 그렇죠……?" 백작 부인이 무서운 표정의 아낙네를 공손한 표정으로 바라보며 외쳤다.

"그렇지만," 아지가 계속 말을 이었다. "카뮈조 씨가 그 사람을 악의적으로 신문할 경우, 그자는 단 두 문장으로 그 사람을 죄인으로 만들 수도 있어요. 당신은 요구만 하면 콩시에르주리의 잠긴 문을 열고 들어갈 수 있는 권력이, 그 사람에게 말을 건넬 수 있는 권력이 있어요. 지금 당장 출발하세요, 그리고 이 종이쪽지를 그 사람에게 전하세요……. 내일이면 그 사람은 석방될 거예요, 제가 보증하지요. 당신이 거기서 그 사람을 꺼내야 해요, 왜냐하면 그 사람을 거기에 집어넣은 사람이 당신이니까……."

"내가요……!"

"그래요, 당신이에요……! 당신 같은 귀부인들은 비록 백만장자지만 실은 무일푼인 신세지요. 내가 사내애들을 여럿 거

<hr>

70) 「다뉴브강의 농부」는 라퐁텐의 『우화』 11권 일곱 번째 이야기의 제목이다. 사람을 겉모습으로만 판단해서는 안 된다는 교훈을 담고 있다.

느리는 호사를 누렸던 시절, 그들은 항상 금화로 호주머니가 두둑했어요! 난 그들의 쾌락을 보며 즐거웠지요. 어머니이자 동시에 정부(情婦)가 된다는 것은 참으로 멋진 일이에요! 그런데 당신 같은 귀부인들은 당신들이 사랑하는 남자들의 사정을 알아보려고 하지도 않고 그들을 굶주림으로 죽을 때까지 방치하죠. 에스테르는 말이에요, 그녀는 당신들처럼 말만 번지르르하게 하지 않았어요. 그녀는 자신의 몸과 영혼을 팔아 번 돈으로 당신의 뤼시앵이 필요로 하는 100만 프랑을 마련해 주었어요. 그리고 바로 그 일 때문에 그 사람이 지금처럼 갇힌 신세가 된 것이고요……."

"불쌍한 여자 같으니! 그 여자는 그런 일을 했는데! 나는 그 여자를 좋아해요……!" 레옹틴이 말했다.

"아! 지금이 중요하다니까." 아지가 쌀쌀맞게 비꼬는 어조로 말했다.

"그 여자는 퍽 아름다웠지. 하지만 지금은, 내 친구여, 당신이 그 여자보다 훨씬 더 아름다워……. 클로틸드와의 결혼은 완전히 결딴나서 무슨 일이 있어도 다시 거론될 수 없어." 공작 부인이 아주 나직한 목소리로 레옹틴에게 말했다.

이러한 지적과 타산이 백작 부인에게 끼친 효과는 대단해서 그녀는 더 이상 고통스럽지 않았다. 그녀는 두 손으로 이마를 쓸어 넘겼다. 그녀는 젊음을 되찾았다.

"자, 어여쁜지고. 발을 높이 들고, 엉덩이에 힘주고……!" 백작 부인의 변신과 그 변신의 동력을 알아차린 아지가 말했다.

"그런데," 모프리뇌즈 부인이 말했다. "무엇보다도 카뮈조 씨가 뤼시앵을 신문하는 것을 막아야 하는 일이 급선무라면 우리가 그에게 간단하게 편지를 써서 그렇게 할 수 있는데. 자기 하인을 시켜 그 편지를 법원에 보내기로 하자, 레옹틴."

"그럼 집 안으로 자리를 옮기자고." 세리지 부인이 말했다.

뤼시앵을 수호하는 여인들이 이렇게 자크 콜랭이 내린 지시를 따르고 있는 동안 법원에서 벌어진 일은 다음과 같다.

2절
현대식 고문

27. 관찰

헌병들이 다 죽어가는 모습의 피의자를 카뮈조 판사 집무실 안 창문 앞에 놓인 의자 위로 옮겨놓았다. 카뮈조 씨는 자신의 커다란 양수책상 앞 소파에 앉아 있었다. 코카르는 손에 펜을 쥔 자세로 판사에서 얼마 떨어지지 않은 작은 탁자를 차지하고 있었다.

예심판사들의 집무실 배치가 이 이야기와 무관하지는 않다. 이 자리에서 그 배치를 콕 집어 언급하는 것이 무슨 의도를 가진 것은 아니지만, 우연의 신이 정의의 여신을 오누이로 삼아왔다는 사실은 언급해야 마땅할 듯하다. 예심판사라는 법관들은 화가들과 비슷하다. 그들은 북향 창에서 들어오는, 조도의 변화가 없는 순수한 빛을 원하는데, 그들이 상대하는 범인의 얼굴은 한결같은 조건 아래에서 탐구되어야 할 화폭 같은 것이기 때문이다. 따라서 거의 모든 예심판사는 자신들의 집무 책상을 카뮈조처럼 빛을 등지도록 배치해 놓는데, 그 결과 그들이 신문하는 자들의 얼굴은 빛에 정면으로 노출되게 된다. 6개월 이상 수사 경력이 있는 판사 중 안경을 끼지 않았을 때 신문이 진행되는 동안 일부러 심드렁하고 무관심한 표정을 짓지 않는 판사는 하나도 없다. 예전 카스탱 사건의[71] 경우, 판사가 검사장과 오랫동안 숙의한 끝에 증거 불충분으로 그 범인을 사회로 되돌려 보내기로 결정한 순간에 카스탱이 저지른 범죄가 발각된 것은 바로 그러한 배치를 통해 범인을 유심히 관찰하다가 불시에 던진 질문에 범인의 얼굴에 갑작스러운 표정의 변화가 일어난 점을 포착한 덕분이었다. 이러한 세세한 디테일을 알려주면 제아무리 둔감한 사람일지라도 범죄 수사를 둘러싸고 벌어지는 싸움이, 지켜보는 사람은 없지만 낱낱이 기록되는 그 싸움이 얼마나 치열하고 흥미롭고 신기하고 극적이고 무서운지 실감하게 될 것이다. 눈빛, 억양, 얼굴의 경련, 감정의 동요가 수반하는 아주 미세한 안색의 변화 등 모든 것이 상대를 찾아내 죽이기 위해 서로 예의 주시하며 대치 중인 야만인들 사이처럼 절체절명의 요인으로 작용하는, 이 세상에서 가장 냉혹하면서도 가장 뜨거운 그 신문 장면을 기록한 서류 너머 실제로 벌어진 일은 오직 하느님만이 아신다. 그러니까 조서는 화재 뒤에 남은 잿더미, 그 이상도 이하도 아니다.

---

71) 36쪽 각주 30번 참조.

“진짜 이름이 무엇이오?” 카뮈조가 자크 콜랭에게 물었다.

“돈 카를로스 에레라, 톨레도 교구 왕립 참사회의 참사원으로서 페르난도 7세 전하의 밀명을 받고 파견되었소.”

이 부분에서 자크 콜랭이 무슨 뜻인지 거의 알아들을 수 없을 정도로 대답을 우물거려서 카뮈조가 재차 다시 묻게 하는 등, 프랑스어를 바스크인처럼 에스파냐어를 섞어 매우 서투르게 말했다는 점을 특기할 필요가 있을 것 같다. 이 이야기 여기저기에 뉘싱겐 씨의 독일어가 섞인 말투를 이미 너무 많이 표기했는지라 또다시 읽기에 불편하고 이야기의 빠른 전개를 방해할 수 있는 표기를 곧이곧대로 강조하는 것은 삼가기로 한다.

28. 도형수는 어떻게 자신이 특수 임무를 띤 인물임을 입증하는가

“당신이 스스로 주장하는 신분을 입증할 수 있는 서류를 가지고 있소?” 판사가 물었다.

“물론입니다, 판사님, 여권과 나의 임무를 지명한 가톨릭 주교 예하의 편지……. 간단히 정리하지요, 내가 판사님 앞에서 짧게 몇 마디 적을 테니 그걸 에스파냐 대사에게 판사님이 직접 보내주시기를 바라오. 그러면 내 말이 입증될 것이오. 그러고 나서도 다른 증거가 필요하다면, 내가 프랑스의 궁중 사제단장 예하께 편지를 쓰겠소. 그러면 궁중 사제단장 예하께서 즉시 이곳으로 특별 비서를 보내실 것이오.”

“당신은 여전히 죽을 것같이 위중하다고 주장하는 거요?” 카뮈조가 말했다. “당신이 체포되고 나서 줄곧 호소해 온 극심한 고통을 실제로 겪었다면 당신은 이미 죽었어야 마땅하오.” 판사가 비꼬듯 말을 이었다.

“판사님은 지금 죽음 앞에서 근근이 버티는 죄 없는 사람의 정신력과 체력을 비난하고 있습니다!” 피의자가 감정을 절제하며 대꾸했다.

“코카르, 벨을 울리게! 콩시에르주리 전속 의사와 간호사를 모셔오도록. 우리는 당신의 코트를 벗기고 당신 어깨 위에 낙인이 찍혀 있는지 확인하는 절차를 밟을 수밖에 없소…….” 카뮈조가 말을 받았다.

“판사님, 나는 당신의 처분대로 할 수밖에 없는 처지요.”

피의자는 자신을 신문하는 판사에게 그 낙인이라는 말이 무슨 뜻인지, 그리고 왜 자기 어깨 위에서 그 낙인을 찾는지 설명해 줄 의향이 있는지 물었다. 판사는 그 질문을 예상했다는 듯이 대답했다.

“당신은 자크 콜랭이라는 혐의를 받고 있소. 대담무쌍해서 그 어떤 것 앞에서도, 심지어는 신성모독을 저지르고도 꿈쩍하지 않는 탈출한 도형수 말이오!” 판사가 피의자의 두 눈에 시선을 던지며 날카롭게 말했다.

자크 콜랭은 미동도 하지 않았고 안색이 붉어지지도 않았다. 그는 평온한 상태에서 카뮈조를 빤히 바라다보며 순진하게 호기심을 보이는 표정을 지었다.

"내가요! 도형수라고요, 판사님……! 내가 소속된 교단과 하느님께서 당신의 그런 어이없는 생각을 용서하시길! 당신이 인간의 권리에 대해, 교회에 대해, 나의 주인이신 에스파냐 국왕에 대해 그토록 심각한 모욕을 계속한다면 당신을 제지하기 위해 내가 마땅히 해야 할 모든 조처를 강구할 테니 그리 아시오."

판사는 거기에는 반응을 보이지 않고 피의자에게 만약 법이 강제노역형을 받은 죄수들에게 부과하는 낙인의 형벌이 그의 어깨에 찍혔다면 그곳을 세게 치는 순간 곧바로 그 낙인 자국이 되살아날 것이라고 부연 설명했다.

"아, 판사님." 자크 콜랭이 말했다. "왕실의 임무를 수행하기 위한 나의 헌신적 노력이 내게 치명타로 작용하다니 참으로 통탄할 일이오."

"설명해 보시겠소?" 판사가 말했다. "그러려고 이 자리에 있는 것이니까."

"좋습니다! 판사님, 난 등에 수많은 상흔이 있을 수밖에 없소. 왜냐하면 나는 실제로는 내가 모시는 국왕의 뜻을 충실히 따랐던 것인데, 내가 죽기를 바랐던 입헌 왕정주의자들에 의해 국가의 반역자로 몰려서 뒤돌아선 채 총살당하는 형벌을 받은 적이 있었기 때문이오."

"총살형을 당했다고요, 그런데 이렇게 살아있다니……!" 카뮈조가 말했다.

"나는 총살형을 집행하는 병사들과 얼마간 내통하는 사이였소. 독실한 인사들이 그 병사들에게 어지간히 돈을 쥐여주었기 때문이오. 그래서 그 병사들은 나를 아주 멀리 세워두었고, 그 결과 나는 거의 위력을 상실한 총알 세례만 받았을 뿐이오. 병사들은 내 등을 겨냥했지만 말이오. 이에 대해서는 대사님께서 당신에게 사실임을 확인해 줄 수 있소……"

'이 악마 같은 자는 모든 것에 대한 답을 마련하고 있구나. 차라리 잘됐지, 뭐.' 오로지 법원과 경찰이 정한 절차를 충실히 이행하는 모습을 보일 목적으로 엄격한 척 행세할 뿐인 카뮈조가 속으로 생각했다.

29. 자크 콜랭의 경탄할 만한 술수

"그런데 당신 같은 신분의 사람이 어떻게 뉘싱겐 남작의 정부가 사는 집에서 발견될 수 있소, 그것도 어떤 정부인가 하면…… 창녀였던 여자인데!"

"내가 창녀의 집에서 발견된 까닭을 말씀드리지요, 판사님." 자크 콜랭이 대답했다. "그러나 내가 그곳에 가게 된 까닭을 설명하기 전에 먼저 밝혀야 할 점이 있어요. 내가 그 집으로 올라가는 계단에 막 첫발을 딛고 다음 발걸음을 옮기는 순간 갑작스레 병마의 습격을 받았던 것이오. 그래서 난 그 여자에게 때맞춰 얘기할 수 있는 상황이 아니었소. 나는 에스테르 양이 자살을 계획하고 있다는 사실을 알고 그 집에 간 거요. 그건 뤼시앵 드 뤼방프레라는 젊은이의 이익과 직결되는 중요한 문제였소. 그 젊은이에 대해 난 각별한 애정을 지니고 있는데, 그 이유는 교회와 관련된 신성한 어떤 것이오. 아무튼 나는 절망에 사로잡혀 자살의 길로 내몰린 그 불쌍한 여자의 마음을 돌려놓으려고 하던 참이었소. 나는 뤼시앵이 마드무아젤 클로틸드를 상대로 벌인 최후의 시도가 실패로 끝나고 말 것이라는 사실을 그녀에게 알리고 싶었소. 그리고 그녀가 700만 프랑의 재산을 상속 받는다는 사실을 알려줘 그녀에게 살겠다는 용기를 되살려 주고 싶었소. 판사님, 나는 내가 알고 있는 비밀 때문에 죽음의 희생자가 되었다는 확신이 듭니다. 내가 그렇게 갑자기 쓰러진 것을 보면 그날 아침 누군가가 나를 독살하려고 했다는 생각이 들어요. 하지만 강건한 나의 체력 덕분에 가까스로 목숨을 건진 거지요. 내가 알기로, 오래전부터 정치경찰 요원 한 명이 나를 추적하며 어떤 고약한 사건에 엮어 넣으려 하고 있습니다……. 만일 내가 체포되었을 때 판사님이 내 요구대로 의사를 불러오게 했다면, 당시 내 건강 상태에 대해 지금 내 말이 사실이라는 증거를 확보했을 것입니다. 판사님, 이것만은 믿어주시오, 우리 위에 군림하는 몇몇 인사들이 나로부터 합법적으로 벗어나기 위해 나를 어떤 흉악범으로 몰려는 강력한 이해관계를 가지고 있다는 사실 말이오. 국왕들에게 충성을 바치는 것이 좋은 일만 가져오는 것은 아니오. 국왕들도 나름의 왜소함을 갖고 있으니까. 하지만 교회만이 완전무결하오."

이러한 장광설을 한 문장 한 문장씩 끊어 의도적으로 10분 동안 길게 늘어놓는 자크 콜랭의 표정에 시시각각 일어나는 변화를 여기에 그대로 옮기기는 불가능하다. 그 모든 것이 너무나도 그럴듯해서, 특히 코랑탱의 말을 떠올려 보면 더욱 그러해서, 판사는 흔들리지 않을 수 없었다.

"뤼시앵 드 뤼방프레 씨에 대한 당신의 애정이 무엇 때문인지 내게 진술해 주겠소……?"

"그걸 짐작하지 못하신단 말입니까? 내 나이 예순입니다, 판사님…….[72] 제발 부탁인데 이 진술은 조서에 기록하지 말기 바랍니다……. 그건…… 그런데 그 말을 꼭 해야 합니까?"

"모든 것을 다 말하는 것이 당신을 위해서도 좋고, 특히 뤼시앵 드 뤼방프레를 위해서도 좋습니다." 판사가 대답했다.

"좋습니다! 그건…… 오, 하느님……! 그는 나의 아들입니다!" 그가 우물우물하며 덧붙였다.

그리고 그는 기절했다.

"이건 조서에 기록하지 말게, 코카르." 카뮈조가 나지막하게 말했다.

코카르가 자리에서 일어나 '4인의 도적'이라는 상표가 붙은

---

72) 가짜 에레라 신부는 자신의 나이를 부풀려 말하고 있다. 『잃어버린 환상』에서 그는 1822년 뤼시앵을 만났을 때 자신의 나이를 46살이라고 밝히는데, 이에 따르면 1830년 현재 그의 나이는 54살이다. 1819년을 배경으로 하는 『고리오 영감』에서 보트랭은 대략 40살 언저리라고 소개되니 1830년 그의 나이는 50살 언저리가 맞다. 사실 『인간극』에서 발자크는 자크 콜랭의 나이를 명확하게 단정하지 못하고 머뭇거리는 모습을 보인다. 뒤에 나오는 '법원이 확보한 아지의 이력'에 따르면 자크 콜랭의 고모인 자클린은 공포정치 시대 마라의 정부로서(마라는 1793년에 암살당한다.) 조카보다 5살 정도 나이가 많다고 나오는데, 그 부분을 원고에서는 60살 정도로 추정된다고 했다가 고쳤으니, 발자크는 1830년 현재 자크 콜랭의 나이를 대략 50대 중반으로 설정한 것으로 보인다.

작은 식초병을 가지러 갔다.[73]

'이자가 자크 콜랭이 맞다면, 이자는 정말 위대한 배우임이 틀림없다……!' 카뮈조가 속으로 중얼거렸다.

코카르가 늙은 도형수에게 식초를 흡입하게 했고, 판사는 스라소니 같은 법관의 매서운 시선으로 그 도형수를 주시했다.

30. 술수와 술수의 대결, 그 결말은 어떻게 될 것인가

"먼저 이자더러 가발을 벗으라고 해야겠다." 자크 콜랭이 의식을 되찾기를 기다리며 카뮈조가 말했다.

늙은 도형수는 그 말을 듣고 걱정이 되어 움찔했다. 가발을 벗기면 드러날 자기 모습이 어떤 끔찍한 반응을 불러일으킬지 잘 알고 있었기 때문이다.

"당신 가발을 직접 벗을 기력이 없다면…… 좋아, 코카르, 가발을 벗기게." 판사가 서기에게 말했다.

자크 콜랭은 어쩔 수 없다는 듯이 순순히 서기에게 머리를 내밀었다. 그러나 그 장식물이 벗겨진 그의 머리는 눈 뜨고 바라볼 수 없을 정도로 참혹했다. 원래 모습이 드러났던 탓이다. 이 광경에 카뮈조는 어찌해야 할지 갈피가 안 잡혔다. 의사와

---

73) '4인의 도적'은 당시의 유명했던 식초 상품명으로서, 1820년 마르세유에 페스트가 창궐했을 때 4명의 도적만이 그 식초 덕분에, 감염의 위험 없이 페스트로 죽은 시신의 재물을 털었다는, 필시 판촉을 위해 지어냈을 이야기가 전해진다.

간호사가 오기를 기다리며 그는 뤼시앵의 거처에서 압수한 문서들과 물건들을 분류하고 검토하기 시작했다. 생조르주가, 마드무아젤 에스테르의 집을 뒤지고 나서 법원은 말라케 강변로로 가 압수수색을 계속했었다.

"세리지 백작 부인이 보낸 편지를 보고 있군요." 카를로스 에레라가 말했다. "그런데 판사님이 왜 뤼시앵의 문서를 거의 다 가지고 있는지 나로서는 이해가 안 되는군요." 그가 판사를 향해 비꼬는 기색이 역력한 미소를 지으며 덧붙였다.

카뮈조는 그 미소를 접하며 '거의'라는 말이 담고 있는 의미를 알아차렸다.

"뤼시앵 드 뤼방프레는 당신의 공범이라는 혐의를 받고 체포되었소." 판사는 이렇게 대답하며 이 소식이 자신의 피의자에게 어떤 반응을 불러일으키는지 보려고 했다.

"판사님은 대단한 실수를 하신 겁니다. 그는 나와 마찬가지로 아무 죄가 없습니다." 가짜 에스파냐인이 눈 한번 깜박이지 않고 대답했다.

"두고 보지요, 우린 아직 당신의 신원을 확인하는 단계일 뿐이니까요." 카뮈조가 피의자의 침착함에 내심 놀라며 말을 이었다. "만약 당신이 진짜 돈 카를로스 에레라면, 그 사실은 뤼시앵 샤르동의 처지를 즉시 바꿔놓을 겁니다."

"맞소, 마담 샤르동이 바로 결혼 전 마드무아젤 드 뤼방프레였소!" 카를로스가 우물거리며 말했다. "아! 그건 내가 살면서 범한 가장 큰 과오 중 하나요!"

그의 눈길이 하늘로 향했다. 입술이 달싹거리는 것으로 보아 열렬하게 기도문을 외우는 것 같았다.

"하지만 당신이 자크 콜랭이라면, 그가 당신이 탈옥한 도형수인 줄 알고도, 신성모독을 저지른 자인 줄 알고도 고의로 동료가 되었다면, 법원이 혐의를 두고 있는 모든 범죄는 입증되고도 남을 것이오."

카를로스 에레라는 판사가 교묘하게 던지는 이 말을 들으며 꿈쩍도 하지 않았다. 그는 '고의로' '탈옥한 도형수!' 같은 말에 대한 반응으로 두 손을 들어 고통을 감내하는 동작을 취할 뿐이었다.

"신부님," 판사가 지나칠 정도로 공손하게 말을 이었다. "당신이 정말 돈 카를로스 에레라 신부시라면 우리가 사법 정의와 진실을 위해 어쩔 수 없이 해야만 하는 그 모든 일에 대해 우리를 용서해 주시겠지요……."

자크 콜랭은 판사가 '신부님'이라고 불렀을 때 그 목소리만 듣고도 함정임을 직감했다. 이 남자의 태도는 한결같았다. 카뮈조는 반색하는 동작을 기대했었다. 기대대로였다면 그런 동작은 판사를 속이는 범죄자의 만족감을 유감없이 드러내는 것으로서 그가 도형수임을 증명하는 첫 번째 단서가 될 터였다. 그러나 판사는 마키아벨리도 울고 갈 완벽한 위장술의 무기 아래 정체를 감춘 도형장의 영웅을 확인했을 뿐이다.

"나는 외교관 신분이며 아주 엄격한 금욕 서원을 하는 교단에 소속되어 있소." 자크 콜랭이 사도의 온화함을 보이며 대답했다. "나는 모든 것을 이해하오. 그리고 고통에 익숙하오. 만약 당신이 내 집에서 내 신분증명서가 들어 있는 비밀 금고를 찾아냈다면 난 벌써 자유의 몸이 되었을 것이오. 내가 보기에 당신이 쓸데없는 문서들만 압수한 것 같아서 드리는 말씀입니다만……."

이 말은 카뮈조에게 가한 최후의 일격 같은 것이었다. 자크 콜랭은 가발이 벗겨진 흉측한 머리 모양으로 인해 커졌던 의혹을 차분하고 태연한 대응으로 이미 완전히 상쇄해 버렸다.

"그 문서들은 어디 있소……?"

"당신의 수사관에게 에스파냐 대사관의 전권공사를 대동하게 해주시겠다면 그 장소를 알려드리지요. 전권공사가 그 문서들을 인수할 것이고, 당신은 전권공사에게 확인을 받으면 됩니다. 왜냐하면 그것들은 나의 신분과 관련된 중요한 외교 문서들로서, 승하하신 루이 18세 국왕의 명성을 훼손할 수도 있는 비밀이 담겼기 때문이오.[74] 아, 판사님, 그렇게 하는 편이 좋을 것입니다……. 어떻든 당신은 국가의 사법관이잖소! 게다가 그렇게 하면 대사께서, 나는 대사께 이 모든 일에 대해 문제를 제기할 것입니다만, 상당히 정상참작을 하실 겁니다."

---

74) 에스파냐는 1812년 자유주의자들 주도로 제헌의회 헌법을 통해 입헌왕정주의를 택했지만, 페르난도 7세를 절대군주의 자리에 앉히려는 세력이 1823년 루이 18세에게 특사를 파견해 정변을 꾀한다. 루이 18세는 자신의 조카인 앙굴렘 공작에게 일을 맡긴다. 자크 콜랭은 두 국왕의 밀서를 소지한 진짜 에레라 신부 행세를 치밀하게 수행하고 있는 것이다.

31. 낙인이 사라지다

그때 집행관의 알림에 이어 곧바로 의사와 간호사가 들어
왔다.

"안녕하십니까, 르브룅 씨," 카뮈조가 의사에게 말을 건넸
다. "여기 있는 이 피의자의 상태를 진찰해 주십사 모셨습니
다. 이 사람은 누군가 자기를 독살하려 했다고 말합니다. 그저
께부터 죽기 일보 직전이라고 주장합니다. 옷을 벗기고 위험
한 상황인지 진찰해 주시고, 낙인이 있는지도 확인해 주시기
바랍니다……."

르브룅 박사는 자크 콜랭의 손목을 잡아 맥박을 재고는 혀
를 내밀어 보라고 한 다음 그를 요모조모 아주 꼼꼼히 진찰
했다. 그 검사에 대략 10분 정도 걸렸다.

"피의자는," 박사가 말했다. "엄청난 고통을 당했소. 그러나
지금은 원기를 상당히 회복했는데……."

"박사님, 그 원기는 그래 보이는 것일 뿐 제가 처한 이 낯선
상황으로 말미암아 신경이 흥분했기 때문에 생긴 일시적 현
상입니다." 자크 콜랭이 주교처럼 위엄 있게 대답했다.

"그럴 수 있습니다." 르브룅 씨가 말했다.

판사의 신호에 피의자의 옷이 벗겨졌다. 바지는 그대로 두
고 그 외 모든 옷은, 속옷까지 완전히 벗겼다. 그러자 보는 이
의 탄성을 자아내기에 충분한, 외눈박이 거인 키클롭스의 괴
력을 연상시키는 털이 무성한 상반신이 드러났다. 그 모습은
지나치게 거구로 과장된 부분만 빼면 바로 나폴리 박물관에

소장된 파르네세의 헤라클레스 석상[75] 그 자체였다.

"자연은 이런 체구의 인간을 무엇에 쓰려고 만들었을 까……?" 의사가 카뷔조에게 말했다.

집행관이 나갔다가 흑단으로 만든 작은 몽둥이처럼 생긴 물건을 가지고 돌아왔다. 그것은 아득한 옛날부터 집행관들의 업무를 상징하는 곤봉이었는데, 베르주라는 명칭으로 불린다.[76] 집행관은 그 흑단 몽둥이로 과거 형리가 죄수에게 숙명적 낙인을 찍었던 신체 부위를 여러 차례 때렸다. 그러자 열일곱 군데나 열상(裂傷) 자국이 나타났는데, 모두 제각각인 형태로 배열되어 있었다. 등을 유심히 살펴보았지만, 낙인의 형태는 전혀 발견되지 않았다. 다만 집행관은 대문자 T의 가로획으로 추정되는 부분을 찾아냈는데, 그 가로획 양 끝에 난두 개의 열상 자국은 그 간격이 가로획의 길이와 일치했고, 그글자의 세로 몸통 끝에 해당하는 부분에 또 다른 열상 자국이 있었다.[77]

---

75) 기원전 4세기 그리스 청동상을 서기 3세기 초 로마 제정기 아테네 출신 조각가 글리콘이 대리석으로 복제한 것으로 추정되는 헤라클레스 석상은 높이가 3.17미터에 달한다. 16세기에 발굴되어 이탈리아의 유명한 수집가 알레산드로 파르네세 추기경이 소장하면서 '파르네세의 헤라클레스'로 불리게 되었다. 18세기 말 파르네세 가문의 수집품이 나폴리 국립박물관으로 이관될 때 함께 옮겨졌다.

76) 베르주(verge)는 일반적으로 막대기라는 뜻이지만, 음경을 지칭하는 말이기도 하다.

77) 대문자 T란 강제 노역형을 선고 받고 도형장에 수감된 중죄인의 어깻죽지에 찍는 낙인인 T. F(Travaux Forcés, 강제 노역)의 일부분을 말한다. 『고리오 영감』에서 보트랭은 라스티냐크에게 하는 설교에서 이 낙인을 암시하

"낙인 같긴 한데 그렇지만 아주 희미하군." 카뮈조가 콩시에르주리 전속 의사의 표정 위에 어린 의혹을 접하고 입을 열었다.

카를로스는 다른 쪽 어깨와 등 한가운데에도 똑같은 조처를 해보라고 요구했다. 열다섯 개 정도 되는 다른 흉터들이 나타났고, 의사는 에스파냐인의 요구대로 그 흉터들을 자세히 살펴보았다. 그리고 의사는 등의 상처들이 너무 깊게 나 있기 때문에 설사 거기에 낙인이 찍혔다 하더라도 그걸 식별해 내기는 불가능하다는 판정을 내렸다.

32. 창과 방패

그때 경찰청 사환이 들어와 카뮈조 씨에게 봉투 하나를 전달하고 답을 기다렸다. 법관은 다 읽고 나서 코카르에게 다가가 무슨 말인가를 했지만, 귓속에 대고 했기 때문에 무슨 말인지는 아무도 들을 수 없었다. 다만 코카르의 눈빛을 보고 자크 콜랭은 자신에 대한 새로운 정보가 경찰청장을 통해 전달되었을 것이라고 짐작했다.

'페라드의 친구가 변함없이 내 뒤를 쫓는군.' 자크 콜랭이 속으로 중얼거렸다. '그자가 누구인지 안다면, 그자를 콩탕송처럼 제거할 텐데. 아지를 한 번 더 볼 수 있을까……?'

는 발언을 한다. 낙인을 찍는 형벌은 1832년 법령으로 폐지된다.

코카르가 작성한 서류에 서명한 다음, 판사는 그것을 봉투에 넣고 경찰청 특무국 사환에게 넘겼다.

특무국은 사법부 필수 부속기관이기도 하다. 서장급 특무국장이 지휘하는 그 부서는 각 지역 경찰서장들의 도움을 받아 각종 중범죄나 경범죄에서 공모로 의심받는 사람들 집을 급습해 수색 및 검거 임무를 수행하는 중간 간부급 경찰관들로 구성된다. 법원에 파견된 그 경찰관들은 그렇게 수사를 맡은 법관들을 도와 소중한 시간을 절약할 수 있게 해준다.

판사의 신호에 따라 르브룅 씨와 간호사가 피의자에게 다시 옷을 입히고 집행관과 함께 방을 나갔다. 카뮈조는 집무실 책상에 앉아 펜대를 툭툭 치며 잠시 시간을 보냈다.

"당신에게 고모가 하나 있군." 카뮈조가 자크 콜랭에게 불쑥 물었다.

"고모라니." 돈 카를로스 에레라가 뜻밖이라는 듯이 대답했다. "판사님, 내겐 친척이 하나도 없소. 난 작고하신 오수나 공작의[78] 숨겨진 사생아요."

그렇게 대답하고 그는 혼자서 속으로 중얼거렸다. '이것들이 열을 내더니 거의 다 찾아냈군!' 이는 술래잡기 놀이에서 쓰이는 표현을 빌린 것으로, 사법기관과 범인 간에 벌어지는 치열한 싸움을 보여주는 유치한 이미지다.

"어허!" 카뮈조가 말했다. "이봐요, 당신에겐 고모가 하나 있어, 바로 마드무아젤 자클린 콜랭인데, 당신은 그녀를 아지라

---

78) 오수나 공작은 실존 인물로서 에스파냐 최고 귀족 가문의 일원이다.

는 요상한 이름으로 부르며 마드무아젤 에스테르 곁에 붙여 놓았었지."

자크 콜랭은 무심한 듯 어깻짓을 한번 했는데, 그 동작은 교활한 눈빛으로 그를 뚫어져라 관찰하는 판사의 말을 흥미롭다는 듯 귀 기울이는 표정과 완벽하게 어울렸다.

"신중하게 처신하시오." 카뮈조가 말을 이었다. "내 말을 잘 들어보시오."

"말씀하시지요, 판사님."

33. 법원이 확보한 아지의 이력

"당신 고모는 탕플 지구에서 장사하는 여자요. 그녀의 가게는 마드무아젤 파카르라고, 사형당한 죄수의 누이인 데다 아주 성실하기까지 한, 로메트라는 별명으로 불리는 아가씨가 관리하는군. 법원은 당신 고모 뒤를 쫓고 있소. 몇 시간 뒤면 우린 결정적 증거를 확보할 수 있을 거요. 당신 고모라는 여자는 당신에게 매우 헌신적이군……."

"계속 말씀하시지요, 판사님." 카뮈조가 잠시 숨을 고르자 자크 콜랭이 그에 대한 응대로 차분하게 말했다. "경청하고 있습니다."

"당신 고모는 나이가 당신보다 다섯 살가량 많은데, 옛날 공포정치 시절 그 악명 높았던 마라의 정부였었군. 그녀가 소유한 많은 재산의 종잣돈이 바로 그 피로 물든 샘에서 나온 것이고……. 그녀는, 내가 받은 정보에 의하면, 아주 능수능란한 은닉의 고수요. 아직까지 자신에게 불리한 증거를 하나도 남기지 않은 걸 보니 말이오. 마라가 죽은 후 그녀는, 지금 내 손에 들린 보고서에 따르면, 혁명력 12년에[79] 화폐 위조범으로 처형당한 어떤 화학자를 사랑해 몸과 마음을 다 바쳤던 것 같소. 그래서 그녀는 그 재판의 증인으로 출두하기도 했소. 아마도 그 화학자와 친밀했었기에 그녀가 독극물에 대한 지식을 갖추었던 것으로 보이오. 그녀는 그해 혁명력 12년부터 1810년까지 장사에 손댔소. 그리고 1812년과 1816년에 2년간 수감 생활을 했는데, 미성년자들을 성매매에 알선한 죄목이로군……. 당신은 일찍이 사기죄로 처벌을 받은 전과가 있소. 당신 고모가 서기로 취직시켜 준 은행을 그만둔 다음 일이었지. 당신이 은행 일을 할 수 있었던 것은 당신 스스로 교육을 받은 덕도 있고, 당신 고모가 유력 인사들의 파렴치한 퇴폐 행각에 희생자들을 공급해 주고 누리던 특혜 덕분이기도 했고……. 자, 피의자 양반, 이 모든 사실은 오수나 공작 같은 에스파냐의 고귀한 귀족 가문과는 별로 어울리지 않는데……. 이래도 계속 부인하겠소?"

---

79) 혁명력 12년은 1803년 9월 24일부터 1804년 9월 22일까지다. 1793년 10월 제정된 프랑스 혁명력은, 왕정을 철폐하고 공화정을 선포한 1792년 9월 21일 이튿날을 원년 원일로 소급해서 정한 십진법 기반 달력으로, 그레고리력으로의 환산법은 다소 복잡하다. 나폴레옹 시대 초기에도 쓰였지만, 제정이 선포되고 얼마 안 돼 혁명력 13년째인 1805년 폐지되고, 1806년 1월 1일을 기해 프랑스는 그레고리력으로 복귀한다.

자크 콜랭은 카뮈조의 말을 들으면서 오라토리오 수도회가 운영하는 기숙학교에서 보낸 행복했던 어린 시절을 내내 떠올렸는데, 그 생각에 몰두하다 보니 그의 얼굴에는 정말로 무슨 말인지 모르겠다는 표정이 자연스럽게 지어졌다. 신문하는 말투로 능숙하게 떠보았지만 카뮈조는 그 평온한 표정에서 아무런 반응도 끌어내지 못했다.

"내가 아까 첫머리에 판사님에게 한 해명을 그대로 받아 적었다면, 그걸 다시 읽어보십시오." 자크 콜랭이 대답했다. "내 해명은 바뀔 수 없소……. 나는 그 매춘부의 집에 가지 않았소. 그 매춘부가 식모로 누구를 고용했는지 내가 어찌 알겠소? 판사님이 내게 말한 사람들은 전혀 모르는 자들이오."

"당신이 아무리 부인해도 우리는 대질신문을 진행할 거요. 대질신문을 하면 당신의 주장은 근거를 잃고 말겠지."

"이미 총살형을 한번 당했던 사람이 무엇이 두렵겠소." 자크 콜랭이 유순하게 대꾸했다.

카뮈조는 몸을 돌려 압수한 문서들을 살펴보며 범죄수사대장이 돌아오기를 기다렸다. 신문이 10시 반경에 시작됐는데 11시 반이니까 범죄수사대장이 그사이 그렇게 빨리 복귀하는 건 무리이긴 했다. 그때 집행관이 들어오더니 낮은 목소리로 판사에게 비비뤼팽의 도착을 알렸다.

"들어오시라고 해요!" 카뮈조 씨가 대답했다.

34. 몇 차례 정체를 확인하다

들어오자마자 '그자가 맞소!'라는 말이 바로 나오기를 기대했지만 비비뤼팽은 잠시 당황한 표정이었다. 그는 천연두 자국 투성이인 얼굴에서 자기가 익히 알고 있는 고객의 본래 모습을 찾아낼 수 없었다. 그 머뭇거림에 판사는 충격을 받았다.

"키와 체격만 보면 그자가 맞는데……." 수사대장이 중얼거렸다. "아! 바로 너로군, 자크 콜랭." 그가 두 눈과 이마 선과 두 귀를 살펴보다가 크게 말했다. "절대 변장할 수 없는 부분이 있는 법이지……. 그자임이 틀림없습니다, 카뮈조 판사님……. 자크는 왼쪽 팔에 칼자국이 있습니다. 코트를 벗겨보십시오, 칼자국이 보일 겁니다……."

자크 콜랭은 다시 한번 코트가 벗겨지는 신세가 되었다. 비비뤼팽은 그의 셔츠 소매를 걷어 올리고 언급한 상처를 보여주었다.

"이건 총알 자국이오." 돈 카를로스 에레라가 대답했다. "보시오, 다른 수많은 흉터가 있지 않소."

"아! 바로 그자의 목소리요!" 비비뤼팽이 소리쳤다.

"당신의 확신은," 판사가 말했다. "그저 단순한 정보일 뿐이오. 증거가 될 수 없소."

"잘 압니다." 비비뤼팽이 선선히 인정했다. "하지만 증인들을 판사님 앞에 대령하지요. 이미 보케르 집에 살았던 하숙인 중 여자 하나가 여기 와 있습니다……." 그가 콜랭을 주시하며 말했다.

콜랭이 지어 보이는 평온한 표정은 흔들리지 않았다.

"그 사람을 들어오라고 하시오." 카뮈조 씨가 단호하게 말했다. 그의 표정은 겉으로는 담담해도 불만의 기색이 역력했다.

애당초 예심판사의 호의를 별로 기대하지 않았던 자크 콜랭은 그 변화를 놓치지 않았다. 그는 그 이유를 추측하느라 맹렬하게 머리를 굴리기 시작했고, 그로 인해 무감각한 상태로 빠져들었다. 집행관이 푸아레 부인을 데리고 들어왔다. 예상치 못한 그녀의 등장이 도형수에게 미세한 떨림을 불러일으켰으나 이미 방침이 정해진 듯 보이는 판사는 그 동요를 알아차리지 못했다.

"이름이 무엇이오?" 판사가 모든 증언과 신문을 시작하는 형식적 절차를 밟으며 물었다.

질 낮은 시퍼런 색깔의 실크 드레스 차림에 얼굴이 송아지 흉선(胸線) 요리처럼 허옇고 쪼글쪼글한 왜소한 노파인 푸아레 부인은 자신의 결혼 전 이름이 크리스틴 미셸 미쇼노로서 푸아레 씨의 아내이고, 나이는 쉰한 살이며, 출생지는 파리고, 거주지는 포스트가 모퉁이의 풀가이며,[80] 생업은 가구 딸린 셋방의 주인이라고 대답했다.

"부인," 판사가 말했다. "부인은 보케르라는 이름의 부인이 운영하던 서민 하숙집에서 1818년과 1819년에 살았던 적이 있지요."

---

80) 포스트가는 오늘날의 로몽가로 변했고, 풀가는 라로미기에르가가 되었다. 모두 『고리오 영감』의 보케르 하숙집이 있던 라틴 구역의 뇌브생트즈느비에브가(현재는 투르느포르가) 인근에 있는 길들이다.

"그렇습니다, 판사님. 은퇴한 전직 공무원이자 지금은 제 남편인 푸아레 씨를 알게 된 것도 그곳입니다. 제 남편은 1년 전부터 자리보전하고 있어 제가 보살피고 있지요……. 불쌍한 사람 같으니! 그 사람은 지금 많이 아픕니다. 그래서 제가 오랫동안 집을 비울 수 있는 형편이 아닙니다만……."

"그 당시 그 하숙집에 보트랭이라는 남자가 있었지요?" 판사가 물었다.

"오! 판사님, 그 이야기를 하자면 한이 없습니다. 그자는 갤리선을 저었던 무시무시한 도형수였습니다……."

"당신은 그자의 체포에 협조했고요."

"그건 사실이 아닙니다, 판사님……."

"당신은 지금 법원에 출두해 있습니다, 유념하시오!" 카뮈조 판사가 엄격하게 말했다.

푸아레 부인은 입을 다물었다.

"당신 기억을 잘 되살려 보시오!" 카뮈조가 말을 이었다. "그 사람을 정확히 기억합니까? 그 사람을 보면 알아볼 수 있습니까?"

"그럴 것 같습니다."

"여기 이 사람입니까……?" 판사가 말했다.

푸아레 부인은 눈부심 방지 색안경을 꺼내 쓰고 카를로스 에레라 신부를 살펴보았다.

"어깨너비나 키를 보면 그 사람인데…… 하지만…… 모르겠어요. 혹시…… 판사님," 그녀가 말을 이었다. "벗은 가슴을 볼 수만 있다면, 바로 알아볼 텐데요."(『고리오 영감』을 볼 것.)[81]

판사와 서기는 맡은 일이 엄중했지만 웃음을 참을 수 없었다. 자크 콜랭도 그들의 폭소에 동조했으나 절도를 지켰다. 피의자는 비비뤼팽이 조금 전 벗긴 코트를 다시 입지 않은 채였다. 판사의 신호에 따라 그는 선선히 셔츠 앞섶을 열어젖혔다.

"바로 그 사람 가슴털 맞아요. 하지만 털이 많이 셌네요, 보트랭 씨." 푸아레 부인이 목소리를 높였다.

35. 피의자의 대담함

"여기엔 뭐라고 답하겠소?" 판사가 물었다.

"참으로 정신 나간 여자로군!" 자크 콜랭이 말했다.

"어머나! 세상에! 얼굴이 달라져서 한구석 의심이 들었었는데 목소리를 들으니 확실히 알겠네요. 옛날에 나를 협박하던 바로 그 사람이에요……. 아! 바로 그의 눈빛이에요."

"여기 이 사법경찰관과 이 여자가," 판사가 자크 콜랭을 향해 말을 이었다. "둘이 짜고서 당신에 대해 똑같은 말을 했을 리 없소. 둘 중 누구도 당신을 사전에 만나본 적이 없기 때문이오. 이 점에 대해서는 어떻게 해명하겠소?"

"가슴에 난 털을 보고 남자를 알아본다는 여자의 증언과 경찰관 한 명의 의혹이 근거가 돼 빚어질 수 있는 실수보다 훨

---

81) 미쇼노는 『고리오 영감』에서 비비뤼팽에게 건네받은 약을 보트랭의 커피잔에 몰래 타고, 그로 인해 졸도한 보트랭의 어깻죽지 낙인을 확인하기 위해 푸아레의 도움을 받아 보트랭의 셔츠를 벗긴 적이 있다.

씬 더 큰 실수를 법원은 이미 저질렀소.” 자크 콜랭이 대답했
다. “목소리와 눈빛과 키가 닮았다고 나를 중죄인과 동일시하
다니, 그것만 해도 이미 증거가 희박하오. 나를 판박이처럼 닮
았다고 하는 그자와 저 부인 사이에 부인이 지금 얼굴도 붉히
지 않는 그렇고 그런 관계가 있었음을 충분히 입증해 줄 만한
부인의 무의식적 기억에 대해서는…… 판사님 자신도 웃음을
터뜨리셨잖소. 판사님, 진실을 위해서, 나의 결백이 걸린 문제
이니 나로선 판사님이 사법 정의를 세우려고 하는 것보다 더
간절한 마음으로 밝히고자 하는 그 진실을 위해, 저 부인……
후아……, 뭔가 하는 부인에게 물어봐 주시겠습니까?”

“푸아레요…….”

“아, 포레. 죄송합니다, 내가 에스파냐인이라서! 만일 저 부
인이 그…… 무슨 하숙집에 살았던 사람들을 기억한다면……
그 하숙집이…… 뭐라고 했지요?”

“서민 하숙집이에요.” 푸아레 부인이 말했다.

“그게 무슨 말인지 모르겠는데요!” 자크 콜랭이 대꾸했다.

“약정을 맺고 저녁 식사와 아침 식사를 하는 집이에요.”

“당신 말이 맞소.” 카뮈조가 자크 콜랭에게 우호적인 고갯짓
을 하며 큰 소리로 말했다. 그 정도로 그는 콜랭의 솔직해 보
이는 모습에 깊은 인상을 받은 것인데, 그 말대로 당시 하숙
생들을 조사하면 결론에 도달할 수도 있겠다는 생각이 들었
다. “자크 콜랭이 체포될 당시 그 하숙집에 있었던 하숙생들
을 기억해 보시오.”

“라스티냐크 씨, 비앙숑 박사, 고리오 영감……, 마드무아젤

타유페르……."

"좋소." 태연자약한 표정의 자크 콜랭에게서 내내 눈을 떼지 않고 있던 판사가 말했다. "됐어요! 그 고리오 영감이라고 하는 사람……."

"그 사람은 죽었어요." 푸아레 부인이 말했다.

"판사님," 자크 콜랭이 입을 열었다. "뤼시앵의 집에서 라스티냐크 씨라고 하는 사람을 여러 번 마주쳤소. 그 사람은 뉘싱겐 부인과 관계가 있는 것 같더군요. 그가 그 하숙생과 동일인인지는 모르지만, 아무튼 그 사람은, 지금 다들 나를 그 하숙집에 있던 도형수로 둔갑시키려고 안간힘을 쓰는데, 나를 그런 도형수 취급한 적이 한 번도 없었소……."

"라스티냐크 씨와 비앙숑 박사는," 판사가 말했다. "두 사람다 상당한 사회적 지위를 차지하고 있고, 따라서 그 두 사람의 증언이 만약 당신에게 유리하게 나온다면 그 증언만으로도 당신을 석방하기에 충분할 것이오. 코카르, 두 사람의 증인 소환을 준비하게."

푸아레 부인의 증인신문 절차는 단 몇 분 만에 끝났다. 코카르는 조금 전 있었던 장면을 기록한 조서를 다시 읽어주었다. 이어 그녀가 조서에 서명했다. 그러나 피의자는 자신이 프랑스 사법 체계를 모른다는 근거를 내세우며 서명하기를 거부했다.

36. 돌발 상황

"이 정도면 오늘 신문은 충분한 것 같소." 카뮈조 씨가 말을 이었다. "당신은 얼마간 음식을 섭취해야 할 필요성이 있어 보이오. 당신을 콩시에르주리로 안내하도록 하리다."

"아아! 난 식사하기에는 너무 아픕니다." 자크 콜랭이 말했다.

카뮈조는 자크 콜랭을 다시 수감하는 시점을 감옥 운동장에서 피고인들이 산책하는 시간과 겹치게 하려는 속셈이었다. 그러나 그는 그 순간 자신이 아침에 콩시에르주리 소장에게 내렸던 지시에 대한 답변을 들어봐야겠다는 생각이 들었다. 그는 집행관을 소장에게 보내기 위해 초인종을 울렸다. 집행관이 들어와서 말라케 강변로에 있는 집의 문지기 여자가 뤼시앵 드 뤼방프레 씨와 관련된 중요한 문서를 하나 전달할 일이 있어 왔다고 보고했다. 뜻밖에 벌어진 그 일이 너무나도 중요했는지라, 카뮈조는 보고를 받은 순간 애초의 계획이 머릿속에서 대번에 사라졌다.

"들어오라고 하게!" 그가 말했다.

"실례합니다, 죄송합니다, 나리." 문지기 여인이 판사와 카를로스 신부에게 번갈아 인사하며 말했다. "제 남편과 저, 우리는 법원에서 두 번이나 들이닥치는 바람에 정신이 하나도 없었습니다. 그래서 우리 서랍장 안에 있던 뤼시앵 씨에게 온 편지를 까맣게 잊고 있었습니다. 그 편지를 수령하느라 우리는 10수나 지급했습니다. 발신지가 파리지만 아주 묵직했거든요.

그 우편 요금을 저에게 돌려주시겠습니까? 빈방의 임차인을 언제 다시 받을 수 있을지 기약이 없는 형편입니다!"

"이 편지를 우체부가 당신에게 직접 전달했나요?" 카뮈조가 봉투를 아주 꼼꼼히 살펴보고 나서 물었다.

"예, 나리."

"코카르, 이 신고에 대한 조서를 작성하게. 자! 친애하는 부인. 이름을 말씀해 주시지요, 그리고 직업도……."

카뮈조는 문지기 여인에게 선서를 하게 하고서 작성된 조서를 읽어주었다.

이러한 절차를 끝마치는 동안, 그는 우편물 접수와 배달 시각, 그리고 날짜가 적혀 있는 우체국 소인을 확인했다. 그런데 에스테르가 죽은 다음 날 뤼시앵이 사는 집에 배달된 그 편지는 의심의 여지없이 참사가 일어난 당일 쓰여 우체국에 접수된 게 확실했다.

이쯤에서 독자는 법원이 범죄의 희생자라고 믿은 여인이 직접 쓰고 서명한 그 편지를 읽으면서 카뮈조 씨가 얼마나 당혹스러웠을지 가늠할 수 있을 것이다.

37. 이제 그만!

에스테르가 뤼시앵에게

1830년 5월 13일, 월요일

(내 인생 마지막 날, 오전 10시)

나의 뤼시앵, 이제 살 시간이 1시간도 안 남았네. 11시면 난 죽고 없겠지. 난 어떠한 고통도 느끼지 않고 죽을 거야. 눈 깜짝할 새에 사람을 죽이는 독이 든 조그맣고 예쁘장한 가막까치밥나무 열매 하나를 5만 프랑을 주고 구했어. 그러니 내 사랑 여보, 당신은 나중에 혼잣말로 중얼거려도 돼, '나의 사랑하는 에스테르는 고통스럽지 않았다……'라고. 그래, 난 당신에게 이 편지를 쓰는 동안만 고통스러웠던 거야.

나를 아주 비싸게 샀던 그 괴물 같은 인간은, 내가 그 자식의 것인 척 구는 날이 다시는 오지 않으리라는 사실을 아는 상태로, 그래 뉘싱겐 말이야, 조금 전 떠났어, 술 먹인 곰처럼 취한 채로. 내 인생 처음이자 마지막으로 난 쾌락을 파는 여자라는 나의 옛 직업과 사랑에 빠진 삶을 비교할 수 있었어. 입맞춤의 여지조차 남기고 싶지 않을 정도로 증발하고 싶은 강요된 의무감의 공포를 한없이 피어나는 당신에 대한 애정으로 덮을 수 있었어. 경배할 만한 죽음을 맞기 위해 필요한 돈 때문에 그 치욕을 견뎌야만 했어……. 그러고 나는 몸을 깨끗이 씻었어, 내가 세례 받았던 수도원의 고해신부를 모시고 싶었어, 고해성사를 바치고 싶었어, 그래서 내 영혼을 깨끗이 씻고 싶었어. 이제 그런 매춘은 그만, 그건 거룩한 성사를 더럽히는 짓일 테니까. 이제 난 진정한 참회의 물속에 몸을 담근 것 같은 느낌이야. 하느님께서 날 당신께서 원하시는 대로 만들어주시겠지.

이제 이런 징징거리는 소리는 일체 그만두자고. 난 당신을 위해 마지막 순간까지 당신의 에스테르가 되고 싶어. 내 죽음으로, 미래 얘기로, 선하신 하느님 얘기로 당신을 곤란하게 만들고 싶진 않아. 내가 이승에서 그토록 많은 고통을 삼켰는데 하느님이 저승에서도 날 힘들게 한다면 그 하느님은 선하지 않은 분일 거야…….

지금 내 앞에는 미르벨 부인이 그린 당신의 매혹적인 미니어처 초상이 놓여 있어.[82] 이 상앗빛 나는 화지(畫紙)가 당신의 부재를 대신해 날 위로해 주네. 당신에게 보내는 내 마지막 생각을 글로 옮기며, 내 심장의 마지막 박동을 당신에게 그대로 전하며, 난 취한 듯 당신의 초상을 바라봐. 이따가 이 초상화를 편지지 갈피에 끼워 당신에게 보낼 거야, 남이 그걸 가로채거나 팔거나 하는 걸 원치 않으니까. 나의 기쁨이었던 것이 부인들 초상이나 제정시대의 장교들 초상, 또는 우스꽝스러운 중국 물건들 사이에 뒤섞여 상인의 진열장 아래에 놓여 있을 것이라는 생각만 해도 몸서리나. 드레스를 입고 걸어 다니는 그 각목 같은 여자에게 이 초상화를 선물로 주면, 뼈가 하도 뾰족하게 튀어나와서 함께 잠잘 때 당신 몸을 멍투성이로 만들 그 클로틸드 드 그랑리외 말이야, 당신이 그녀의 마음을 얻을지도 모르지……. 그런 쓸모가 아니라면 이 초상화를 없애 버려. 누구에게도 주어서는 안 돼. 그래, 당신이 이 초상화를 그녀에게 줘도 난 괜찮아, 내가 죽어서도 살아 있을 때처럼 당신이 하는 어떤 일에 여전히 도움이 되는 거잖아. 아! 당신을 기쁘게 해주는

---

82) 미르벨 부인(1796~1849)은 당시의 유명한 세밀화가다. 에스테르와 비슷하게 발자크는 1836년 이후로 오스트리아 빈의 세밀화가 다핑거(1790~1849)가 그린 한스카 부인의 초상화를 책상 앞에 놓고 집필할 때 한시도 눈을 떼지 않았다고 전해진다.

일이라면, 아니 그저 당신을 웃게 해줄 수만 있다면, 난 당신에게 줄 구운 사과를 만들기 위해 입에 사과 한 알을 물고 불타는 화롯불 앞에 서 있으라면 그렇게 할 거야! 그러니까 나의 죽음은 여전히 당신에게 쓸모가 있을 거야……. 내가 당신의 결혼 생활에 걸림돌이 된다고 여겼을 수도 있어……. 오! 그렇게 생각하는 클로틸드가 난 이해가 안 돼! 당신의 아내가 되고, 당신의 성(姓)을 취하고, 낮이고 밤이고 당신과 붙어 있고, 온전히 당신 것이 되고, 당신에게 교태를 부릴 수 있는데 그런다! 포부르 생제르맹에 살면 그래도 된다는 거야 뭐야! 뼈에 붙은 살이 10파운드도 안 되면서…….

불쌍한 뤼시앵, 친애하는 실패한 야심가, 난 늘 당신의 장래가 잘되길 빌었어! 이제 봐, 당신은 당신에게 충직했던 불쌍한 강아지를 아주 자주 그리워하게 될 거야, 당신을 위해 도둑질도 불사한 착한 여자를, 당신의 행복을 위해서라면 중죄 재판소에 질질 끌려가는 것도 마다하지 않을 여자를, 오매불망 당신의 쾌락을 꿈꾸고, 어떻게 하면 당신의 쾌락을 만들어낼까 궁리하는 것이 유일한 관심사인 여자를, 당신을 위해 머리카락에도, 두 발에도, 두 귀에도 사랑을 담은 여자를, 요컨대 보내는 눈길마다 축복을 담은 당신의 발레리나를 말이야. 나는 지난 6년 동안 오직 당신만을 생각했고, 영락없이 당신 것이어서 빛이 태양에서 나온 것이듯 나는 당신 영혼의 발산물, 그 이상도 그 이하도 아니었지. 하지만 돈도 없고, 아아! 정절도 잃어버려서 끝내 난 당신의 아내가 될 수 없지……. 나는 항상 내가 지닌 모든 것을 당신에게 바쳐 당신의 장래에 보탬이 되고자 했어……. 이 편지를 받자마자 즉시 내게로 와줘, 그리고 내 베개 밑에 넣어둔 것을 가져가, 이 집에 있는 사람들은 믿을 수 없으니까…….

그거 알지, 난 죽어서도 내내 아름다운 상태를 유지하고 싶어. 난 곧 내 침대에 사지를 쭉 펴고 편안히 누울 거야. 나중에 그런 자세로 발견되겠지, 상관없어! 그런 다음 가막까치밥나무 열매를 내 입안 연구개로 밀어 넣을 거야. 그러면 경련으로 얼굴이 흉하게 일그러지지도 않을 거고, 자세가 우스꽝스럽게 흐트러지지도 않을 거야.

나 때문에 세리지 부인과 당신 사이가 틀어졌다는 걸 알아. 하지만 두고 봐, 사랑하는 당신, 세리지 부인이 내가 죽었다는 사실을 알게 되면 그녀는 당신을 용서할 거고, 당신은 그녀와 다시 돈독해질 거고, 그랑리외 부부가 계속 고집을 피워 당신을 거부해도 그녀가 당신의 결혼이 이루어지도록 해줄 거야.

내 사랑, 나는 당신이 내 죽음을 알고 커다란 슬픔에 빠지는 걸 원치 않아. 우선, 5월 13일 월요일 11시라는 시각은, 저 옛날 당신들 둘이 생제르맹의 테라스에서 나를 강요해 나의 옛 직업으로 몰아붙였던 그날 시작되었던 긴 병이 끝나는 날일 뿐이야……. 육신에 병이 드는 것처럼 영혼에도 병이 드는 법이지. 다만 영혼은 육신처럼 어리석게 고통만 당하고 있을 순 없어. 영혼은 육신을 버텨내게 하지만 육신은 그처럼 영혼을 버텨내게 하지 못해. 또한 영혼은 깊은 성찰을 통해 스스로 병을 치유하는 방법을 갖고 있는바, 불쌍한 재단사 아가씨들이 곰곰이 생각한 끝에 리터 단위로 구매한 석탄의 힘을 빌리는 것이 바로 그것이지.[83] 그저께 당신은 클로틸드가 계속 당신을 거부한다면 나와 결혼하겠노라고 내게 말해 주었지. 그걸로 당신은 내가 온전히 다른 삶을 누리게 해준 거야. 그런데 만약 그랬다면 그건 우리 둘에게 커다란 불행이었을 거야. 아마도 난 가장 비통하게 죽었을 거야. 말하자면 그렇다는 거지. 죽음 간에도 비통한 정도의 차이가 있기 마련이니까. 세상은 결코 우리를 용납하지 않았을 거야.

수없이 많은 생각을 곱씹은 지 벌써 두 달이 되었어. 어떤 생각인지 들어봐! 진흙 수렁에 빠진 불쌍한 아가씨, 수도원에 들어가기 전에 내가 그런 상태였지. 남자들은 그런 여자를 아름답다고 여기고, 그 잘난 체면 따위는 내팽개친 채 그 여자를 자신들의 쾌락을 충족시키기 위한 도구로 삼아. 그들은 그런 여자를 찾아서 마차를 태워 데려가 놓고서는 돌려보낼 때는 걸려서 내쫓지. 그들이 그 여자의 얼굴에 침을 뱉지 않는 것은 그녀가 그런 능욕을 당하고도 아름다움을 유지하기 때문이야. 그렇지만 그들은 정신적인 면에서는 더 못된 짓을 해. 그래! 그 아가씨가 500~600만 프랑의 재산을 상속 받았다고 치자고. 그러면 왕자들이 그녀를 찾아 나설 거야. 그녀가 마차를 타고 지나가면 모두들 존경의 마음으로 경배하겠지. 그녀는 프랑스 나바르 왕국의[84] 가장 유서 깊은 가문 중에서 배필을 고를 수 있

---

83) 자살의 암시다. 조개탄 같은 석탄으로 불을 피워 질식사하는 것이 당시의 흔한 자살 방식이었다. 1부에서 에스테르도 그 방식으로 자살을 시도한 적이 있다. 그리고 당시 조개탄은 무게가 아니라 부피 단위로 거래되었다.
84) 1589년 부르봉 가문에 속한 나바르 왕국의 왕 앙리 3세가 앙리 4세 칭

을 거야. 이 세상은 우리같이 아름다운 두 존재가 결합해 행복하게 사는 모습을 보고는 경멸을 퍼부어댈 테지만, 스탈 부인에게는 한결같이 경배를 보냈지. 그녀의 소설이 그녀의 분방한 삶을 옮긴 것이었는데도 말이야.[85] 스탈 부인은 20만 리브르의 연금을 소유하고 있었으니까. 세상은 돈이나 명성 앞에서는 굽실거리지만, 행복 앞에서도, 덕성 앞에서도 허리를 굽히려 하지 않지. 난 착한 일을 하며 살았을 테니, 세상은 나를…… 오! 우리가 결혼했으면 난 얼마나 많은 눈물을 감추어야 했을까! 그만큼 많은 눈물을 흘렸을 것 같았다는 말이야! 그래, 나는 오로지 당신만을 위해, 오로지 애덕을 실천하기 위해 살고자 했을 거야.

이상이 내가 훌륭한 죽음을 맞이할 자격이 있음을 알려주는 생각들이야. 그러니 너무 비통해하지 마, 내 사랑이여, 그럴 거지? 가끔 이렇게 스스로 되뇌도록 해. 나에겐 착한 두 여자가 있었다고, 아름다운 두 여자가 있었다고, 두 여자 모두 나를 원망하지 않고 나를 위해 죽었다고, 나를 열렬히 사랑했었노라고. 당신 가슴속에 코랄리에 대한 기억과 에스테르에 대한 기억

호로 프랑스 왕국의 왕위에 오른 이후, 앙시앵레짐의 프랑스 국왕 정식 호칭은 '프랑스 나바르 왕국의 왕'이었다. 왕정복고 체제는 앙시앵레짐의 프랑스 국왕 칭호도 복원했다. 여기서 '프랑스 나바르 왕국'이란 '프랑스 왕국'의 예스러운 표현이다.

85) 스탈 부인(1766~1817)은 프랑스 낭만주의 시대의 위대한 문인이자 철학자였지만, 뱅자맹 콩스탕 등 당대의 명사들과의 염문으로 많은 스캔들을 일으킨 당사자이기도 했다. 그녀의 대표작인 『델핀』(1802)과 『코린』(1807)은 제도로서의 결혼을 비판하고 자유로운 연애를 주창한 것으로 유명하다.

을 무럭무럭 키우도록 해,[86] 그리고 당신 일에 매진해! 기억나? 예전에 당신이 내게 늙고 쪼글쪼글한 얼굴에, 두건 달린 초록색 망토와 검은 기름때로 여기저기 얼룩진 적갈색 솜옷을 입은 여인을 보라고 가리켰던 날 말이야. 대혁명 전에 활약했던 한 시인의 애인이었다는 여인, 튈르리 정원의 과수장(果樹墻) 옆에 자리를 잡고 있었지만 햇볕의 온기는 거의 누리지 못하던, 퍼그종 애완견 중에서도 가장 볼품없는 그런 안쓰러운 애완견 한 마리를 데리고 노심초사하던 모습의 여인 말이야. 그래, 그 여자는 하인과 마차도 여럿이고, 커다란 저택도 한 채 소유하고 있다고 했지! 그때 나는 당신에게 이렇게 말했어. "여자 나이 서른 살이면 차라리 죽는 게 나아!"라고. 맞아! 그날 당신은 내가 우수에 젖었다고 생각했어. 그래서 내 기분을 돌리려고 내게 정열을 쏟았지. 두 번에 걸쳐 뜨겁게 사랑을 나누던 중간에, 나는 당신에게 이렇게 다시 말했어. "매번 아리따운 여인들은 공연이 다 끝나기 전 극장을 나선다……!"라고. 그래! 난 마지막 순번 공연을 관람하고 싶지 않았어, 그게 다야……[87]

당신은 내가 말이 많다고 생각하겠네. 그렇지만 이건 나의 마지막 수다야. 당신에게 말하듯이 쓸게. 그리고 당신에게 유쾌하게 재잘거리고 싶어. 매춘하며 늘 신세 한탄이나 늘어놓는 재

---

86) 발자크는 『잃어버린 환상』에서 뤼시앵을 헌신적으로 사랑했던 여배우로서 비참한 죽음을 맞는 코랄리와 에스테르의 유사성을 언급함으로써 두 작품의 관련성을 강조하고 있다.
87) 당시 '바리에테'나 '보드빌' 같은 이류 극장의 공연 프로그램은 보통 단막극 서너 편으로 구성되어 있었다.

단사 아가씨들은 내게 항상 꺼림칙함을 안겨주었어. 당신도 알다시피 나는 이미 한 번 정말로 죽는 줄 알았어, 오페라 극장에서 있었던 그 치명적인 무도회에서 돌아오던 날, 거기서 사람들이 당신에게 내가 몸 팔던 아가씨였다고 말했지!

오! 안 돼, 내 사랑, 이 초상화를 절대 남에게 주지 마. 내가 조금 전 잠시 펜을 멈추고 초상화 속 당신의 두 눈을 취해서 바라보다가 거기에 깊이 잠겨 얼마나 큰 사랑의 격랑 속에 휘감겼는지 당신이 안다면…… 당신은 이 상앗빛 초상화에 내가 그토록 상감(象嵌)처럼 박아 넣으려 노력했던 사랑을 거기서 찾아내고는, 사랑하는 당신 여자의 영혼이 거기 깃들어 있다는 생각이 들 거야.

죽은 여자가 적선을 구걸하다니, 웃기는 건가……? 자, 무덤 속에서는 얌전해져야겠지.

오늘 밤 뉘싱겐은 나더러 내가 당신을 사랑하듯 자기를 사랑해 준다면 200만 프랑을 주겠다고 제안했어. 멍청이들에겐 그 제안을 초개와 같이 버린 내 죽음이 얼마나 영웅적으로 보이겠어, 당신은 모르겠지만. 뉘싱겐은 나중에 내가 돈 때문에 약속을 지켰으며, 그 치욕으로 죽음을 선택했다는 사실을 알게 될 테고, 그러면 자신이 감쪽같이 털렸다는 것을 깨닫겠지. 나는 당신이 호흡하는 공기를 나도 계속해서 호흡하기 위해 맘에 없는 말을 하느라 무진장 애썼어. 나는 그 뚱뚱보 도적놈에게 이렇게 말했지. "사랑받고 싶으세요? 당신이 요구하니까 당신에게 뤼시앵을 다시는 만나지 않겠다고 약속할게요……." 그자가 묻더군. "내가 뭘 해야 하지……?" "뤼시앵에게 줄 돈 200만 프랑을 내세요……." 웃기지! 당신이 그의 찡그린 얼굴을 봐야 했는데! 아! 그 일이 나에게 그렇게 비극적 의미를 가지지 않았다면, 나도 웃어넘기고 말았을 테지. "당신, 거부하기도 난처한 거지요?" 내가 그에게 말했지. "알겠네요, 당신은 나보다 200만 프랑이 더 좋은 거군요. 여자란 자신의 가치가 얼마인 줄 알려주면 늘 대단히 감사하게 여기지요." 나는 그에게 등을 돌리며 덧붙였어.

그 늙다리 난봉꾼은 몇 시간 후면 내가 농담한 게 아니라는 걸 알겠지.

앞으로 당신 머리 가르마를 누가 나처럼 타주겠어? 풋! 이제 난 이승의 것은 아무것도 생각하지 않을래. 살 시간이 5분밖에 안 남았는데, 그 시간을 하느님께 바쳐야지. 나의 사랑스러운 천사여, 그렇다고 하느님께 질투는 하지 마. 나는 하느님께 당신 이야기를 하고 싶어. 내 죽음을 드릴 테니, 저승에서 내가 벌을 받을 테니 당신을 행복하게 해달라고 요구하고 싶어. 죽어서 지옥에 가면 아주 실망이야. 그럴 수만 있다면 나는 천사들을 만나보고 싶었어, 천사들이 당신을 닮았는지 확인하고 싶어서……

아듀, 내 사랑, 아듀! 내 모든 불행을 제물로 바쳐 그대에게 신의 은총이 함께하길 빌게. 무덤 속에서까지 난 영원히,

그대의 에스테르……

11시 종이 울리네. 마지막 기도를 막 드렸어. 이제 죽으러 누워야겠네. 다시 한번 아듀! 여기 편지에 내 마지막 입맞춤을 하나니, 내 손의 온기가 여기에 내 영혼인 듯 남아 있었으면……

그리고 다시 한 번 더 그대를 나의 어여쁜 귀염둥이라고 부르
고 싶어. 비록 그대가 그대의 에스테르의 죽음을 부른 원인일지
라도. 그대를 위해 죽는 그대의

에스테르.

38. 사법은 냉혹하고 또 냉혹해야 한다는
사실을 알게 되는 장

자살자가 남긴 유일한 편지를 다 읽고 나자, 일종의 질투심
같은 것이 판사의 가슴을 압박했다. 그 편지에는 비록 죽음을
앞두고 몹시 동요된 상태에서 나온 쾌활함이긴 하지만 아무
튼 그러한 쾌활함이 뚝뚝 묻어났고, 무조건적 애정에 힘입은
최후의 노력으로 써 내려간 흔적이 역력했던 것이다.

'이토록 사랑받다니 그자에겐 대체 어떤 특별한 점이 있단
말인가……!' 여자를 즐겁게 해주는 재주를 지니지 못한 세상
의 모든 남자가 하는 말을 반복하며 그가 생각에 빠졌다.

"당신이 탈옥한 도형수 자크 콜랭이 아니라는 사실뿐만 아
니라, 정말로 페르난도 7세 국왕 전하의 밀사, 톨레도의 참사
원, 돈 카를로스 에레라라는 사실을 입증할 수 있다면," 판사
가 자크 콜랭에게 말했다. "당신은 석방될 것이오, 왜냐하면
우리 장관님이 강조하는 공정함을 받들어 난 당신에게 조금
전 에스테르 곱세크 양의 편지를 입수했다는 사실을 말하지
않을 수 없기 때문이오. 그 편지에서 그녀는 자살 의도를 털

어놓고 있고, 또 자신의 하인들에 대한 의심을 내비치고 있소. 그 의심을 참작하면 그 하인들이 사라진 75만 프랑을 절도한 범인들인 것으로 추정되오."

그렇게 말하며 카뮈조 씨는 편지의 글씨체와 유서의 글씨체를 비교했다. 그가 보기에 편지는 유서를 작성했던 동일 인물에 의해 쓰인 것이 분명했다.

"판사님, 당신은 아까 너무 성급하게 범죄 행위라고 생각했소. 이번에도 그렇게 성급하게 절도라고 추정하지 마십시오."

"아……!" 카뮈조가 피의자에게 예심판사다운 시선을 던지며 말했다.

"내가 없어진 그 금액을 되찾을 수 있다고 판사님에게 말씀드린다고 해서 날 그 일에 연루된 자라고 생각하지 마십시오." 자크 콜랭이 판사에게 자신은 판사의 의심을 충분히 이해한다는 뜻을 넌지시 비치며 말을 이었다. "그 가련한 아가씨는 자기 하인들로부터 아주 사랑을 받았어요. 내가 풀려나면 이제 이 세상에서 내가 가장 사랑하는 존재, 즉 뤼시앵 소유가 된 그 돈을 찾는 일을 할 것이오! 내가 그 편지 좀 읽어봐도 되겠습니까? 잠깐이면 됩니다……. 그 편지는 내 사랑하는 자식의 결백을 입증해 주는 증거입니다……. 그러니 내가 그 편지를 없애 버릴지도 모른다는 걱정은 하지 않으셔도 됩니다. 그 편지에 대해 말을 퍼뜨릴지도 모른다는 걱정도요, 난 접견 금지 신세니까요……."

"접견 금지라……!" 법관이 외쳤다, "이제부터 당신은 접견 금지가 아니오. 내 뜻이오, 당신이 가능한 한 빨리 당신의 신원을 확증해 주길 바라오. 원한다면 당신 나라 대사에게 도움을 요청하시지요…….”

그리고 그는 편지를 자크 콜랭에게 건넸다. 카뮈조는 난처한 처지에서 빠져나올 수 있어서, 검사장과 모프리뇌즈 부인과 세리지 부인을 다 만족시킬 수 있게 되어서 흡족했다. 그렇지만 그는 자신이 맡은 피의자가 창녀의 편지를 읽고 있는 동안 표정에 변화가 일어나는지 냉정하고 세심하게 살펴보았다. 피의자의 얼굴에 나타나는 진지한 표정에서 별다른 낌새를 찾지는 못했지만, 판사는 속으로 중얼거렸다. ‘하지만 영락없는 도형수의 모습이야.’

“그가 얼마나 극진히 사랑받는지……!” 자크 콜랭이 편지를 돌려주며 말했다. 그러고 나서 그는 눈물 젖은 얼굴을 들어 보여주었다. “판사님이 그를 안다면 좋겠는데!” 그가 말을 이었다. “그는 영혼이 아주 젊고 아주 싱그럽소, 기가 막히도록 아름답고요. 그는 어린아이입니다, 시인입니다……. 그를 알게 되면 누구나 그에게 자신을 바쳐야겠다, 그의 지극히 사소한 바람이라도 만족시켜 주어야겠다는 억누를 수 없는 욕구가 생깁니다. 사랑스럽기 그지없는 뤼시앵, 그가 다정함을 보일 때면 너무나도 매혹적이랍니다…….”

“자,” 법관이 다시 진실을 규명하겠다는 의지를 보이며 말했다. “당신은 자크 콜랭이 아닐 수 있소…….”

“예, 아니지요, 판사님…….” 도형수가 대답했다.

그러면서 자크 콜랭은 그 어느 때보다 더 돈 카를로스 에레라인 척했다. 그는 자신의 작전을 완수하겠다는 욕심에서 판사 쪽으로 다가가더니 창문 쪽 움푹 팬 공간으로 데려간 다음, 대주교처럼 자세를 잡고 비밀 이야기를 하는 어조로 입을 열었다.

"나는 그 아이를 너무나 사랑합니다, 판사님. 어느 정도냐 하면, 내 마음의 우상인 그 아이에게 어떤 불편한 일이 닥쳐 그걸 제거하기 위해 내가 판사님이 지금 의심하는 범죄자가 되어야 한다면, 난 기꺼이 내가 그 범죄자다, 하고 나설 겁니다." 그가 낮은 목소리로 말했다. "그를 위해 자살한 그 가련한 아가씨를 따라 할 겁니다. 그러니 판사님, 제 청을 하나 들어주시기를 간절히 요청합니다, 뤼시앵을 지금 즉시 풀어주십시오……."

"그건 내 의무에 저촉되는 일이오." 카뮈조가 고지식하게 말했다. "그러나 하늘나라와 타협할 일이 있다면,[88] 지상의 법원은 그 점을 고려할 수는 있습니다. 그리고 당신이 내게 합당한 이유를 제시한다면 말이죠. 말해 보시죠, 이건 기록하지 않을 테니……."

"좋소!" 카뮈조의 고지식한 반응에 속은 자크 콜랭이 대꾸

---

88) 몰리에르의 『타르튀프』 4막 5장에서 위선자 타르튀프가 집주인 오르공의 아내 엘미르를 유혹하기 위해 하는 말을 약간 변형한 것이다. 예심판사 카뮈조가 비록 속물적인 출세주의자이지만 학창 시절 명민한 학생이었다는 설정을 상기함과 동시에, 그가 콜랭을 떠보기 위해 타르튀프처럼 교묘한 술수를 부린다는 것을 보여준다. 실제 『타르튀프』에는 이 문구가 들어 있는 대사 사이에 '간악한 악당처럼 말할 것'이라는 지문이 들어 있다. 바로 뒤의 언급처럼 콜랭은 카뮈조의 그러한 계산된 고지식한 반응에 속아 넘어가 속내를 드러냄으로써 카뮈조의 경각심을 일깨운다.

했다. "나는 그 불쌍한 아이가 어떤 고통을 겪고 있는지 소상히 압니다. 그는 감옥에 갇힌 처지를 비관해 자살을 기도할 수도 있소……."

"오! 그 문제라면……." 카뮈조가 움찔하며 말했다.

"판사님은 나에게 호의를 베풂으로써 어느 분을 받드는지 모를 겁니다." 판사의 다른 감정선을 움직일 요량으로 자크 콜랭이 덧붙였다. "세리지 백작 부인과 모프리뇌즈 공작 부인은 판사님 캐비닛 안에 자신들의 편지가 보관되어 있다는 사실을 알면 판사님을 용서하지 않을 것입니다만……, 판사님이 내게 호의를 베푼다면 그 두 부인보다 훨씬 더 막강한 교단에 공헌하는 것이오. 우리 교단은 은공을 잊지 않소."

"이보시오!" 카뮈조가 말했다. "됐습니다. 그것 말고 다른 이유를 찾아보시오. 나는 공소(公訴)의 의무가 있지만 그것 못지않게 피의자에게도 도움을 주어야 하는 의무도 있소."

"좋습니다! 날 믿으시오, 나는 뤼시앵을 잘 압니다, 그는 여자처럼, 시인답게, 그리고 남프랑스인답게[89] 마음이 여리오. 꿋꿋함도 없고 의지도 약하오." 판사가 우호적으로 돌아선 게 분명하다고 자신한 자크 콜랭이 말을 이었다. "판사님은 그 젊은이의 결백을 확신하고 있습니다. 그를 힘들게 하지 마십시오. 그에게 아무 신문도 하지 마십시오. 그에게 그 편지를 전해 주십시오. 그가 에스테르의 상속자라고 알려주시고, 그를

---

89) 뤼시앵 드 뤼방프레와 외젠 드 라스티냐크의 고향은 프랑스 중부 샤랑트도지만, 발자크에게 루아르강 이남은 남프랑스다. 『고리오 영감』에서 라스티냐크도 남프랑스인으로 지칭된다.

석방해 주십시오……. 판사님이 다른 결정을 내린다면 그로 인해 판사님은 후회할 일이 생길 겁니다. 반대로 그를 조건 없이 석방한다면, (나는 접견 금지 상태로 계속 스크레에 가두어 놓으시고요.) 내가 직접 판사님에게 내일, 아니 오늘 밤, 이 사건에서 판사님에게 불가사의한 것처럼 보이는 모든 사실을 낱낱이 설명하겠습니다. 나를 겨냥한 그 집요한 추적의 이유도요. 그렇지만 난 내 목숨을 걸어야 합니다. 5년 전부터 내 머리를 노려온 자들이 있으니까요……. 뤼시앵이 석방되고, 부자가 돼서 클로틸드 드 그랑리외와 결혼하면 지상에서 나의 임무는 완수한 겁니다. 그렇게 되면 난 더 이상 목숨에 연연하지 않을 겁니다……. 나를 박해하는 자는 바로 당신 나라 전 국왕의 비밀 정보원입니다……."

"아! 코랑탱!"

"아! 그자의 이름이 코랑탱이군요……. 고맙습니다, 알려주셔서……. 그건 그렇고요! 판사님, 내가 판사님에게 간청한 걸 들어주겠다고 약속해 주시겠습니까?"

"판사는 어떤 약속도 할 수 없고, 해서도 안 됩니다. 코카르! 집행관과 헌병들에게 피의자를 콩시에르주리에 다시 수감하라고 전하게……. 오늘 밤 당신이 피스톨로 옮길 수 있도록 지시를 내려놓겠소." 판사가 피의자에게 고갯짓으로 가볍게 인사하며 부드러운 말투로 덧붙였다.

39. 판사가 우위를 점하다

자크 콜랭이 조금 전 자기에게 한 요구에 정신이 번쩍 든 카뮈조는 그가 심각한 건강 상태를 핑계로 한사코 먼저 신문 받겠노라고 고집한 사실을 떠올리고는 다시 의심의 고삐를 바짝 죄었다. 내면에서 피어나는 막연한 의심에 귀 기울이던 그의 눈에, 다 죽어간다던 피의자가 들어올 때 유난히 눈에 띄었던 그 기막힌 병자 흉내를 언제 그랬냐는 듯 까맣게 잊고 헤라클레스처럼 당당히 걸어 나가는 모습이 들어왔다.

"이보시오……?"

자크 콜랭이 뒤돌아보았다.

"서기가, 당신은 서명하기를 거부했지만, 당신을 신문한 조서를 읽어주도록 하겠소."

피의자는 멀쩡한 건강 상태를 과시했다. 그가 서기 옆자리로 와서 앉는 동작을 보고 판사는 확신을 굳혔다.

"당신 그렇게 빨리 나은 거요?" 카뮈조가 말했다.

'걸려들었군.' 자크 콜랭이 속으로 중얼거렸다. 그러고는 큰 목소리로 대답했다. "판사님, 기쁨은 이 세상에 존재하는 유일한 만병통치약이올시다……. 그 편지가, 내가 믿어 의심치 않았던 결백의 증거가…… 효과 만점의 치료제였나 보오."

집행관과 헌병들이 와서 피의자를 에워싸고 데려갈 때 판사는 생각에 잠긴 눈길로 그를 지켜보았다. 이윽고 판사는 불현듯 정신이 든 사람처럼 몸을 추스르더니 에스테르의 편지를 서기의 책상 위로 툭 던졌다.

“코카르, 이 편지의 사본을 만들게……!”

40. 예심판사들이 겪는 특유의 우울감

　누군가 자기에게 무엇인가 해달라고 부탁했을 때, 특히 부탁한 그것이 자기 이익이나 의무에 반하는 것일 때, 물론 대개는 그것이 자기와는 무관한 것일 때가 많은데, 그런 때일지라도 그 부탁을 일단 의심하고 보는 것이 인지상정이겠지만, 그러한 감정은 특히 예심판사에게는 철칙이라고 할 수 있다. 아직도 신원이 정확히 밝혀지지 않은 피의자가 뤼시앵이 신문을 받게 될 때 진상 파악을 어렵게 하려고 연막을 퍼뜨리면 퍼뜨릴수록, 카뮈조로서는 그 신문이 더욱더 필요해 보였다. 법전을 따르든 관례를 따르든, 뤼시앵을 신문하는 절차가 반드시 거쳐야 하는 것은 아니었지만, 카를로스 사제의 신원 문제 때문에 필요하긴 했다. 어떤 직업이든 직업의식이라고 하는 것이 존재하기 마련이다. 호기심이 없었어도 카뮈조는, 조금 전 공정을 생명으로 여기는 법관에게 허용된 술수를 발휘해 자크 콜랭을 신문했듯이, 그렇게 뤼시앵을 신문했을 것이다. 카뮈조에게는 복무 이행, 승진 같은 그 어떤 것도, 설사 나중에 그 진실을 덮는 한이 있더라도 진실을 밝히고 진실을 예측하고자 하는 욕심을 앞서지 못한다. 그는 강물같이 넘실대며 흐르는 추측과 가설에 몸을 맡긴 채 책상 위 유리판을 연신 톡톡 두드렸다. 사념은 한번 일어나면 수많은 고장을 두루 지나는 유장한 강물 같은 법이다. 진실의 애호가인 법관들은 질투심에 사로잡힌 여자들과 같다. 그들은 수많은 추측에 몰두하고, 고대의 제사장이 제물로 바친 짐승의 배를 가르듯 그렇게 그 추측을 의심의 단검을 가지고 낱낱이 헤집는다. 그런 다음 그들은 진실은 아니지만 진실 가능성 앞에 도달한다. 그리고 마침내 진실을 어렴풋하게나마 파악하게 된다. 여자는 판사가 죄인을 신문하듯 사랑하는 남자를 신문한다. 그러한 과정에서 눈빛 하나, 단어 하나, 어조의 변화 하나, 망설임 하나도 감춰진 사실과 배반과 범죄를 밝혀내는 데 충분한 단서가 된다.

"조금 전 그자가 자기 아들에 (정말 그자의 아들이라면,) 대한 헌신을 언급하는 방식만 보면, 그자가 만일의 사태에 대비해 그 아가씨의 집에 있었다는 주장이 신빙성이 있긴 해. 그리고 죽은 여자의 베개 밑에 유서가 감춰져 있었다는 점이 사실이라면, 그자가 자기 아들 주려고 75만 프랑을 챙겨 가졌는지도 몰라, 대리로 말이야……! 그게 바로 그 거액을 되찾을 수 있다고 그가 장담한 까닭이겠지. 뤼방프레 씨는 자기 자신을 위해서도, 그리고 법원에 대해서도 자기 아버지의 정확한 신분을 밝힐 의무가 있는 셈이야……. 그리고 내가 뤼시앵을 신문하지 않겠다면 자기 교단(자기 교단이라!)의 지원과 보호를 내게 약속하겠다니……!"

그는 이 대목에서 잠시 생각을 멈추었다.

앞에서 언급했듯이 예심판사는 신문을 진행할지 말지 재량권을 가지고 있다. 꼼꼼하게 하느냐 대충대충 하느냐는 그의 자유다. 신문이란 아무것도 아니기도 하고 전부이기도 하다.

피의자를 봐줄 수 있는 여지가 거기에 있는 것이다. 카뮈조가 벨을 울렸고, 집행관이 돌아왔다. 그는 뤼시앵 드 뤼방프레 씨를 데려오라고 지시하며 도중에 누가 됐건 그 누구와도 말을 주고받지 못하게 하라고 주의를 주었다. 그때 시각이 오후 2시였다.

"뭔가 비밀이 있다." 판사가 속으로 중얼거렸다. "그리고 그 비밀은 아주 중요한 것임이 틀림없다. 내가 상대하는 그 양서류, 사제도 아니고 속세인도 아니고 도형수도 아니고 에스파냐인도 아닌 그자, 한데 자기가 보호하는 자의 입에서 어떤 끔찍한 말이 나올까 봐 가로막으려는 그자의 논리는 이거겠지. '시인은 연약하다, 여자 같다, 외교 분야의 헤라클레스인 나와는 다르다, 판사 당신은 그를 통해 우리의 비밀을 쉽게 알아낼 수 있다.' 좋아! 결백하다는 그 시인에게서 모든 것을 알아내겠어……!"

그리고 그는 서기가 에스테르의 편지를 필사하는 동안 상아 손잡이 칼로 책상 모서리를 툭툭 쳤다. 우리가 가진 능력이 발휘될 때 얼마나 많은 이상한 일이 벌어지는가! 카뮈조는 가능한 모든 범죄를 염두에 두고 살폈지만, 피의자가 실제로 저지른 범죄 딱 하나만은, 곧 뤼시앵을 위해 위조한 유서만은 별다른 의심 없이 지나쳤다. 시샘에서 사법관의 지위를 공격하는 사람들은 끊임없이 의심하며 보내야만 하는 그 삶, 그런 사람들에 의해 사법관들이 받는 정신적 고문 등을 생각해 보는 것이 좋겠다. 민간인이 벌이는 일들이 범죄 수사보다 덜 폭력적이거나 덜 음흉하다고 할 수 없기 때문이다. 그리고 그런 사람들은 사제와 사법관이 입고 있는 제의와 법복 역시 무겁고 안쪽에 가시가 박혀 있다는 점을 생각해야 할 것이다. 더구나 모든 직업은 저마다의 구속복(拘束服)을 걸치고, 나름의 골칫거리로 몸살을 앓는 법이다.

41. 법원에서 무고한 사람이 겪는 위험

2시경 카뮈조 씨는 뤼시앵 드 뤼방프레가 들어오는 모습을 보았다. 창백하고 초췌한 데다 눈이 퉁퉁 붓고 충혈된 그 의기소침한 모습을 보고 있자니 카뮈조는 자연과 예술의 차이, 진짜 빈사 상태에 있는 사람과 극 중 빈사 상태를 연기하는 사람의 차이가 확연히 느껴졌다. 양옆의 헌병에게 두 팔을 붙들린 채 집행관의 뒤를 따라 콩시에르주리에서 판사의 집무실로 이동하는 과정이 뤼시앵을 극한의 절망으로 몰아갔던 것이다. 시인은 판결보다는 차라리 형벌을 받고 말겠다는 심정에 빠지는 경향이 있다. 판사 자신의 특징이기도 하며 조금 전 다른 피의자에게서도 뚜렷하게 보였던 그 강인한 정신력이 완전히 고갈된 모습을 접한 카뮈조 씨는 싱거운 승리를 직감하고 상대에 대한 안쓰러운 마음이 들었는데, 상대에 대한 그러한 경시는 그로 하여금 인형을 맞히는 연습 사격에 임하는 사수처럼 아무런 부담 없이 신문을 진행하게 해 몇 가지 결정타를 날릴 수 있게 해주었다.

"마음 놓으세요, 뤼방프레 씨, 당신은 지금 당신을 체포한 예비검속이 근거가 없는 것으로 밝혀져 법원이 본의 아니게 저지르게 된 잘못을 시급히 바로잡고자 하는 판사 앞에 있는 거요. 나는 당신이 죄가 없다고 믿소, 당신은 곧 석방될 겁니다. 당신의 무죄를 입증하는 증거는 바로 이거요. 당신이 없는 동안 당신 집 문지기 여인이 보관하던 편지인데, 그녀가 조금 전 법원에 제출했소. 법원의 가택수색과 당신이 퐁텐블로에서 체포되었다는 소식에 경황이 없던 그녀는 마드무아젤 에스테르 곱세크가 쓴 이 편지의 존재를 한동안 잊고 있었다네요……. 읽어보겠소?"

뤼시앵은 편지를 받아 들고 읽어 내려갔는데, 곧 눈물범벅이 되었다. 그는 말을 잇지 못하고 흐느꼈다. 15분 후쯤, 그동안 뤼시앵이 기운을 차리기 위해 무진 애를 쓰느라 지체했는데, 서기가 편지 사본을 내밀며 원본과 대조하도록 한 후, '예심이 진행되는 동안 최초 심리에 제출할 위 사본이 원본과 일치함.'이라는 문구에 서명할 것을 요청했다.

"선생," 판사가 호의를 듬뿍 담은 표정으로 말했다. "그렇지만 우리가 정한 절차를 따르지 않으면, 그리고 당신에게 몇 가지 질문을 해서 대답을 듣지 못하면 당신을 석방하기가 어렵소……. 나는 당신을 피의자라기보다는 증인으로 간주하고 대답을 요청하는 것이오. 당신 같은 사람에게 오직 진실만을 말하겠다는 서약은 여기서 당신의 양심에 호소한다는 뜻일 뿐 아니라 당분간은 모호할 수밖에 없는 당신의 신분상 필요하기도 하다는 점을 굳이 주지시킬 필요는 없으리라 생각하오. 진실을 말하면 그것이 무엇이라 할지라도 당신에게 아무런 피해가 없을 것이오. 그러나 거짓말을 하면 당신은 중죄 재판소로 넘어갈 수 있고, 나로서도 당신을 콩시에르주리로 다시 보내는 수밖에 없소. 내가 하는 질문에 솔직하게 대답해 주면, 당신은 오늘 밤 당신 집에서 자게 될 것이고, 언론이 '어제 퐁텐블로에서 체포되었던 뤼방프레 씨가 아주 간단한 신문만 받은 뒤 즉시 석방되었다.'라는 소식을 기사로 내보낼 테니 당신은 명예를 회복할 수 있을 거요."

이 말은 뤼시앵에게 뚜렷한 동요를 일으켰다. 피의자의 심리 상태를 확인한 판사가 덧붙였다. "다시 한 번 더 말씀드리지만, 당신은 에스테르라는 아가씨의 독살을 공모했다는 혐의를 받았었소. 그런데 그녀가 자살했다는 증거가 나왔소. 모든 게 밝혀졌소. 하지만 상속되어야 할 75만 프랑의 금액을 누군가가 가져갔소. 당신이 그 재산의 상속인인데. 유감스럽게도 범죄가 발생했소. 그 범행은 유서가 발견되기 전에 일어났소. 그런데 법원은 당신이 그 아가씨를 사랑했던 것만큼 당신을 사랑하는 어떤 사람이 당신에게 이득이 되도록 그 범죄를 저질렀다고 믿을 만한 충분한 근거를 확보하고 있소……. 내 말을 계속 들으시오." 뤼시앵이 뭔가 말하려고 하자 카뮈조가 몸동작으로 그를 제지하며 말을 이었다. "나는 아직 당신을 신문하는 게 아니오. 나는 이 질문에 당신의 명예가 얼마나 중요하게 걸려 있는지 일깨워 주고 싶은 거요. 공범들끼리 맺은 그 하잘것없는 가짜 의리는 버리시오. 자, 진실을 말해 주겠소?"

피의자와 예심판사의 대결에서 나타나는 각자 지닌 무기의 극심한 불균형에 대해서는 이미 강조한 바 있다. 물론 교묘하게 구사하는 부인 전략이 그 대결의 절대 변치 않을 무기고, 범죄자의 자기방어에 충분히 효과적이라는 점은 맞다. 그러나 그 부인 전략은 신문의 비수가 거기서 틈새를 발견하는 순간 속절없이 뚫려 버리는 갑옷과 같다. 몇몇 명백한 사실 앞에서 부인이 무기력해지는 순간, 피의자는 완전히 판사의 처분에 맡겨지는 신세가 된다. 뤼시앵처럼, 처음으로 겪은 명예의 실추에서 구원받는다면 개과천선해 나라에 쓸모 있는 자로 거듭날 수 있을 어중간한 죄인을 예로 들어보자. 그런 죄인은 신문이 놓은 덫에 걸리면 대번에 파멸하고 말 것이다. 판사는 아주 무미건조한 조서를, 다시 말해 질문과 대답에 충실한 요약문을 작성한다. 그러나 판사가 자상한 척 은밀하게 회유하는 말이나, 협박 비슷하게 윽박지르며 대답을 강요하는 말은 조서에 담기지 않는다. 상급심 판사들이나 배심원들은 결과물을 도출한 방법은 알지 못한 채 결론만 볼 뿐이다. 그래서 몇몇 양식 있는 사람들은 영국처럼 수사 단계에 이미 배심원단이 참석하게 해야 바람직하다고 말한다. 프랑스도 한때는 그런 제도를 운용한 적이 있었다. 혁명력 4년 브뤼메르 형법에서[90] 이 제도는 판결 배심제와 구별해 기소 배심제라고 불렸다. 최종심의 경우 기소 배심제로 돌아갈 수 있겠지만, 그렇더라도 배심원들을 추첨으로 선발하지 말고 왕실 법원에 일임해야 할 것이다.

---

90) 1795년 10월 25일 국민공회에 의해 발효된 형법을 가리킨다. 기소 배심원단 제도는 1808년 개정된 형법에 따라 폐지된다.

42. 죄지은 사람은 그 어떤 법정이든
법정에 출두하는 것을 예외 없이 두려워한다

"이제 시작합시다." 카뮈조가 잠시 뜸을 들이다가 말을 꺼냈다. "이름이 무엇이지요? 코카르, 집중해요!" 그가 서기에게 소리 질렀다.

"뤼시앵 샤르동, 드 뤼방프레."

"출생지는요?"

"앙굴렘이오……."

이어서 뤼시앵은 생년월일을 말했다.[91]

"세습 영지는 없나요?"

"전혀요."

"그럼에도 당신은 파리에 처음으로 올라와 체류하는 동안 재산이 거의 없었던 상태에 비하면 막대한 지출을 했어요."

"맞습니다, 판사님. 그러나 그 당시 나는 마드무아젤 코랄리라고, 나에게 아주 헌신적인 여자와 절친한 사이였습니다. 그후 불행하게도 그녀와 사별하고 말았지만요. 내가 고향으로 내려간 것은 바로 그녀의 죽음으로 인한 막심한 슬픔 때문이

---

91) 흥미롭게도 발자크는 뤼시앵의 생년월일에 대한 구체적 정보를 이 작품은 물론 『잃어버린 환상』에서도 밝히지 않는다. 게다가 발자크는 자기와 같은 또래인 다른 남자 주인공들의 생년월일도 구체적으로 밝히지 않는다. 라스티냐크가 1799년생이라는 사실을 독자가 접하는 곳은 『이브의 딸』(1839) 서문에서 발자크가 '인물의 재등장 수법'의 대표적 예로 라스티냐크를 거론할 때, 단 한 곳뿐이다.

었습니다."

"알겠소." 카뮈조가 말했다. "당신의 솔직한 대답에 찬사를 보냅니다. 중요한 정상참작 요인이 될 것이오."

뤼시앵은 보다시피 일반적 고해성사의 길로 들어섰다.

"당신은 앙굴렘에서 파리로 다시 돌아와서 전보다 훨씬 더 막대한 지출을 또 했어요." 카뮈조가 말을 이었다. "얼추 6만 프랑의[92] 연금 자산을 가진 사람처럼 살았으니까요."

"그렇습니다. 판사님……."

"누가 당신에게 그 돈을 주었나요?"

"나의 보호자, 카를로스 에레라 신부님입니다."

"그 사람을 어떻게 알게 되었나요?"

"이 세상을 하직하기 위해 자살하러 가던 중 큰길에서 우연히 마주쳤습니다."

"가족 중에서 그 사람에 대해 이야기하는 걸 한 번도 들은 적 없나요? 당신 어머님에게서도요……?"

"예, 전혀요."

"당신 어머님이 에스파냐인을 만났었다고 당신에게 말한 적이 한 번도 없나요?"

"예, 전혀요……."

---

92) 현재 화폐가치로 환산하면 매달 2만 유로에 상당하는 거액이다. 카뮈조 판사의 연봉은 이 금액의 10분의 1도 되지 않는다. 이 작품 3부 11장에서도 언급되는, 당시 사법관의 열악한 급료 수준에 대해서는 『고리오 영감』에서 보트랭이 법대생 라스티냐크를 설득하기 위해 펼치는 설교에 더 자세하게 나온다.

"마드무아젤 에스테르와 만난 것이 몇 년 몇 월인지 기억할 수 있나요?"

"1823년 말경, 대로변에 있는 한 작은 극장에서입니다."

"그녀가 처음부터 돈을 부담했나요?"

"그렇습니다, 판사님."

"마지막 질문이오, 마드무아젤 드 그랑리외와 결혼할 의도로 다 쓰러져가는 뤼방프레 성(城)을 매입하고, 100만 프랑을 들여 주변 토지를 사들였나요? 당신은 그랑리외 가에다 당신 누이와 매제가 최근 막대한 유산을 물려받았고, 토지 매입금을 그들로부터 무상으로 공여받았다고 말했나요……? 뤼시앵 씨, 그랑리외 가에 그렇게 이야기했나요?"

"그렇습니다, 판사님."

"당신은 당신 결혼이 왜 깨졌는지 그 이유를 모르나요?"

"전혀요, 판사님."

"그래요! 그랑리외 가는 사실을 확인하기 위해 파리에서 가장 신뢰할 만한 소송대리인을 당신 매제의 집에 보냈어요. 앙굴렘에서 그 소송대리인은 당신 누이와 매제의 직접적 시인을 통해, 그들은 당신에게 변변하게 빌려준 돈이 없을 뿐만 아니라 그들의 유산이라는 것도 부동산이라는 사실을, 꽤 액수가 나가는 부동산이지만 총액이 20만 프랑 정도밖에 안 된다는 사실을 알아냈어요……. 그랑리외 가 같은 명문이 출처가 불분명한 재산임을 알고 발을 뺀 것을 두고 당신이 이상하다고 여겨서는 안 돼요……. 보시오, 거짓말 때문에 당신은 그렇게 된 거요……."

뤼시앵은 이 새로운 사실에 온몸이 얼어붙었다. 그에게 남아 있던 얼마 안 되는 기력마저 완전히 사라졌다.

"경찰과 법원은 알고 싶은 것은 뭐든 알 수 있어요." 카뮈조가 말했다. "그 점을 유념하시오. 그런데," 자크 콜랭이 스스로 언급했던 아버지라는 자격을 염두에 두고 그가 다시 물었다. "카를로스 에레라라고 자처하는 그 사람의 정체를 아시오?"

"예, 압니다, 판사님, 하지만 너무 늦게 알았습니다……."

"너무 늦게라니, 그게 무슨 뜻이요? 자세히 말해 보시오."

"그 사람은 사제가 아닙니다. 에스파냐인도 아닙니다. 그 사람은……."

"탈옥한 도형수지요." 판사가 분명한 어조로 말했다.

"예, 그렇습니다." 뤼시앵이 대답했다. "그 무시무시한 비밀을 알게 되었을 때 난 이미 그 사람에게 꼼짝도 못 하는 처지였습니다. 나는 존경스러운 성직자와 인연을 맺었다고 생각했었는데……."

"자크 콜랭은……." 판사가 그렇게 말을 시작했다.

"예, 자크 콜랭." 뤼시앵이 따라 말했다. "그게 그 사람 본명입니다."

"그렇소, 자크 콜랭은," 카뮈조가 말을 이었다. "조금 전 한 증인에 의해 신원이 확인되었어요. 그런데도 그는 여전히 자신의 정체를 부인하지만, 이건 내가 보기에 당신의 이익이 걸린 문제요. 내가 당신이 그 사람 정체를 아느냐고 조금 전 물은 까닭은 자크 콜랭이 저지른 다른 사기 행각을 밝히기 위해서요."

뤼시앵은 그 끔찍한 말을 듣자마자 빨갛게 달군 쇳덩이를 뱃속에 삼킨 느낌이었다.

"몰랐어요?" 판사가 하던 말을 계속했다. "그 사람은 당신을 향한 상식 밖의 애정을 정당화하기 위해 자기가 당신의 아버지라고 주장하던데."

"그 사람이! 내 아버지라고……! 오! 판사님! 그 사람이 그렇게 말했다고요?"

"그자가 당신에게 준 거액이 어디서 나왔는지 의아하지 않나요? 당신 손에 들린 편지 내용대로라면, 나중에 에스테르 양이, 그 가련한 아가씨가 코랄리 양과 같이 당신에게 도움을 주었을 가능성은 있소. 그렇지만 당신은 조금 전 진술했다시피 에스테르 양에게 한 푼도 받지 않고도, 그 전부터 몇 년 동안 죽 잘 살았어요, 그것도 아주 화려하게 말이오."

"판사님, 오히려 제가 판사님께 물을 판입니다." 뤼시앵이 부르짖었다. "도형수들은 대체 어디서 돈을 퍼 오는지 궁금하거든요! 자크 콜랭 같은 자가 내 아버지라니……. 오! 불쌍한 내 어머니……."

그러고 그는 울음을 터뜨렸다.

"서기, 자칭 카를로스 에레라라는 자의 신문조서에서 자기가 뤼시앵 드 뤼방프레의 아버지라고 말한 부분을 피의자에게 읽어주시오……."

시인은 보기에 안쓰러울 정도로 침묵과 침착함을 유지하려고 애쓰며 서기의 목소리에 귀를 기울였다.

"완전히 망했어!" 그가 소리쳤다.

"명예와 진실의 길을 따르면 망할 일이 없습니다." 판사가
말했다.

"그런데 자크 콜랭을 중죄 재판소로 넘길 건가요?" 뤼시앵
이 물었다.

"물론이오." 뤼시앵의 말을 계속 끌어낼 의도로 카뮈조가
대답했다. "마음을 정하시오."

43. 두 개의 도덕

그렇지만 판사의 회유와 위협에도 불구하고 뤼시앵은 더
이상 대답하지 않았다. 쉽게 감정의 노예가 되는 사람들이 다
그렇듯이 숙고의 단계가 너무 늦게 찾아왔다. 그 점이 시인
과 행동가의 차이다. 시인은 먼저 감정에 몰두해 감정을 생생
한 이미지로 재현한다. 시인은 그러고 난 다음에야 비로소 판
단한다. 반면에 행동가는 느끼고 판단하는 것을 동시에 한다.
뤼시앵은 침울하고 창백했다. 영락없는 시인인 그는 예심판사
의 호의에 속수무책으로 당하며 자신이 판사가 떠미는 대로
구렁텅이 밑바닥에 굴러떨어진 신세라고 생각했다. 그는 조금
전 자신의 은인을 배반한 게 아니라 자신의 공범을, 사자의 용
맹과 빈틈없는 술수로 둘의 입장을 방어했던 그 공범을 배반
한 것이었다. 자크 콜랭은 대담하고 뻔뻔하게 모든 걸 지켜냈
는데, 지식인 유형인 뤼시앵은 분별력이 없고 사고력도 부족
해 모든 걸 그르치고 말았다. 콜랭의 비열한 거짓말은 그를 분

개하게 했지만, 더 비열한 진실을 덮는 방패막이 역할을 했다. 판사의 능수능란함에 당황하고, 잔인한 술수에 놀란 뤼시앵은, 발가벗겨진 한 인간의 인생 속 과오를 갈고리처럼 이용해 양심을 후벼 파는 판사의 전광석화 같은 일격에 질겁한 채, 도살장의 몽둥이를 일시적으로 모면한 짐승처럼 그 자리에 망연자실 서 있었다. 그곳에 들어왔을 때는 자유롭고 결백했던 그는 어이없는 자백으로 범죄자 신세가 되었다. 여전히 침착하고 냉정한 판사는 마침내 진지한 모습으로 최후의 조소를 날림으로써 뤼시앵에게 자신의 실토가 착각의 결과였음을 깨닫게 했다. 카뮈조는 자크 콜랭이 자처한 아버지의 자격을 염두에 두었던 것인데, 뤼시앵은 탈옥한 도형수와 자신의 관계가 만천하에 드러날 것에 대한 두려움에 휩싸여, 이비코스를 살해한 자들의 그 유명한 실수를 따라 하고 만 것이었다.[93]

루아예 콜라르의[94] 명성 중 하나는 자연적 감정이 강요된 감정에 항상 우선한다고 천명한 점, 다시 말해, 이를테면 환대의 법칙이 사법적 서약의 효력을 무효화할 정도로 우선권을

---

93) 전설에 따르면, 기원전 6세기경 고대 그리스의 서정시인 이비코스는 도둑들의 습격을 받고 살해되었는데, 죽으면서 하늘을 나는 두루미에게 복수를 부탁했다. 나중에 살인자 중 하나가 군중이 운집한 극장에서 두루미의 이동 행렬을 보고 경솔하게 죄를 실토하는 바람에 자신은 물론 일당이 다 잡혔다.

94) 피에르 폴 루아예 콜라르(1763~1845)는 정치인이자 철학자로, 왕정복고 체제에서 왕정과 대혁명, 권위와 자유를 결합시키려고 했던 자유주의 왕당파를 이끈 인물이다. 1815년 국회의원에 처음 당선된 후 죽을 때까지 그 자리를 역임했다.

가져야 한다고 주장함으로써 각종 서약에도 우선순위를 두어야 하는 이유를 지지했다는 점이다. 그는 세상을 상대로 프랑스 법정에서 그 논리를 펼쳤다. 그는 용기 있게도 공모자들을 찬양했으며, 이러저러한 상황에 대처하기 위해 사회의 무기고에서 꺼낸 폭압적 법률들보다 우정을 따르는 것이 오히려 더 인간적이라고 주장했다. 요컨대 **자연법**은 실정법처럼 공표된 적은 없지만, 사회가 빚어낸 법률들보다 더 효과적이고 더 널리 알려진 법칙들을 포함하고 있다는 것이다. 뤼시앵은 침묵을 지키고 자크 콜랭이 스스로 방어하도록 맡겼어야 했던 의무를, 다시 말해 연대의 법칙을 등한시했고, 그 결과 자신도 불리한 처지에 몰렸다. 더 나아가 그는 자크 콜랭에게 부담을 지웠다! 뤼시앵 자신의 이익을 위해서도 그 사람은 뤼시앵에게, 그리고 영원히 카를로스 에레라였어야 했다.

카뮈조 씨는 자신의 승리를 만끽했다. 나는 두 명의 죄인을 확보했다, 당대 최고의 멋쟁이 중 하나를 법의 손길로 무너뜨렸고, 도저히 찾을 수 없었던 자크 콜랭을 찾아냈단 말이다. 그는 곧 가장 유능한 예심판사로 공인받을 터였다. 그래서 그는 자기 피의자를 조용히 있게 내버려두었다. 그렇지만 그는 그 망연자실한 침묵을 유심히 살폈다. 땀방울들이 그 일그러진 얼굴 위에 맺히더니 점점 커지다가 마침내 두 줄기 눈물과 합쳐져 뚝뚝 떨어지는 모습이 눈에 들어왔다.

44. 결정타

"왜 우는 거죠, 뤼방프레 씨? 당신은 내가 앞서 말했듯이 직계든 방계든 가족 상속인이 달리 없는 마드무아젤 에스테르의 상속인이오. 게다가 행방을 알 수 없는 75만 프랑을 되찾는다면 상속액은 800만 프랑에 육박하오."

이 말이 죄인에게는 최후의 일격이었다. 자크 콜랭이 쪽지에 썼듯이, 10분 동안만 가만히 있었으면 뤼시앵은 자신이 바라던 모든 것을 이룰 수 있었을 텐데! 자크 콜랭에게 진 빚을 다 갚고 그와 갈라설 수 있었을 텐데, 부자가 되었을 텐데, 마드무아젤 그랑리외와 결혼도 했을 텐데……. 예심판사가 피의자들의 격리나 분리라는 무기를 통해 행사하는 힘을 이 장면보다 더 잘 보여주는 것은 없다. 이 장면은 아지가 자크 콜랭과 했던 교신 같은 것이 얼마나 중요한지도 보여준다.

"아! 판사님," 스스로 불행의 빌미를 제공한 자의 회한과 아이러니가 담긴 목소리로 뤼시앵이 대답했다. "법원 용어로 신문을 당한다고 한다는데 그 말이 정말이군요……! 옛날의 신체 고문과 오늘날의 정신 고문 사이에서 고르라고 한다면 나로서는 주저할 일이 없을 것 같네요. 난 차라리 옛날에 형리가 가했던 신체의 고통을 택하겠어요. 판사님은 나한테 뭘 더 원하십니까?" 그가 도도하게 대꾸했다.

"여기서는," 시인의 자존심에 응수하기 위해 한껏 거만하고 비꼬는 표정이 된 법관이 말했다. "오직 나만이 질문할 권리가 있소."

"나도 대답하지 않을 권리가 있어요." 사리 판단력이 명료하게 되돌아온 뤼시앵이 중얼거리는 투로 말했다.

"서기, 피의자에게 신문조서를 읽어주시오."

'내가 다시 피의자가 되었구나……!' 뤼시앵이 속으로 중얼거렸다.

서기가 조서를 읽는 동안 뤼시앵은 카뮈조 씨를 구슬려 보아야겠다는 마음을 먹었다. 이윽고 코카르의 웅얼거리는 목소리가 멈추자, 시인은 귀에 익숙한 소리가 나는 동안 졸고 있다가 소리가 멈추고 조용해진 순간 화들짝 놀라 깨어난 사람처럼 몸을 부르르 떨었다.

"신문조서에 서명해야지요." 판사가 말했다.

"그러면 나를 풀어주는 겁니까?" 이번에는 뤼시앵이 비꼬는 투가 되어 물었다.

"아직 아니오." 카뮈조가 대답했다. "그러나 내일 자크 콜랭과 대질신문을 한 후에 석방될지도 모르오. 우선 법원은 그 사람이 1820년 탈옥한 이후 저질렀을 것으로 추정되는 여러 범죄에서 당신이 공범인지 아닌지 확인할 필요가 있소. 그렇지만 당신은 이제부터 접견이 금지된 스크레 신세가 아니오. 내가 소장에게 당신을 피스톨 중에서도 가장 좋은 방으로 옮겨주라는 공문을 작성해 보내겠소."

"그 방에는 편지를 쓸 수 있는 도구들이 있습니까……?"

"당신이 요구하는 것은 뭐든 제공할 거요. 당신을 데리고 갈 집행관더러 그런 지시를 전하라고 하겠소."

뤼시앵은 건성으로 조서에 서명했다. 그러고 나서 코카르가 지목하는 대로 수정이나 첨가한 사항이 있는 곳마다 체념한 피해자처럼 고분고분 일일이 확인 서명을 덧붙였다. 그 과정에서 당시 뤼시앵의 심리 상태를 그 어떤 세밀화보다 더 잘 보여 주는 세부 장면을 딱 하나 꼽자면 이렇다. 자크 콜랭과의 대질 신문을 통보받는 순간 뤼시앵의 얼굴 위 작은 땀방울들이 돌연 자취를 감추었고, 눈물기가 싹 가신 그의 두 눈은 범접할 수 없는 광채로 이글거렸다. 요컨대 그는 전광석화처럼 순식간에 청동의 인간 자크 콜랭의 모습으로 돌변했다.

뤼시앵의 성격에 대해서는 자크 콜랭이 아주 잘 분석한 적이 있는데, 아무튼 그와 성격이 비슷한 사람들에게서 나타나는, 완전한 사기 저하 상태에서 거의 금속처럼 강한 상태로의 급격한 이행은, 그래서 인간의 힘이 팽팽하게 긴장되는 상황은, 사유의 영역에서 일어나는 가장 눈부신 현상이다. 그때 고갈되었던 샘물이 다시 솟아나듯 의지가 되살아난다. 의지는 의지를 구성하는 알 수 없는 물질이 작동하도록 설계된 장치 속에서 우러난다. 그렇게 의지가 되살아나면 시체가 도로 살아나고, 살아난 사람은 힘이 충만하여 최후의 결전을 향해 비상한다.

뤼시앵은 에스테르의 편지를 그녀가 자기에게 남긴 초상화와 함께 가슴에 품어 안았다. 그런 다음 카뮈조 씨에게 경멸하듯 인사를 건넨 후, 두 명의 헌병에 의해 양팔을 결박당한 채 힘찬 발걸음으로 복도를 걸어갔다.

"뼛속 깊이 사악한 놈이군!" 시인이 조금 전 자기에게 내비친 노골적 경멸의 표시에 복수라도 하듯 판사가 서기에게 말했다. "저놈은 자기 공범을 배신하고 넘기면 자기는 살 수 있으리라 믿는 거야."

"둘 중에서는," 코카르가 조심스럽게 말했다. "도형수가 더 막강한 거 같습니다만……."

45. 난국에 빠진 판사

"오늘은 가서 쉬시오, 코카르." 판사가 말했다. "이만하면 됐소. 대기 중인 사람들한테는 내일 다시 오라고 알리고 돌려보내시오. 아! 검사장님이 아직 집무실에 계시는지 지금 바로 가서 확인해 주시오. 계시면 내가 잠깐 찾아봬도 되는지 여쭙고요. 오! 계시겠지." 초록색 페인트칠을 하고 가장자리에 어설픈 금줄을 두른 조잡한 나무 벽시계가 가리키는 시간을 보고 그가 말을 이었다. "벌써 3시 15분이나 됐군."

신문은, 나중에 그걸 기록한 조서를 읽는 것이야 금방 끝나지만, 질문과 답변을 빠짐없이 옮겨 적어야 하므로 그 자체는 시간이 엄청 많이 걸린다. 그 점이 바로 범죄 수사 절차가 느려지고, 미결 구류 기간이 길어지는 이유다. 잔챙이들에게 그것은 파멸이고, 거물급들에겐 불명예다. 양쪽 모두 즉각적 석방이 체포라는 불행을 상쇄시켜 주는 길이라고 여기는 까닭이다. 그 불행이 상쇄될 만한 것이라면 말이다. 그런 연유로, 이제까지 여기에 충실하게 옮긴 두 차례의 신문 장면이 펼쳐지는 동안, 아지가 주인의 암호 같은 지시를 해독하고, 공작 부인을 내실에서 나오게 하고, 세리지 부인에게 다시 활력을 불어넣어 주는 등 오랜 시간이 걸리는 일들을 넉넉히 할 수 있었던 것이다.

자신의 솜씨를 십분 발휘했다는 생각에 뿌듯해진 카뮈조는 두 건의 신문조서를 집어 들고 다시 읽어 내려갔다. 그는 검사장에게 조서를 보고하고 의견을 구할 작정이었다. 그렇게 골똘히 생각에 잠겨 있는데, 집행관이 돌아와 세리지 백작 부인의 하인이 예심판사에게 꼭 드릴 말씀이 있어 찾아왔노라고 알렸다. 들여보내라는 카뮈조의 신호에 따라 마치 주인처럼 근사하게 차려입은 하인이 들어왔고, 집행관과 법관을 번갈아 쳐다보더니 말했다. "저는 카뮈조 씨를 뵈려고……."

"맞소." 판사와 집행관이 동시에 말했다.

카뮈조는 하인이 건넨 편지를 받아 들고 읽어 내려갔다. 편지의 내용은 다음과 같았다.

친애하는 카뮈조 판사님, 판사님도 능히 짐작하는 많은 이해관계가 걸린 문제니 뤼방프레 씨를 신문하지 마십시오. 우리는 그가 즉시 석방되도록 그의 결백을 입증하는 증거들을 당신에게 제출하겠습니다.

디안 드 모프리뇌즈, 레옹틴 드 세리지.
추신: 이 편지를 불태우시오.

카뮈조는 뤼시앵에게 덫을 놓음으로써 자신이 엄청난 잘못을 저질렀다는 사실을 깨달았다. 그리하여 그는 두 귀부인의 뜻을 따르기로 했다. 그는 촛불을 켜고 공작 부인이 쓴 편지를 태웠다. 하인이 깍듯이 경의를 표했다.

"세리지 부인께서는 그렇다면 이리로 곧 오실 예정인가?" 판사가 물었다.

"마차가 채비하고 있었습니다." 하인이 대답했다.

그때 코카르가 들어와 카뮈조 씨에게 검사장이 기다리고 있다는 말을 전했다.

정의를 위한답시고 자신의 야망을 가로막을 수도 있는 막중한 실수를 저질러 마음이 무거워진 데다, 법학 공부를 하면서 윤락가의 아가씨들과 범접하지 않았던 학생이라면 으레 갖고 있으리라 짐작되는 꼼꼼한 성격이 지난 7년간 법관 일을 하면서 더 심해진 판사는 두 귀부인이 자기에게 품은 원한에 맞서 싸울 무기를 확보해 놓아야겠다고 생각했다. 편지를 태웠던 촛불이 아직 타오르는 상태라 그는 촛농을 이용해 모프리뇌즈 공작 부인이 뤼시앵에게 보낸 서른 통의 쪽지 편지와 세리지 부인이 보낸 꽤 두툼한 분량의 서신들을 큰 봉투에 담아 봉인했다. 그러고 나서 그는 검사장 집무실로 향했다.

46. 검사장

사법 단지는 증축에 증축을 거듭한 하나의 잡다한 덩어리로서, 어떤 부분은 웅장함이 가득하고 어떤 부분은 조잡하기 짝이 없는 등, 전체적인 조화가 결여된 채 증축된 부분들끼리 서로 겹도는 그런 건물 집합체다. 중앙홀은 이름난 여러 홀 중 규모가 가장 크다. 그러나 삭막하기만 해 불쾌한 기분만 안겨 줄 뿐 눈길 둘 만한 곳이 별로 없다. 각종 소송이 펼쳐지는 이 거대한 분규의 전당이 옛 왕궁을 완전히 망가뜨렸다. 심지어 상점들이 늘어선 아케이드 양 끝은 하수구로 이어진다. 아케이드 안쪽으로는 두 개의 슬로프가 팔자 모양으로 마주 보는 계단이 눈에 확 띄는데, 경범 재판소의 계단보다는 규모가 조금 더 크다. 그 계단 밑 공간에는 커다란 여닫이 두짝문이 나 있다. 계단을 오르면 중죄 재판소로 이어지고, 계단 아래쪽 문은 중죄 재판소 별실로 통하는 문이다. 센도(道)에서 발생한 범죄들이 법정을 두 개 열어야 할 정도로 많은 해가 종종 있다. 검사장실, 변호사들이 머무는 곳, 그들이 자료를 열람하는 곳, 차장검사들의 집무실, 검사장의 지휘를 받는 평검사들이 사용하는 집무실 등이 모여 있는 곳은 모두 그 계단을 통해 접근하게 되어 있다. 이 모든 방은, 각기 다른 공간들을 하나로 묶는 총칭이 필요하니까 일단 방이라고 칭하겠는데, 풍차 방앗간 계단처럼 좁고 가파른 계단들, 그리고 건축의 수치(羞恥), 파리 건축과 프랑스 건축의 수치인 어두컴컴한 복도들로 서로 연결되어 있다. 그곳 내부로 들어가 보면 프랑스 최고의 법원이라고 하는 곳이 흉측하기로는 감옥을 능가한다는 사실을 확인하게 된다. 상급 중죄 재판소에 출두한 증인들이 머무는 폭 1미터의 그 끔찍한 통로를 묘사하려고 그곳을 접하는 풍속화가는 순간 흠칫 뒤로 물러설 것이다. 재판정을 덥히는 용도의 난로로 말할 것 같으면, 형편없기가 몽파르나스 대로의[95] 허름한 카페보다 한술 더 뜰 정도다.

검사장실은 상점이 늘어선 아케이드가 있는 건물 몸통 옆에 덧대 지은 팔각형의 부속 동(棟)에 마련되어 있는데, 그 부속 동은 오래된 왕궁의 연혁에 비추어 볼 때 비교적 최근이라고 할 수 있는 시기에 여성 수인 구역과 인접한 운동장 한쪽에 건축된 것이다. 법원 청사의 그 구역 전체는 높고 웅대한 생트샤펠 성당 구조물에 가려 항상 그늘이 진다. 따라서 그곳은 늘 어둡고 적막하다.

옛날 고등법원을 구성하던 위대한 법관들의 계승자답게[96] 기품과 위엄을 갖춘 인물인 그랑빌 검사장은 뤼시앵 사건의 해결을 보지 않고는 청사를 벗어날 생각이 애초에 없었다. 그는 카뮈조의 소식을 기다리고 있던 참이었다. 보고하러 오겠다는 판사의 전언으로 그는 상념에 빠졌는데, 그건 아무리 강인한 정신의 소유자라 할지라도 학수고대하다 보면 자신도 모르게 빠지게 되는 그런 상념이었다. 그는 자신의 집무실 움푹 팬 창틀에 앉아 있다가 일어나서 이리저리 서성였다. 그날 아침 출근길에 만난 카뮈조가 상황을 잘 이해하지 못하고 있는 것 같아서 막연한 불안감이 가시지 않았다. 그는 심사가 복잡

---

95) 센강 좌안의 대표적 대로로, 당시에는 인적도 드물고 싸구려 식당이나 들어선 낙후된 지역이었다.

96) 구체제의 최고 사법기구인 고등법원(Parlement) 법관들은 절대왕정 말기에는 왕권을 견제하며 이 기구를 영국처럼 입법권을 가진 의회로 확대하고자 했다. 그러나 대혁명 직후인 1790년 완전히 폐지된다. 고등법원의 구성원들을 '법복 귀족'이라고 불렀다.

했다. 그 이유는 이러했다. 검사장이라는 그가 맡은 직무의 엄중함은 하급 법관에게 보장된 절대적 독립성의 침해를 엄격히 금지했다. 그런데 이 사건은 그의 절친한 친구이자 뒤를 밀어주는 열성적 후원자 중 하나인 세리지 백작의 명예와 명성이 걸린 문제였다. 세리지 백작은 현직 국정자문위원장이자 왕실고문단의 일원이며 또한 국사원 부의장으로서, 연로한 현재 귀족원 의장이 사망하면 그 존귀한 직무를 이어받을 인물, 그러니까 차기 귀족원 의장으로 내정된 유력인사다.[97] 불행하게도 세리지 씨는 아내가 자기에게서 마음이 떠났는데도 아내를 몹시 사랑했다. 그는 언제나 아내를 옹호하며 허물을 덮어주었다. 검사장은 백작 부인과 이름이 엮여서 너무나 자주 구설에 올랐던 남자가 만약 유죄판결을 받게 되면 그것이 사교계와 궁정에 얼마나 끔찍한 파문을 몰고 올지 잘 알았다.

“아!” 그가 팔짱을 끼며 중얼거렸다. “옛날엔 왕이 직권으로 소송사건을 파기할 수 있었는데…….[98] 평등에 대한 우리의

---

97) 모두 1814년 왕정복고가 시작하며 루이 18세가 구체제의 관직을 복원해 만든 직책이다. 국정자문위원장(ministre d'Etat)은 국왕이 전직 장관을 예우하는 차원에서 임명한 일종의 명예직이었다. 왕실고문단(Conseil privé)은 왕족과 국정자문위원들로 구성된, 국왕 개인을 보좌하는 위원회였다. 국사원 의장은 왕이 겸임하므로 부의장이 사실상의 최고 지위라고 할 수 있다. 루이 18세는 또한 구체제에서 국새를 관리하고 왕국의 사법행정을 총괄하던 최고위직 관료를 가리키는 '샹슬리에(Chancelier de France)'라는 관직명을 귀족원 의장에게 부여한다.
98) 구체제에서는 왕명 하나로 아무런 해명 절차 없이 법원에서 진행 중인 소송을 빼내 올 수 있었다.

강박증이 이 시대를 망치고 말 거야……"

이 근엄한 사법관은 불륜의 결과와 불행을 경험한 적이 있다. 에스테르와 뤼시앵은 앞에서 언급했다시피 그랑빌 백작이 마드무아젤 드 벨푀유와 비밀리에 살림을 차렸던 바로 그 아파트를 빌려 살았다.[99] 그 당시 마드무아젤 드 벨푀유는 어느 날 웬 불한당을 따라 그 아파트에서 도망쳤더랬다.('사생활 장면' 중 『두 집 살림』을 볼 것.[100])

검사장이 "카뮈조가 우리에게 뭔가 어리석은 짓을 벌이고 말았을 거야!"라고 중얼거리고 있을 때, 예심판사가 집무실 출입문을 두 번 노크했다.

"어이! 친애하는 카뮈조, 내가 오늘 아침 말한 사건은 어떻게 진행되고 있지요?"

"잘 안 되고 있습니다, 백작님. 조서를 직접 읽어보시고 판단을 내려주시겠습니까?"

그는 두 건의 신문조서를 그랑빌 검사장에게 건넸고, 그랑빌 검사장은 코안경을 쓰고 움푹 팬 창문틀로 가 조서를 읽어 내려갔다. 속독이었다.

"본분에 충실했군요." 검사장이 감정이 실린 목소리로 말

---

99) 1권 117쪽 참조.
100) 『두 집 살림』(1830)에서 초임 검사 그랑빌은 집안의 강요로 결혼한 편협한 귀족 출신 아내와 사이가 좋지 않던 차, 마레 지구에서 우연히 가난한 아가씨 카롤린 크로샤르(훗날 카롤린 드 벨푀유로 개명)를 알게 돼 사랑에 빠져 함께 살림을 차리고 자식도 낳는다. 결국 아내에게 불륜 사실이 들킨 그랑빌은 카롤린과 헤어지고, 버림받은 카롤린은 범죄자 솔베의 애인이 되어 불행한 삶을 산다.

했다. "모든 게 언급되었소. 법원은 정해진 절차를 밟을 테고…… 당신은 대단히 유능하다는 점을 유감없이 보여주었소. 당신 같은 예심판사는 절대 뺏기지 않으려고 할 정도로요……."

그랑빌 씨는 카뮈조에게 사실은 이렇게 말한 셈이었다. "당신은 평생 예심판사나 하고 살아야 할 것이오!" 추켜세우는 모양새를 취한 그 말투보다 그런 뜻이 더 분명하게 드러날 수는 없었을 것이다. 카뮈조는 등골이 서늘해졌다.

"모프리뇌즈 공작 부인께서, 제가 신세를 많이 진 분이신데요, 제게 부탁하시기를……."

"아! 모프리뇌즈 공작 부인, 세리지 부인의 친구지요." 그랑빌이 판사의 말을 자르고 말했다. "맞아요. 당신은 그 어떤 영향력에도 굴복하지 않았어요, 그 점은 확실해요. 당신, 아주 잘하셨소. 나중에 훌륭한 법관이 될 거요……."

47. 너무 늦었나?

그때 옥타브 드 보방 백작이 노크도 없이 문을 벌컥 열고 들어오더니 그랑빌 백작에게 말했다. "이보게 친구, 어떤 아리따운 여인이 어디로 가야 할지 헤매고 있어 내 자네에게 모셔왔다네. 이분은 미로 같은 이곳에서 길을 잃을 뻔하셨어……."[101]

---

101) 옥타브 드 보방 백작은 그랑빌 백작 직전에 검사장을 역임한 인물로,

옥타브 백작은 세리지 백작 부인의 손을 잡고 있었다. 그녀는 15분 전부터 청사 안을 헤매고 있었다.

"여기까지 오시다니요, 부인." 검사장이 자신의 안락의자를 내주며 큰 소리로 말했다. "기막힌 순간이군요……! 이 사람이 카뮈조 판삽니다." 그가 예심판사를 가리키며 덧붙였다. 그러고는 복고왕정 내각의 저명한 웅변가에게 얼굴을 돌리며 말했다. "보방, 파기원장 방에서 날 기다리고 있게나. 원장님 아직 계시지? 내 곧 합류하겠네."

옥타브 드 보방 백작은 자신이 자리를 비켜주어야 할 상황이라는 사실뿐 아니라 검사장이 자기 집무실을 떠날 이유를 만들고 있다는 사실도 알아차렸다.

세리지 부인은 수술 달린 거창한 제복을 입은 마부가 몰고, 반바지에 흰 비단 양말을 신은 하인 두 명이 호위하는, 가문(家紋)이 박힌 푸른색 담비 모피로 차체를 두른 웅장하고 화려한 자신의 전용 마차를 타고 보란 듯이 법원에 오는 어리석음은 범하지 않았다. 아지가 헤어지면서 두 귀부인에게 자신이 공작 부인과 함께 타고 왔던 삯마차를 이용해야 한다고 알아듣게 설득했기 때문이다. 아지는 또한 뤼시앵의 애인에게 옛날에 남자들이 사람들 눈에 띄지 않기 위해 성벽의 색깔과 비슷한 회색 망토를 입었던 것처럼 여자들이 할 수 있는 그러한 옷차림을 하고 가야 한다고 강조했다. 그래서 백작 부인은 갈색 코트를 입고 낡은 검은색 숄을 둘렀으며 벨벳 모자를 쓴

작중 현재 직책은 파기원 대법관이다.

차림이었는데, 모자를 장식했던 꽃은 떼고 대신 아주 두꺼운 검은색 레이스 베일을 달아 얼굴을 가렸다.

"우리가 보낸 편지를 받으셨겠지요……?" 그녀가 카뮈조에게 말했다. 그녀는 그의 얼빠진 표정을 보고 그가 자신에 대한 경외심에서 주눅 든 상태임을 간파했다.

"참으로 유감입니다만, 너무 늦었습니다, 백작 부인." 자신의 집무실에서 피의자들을 조사할 때만 똑똑하지, 그 외엔 요령도 없고 기지도 없는 꽉 막힌 판사가 대답했다.

"너무 늦었다니 무슨 말이죠……?"

그녀는 그랑빌 씨를 향해 얼굴을 돌렸는데, 그의 표정에 어린 당혹감이 눈에 들어왔다.

"너무 늦다니, 그럴 수 없고, 그래서도 안 돼요." 그녀가 전제군주 같은 어조로 덧붙였다.

48. 파리에서 여성들이 하는 모든 것

여성들은, 특히 세리지 부인처럼 상류층 여성들은 프랑스 문명이 낳은 응석둥이다. 만약 다른 나라 여성들이 파리에서 부유하고 귀족 작위가 있으며 사교계를 풍미하는 여성이 어떤 대우를 받는지 안다면, 그들은 한 사람도 빠지지 않고 그러한 엄청난 특권적 지위를 누리기 위해 파리로 몰려들 것이다. 자신들만의 예법이 정한 규율만 지키는, 이미 『인간극』 여러 곳에서 꽤 자주 여성 법전이라고 명명했던 그 세세한 법 모음집만 따르는 여성들은 남성들이 제정한 법률들은 조롱한다.[102] 파리의 상류층 여성들은 아무 말이나 다 하면서 자신들이 저지른 어떤 잘못이나 어떤 어리석은 짓 앞에서도 물러나는 법이 절대 없다. 왜냐하면 그들 모두는 인생에서, 여성으로서 자신의 명예와 자기 자식들 문제를 제외한 그 어떤 문제에서도 완전히 면책된다는 점을 기가 막히게 잘 아는 것이다. 그들은 터무니없는 말들을 웃으면서 아무렇지 않게 내뱉는다. 그들은 그 잘난 보방 부인이 결혼 초기에 남편을 찾으러 법원에 와서는 일하는 남편에게 했다는 그 말, "당신, 서둘러 결정하고, 어서 가요!"라는 말을 계속 반복한다.[103]

"부인," 검사장이 입을 열었다. "뤼방프레 씨는 절도나 독살에 대해서는 혐의가 없습니다. 다만 카뮈조 판사가 신문하는 과정에서 그가 그런 혐의들보다 더 큰 범죄를 저질렀다는 고백을 끌어냈습니다."

"뭐라고요!" 그녀가 물었다.

검사장이 그녀의 귀에 대고 소곤댔다. "그는 자신이 탈옥한 도형수의 친구이자 제자라고 시인했습니다. 카를로스 에레라

---

102) 『인간극』 전체에서 '여성 법전'이라는 표현이 나오는 곳은 실제로는 딱 한 작품, 『하급 공무원들』(1838)뿐인데, 파리 상류층 부인의 심기를 건드리면 안 된다고 말하는 다음의 대목에 나오는 표현이다. "조언한답시고 춤추는 여인을 중단시키지 말 것'이라는 금과옥조가 있어요. 완벽한 여성 법전을 위해서는 그 조항에 이렇게 덧붙여야 해요. '여인이 진주를 바닥에 뿌려도 비난하지 말 것.'"

103) 옥타브 드 보방 백작과 그의 부인인 오노린 드 보방 백작 부인에 관한 이야기는 이 작품 직전에 발표된 『오노린』(1843)에서 펼쳐진다.

신부가, 약 7년 전부터 그와 함께 산 그 에스파냐인이 바로 우리가 찾는 그 유명한 자크 콜랭일지도 모릅니다……."

세리지 부인은 검사장이 하는 한마디 한마디가 다 쇠몽둥이 가격 같은 느낌이었지만, 특히 마지막으로 언급된 그 유명한 이름이 최후의 일격이었다.

"그러면 그에 따르는 법적 절차는……?" 그녀가 숨결을 토해 내는 것 같은 목소리로 말했다.

"법적 절차는," 그랑빌 검사장이 백작 부인의 말을 이어받아 낮은 목소리로 말했다. "도형수의 경우 중죄 재판소로 넘겨질 것이고, 뤼시앵은 그 사람의 범죄를 고의로 이용한 혐의로 중죄 재판소 법정에서 그 사람 곁에 서거나, 그렇지 않으면 심각하게 연루된 증인으로 법정에 소환될 겁니다……."

"아! 그건, 절대 안 돼요……!" 그녀가 믿을 수 없을 만큼 단호한 목소리로 언성을 높였다. "나는, 세상 사람 모두가 나와 가장 절친한 친구라고 여기는 사람이 법정에서 도형수와 한 패라고 선고 받는 꼴을 보느니 주저 없이 죽음을 택하겠어요……. 국왕께서 내 남편을 무척 아끼십니다."

"부인," 검사장이 미소 지으며 큰 소리로 대꾸했다. "국왕께서는 당신이 다스리는 왕국에서 가장 지위가 낮은 예심판사에게도, 그리고 중죄 재판소의 심리에 대해서도 조금도 영향력을 행사할 수 없습니다. 그 점이 바로 우리 새 제도의 위대함입니다. 나 자신도 조금 전 카뮈조 씨의 능숙함을 치하했습니다……."

"미숙함이겠지요." 뤼시앵과 웬 강도와의 연루쯤은 뤼시앵과 에스테르의 관계에 비하면 걱정거리에서 한참 뒤로 밀린다고 여기는 백작 부인이 활기를 띠고 대꾸했다.

"카뮈조 씨가 두 피의자를 신문하고 작성한 조서를 읽어보시면, 모든 것이 카뮈조 씨에게 달려 있다는 사실을 아시게 될 겁니다만……"

이 말을 마친 다음, 그 정도 말이 검사장이 자신의 직위에서 제시할 수 있는 유일한 의견이었는데, 그리고 여자다운, 이 표현이 거슬린다면 법률가답다고 할 만한 그런 미묘한 시선을 던진 다음, 그는 자기 집무실로 통하는 문 쪽을 향해 돌아섰다. 그렇게 가다가 문턱에 서서 뒤돌아보더니 덧붙였다. "실례하겠습니다, 부인! 보방에게 할 말이 조금 있어서요……"

사교계 언어에서 이런 표현이 백작 부인에게 전하는 뜻은 이렇다. "나는 당신과 카뮈조 사이에서 잠시 후 펼쳐질 일의 증인이 될 처지가 아닙니다."

49. 파리에서 여성들이 할 수 있는 모든 것

"그 신문조서라는 것이 무엇인가요?" 검사장이 나가자, 나라에서 가장 지위가 높은 인사의 부인과 단둘이 마주하게 돼 어쩔 줄 몰라 하는 카뮈조에게 레옹틴이 부드럽게 말을 붙였다.

"부인," 카뮈조가 대답했다. "서기가 판사의 질문과 피의자들의 답변을 문서로 다 기록합니다. 그렇게 작성된 조서는 서기와 판사와 피의자 들이 확인 서명합니다. 조서는 소송절차의 기초 요소입니다. 조서를 바탕으로 피의자를 기소할 것인지, 피고인을 중죄 재판소로 회부할 것인지 결정합니다.”

“그렇군요!” 그녀가 대꾸했다. “만약 그 조서를 없앤다면
요……?”

“아! 부인, 그건 범죄입니다. 어떤 법관도 그런 범죄를 저지
를 수 없습니다. 사회적으로 엄청난 파장을 일으키는 범죄입
니다!”

“그런 조서를 작성한 것이 나에게 해악을 끼치는 훨씬 더
큰 범죄예요. 아무튼, 지금 그것이 뤼시앵에게 불리한 유일한
증거군요. 자, 그를 신문한 조서를 내게 읽어주세요, 우리 모
두를 구할 수 있는 어떤 방법이 우리에게 남아 있는지 알아보
게요. 하느님 맙소사, 이건 나에게만 중차대한 문제가 아니에
요. 이 일로 내가 싸늘한 주검이 된다고 해봐요. 이건 세리지
씨의 안위가 걸린 문제예요.”

“부인,” 카뮈조가 말했다. “제가 부인께 마땅히 가져야 할 존
경의 마음을 잊었다고 생각하지 마시길 바랍니다. 일례로 포
피노 판사가 이 사건을 맡았다고 한다면, 부인께서는 제가 예
심판사일 때와는 비교도 안 되게 훨씬 더 불행하셨을 겁니다.
왜냐하면 포피노 판사는 검사장과 상의하러 오지도 않았을
것이기 때문입니다. 아무것도 알 수 없어 깜깜했을 겁니다.[104]

---

104) 예심판사 포피노는 『인간극』에서 성실하고 곧은 인물의 전형이다. 강
직한 법관이고 빈자들의 친구인 그를 데스파르 후작 부인이 왜 그리 증오하
는지, 그 이유가 『금치산』(1836)에서 그려진다. 카뮈조는 경쟁자인 포피노
와 달리, 자신은 상류사회 귀부인의 뜻을 거스르지 않는 판사임을 알리고
자 한다.

자 보십시오, 부인, 우리는 뤼시앵 씨 거처에서 모든 걸 다 압수했습니다. 부인께서 보낸 편지들도요……."

"오! 내 편지!"

"여기 있습니다, 봉인된 채 그대롭니다……." 법관이 말했다.

당황한 백작 부인이 마치 자기 집인 것처럼 초인종을 눌렀고, 곧이어 검사장실의 사환이 들어왔다.

"불 좀요." 그녀가 말했다.

사환이 촛불을 하나 가져와 벽난로 위에 놓았다. 그 사이 백작 부인은 자기 편지들을 확인하고 일일이 센 다음 구겨서 하나하나 난로 속으로 던졌다. 곧이어 백작 부인은 심지처럼 배배 꼰 마지막 편지를 불쏘시개로 써서 던져진 종이 뭉치에 불을 붙였다. 카뮈조는 두 건의 조서를 손에 쥔 채 좀 멍한 표정으로 종이들이 불타는 광경을 바라보았다. 백작 부인은 오로지 자신의 애정 행각의 증거들을 없애는 데 몰두한 것처럼 보였지만, 곁눈질로 판사를 관찰하고 있었다. 그녀는 잠시 뜸을 들이다가 취해야 할 동작을 면밀하게 계산한 후, 고양이처럼 날렵하게 몸을 날려 두 건의 신문조서를 낚아채고는 불 속에 집어던졌다. 그러나 카뮈조가 황급히 조서를 불 속에서 꺼내 들었고, 백작 부인은 판사에게 달려들어 불붙은 종이를 다시 낚아챘다. 한바탕 몸싸움이 벌어졌고, 그 와중에 카뮈조가 외쳤다. "부인! 부인! 부인은 지금 범죄를 시도…… 부인……!"

그때 한 남자가 집무실 안으로 들이닥쳤다. 백작 부인은 그가 세리지 백작임을 알아보고 터져 나오는 비명을 억누를 수 없었다. 그랑빌 씨와 보방 씨가 백작 뒤를 따라 들어왔다. 그

런 상황이 벌어졌지만, 어떻게 해서든지 뤼시앵을 구하려는
일념에 사로잡힌 레옹틴은 불길로 그녀의 여린 피부에 뜸 자
국 같은 흔적이 생겼는데도 아랑곳하지 않고 관인이 찍힌 그
무시무시한 문서를 집게처럼 꽉 거머쥔 손을 절대 풀지 않았
다. 마침내 카뮈조가, 그의 손가락들도 역시 불에 그슬린 상태
였는데, 그런 상황이 수치스러웠는지 조서 회수를 포기했다.
조서는 각축전을 벌이던 두 사람의 손이 쥐고 있던 부분, 불길
이 사를 수 없었던 부분만 남기고 사라졌다. 이 장면은 그것
을 기록한 이야기를 읽는 데 걸리는 시간보다 길지도 않은 동
안에 벌어졌다.

50. 웃음바다

"당신과 세리지 부인 사이에 대체 무슨 문제가 있단 말이
오?" 국정자문위원장이 카뮈조에게 물었다.

판사가 대답하기도 전에 백작 부인은 촛불 쪽으로 가서 쥐
고 있던 문서에 불을 붙인 다음, 불길에 이미 전소된 자신의
편지가 남긴 잿더미 위로 던졌다.

"저로서는," 카뮈조가 말했다. "백작 부인을 고소할지도 모
르겠습니다."

"백작 부인이 무슨 일을 했는데요?" 검사장이 백작 부인과
판사를 번갈아 바라보며 물었다.

"내가 신문조서들을 불태워 버렸어요." 사교계를 풍미하는

여성이 자신이 벌인 무분별한 짓에 너무나도 흡족한 나머지 불에 덴 줄도 모르고 웃으며 대답했다. "그게 범죄라면, 좋아요! 이 양반이 개발새발 썼던 그 끔찍한 조서를 다시 작성하면 되겠군요."

"정말입니다." 카뮈조가 법관의 위엄을 되찾으려고 노력하며 대답했다.

"어허! 만사 좋은 게 좋은 거요." 검사장이 말했다. "그렇더라도 친애하는 백작 부인, 법관을 상대로 그런 자유분방한 행동을 자주 해서는 안 됩니다. 당신의 신분을 더 이상 고려하지 않을 수도 있습니다."

"카뮈조 판사가 그 무엇도 막을 수 없는 여성에게 용감하게 맞서 싸웠군요. 법복의 명예를 지켰어요!" 보방 백작이 웃으며 말했다.

"아! 카뮈조 판사가 맞서 싸웠다고……?" 검사장이 웃으며 말했다. "그 사람 참으로 강직하구먼. 나 같으면 백작 부인과 맞설 엄두도 내지 못했을 텐데!"

그 순간, 법원을 공격한 그 심각한 범행은 잘난 여자가 벌인 한 편의 소극(笑劇)으로 둔갑했다. 카뮈조도 거기에 편승해 웃었다.

그렇게 다들 웃는 가운데, 단 한 사람 웃지 않는 남자가 검사장의 눈에 들어왔다. 세리지 백작의 심각한 태도와 표정에 제대로 당황한 그랑빌 검사장은 백작을 구석으로 데려갔다.

"이보게 친구," 검사장이 백작의 귀에 대고 말했다. "자네가 괴로워하는 모습을 보고 난 내 인생 처음이자 마지막으로 내 직무상 의무를 어기고 타협하기로 결심했네."

검사장이 초인종을 울렸고, 이어 사환이 들어왔다.

"샤르즈뵈프 씨에게 가서 내가 할 얘기가 있으니 오시라고 전해 다오."

샤르즈뵈프는 젊은 변호사 시보였는데, 검사장의 비서를 담당하고 있었다.

"이보시오." 검사장이 카뮈조를 움푹 팬 창틀 쪽으로 데리고 가면서 말했다. "집무실로 돌아가시오. 가서 서기와 함께 카를로스 에레라 사제의 신문조서를 다시 작성하시오. 그 조서는 그가 서명하지 않았기 때문에 별문제 없이 다시 작성할 수 있을 것이오. 당신은 내일 라스티냐크 씨와 비앙숑 씨를 불러 그 에스파냐 외교관과 대질신문하기로 했지요. 그 두 사람은 당연히 그가 자크 콜랭이 아니라고 해야 하겠지요. 자신이 석방되는 걸 확인하면 그 사람은 신문조서에 서명할 거요. 뤼시앵 드 뤼방프레는 오늘부로, 밤에 석방하도록 하시오. 그는 조서가 멸실된 그 신문에 대해 향후 말을 퍼뜨리고 다닐 처지가 아니니까 말이오. 특히 내가 그를 훈방하면서 엄중히 경고하겠소. 내일 《판결 공보》를 통해 그 젊은이의 즉각적인 석방을 공고하도록 하시오. 자, 이제는 이 조처들로 법원이 곤경에 처하는 일이 있는지 봅시다. 그 에스파냐인이 도형수라면, 우리에겐 그자를 다시 잡아들이고 재판에 넘길 방법이 차고 넘치오. 우리는 외교 경로를 통해 에스파냐에서 그의 행적을 규명할 것이기 때문이오. 비밀경찰 대장인 코랑탱이 우리 대신 그자를 계속 밀착 감시할 것이니, 우리가 그자를 시야에서 놓치는 일은 없을 거요. 그러니 그자를 잘 대해 주시오. 그자를 더 이상 독방에 두지 말고 오늘 밤 피스톨로 옮기도록 하시오. 75만 프랑의 절도 범죄 때문에 세리지 백작과 백작 부인, 그리고 뤼시앵을 죽이다니 우리가 그럴 수 있소? 아직은 추정일 뿐인 범죄고, 더구나 뤼시앵에게 손해를 입히는 범죄인데. 뤼시앵의 평판을 실추시키는 편보다는 차라리 그 돈을 잃게 내버려두는 편이 낫지 않겠소……? 특히 그가 나락으로 떨어지면서 이 나라의 국정자문위원장 한 명과 그의 부인, 그리고 모프리뇌즈 공작 부인을 붙들고 함께 추락할 텐데……. 그 젊은이는 이를테면 흠집이 난 오렌지 한 알이오. 그걸 썩게 방치하지 마시오……. 이 사건은 반시간이면 충분히 종결되는 사건이오. 자, 가보시오. 우리는 여기서 당신을 기다리겠소. 지금이 3시 반이니 아직 일을 처리할 판사들이 자리에 있을 거요. 정식 면소 판결을 받아낼 수 있는지 나에게 보고하시오……. 아니면 뤼시앵은 내일 아침까지 기다려야 할 거요.”

카뮈조는 인사를 하고 나갔다. 그러나 세리지 부인은 뒤늦게 불에 데었음을 알고 몹시 고통스러워하는 바람에 그에게 답례 인사를 하지 못했다. 검사장이 예심판사와 이야기를 나누는 동안 집무실 밖으로 슬그머니 빠져나갔던 세리지 백작이 개봉하지 않은 새 밀랍 통을 들고 돌아와 아내의 양손에 밀랍을 발라주면서 귓속말로 말했다. “레옹틴, 왜 나한테 미리 알리지도 않고 여기를 왔소?”

“불쌍한 당신!” 그녀도 그의 귀에 대고 속삭였다. “절 용서해 주세요, 미쳤나 봐요. 하지만 나도 나지만 당신의 명예도 걸린 문제였어요.”

“운명이 그러라고 시킨다니 그 젊은이를 계속 사랑하구려. 하지만 당신의 정염을 그렇게 만인에게 전시하지는 마시오.” 불쌍한 남편이 대답했다.

“자, 친애하는 백작 부인.” 그랑빌 검사장이 옥타브 백작과 잠시 이야기를 나눈 다음 말했다. “오늘 밤 부인께서 뤼방프레 씨를 댁으로 데려가 함께 식사할 수 있게 되길 바랍니다.”

거의 확약이나 다름없는 이 말에 세리지 부인은 너무나 감격한 나머지 눈물을 흘렸다.

“다시는 눈물 흘릴 일이 없을 줄 알았는데,” 그녀가 미소 지으며 말했다. “검사장님께서 뤼방프레 씨를 여기서 대기하도록 해주실 수 없나요……?”

“그 사람을 우리에게 데리고 올 집행관들이 있는지 찾아보겠습니다. 헌병들 손에 끌려오는 모습은 피해야 하니까요.” 그랑빌 검사장이 대답했다.

“검사장님은 하느님처럼 자비로우세요!” 그녀가 감격에 겨워 천상의 음악처럼 울리는 목소리로 검사장에게 대답했다.

‘한결같이 저런 여자들이 있지,’ 옥타브 백작이 속으로 중얼거렸다. ‘매혹적이고 도저히 뿌리칠 수 없어……!’ 이어 그는 자기 아내를 떠올리며 갑자기 엄습한 우울감에 빠졌다.(‘사생활 장면’의 『오노린』을 볼 것.105))

---

105) 『오노린』에서 옥타브 드 보방 백작의 아내 오노린은 세리지 백작 부인처럼 다른 남자를 사랑하지만, 매혹적인 세리지 부인과는 달리 남편을 혐오하며 일체의 육체관계를 거부한다. 옥타브 백작은 세리지 백작 못지않게 그

집무실을 나서다가 그랑빌 검사장은 젊은 변호사 시보 샤르즈뵈프와 마주쳤고, 그에게 《판결 공보》편집인 중 한 명인 마솔에게 부탁해야 할 사항을 지시하기 위해 잠시 걸음을 멈추고 이야기를 나누었다.

51. 나뉘었던 댄디와 시인이 서로 합쳐지다

매혹적인 여인들과 장관들과 법관들이 결탁해서 뤼시앵을 구하는 작업을 벌이는 동안, 콩시에르주리에 갇힌 뤼시앵의 상태는 정작 이랬다. 콩시에르주리 접수창구를 지나며 시인은 서기과에 카뮈조 판사가 자기에게 편지 쓰는 것을 허락했다고 말해 놓았더랬다. 감방에 돌아온 그는 펜과 잉크와 종이를 요구했고, 카뮈조의 집행관이 소장에게 귓속말로 전한 전언에 따라 간수는 즉시 뤼시앵이 요구하는 것을 지급하라는 지시를 받았다. 간수가 뤼시앵이 기다리고 있는 것을 구해 와 뤼시앵의 감방에 지급하는 동안, 자크 콜랭과 대면해야 한다는 생각만 해도 치가 떨려 견딜 수 없었던 그 불쌍한 젊은이는 자살에 관한 생각, 결행까지 이어지지는 않았어도 이미 한번 굴복한 적 있던 그 생각이 강박적으로 집요하게 고개를 쳐드는 치명적 상념 속으로 빠져들었다. 몇몇 저명한 정신병 전문의들

런 아내에게 헌신적으로 대하며 마음이 돌아오기를 바라지만, 끝내 오노린은 떠난 애인을 그리며 시름시름 앓다 죽음을 맞이한다.

에 따르면,[106] 자살은 어떤 체질들의 경우 정신이상 끝에 나타나는 결과라고 한다. 그런데 뤼시앵은 체포되고 난 이후부터 체포되었다는 사실 자체에서 벗어나지 못하고 강박관념에 사로잡혔다. 여러 번 읽고 또 읽은 에스테르의 편지가 죽음으로 줄리엣을 따라가려 한 로미오의 결말을 기억 속에 떠올리게 하면서 죽어야겠다는 열망의 강도를 끌어올렸다. 그리하여 그가 쓴 것은 다음과 같았다.

***

이것은 나의 유서다

콩시에르주리, 1830년 5월 15일 자로 작성

아래 서명한 본인은, 나의 누이이자 전(前) 앙굴렘 인쇄인 다비드 세샤르의 아내인 에브 샤르동과 위 다비드 세샤르 사이에서 태어난 자식들에게, 나의 사망일에 내 소유로 남은 동산과 부동산 중, 내가 나의 유언집행인에게 집행을 부탁한 채무 상환분과 유증(遺贈)분을 제하고 남은 재산 전부를 물려주기로 한다.

나는 세리지 씨께서 나의 유언집행인이라는 짐을 맡아주시길 간곡히 청한다.

채무 상환분은 다음과 같다.

1. 카를로스 에레라 신부에게 지급할 총액 30만 프랑.

---

106) '정신병 전문의'의 강조는 당시 정신의학이 신생 의료분야였기 때문이다. 프랑스에서는 의사 필리프 피넬(1745~1826)을 근대 정신의학의 창시자로 꼽는다.

2. 뉘싱겐 남작에게 지급할 총액 140만 프랑. 이 액수는 마드무아젤 에스테르의 집에서 없어진 금액을 되찾게 되면 75만 프랑으로 감액될 것이다.

본인은 마드무아젤 에스테르 곱세크의 상속자 자격으로서 총액 76만 프랑을, 악습과 퇴폐에 물든 자신들의 직업을 청산하고자 하는 매춘부 여성들을 위한 전문 보호시설을 설립할 목적으로 파리 시료원(施療院)에 기부한다.

이 외에도, 본인은 시료원에 매년 3만 프랑의 수익이 나는 연리 5퍼센트짜리 국채 매입에 필요한 금액을 기부한다.[107] 국채에서 나오는 연 수익은 채무액이 최대 2000프랑 이하인, 빚을 갚지 못해 감옥에 갇힌 죄수들의 석방을 위해 반년마다 사용하도록 한다. 시료원의 관리들은 빚을 갚지 못해 갇힌 사람 중 정직한 사람을 선별하도록 한다.

본인은 세리지 씨께 총액 4만 프랑을 마드무아젤 에스테르를 위해 동부 묘지에[108] 묘역을 마련하고 묘석을 세우는 데 써주시기를 부탁드리며, 본인도 그녀 곁에 묻히길 원한다. 우리의 무덤은 옛날 무덤 양식이 좋겠다. 장방형 묘로 하고, 흰 대리석으로 우리 둘의 모습을 머리는 돌베개에 괴고 두 손은 하늘로 합장한 자세로 조각하여 묘석 덮개 위에 뉘어주길 바란다. 우리의 무덤에는 어떤 묘비명도 새기지 않기를 바란다.

---

107) 다시 말해, 연 수익 3만 프랑의 20배에 해당하는 60만 프랑의 국채 매입을 의미한다.

108) 파리 동쪽에 있는, 일반적으로 '페르라셰즈'라고 불리는 공동묘지는 1804년 조성될 때 행정상 공식 명칭이 '동부 묘지'였다.

본인은 세리지 씨께 본인의 집에 있는 금제 화장 도구를 나의 정표(情表)로서 외젠 드 라스티냐크 씨에게 전해 주길 청한다.

마지막으로, 이 유서 작성자로서 본인은 본인의 유언집행인에게 본인의 장서를 증여하고자 하니 받아주시기를 청한다.

뤼시앵 샤르동 드 뤼방프레

이 유서는 파리 법원 검사장인 그랑빌 백작에게 보내는 편지 속에 동봉되었는데, 그랑빌 백작에게 보내는 편지는 다음과 같았다.

백작님께,

백작님께 저의 유서를 맡깁니다. 백작님께서 이 편지를 펼쳐 보실 때면 전 이 세상에 없을 겁니다. 자유를 되찾겠다는 일념에 사로잡힌 나머지 저는 카뮈조 판사의 유도신문에 넘어가 비굴하고 어처구니없는 답변을 한 탓에 결백함에도 치욕적인 소송에 휘말리게 되었습니다. 설사 아무런 처벌을 받지 않고 무죄 방면된다 하더라도 얄팍한 염량세태로 인해 앞으로 제가 정상적 삶을 영위하기란 불가능할 것입니다.

바라옵건대, 여기 동봉한 편지를 열어보지 마시고 카를로스 에레라 신부에게 전달해 주시고, 카뮈조 판사에겐 제가 서식에 맞춰 작성한 진술 철회서를 첨부했으니 저 대신 제출해 주시면 고맙겠습니다.

저는 백작님이 수신인인, 봉인된 소포를 감히 누군가 손대리

라고는 생각하지 않습니다. 이러한 믿음을 바탕으로 저는 백작
님께 마지막으로 저의 존경의 마음을 보내며, 그리고 이제 세
상을 하직할 백작님의 종복에게 백작님께서 그동안 아낌없이
베풀어주셨던 모든 호의에 심심한 감사와 함께, 영원한 작별 인
사를 드립니다.

뤼시앵 드 R.

카를로스 에레라 신부님께

신부님, 그동안 전 신부님께 은혜를 입기만 했는데, 그런 제
가 신부님을 배반했습니다. 이 본의 아닌 배은망덕을 스스로
용납할 수 없어 저는 죽음을 선택합니다. 신부님이 이 글을 읽
을 때쯤이면, 전 이 세상 사람이 아닐 겁니다. 신부님은 더 이상
절 구하실 수 없을 것입니다.

신부님은 그동안 제게 이익만 된다고 생각되면, 땅바닥에 담
배꽁초를 버리듯 그렇게 제가 신부님을 저버려도 그게 저의 권
리라는 인식을 저에게 무한정 심어주었습니다. 그런데 전 그런
신부님을 어리석게 이용하고 말았습니다. 곤경에서 벗어난답시
고 예심판사의 교묘한 질문에 넘어가, 신부님의 영적인 아들은,
신부님이 일찍이 양자로 삼은 그 아들은 신부님과 그 프랑스인
흉악범이 동일인일 수 없다는 것을 뻔히 알면서도 동일인이라고
생각할 수 있는 진술을 함으로써 당신을 어떻게 해서든지 죽이
려고 하는 자들 편에 서고 말았습니다. 모든 걸 다 불었습니다.

당신 같은 권능을 가진 사람과 저 사이에, 당신은 저를 제가
가진 가능성보다 더 훌륭한 인물로 만들고자 하신 분인데, 마

지막 영원한 작별의 순간, 하찮은 말이나 오가서는 안 될 것입니다. 당신은 저를 강하고 위대한 인물로 만들고자 하였으나, 결과적으로는 저를 자살의 구렁텅이로 밀어 넣었습니다. 그게 다입니다. 제 머리 위로 자살의 환영이 커다란 날갯짓을 펄럭이는 소리가 어렴풋이 들려온 지는 오래되었습니다.

당신이 가끔 말했듯이, 세상엔 카인의 후예와 아벨의 후예가 있습니다. 카인은 인류의 장대한 드라마에서 반대편에 선 자입니다. 당신은 그 계보를 타고 내려온 아담의 자손입니다. 악마가 계속 풀무질로 불을 피워왔던 계보, 그 최초의 불똥이 이브에게 떨어졌더랬지요. 그 혈통 속 악마의 화신 중에서 어마어마한 덩치를 자랑하는 끔찍한 자들이, 인간의 모든 능력을 한 몸에 집약해서 지닌 자들이, 뜨거운 열기를 뿜어대며 자신이 머무는 광대한 영역을 자양분 삼아 모조리 초토화하는 사막의 동물을 연상시키는 그런 자들이 간혹 등장합니다. 노르망디 한복판에 사자 떼가 출몰한다면 얼마나 위험하겠습니까. 그들은 그 사자들처럼 사회에 위험한 존재입니다. 그들에겐 방목장의 먹잇감이 필요합니다. 그들은 평범한 사람들을 먹어치우고, 얼간이들의 돈을 뜯습니다. 그들의 장난은 너무나도 위험해서 자신들이 한때 동무나 우상으로 삼았던 평범한 개를 끝내는 죽여버리고 맙니다. 하느님의 뜻에 따라 그 불가사의한 자들은 모세가 되고, 아틸라가 되고, 샤를마뉴가 되고, 무함마드가 되고, 혹은 나폴레옹이 됩니다. 그러나 하느님이 당신의 그 거대한 도구들을 그냥 한 세대 동안 깊은 바다 밑에 가라앉혀 녹슨 채 방치하면, 그들은 푸가초프, 로베스피에르, 루벨, 그리고 당신 카를로스 에레라 사제 수준에 머무는 것입니다.[109] 연약한 영혼들을 지배하는 엄청난 힘을 부여받은 그들은 그 힘없는 영혼들을 유인해 이용하고 폐기 처분해 버립니다. 그런 일은 그들 분야에서는 훌륭하고 아름다운 행위겠지요. 하지만 그건 숲속에서 아이들을 현혹하는 현란한 색깔을 지닌 독초입니다. 그건 '악의 시'라고요.[110] 당신 같은 사람들은 당신들만의 소굴에서 살아야지 거기서 나와서는 안 돼. 당신은 나를 유인해 그 터무니없이 거창한 삶을 살도록 만들었어, 그리고 난 내 목숨으로 그 대가를 제대로 치른 거고. 그래서 난 내 머리통을 당신의 정략이 만든 고르디우스의 매듭에서 빼내 내 넥타이로 만든 매듭 속에 집어넣게 된 거지.[111]

　내 잘못을 바로잡기 위해 검사장에게 진술 철회서를 제출했어요. 그 철회서를 적절히 활용하도록 하십시오.

　내가 정식으로 작성한 유언장의 바람대로, 신부님은, 원래 신부님 교단 소유였던 돈을, 신부님께서 나에 대해 지닌 아버

---

109) 아틸라는 5세기에 대제국을 건설한 훈족의 마지막 왕으로, 그 호전성으로 인해 대부분의 유럽 왕국을 공포에 빠뜨렸다. 예멜리얀 푸가초프는 예카테리나 2세 치하 제정 러시아의 장교로, 대규모 봉기를 일으켰다가 1775년 처형되었다. 마구(馬具) 제조공 출신인 루벨은 열렬한 나폴레옹 추종자로서, 1820년 왕위 계승 서열 3위인 베리 공작을 암살하고 처형되었다.
110) 이 대목은 그대로 『악의 꽃』의 시인 보들레르의 예고이며, 보들레르가 왜 발자크에게 그토록 열광했는지를 알게 해준다.
111) 고대 프리기아의 왕 고르디우스는 매우 복잡한 매듭을 짓고는 이것을 푸는 자가 소아시아의 왕이 될 것이라고 예언했는데, 알렉산드로스 대왕이 이 매듭을 단칼에 잘라버렸다는 전설이 있다.

지로서의 애정이 워낙 큰지라 나를 위해 앞뒤 안 가리고 마구 사용한 금액 그대로 돌려받을 수 있을 겁니다.

이제 정말 아듀, 아듀, 악과 타락의 거대한 화신이여, 아듀, 올바른 길로 들어섰다면 히메네스보다도,[112] 리슐리외보다도 더 훌륭했을 당신, 당신은 약속을 지켰습니다. 나는 홀린 듯 꿈을 쫓다가 이제 다시 옛날 샤랑트 강가에서 서성이던 나로 되돌아왔습니다. 하지만 내 젊음이 범한 소소한 과실을 안고 몸을 던질 곳은 더 이상 내 고향의 강이 아닙니다. 그곳은 센강입니다. 그리고 내 마지막 은거지는 콩시에르주리 안 조그만 방입니다.

날 애석해하지 마세요. 당신을 경멸하는 나의 마음은 존경하는 마음만큼 크니까요.[113]

뤼시앵

성명서

아래 서명한 본인은 오늘 카뮈조 판사가 본인을 상대로 진행한 신문에 담긴 본인의 진술을 모두 완전히 철회함을 공표한다.

카를로스 에레라 신부는 평소 자신을 본인의 영적 아버지라

---

112) 프란체스코 히메네스 데 시스네로스(1436~1517)는 에스파냐의 저명한 추기경으로, 이사벨 여왕의 고해신부였고, 1507년 여왕이 사망했을 때 최고 종교재판관을 맡았다.

113) 뤼시앵이 카를로스 에레라 신부에게 보내는 이 편지는 극존칭으로 시작했다가 후반부에서는 평어체로 돌변해 흥분한 감정을 드러내기도 하고, 신부와 신도라는 둘의 공식적 관계를 망각한 채 다른 성격의 관계임을 의심하게 할 만한 표현인 '아듀'를 여러 차례 되풀이하는 등 극심한 감정 기복을 보인다.

고 일컬었는데, 본인은 판사가 아마도 잘못 알고 다른 의미로 거론한 그 표현에 넘어가 사실과 다른 대답을 하고 말았다.

본인은 모종의 정치적 목적에서, 그리고 에스파냐와 튈르리 두 내각과 관련된 기밀 사항들을 완전히 제거하기 위해, 비밀 외교 요원들이 카를로스 에레라 신부를 자크 콜랭이라는 도형수로 만들려고 한다는 사실을 알고 있다. 그러나 그 점에 관해서 카를로스 에레라 신부는 자신이 그 자크 콜랭이라는 위인의 사망이나 생존의 증거물들을 확보하기 위해 노력한다는 말 이외에는 어떠한 다른 속내 이야기도 내게 털어놓은 적이 없다.

콩시에르주리, 1830년 5월 15일 자로 작성.

뤼시앵 드 뤼방프레

52. 감옥에서 자살이 어려운 까닭

열병에 휩쓸리듯 자살을 결심하자 뤼시앵의 생각이 한없이 명료해졌고, 더불어 집필욕에 사로잡힌 작가라면 다 경험하는 것처럼 손이 저절로 활발하게 움직였다. 뤼시앵의 손 움직임이 바로 그러했으니, 이 네 통의 문서를 작성하는 데 30분밖에 걸리지 않았다. 그는 그것들을 하나의 봉투에 담고 면병(麵餠)을 불려 만든 풀로 붙인 다음, 손가락에 끼고 있던 자신의 문장(紋章)이 새겨진 인장반지를 흥분된 상태에서 비롯된 강한 힘으로 꾹 눌러 찍었다. 그는 봉투를 눈에 바로 뜨이도록 바닥 한가운데 타일 위에 놓았다. 장담하건대, 엄청난 치욕감에 휩싸여 왜곡된 상황 속에서 허우적거리는 뤼시앵이 그 이상의 품위를 지키기란 지난한 일이었다. 그는 극심한 모욕감에서 자신의 기억을 끄집어내고, 공범에게 행한 잘못을 바로잡고자 안간힘을 다했다. 안 그랬다면 댄디의 속성이 시인의 긍지에서 비롯된 결과물들을 일거에 무효로 만들 수도 있었다.

만약 뤼시앵이 접견이 완전히 차단된 스크레라고 하는 독방에 계속 갇혀 있었더라면 자신의 계획을 결행하는 것이 불가능한 상황에 직면했을 것이다. 각석으로 벽을 쌓아 만든 그 상자 같은 감방 안에 집기라고는 야전침대 비슷한 간단한 침대 하나와 용변을 처리하는 통 하나밖에 없기 때문이다. 거기에는 못 하나, 의자 하나, 심지어는 작은 기도대 하나 없다. 침대는 너무나도 단단하게 고정되어 있어서 특별한 작업을 하지 않으면 옮기는 것이 불가능하며, 그렇게 작업을 했다가는 감시 구멍이 항상 열려 있어서 간수에 의해 금방 적발되고 만다. 나아가, 감금된 피의자가 공포감에 떠는 모습을 보이면 헌병이나 간수가 한 명 붙어 밀착 감시를 하게 된다. 그러나 피스톨이라고 하는 감방에는, 그러니까 판사가 파리 상류사회의 일원인 젊은이에게 보여주고자 한 호의적 조치에 따라 뤼시앵이 이감된 감방에는 이동식 침대와 탁자와 의자가 있어서 자살의 실행을 가능케 했는데, 물론 그렇다고 해서 자살이 쉬워지는 것은 아니다. 뤼시앵은 파란색의 긴 실크 넥타이를 매고 있었다. 그는 신문을 마치고 돌아오는 길에서부터 예전에 피슈그뤼가 자살할 때 썼다는 방식을 염두에 두고 있었다. 피슈그리의 죽음이 자살인지 아닌지는 불분명하지만 말이다.[114] 그러나 목을 매고 자살하기 위해서는 줄을 고정할 지점이 있어야 하고, 두 발이 어떤 지지물과도 닿지 않도록 몸과 바닥 사이에 상당한 공간이 확보되어야 한다. 그런데 감옥 운동장으로 난 감방 창문에는 문고리가 하나도 없는 데다, 바깥쪽을 차단한 쇠막대들도 벽체가 워낙 두꺼워서 뤼시앵의 손이 닿을 수 없는 거리라, 줄을 고정할 지점을 찾을 수 없었다.

자살을 완수하기 위해 뤼시앵이 번득이는 창의력을 발휘해 순식간에 떠올린 계획은 다음과 같다. 창문 구멍을 막은 빗살창은 운동장을 바라볼 수 없게 뤼시앵의 시야를 가렸지만, 동시에 간수가 감방 안에서 무슨 일이 일어나는지 감시할 수 없도록 차단하는 역할도 했다. 그런데 창문 아래쪽은 유리 대신 단단한 판자 두 장으로 가린 반면, 위쪽은 가로대에 의해 두 부분으로 나뉘었고 그 가로대가 창문틀 역할을 해서 각 부분에 작은 유리창이 끼워져 있었다. 탁자를 밟고 올라가면 유리가 끼워진 위쪽 부분에 닿을 수 있고, 두 장의 유리를 들어내거나 깨면 줄을 고정할 만한 단단한 부분을 가로대 끝부분에서 찾을 수 있을 터였다. 그는 거기에 넥타이를 걸어 단단히 묶고 자기 목에 한 바퀴 감아 꽉 조인 다음, 탁자를 발로 차서

114) 샤를 피슈그뤼(1761~1804)는 대혁명 당시 공화국 군대 장군이었으나 왕당파와 내통해 활동하다 적발되어 남미 기아나 제도로 유배되었다. 이후 탈출해 프랑스로 돌아와 나폴레옹 제거 음모에 가담했으나 미수에 그치고 투옥되었다가 감방 안에서 자기 넥타이로 목이 졸려 죽은 채 발견되었다. 공식적으로는 자살로 발표되었으나, 당시에는 물론 후대에도 나폴레옹의 지령에 따라 살해되었다고 믿는 사람이 많다.

멀찌감치 밀어버릴 심산이었다.

그렇게 결심하고 그는 탁자를 소리 없이 창가로 옮겼고, 이어 코트와 조끼를 벗었다. 그런 다음 위쪽 가로대 위아래의 유리창에 구멍을 내기 위해 한 치의 망설임도 없이 탁자 위로 올라갔다. 탁자 위에 올라서자 운동장으로 눈길이 향했는데, 처음 접하는 광경이 얼핏 눈에 들어왔다. 콩시에르주리 소장은 카뮈조 판사에게 뤼시앵을 최대한 조심해서 다루라는 지시를 받고, 앞에서 언급했다시피, 입구가 아르장 망루와 마주한 어두컴컴한 지하에 있는 콩시에르주리의 내부 통로로 뤼시앵을 이동시켰는데, 그것은 운동장에서 산책하는 피의자들 무리에게 세련된 젊은이를 노출하지 않기 위함이었다. 그 산책장을 보고 시인의 영혼이 얼마나 강한 인상을 받았는지는 곧 밝혀질 것이다.

53. 환영(幻影)

콩시에르주리 운동장은 아르장 망루와 봉베크 망루를 가운데에 두고 강변로와 접해 있다. 그러니까 두 망루 사이 간격이 외관상으로 가늠되는 운동장의 가로 폭과 정확하게 일치한다고 할 수 있다. 상점가에서 파기원과 봉베크 망루로 이어지는 회랑, 봉베크 망루에 성왕 루이의 집무실이 아직도 보존되어 있다고들 해서 흔히 생루이 회랑이라고 불리는 회랑이 운동장의 측면과 붙어 있으므로, 눈 밝은 사람들은 그 회랑의 길이를 보고 운동장의 세로 길이를 가늠할 수 있을 것이다. 스크레와 피스톨 감방은 그러니까 상점가 밑에 있다. 따라서 오늘날 스크레 감방이 있는 곳 아래 지하 독방에 갇혔었던 마리 앙투아네트 왕비는, 상점가를 떠받치는 두툼한 벽에 설치한, 오늘날은 폐쇄된 그 무시무시한 계단을 지나 지금의 파기원 대법정인 혁명재판소 재판정으로 끌려갔을 것이다. 부등변 다각형인 운동장의 한 측면 구조물에는, 그 구조물 2층이 생루이 회랑인데, 고딕 양식의 기둥들이 일렬로 늘어서 있고, 그 기둥들 사이로 어느 시대에 그랬는지 몰라도 건축가들이 가능한 한 많은 피의자를 수용하기 위해서 2층짜리 독방 감옥을 만들어 욱여넣는 바람에, 웅장한 회랑의 기둥머리와 첨두아치와 주신(柱身) 들이 회반죽과 철망과 각종 고정 장치로 뒤범벅되어 있었다. 봉베크 망루 안에 있는 성왕 루이의 집무실이라는 공간 밑에 그 독방 감옥으로 내려가는 나선형 계단이 놓여 있다. 프랑스의 가장 위대한 유산을 이렇게 능욕한 결과 끔찍한 몰골로 전락한 것이다.

뤼시앵이 올라선 높이에서는 그 생루이 회랑, 그리고 아르장 망루와 봉베크 망루를 연결하는 구조물의 세세한 모습들이 시야에 비스듬히 들어왔다. 그는 두 망루의 뾰족한 지붕 꼭대기를 바라보았다. 그는 엄청나게 놀라서 입이 벌어졌다. 그의 자살은 창밖 풍경을 경탄하느라 잠시 늦춰졌다. 오늘날 의학도 환각 현상들을 널리 인정하는바, 우리의 감각이 빚어내는 그 환상과 우리의 정신이 지닌 그 낯선 능력은 더 이상 논란과 의심의 대상이 아니다. 감정이 격화되어 편집증 수준에 도달할 경우, 그 압박을 받는 사람은 종종 아편이나 마리화나, 아산화질소에 중독된 것과 같은 상태가 된다. 그러면 유령이나 환영이 나타나고, 꿈이 눈앞에서 펼쳐지며, 파괴된 것들이 원래의 모습으로 되살아난다. 두뇌 속에서 하나의 관념에 불과했던 것이 펄떡거리는 생물이 되거나 생명을 가진 창작물이 된다. 오늘날 과학은 극도에 다다른 열정의 작용으로 두뇌에 피가 몰린다는 사실을, 그 울혈이 각성 상태에서 꿈의 경이로운 활성화 현상을 낳는다는 사실을 인정하기에 이르렀다. 그런 현상에 공포감을 느낄 정도로, 사람들은 생각을 하나의 활기찬 생식능력으로 간주하기를 꺼리지만 말이다.(《철학 연구》 중 『루이 랑베르』를 볼 것.[115]) 뤼시앵의 눈앞에 망가지기 이전 애초의 아름다움을 고스란히 간직한 궁정이 펼쳐졌다. 늘어선 기둥들은 옛 모습 그대로 날렵했고 싱그러웠다. 성왕 루

---

115) 발자크가 《철학 연구》에서 밝히려는 핵심 논지는 '시공을 초월하는 생각-의지의 힘', 혹은 다르게 변주하면 '생각하는 사람을 죽이는 생각'이다. 『루이 랑베르』(1832)에서 육체와 영혼, 물질과 정신은 사실 동일한 것이 드러내는 두 양상일 뿐이라고 설파하는 의지의 철학자 랑베르는 "공간은 존재하지만, 어떤 능력은 그 공간을 훌쩍 뛰어넘는 힘을 보여준다. 그 뛰어넘음은 워낙 순식간에 이루어져서 공간이 사라진 것과 같다. 당신의 침대에서 세상 끝까지의 거리는 고작 두 걸음밖에 안 된다. 그 능력은 바로 의지-믿음."이라는 잠언을 남긴다. 그러나 생각의 힘은 생각하는 사람을 죽일 정도로 강하다. 『루이 랑베르』는 그 생각 때문에 '침대-무덤'에 갇힌 의지의 철학자에 관한 이야기이기도 하다. 『루이 랑베르』를 비롯한 《철학 연구》의 소설들은 시공을 초월하는 의지의 발현자이지만 시공에 갇힌 존재일 수밖에 없는 인간이 역설적으로 의지의 힘 앞에서 느끼는 존재의 절멸에 대한 두려움을 다양한 측면에서 고찰한다.

이의 거처가 원래의 모습으로 돌아가 펼쳐졌으며, 뤼시앵은 바빌로니아 시대풍의 웅장한 비율과 오리엔트풍의 몽환적 현란함을 넋을 잃고 바라보았다. 그는 그 광경을 문명의 창조 과정이 보내는 시적 고별사로 받아들였다. 죽기 위한 절차들을 밟아나가면서 그는 이 문명의 경이로움이 어떻게 파리에서 알려지지 않은 채 사장돼 있었는지 궁금했다. 두 명의 뤼시앵이 공존했다. 중세로 돌아가 성왕 루이 시대의 회랑과 망루 아래를 거니는 시인 뤼시앵, 그리고 자살을 준비하는 뤼시앵.

54. 사교계를 풍미하는 한 여성의 삶에 펼쳐진 한 편의 드라마

그랑빌 검사장이 젊은 비서에게 지시를 내리고 돌아섰을 때, 콩시에르주리 소장이 왔다. 그의 표정이 심상치 않아서 검사장은 뭔가 불길한 예감이 들었다.

"카뮈조 판사를 만나셨소?" 검사장이 소장에게 물었다.

"아닙니다, 검사장님." 소장이 대답했다. "판사의 서기 코카르가 와서 제게 카를로스 신부를 스크레에서 이감하고, 뤼방프레 씨를 석방하라는 말을 전했어요. 그렇지만 너무 늦었어요⋯⋯."

"맙소사! 무슨 일이 일어났는데?"

"이겁니다, 검사장님." 소장이 말했다. "검사장님이 수신자로 되어 있는 편지 꾸러미인데, 검사장님께 일어난 참사를 설명해 줄 겁니다. 운동장의 간수가 피스톨 쪽에서 유리창이 깨지는 소리를 들었고, 뤼시앵 씨의 옆방 수감자가 찢어져라 고함을 질렀습니다. 그 불쌍한 젊은이가 내는 단말마의 신음 소리를 들었던 것이지요. 간수가 눈앞에 펼쳐진 장면에 하얗게 질려 돌아왔습니다. 피의자가 자기 넥타이를 이용해 창문에 목을 맨 모습을 본 거지요……."

소장이 나지막한 목소리로 보고했지만, 세리지 부인이 내지른 끔찍한 비명은 극도로 긴장된 상황에서 인간의 감각기관은 헤아릴 수 없는 엄청난 능력을 발휘한다는 사실을 입증했다. 백작 부인은 그 소리를 들었거나 짐작했을 것이다. 아무튼 그녀는 그랑빌 검사장이 돌아서기도 전에, 세리지 백작과 보방 백작이 붙잡을 겨를도 없이, 쏜살같이 문을 빠져나가 순식간에 상점가에 다다랐고, 거기서 라바리유리가로 내려가는 계단 앞까지 달려갔다.

그 상점가에는 구두를 팔기도 하고 법복과 법관 모자를 대여하기도 하는 가게들이 아주 오래전부터 난립해 있었는데, 어떤 변호사가 그중 한 가게 문 앞에서 대여한 법복을 반환하고 있었다. 백작 부인은 그 변호사에게 콩시에르주리로 가는 길을 물었다.

"계단으로 내려가서 왼쪽으로 도십시오, 그러면 오를로즈 강변로가 나오고 거기서 입구가 보일 겁니다. 첫 번째 아치예요."

"저 여자 미쳤나 봐요……." 가게 여자가 말했다. "뒤따라가 봐야 할 것 같은데……."

설사 쫓아가려고 했어도 아무도 레옹틴을 쫓아갈 수 없었을 것이다. 그녀는 날아갔다. 의사가 보았더라면, 마땅히 힘을 쓸 곳이 없는 사교계 여자들이 위기 상황에 봉착해서 어떻게 그러한 능력을 끌어내는지 설명해 줄지도 모른다. 백작 부인은 콩시에르주리 입구 아치에서부터 철책 출입문으로 돌진했는데, 그 동작이 어찌나 재빨랐는지 보초를 서던 헌병은 그녀가 들어오는지도 몰랐다. 그녀는 성난 바람에 날려 온 깃털처럼 철책에 달라붙어 쇠 살대들을 붙잡고 흔들어댔는데, 어찌나 격렬했는지 붙잡고 있던 쇠 살대를 뽑아버릴 정도였다. 그녀는 달려들다 뽑힌 쇠 살대 양쪽 끝에 가슴이 찔렸고, 찔린 자리에서 피가 흘렀다. 그녀는 소리 지르며 쓰러졌다. "문 열어! 문 열어!" 간수들을 얼어붙게 만드는 목소리였다.

열쇠를 담당하는 간수가 달려왔다.

"문 열어! 나는 검사장이 보내서 왔다. 죽음을 막으라고 말이다……!"

백작 부인이 그렇게 라바리유리가와 오를로즈 강변로를 통해 콩시에르주리로 가는 동안, 그랑빌 검사장과 세리지 백작은 백작 부인의 의도를 알아채고 법원 청사 내부 통로를 통해 콩시에르주리로 내려왔다. 하지만 그렇게 서둘렀음에도 불구하고 그들은 그녀가 첫 번째 철책 앞에서 실신해 있다가 경비 초소에서 내려온 헌병들에 의해 일으켜 세워질 무렵에야 도착했다. 콩시에르주리 소장이 나타나자, 출입문이 열렸고, 백작 부인은 서기과로 옮겨졌다. 하지만 그녀는 두 발로 벌떡 일어서더니 다시 무릎을 꿇고 앉아 두 손을 모았다.

“그 사람을 봐야 해……! 그 사람을 봐야 해……! 오! 이 보세요들, 허튼짓하지 않을게요! 하지만 내가 죽는 꼴을 보고 싶지 않으면…… 뤼시앵을 만나게 해줘요, 죽었는지 살았는지……. 아! 당신이로군, 내 친구, 내가 죽는 꼴을 보든가, 아니면…….” 그녀는 풀썩 주저앉았다. “당신은 좋은 사람이잖아.” 그녀가 말을 이었다. “앞으론 당신을 사랑하겠어…….”

“부인을 데리고 나갈까?” 보방 백작이 말했다.

“아니, 뤼시앵이 있는 감방으로 가 보자고!” 그랑빌 검사장이 세리지 백작의 흔들리는 눈빛에 나타난 의도를 읽고는 말을 이었다. 그리고 그는 백작 부인을 붙잡아 일으켜 세우고 한쪽 팔을 껴서 부축했고, 보방 백작이 다른 쪽 팔을 맡았다.

“소장!” 세리지 백작이 소장에게 말했다. “이 모든 일에 대해서는 무덤까지 함구하시게.”

“염려 마십시오.” 소장이 대답했다. “잘 결정하셨습니다. 이 부인은…….”

“이 사람은 내 아내요…….”

“아! 죄송합니다, 백작님. 알겠습니다! 부인께서는 그 젊은이를 보자마자 분명히 혼절하실 겁니다. 혼절해 계시는 동안 부인을 마차로 옮길 수 있을 겁니다.”

“바로 내가 생각했던 바요.” 백작이 말했다. “부하를 한 명 보내 아를레 중정에 대기하고 있는 내 수하들에게 전하시오, 즉시 콩시에르주리 입구로 오라고요. 아를레 중정에는 내 마차밖에 없소…….”

“우린 그 사람을 구할 수 있어.” 백작 부인이 그녀의 충직한 세 보호자가 화들짝 놀랄 만큼 거침없고 기운찬 목소리로 연신 말했다. "다시 살릴 방법이 있어……." 그리고 그녀는 간수에게 소리치며 두 사법관을 끌어가다시피 재촉했다. "어서 가요, 더 빨리, 1초가 급해요, 세 사람의 목숨이 달렸어요!"

감방 문이 열리고 뤼시앵이 옷걸이에 걸린 옷처럼 매달려 있는 모습을 보자 백작 부인은 입 맞추고 껴안기 위해 다짜고짜 그를 향해 달려들었다. 그러나 그녀는 숨이 넘어가는 것처럼 비명을 삼키며 감방 타일 바닥에 얼굴을 박고 쓰러졌다. 5분 후 그녀는 백작의 마차에 옮겨져 집으로 향했는데, 쿠션에 축 늘어져 있는 그녀 앞에 백작이 무릎을 꿇은 채 내내 자리를 지켰다. 보방 백작은 백작 부인에게 응급처치를 하기 위해 의사를 부르러 갔다.

55. 모든 일은 어떻게 종결되는가

콩시에르주리 소장은 감옥 입구의 바깥쪽 철책을 유심히 살펴보고 나서 서기에게 말했다. "하나도 멀쩡한 게 없군! 쇠창살들은 단단하게 열처리되었고, 시험을 거쳤으며, 아주 비싸게 주고 구매한 것들인데……. 이 창살들에 무슨 하자가 있었나……?"

검사장은 집무실로 돌아와 비서에게 변경된 다른 지시를 내릴 수밖에 없었다. 다행히 마솔은 아직 오지 않은 상태였다.

세리지 백작의 집에 갈 생각에 마음이 조급했던 검사장이 서둘러 떠나고 난 뒤 얼마 안 있어, 마솔이 동료 샤르즈뵈프를 만나러 검사장실에 도착했다.

"이보시오," 젊은 비서가 그에게 말했다. "내 사정 좀 봐주시오, 내가 지금부터 불러주는 내용을 그대로 내일 자《판결 공보》법원 소식란에 실어주시오. 기사 제목은 당신이 정하시고. 받아 적으시지요." 젊은 비서는 다음과 같은 내용을 불러주었다.

마드무아젤 에스테르는 자살한 것으로 밝혀졌다.
뤼시앵 드 뤼방프레 씨의 알리바이가 확인되고 그의 무죄가 입증되어 예심판사가 석방 명령을 내리는 사이, 그 젊은이가 돌연 사망함으로써 그의 체포는 더욱 유감스러운 일이 되었다.

"이보시오, 내가 굳이 당부할 필요는 없겠지요." 젊은 변호사 시보가 마솔에게 말했다. "당신에게 시시콜콜한 정황을 물을 텐데, 극도로 보안을 유지해 주십사는 거요."

"당신이 친절하게도 우리 같은 존재를 이렇게 신뢰해 주시니, 실례를 무릅쓰고 한 가지 의견을 제시할까 합니다. 이 문안(文案)은 법원에 대해 이러쿵저러쿵 안 좋은 평가를 불러일으킬 것 같은데요……."

"법원은 그런 평가들쯤은 능히 이겨낼 수 있습니다." 그랑빌 검사장이 키우는 미래의 사법관이라는 자부심으로 똘똘 뭉친 검사국의 젊은 공보 담당관이 대꾸했다.

"감히 말씀드립니다만, 친애하는 공보관님, 몇 마디만 덧붙여도 불미스러운 구설을 피할 수 있을 텐데요."

그런 다음 변호사는 이렇게 적어 보였다.

법원 조직은 이 불행한 사건과 전혀 무관하다. 현장에서 바로 시행된 검시에 의하면, 그 죽음은 막다른 골목에 다다른 출세욕의 파탄 때문에 빚어졌다는 사실이 밝혀졌다. 만일 뤼시앵 드 뤼방프레 씨가 자신의 체포에 충격을 받았다면, 그의 죽음은 이보다 훨씬 전에 결행되었을 것이다. 그런데 확인한 바에 따르면, 그 불운한 젊은이는 자신의 체포에 낙담하기는커녕 퐁텐블로에서 파리까지 그를 압송하는 사람들에게 체포 사실을 비웃으며 법관 앞에 서는 즉시 자신의 무죄가 밝혀지리라 자신했다고 한다.

"이러면 모든 게 말끔해지지 않겠소?" 변호사이자 판결 공보 기자인 자가 말했다.

"당신 말이 맞습니다, 친애하는 변호사님."

"검사장님이 내일 당신을 치하할 것이오." 마솔이 교묘한 표정을 지으며 대꾸했다.

보시다시피, 이처럼 한 사람의 인생에서 가장 중요한 사건들이 얼마간의 사실을 곁들인 짤막한 기사로 요약돼 신문 1면을 통해 전해진다. 그보다 훨씬 더 막중한 수많은 일들도 그런 식으로 간단히 전달되고 만다.

이쯤에서 정리해 보건대, 엘리트 독자들은 물론이고 대부분의 독자에게도 이 연구가 에스테르와 뤼시앵의 죽음으로 완전히 종결된다고 받아들여지진 않을 것 같다. 어쩌면 자크 콜랭, 아지, 외롭, 파카르 등의 삶도, 그들이 비록 파렴치한 존재들이지만, 어떤 식으로 결말을 맞이했는지 알고 싶을 만큼 충분히 흥미로울 것이다. 게다가 앞으로 펼쳐질 마지막 무대 장면은 이 연구가 담은 풍속 묘사를 완결하는 한편, 뤼시앵의 삶을 중심으로 도형장의 비천한 몇몇 존재들과 지체 높은 몇몇 상류층 인사들이 얽히고설키면서 이상야릇하게 꼬여버린, 그동안 중단되었던 여러 흥미로운 이야기들의 결말도 제공할 것이다.

파리, 1846년 3월

4부

보트랭의 마지막 현현

1절
감옥 운동장에서 벌어진 불가사의한 일들

1. 법복과 드레스

"무슨 일인데 그래, 마들렌?" 카뮈조 부인이 자신의 하녀가 심각한 상황에 놓인 사람들이 짓는 그런 표정을 하고 방에 들어오는 것을 보고 물었다.

"마님," 마들렌이 대답했다. "주인 나리께서 조금 전 법원에서 퇴근하셨습니다. 그런데 표정이 너무 안 좋으세요. 계속 그런 표정으로 계셔서 마님께서 서재로 가보시는 게 나을 것 같아서요."

"무슨 말씀은 없으셨고?" 카뮈조 부인이 다시 물었다.

"없으셨어요, 마님. 하지만 저희는 나리께서 그런 표정을 짓고 계신 걸 한 번도 본 적이 없어서요. 무슨 병이 시작되는 건 아닌가 하는 생각도 들어요. 나리께서는 젊으시잖아요. 그런데 표정이 완전히 일그러지셨어요. 그리고……"

하녀가 말을 마치기를 기다리지도 않고 카뮈조 부인은 자기 방에서 뛰쳐나가 남편의 방으로 달려갔다.

그녀의 눈에 안락의자에 앉아 있는 예심판사가 들어왔다. 두 다리는 앞으로 쭉 뻗고, 머리는 등받이에 기댄 채 두 손을 축 늘어뜨린 상태였는데, 얼굴은 창백하고 두 눈의 동공이 풀린 것이 영락없이 금방이라도 기절할 것 같은 모습이었다.

"무슨 일인데 그래, 여보?" 젊은 부인이 겁에 질려 말했다.

"아! 불쌍한 나의 아멜리, 최악의 사태가 벌어졌어……. 그 일만 생각하면 아직도 몸이 덜덜 떨려. 상상해 봐, 검사장이…… 아니, 세리지 부인이…… 아, 어디서부터 시작해야 할지 모르겠네……."

"결론부터 얘기해 봐……!" 카뮈조 부인이 말했다.

"그러지! 뤼시앵 드 뤼방프레를 석방한다는 내 지휘서를 근거로 작성된 불기소처분 서류 말미에 필요한 마지막 서명을 포피노 판사가 이미 한 상태였어……. 마침내 모든 게 종결된 거지! 서기가 사건 장부를 가져왔어. 난 그 사건에서 바야흐로 막 벗어날 참이었지……. 그런데 법원장이 들어오더니 판결문을 살펴보는 거야. '당신, 죽은 자를 석방하려는군.' 그가 싸늘하게 비웃는 표정으로 내게 말하더라고. '그 젊은이는, 보날 씨의 표현을 따르자면, 자연의 심판관 앞으로 불려 갔소.[116]

---

116) 온건한 통합정책을 폈던 루이 18세와 달리 강경한 보수 정책을 선언한 샤를 10세 정권 초기인 1825년 2월 12일, 귀족원에서 신성모독죄에 대해 사형선고를 내릴 수 있는 법안을 두고 토론이 벌어졌을 때, 극우 왕당파를 대변하는 철학자이자 신학자인 루이 드 보날(1754~1840)은 "사회가 신성모

급작스러운 뇌졸중으로 그만 급사하고 말았으니……' 나는 무슨 사고가 일어났나 하고 심호흡을 했지. 그러고 있는데 포피노 판사가 끼어들었어. '법원장님, 제가 제대로 이해한 거라면 사인은 피슈그뤼의 뇌졸중이겠군요……' 법원장이 심각한 표정으로 말을 받았지. '이보시오들, 명심하시오. 세상 사람들에게는 그 젊은 뤼시앵 드 뤼방프레가 뇌동맥류가 터져 사망한 것으로 알려져야 하오.' 우리는 말없이 서로의 얼굴만 쳐다보았지. 법원장이 말했어. '거물급 인사들이 이 유감스러운 사건에 연루되어 있소. 카뮈조 판사, 당신은 당신의 의무를 다했을 뿐이지만, 세리지 부인이 그 일로 받은 충격 때문에 계속 혼절한 상태로 있는 것은 하느님의 뜻이 아니오! 부인이 초주검이 돼서 실려 갔다는 거요. 나는 조금 전 심각한 모습의 검사장을 보고 걱정이 되었소. 카뮈조 판사, 당신은 말을 잘못 몰아 주로를 이탈하고 말았소!' 법원장이 내게 귓속말로 이렇게 덧붙였단 말이야. 어쩌면 좋아, 여보. 난 어떻게 걸어서 나왔는지도 모르겠어. 두 다리가 하도 후들거려서 도저히 밖으로 나갈 엄두가 안 나는 거야. 그래서 좀 쉬려고 내 방으로 돌아갔지. 그 망할 놈의 신문과 관련된 서류를 정리하고 있던 코카르가 내게 얘기해 주기를, 어떤 아름다운 귀부인이 콩시에르주리를 급습했다는 거야. 열렬히 사랑했던 뤼시앵의 목숨을 구하려고 했다는 거지. 그 귀부인은 그가 피스톨의 창틀에 넥타

독 죄인을 사형시키는 것은 죄인을 자연의 심판관 앞으로 보내는 것에 불과하다."는 논리를 펴며 그 법안을 적극 옹호했다.

이를 걸고 목을 매 죽은 것을 발견하고 기절했다는 거야. 내가 그 하찮은 젊은이를 신문한 방식이, 그런데 우리끼리 얘기지만 그자가 유죄임은 빼도 박도 못하는 사실이잖아, 그자의 자살을 유발했을 수도 있겠다는 생각이 법원을 나선 이후 줄곧 나에게 따라붙었어. 그래서 나야말로 계속 정신을 못 차리겠어……."

"알았어! 지금부터는 당신이 살인자라는 생각을 하지 않을 거지? 그냥 피의자 하나가 당신이 그를 석방하려는 순간 자기 감방에서 목을 맨 거잖아……." 카뮈조 부인이 목소리를 높였다. "그 경우 예심판사의 입장은, 자기가 타고 있던 말이 죽어버린 장군의 입장인 거야……! 그게 다야."

"그 비유는, 여보, 기껏해야 기분을 전환하는 농담거리일 뿐이야. 지금은 농담할 때가 아니야. 이 경우를 두고 죽은 자가 산자를 포박했다고 하는 거야. 뤼시앵이 자기 관 속에 우리 희망도 함께 쓸어가 버린 거야."

"정말이야……?" 카뮈조 부인이 터무니없다는 표정을 지으며 비꼬듯 말했다.

"정말이야, 내 경력은 이제 끝났어. 나는 센 지방법원의 일개 판사로 평생 머물 거야. 그랑빌 검사장은 이 결정적 사건이 있기도 전에 이미 신문조서의 방향에 대해 매우 불만이었거든. 검사장이 우리 법원장에게 했다는 그 말은 그랑빌 씨가 검사장으로 있는 한 나는 결코 승진할 수 없다는 걸 확인해 주는 거야!"

승진! 이 말이야말로 오늘날 사법관을 일개 공무원으로 전락시키는 끔찍한 말이요 관념이다. 옛날에 사법관은 사법관이 되는 순간 그 자체로 존재 의의가 있었다. 서너 개 정도 되는 최고법원장 직위만으로 각 고등법원에 포진한 야심가들을 충분히 품을 수 있었다. 디종에서든 파리에서든, 드 브로스나 몰레 같은 위대한 인물도[117] 고등법원 판사 자리 하나면 족했다. 그 자리만 해도 이미 돈을 많이 받는 하나의 요직으로서, 격을 맞추기 위해서는 대단한 재산과 능력을 지닌 인물을 필요로 했다. 게다가 파리에서 법복 귀족들이 고등법원을 나와서 노릴 만한 고위직으로는 총괄징세관, 샹슬리에, 국새상서 이렇게 세 자리뿐이기도 했다.[118]

각 지역 고등법원 산하에 있는 하위직의 경우, 1심법원 재판관이면 평생을 그 자리에 있어도 만족스러워할 만큼 꽤 대단한 명사로 추앙받았다. 전 재산이라고 해봐야 받는 급료밖에 없는 1829년의 파리 국사원 판사 자리와 1729년의 고등법

---

117) 디종 출신의 샤를 드 브로스(1709~1777)는 부르고뉴 고등법원 법관으로서, 문인으로도 명성을 떨쳤다. 마티외 몰레(1584~1656)는 파리 고등법원장이자 국새상서를 역임한 정치인으로서, 루이필리프 정권에서 여러 번 장관을 지낸 유명 정치인 루이 마티외 몰레(1781~1855)의 조상이다.

118) 모두 구체제의 관직으로서 총괄징세관은 왕국의 세입과 세출을 총괄하는 자리다. 샹슬리에는 왕국의 최고위 사법관으로서 국새를 관리하고 왕을 대리하여 사법행정을 총괄하는 자리다. 대법관 혹은 대심판관이라고 옮길 수 있다. 종신직이기 때문에 왕은 샹슬리에를 해임할 수 없지만 샹슬리에의 권한을 제한하고자 할 때 국새상서를 따로 임명하기도 한다. 샹슬리에라는 직함은 1790년 혁명정부에 의해 폐지되고, 당시 신설된 법무부로 국새 관리와 사법행정 총괄 업무가 이관된다. 1814년 왕정이 복고되면서 루이 18세는 귀족원 의장에게 샹슬리에라는 이름을 부여하기도 한다.

원 판사 자리를 비교해 보시라. 차이가 엄청날 것이다!

오늘날 세태는 돈을 사회적 지위와 보상의 보편적 척도로 만들어놓고도 사법관들에 대해서는 이미 많은 재산을 소유한 자산가여야 한다는, 옛날에 적용되었던 자격 조건은 면제해 주었다. 따라서 오늘날은 사법관들이 국회의원이나 귀족원 의원이 되고, 여러 사법 관직을 겸임하고, 재판관이면서 동시에 입법자로 군림하면서, 자신들의 모든 영광을 일구어야 할 본연의 자리와는 관계없는 다른 자리에서 권세를 구걸하는 모습을 흔히 본다. 말하자면 사법관들은 군대나 행정 부처에서 승진에 집착하듯 어떻게 해서든지 두각을 나타내 승진하겠다는 일념에 사로잡혀 있다.

그러한 집착이 사법관의 독립성을 침해한다고 단정할 수는 없겠지만, 너무나도 널리 퍼져 있고, 너무나도 당연하게 여겨지며, 또 그 집착에서 비롯된 결과들을 사람들이 너무나도 많이 알기 때문에, 사법 관직은 이제 여론에서 원래의 존엄성을 잃고 말았다. 국가로부터 받는 급료는 사제와 사법관을 국가에 고용된 공무원으로 만들어버린다.[119] 올라가야 할 직급들이 야심을 키운다. 야심은 권력의 환심을 사려는 야합을 낳는다. 거기에다가 현대의 평등 관념은 재판받는 사람과 재판하

119) 대혁명 직후인 1789년 11월 교회 재산을 국유화하고 십일조를 폐지한 '국민제헌의회'는 이듬해 후속 조치로 '성직자 기본법(Constitution civile du clergé)을 제정하고 사제를 국가의 급료를 받는 신분으로 규정하여 통제한다. 일반 신도들과 로마 가톨릭교회의 거센 반발을 부른 이 법은 1801년 제1통령 나폴레옹에 의해 폐지된다.

는 사람을 사회적 법정에서 동일한 위치에 세운다. 그 결과, 모든 분야에서 진보를 이루었다고 자처하는 자랑스러운 이 19세기에 들어서 사회질서 전체를 지탱하는 두 개의 기둥인 종교와 사법이 속절없이 허물어져 가는 중인 것이다.

"그런데 당신이 왜 승진하지 못할 거라는 거야?" 아멜리 카뮈조가 말했다.

그녀는 자신이 도구처럼 가지고 노는 남자에게 계속 야심을 품도록 힘을 다시 북돋아 줄 필요성을 느끼며, 빈정거리는 투로 남편을 빤히 바라보았다.

"왜 낙담하는 거야?" 그녀가 피의자의 죽음 따위는 아랑곳하지 않는다는 태도를 역력히 내비치며 말을 이었다. "그 자살은 뤼시앵의 두 적수, 그러니까 데스파르 부인과 그녀의 사촌 샤틀레 백작 부인을 기쁘게 해줄 거야. 데스파르 부인은 법무부 장관과 아주 돈독한 사이야. 그러니 당신은 그녀를 통해서 장관님을 알현할 기회를 얻어낼 수 있어. 그 자리에서 당신은 이 사건의 숨겨진 비밀을 장관님께 털어놓는 거야. 그렇게 되면 법무부 장관이 당신 편인데, 법원장이든 검사장이든 당신의 상관 누구라도 당신이 두려워할 게 뭐가 있어……?"

"하지만 세리지 씨와 그 부인이 있잖아……!" 딱한 판사가 소리쳤다. "세리지 부인은 다시 말하거니와 광분한 상태야! 내 잘못으로 더 폭발했다고 사람들이 그러잖아!"

"어허! 그녀가 광분했다 해도 판사가 판결을 안 내렸는데 뭘." 카뮈조 부인이 웃음을 터뜨리며 목소리를 높였다. "그녀는 당신에게 해를 끼칠 방도가 없다고! 자, 낮에 있었던 일을 하나도 빼놓지 말고 내게 말해 봐."

"제기랄," 카뮈조가 대답했다. "내가 그 하찮은 젊은이의 자백을 받아냈는데, 그리고 자칭 에스파냐 신부라고 하는 자가 바로 자크 콜랭이라는 사실을 그가 막 진술했는데, 모프리뇌즈 공작 부인과 세리지 부인이 하인을 시켜서 내게 짤막한 전갈을 보냈어. 거기에서 두 부인은 내게 뤼시앵을 신문하지 말라고 부탁했어. 이미 모든 신문이 다 마무리되었는데……."

"어휴, 그래서 당신은 그 순간 정신이 나가버렸군! 왜냐하면 말이야, 당신 서기는 당신이 확실히 믿을 만한 사람이잖아, 그러니까 그때 뤼시앵을 다시 불러서 그를 안심시키고 당신 신문조서를 고칠 수 있었잖아!"

"아니, 당신은 세리지 부인과 똑같군. 당신은 지금 법원을 능멸하고 있는 거야!" 자신의 직업을 농락할 능력이 안 되는 카뮈조가 말했다. "세리지 부인은 내 조서를 탈취해서 불 속에 던졌다고!"

"천생 여자로군! 브라보!" 카뮈조 부인이 외쳤다.

"세리지 부인이 내게 이렇게 말했어, 모프리뇌즈 공작 부인과 자기가 특별히 애착해 마지않던 젊은이가 웬 도형수와 엮여 중죄 재판소 피고인석으로 끌려가는 꼴을 보느니 차라리 법원을 폭파해 버리겠노라고……!"

"그렇지만 카뮈조," 아멜리가 강자가 짓는 득의의 미소를 감추지 못한 채 말했다. "당신 입장이 더 우위잖아……."

"아! 그렇지, 우위지!"

"당신은 당신의 의무를 이행한 거고……."

"그러나 불행하게도, 그리고 그랑빌 검사장의 음험한 언질에도 불구하고……, 말라케 강변로에서 검사장과 우연히 마주쳤었거든…….."

"오늘 아침에?"

"그래, 오늘 아침!"

"몇 시에?"

"9시에."

"오! 카뮈조!" 아멜리가 카뮈조의 두 손을 붙잡고 비틀면서 말했다. "내가 당신한테 항상 입버릇처럼 말했잖아, 매사에 조심하라고……. 맙소사, 내가 지금 뭘 끌고 가는 거야, 사람을 끌고 가는 게 아니라 돌덩이를 가득 실은 수레를 끌고 가는 거잖아! 이것 봐, 카뮈조, 검사장은 당신이 지나가는 길목에서 당신을 기다리고 있었던 거라고, 당신에게 충고할 말이 있었으니까."

"하지만……."

"그런데 당신은 그의 말을 이해하지 못한 거야! 당신이 그렇게 귀가 꽉 막혔으니 평생 예심판사나 할 운명이라고, 무슨 말귀 하나 못 알아듣고 말이야. 정신 차리고 내 말 잘 들어!" 뭐라고 대꾸하려던 남편을 제지하며 그녀가 말했다. "당신 생각엔 일이 다 끝장난 것 같지?"

카뮈조는 농부들이 시골 장터의 떠버리 약장수 앞에서 짓는 그런 표정으로 자기 아내를 쳐다보았다.

"모프리뇌즈 공작 부인과 세리지 백작 부인이 연루됐다면 당신은 그 두 여인 모두를 든든한 지원군으로 삼아야지." 아멜리가 말을 이었다. "자, 한번 볼까? 데스파르 부인이 당신을 위해 법무부 장관을 알현할 자리를 마련해 줄 거야. 그 자리에서 당신은 장관에게 이 사건의 비밀을 털어놓는 거야. 그러면 장관은 그 비밀을 가지고 국왕 전하의 환심을 살 거야. 군주들은 하나같이 사건의 이면을 알고 싶어 하거든. 대중이 입을 헤벌린 채 그저 구경만 하는 사건의 진짜 동기를 말이야. 그렇게 되면 검사장도 세리지 백작도 더는 당신이 두려워해야 할 존재가 아니지……."

"당신 같은 여자는 정말 보물이야!" 판사가 용기를 되찾고 외쳤다. "어쨌든 난 자크 콜랭을 수풀에서 내몰아 뛰쳐나오게 하는 데 성공했어. 그자를 중죄 재판소로 보내 재판을 받게 할 거야. 난 그자의 범죄 행각을 만천하에 폭로하는 공을 세우게 되는 거야. 그러한 소송을 끌어낸 것만 해도 예심판사의 경력에는 일대 승리로 기록되는 거야……."

"카뮈조," 자기 남편이 뤼시앵 드 뤼방프레의 자살로 말미암아 심신이 허탈한 상태에 빠져 있다가 기운을 되찾는 모습을 흐뭇하게 바라보며 아멜리가 대꾸했다. "법원장이 조금 전 당신더러 주로를 이탈했다고 했다며. 하지만 지금 당신은 정상 주로로 들어선답시고 방향을 너무 틀어버렸어……. 당신은 다시 길을 잃었어, 이 양반아!"

자리에서 일어나 있던 예심판사는 어리둥절한 표정으로 자기 아내를 바라보며 우두커니 있었다.

"국왕 전하와 법무부 장관은 이 사건의 비밀을 알게 돼 흡족하시겠지. 그렇지만 그와 동시에 자유주의 진영의 변호사들이 피고인 변론을 통해 여론 법정과 중죄 재판소에서 세리지나 모프리뇌즈, 그랑리외 같은 거물급 인사들을, 그러니까 그 소송에 직간접적으로 관련된 모든 인사들을 계속 들먹이는 광경을 접하면 매우 분노하실 거야."

"그들은 모두 그 사건에 연루된 자들이라고……! 난 그들을 손아귀에 쥐고 있다고!" 카뮈조가 소리쳤다.

예심판사는 자리에서 벗어나 서재 안을 서성였는데, 그 모습이 마치 궁지에서 벗어날 궁리에 몰두하는 무대 위의 스가나렐[120] 같았다.

"잘 들어봐, 아멜리!" 그가 자기 아내 앞에서 걸음을 멈추고 말을 이었다. "머릿속에 한 정황이 떠올랐어. 겉보기엔 사소한 것 같지만 지금 내 처지에서는 중대한 의미가 있는 정황이지. 생각해 봐, 여보, 그 자크 콜랭이라는 자는 갖은 술수와 은폐술과 교활함의 대가야……. 속을 알 수 없는 인간이지……. 오! 그자는…… 뭐랄까…… 도형장의 크롬웰이지! 난 그런 악당을 만난 적이 없어. 그자는 나를 거의 완벽하게 속여 넘길 뻔했지! 하지만 범죄 수사에서 삐져나온 실마리를 하나 잡으면 실꾸리 전체를 확보한 셈이어서, 그것만 가지면 제아무리 속이 시커먼 자라도, 제아무리 난해한 사건이라도 그 미로 속을 마음대로 누빌 수 있는 거거든. 내가 뤼시앵 드 뤼방프레

---

120) 스가나렐은 몰리에르의 여러 희곡에서 주연 또는 조연으로 등장하는 인물인데, 작품에 따라 농부, 하인, 나무꾼, 가정교사 등으로 캐릭터는 다르지만, 욕심이 많으면서도 얼마간의 분별력을 갖춘 범속한 인간의 희극성을 드러낸다는 공통점이 있다.

의 거처에서 압수해 온 편지들을 훑어보고 있었는데, 자크 콜랭, 그 간악한 자가 그런 내 모습을 보고 거기에 혹시 다른 편지 뭉치가 더 있지는 않은지 확인하려는 그런 눈길을 보내는 거야. 그러더니 그자는 무심결에 안심이라는 동작을 표 나게 지어 보이더군. 어떤 보물을 감정하는 도둑의 그러한 시선, '나도 무기를 가지고 있다'라는 뜻을 함축한 피의자의 그러한 동작을 접하고 나는 대번에 많은 걸 간파했지. 우리와 피의자들 사이처럼 단 한 번 주고받은 눈길만으로 이중 안전 자물쇠처럼 복잡하게 얽힌 기만술이 드러나는 그런 완전한 무대를 펼쳐지게 할 수 있는 사람은 당신네 여자들밖에 없어. 당신도 알다시피 순식간에 엄청난 양의 의혹을 서로 주고받는 거야! 굉장하지, 그건 눈 깜짝할 새에 생사가 결정되는 거야. '저 녀석은 수중에 다른 편지들을 갖고 있다!' 난 그렇게 생각했지. 그러고 나서 그 사건과 관련된 수많은 다른 자질구레한 사항들을 처리하느라 여념이 없었어. 난 사소하다면 사소한 그 일을 일단 제쳐두었어. 우선 두 피의자를 대질신문해야 한다고 생각했고, 그 수사 포인트는 나중에 밝히면 된다고 생각했으니까. 그렇지만 자크 콜랭이 그 잘생긴 젊은이의 서신들 중 가장 위험한 편지 몇 장은 안전한 곳에 은닉했음이 당신이 보기에도 확실하잖아. 뭇 여인의 사랑을 받은 젊은이……,"

"지금 흥분해서 목소리가 떨리는군, 카뮈조! 당신, 내가 생각했던 것보다 훨씬 빨리 국사원의 소부(小部) 재판장이 되겠어!" 카뮈조 부인이 반색하며 외쳤다. "자! 당신은 모든 사람을 만족시키는 방식으로 처신해야 해. 왜냐하면 이 사건은 너무나도 중요한 사건이 되어버려서 우리 손에 들어온 이걸 누군가 낚아채 갈 수도 있으니까! 지난번 데스파르 부부간에 벌어진 금치산 선고 소송에서도 포피노의 수중에 있던 수사권을 박탈해 당신에게 넘기지 않았어?[121]” 이 말에 카뮈조가 깜짝 놀라는 표정을 짓자, 그녀는 그에 대한 답변으로 말했다. “자, 봐, 세리지 백작 부부의 명예를 지키는 게 초미의 관심사인 검사장은 사건을 국사원이 심의하도록 이송할 가능성도 있지 않겠어? 그쪽 측근 판사에게 사건을 맡겨 수사를 새로 시작하려고 말이야……”

“아! 맞아, 여보, 당신은 대체 어디서 형법을 그렇게 훌륭하게 배운 거야?” 카뮈조가 소리쳤다. “당신은 모르는 게 없어, 당신은 내 선생이야……”

“에이, 그럴 리가. 아무튼 당신도 알다시피 내일 아침, 그 자크 콜랭이라는 자는 분명히 자유주의 진영의 변호사 하나를 선임하겠지, 돈을 바라고 그자를 변호하겠다고 나서는 그쪽 진영 변호사들이 꼬일 테니까 말이야. 그랑빌 검사장은 충분

---

121) 1836년 발표된 『금치산』에서 다루어지는 이 소송은 1828년에 일어난 일로 되어 있다. 센 지방법원의 예심판사였던 포피노는 엄정한 수사 끝에 데스파르 후작 부인이 남편을 상대로 낸 금치산 선고 요청이 근거가 없다고 판단하고 기각하고자 하나, 이를 감지한 후작 부인이 법원 상층부에 청탁해 담당 판사가 포피노에서 카뮈조로 교체된다. 그렇게 재판에 넘겨지게 된 그 소송의 결말이 본 작품에서 전해진다. 1권 188쪽에서 언급된 것처럼, 뤼시앵과 세리지 백작을 통해 데스파르 후작 부인의 불순한 의도를 알게 된 파기원 법관 보방 백작과 그랑빌 검사장의 개입으로 데스파르 후작 부인의 소송은 패소로 끝난다.

히 예상되는 그 변호를 두고 크게 걱정하지는 않을 거야! 연루된 귀부인들은 자신들에게 닥친 위험을 당신보다 더 잘 안다고는 할 수 없겠지만 당신만큼은 알고 있지. 그 여자들은 검사장에게 자신들이 처한 위험을 알릴 거야. 검사장은 그러지 않아도 그 귀부인들의 집안이 그 도형수와 뤼시앵 드 뤼방프레가 한패가 된 바람에 피고인석에 따라 얽혀 들어갈 위험성이 농후하다고 보고 있어. 뤼시앵 드 뤼방프레가 누구야, 마드무아젤 드 그랑리외의 약혼자에다, 에스테르의 애인, 그리고 모프리뇌즈 공작 부인의 옛 애인이자 세리지 부인의 총애를 한 몸에 받은 자잖아. 그러니 당신은 당신이 모시는 검사장의 신임을 얻고, 세리지 백작과 데스파르 후작 부인과 샤틀레 백작 부인을 동시에 만족시킴은 물론, 그랑리외 집안의 후원을 업어 모프리뇌즈 부인의 후원을 한층 강화하고, 당신의 직속 상관인 법원장이 당신을 치하하도록 처신해야 해. 내가 데스파르 부인과 모프리뇌즈 부인과 그랑리외 부인을 맡을게. 당신은 내일 아침 바로 검사장 댁으로 달려가야 해. 그랑빌 씨는 현재 자기 아내와 함께 살지 않잖아. 10여 년 동안 마드무아젤 드 벨푀유라는 여자를 정부로 삼아 살림을 차렸는데, 둘 사이에 낳은 혼외자들도 있다잖아, 그렇지 않아? 아무튼, 검사장은 성인군자가 아니야. 그도 남과 다를 바 없는 일개 필부야. 말인즉슨 그를 유혹할 수 있다는 거지. 그도 어딘가에 아킬레스건 같은 곳이 있어. 그 약점을 찾아내 비위를 맞춰주는 거야. 그에게 어떻게 하면 좋을지 물어봐, 그리고 그에게 이 사건의 위험성을 각별히 환기하도록 해. 요컨대 당신과 그가 운명 공동체로 묶이도록 노력해야 해, 그러면 당신은 나중에……."

"그만, 난 당신의 두 발에 입을 맞춰야겠어." 카뮈조가 아내의 말을 자른 다음 허리를 껴안고 가슴에 끌어안으며 말했다. "아멜리! 당신이 날 살렸어!"

"알랑송에서 망트로, 망트에서 센 지방법원으로 당신을 다그쳐서 몰아간 사람이 바로 나야." 아멜리가 화답했다. "아무튼 됐고! 진정하도록 해……! 난 지금부터 5년 안에 사람들이 날 재판장 사모님이라고 부르게 하고 싶어. 그러니 내 귀염둥이, 결정을 내리기 전에 항상 오랫동안 숙고해. 판사라는 직업은 소방수와는 달라. 불은 절대로 당신이 작성한 서류에 옮겨 붙지 못해, 당신은 숙고할 시간이 충분히 있다고. 그렇기 때문에 당신네가 맡은 자리에서 어리석은 짓을 하면 용서받지 못하는 거야……."

"내 지위에 부여된 권한을 남김없이 발휘해 난 그 가짜 에스파냐 신부와 자크 콜랭이 동일인임을 밝혀내겠어." 판사가 한참 동안 가만있다가 말을 이어갔다. "그 신원 확인이 일단 이루어지면, 그 결과는 설사 국사원이 나한테서 그 소송 관할권을 거둬간다 해도 어떤 법관도, 예심판사가 됐건 국사원 판사가 됐건 그 누구도, 절대로 배제할 수 없는 기정사실로 영원히 남게 될 거야. 그렇게 되면 난 고양이 꼬리에 양철 조각을 매단 어린아이 같은 역할을 한 셈이 되는 거지. 어떤 단계에서 재판 심리가 진행되건 자크 콜랭이라는 양철 조각이 항상 소리를 내게 될 거야."

"브라보!" 아멜리가 환호했다.

"그리고 검사장은 다른 누가 아니라 나와 함께 일을 도모하는 편을 더 바랄 거야, 나야말로 포부르 생제르맹의 심장부를 겨눈 채 매달린 다모클레스의 검을[122] 제거할 수 있는 유일한 인물이니까! 하지만 당신은 그런 엄청난 결과를 얻는 게 얼마나 어려운 일인지 알지 못해……. 검사장과 나는 조금 전 그의 집무실에서 자크 콜랭이 주장하는 정체를 인정하기로 합의를 봤어, 톨레도 교구 참사원, 카를로스 에레라라고 말이야. 우리는 또한 외교 특사라는 그의 주장을 인정하고 에스파냐 대사관이 그의 신병을 요구해도 묵인하기로 합의했어. 내가 뤼시앵 드 뤼방프레를 석방하는 보고서를 작성한 것도, 내 피의자들을 말끔하게 무혐의로 처분하기 위해 신문조서를 다시 작성한 것도 다 그 계획에 따른 것이야. 내일 라스티냐크 씨와 비앙숑 씨, 그리고 누가 더 있을지 모르지만, 아무튼 두 사람을 불러 자칭 톨레도 교구 왕립 참사회의 참사원이라는 자와 대질하기로 되어 있어. 그들은 자크 콜랭이 10년 전 한 서민 하숙집에서 체포될 당시 같은 하숙생이라 현장에 있었대. 그 하숙집에서 자크 콜랭은 보트랭이라는 이름으로 행세해서 그들이 알고 있는 인물 이름은 보트랭이지만, 아무튼 그들은 참사원이라고 자칭하는 자가 자크 콜랭인 줄은 알아보지 못할 거야."

---

122) 다모클레스 왕의 옥좌 위쪽 천장에 실 한 올에 매달린 검으로, 권력에는 늘 위협이 따른다는 교훈이 담긴 일화다.

잠시 침묵이 흘렀고, 그 사이 카뮈조 부인은 생각을 가다듬었다.

"당신이 맡은 피의자가 정말 자크 콜랭이라고 확신하는 거야?" 그녀가 물었다.

"확신하지," 판사가 대답했다. "검사장도 그렇게 확신해."

"좋았어! 그러면 법복 입은 고양이 씨, 당신 발톱을 드러내지 말고 벌집을 쑤시듯 사법 단지를 한바탕 뒤집어 놓아보라고! 사제라는 당신 피의자가 아직 스크레 독방에 있으면, 지금 당장 가서 콩시에르주리 소장을 만나. 만나서 그 도형수의 존재가 콩시에르주리에 공공연하게 알려지도록 손을 써. 어린애처럼 유치한 수를 쓰지 말고, 절대왕정 시대의 경찰 수뇌부처럼 군주를 몰아내는 모반을 조작한 다음, 조작한 그 모반을 스스로 진압하는 공을 세워 자신의 필요성을 과시하는 대담한 전법을 쓰라고. 세 가문을 위험에 빠뜨려. 그런 다음 그들을 위기에서 구해 내는 공을 세우란 말이지."

"아! 얼마나 다행이야!" 카뮈조가 외쳤다. "내가 머리가 하도 어수선해서 그 상황을 기억하지 못하고 있었네. 자크 콜랭을 피스톨로 옮기라는 지시를 코카르를 통해서 콩시에르주리 소장 고트에게 이미 전달했어. 그런데 자크 콜랭과 원수지간인 비비뤼팽의 세심한 조치로 콜랭을 잘 아는 세 명의 죄수를 라포르스 구치소에서 콩시에르주리로 이감시켜 놓았어. 내일 아침 콜랭이 콩시에르주리 운동장에 나타나면 끔찍한 구경거리가 벌어질지도 몰라……."

"왜?"

“자크 콜랭은 말이야, 여보, 도형장의 죄수들이 범죄를 통해 얻은 상당한 액수에 달하는 자금을 맡아 관리하는 자야. 그런데 들리는 말로는 콜랭이 죽은 뤼시앵의 사치스러운 생활을 유지하기 위해 그 자금을 흥청망청 써버렸다는 거야. 그래서 죄수들이 그에게 해명을 요구할 거래. 비비뤼팽이 내게 일러주었는데, 운동장에서 살인이 벌어질 거래. 그러면 간수들의 개입이 필요해질 거고, 그 결과 비밀이 드러나리라는 거야. 자크 콜랭의 목숨이 달린 문제야. 그렇긴 하지만 아침 일찍 법원에 출근하니까 그자의 정체에 관한 조서를 작성할 시간은 있을 거야.”

“아! 범죄 수익을 그자에게 맡겼던 자들이 당신 대신 그자를 제거해 주었으면! 그러면 당신은 아주 유능한 사람이라는 평판을 얻을 텐데! 그랑빌 씨 댁에 가지 마. 그 가공할 무기를 들고 검사장실에서 그를 기다려! 그건 궁정과 귀족원에서 가장 큰 권세를 떨치는 세 집안을 겨눈 강력한 대포야. 대담하게 나가. 그랑빌 검사장에게 자크 콜랭을 라포르스 구치소로 이감시켜 당신 눈앞에서 없애 달라고 부탁해. 라포르스 구치소의 도형수들은 배신자를 제거하는 방법을 알고 있을 테니까. 난 모프리뇌즈 공작 부인 댁으로 갈게. 공작 부인은 나를 그랑리외 씨 댁으로 데려가 줄 거야. 어쩌면 거기서 세리지 씨를 만나게 될지도 몰라. 당신은 나만 믿어, 내가 사방팔방 경보음을 울려댈 테니까. 그 에스파냐 사제라는 자가 법적으로 자크 콜랭으로 판명되었는지 내가 바로 알 수 있도록 적당한 전갈을 반드시 보내. 오후 2시에 법원에서 퇴근할 수 있도록 일정을 조정해. 내가 당신이 법무부 장관과 특별히 면담할 수 있는 자리를 마련해 놓을 테니까. 장관은 아마도 데스파르 후작 부인 댁에 있을 거야."

카뮈조는 감탄하느라 넋이 나가 그 자리에 얼어붙은 듯 서 있었는데, 그 모습이 영리한 아멜리를 미소 짓게 했다.

"자, 이제 저녁 식사해야지, 즐거운 마음으로." 그녀가 마무리 지으며 말했다. "보라고! 우린 파리에 온 지 2년밖에 안 됐어. 그런데 당신은 올해 안에 국사원 판사로 승진하는 길목에 들어섰어⋯⋯. 거기서 국사원 소부 재판장까지는, 여보, 정치 사건 하나를 맡아 잘만 처리하면 단번에 도달할 수 있는 거리밖에 안 돼."

카뮈조 부인의 이 은밀한 계산은, 본 연구의 마지막 주인공인 자크 콜랭이 행동에 나서서 입을 벙긋하기만 해도 일찌감치 그가 자기 분신 뤼시앵을 심어놓고 관리해 왔던 몇몇 명문가의 명예에 얼마나 심각한 타격을 입힐 수 있는지 여실히 보여준다고 하겠다.

2. 스크레의 남자

뤼시앵의 죽음과 세리지 백작 부인의 콩시에르주리 난입이 콩시에르주리라는 기계장치 작동에 얼마나 심각한 장애를 일으켰던지, 소장은 자칭 에스파냐 사제라는 자를 스크레에서 다른 곳으로 옮기는 일을 까맣게 잊고 있었다.

판례집에 비슷한 예가 몇 차례 등장하긴 해도, 수사 받던 도중에 피의자가 사망하는 사건은 상당히 드문 경우라서, 간수들도 서기도 소장도 평온했던 관행에서 벗어나고 말았다. 그렇지만 그들이 볼 때 정작 대단한 사건은 그 잘생긴 젊은이가 그렇게 급작스럽게 시신으로 변한 일이 아니라, 상류 사교계 여인의 섬섬옥수에 의해 입구 맨 바깥 철책의 그 단단한 강철봉이 속절없이 부서진 일이었다.

여하튼 소장과 서기와 간수들은 검사장과 옥타브 드 보방 백작이 세리지 백작의 마차에 기절한 그의 아내를 태우고 떠나자, 입구에 모여 감옥 전속 의사인 르브룅 씨를 안내했다. 르브룅 씨는 뤼시앵의 시신을 검시하고 그 불행한 젊은이가 거주하던 구(區)의 법의학 담당관과 의견을 모으기 위해 불려와 있었다. 파리에서는 구청마다 시신을 검시하고 사망 원인을 밝히는 임무를 맡은 의사를 법의학 담당관으로 임명하고 있다.

그 특유의 민첩한 눈길로 사태를 일별한 그랑빌 검사장은 이 사건에 연루된 집안들의 명예를 지키기 위해 사망자의 거주지인 말라케 강변로가 속한 구청을 뤼시앵의 사망 증명서를 발급하는 주무 관청으로 정하고, 뤼시앵의 시신이 평소 거주지에서 장례식이 치러질 생제르맹데프레 교회로 옮겨지는 것으로 처리할 필요가 있겠다고 판단했다.

그랑빌 검사장의 비서인 샤르즈뵈프가 그 일에 관련된 지시를 검사장으로부터 직접 받았다. 뤼시앵의 시신은 한밤중에 거주지로 옮겨져야 한다는 것이었다. 젊은 비서는 지체 없이 구청과 교구, 그리고 장례 담당 부서와 협의해 일처리를 해야 했다. 이렇게 해서 뤼시앵은 세상에 알려지기로는 석방되고 나서 집으로 돌아와 사망했으며, 운구 행렬은 그의 집에서 출발하고 그의 친구들이 장례를 위해 그의 집에 모이는 것으로 되었다.

그래서 카뮈조가 편안해진 마음으로 야심만만한 그의 반려와 식탁에 앉았을 때, 콩시에르주리 소장과 감옥 전속 의사인 르브룅 씨는 입구 바깥쪽에서 철책의 허술함과 사랑에 빠진 여인의 괴력을 탓하며 이야기를 나누고 있었다.

"사람들은 잘 모르죠," 의사가 고트 소장과 헤어지기 전에 말했다. "열정에 휩싸여 과도하게 흥분한 사람이 어디까지 힘을 발휘할 수 있는지 말이오! 역학에도 수학에도 그 힘을 측정할 수 있는 모형도 수식도 없어요. 그런데 말이에요, 어제 난 소름 끼치는 경험을 직접 겪었는데, 아까 그 연약한 여인이 발휘했다는 가공할 힘을 설명해 주는 것이었소."

"그것 좀 얘기해 주세요." 고트 소장이 말했다. "무슨 최면술 얘기인가 본데, 제가 귀가 얇아서인지 솔깃해지네요. 최면술을 믿지는 않지만 궁금하긴 합니다."

"최면술사인 어떤 의사가 나에게 설명하고 제안하기를, 우리 의사 중에는 최면술을 신봉하는 사람들이 있어요," 르브룅 의사가 말을 이었다. "내가 의심스러워하는 현상을 나 자신을 대상으로 직접 실험해 보자는 겁니다. 최면의 실재를 입증해 준다는 이상한 신경증 발작이 있다는데, 난 직접 경험하고 싶어서 그러자고 동의했지요! 이런 일이었어요. 난 최면술에 대한 불신에 조금도 빌미를 주지 않는 그 시술을 의협 회원들한 명 한 명에게 다 해봤으면 좋겠어요. 그러면 의협이 뭐라고 할지 정말 궁금해요. 내 오랜 친구이기도 한…… 그 의사는," 르브룅 의사가 여담처럼 한마디 끼워 넣으며 말했다. "최면술에 대한 자신의 주장을 굽히지 않아 메스머[123] 이후로 학계로부터 박해를 받는 노인이에요. 나이가 일흔인가 일흔둘인가 그렇고, 이름은 부바르죠. 오늘날 동물자기설 영역의 족장(族長)으로 추앙받는 인물이에요.[124] 나는 이를테면 그 양반의 아들인 셈이오. 지금의 나는 그분 덕분에 있는 거지요. 그래서 존경받는 어르신인 부바르 씨가 내게 제안하기를, 최면술사에 의해 활성화한 신경의 활력은, 인간이 제한된 법칙에 매인 존재기 때문에 무한히 지속된다고는 할 수 없지만, 우리의 계산을 벗어나는 절대적 작동 원리에 따르는 자연력처럼 작동한다는 사실을 내게 증명해 보이겠다는 거였소. 그분이 내게 말했소. '자, 최면에 걸린 이 여자는 깨어 있을 때는 일정한 악력 이상으로 자네 손목을 움켜쥘 수 없는 사람인데, 지금 이 여자에게 자네 손목을 한번 잡혀보겠나? 이 여자는 현재 사

---

123) 독일 의사 프란츠 안톤 메스머(1734~1815)는 최면요법의 창시자로, 인체에는 동물자기(動物磁氣)가 흐르고, 특히 최면술이 진행되는 동안 시술자에서 피시술자로 자기가 흐른다고 주장했다. 당시 주류 과학계는 그의 이론을 의료 사기로 규정하고 그를 의학계에서 축출한다.

124) 부바르는 발자크가 창조한 허구 인물로서 '최면술'을 주요 모티프로 삼는 『인간극』의 다른 소설 『위르쉴 미루에』(1842)에서 중요한 역할을 하는데, 1835년 103세의 나이로 사망한 실제 의사 장 들뢰즈를 모델로 했다고 알려져 있다. 들뢰즈가 집필한 동물자기설 교본은 1825년 의학계로부터 금서 처분을 받고 모든 최면 시술도 금지된다.

람들이 말도 안 되게 몽유병에 걸렸다고 하는 그런 상태에 있는데, 손목을 잡혀 보면 자네는 이 여자 손아귀가 기계공이 조작하는 재단기처럼 엄청난 악력을 발휘한다는 사실을 인정하게 될 걸세!' 그렇소, 소장, 잠든 상태가 아니라, 부바르 씨는 그 표현을 배척하기 때문이오, 현실과 격리된 상태인 그 여자의 손아귀에 내 손목을 맡기고 그 양반이 그 여자에게 내 손목을 끝까지 온 힘을 다해 움켜잡으라고 명령하고 얼마 안 있어 난 그만 멈추라고 애원했소. 내 손가락 끝에서 피가 터져 나오기 직전이었으니까. 자! 손목에 난 이 상흔을 보시겠소? 이건 석 달 이상 갈 것이오."

"세상에!" 고트 소장이 불에 데어 생긴 화상과 비슷한 둥근 띠 모양의 피하출혈 자국을 바라보며 말했다.

"친애하는 고트 씨," 의사가 말을 이었다. "난 기계공이 너트로 강하게 조이는 것처럼 쇠고리가 내 살을 옥죄는 것 같았소. 진짜 금속 고리였어도 그 여자의 손아귀만큼 사정없이 조인다고는 못 느꼈을 것이오. 그녀의 손아귀는 절대로 구부러지지 않는 강철 같았소. 나는 그녀가 내 손목뼈를 부러뜨려 손과 팔을 두 동강 내고야 말겠다는 확신이 들었소. 그 압력은 처음 시작할 때는 아무런 느낌도 없다가 이전의 조이는 힘에 새로운 조이는 힘이 계속 누적되는 방식으로 쉼 없이 증가했소. 어떤 압박 지혈대도 일종의 고문 기구로 변한 그 여자의 손보다 더 강력하게 작동하지는 못할 것이오. 전하(電荷)를 가진 물체 사이에서 작용하는 모든 종류의 전기력이 그렇듯이, 의지도 한 지점에 쌓이고 쌓여 막대한 양의 체내 에너지로 전환되는바, 그런 상태에 도달한 의지를 열정이라고 할 것이오. 그 열정의 지배를 받으면 인간은 공격을 위해서든 방어를 위해서든 이러저러한 신체 기관에 자신이 지닌 생체 에너지를 전부 쏟아부을 수 있소……. 그 연약한 귀부인은 절망의 무게에 짓눌리다 못해 필사적으로 자신이 지닌 생체 에너지를 두 손에 쏟아부었던 것이오.”

“단단한 강철봉을 부수려면 말도 안 되는 괴력이 필요한데…….” 간수장이 고개를 절레절레 흔들며 말했다.

“철책에 결함이 한 군데 있었을 뿐이오!” 고트 소장이 반론을 제기했다.

“난 말이오,” 의사가 말을 받았다. “활성화된 신경의 활력에 한계를 부여할 자신이 더 이상 없소. 어머니가 제 자식을 구하기 위해 사자를 얼어붙게 만든다거나, 고양이도 버티기 힘든 낭떠러지를 따라 불구덩이 속으로 내려간다거나, 여러 차례 어마어마한 출산의 고통을 감내한다거나 하는 것이 모두 그래서요. 죄수와 도형수가 자유를 되찾기 위해 필사적인 시도를 하는 까닭도 거기에 있소……. 생체 에너지의 한계가 어디까지인지는 아직 밝혀지지 않았소. 그건 대자연의 위력 자체와 관련되어 있소. 우리는 그 에너지를 알 수 없는 저수지에서 길어내고 있는 거요!”

“소장님,” 간수 한 명이 르브룅 박사를 콩시에르주리 바깥 철책으로 배웅하던 소장에게 다가와 귓속말로 전했다. “2번 스크레가 아프다며 의사 진료를 요청했습니다. 죽을 정도로 아프다고 주장합니다.” 간수가 덧붙였다.

“진짜로 보이는가?” 소장이 말했다.

“숨을 헐떡이긴 합니다!” 간수가 대답했다.

“5시네요.” 박사가 대꾸했다. “난 아직 저녁 식사도 못 했는 데……[125) 그래도 뭐, 무엇보다 내가 여기 있으니까, 그럽시다, 가봅시다…….”

“2번 스크레는 구체적으로 말씀드리자면 자크 콜랭으로 의심받는 에스파냐 사제입니다.” 고트 소장이 의사에게 말했다. “그리고 그 죽은 젊은이가 연루된 소송의 피의자 중 하나입니다…….”

“오늘 오전에 그 사람을 이미 봤어요.” 의사가 대답했다. “카뮈조 판사가 그 건장한 사내의 건강 상태를 진찰해 달라고 했거든요. 그 사내는, 우리끼리 이야기지만, 경이로울 정도로 건강하고, 더 나아가 곡마단에서 헤라클레스 역할을 하면 크게 성공할 정도예요.”

“그자도 자살할지 몰라요.” 고트 소장이 말했다. “스크레까지 우리 둘이 함께 걸어갑시다. 나도 거기에 가봐야 하거든요. 그자를 피스톨로 이감하는 일일 뿐이지만요. 카뮈조 판사가 그 정체 모를 수상한 자를 스크레에서 옮기라고 했거든요…….”

도형수의 세계에서는 **불사조**라는 별명으로 불리는 자크 콜랭에 대해서 이젠 본명 이외의 다른 이름으로 불러서는 안 되

---

125) 당시 도시의 평민은 오후 4시경에, 농촌에서는 3시경에 저녁 식사를 했고, 귀족들의 저녁 식사는 그보다 늦었다.

는 단계가 되었는데, 아무튼 그는 카뮈조의 지시에 따라 스크레에 재수감된 순간부터 어떤 불안이 엄습했으니, 그것은 수많은 범죄와 세 차례의 탈옥과 두 번의 중죄 재판소의 유죄판결로 점철된 그의 인생에서 한 번도 경험해 보지 못한 불안이었다.

도형장의 삶과 기운, 정신과 열정이 한 몸에 집약되어 있어서 그 자체로 도형장의 정수를 표현하는 존재라 할 수 있는 그 사나이가 자신이 친구로 삼은 상대에 대해 개의 충성도를 방불케 하는 충성도를 보여주는 모습에는 뭔가 기괴할 정도로 아름다운 부분이 있지 않은가? 여러 측면에서 비난을 살 만하고 추악하며 소름 끼치는 구석이 있는, 자신의 우상을 향한 그 절대적 헌신은 그 사나이의 정체를 정말이지 너무나도 궁금하게 만드는 것이기 때문에, 이 연구가 이미 상당한 분량에 다다랐지만 뤼시앵 드 뤼방프레의 최후에 이어, 범죄로 점철된 그의 삶의 결말을 다루지 않는다면 중간에서 잘린 채 미완성으로 끝난 것처럼 보일 수 있다. 귀여운 강아지가 죽었다면, 그 강아지의 무시무시한 동반자가, 사자가 그 후 어떻게 되었는지 궁금한 것은 인지상정이다!

실제 삶에서도, 우리가 사는 사회에서도, 한 편의 사실들은 다른 편의 사실들과 떼려야 뗄 수 없게 얽혀 있기 마련이어서 그것들은 서로 무관하게 따로따로 놀 수 없다. 큰 강의 물은 일종의 유동적인 기저(基底)를 만든다. 물살이 아무리 거세도, 아무리 높이 솟구쳐도, 그 용솟음치는 격랑이 엄청난 수량 속에 삼켜져 사라지지 않는 경우란 없다. 강물이 엄청

난 유속으로 인해 강물을 타고 흐르는 소용돌이를 삼킬 정도
로 막강한 탓이다. 잡다한 형상들을 실어 나르며 흐르는 강물
을 유심히 볼 때처럼, 독자들은 보트랭이라는 이름의 소용돌
이를 잠재우는 사회의 위력이 얼마쯤일지 측정하고 싶진 않을
까? 반항하는 그 물살이 얼마쯤 가야 소멸할지 보고 싶진 않
을까? 악마 그 자체지만 사랑의 마음으로 인간계에 내려온 사
나이의 운명이 어떻게 끝나는지 보고 싶진 않을까? 그럴 정도
로 그 천상의 원리는 제아무리 타락한 심성의 소유자들에게
서도 그리 쉬이 사라지지 않는 법이다!

　이 비천한 도형수는 무어, 바이런 경, 매튜린, 카날리스(천
국에서 훔친 이슬로 악마를 정화하기 위해 지옥까지 내려온, 천사
를 유혹해 사로잡은 악마.)[126] 등 수많은 시인이 공들여 쓴 시를
육화한 인물이다. 자크 콜랭, 청동의 심장을 가진 그를 우리는
그간 꽤 깊숙이 들여다보았지만, 그는 일찍이 7년 전에 이미

126) 모두 천사와 악마의 관계를 소재로 다룬 시인들이다. 토머스 무어
(1779~1852)는 아일랜드의 시인으로 1823년 시집 『천사의 사랑』을 발표
해 명성을 얻는데, 그 해 바로 프랑스어로 번역 소개된다. 발자크는 1844년
발표한 소설 『모데스트 미뇽』에서 무어의 시를 언급한다. 같은 해 바이런
은 『하늘과 땅』이라는 극시를 발표한다. 두 작품 모두 천사와 여인의 사랑
을 다룬다. 찰스 매튜린(1782~1824)은 아일랜드 작가로 그의 고딕소설 『방
랑자 멜모스』(1820)에는 악마와 영혼을 교환한 존 멜모스가 순결한 여인
이맬리를 유혹하는 장면이 나온다. 발자크는 매튜린의 소설에서 착상을 얻
어 1835년 『회개한 멜모스』라는 중편을 발표한다. 카날리스는 발자크가 『모
데스트 미뇽』에 등장시킨 시인으로, 알프레드 드 비니(1797~1863)를 모델
로 했다고 알려진다. 괄호 속 언급은 비니의 시 「엘로아 혹은 천사의 누이」
(1824)와 관련된 내용이다.

자기 자신을 포기했다. 그가 지닌 강력한 능력은 뤼시앵에게 흡수되고 오로지 뤼시앵만을 위해 발휘되었다. 뤼시앵의 발전과 사랑과 야망이 그의 기쁨이었다. 그에게 뤼시앵은 밖으로 드러난 자신의 영혼이었다. 그렇게 불사조는 그랑리외 저택의 저녁 식사 자리에도 있었고, 귀부인들의 내실에도 슬그머니 들어갔으며, 에스테르와 대리 사랑을 나누었다. 요컨대 그에게 뤼시앵은 젊고 멋지고 고귀하며 대사의 직위에 오른 자크 콜랭이었다. 불사조는 뤼시앵의 정신적 아버지를 자임하며 독일의 민속신앙에 나오는 도플갱어를 실제로 구현했던 것인데, 살면서 진짜 사랑에 빠져본 여성들이라면, 자신들의 영혼이 사랑하는 남자의 영혼 안으로 들어가는 느낌을 겪었던 여성들이라면, 고귀하든 미천하든 행복하든 불행하든 암울하든 찬란하든 사랑하는 남자의 삶을 살아본 여성들이라면, 아주 멀리 떨어져 있는 그 남자가 다리를 다쳤을 때 자기 다리가 아팠던 경험을 했던 여성들이라면, 그 남자가 결투를 벌일 때 자신도 결투를 벌이는 느낌이 들었던 여성들이라면, 그러니까 한마디로 그 남자가 저지른 부정을 목격하지 않아도 직감으로 알 수 있었던 여성이라면, 자크 콜랭의 그러한 상태를 이해할 것이다.

독방으로 돌아온 자크 콜랭은 이렇게 중얼거렸다. "지금 내 어린애가 신문을 당하고 있군!"

그리고 그는 부들부들 떨었다. 노동자가 술을 마시듯 아무렇지도 않게 살인을 일삼던 그가 말이다.

"그가 자기 정부들을 접견할 기회가 있었을까?" 자크 콜랭이 자문했다. "내 고모가 그 가증스러운 여자 악당들을 만났을까? 그 잘난 공작 부인들이, 백작 부인들이 신문을 못 하게 손썼을까? 뤼시앵은 내 지시를 담은 쪽지를 받았을까……? 숙명이 시켜 어쩔 수 없이 신문을 받는다면 그는 과연 어떻게 버틸 것인가? 불쌍한 아이, 그 아이를 이 지경까지 몰아간 자는 바로 나다. 그리고 이렇게 모든 걸 엉망진창으로 만든 장본인은 바로 뉘싱겐이 에스테르에게 준 75만 프랑의 연금증서를 갈취해 달아난 그 무도한 파카르와 교활한 외롭이다. 그 두 연놈이 우리를 마지막 단계에서 엎어지게 했다. 두 연놈은 그 야비한 짓거리의 대가를 혹독하게 치를 것이다! 하루만 더 있었다면, 그러면 뤼시앵은 부자가 됐을 텐데! 클로틸드 드 그랑리외와 결혼했을 텐데. 나는 에스테르를 더는 붙들지 않아도 됐고. 뤼시앵은 그 아가씨를 너무나 사랑했지. 반면에 구명용 널빤지처럼 생긴 그 클로틸드는 조금도 사랑하지 않았던 것 같아……. 아! 그렇게 됐으면 그 아이는 완전히 내 것이 되었을 텐데! 그런데 우리의 운명이 그 카뮈조라는 자와 마주한 뤼시앵의 눈빛과 낯빛에 좌우되는 꼴이라니! 카뮈조는 다 알고 있어, 예심판사의 날카로움을 잃지 않은 자야. 그가 내게 편지들을 보여주었을 때 서로 상대의 눈을 통해 속내를 탐색하는 과정에서 그렇다는 걸 알아보았지. 그는 내가 뤼시앵의 애인인 귀부인들을 만천하에 폭로할 가능성도 있다는 점을 간파했어……!"

이런 독백이 3시간이나 이어졌다. 그렇게 장시간 지속된 불안은 모든 걸 견디는 강철과 모든 걸 녹이는 황산으로 구성된 단단한 그의 체질도 떨쳐내지 못할 정도로 극심했다. 자크 콜랭은 광분한 머릿속이 불붙은 듯 뜨거워지고 그와 동시에 타는 목마름으로 입안이 바짝 마르자, 목제 침대를 빼면 스크레 안에 있는 집기의 전부인 두 개의 나무통 중 하나에 담긴 물을 자신도 모르는 새에 한 방울도 남기지 않고 벌컥벌컥 들이켰다.

"그 아이는 넋이 나갔을 텐데, 그러면 그 아이는 어떻게 되는 거지? 그 고운 아이는 테오도르 같은 강인함은 갖고 있지 못하니까……!" 그는 경비대원이 쓰는 침대와 비슷한 간이침대에 몸을 뉘며 자문했다.

자크 콜랭이 절체절명의 순간에 떠올린 테오도르라는 인물에 대해 잠깐 설명할 필요가 있다.

테오도르 칼비는 코르시카 출신 젊은이로, 열여덟 살에 이미 11건의 살인을 저질렀는데도 엄청난 돈을 썼는지 종신형을 선고 받고[127] 1819년에서 1820년까지 도형장에서 자크 콜랭과 함께 쇠사슬에 묶여 복역하던 짝이었다. 자크 콜랭의 마지막 탈옥은 상상을 초월하는 술책의 결정체였는데, (자크 콜랭은 헌병으로 변장해 도형수 차림 그대로인 테오도르 칼비를 도형장에서 데리고 나와 경찰서로 데려가는 척하는 수법을 썼다.) 그 기상천외한 탈출이 일어났던 곳이 바로 도형수들이 무더기로 죽어나가기로 유명한 로슈포르 항구여서 사람들은 그 두 위험한 탈옥수가 그곳에서 생을 마치겠거니 기대했다. 함께 탈옥

---

127) 당시는 한 건의 살인만으로도 대개 사형선고를 받았다.

한 그들은 도주 중 우여곡절 끝에 헤어질 수밖에 없었다.

테오도르는 다시 체포되어 도형장에 재수감되었었다.

에스파냐에 당도해 카를로스 에레라로 완전히 변신한 자크 콜랭은 자기 짝이었던 그 코르시카 청년을 찾으러 로슈포르로 가던 길이었는데, 그때 샤랑트 강가에서 뤼시앵을 만났던 것이다. 이 새로운 우상의 등장으로 코르시카 마키[128] 속 산적들의 영웅, 불사조가 이탈리아어를 아는 계기를 제공했음이 분명한 그 영웅은 자연스럽게 뒷전으로 밀렸다. 처벌 받을 범죄와는 일절 무관하고, 고작해야 사소한 과실이나 자책하는 뤼시앵과 함께하는 삶이 여름날 태양처럼 아름답고 찬란하게 떠올랐다. 테오도르와 함께했다면 삶이 불가피하게 범죄의 연속이었을 테고, 그 결과 단두대 말고는 다른 결말이 보이지 않았을 것이다.

독방에 감금돼 필시 넋이 나갔을 뤼시앵의 심약함이 초래할 불행에 한번 생각이 미치자, 그 생각은 자크 콜랭의 마음속에서 걷잡을 수 없이 커졌다. 그리고 결정적 파국의 가능성을 배제할 수 없게 되자 갑자기 절망에 휩싸인 그는 두 눈이 눈물로 축축해지는 것을 느꼈다. 어린 시절 이후 그에게서 한번도 나타나지 않은 현상이었다.

"고열로 죽을 것 같다고 해야겠어." 그가 중얼거렸다. "의사의 진찰을 요구하고 그에게 거액을 주겠다고 제안하는 거야.

---

128) 마키는 이탈리아어와 같은 계열에 속하는 코르시카어로 '밀림'이라는 뜻이다.

그러면 의사가 나를 뤼시앵과 만나게 해줄지도 몰라."

그때 간수가 피의자에게 저녁 식사를 가지고 왔다.

"소용없소, 간수 양반. 아예 먹을 수가 없소. 여기 소장님에게 가서 나한테 의사 선생을 보내달라고 전해 주쇼. 너무나도 아픈 걸 보니 내게 곧 최후의 순간이 닥칠 것 같소."

숨을 헐떡이며 목구멍에서 끄집어내는 소리로 간신히 이어가는 말을 듣고 간수는 고개를 끄떡하고 떠났다.

자크 콜랭은 그 기대에 필사적으로 매달렸다. 그러나 의사가 소장을 대동하고 독방에 들어오는 모습을 보고 그는 자신의 의도가 무산되었음을 깨달았다. 그는 의사에게 진맥을 위해 손목을 내밀며 방문의 결과를 차분히 기다렸다.

"이 사람은 열이 있습니다." 의사가 고트 소장에게 말했다. "그러나 모든 피의자에게서 볼 수 있는 그러한 수준의 열입니다. 그리고," 그는 가짜 에스파냐인의 귀에 대고 말했다. "그 열은 나에겐 항상 어떤 범죄 행위의 증거일 뿐이오."

그때 소장이 아까 검사장이 자기에게 뤼시앵이 자크 콜랭에게 쓴 편지를 주며 콜랭에게 전해 주라고 한 말을 떠올리고는 의사와 피의자를 간수의 감시에 맡겨둔 채 편지를 가지러 갔다.

"의사 선생님," 자크 콜랭이 문가에 서 있는 간수를 힐끔거리며 소장이 왜 자리를 떴는지는 상관도 하지 않은 채 의사에게 말했다. "내가 뤼시앵 드 뤼방프레에게 몇 마디 말만 전할 수 있다면 3만 프랑도 아깝지 않을 겁니다."

"난 당신 돈을 부당하게 받고 싶지 않소." 르브룅 의사가 말했다. "그리고 이제는 아무도 그와 말을 주고받을 수 없소……."

"아무도라니?" 자크 콜랭이 아연실색해서 되물었다. "왜지요?"

"그가 목을 맸소……."

새끼를 빼앗긴 인도 정글의 호랑이도 자크 콜랭처럼 그렇게 소름 끼치도록 무섭게 울부짖은 적은 없었을 것이다. 그는 두 발을 딛고 몸체를 일으켜 세운 호랑이처럼 벌떡 일어나 하늘에서 떨어지는 불벼락처럼 활활 타오르는 눈길로 의사를 쏘아보았다. 그러더니 그는 간이침대에 털썩 주저앉으며 말했다. "오! 내 아들……!"

"불쌍한 사람 같으니!" 그 가공할 본능의 폭발에 뭉클해진 의사가 소리쳤다.

사실을 말하자면, 그 폭발에 이어 바로 나약하기 그지없는 모습이 뒤따라서 "오! 내 아들!"이라는 말은 탄식처럼 들렸다.

"저 사람까지 일 저지르는 거 아닐까요?" 간수가 물었다.

"아니야, 그럴 리가 없어!" 자크 콜랭이 몸을 일으키더니 불꽃도 사라지고 열기도 식은 눈으로 그 장면을 지켜보는 두 증인을 바라보며 말을 이었다. "당신들이 착각한 거요, 그가 아니요! 당신들이 잘못 본 거요. 스크레에서는 목을 맬 수가 없어! 보시오, 이 방에서 내가 어떻게 목을 맬 수 있겠소? 온 파리가 그 목숨에 대해 책임이 있어! 하느님은 내게 그 목숨을 돌려줘야 해!"

이번에는 간수와 의사가 당혹스러워했다. 오래전부터 그 어떤 일에도 눈 한번 깜짝 않던 그들이었다. 고트 소장이 뤼시앵의 편지를 가지고 들어왔다. 감정이 폭발해 격심한 고통에 짓눌려 괴로워하던 자크 콜랭이 소장이 들어오자 다소 진정된 것처럼 보였다.

"검사장께서 당신에게 전해 주라고 내게 맡겼던 편지요. 열어보지 않은 상태로 당신에게 전하라고 하셨소." 고트 씨가 강조했다.

"뤼시앵이 보낸……." 자크 콜랭이 말했다.

"그렇소."

"사실이 아니지요? 소장님, 그 젊은이는……."

"사망했소." 소장이 대답했다. "설사 박사님께서 여기 계셨더라도, 늘 그렇듯이 대처하기엔 너무 늦었을 거요……. 그 젊은이는 사망했소, 저쪽, 피스톨에서요……."

"그를 내 눈으로 직접 볼 수 있을까요?" 자크 콜랭이 조심스럽게 물었다. "아버지가 아들을 애도하도록 허락해 주시겠소?"

"원한다면 당신이 그 방을 써도 좋소. 당신을 피스톨로 옮기라는 지시를 받았거든요. 당신을 스크레에 가두는 처분이 철회되었소."

열기도 식고 생기도 사라진 피의자의 눈길이 소장에게서 의사에게로 천천히 이동했다. 자크 콜랭은 무슨 함정이 있을지도 모른다고 생각하며 그렇게 눈으로 그들의 의중을 떠보았다. 그는 나가기를 망설였다.

"시신을 확인하고 싶다면," 의사가 그에게 말했다. "지체할 시간이 없어요. 오늘 밤 안으로 시신을 치워야 하니까……."

자크 콜랭이 입을 열었다. "여러분도 자식들이 있다면 나의 심신미약 상태를 이해할 거요. 눈앞이 흐릿하니 거의 보이지 않소……. 내게 이 충격은 죽음보다 더 큽니다. 하지만 여러분은 내가 무슨 말을 할지는 알 수 없을 거요……. 당신들이 아버지라 하더라도 그저 아버지일 뿐일 테니까……. 나는 아버지이면서 동시에 어머니이기도 하오……! 나는…… 나는 제정신이 아니오. 미쳐버릴 것 같소."

3. 콩시에르주리 운동장

오직 소장 한 사람만 열 수 있는 철통같은 문들로 겹겹이 막힌 내부 통로를 이용하면 스크레에서 피스톨로 금방 이동할 수 있다.

감방들이 일렬로 늘어선 그 두 형태의 감옥은 지하 통로를 사이에 두고 분리되어 있는데, 지하 통로의 두꺼운 양쪽 벽은 통상 상점가라고 불리는 청사 중앙 회랑을 인 아치형 천장의 기둥 역할을 한다. 그래서 자크 콜랭이 간수에 의해 팔이 붙잡힌 채 가운데 있고 소장이 앞장서고 의사가 뒤따르는 행렬은 몇 분 안 돼서 뤼시앵의 시신이 안치된 감방에 도착했다. 뤼시앵은 침대에 옮겨져 있었다. 그 모습을 보자 자크 콜랭은 시신 위로 엎어져 필사적으로 부둥켜안았는데, 그 힘과 동작이 어찌나 격렬했던지 그 광경을 지켜보는 세 명의 구경꾼은 전율을 금할 수 없었다.

"날 여기 이대로 있게 해주시오……!" 자크 콜랭이 다 꺼져 가는 목소리로 말했다. "내겐 그를 볼 시간이 얼마 남지 않았소. 얼마 안 있으면 그를 내게서 빼앗아……."

그는 매장이라는 말 직전에 멈추었다.

"내 소중한 아이의 일부분을 내가 간직하도록 허락해 주시오……! 박사님, 날 위해 박사님께서 손수 이 아이의 머리카락을 몇 타래 잘라 주시겠소." 그가 르브룅 박사에게 부탁했다. "내 손으로는 못 하겠어요……."

"정말 친아들 같군!" 의사가 말했다.

"그렇지요?" 소장이 진지한 표정으로 화답하자 의사는 잠시 몽상에 잠겼다.

소장은 간수에게 시신을 옮기러 사람들이 오기 전까지 피의자를 그 방에 놔두라고 지시하고, 자칭 아버지라는 사람에게 아들의 머리카락 몇 타래를 잘라 주라고 덧붙였다.

5월의 어느 날 오후 5시 반이었기 때문에, 모든 창문을 가린 쇠창살과 격자 철망에도 불구하고 편지는 어렵지 않게 읽을 수 있었다. 자크 콜랭은 뤼시앵의 손을 잡은 채 두려운 심정으로 그 편지 글귀를 한 자 한 자 읽어 내려갔다.

손아귀에 얼음덩어리를 꼭 쥔 채 10분 동안 참을 수 있는 사람은 없다. 냉기가 치명적인 속도로 생명의 원천을 침범하기 때문이다. 그러나 독처럼 퍼지는 그 무시무시한 냉기의 효력도, 죽은 자의 뻣뻣하고 차디찬 손을 꼭 거머쥐고 놓지 않는 산 자의 영혼에 전해지는 그 섬뜩한 느낌과는 비교가 안 된다. 죽음이 삶에 말을 걸어오는 것이다. 죽음은 파묻힌 비밀을 들춰 말하고, 그렇게 말로 옮겨진 비밀은 수많은 감정을 살해한다. 사실, 감정의 영역에서 보자면 변한다는 것은 죽는다는 것이 아니던가?

아래에 재수록하는 뤼시앵의 편지를 자크 콜랭의 입장이 돼서 다시 한번 읽어보기를 권한다. 그러면 죽기 직전에 쓰인 그 편지가 자크 콜랭에게 어떤 의미로 받아들여졌는지 고스란히 느껴질 터인즉, 부연하자면 그것은 바로 독이 든 잔 같은 것이었다.[129]

카를로스 에레라 신부님께

신부님, 그동안 전 신부님께 은혜를 입기만 했는데, 그런 제가 신부님을 배반했습니다. 이 본의 아닌 배은망덕을 스스로 용납할 수 없어 저는 죽음을 선택합니다. 신부님이 이 글을 읽

---

129) 『사교계의 영광과 비참』은 1838년에서 1847년까지 9년에 걸쳐 집필되었고, 각 부와 절은 완성된 순서대로 곧바로 여러 연재 매체와 출판사에 의해 판본을 달리해 발행되었다. 4부는 1847년에 일간지 연재에 이어 독립된 단행본으로 출간되었는데, 이 때문에 발자크는 「보트랭의 마지막 현현」의 독자들을 위해, 3부 마지막 부분에서 뤼시앵이 카를로스 에레라에게 쓴 편지를(193~196쪽) 여기에 재수록하고 있다. 그런데 두 편지는 총 10군데에서 약간의 차이를 보인다. 두 번째 단락의 형용사("교묘한"→"엉큼한"), 세 번째 단락 마지막 문장의 큰 폭의 변화, 네 번째 단락의 고유명사 교체 등이 두드러지는 부분이고, 나머지는 대소문자 차이거나 기타 문장의 뜻을 좀 더 명확하게 하기 위한 소소한 가필이다. 재수록은 이처럼 사소한 차이를 보이긴 하지만, 같은 편지가 다시 제시되는 과정에서 발신자에서 수신자로 '시점'이 변화함에 따라, 동일한 텍스트가 다르게 조명될 수 있으며, 서사의 방향도 바뀔 수 있음을 의도적으로 드러내는 대단히 현대적인 서술 기법이라는 평가를 받는다는 점도 주목할 필요가 있다.

을 때쯤이면, 전 이 세상 사람이 아닐 겁니다. 신부님은 더 이상 절 구하실 수 없을 것입니다.

신부님은 그동안 제게 이익만 된다고 생각되면, 땅바닥에 담배꽁초를 버리듯 그렇게 제가 신부님을 저버려도 그게 저의 권리라는 인식을 저에게 무한정 심어주었습니다. 그런데 전 그런 신부님을 어리석게 이용하고 말았습니다. 곤경에서 벗어난답시고 예심판사의 엉큼한 질문에 넘어가, 신부님의 영적인 아들은, 신부님이 일찍이 양자로 삼은 그 아들은 신부님과 그 프랑스인 흉악범이 동일인일 수 없다는 것을 뻔히 알면서도 동일인이라고 생각할 수 있는 진술을 함으로써 당신을 어떻게 해서든지 죽이려고 하는 자들 편에 서고 말았습니다. 모든 걸 다 불었습니다.

당신 같은 권능을 가진 사람과 저 사이에, 당신은 저를 제가 가진 가능성보다 더 훌륭한 인물로 만들고자 하신 분인데, 마지막 영원한 작별의 순간, 하찮은 말이나 오가서는 안 될 것입니다. 당신은 저를 강하고 위대한 인물로 만들고자 하였으나, 결과적으로는 저를 자살의 구렁텅이로 밀어 넣었습니다. 그게 다입니다. 자살의 환영이 나를 향해 다가오는 것이 보인 지는 오래되었습니다.

당신이 가끔 말했듯이, 세상엔 카인의 후예와 아벨의 후예가 있습니다. 카인은 인류의 장대한 드라마에서 반대편에 선 자입니다. 당신은 그 계보를 타고 내려온 아담의 자손입니다. 악마가 계속 풀무질로 불을 피워왔던 계보, 그 최초의 불똥이 이브에게 떨어졌더랬지요. 그 혈통 속 악마의 화신 중에서 어마어마한 덩치를 자랑하는 끔찍한 자들이, 인간의 모든 능력을 한 몸에 집약해서 지닌 자들이, 뜨거운 열기를 뿜어대며 자신이 머무는 광대한 영역을 자양분 삼아 모조리 초토화하는 사막의 동물을 연상시키는 그런 자들이 간혹 등장합니다. 노르망디 한복판에 사자 떼가 출몰한다면 얼마나 위험하겠습니까. 그들은 그 사자들처럼 사회에 위험한 존재입니다. 그들에겐 방목장의 먹잇감이 필요합니다. 그들은 평범한 사람들을 먹어치우고, 얼간이들의 돈을 뜯습니다. 그들의 장난은 너무나도 위험해서 자신들이 한때 동무나 우상으로 삼았던 평범한 개를 끝내는 죽여버리고 맙니다. 하느님의 뜻에 따라 그 불가사의한 자들은 모세가 되고, 아틸라가 되고, 샤를마뉴가 되고, 로베스피에르가 되고, 혹은 나폴레옹이 됩니다. 그러나 그들이 하느님의 그 거대한 도구들을 그냥 한 세대 동안 깊은 바다 밑에 가라앉혀 녹슨 채 방치하면, 그들은 푸가초프, 푸셰, 루벨, 그리고 당신 카를로스 에레라 사제 수준에 머무는 것입니다. 연약한 영혼들을 지배하는 엄청난 힘을 부여받은 그들은 그 힘없는 영혼들을 유인해 이용하고 폐기 처분해 버립니다. 그런 일은 그들 분야에서는 훌륭하고 아름다운 행위겠지요. 하지만 그건 숲속에서 아이들을 현혹하는 현란한 색깔을 지닌 독초입니다. 그건 악의 시라고요. 당신 같은 사람들은 당신들만의 소굴에서 살아야지 거기서 나와서는 안 돼. 당신은 나를 유인해 그 터무니없이 거창한 삶을 살도록 만들었어, 그리고 난 내 목숨으로 그 대가를 제대로 치른 거고. 그래서 난 내 머리통을 당신의 정략이 만든 고르디우스의 매듭에서 빼내 내 넥타이로 만든 매듭 속에 집어넣게 된 거지.

내 잘못을 바로잡기 위해 검사장에게 진술 철회서를 제출했어요. 그 철회서를 적절히 활용하도록 하십시오.

내가 정식으로 작성한 유언장의 바람대로, 신부님은, 원래 신부님 교단 소유였던 돈을, 신부님께서 나에 대해 지닌 아버지로서의 애정이 워낙 큰지라 나를 위해 앞뒤 안 가리고 마구 사용한 금액 그대로 돌려받을 수 있을 겁니다.

이제 정말 아듀, 아듀, 악과 타락의 거대한 화신이여, 아듀, 올바른 길로 들어섰다면 히메네스보다도, 리슐리외보다도 더 훌륭했을 당신, 당신은 약속을 지켰습니다. 나는 홀린 듯 꿈을 좇다가 이제 다시 옛날 샤랑트 강가에서 서성이던 나로 되돌아왔습니다. 하지만 내 젊음이 범한 소소한 과실을 안고 몸을 던질 곳은 더 이상 내 고향의 강이 아닙니다. 그곳은 센강입니다. 그리고 내 마지막 은거지는 콩시에르주리 안 조그만 방입니다.

날 애석해하지 마세요. 당신을 경멸하는 나의 마음은 존경하는 마음만큼 크니까요.

뤼시앵

밤 1시가 되기 직전, 사람들이 뤼시앵의 시신을 옮기러 왔을 때, 자크 콜랭은 침대 앞에 무릎을 꿇은 자세였다. 뤼시앵이 그에게 보낸 편지는 바닥에 떨어져 있었는데, 자살한 사람이 자신을 죽인 권총을 손에서 떨어뜨리듯이 아마도 내내 손에 쥐고 있다 흘린 모양이었다. 하지만 불행에 빠진 그 남자는 뤼시앵의 한쪽 손을 자신의 두 손으로 꼭 그러쥔 채 하느님에게 기도 드리는 모습이었다.

그 모습을 보고 인부들이 잠시 멈칫했다. 그것이 중세의 천재 조각가가 제작해 무덤 위에 설치한, 영생을 기원하며 무릎을 꿇고 있는 대리석 조각 형상과 흡사했기 때문이다. 눈빛이 호랑이 눈처럼 형형하고, 이 세상 사람이 아닌 것처럼 완강하게 꿈쩍도 않는 그 가짜 사제의 모습은 시신을 옮기러 온 사람들이 보기에도 너무나 위압적이었기에 그들은 아주 공손하게 일어나 줄 수 없는지 의사를 물었다.

"왜지요?" 그가 머뭇거리며 물었다.

그 대담한 불사조는 이미 어린아이처럼 유순해져 있었다.

소장이 샤르즈뵈프 씨에게 그 광경을 가리켰고, 그 절절한 고통의 모습에 존경심이 우러나 자크 콜랭이 자처하는 아버지의 지위를 신뢰하게 된 샤르즈뵈프 씨는 뤼시앵의 운구와 장례 절차와 관련된 그랑빌 검사장의 지시를 설명했다. 뤼시앵의 시신을 반드시 말라케 강변로에 있는 그의 거처로 옮겨야 한다는 것이었는데, 그곳에는 남은 밤을 지새우며 시신을 지킬 성직자가 대기하고 있다는 설명이 뒤따랐다.

"그 법관 분의 너그러운 마음씨에 깊은 감사를 드립니다." 도형수가 처연한 목소리를 높였다. "그분께 나의 감사를 기대하셔도 좋다고 말씀드려 주십시오……. 그렇소, 난 그분께 큰 보답을 할 수 있습니다. 이 말을 잊지 마십시오. 그분께 더할 나위 없이 중요한 말입니다. 아! 보십시오, 사람의 마음속에서 일어나는 변화들은 알다가도 모르겠습니다. 이렇게 누운 아이 위에 엎어져 7시간 동안 울었더니……, 이제 이 아이를 더는 보지 않으렵니다……!"

자크 콜랭은 품에 안은 아들의 시신을 타의로 떠나보내는 어머니의 시선으로 뤼시앵을 그윽이 바라보더니 돌연 제자리에 털썩 주저앉았다. 뤼시앵의 시신이 옮겨지는 것을 보며 그는 음산한 신음을 토해 냈는데, 그것이 인부들을 더 서두르게 했다. 검사장 비서와 감옥 소장은 이미 자리를 떠 그 광경을 보지 못했다.

결단을 눈 깜짝할 새에 내렸고, 생각과 행동은 동시에 전광석화처럼 분출했으며, 세 번의 탈옥과 세 번의 도형장 수감으로 단련된 신경은 야만인의 힘줄처럼 금속의 경도에 육박했었는데, 그랬던 그 청동의 기질은 다 어디로 갔단 말인가?

쇠도 일정한 강도로 반복해서 때리거나 압력을 가하면 견디지 못하기 마련이다. 인간이 정련 작용을 통해 균질하게 만든 쇠 분자는 불변일 것 같지만 결국은 분상화(粉狀化)하고 만다. 다시 녹이지 않고는 금속은 애초의 저항 강도를 동일하게 유지할 수 없다.

말편자 제조공이나 자물쇠 제조공, 또는 날붙이 제조공 등 늘 쇠붙이를 만지는 대장장이들은 쇠가 그 상태가 되었을 때 그들만의 전문용어로 이렇게 간명하게 말한다. "쇠가 침적됐다!" '침적(沈積)'은 원래 삼을 솥에 넣고 쪄 삼 조직을 분해해 삼실을 얻는 과정을 일컫는 표현인데, 대장장이들이 그 표현을 쇠에 적용한 것이다.

각설하고! 인간의 영혼은, 혹은 더 알아듣기 쉽게 말하자면, 육체와 마음과 정신의 삼체는 일정량의 반복된 충격을 계속 받으면 쇠와 유사한 상태에 놓이게 된다. 그렇게 되면 사람도 삼이나 쇠처럼 된다. 사람도 침적되는 것이다.

끊어진 철로 때문에 발생한 대형 철도 사고들 가운데 가장 참혹했던 것이 벨뷔 사고인데,[130] 과학과 사법 당국, 그리고 대중은 철로 단선(斷線)의 원인을 규명하기 위해 저마다 나서서 수없이 많은 말을 보탰다. 그러나 그 분야의 진짜 전문가들인 대장장이들이 이구동성으로 "쇠가 침적됐다!"고 말하며 제출한 의견은 아무도 귀담아듣지 않았다. 그 위험은 예측할 수 없다. 물러진 금속이든 여전히 강도를 유지하는 금속이든 겉모양은 동일해 보이기 때문이다.

감옥의 고해신부들과 예심판사들은 이런 상태에 빠진 중범죄자들을 종종 접한다. 중죄 재판소나, 사형 직전 사형수를 단장하는 방인 투알레트가 풍기는 무시무시한 느낌이 제아무리 강단 있는 범죄자라도 신경계의 와해를 일으키는 것이다. 그러면 세상없이 굳게 닫혔던 입에서도 자백이 절로 나오고, 세상없이 강한 심장이라 할지라도 무너지게 되어 있다. 기이할지니! 자백이 불필요해진 순간이 되어서야, 그러니까 결백의 가면을 쓰고 법원을 내내 반신반의하게 했던 범죄자가 자기 죄를 자백하지 않고 죽으면 법원은 내내 찜찜할 텐데, 최후의 순간 나약함을 보이며 그 가면을 벗을 때, 그런 일이 일어난다.

---

130) 1842년 5월 8일, 파리-베르사유 노선을 달리던 여객열차가 뫼동의 벨뷔 철교 위에서 불이 나 42명이 사망했다. 이 사고는 프랑스 철도 역사상 최초의 대형 참사였다.

나폴레옹도 워털루 전투에서 온몸의 생체 에너지가 증발하는 그런 경험을 했다!

아침 8시, 피스톨의 간수가 자크 콜랭이 있는 방에 들어왔을 때 본 그의 모습은 단호한 결심을 하고 다시 힘이 넘치는 사람으로 돌아온 듯 말쑥하고 평온한 표정이었다.

"운동장에 나갈 시간이오." 열쇠지기가 말했다. "당신은 갇힌 지 사흘이 됐소. 바람을 쐬고 좀 걷고 싶다면 그렇게 해도 되오!"

자크 콜랭은 완전히 자기 생각에 몰입한 상태라 자신을 몸이 빠져나간 허깨비 옷, 누더기처럼 여길 뿐 자기 처지에 대해서는 아무런 관심이 없었기 때문에, 비비뤼팽이 함정을 파놓았으리라고는 꿈에도 생각하지 않았으며 운동장으로 가는 것이 얼마나 위험한 일인지도 자각하지 못했다.

그 불쌍한 사람은 아무 생각 없이 방을 나가, 역대 프랑스 왕들의 궁전이 품은 웅장한 아치의 돌출 장식마다 좁은 방들이 들어서 죽 이어진 복도로 접어들었다. 그 복도 끝에 성왕 루이를 기려 이름 붙인 생루이 회랑이 잇대어 있는데, 지금은 그곳을 통해 파기원의 각 부속 시설로 가게 되어 있다. 그 복도는 피스톨이 있는 복도와 연결된다. 특기할 만한 사항을 언급하자면, 가장 유명한 국왕 시해범 중 한 명인 루벨이[131] 갇혔던 방이 바로 그 두 복도가 직각으로 만나는 지점에 있다.

---

131) 1820년 왕위 계승자 중 한 명인 베리 공작을 암살한 루벨은 엄밀한 의미에서 국왕 시해범은 아니다. 195쪽 각주 109번 참조.

봉베크 망루에 있는 아름다운 성왕 루이 집무실 아래로 나선형 계단이 놓여 있는데, 이 어두운 복도의 종착지가 거기여서 피스톨에 갇힌 자들이건 독방에 갇힌 자들이건 운동장으로 가거나 운동장에서 돌아올 때 그 계단을 지나게 된다.

모든 수감자가, 다시 말해 중죄 재판소에 출두하기로 되어 있거나 이미 출두해 재판이 끝난 피고인들과 스크레에서 이감된 피의자들이, 요컨대 콩시에르주리의 모든 죄수가 바닥면 전체가 포석으로 포장된 그 좁은 공간에서 하루에 주어진 몇 시간 동안, 특히 여름에는 아침 일찍부터 산책하러 모인다.

이 운동장은 한쪽으로는 단두대나 도형장의 대기실로 이어지고, 다른 쪽으로는 헌병 경비단이나 예심판사의 집무실이나 중죄 재판소를 통해 사회와 연결되어 있다. 따라서 그곳은 단두대보다 더 소름 끼치는 곳이다. 단두대는 천국으로 가는 발판이라도 될 수 있지만, 운동장은 지상의 온갖 치욕이 모인 출구 없는 곳이기 때문이다!

라포르스의 운동장이건, 푸아시의 운동장이건, 플룅이나 생트펠라지의 운동장이건, 감옥 운동장은 감옥 운동장일 뿐이다. 성채를 방불케 하는 담의 모양이나 높이나 면적이 복제된 듯 다 똑같다. 따라서 파리의 복마전이라 할 이곳에 대한 정확한 묘사를 이 자리에서 하지 않는다면 이 작품이 속한 《풍속 연구》는 제목과 달리 거짓말을 하는 셈일 것이다.

파기원 법정을 떠받치는 튼실한 궁륭과 기둥 중 네 번째 아치에는 성왕 루이가 자신이 보시한 물품들을 나눠주는 데 썼다고 전해지는 반석이 하나 있는데, 그 돌은 오늘날에는 수감자들에게 몇 가지 먹을거리들을 파는 탁자 구실을 한다. 그래서 운동 시간이 되어 운동장이 열리자마자, 죄수들은 간식거리, 증류주, 럼주 따위가 진열된 그 반석 주변으로 모여든다.

성왕 루이 궁전의 우아함을 간직한 유일한 흔적인 비잔틴 양식의 웅장한 회랑을 마주 보고 있는 감옥 운동장의 첫 번째와 두 번째, 두 개의 아치는 변호사와 피고인이 만나는 접견실이 차지하고 있는데, 죄수들은 세 번째 아치 공간에 설치된, 거대한 철책들로 양방향 통로를 낸 삼엄한 출입구를 통해 운동장으로 접근하게 된다. 그 양방향 통로는 공연이 대성공을 거둬 장사진을 이루는 관객을 통제하기 위해 극장 출입구에 울타리를 가설해 만드는 임시 통행로와 흡사하다.

접견실은 콩시에르주리 출입구의 너른 홀 끄트머리에 자리해 원래 운동장 쪽으로 난 시야 차단용 빗살창을 통해서만 빛이 들어왔는데, 최근 출입구 쪽으로도 채광용 유리문을 낸 덕분에 출입구에서 의뢰인들과 접견하는 변호사들을 감시할 수 있게 되었다. 이런 혁신적 조치는 아리따운 여인들이 자기 변호인들을 과하게 유혹하는 일이 빈발해 생긴 필요였다.

도덕관념이 작동을 멈추는 지점은 어디일까? 그건 아무도 모른다……. 신중한 도덕적 대처는 판에 박힌 양심의 성찰과 닮았으니, 순진무구한 상상력도 전례 없이 기괴한 일들을[132] 곰곰이 생각하는 과정에서 타락하기 마련이다.

---

132) ‘전례 없이 기괴한 일’은 고해성사 준비 지침서에서 ‘변태성욕’을 에둘러 가리키는 말이다.

접견실은 피고인이든 피의자든 경찰로부터 면회가 허락된 수감자들이 부모나 친구를 만나는 장소이기도 하다.

이제 콩시에르주리에 갇힌 200여 명의 죄수들에게 운동장이 어떤 의미를 갖는지 이해될 것이다. 그곳은 그들의 정원이지만, 나무도 흙도 꽃도 없는 정원, 그냥 운동장 그 이상도 이하도 아니다!

접견실, 그리고 허락된 먹을거리와 술이 진열되어 팔리는 성왕 루이의 반석, 오직 이 두 곳과 그에 딸린 부속 시설에서만 죄수들은 외부 세계와 소통할 수 있다.

운동장에서 보내는 시간은 죄수가 바깥바람을 쐬고 다른 죄수와 어울리는 유일한 시간이다. 다른 감옥들의 경우, 수감자들이 감옥 내 작업장에서 모이지만, 콩시에르주리의 경우 피스톨에 있지 않은 한, 몰두할 만한 일거리가 하나도 없다. 게다가 콩시에르주리는 예외 없이 수사나 재판을 받기 위해 수감되는 곳이므로, 모든 수감자는 중죄 재판소에서 펼쳐질 드라마에만 정신이 쏠려 있다.

이 안마당에서 펼쳐지는 광경은 역겹기 그지없다. 상상을 초월하는 그 역겨움을 실감하려면 그 광경을 직접 보거나 본 경험이 있어야 한다. 우선, 길이가 40미터, 폭이 30미터인 공간에 모인 100여 명의 피고인들이나 피의자들은 사회의 엘리트층에 속하는 자들이 아니다. 대부분 하층계급에 속하는 그 비참한 사람들은 입성도 허술하다. 그들의 용모 역시 상스럽거나 역겹다. 상류층 출신의 범죄자가 간혹 끼어 있을 수 있지만 그런 경우는 극히 드물다. 힘깨나 쓰는 사람들이 콩시에르주리에 끌려오는 경우는 공금횡령, 사기, 위장 파산 등의 범죄를 저질렀을 때뿐인데, 그나마도 피스톨에 수감되는 특혜를 누리며, 그런 피고인은 자기 방에서 나오는 일이 거의 없다.

산책장은 높고 위압적인 거무스름한 벽들, 독방 감옥들의 칸막이벽이 밖으로 드러난 흔적인 열주(列柱)들, 강둑길 쪽의 성채, 북쪽 피스톨의 철망이 쳐진 방들에 의해 사방이 둘러싸인 데다가, 촉각을 곤두세운 간수들이 감시하고, 하나같이 상스럽고 서로를 불신하는 범죄자 무리가 우글거려서, 이미 그러한 배치와 환경만으로 음산한 기운을 흠씬 풍긴다. 그러나 당신이 그 막장 인생들을 마주한 상태에서 증오와 호기심과 절망으로 가득한 그들의 시선을 한 몸에 받는 처지가 되는 순간, 그 산책장은 공포의 대상으로 변한다. 즐거운 기색은 조금도 없다! 장소든 사람이든 모두 다 어둡다. 벽이든 사람의 의식이든 모두 다 묵묵부답이다. 이 불행한 존재들에겐 모든 게 경계해야 할 위험이다. 그들은 도형장에서 맺어진, 도형장처럼 음산한 우정 관계가 아닌 이상, 서로를 믿어보려는 엄두조차 내지 않는다. 그들을 굽어보며 감시하는 경비병은 그들이 볼 때 분위기를 살벌하게 만들고, 모든 것을, 심지어는 친한 죄수 둘이 서로 악수하는 것까지 불순하게 취급한다.

그곳에서 자신과 가장 친했던 옛 동료를 만나도 범죄자는 상대가 변심하지는 않았는지, 제 목숨을 부지하려고 자백하지는 않았는지 알 수 없다. 양(羊)에 대한 이 불안과 공포가 안그래도 기만적인 운동장의 자유를 더 못 믿게 만든다.

감옥 은어로 양은 밀고자를 가리키는데, 뭔가 고약한 일에 주눅 든 모습이지만 친구인 척 행세하는 수완이 뛰어난 자를 말한다.

친구라는 말은 역시 감옥 은어로 노련한 도둑, 산전수전 다 겪은 도둑, 사회와 절연된 지 오래인 도둑, 평생 도둑으로 남을 작정이어서 어찌 되었든! 조직 수뇌부의 법칙을 충실히 따르는 도둑을 의미한다.

범죄와 광기는 비슷한 구석이 있다. 콩시에르주리 운동장에 나와 있는 죄수들을 보는 것이나 정신병원 뜰에 나와 있는 미치광이들을 보는 것이나 보이는 모습은 똑같다. 양쪽 다 서로를 피해 다니고, 상대에게 던지는 눈길은 그때그때 머릿속 생각에 따라 다르겠지만, 기본적으로 수상하고 험악할 뿐 반갑거나 진지한 구석은 전혀 없다. 왜냐하면 그들은 서로를 잘 알고 두려워하기 때문이다. 예상되는 유죄판결, 후회, 불안 등이 감옥 운동장을 서성이는 자들의 표정을 미치광이들의 불안하고 사나운 표정과 비슷하게 만든다.

산전수전 다 겪은 노련한 범죄자들만이 정직한 삶을 살아온 평온함, 순결한 양심에서 나오는 진지함이라고 속을 만한 그런 침착한 표정을 짓는다.

중산층에 속하는 사람이 그곳에 갇히는 경우는 극히 드물고, 범죄를 저질러 그곳에 갇힌 상류층 사람들은 수치심에서 피스톨 감방에 처박혀 있어서, 운동장을 단골처럼 드나드는 자들은 일반적으로 노동자 계급 출신들이다. 헐렁한 긴 작업복, 투박한 짧은 작업복, 코듀로이 웃옷이 압도적이다. 그 거칠고 더러운 옷들은 그들의 상스럽고 음침한 표정, 그리고 죄수들이 사로잡히기 마련인 우울한 생각으로 인해 다소 누그러진 상태지만, 본질적으로는 난폭한 그들의 태도와 썩 어울리는 것이었는데, 이 모든 것이, 그곳을 짓누르는 침묵까지, 콩시에르주리를 연구하기 위해 그곳을 찾는 아주 희귀한 방문객에게 공포나 혐오의 충격을 안겨주기에 충분할 정도니, 콩시에르주리 연구라는 특권 같지도 않은 특권에 삼엄한 경호 조치가 따라붙는 것은 어찌 보면 당연하다고 할 수 있다.

성병으로 죽은 시신 모형이 전시된 해부실 견학이 젊은이에게 정숙한 생각을 품게 하고 정결하고 고귀한 사랑을 고취하는 것처럼, 콩시에르주리를 견학하게 해서 도형장이나 단두대 또는 그 어떤 치욕스러운 형벌에 바쳐질 운명을 가진 자들로 우글거리는 운동장을 보여주면, 신의 목소리는 양심에 닿기에 너무 높은 곳에서 울리므로 신의 심판을 두려워하지 않을 수도 있는 사람들에게 인간의 정의에 대한 두려움을 확실히 심어줄 터이니, 견학을 마친 그들은 그곳을 나와 오래도록 정직하게 살 것이다.

4. 은어와 아가씨, 그리고 도둑들에 대한
철학적 언어학적 문학적 고찰

자크 콜랭이 운동장으로 내려왔을 때 그곳을 어슬렁거리던 자들은 불사조의 삶에서 결정적 작용을 하는 장면의 배역들이기에, 그 험악한 모임의 주요 인물 중 일부를 이 자리에서 묘사하는 것도 의미가 없지 않을 것이다.

사람들이 모인 곳이라면 어디나 그렇듯이, 일례로 학교가 그렇듯이, 육체적 힘과 정신적 힘이 지배한다. 따라서 그곳에서는 도형장의 도형수들 서열과 마찬가지로 범죄의 중대성이 귀족 여부를 결정한다. 참수당할 범죄를 저지른 자가 다른 모든 자를 지배한다. 운동장은 짐작하다시피 형법을 가르치는 일종의 학교다. 그곳에서는 팡테옹 광장과는[133] 비교할 수 없을 정도로 뛰어난 형법 강의가 이루어진다. 주기적으로 열리는 그 풍자 강의 프로그램은 중죄 재판소의 법정 드라마를 재연하고, 재판장, 배심원, 검사, 변호사 들을 임명하며, 소송사건을 재판하는 내용 등으로 구성된다. 이 고약한 소극(笑劇)은 세상을 떠들썩하게 한 범죄가 발생하면 거의 언제나 펼쳐진다고 보면 된다.

그 당시, 강력 범죄 사건 하나가 중죄 재판소의 재판 일정에 올라와 있었다. 크로타 부부가 살해당한 끔찍한 사건인데, 현역에서 물러난 부유한 농부로서 공증인 아들을[134] 둔 부부는 그 불행한 살해 사건의 동기를 분명하게 밝혀주는 증거인 듯 집에 금화 80만 프랑을 지니고 있었다.

---

133) 당시 팡테옹 광장 옆에는 파리 법과대학이 있었다. 오늘날 파리 1대학(팡테옹 소르본) 자리다.

134) 공증인 크로타는 발자크의 1835년작 『샤베르 대령』에서 공증인 서기 신분으로 처음 등장하고, 1837년 발표된 『세사르 비로토』에서 비중 있는 인물로 등장하는데, 거기서 자기 부모 이야기를 한다. 『인간극』에서 비대한 몸집을 지닌 어리석은 공증인의 전형으로 통한다.

이 부부 살해범 중 하나로 체포된 자가 바로 단퐁이라는 이름을 가진 유명한 도형수 출신인데, 장작개비라는 별명으로 주로 불리는 그자는 5년 전부터 일고여덟 개의 다른 이름을 사용하며 경찰의 맹렬한 추적을 따돌려 왔던 인물이다. 이 간악한 범죄자의 변장이 어찌나 완벽했던지 그는 델수크라는 이름으로 2년간 옥살이를 한 적도 있었는데, 진짜 델수크는 그의 제자 중 하나로서 각종 사건에서 경범 재판소 관할을 벗어나는 처분을 받은 적이 한 번도 없는 유명한 도둑이었다.

장작개비는 도형장에서 출소한 후 세 번째 살인을 저지른 결과가 되었다. 그래서 사형선고를 받을 것이 확실한 그 피고인은 죄수들에게 두려움과 찬탄의 대상이 되었는데, 막대한 액수의 추정 재산도 그에 못지않게 두려움과 찬탄의 대상이었다. 강도질한 돈이 한 푼도 발견되지 않았기 때문이다.

1830년 7월의 엄청난 사건들에도 불구하고, 사람들의 뇌리에는 중요성 면에서 국립도서관의 메달 절도 사건에[135] 비견될 그 대담한 살인 사건이 파리를 경악에 빠뜨렸던 기억이 여전히 생생할 것이다. 왜냐하면 모든 것을 수치로 환산하는 우리 시대의 개탄스러운 경향이 살인 사건마저도 도난당한 돈의 액수가 많으면 많을수록 더욱 충격적으로 여기니 말이다.

---

135) 실제로 1831년에 일어난 절도 사건인데, 도난품 대부분은 환수되지 못했다. 16세기 이후 프랑스 왕실의 소장품을 관리한 최초의 박물관이라 할 '메달 진열실'은 대혁명 이후 프랑스 국립도서관으로 이관돼 대중에게 공개되기 시작했다. 위치는 현재 프랑스 국립도서관 분원이 있는 파리 2구 리슐리외가다.

키가 작고 비쩍 마른 데다 얼굴이 가늘어 교활한 인상을 주는 마흔다섯 살의 장작개비는 열아홉 살 때부터 제집처럼 드나들었던 3대 도형장의[136] 실력자 중 한 명으로서 자크 콜랭을 아주 잘 아는 자였는데, 어떻게 그리고 왜 잘 알게 되었는지를 설명하자면 이렇다.

24시간 전에 장작개비와 함께 라포르스에서 콩시에르주리로 이감된 다른 두 명의 도형수는 단두대행이 예약된 친구가 뿜어내는 그 으스스한 권위를 대번에 알아보았고, 바로 운동장에 그 소식을 널리 퍼뜨려 놓았다.

그 두 도형수 출신 중 한 명이 셀레리에였는데, 본명보다는 오베르뉴 촌놈, 랄로 영감, 룰뢰르[137] 등 여러 가명으로 통했고, 특히 도둑질하다 닥치는 온갖 위험을 교묘하게 잘 빠져나간다고 해서 도형장 죄수들의 수뇌부 조직 내에서는 명주실이라는 별명으로 불렸다. 명주실은 한때 불사조의 수하 중 하나였다.

불사조는 일찍이 명주실이 이중첩자, 다시 말해 조직 수뇌부의 지령을 받으면서 동시에 경찰 끄나풀로도 활약하는 자라고 의심했던 터라, 자신이 1819년 보케르 하숙집에서 체포된 것이 그자의 소행이라고 단정하기도 했다.(『고리오 영감』을 볼 것.)

셀레리에는, 앞으로는 단풍은 장작개비로 셀레리에는 명주

---

136) 브레스트, 툴롱, 로슈포르, 세 곳의 도형장을 가리킨다.
137) 룰뢰르(Rouleur)는 '통 굴리는 인부' '떠돌이' 등의 뜻인데, 마차가 정차했을 때 탑승객들의 짐을 훔치는 도둑을 가리키는 말이기도 하다.

실로 불러야 제격이라 그렇게 부르겠지만, 아무튼 셀레리에는 출소 후 이미 거주지 제한 명령을 어긴 상태에서 가중처벌에 해당하는 여러 건의 절도죄에 연루되었기 때문에 비록 사람을 상하게 하지는 않았지만 적어도 20년의 도형장 재수감형을 받을 처지였다.

다른 한 명의 도형수는 이름이 리강송이라고 하는 자인데, 수뇌부 내에서 비프라는 별명으로 불리는 여자와 내연관계라서 둘은 조직이 인정하는 가장 막강한 커플로 꼽혔다. 아주 어릴 때부터 사법기관과 사이가 원만하지 않았던 그는 별명이 비퐁이었다. 비퐁은 '비프의 수컷'이라는 말인데, 이는 곧 수뇌부가 어떠한 금기나 성역이 없는 조직임을 뜻한다. 이 야만적인 커플은 법도 종교도, 요컨대 아무것도, 심지어는 자연의 법칙조차도 존중하지 않았다. 자연법칙의 그 신성한 분류 체계도, 앞으로 알게 되겠지만, 그들에 의해 놀림감이 되는 것이다.

이쯤 해서 잠시 본론을 벗어날 필요가 있을 듯싶다. 왜냐하면 자크 콜랭을 운동장에 등장시켜 적들로 둘러싸이게 만드는 것이 비비뤼팽과 예심판사가 면밀하게 꾸민 계략이지만, 그에 따라 펼쳐질 흥미진진한 장면들은 도둑과 도형수의 세계, 그 세계의 법과 관습, 그리고 그 세계의 언어에 대한 몇 가지 설명을 곁들이지 않는다면, 전부 다 있을 수 없는 일로 보이고, 하나도 이해가 안 될 것이기 때문이다. 특히 그 세계의 언어가 펼치는 그 끔찍스러운 시(詩)는 이 부분 이야기에서 필수 불가결인 요소다.

먼저 사기꾼, 협잡꾼, 도둑, 살인자 들의 언어에 대해 한마디. 흔히 은어라고 하는 그 언어는 최근 들어 문학에서 사용되며 큰 성공을 거두는 바람에 그 괴이한 어휘가 젊은 여자들의 분홍빛 입술 사이를 통과하고, 금빛 대리석으로 치장된 공간에서 울려 퍼지며, 왕족들까지 흥겹게 입에 올리는 지경까지 이르면서 은어 쓰는 맛에 **흠뻑 빠졌다**고 실토하는 사람이 한둘이 아닌데, 그렇게 유행한 은어가 한두 개가 아니다![138]

이렇게 이야기하면 많은 사람이 놀라겠지만, 도시가 번성한 제국의 초창기부터 음습한 지하 소굴에서, 좀 더 생생하고 강렬한 효과를 위해 공연 예술 용어를 빌리자면, 각 사회 집단의 무대 밑 삼등칸에서 싹트고 자라난 언어보다 더 힘이 넘치고 더 다채로운 언어는 솔직히 말해서 세상 어디에도 없다. 세계는 그대로 하나의 무대가 아닌가? 무대 밑 삼등칸이란 오페라가 펼쳐지는 무대의 아래에 설치된 공간 중 맨 마지막 지하실을 일컫는 말인데, 오페라에 쓰이는 기계장치와 그것을 다루는 기사들, 조명 기구들, 지옥이 토해 내는 갖가지 환영들과 푸른 악령들 따위를 숨겨놓는 곳이다.

그 지하 세계의 단어 하나하나는 기발하거나 소름 끼치는 날것의 이미지다.

---

138) 이후 소개하는 은어들에 관해 발자크는 주로 프랑수아 비도크(1775~1857)의 『회고록』(1828)을 참조했다. 비도크는 탈옥한 도형수로서 극적인 변신 끝에 1811년 파리 경찰청 범죄수사대장에까지 오르고 만년에는 사설 탐정으로 활약한 전설적 인물이다. 이 작품의 비비뤼팽이나 보트랭의 현실 모델로 알려져 있다.

속바지를 가리켜 사다리라고 한다. 그걸 타고 어디를 올라 간다는 건지는 여기서 굳이 설명하지 않기로 하자!

그 세계 은어로는 잔다고 하지 않는다. 뻗었다고 한다. 그 동사가 도둑이라고 불리는, 늘 쫓기고 피곤하고 경계심 많은 짐승이 잠든 모습을 얼마나 강렬하게 표현하는지 주목하시라. 그 짐승은 일단 안전하다고 판단되면, 늘 자기 머리 위를 나는 의심의 신이 크게 펄럭이는 날갯짓의 가호를 받으며 깊고 요긴한 잠의 심연 속으로 굴러떨어진다. 보기만 해도 소름 끼칠 정도로 무서운 잠, 코를 골며 깊이 잠든 것으로 보여도 두 귀는 경계심을 배가해 활짝 열어놓은 야생동물의 잠과 흡사한 잠!

이 특수어에서는 모든 게 날것의 거칢을 보인다. 단어를 시작하고 끝맺는 음절들은 하나같이 귀에 거슬리며 묘하게 부조화를 이룬다. 그 세계 은어로 여자는 옆바람이다. 기막힌 시가 아닌가! 또 밀짚은 보스 평원의 깃털이[139] 된다.

자정이라는 단어는 납추 열두 개 소리라는 표현으로 돌려 말한다! 전율이 일지 않는가?

방을 헹구다는 어떤 곳을 거덜 낼 정도로 도둑질한다는 뜻이다.

'자리에 눕다'라는 정식 표현을, 짐승 털이나 가죽으로 만든 침구를 깔고 덮으니 생긴 것으로 보이는 다른 거죽으로 갈아입다라는 표현과 비교하면 어떤가?

은어가 전하는 이미지는 얼마나 생생한가! 이빨들이 부딪치

---

139) 보스 평원은 파리 남쪽의 드넓은 곡창지대다.

다라는 표현은 식사한다는 뜻이다. 쫓기는 사람들이 어떻게 음식을 먹는지 머릿속에 그려보겠는가?

게다가 은어는 늘 진전한다! 은어는 문명을 뒤쫓는다. 바짝 추격한다. 새것이 출현할 때마다 은어는 거기에 맞추어 새로운 표현들로 풍부해진다.

루이 16세와 파르망티에에 의해 새 품종으로 개발되어 세상에 나온 감자는 그 즉시 돼지먹이 오렌지라는 은어의 환대를 받았다.[140)]

은행권 지폐가 처음으로 발행되자, 도형장에서는 거기에 서명된 은행장 이름 '가라'에서 착안해, '가라가 *끄적거린 종이*'라는 뜻으로 파피요 가라라고 불렀다.[141)] 파피요라! 명주실을 섞어 만든 종이의 바스락거리는 소리가 들리지 않는가? 1000프랑권 지폐는 수컷 파피요, 500프랑권 지폐는 암컷 파피요다. 기대하시라, 도형수들은 앞으로 100프랑이나 250프랑권 지폐가

---

140) 널리 알려져 있다시피 남미가 원산지인 감자는 16세기에 유럽에 전해졌지 유럽에서 새로 품종이 개발된 작물이 아니다. 약제사이자 농학자인 앙투안 파르망티에(1737~1813)는 일찍이 감자의 영양학적 우수성을 알아보고 감자를 식재료로 널리 보급한 감자 전도사로 유명하다. 그는 감자에 대한 세간의 완강한 거부감을 없애기 위해 감자 꽃을 베르사유궁 장식에 사용하도록 루이 16세를 설득해 큰 성과를 거두기도 했다.

141) 프랑스 중앙은행이 설립되어 주화를 대체하기 위한 지폐를 발행하기 시작한 것은 대혁명 후 통령정부 시절인 1810년이다. 마르탱 가라(1748~1830)는 중앙은행의 창립자 중 하나이자 초대 은행장을 역임했다. 애초에 프랑스 중앙은행은 은행가들이 모여 만든 은행 연합체로서 정부의 보호는 받았으나 국가기구는 아니었다. 프랑스어로 종이는 '파피에'인데 은어는 '파피요'라고 발음을 조금 비틀었다.

나오면 그것들도 기막힌 이름을 지어 축성할 것이다.[142]

1790년, 의사 기요틴은 인도주의적 차원에서 당시 사형 집행 방식을 둘러싼 모든 문제를 일거에 해결하는 능률적 기계 장치를 찾아낸다. 그러자 바로 도형수들과 갤리선 노예였던 자들이 옛 군주제의 끄트머리이자 새로운 사법 체계의 언저리에 자리한 그 기계장치를 검토하더니, 갑자기 그것을 마지못해 들어가는 수도원이라고 부른다![143]

그들은 단두대 칼날이 떨어지며 그리는 각도를 연구하다가 풀 베는 긴 낫과 비슷한 그 운동 궤적을 묘사하기 위해 낫질하다라는 동사를 찾아낸다! 언어학에 관심 있는 사람들은 도형장이 은어로 목초지라고 불리는 사실을 떠올리곤 정말이지 그런 섬뜩한 말들을 어떻게 그렇게 지어내는지 경탄할 수밖에 없는바, 그런 말씀들은 샤를 노디에나 돼야 지어낼 수 있는 것들이다.[144]

은어가 저 멀리 고대에서부터 쓰였다는 사실은 또 어떤가! 은어는 로망어 단어의 10분의 1을 차지하고, 라블레가 그

---

142) 발자크가 이 부분을 집필할 때 지폐는 1000프랑권과 500프랑권 두 종류뿐이었고, 다른 액면가 지폐는 발권이 예고되어 있었다. 200프랑권 지폐는 의회에서 1847년 발행이 결정되었고, 100프랑 지폐는 이듬해인 1848년 발행되었다. 프랑스 중앙은행이 국유화된 것은 1946년 샤를 드골에 의해서다.

143) 은어 사전은 "교수대나 단두대는 수도원과 마찬가지로 세상과 등지는 곳으로서, 사람들은 마지못해 수도원이나 단두대의 계단을 올라간다."라는 비도크의 설명을 덧붙인다.

144) 낭만주의 운동의 선구자인 샤를 노디에(1780~1844)와 발자크는 성향이 달랐지만 서로 존중하고, 깊은 교분을 나눈 사이였다.

의 작품에서 사용한 고대 갈리아어에서도 10분의 1을 차지한다.[145]

Effrondrer('박다'라는 뜻), otolondrer('성가시게 하다'라는 뜻), cambrioler('방 안에서 벌어지는 모든 일'을 지칭), aubert('돈'이라는 뜻), gironde('아름다운'이라는 뜻, 랑그도크 지방에 있는 강 이름), fouillouse('호주머니'라는 뜻) 등의 은어들은 14세기와 15세기의 언어에서 유래한 것들이다.

'삶'을 뜻하는 은어인 'affe'는 가장 오래된 고대로 거슬러 올라간다. 'affe를 혼란스럽게 만들다'라는 뜻의 동사 'affres'가 생겼고, 거기서 오늘날 '끔찍한'이라는 의미로 쓰이는 'affreux'라는 말이 나왔는데, 그 말을 풀면 삶을 혼란스럽게 만드는 것이 된다.

은어 중 적어도 100개는 라블레의 작품에서 민중을 상징하는 인물인 파뉘르주가 쓰는 언어에서 나왔다. 그리스어 단어 두 개를 합쳐 만든 파뉘르주라는 이름 자체가 일종의 은어로, 못하는 것이 없는 사람이라는 뜻이다.

과학은 철도를 발명해 문명의 면면을 바꾼다. 은어는 일찍이 철도를 가리켜 바퀴 달린 생물이라고 명명한 바 있다.

자기들 머리가 아직 어깨 위에 붙어 있을 때 도형수들끼리 머리를 부르는 은어인 소르본은[146] 세르반테스나, 아레티노

---

145) 16세기 작가 프랑수아 라블레의 『가르강튀아와 팡타그뤼엘』은 문학 작품에 통속어와 구어, 음담패설과 언어유희 등을 적극 적용해 희극성을 높인 작품으로 유명하다.
146) 『고리오 영감』에서는 공뒤로(비비뤼팽)가 보트랭을 가리켜 도둑들의

를[147] 위시한 이탈리아의 이야기꾼들처럼, 아주 옛날 소설가들에게서도 나타난다는 점에서 그 기원이 까마득한 오래전으로 거슬러 올라간다는 것을 보여준다. 늘 그래 왔듯이, 수많은 옛날 소설의 여주인공으로 등장하는 매춘부 아가씨는 사실 사기꾼, 도둑, 노상강도, 야바위꾼, 협잡꾼의 수호천사였고 단짝이었고 위안이었다.

매춘과 도둑질은, 사회적 존재 양태에 맞서는 본래적 자연 상태의 항의를 생생하게 보여주는, 여성과 남성의 두 가지 삶의 방식이다. 그래서 철학자들과 오늘날의 개혁자들과 인도주의자들은, 그리고 그들 뒤꽁무니에 줄 서 있는 공산주의자들과 푸리에주의자들은 추호의 망설임이나 의심도 없이 모든 논의를 매춘과 도둑질이라는 두 가지 결론으로 끝맺는다.[148]

도둑은 사변론자들의 책에서처럼 소유와 세습과 기타 사회

소르본, 즉 두뇌라고 불릴 만큼 위험한 인물이라고 설명한다.

147) 피에트로 아레티노(1492~1556)는 외설스러운 표현과 권력에 대한 신랄한 풍자로 유명한 이탈리아 작가다.

148) 발자크는 이 대목에서 루소가 말한 '자연 상태'를 현실로 구현하려는 이른바 '본능'의 옹호자들을 무책임한 이상주의자들이나 모험주의자들이라고 꼬집는다. 그중에서도 특히 사회주의 사상가 푸리에(1772~1837)가 일부일처제에 기반을 둔 가부장 체제와 사유재산 소유 제도의 철폐를 내세우며 주장한 평등주의는, 이듬해 터지는 2월혁명의 기운이 팽배한 1847년 시점에서 발자크에게 사회를 붕괴시키는 위험한 사상으로 여겨졌다. 또 발자크가 언급한 '공산주의자'는 에티엔 카베(1788~1856)를 가리킨다. 카베는 자신이 꿈꾼 이상적 사회를 미국 루이지애나에 공동체 마을을 건설함으로써 현실에 구현하고자 했다. 푸리에와 카베는 과학적 사회주의를 주창한 마르크스와 엥겔스에 의해 공상적 사회주의자라고 비판받는 대표적 인물들이다.

보장에 대해 문제 제기나 하고 앉아 있지는 않는다. 도둑은 그 것들을 깨끗이 철폐한다. 도둑에게 도둑질한다는 것은 자기 재산을 되찾는 것이다. 도둑은 인쇄된 유토피아 책자에서처럼 결혼을 논하지도 않고, 비난하지도 않으며, 일반화할 수도 없 는 그 상호 동의를, 두 영혼의 그 밀접한 결합을 요구하지도 않는다. 도둑은 결혼 대신 폭력과 짝짓기 한다. 둘을 결합하는 쇠사슬 고리는 필요성이라는 망치의 두드림으로 계속 긴밀하 고 공고해진다. 현대의 개혁가들은 끈적끈적하고 군소리가 많 으며 불분명하기만 한 이론 아니면 자선 정신이 충만한 소설 이나 쓴다. 그러나 도둑은 실천한다! 도둑은 일어난 사실처럼 명확하고, 주먹질처럼 논리적이다. 게다가 그 스타일은 또 얼 마나 멋지고……!

이번엔 다른 관찰! 아가씨들과 도둑들과 살인범들의 세계 인 도형장과 감옥은 남녀 합해 대략 6만에서 8만 명의 인구 를 아우른다. 그 세계는 우리 풍속의 묘사에서, 우리 사회 현 황의 문학적 재현에서 절대 무시되어서는 안 될 것이다. 법원 과 헌병대와 경찰이 거의 그 숫자에 육박하는 공무원들을 거 느리고 있는 것도 다 그런 까닭이니, 신기하지 않은가?

서로 쫓고, 서로 피하는 그 인간들의 적대관계는 이 연구에 서 스케치된 것처럼 뛰어난 극적 요소를 지닌 하나의 거대한 결투를 낳는다.

도둑질이나 아가씨 장사에 속한 개인이든, 연극판, 경찰, 사 제직, 헌병대에 속한 개인이든, 사정은 다 똑같다. 양쪽이 상 반되어 보여도, 열거한 이 여섯 가지 직업 조건에 속한 개인

은 그 조건 특유의 특징이 새겨져 지워지지 않는다는 점에서
는 같다. 각 개인은 자신의 됨됨이 이상이 될 수 없다. 거룩한
성직의 흔적이 불변이듯 군직의 흔적도 불변이다. 그건 성직이
나 군직과는 정반대 편에 있는 신분들에도, 그러니까 문명의
거역자들에게도 마찬가지다.

이러한 진단은 좀 거칠고 듣기 거북하고 독특하고 특정 경우
에 국한되는 것인지는 몰라도, 매춘부와 도둑, 살인자와 출소자
가 그들의 적수인 밀정이나 헌병과 맺는 관계가 사냥꾼과 사
냥감의 관계라는 사실을 아주 쉽게 이해하게 해준다. 그들은
특유의 동작, 버릇, 표정, 시선, 색깔, 냄새 등, 틀림없이 그들임
을 알려주는 특성들을 가지고 있다. 그렇기에 도형장의 거물들
에겐 수준 높은 변장술이 필수다.

낙인 찍기의 폐지, 형량의 감경 추세, 배심원단의 무분별
한 온정주의 등으로 인해 나날이 위협적으로 변모하는 이 범
죄 세계의 구성에 대해 한마디만 더 보태기로 하자. 이런 추
세대로라면 앞으로 20년 후 파리는 4만 명의 출소자들로 구
성된 대부대에 포위되고 말 것이다. 센도와 도내 15만 인구는
그 불우한 자들이 몸을 숨길 수 있는 프랑스 유일의 환경이므
로,[149] 파리는 그들에게 맹수들이 활개 치는 원시림 같은 역
할을 한다.

범죄 세계의 포부르 생제르맹, 범죄 세계의 귀족계급이라고

---

149) 도형장에서 석방된 자들은 재범 방지와 감시의 편의를 위해 규모가 작
은 도시로 거주지가 제한된다. 그래서 출소자들은 거주지 제한 명령을 위반
하고 파리 같은 대도시로 몸을 숨기는 일이 많았다.

할 수뇌부 조직은 1816년, 조직 내 수많은 직제를 검토한 일종의 강화회의를 거쳐 결성된 그랑 파낭델이라는 이름의 협회로 재정비되었거니와, 가장 유명한 조직 두목들과 직제가 사라져 달리 살아갈 방도가 없어진 조직원 중 몇몇 대담한 자들이 그 협회에 모여들었다.

파낭델이라는 말은 형제, 친구, 동지를 다 아우르는 은어다. 모든 도둑과 도형수와 죄수는 파낭델이다.[150]

그중에서도 그랑 파낭델은 조직 수뇌부의 정화(精華)로서 지난 20여 년 동안 그 세계 신민들의 파기원이자 학술원이자 귀족원 역할을 했다. 그랑 파낭델에 속한 일원들은 모두 개인 재산을 소유했고, 공동 자산을 관리했으며, 별도의 행동 규약을 가졌다. 그들은 곤경에 처했을 때 상부상조해야 할 의무를 지며, 모두 서로 잘 아는 사이였다. 게다가 경찰의 계략과 유혹을 훤히 내려다보는 위치에 있는 그들은 자기들만의 특별한 헌장과 암호와 식별 표지를 갖추었다. 이 도형장의 최고 왕족 혈통들은 1815년에서 1819년 사이에 일만회라는 유명한 결사체를 조직했는데(『고리오 영감』을 볼 것.[151]) 그 결사체의 명칭은 생기는 돈이 1만 프랑에[152] 미치지 못하는 일은 절대 손대지

---

150) '파낭델'이라는 은어는 17세기에 이미 범죄 세계에서 쓰였고, 1829년 발표된 빅토르 위고의 『사형수 최후의 날』에도 나온다. 반면에 '그랑 파낭델'은 발자크가 만든 허구의 조직이다.
151) 공뒤로, 곧 비비뤼팽이 푸아레와 미쇼노에게 보트랭이 소속되어 있는 '일만회'를 설명하는 장면이 『고리오 영감』에 있다.
152) 1만 프랑은 현재 가치로 환산하면 3만 5000유로에 해당한다.

않는다는 그들의 규약을 따라 지어진 것이다.

이 일이 벌어질 즈음, 그러니까 1829년과 1830년 사이에, 그 결사체의 세력 판도와 회원들 이름 등이 적시된 회고록이 그 결사체 출신으로 사법경찰에 소속된 유명 인사에 의해 발간되었다.[153] 그 회고록은 남성과 여성으로 구성된 엄청난 능력을 지닌 집단의 실체를 확인시켜 상당한 놀라움을 안겨주었다. 그러나 그 집단이 그토록 어마어마하고 능수능란하며 대체로 운도 따랐다고 느껴지는 것이, 회고록에는 레비, 파스투렐, 콜롱주, 시모 등,[154] 나이가 오륙십 줄에 이른 도둑들이 어린 시절부터 사회에 대한 반항심을 가지고 있었다고 적시되어 있는 것이다! 그렇게 늙은 도둑들이 존재하다니, 사법기관으로서는 그 무슨 무능력의 자백이란 말인가!

자크 콜랭은 일만회뿐 아니라 도형장의 영웅들인 그랑 파낭델 협회의 자금 관리원이었다. 관계 당국도 인정하는 사항이지만, 도형수들의 세계에는 관리 자금이 늘 있었다. 이상하지만 수긍이 갈 만한 일이다. 아주 특이한 경우를 제외하고는 훔친 재물이 원주인에게 되돌아가는 경우란 절대 없으니까 말이다. 유죄판결을 받은 죄수들은 도형장에 아무것도 갖고 들어갈 수 없으므로 신뢰와 능력을 입증한 조직에 의존해 일반인들이 은행에 돈을 맡기듯 거기에 자신들의 자산을 맡길 수밖에 없다.

---

153) 비도크의 『회고록』을 염두에 둔 설정이다.
154) 가공의 인물들이 아니라 실제로 비도크의 『회고록』에 소개되는 도둑들이다.

애초에 비비뤼팽은, 10년 전 범죄수사대장으로 변신한 바로 그 인물 말인데, 그랑 파낭델 귀족계급의 일원이었다. 그의 배반은 자존심에 상처를 입은 데서 나왔다. 그는 불사조의 뛰어난 지략과 경이로운 에너지가 늘 자기를 제치는 치욕을 맛보아야만 했다. 이로부터 자크 콜랭에 대한 그 대단한 범죄수사대장의 집요한 앙심이 자랐다. 비비뤼팽과 그의 옛 동료들 사이에 이루어진 몇 차례 타협도 거기서 비롯된 것인데, 사법관들이 그런 점에 주목하기 시작했다. 그러니까, 복수심에 불타는 데다 자크 콜랭의 정체를 밝히려는 예심판사 덕분에 복수심에 날개까지 달게 된 범죄수사대장은 자신을 도와줄 부하들을 아주 고심해서 골랐던 것인데, 가짜 에스파냐인을 공격하라고 투입한 장작개비, 명주실, 비퐁이 그들이었다. 장작개비는 명주실과 마찬가지로 일만회에 속했던 자고, 비퐁은 그랑 파낭델의 일원이었다.

비퐁의 **옆바람**인 무시무시한 비프는 양갓집 부인으로 변신하는 기술을 발휘해 경찰의 추적을 모두 따돌려 온 그런 여자인데, 붙잡히지 않고 밖에서 움직였다. 후작 부인, 남작 부인, 백작 부인 행세를 두루두루 기가 막히게 할 줄 아는 그 여자는 마차와 하인들까지 갖추고 있다. 치마 입은 자크 콜랭이라고 할 수 있는 그녀는 자크 콜랭의 오른팔인 아지에 필적할 유일한 여자다.

사실 도형장의 영웅들은 각자 헌신적인 여인과 짝을 이룬다. 사법 기록물이나 법원의 비밀문서 들을 살펴보면 그 사실을 접할 수 있을 것이다. 정숙한 여인의 열정도, 심지어는 자

신의 고해신부를 향한 독실한 여인의 열정조차도, 그 어떤 열
정도 거물급 범죄자와 함께 위험을 나누어 지는 그 단짝 정부
(情婦)의 불타는 열정을 넘어서지 못한다.

그들에게 있어서 열정은 거의 언제나 그들이 저지르는 대담
한 범죄와 살인의 원초적 동기다. 의사들이 진단하길, 그들을
체질적으로 여자에게로 이끄는 그 불같은 사랑은 에너지 넘치
는 그 사나이들의 정신적 육체적 힘을 모조리 끌어다 쓴다. 그
래서 그다음에는 며칠이고 무위도식하며 지내는 것이다. 사랑
에 과도하게 정력을 쏟고 나서는 그 정력을 보충하기 위한 휴
식과 식사가 필요한 까닭이다. 그래서 모든 힘든 노동에 대한
증오가 생기는 것이고, 그 증오심이 그들을 손쉽고 빠르게 돈
을 획득하는 방법에 의지하도록 내모는 것이다.

그러나 살아야겠다는 열망, 그것도 잘살아야겠다는 열망은
그것이 이미 아무리 강렬해졌다 할지라도, 일찍이 씀씀이가
후한 세상의 메도로들로[155] 하여금 보석이며 드레스며 죄다
갖다 바치게 하는 아가씨, 미식이 변치 않는 취미인지라 산해
진미를 즐기는 아가씨의 존재 때문에 잔뜩 부추겨진 낭비벽에
비하자면 사소한 일이 되어버리는 법이다. 아가씨가 숄을 원

---

155) 메도로는 르네상스 시대 이탈리아 시인인 아리오스토의 서사시 『광란
의 오를란도』에 나오는 잘생긴 사라센 군인이다. 기독교의 수호자 샤를마
뉴 대제가 사라센 제국과 벌이는 전투와, 여러 남녀의 얽히고설킨 사랑 이야
기가 교차하는 작품으로, 그중 샤를마뉴의 기사 오를란도(프랑스어로는 롤
랑)와 중국 공주 안젤리카, 그리고 메도로의 삼각관계도 있다. 발자크는 『인
간극』의 다른 소설 『노처녀』(1836) 끝부분에서 메도로의 남자다움을 예찬
한다.

한다, 애인은 숄을 훔친다, 그러면 여자는 거기서 사랑의 징표를 확인한다! 도둑질에 발을 들여놓는 까닭은 그렇다. 인간의 마음을 자세히 들여다보면 도둑질은 남자에게 있는 거의 천성에 가까운 성향임을 깨닫게 될 것이다. 도둑질은 살인에 이르고, 살인은 사랑하는 아가씨를 둔 애인을 한 계단 한 계단 단두대로 끌어올린다.

그러니까 그러한 남자들의 비정상적일 정도로 왕성한 육체적 사랑의 욕망은, 쟁쟁한 의과대학 학자들의 말에 따르자면, 세상에 일어나는 범죄 중 열에 일곱을 유발하는 근본 원인이다. 그 증거는 차고 넘치거니와 사형당한 남자의 몸을 검시하면 그걸 입증하는 충격적이고 명백한 신체 기관이 눈으로 확인된다는 것이다. 그 괴물 같은 애인을, 사회의 도깨비 같은 존재를 그의 여자가 그렇게 미치도록 숭배하는 것은 그런 까닭이다.

수많은 재판을 미궁에 빠뜨려 알 수 없게 만드는 것은, 감옥 문 앞에 충직하게 웅크리고 있는, 호시탐탐 수사 계책을 무산시키기 위해 심혈을 기울이는, 결정적 비밀을 지켜 무덤까지 가지고 가는 바로 그 여성 특유의 헌신이다. 그리고 그것은 범죄자의 힘이자 동시에 약점으로 작용한다.

아가씨들 언어로 성실하다는 말은 그런 애정 관계가 요구하는 법칙을 한 치도 위반하지 않는다는 뜻이며, 빵에 갇힌(투옥된) 남자에게 자기 돈 전부를 바친다는 뜻이며, 그의 안녕을 밤새워 빌고, 어떤 경우라도 그를 믿으며, 그를 위해서라면 어떤 일도 불사한다는 뜻이다. 한 아가씨가 다른 아가씨 면전에 대고 부끄러운 짓을 했다며 퍼부을 수 있는 가장 심한 욕은 꽉 낀(감옥에 갇힌) 신세의 애인에게 의무를 다하지 않았다고 비난하는 것이다. 그렇게 비난받은 아가씨는 매정한 여자로 낙인찍힌다……!

장작개비는, 이제 곧 언급하겠지만, 한 여자를 열렬히 사랑했다.

명주실은 이기적인 철학자로서 도둑질을 자기 운명이라고 생각하는 자였는데, 자크 콜랭의 맹신자였지만 프뤼당스 세르비앵과 함께 75만 프랑을 가로채 도주한 파카르와 아주 닮았다. 그는 어떤 애정 관계도 맺지 않았다. 그는 여자를 경멸했으며, 오직 자기 자신, 명주실만 사랑했다.

비퐁으로 말할 것 같으면, 그는, 이제 확실히 알겠지만, 그 별명을 비프와 밀착된 애정 관계에서 얻었다.

그런데 조직 수뇌부에 속하는 이들 세 유명인은 자크 콜랭에게 맡긴 돈의 지급을 요청할 계좌를 갖고 있었는데, 문제는 그 계좌의 존재를 입증하기가 꽤 어렵다는 점이었다. 오직 자금 관리원만이 조합원 중 몇 명이 생존해 있는지, 각 조합원의 자산이 얼마나 되는지 알았다. 불사조가 뤼시앵을 위해 개구리 저금통, 즉 자기가 관리하는 도형수들의 자금을 꿀꺽하기로 결심했을 때, 그는 자기가 관리하는 수탁자들의 사망률을 이미 계산해 두고 있었다.

9년 동안 자기 동료들과 경찰의 추적을 따돌려 왔던 자크 콜랭은 그랑 파낭델의 헌장에서 정해 놓은 기한이 만료되면 자신이 관리하는 위탁자 중 3분의 2의 자산이 자연스럽게 자신의 몫이 될 것이라고 거의 확신했다. 게다가 그는 단두대에서 목이 날아간 파낭델들에게 이미 지급을 마쳤다고 주장할 수도 있지 않았을까?

요컨대 그랑 파낭델의 우두머리에게 그간 어떤 통제나 감독도 미치지 않았다는 얘기다. 협회는 부득이 그를 전적으로 신임할 수밖에 없었던 것인데, 도형수들이 영위하는 야수의 삶이란, 특히 그 야만의 세계에서 행세깨나 하는 자들 사이에는 서로 건드릴 수 없는 극도로 민감한 부분이 있었기 때문이다. 자크 콜랭은 10만 에퀴의 횡령액으로 기소되더라도 어쩌면 10만 프랑 정도만 변제금으로 내고 석방될 가능성도 있었다.[156]

다시 그 당시로 되돌아가 보면, 장작개비는 자크 콜랭에게 자금을 맡긴 채권자 중 한 명이었는데, 이젠 다 알다시피 살날이 90일밖에 남지 않은 처지였다. 실제로는 그의 대장이 그에게 받아 보관하고 있는 액수보다 훨씬 많은 재산을 가진 부자인 장작개비는 게다가 성격도 꽤 서글서글한 편이었다.

감옥 소장들과 그 요원들, 경찰과 그 조력자들, 나아가 예심판사들까지도, 돌아온 야생마들, 다시 말해 누에콩(국가가 도형수들의 식량으로 제공하는 일종의 강낭콩)을 먹어본 적 있는 자들을 식별하는 근거로 삼는 확실한 표식 중 하나가 바로 그들이 감옥에서 익힌 습성이다. 누범자들은 당연히 수형 생활에 익숙하다. 그들은 제집처럼 편하게 지내며, 어떤 일이 일어나

---

156) 명목 화폐단위로서 1에퀴는 3프랑에 해당한다. 그러니까 3분의 1만 변제하면 된다는 말이다. 30만 프랑에 해당하는 10만 에퀴는 오늘날 화폐로 환산하면 100만 유로(14억 원 상당)에 달하는 거액이다.

도 놀라지 않는다. 그러니까 그간 자크 콜랭은, 라포르스에서
든 콩시에르주리에서든 자기 자신이 드러나지 않도록 경계하
며 무고하고 무관한 자 행세를 기막히게 연기했던 것이다. 그
러나 고통에 무너지고, 이중의 죽음에 짓눌려 그는 원래의 자
크 콜랭으로 돌아왔으니, 왜 이중이냐 하면, 그 운명의 밤에
그는 두 번 죽었기 때문이다. 간수는 에스파냐 사제가 어디를
통해 운동장으로 가야 하는지 일러줄 필요도 없이 알아서 운
동장으로 향하는 모습에 그만 어안이 벙벙해졌다.

너무도 완벽했던 그 배우는 자신의 역할을 잊고 말았다. 그
는 콩시에르주리라면 이골이 난 사람처럼 봉베크 망루의 나선
형 계단을 선선히 걸어 내려갔다.

'비비뤼팽 말이 맞았어.' 간수가 속으로 중얼거렸다. '저자
는 돌아온 야생마야, 자크 콜랭이 틀림없어.'

5. 대빵 각하

불사조가 망루 출입문을 열고 마치 액자 속 그림의 인물처
럼 모습을 드러냈을 때, 죄수들은 생루이의 반석이라고 불리
는 돌 탁자에서 물품 구매를 끝마치고 제각각 운동장으로 흩
어지는 중이었다. 운동장은 죄수들에게 여전히 너무나 비좁은
공간이었다. 그러므로 새로운 수감자가 운동장에 나타나면 거
미줄 중앙에 있는 거미처럼, 비교할 수 없을 정도로 정확하고
정확한 만큼 민첩한 시선으로, 먹잇감을 노리는 죄수들에게

금세 포착되었다.

이 비유는 수학적 엄밀성을 갖추었다고 할 수 있는 게, 운동장은 사방이 높고 우중충한 성벽에 둘러싸여 시야가 제한되었기에 수감자는 굳이 눈여겨보지 않더라도 운동장의 유일한 출입구인 간수들이 사용하는 문, 접견실의 창, 그리고 봉베크 망루의 계단 창이 언제라도 자연스럽게 눈에 들어오는 구조기 때문이다.

피고인은 완전한 고립 상태에 갇혀 있기에 모든 사건이 돌발적이고, 모든 것이 그의 주의를 사로잡는다. 파리 식물원 우리 속에 갇힌 호랑이의 갑갑함처럼 그가 느끼는 갑갑함은 그의 주의력을 엄청나게 증가시킨다.

자크 콜랭이 장백의는 아니지만 성직자답게 차려입고 있었다는 점은 짚고 넘어가야 할 필요가 있다. 그는 검은색 바지, 검은색 양말, 은 버클이 달린 구두, 검은색 조끼, 그리고 프록 코트 비슷한 짙은 밤색 외투를 입고 있었으며, 조발(調髮) 형태를 보면 비록 연기하는 것이지만 사제의 티가 역력했고, 특히 독특한 머리카락 길이는 앞에 열거한 사제다운 차림에 마침표를 찍는 것이었다. 자크 콜랭은 말하자면 더할 나위 없는 성직자 가발을 쓴 셈인데, 차이라면 그 머리숱이 순정품 자연산이라는 점이었다.

"저기 봐! 저기!" 장작개비가 비퐁에게 말했다. "불길한데! 멧돼지[157] 한 마리가 출현했어! 어떻게 여기에 들어온 거지?"

---

157) 사제를 가리키는 은어다.

"놈들이 쓰는 트릭이야. 새로운 유형의 요리사(밀정)라고." 명주실이 대꾸했다. "저자는 교수대 올가미 장수(옛 기마 헌병)일 거야. 물건을 팔러 온 것처럼 변장한 거라고."

헌병은 은어로 여러 이름으로 불린다. 도둑을 추적할 때는 교수대 올가미 장수이고, 도둑을 호송할 때는 그레브 광장의 제비이며, 도둑을 처형대로 데려갈 때는 기요틴의 경기병이다.

운동장 묘사를 마무리하려면 다른 두 명의 파낭델에 대해 좀 더 말을 보탤 필요가 있을 성싶다.

오베르뉴 촌놈이라고 불리기도 하고, 랄로 영감이라고 불리기도 하고, 룰뢰르라고 불리기도 하는 셀레리에, 곧 명주실은 사실 이름이 30개나 되고 여권도 그만큼 가지고 있는데, 여기서는 조직 수뇌부에서 그에게 부여한 유일한 이름인 명주실이라는 별명으로만 지칭하기로 하겠다. 가짜 사제에게서 헌병의 위장술을 감지한 이 심오한 철학자는 키가 173센티미터[158] 정도 되고, 온몸의 근육이 울근불근 특이하게 발달한 건장한 사내였다. 커다란 두상 아래, 맹금류의 그것처럼 불투명하고 단단한 회색빛 눈꺼풀에 덮인 작은 두 눈에서는 광채가 뿜어져 나왔다.

얼핏 보아 그는 턱이 넓은 데다 턱선이 강하고 뚜렷해서 늑대 같은 인상을 주었다. 그러나 그 비유가 함축하는 모든 잔인함과 사나움은 비록 천연두 자국으로 얽은 얼굴이지만 그 표정에서 풍기는 교활함과 발랄함으로 충분히 상쇄될 만했다.

---

158) 당시로서는 꽤 큰 키였다.

얽은 자국 하나하나마다 모두 윤곽이 선명해서 마치 영혼이 담긴 것 같았다. 그 표정에는 또 그만큼의 조롱기가 뚝뚝 묻어났다. 범죄자들의 삶은, 허기와 갈증, 강가나 제방이나 다리나 길거리 등에서 노숙하며 보낸 숱한 밤들, 범죄 성공을 기념하며 벌인 술판에서 마신 독주 등이 남긴 흔적을 담고 있기 마련이거니와, 그의 얼굴에는 그런 흔적이 니스 칠처럼 겹겹이 발려 있었다.

만약 명주실이 30걸음 앞에서 변장하지 않은 민낯 그대로 모습을 드러냈다면, 경찰 요원이나 헌병은 자기 사냥감을 금세 알아보았을 것이다. 그러나 그는 얼굴을 분장하거나 차림새를 바꾸는 기술에서 자크 콜랭에 필적했다.

당시 명주실은 무대 위에서만 분장에 신경 쓰지 평소에는 무심한 대배우처럼, 단추는 다 떨어져 나가고 해진 단춧구멍으로 흰색 안감이 내비치는 사냥복 같은 상의에 조악한 녹색 실내화, 그리고 원래는 담황색이었으나 희끄무레하게 변색한 바지를 걸치고, 머리에는 챙 없는 작업모를 썼는데, 모자 밑으로 여기저기 찢기고 빛이 바랜 낡은 면도용 손수건 자락이 삐죽 나와 있었다.

명주실 옆의 비퐁은 완전히 반대되는 모습이었다. 그 유명한 도둑은 작은 키, 피둥피둥 살찐 유연한 몸, 창백한 낯빛, 움푹 팬 검은 눈에 옷은 요리사처럼 입었고, 두 다리는 심하게 휘어 안짱다리인 데다, 육식동물의 특징이라고 할 요소들이 빠짐없이 두드러지게 드러난 표정 때문에 두려움을 안겼다.

명주실과 비퐁은 장작개비에게 비위를 맞추고 공손하게 대했는데, 그는 어떤 희망도 없었기 때문이다. 그 살인범은 자신이 초범이 아닌지라 유죄판결을 받고 4개월 안에 처형될 것임을 잘 알았다. 그래서 장작개비의 친구인 명주실과 비퐁은 그를 참사회원, 다시 말해 마지못해 들어가는 수도원의 참사회원이라고만 불렀지, 절대 다른 호칭으로 부르지 않았다.

명주실과 비퐁이 장작개비에게 왜 살갑게 구는지는 쉽게 수긍이 가는 일이다. 장작개비는, 기소장 어투를 빌리자면, 크로타 부부 집에서 부당 취득한 자기 몫의 장물 25만 프랑을 땅속 어딘가에 묻어두었던 것이었다.

비록 며칠 후면 자신들이 나왔던 도형장에 또다시 수감될 처지지만, 언젠가는 그들 두 파낭델에게 어마어마한 유산이 돌아올 수도 있다고 생각해 보라. 비퐁과 명주실은 누적된(다시 말해 가중 요건이 병합된) 절도죄로 15년 형을 받을 것이 확실했고, 거기에다 그들이 가석방되었을 때 집행 정지된 10년 안팎에 달하는 이전 형량이 당연히 가산될 터였다.

따라서 그들은, 하나는 22년, 다른 하나는 26년에 달하는 강제 노역형을 살아야 했지만, 둘 다 모두 탈출해서 장작개비가 묻어놓은 금화 더미를 찾겠다는 꿈에 부풀었다.

그러나 일만회 회원 장작개비는 자기 비밀을 함구했다. 그로서는 정식으로 사형선고를 받기 전까지는 그 비밀을 누설할 필요가 없어 보였다. 도형장의 최상층 계급의 일원으로서 그는 자기 공범들에 대해서 한마디도 발설하지 않았다. 그의 그러한 성격은 유명했다. 그 끔찍한 사건의 수사를 맡은 포피노 예심판사도 그로부터 아무런 단서를 얻어낼 수 없었다.

험악한 삼거두(三巨頭)는 운동장에서 제일 높은 곳, 그러니까 피스톨 감방 바로 아래에 진을 치고 있었다. 명주실은 초범으로 잡혀 들어온 한 청년을 상대로 모의 예심을 막 끝낸 참이었다. 그 청년은 자신이 10년의 강제 노역형을 받을 것이라 믿고 여러 목초지에 대한 정보를 구했다.

"어허, 이 친구," 명주실이 거드름을 피우며 청년에게 말하기 시작했는데, 바로 그때 자크 콜랭이 운동장에 나타났다. "브레스트와 툴롱과 로슈포르 간에는 차이가 있어. 그 차이란 바로 이것이지."

"어서요, 선배님." 청년이 초범답게 호기심 가득한 목소리로 재촉했다.

그 피고인은 부잣집 아들로서 위조 혐의로 기소돼 큰 압박감을 받고 있었는데, 뤼시앵이 있었던 피스톨 바로 옆 피스톨에 수감된 자였다.

"얘야," 명주실이 말을 이었다. "브레스트에서는 나무통 속에 스푼을 넣고 뜨다 보면 세 번째 만에 확실히 누에콩을 만나게 되지. 툴롱에서는 다섯 번째가 돼서야 만나게 되고. 로슈포르에서는 절대로 누에콩을 뜰 수 없어, 경력이 풍부한 도형수라면 몰라도 말이야!"

그렇게 말한 다음, 그 심오한 철학자는 장작개비와 비퐁에게로 다시 다가갔다. 그렇게 셋은 멧돼지의 출현에 놀라 운동장 아래로 내려가기 시작했고, 자크 콜랭은 고뇌에 잠긴 채 운동장 위로 올라오고 있었다.

불사조는 몰락한 황제처럼 몸서리나도록 괴로운 생각에 완

전히 잠겨 있어 자신에게 모든 시선이 집중된 것을, 자신이 만
인의 주목을 받고 있다는 사실을 알아채지 못했다. 그는 뤼시
앵 드 뤼방프레가 목을 맨 그 숙명의 창을 바라보면서 천천히
걸을 뿐이었다.

어떤 죄수도 그 비극적 사건이 일어났다는 사실을 알지 못
했다. 왜냐하면 뤼시앵의 옆방에 있던 위조범 청년이 독자 여
러분께 곧 공개될 모종의 동기를 가지고 그 사건에 대해 아무
말도 하지 않았기 때문이다.

세 명의 파낭델이 사제의 길을 가로막고 나섰다.

"이자는 멧돼지가 아니야." 장작개비가 명주실에게 말했다.
"이자는 돌아온 야생마야. 이자가 오른발을 어떻게 *끄는지* 봐."

독자 여러분 중 그 누구도 도형장을 직접 방문해 구경하겠
다는 엉뚱한 생각을 하진 않을 테니까 이 자리에서 좀 설명할
필요가 있을 것 같은데, 도형장에서 도형수는 예외 없이 다른
도형수와 발목 쇠사슬로 묶여 한 짝이 된 상태로 (항상 늙은
도형수와 젊은 도형수가 짝을 이룬다.) 지낸다. 발목 위에 고리를
끼워 리벳을 조인 그 쇠사슬이 상당히 무거워서 1년쯤 지나면
도형수는 영구적인 보행 습관을 갖게 된다.

그 발목 **토시**를, 그게 도형장에서 그 쇠고랑을 부르는 은어
인데, 끌고 다니려면, 묶인 발에 다른 쪽 발보다 더 많은 힘을
주지 않을 수 없으므로, 죄수는 그렇게 힘을 들이는 습관이
자기도 모르는 사이 몸에 밴다. 그래서 나중에 석방되어 그
쇠사슬을 벗어버렸는데도 여전히 그 기구를 차고 있는 것처럼
걷거니와, 그 원리는 사고로 다리가 잘려 나가고 없는 사람이

여전히 극심한 다리 통증을 느낀다고 하는 것과 비슷하다. 도형수는 항상 자기가 발목 보호대를 차고 있다고 느껴서 그 보행 습관에서 평생 벗어나지 못한다. 그래서 경찰 용어로 오른발을 질질 끈다는 말이 생겼다.

경찰관들에게 도형수임을 확인하는 방식으로 알려져 있고, 도형수들 사이에서도 널리 알려진 그 진단법은 도형수가 동료를 식별하는 데 도움을 주지 못할 때도 있지만, 적어도 식별 후 보충 확인 용도로는 요긴하게 쓰인다.

탈옥한 지 8년이나 지난 불사조에게 그런 걸음걸이는 거의 사라지고 없었다. 그러나 깊은 생각에 잠겨 느리고 장중하게 발걸음을 옮기는 바람에, 그 보행 습관이 아무리 지워졌다고 하더라도 장작개비 같은 매서운 눈에는 걸리기 마련이었다.

게다가 도형수들은 도형장에서 항상 자기들끼리만 상대하고, 관찰 대상이라고는 자기들밖에 없는 처지라 상대방의 용모를 이 잡듯이 연구하게 된다는 점, 그 결과 그들을 잘 아는 적수인 밀정이나 헌병이나 경찰관도 놓치고 마는 몇몇 습성을 꿰뚫고 있다는 점을 간과해서는 안 된다. 헌병대 중령으로 변신해 센도 대대에서 근무했던 저 유명한 도형수 쿠아냐르가 체포된 것도, 조사차 그곳을 방문한 또다른 도형수 출신이 그의 왼쪽 뺨 아래 턱 근육의 미세한 경련을 놓치지 않았기 때문에 가능했던 일이다. 그때도 그 경련을 단박에 알아본 비비 뤼팽은 확신했지만, 경찰은 퐁티스 드 생텔렌 백작과 쿠아냐르가 동일인이라는 사실을 좀처럼 믿으려고 하지 않았다.[159]

"이자는 우리 대빵(두목)이야!" 절망에 빠진 사내가 주변에 던지는 그 넋 나간 듯 무심한 시선을 본 명주실이 말했다.

"내가 보기에도 그래, 이자는 불사조야." 비풍이 두 손을 비비며 말했다. "키도 체격도 똑같아. 하지만 무슨 수작을 부린 거지? 이자는 원래의 자기와 하나도 닮지 않았어."

"오! 알겠다." 명주실이 말했다. "그는 모종의 계획이 있는 거야! 곧 처형당할 운명인 자기 탕트를 만나러 온 거야."

징역살이하는 자들이나 그들을 감시하는 자들이 탕트라고 일컫는 존재가 누구를 가리키는지 감을 잡도록 설명하자면, 지금은 고인이 된 영국의 더럼 경이 생전에 파리에 체류하며 모든 감옥을 시찰했을 때, 한 중죄인 감호소 소장이 그에게 그 오묘한 단어를 사용한 정황을 전하는 정도로 충분할 것이다.

프랑스 사법 체계의 면면을 세세히 관찰하고자 했던 그 영국 귀족은 심지어는, 역시 최근에 고인이 된 유명한 사형집행인 상송에게 사형 집행 장치를 그려달라고 부탁하기도 했고, 프랑스 혁명으로 유명해진 그 기계의 위력을 확인하기 위해 살아 있는 송아지를 상대로 시연해 달라고 요구하기도 했던 인물이다.[160]

---

159) 탈옥 도형수였던 쿠아냐르는 생텔렌 백작으로 행세하며 헌병대 장교까지 되었다 적발돼 다시 도형장에 수감된 실존 인물이다. 1권 165쪽의 각주 114번 참조.

160) 존 램턴, 1대 더럼 백작(1792~1840)은 영국의 정치인이다. 1832년 영국 국회의원 선거 개혁안을 주도했고, 1837년 영국령 북아메리카 총독으로 임명되었다. 그가 파리에 체류하며 아페르라는 자선가의 안내로 비도크와 상송을 만나고 프랑스 감옥을 시찰한 시기는 1834년이다. 상송 가문은 17세기부터 대대로 노르망디의 사형 집행을 맡다가 루이 15세 치하부터 파

그 소장은 더럼 경에게 운동장, 작업장, 지하 독방 등 감옥 곳곳을 다 보여주고 나서 딱 한 곳만은 구역질 난다는 표정을 지으며 손가락으로 가리켰다고 한다.

"저곳으로는 의원 나리를 안내할 수 없습니다. 저곳은 탕트들이 있는 구역이거든요……." 소장의 말.

"오호! 그게 뭔데요?" 더럼 경의 물음.

"그건 제3의 성(性)입니다, 나리." 소장의 대답.[161]

"테오도르를 곧 땅에 묻을(단두대에서 목을 벨) 테니까 마지막으로 보러!" 장작개비가 말했다. "싹싹한 아이지! 손은 또 얼마나 빠른지! 배짱도 두둑하고! 조직에는 큰 손실이지!"

"맞아요, 테오도르 칼비는 자신의 마지막 식사를 꿀꺽하는 거죠(먹는 거죠)." 비퐁이 맞장구쳤다. "아! 그 친구 옆바람들이 한바탕 눈물을 쏟겠네요. 여자들한테 사랑받았거든요, 거지 같

리의 사형 집행을 담당했다. 4대인 샤를앙리 상송(1739~1806)은 대혁명의 격동기에 수많은 사형 집행을 담당했는데, 특히 루이 16세와 왕비 마리 앙투아네트의 사형을 집행한 것으로 유명하다. 여기서 말하는 작고한 상송은 그를 이어 사형 집행을 담당했던 아들 앙리 니콜라 상송을 말한다. 더럼 경은 아페르에게 송아지가 아니라 양을 시연 대상으로 요청했다고 전해지며 그마저도 여의찮아 실제로는 짚단으로 시연되었다고 한다. 상송 가문, 특히 샤를앙리 상송의 삶은 대혁명 후 작가들의 상상력을 자극해 많은 가짜 회고록이 양산되는데, 발자크도 1830년 출간된 상송의 회고록 일부 집필을 담당했다. 그리고 이후 1793년을 무대로 하는 『공포정치 시대의 일화』(1842)에서 상송의 이야기를 다룬다.

161) 발자크는 '탕트'가 감옥에 갇힌 남자 죄수들 간에 이루어지는 동성애와 관련 있음을 명시하지 않고 있다. 일상어로 '탕트'는 '아주머니'라는 뜻이지만, 감옥의 은어로는 남성 동성애에서 여자 역할을 하는 쪽을 가리킨다.

은 애인데 말이에요!"[162]

"이게 웬일인가, 이 친구야?" 장작개비가 자크 콜랭에게 말했다.

장작개비는 자신의 두 부하와 팔짱을 껴서 벽을 만들고는 새로 들어온 자의 길을 막았다.

"오호라! 대빵, 그래 멧돼지로 둔갑한 거야?" 장작개비가 덧붙였다.

"당신이 우리 금광을 털었다고(우리가 맡긴 금화를 착복했다고) 그러던데." 비퐁이 협박하듯이 끼어들었다.

"당신, 우리한테 쇠푼을 뱉어 내야지(우리에게 돈을 돌려줘야지) 않겠어?" 명주실이 물었다.

세 개의 질문이 마치 세 발의 권총 탄환이 발사되는 것처럼 퍼부어졌다.

"착오로 여기 오게 된 가련한 사제에게 허튼소리하지 마십시오." 자신의 옛 동료 셋을 금방 알아본 자크 콜랭이 아무렇지도 않은 척 대답했다.

"면상(얼굴)은 달라도 목소리는 딱 그 목소리네." 장작개비가 자크 콜랭의 어깨 위에 손을 올려놓으며 말했다.

그 동작과 세 명의 옛 동료 모습이 갑자기 대빵을 허무한 상태에서 끌어내 발밑의 현실로 돌아오게 했다. 죽음과도 같았던 지난밤 내내 그는 깊은 상념에 빠진 채 새로운 길을 모색

---

162) 도형장에서 쇠사슬에 함께 묶여 있었던 테오도르와 콜랭의 일화는 242쪽에서 한번 소개되었다. 테오도르와 뤼시앵은 자크 콜랭과 동거하면서 동시에 여인으로부터도 많은 사랑을 받았다는 공통점이 있다.

한다고 무한한 영적 세계 속에서 허우적거렸던 것이었다.

"너의 대빵을 물고 뜯고 씹지 말라(너의 두목에 대한 의심을 거두어라)!" 자크 콜랭이 폭발 직전 사자의 으르렁거림을 연상시키는 저음의 위협적인 목소리로 아주 나직하게 말했다. "짭새(경찰)가 저기 있잖아. 넌 저자가 다리 중간을 끊도록(함정에 빠지도록) 처신해. 난 지금 배를 쫄쫄 굶는 파낭델 하나(극한 상황에 놓인 동료 하나)를 구하기 위해 허방다리 짓(연극)을 하고 있으니까."

자크 콜랭은 입으로는 불신자들을 개종시키려고 애쓰는 사제의 경건함을 연상시키는 어투로 이 말을 내뱉는 한편, 눈으로는 운동장을 손바닥 바라보듯 살피고 출입구 아치마다 지키고 있는 간수들을 주시하더니 세 명의 동료에게 힐문하듯 간수들을 가리켰다.

"여기에 요리사들이 득시글대지 않는가? 자네들 심지에 불을 붙이고 코를 들이대란 말일세(제대로 보고 사태를 파악하란 말일세). 나에게 엉기지 마. 서로 늪에는 빠지지 말자고. 그리고 날 멧돼지로 취급해(나를 아는 척하지 마. 서로 조심하자고. 그리고 나를 사제로 대해). 그러지 않으면 난 자네들을 부숴버리겠어, 자네들과 자네들 옆바람, 그리고 자네들 쩐 등(난 자네들을 파멸시키겠어, 자네들과 자네들 여자, 그리고 자네들 재산 등) 전부 다."

"당신 그러니까 울한테 쫄리는 거야(당신 그러니까 우리를 못 믿겠다는 거야)?" 명주실이 말했다. "당신은 당신 탕트를 빼돌리려고(당신 친구를[163] 구하러) 온 거군."

---

163) 발자크는 범죄자들의 은어를 일상어로 옮기면서 동성애와 관련된 어

"저기 막달라 마리아가 베르뉴 공터로 가기 위해 치장을 마쳤군(그레브 광장으로 갈 준비를 마쳤군)." 장작개비가 말했다.

"테오도르!" 자크 콜랭이 달려가고 싶고 소리 지르고 싶은 마음을 억누르며 말했다.

그것은 쓰러진 그 거인을 고문하는 최후의 일격이었다.

"그를 곧 형틀에 고정할 거야!" 장작개비가 다시 말했다. "그는 두 달 전에 통행증이 발급됐으니까(사형선고를 받았으니까)."

자크 콜랭은 정신이 아뜩해지고 거의 무릎이 꺾인 듯 휘청거려서 세 동료의 부축을 받아 겨우 바로 섰고, 곧이어 정신을 차리고는 두 손을 모으고 짐짓 엄숙한 태도를 보였다. 장작개비와 비퐁이 신성을 참칭한 불사조를 공손하게 부축했고, 그사이 명주실은 접견실로 이어지는 외부 출입문 보초를 서고 있는 간수에게 달려갔다.

"저 경애하는 신부님께서 앉고 싶어 하십니다. 그분을 위해 의자 하나를 내어주십시오."

그렇게 비비뤼팽이 계획한 일격은 무산되었다. 유배지에서 돌아온 나폴레옹이 자기 병사들에게 인정받은 것처럼, 불사조는 세 도형수의 복종과 존경을 받았다.

두 마디면 충분했다. 그 두 마디란 이것이었다. 자네들의 옆바람과 자네들의 쩐, 즉 자네들의 여자와 자네들의 돈, 그 두 마디는 남자가 가진 모든 진실한 애정을 요약한 것이었다.

그 협박은 세 명의 도형수에겐 절대권력의 표시였고, 게다

휘는 이렇게 에두른다.

가 대빵은 여전히 그들의 재산을 손아귀에 쥐고 있었다. 외관상 언제나 전능해 보이는 그들의 대빵은 일부 가짜 동지들이 말하는 것과는 달리 배신하거나 그런 적은 한 번도 없다. 게다가 그들의 두목이 지녔다는 뛰어난 술수와 책략을 두고 도는 어마어마한 소문이 세 도형수의 호기심을 자극했는바, 그도 그럴 것이, 호기심이란 감옥에 갇혀 생기를 완전히 잃은 영혼들이 반응하는 유일한 자극제이기 때문이다. 더구나 자크 콜랭의 대담한 변장술은 콩시에르주리에 갇혀서까지 이어졌으니 세 죄수는 그 실체를 직접 접하고 입이 딱 벌어졌던 것이다.

"나흘 전에 이곳에 들어왔는데 내내 스크레에 갇혀 있어서 테오도르가 수도원 코앞까지 가 있는지 몰랐네……." 자크 콜랭이 말했다. "난 불쌍한 어떤 애송이를 구하려고 들어왔는데, 그만 그 애송이가 어제 4시에 저기서 목을 맸네. 그런데 내 앞에 또 다른 불행이 닥치다니. 이거 점입가경에 속수무책이로군……!"

"불쌍한 대빵!" 명주실이 말했다.

"아! 빵집 주인(악마)이 날 버린 거야!" 자크 콜랭이 두 동료가 부축하고 있던 팔을 빼고 비장한 표정으로 벌떡 일어나 소리쳤다. "세상이 우리보다 더 강한 때가 있어! 황새(법원)가 마침내 우리를 집어삼킨 거야."

에스파냐 사제가 실신했다는 보고를 받고 콩시에르주리 소장이 그의 동정을 직접 살펴보기 위해 운동장으로 왔다. 소장은 그를 양지바른 곳에 놓인 의자에 앉히고, 오랜 직무 수행을 통해 나날이 날카로워지는 가공할 통찰력을 발휘해, 그러나 그런 기색은 속으로 감추고 겉으로는 무심한 척, 그의 모든 면모를 꼼꼼히 살펴보았다.

"아! 하느님 아버지!" 자크 콜랭이 말했다. "내가 이런 자들 사이에 섞여 있다니, 사회의 쓰레기들, 범죄자들, 살인자들……! 그러나 하느님은 당신의 일꾼을 버리시지 않을 것이오. 친애하는 소장님, 나는 몇 가지 자비로운 사랑을 베풂으로써 내가 이곳을 다녀갔다는 흔적을, 영원히 기억될 흔적을 남기려 하오! 나는 이 불행한 자들이 믿음을 갖도록 하겠소. 그들은 자신들에게도 영혼이 있음을, 영생이 그들을 기다리고 있음을, 그리고 지상에서는 모든 것을 잃었지만, 그들에겐 아직 가닿을 하늘나라가 남아 있음을 알게 될 거요. 참되게 살고 진심으로 뉘우치면 하늘나라가 그들의 것이니……."

스물에서 서른 명 정도의 죄수들이 세 도형수 뒤로 몰려들었다. 세 도형수는 호기심에 몰려든 무리가 너무 가까이 다가오지 못하도록 위압적인 동작과 사나운 눈길로 막아섰다. 몰려든 죄수들은 복음서를 떠올리게 하는 그 경건한 연설에 귀를 기울였다.

"바로 이분이오, 고트 소장." 장작개비가 흥분해서 말했다. "그렇소! 우리는 이분 말씀을 들어야겠소……."

"내가 들은 바에 따르면," 자크 콜랭이 말을 이었다. 고트 소장은 콜랭의 옆자리를 지켰다. "이 감옥에 사형수가 한 명 있다던데요."

"그 사형수의 상고가 기각되었다는 판결이 방금 통보됐소."

고트 소장이 말했다.

"그게 무슨 말인지 잘 모르겠소만……?" 자크 콜랭이 순진한 표정으로 주위를 둘러보며 물었다.

"세상에! 얼마나 시운(쉬운) 말인데." 조금 전 명주실에게 여러 목초지 중 누에콩이 가장 좋은 곳이 어딘지 조언을 구했던 그 애송이 젊은이가 말했다.

"어허, 그건 오늘이나 내일 그의 목을 날린다는 말이오!" 한 수형자가 말했다.

"목을 날린다니?" 자크 콜랭이 물었는데, 무슨 말인지 모르겠다는 그 무구한 표정에 세 명의 파낭델은 경악과 감탄을 금치 못했다.

"저자들이 쓰는 말로서," 소장이 대답했다. "사형 집행을 의미하오. 서기가 상고기각을 통보한 걸 보면 아마도 사형집행인은 곧 집행명령을 받을 거요. 그 불행한 사형수는 종교의 도움을 한사코 거절하고 있소……."

"아! 소장님, 구원해야 할 영혼이 나타났군요……!" 자크 콜랭이 외쳤다.

신성을 참칭한 자는 절망에 빠진 연인이 그러듯 두 손을 한데 모았는데, 주의를 집중해서 바라보는 소장에게 그 모습은 열정적 신심의 표현으로 보였다.

"아! 소장님," 불사조가 말을 이었다. "그 사형수의 완고한 마음속에 뉘우침이 일어나게 해서 내가 어떤 사람인지, 그리고 내가 무엇을 할 수 있는지 전부 다 소장님께 보여드리고자 하는데, 괜찮으시겠지요! 하느님은 내게 엄청난 변화를 일으킬 수 있는 어떤 말들을 하는 능력을 부여하셨습니다. 나는 굳게 닫힌 마음을 부수고 엽니다……. 소장님은 무엇을 두려 워하십니까? 헌병들이건 간수들이건 소장님이 원하시는 감시 인을 내게 붙이도록 하십시오……."

"감옥 부속 사제가 당신이 그를 대신해도 괜찮다고 할는지 알아보겠소." 고트 소장이 말했다.

그러고는 소장은 자리를 떴다. 복음을 전하는 목소리와 프 랑스어와 에스파냐어가 반반씩 섞여 도통 알아들을 수 없는 말이 묘하게 어울리는 그 사제를 도형수와 일반 죄수 들이 호 기심이 어리긴 했어도 전혀 이상하지 않다는 표정으로 바라 보는 광경이 소장에게는 다소 충격이었다.

6. 사형수의 방

"신부님, 신부님께서는 어쩌다 여기까지 오시게 된 겁니까?" 명주실에게 자문을 구했던 청년이 자크 콜랭에게 물었다.

"오! 뭔가 착오가 있었나 보오." 자크 콜랭이 부잣집 아들 을 위아래로 훑어보며 대답했다. "죽은 지 얼마 안 된 창녀의 집 안에 보관 중인 금품이 도난당했는데, 내가 그 창녀 집에 있었거든. 그 창녀는 자살했음이 밝혀졌소. 절도범들은 아마 도 그 집의 하인들일 텐데, 아직 잡히지 않았소."

"그렇다면 그 젊은이가 목을 맨 것도 바로 그 도둑질 때문 인가요……?"

"모르긴 해도 그 불쌍한 아이는 부당한 투옥으로 명예가 실추되었다는 생각을 견디지 못했었나 보오." 불사조가 고개를 들어 하늘을 바라보며 대답했다.

"맞아요," 청년이 말했다. "그가 자살하고 나서 사람들이 그를 석방하러 왔었어요. 무슨 운명의 조화인지!"

"죄 없는 자들만이 그렇게 고뇌에 휩싸여 결정타를 맞는 법이오." 자크 콜랭이 말했다. "그 도둑질은 목맨 젊은이의 이익에도 반한다는 사실을 명심하시오."

"도난당한 돈이 얼마라는데요?" 치밀하고 영리한 명주실이 물었다.

"75만 프랑이오." 자크 콜랭이 나직이 대답했다.

3인의 도형수는 자기들끼리 마주 보며 눈짓을 교환하더니, 자칭 성직자를 둘러싸고 모여든 수감자들 무리에서 떨어져 나왔다.

"바로 대빵이 그 창녀의 밑바닥(지하실)을 깨끗이 헹군 거야!" 명주실이 르비퐁의 귀에 대고 속삭였다. "우리를 이용하려 했던 자들은 우리가 맡긴 다섯 발짜리 탄통(100수짜리 동전)을[164] 빌미로 우리를 쫄리게(겁먹게) 하려던 거였어."

"한번 그랑 파낭델의 대빵이면 영원한 대빵이지." 장작개비가 대꾸했다. "우리가 맡긴 전리품은 닳아 없어지지(사라지지) 않았어."

---

164) 100수짜리 동전은 실제 있는 것이 아니라, 당시 널리 쓰이던 5프랑 은화를 가리키는 일상어다. 앙시앵레짐의 화폐단위로 1수는 5상팀, 곧 100분의 5프랑이다.

믿을 만한 사람을 찾고 있던 장작개비는 자크 콜랭을 정직하다고 생각하는 편이 속 편했다. 일반적으로 사람들은 자기가 바라는 것을 믿는 경향이 있는데, 특히 감옥에서는 그런 경향이 심하다!

"그가 대빵 황새를 가지고 노는(검사장을 압박하는) 게 틀림없어. 그리고 그가 자기 탕트를 빼돌릴(자기 친구를 구출할) 것도 틀림없고." 명주실이 말했다.

"그가 설사 그 일에 성공하더라도," 비퐁이 말했다. "난 그가 메가(하느님)라고 완전히 믿지는 않겠어. 그러나 그는, 다들 그렇다고 말하듯이, 빵집 주인과 맞담배질하는(악마와 파이프 담배를 나눠 피우는) 사이는 맞을 거야."

"너 그가 '빵집 주인이 날 버린 거야!'라고 부르짖는 소리 들었잖아." 명주실이 지적했다.

"아!" 장작개비가 외쳤다. "그가 내 소르본만 빼돌려 준다면(내 머리만 잘리지 않게 해준다면), 난 내 차지의 전리품(내 몫의 맡긴 자산)과 고이 모셔둔 노란 금덩이(내가 강도질해서 숨겨둔 금화)가 있으니, 앞으로 노년(인생)이 얼마나 근사하겠어."

"그의 짐꾸러미를 꾸려 주셔(그의 지시를 따르셔)!" 명주실이 말했다.

"장난도 참(농담도 참)!" 장작개비가 자기 파낭델을 바라보며 대꾸했다.

"맹하시긴(순진하시긴), 통행증이 발급돼서(사형선고를 받아서) 굳어버리신 거야. 그러니까 두 발굽(발)으로 걷고, 꿀꺽하고, 소금기 좀 빼고, 작업도 계속하려면(먹고, 마시고, 계속 도둑질하려면),

뜯어낼 문짝(열고 들어갈 문)이 달리 없는 형편이잖소." 비퐁이 장작개비에게 말대꾸했다. "그에게 굽실거리는 방법밖에 다른 도리가 없단 말이오!"

"내 말이 그 말이야." 장작개비가 말을 받았다. "우리 중 누구도 대빵에게 사고 치면 안 돼(우리 중 누구도 그를 배신해서는 안 돼). 만약 배신하면 내가 책임지고 그자를 내가 가는 곳으로 같이 끌고 가겠어……."

"말한 대로 할 사람이지!" 명주실이 내뱉었다.

이 낯선 세계에 전혀 호감을 느끼지 않을 사람들도 당시 자크 콜랭의 정신 상태가 어땠는지 충분히 짐작할 수 있을 것이다. 그는 지난밤 5시간 동안 곁을 지켰던, 자신이 그토록 사랑했던 우상의 시신, 그리고 옛날 자신과 쇠사슬로 묶였던 짝의 임박한 죽음, 곧 마주할 코르시카 청년 테오도르의 시신 사이에 놓여 있었다. 그 불행한 청년을 단지 한번 만나보는 일만 해도 비상한 계책이 필요한데, 하물며 그를 구출한다는 것은 기적과도 같은 일이었다……! 그런데 그는 이미 그를 구출할 생각을 하고 있었다.

자크 콜랭이 시도하려던 것의 이해를 돕자면, 이 자리에서 살인범들이나 강절도범들이, 그러니까 도형장의 거주민들이 흔히 생각하는 것처럼 모두 다 흉악한 자들은 아니라는 점을 지적할 필요가 있다. 몇몇 아주 드문 경우를 제외하고 그들은 모두 무기력하고 겁이 많은데, 그건 아마도 그들의 가슴을 짓누르는, 사라지지 않는 두려움 때문일 것이다. 그들의 기력은 강도질하느라 끊임없이 긴장되어 있고, 사람을 죽이는 일은 강인한 신체 능력에 걸맞은 명민한 정신력과 온몸의 원기를 몽땅 끌어 쓰는 엄청난 집중력 등 생의 모든 에너지를 동원하는 일이기 때문에, 그렇게 의지를 격렬하게 발휘하고 나서 완전히 탈진한 그들은 멍청한 상태가 되어버린다. 이는 무용수가 아주 힘든 독무를 추고 난 다음이나, 성악가가 요즘 작곡가들이[165] 대중을 고문하기라도 하려는 것처럼 너도나도 만들어대는 그런 말도 안 되는 이중창을 부르고 난 다음, 기력이 완전히 소진돼 쓰러지고 마는 것과 같은 이치다.

흉악한 범죄자들은 사실 이성이 아주 빈약해진 상태거나 두려움에 너무나도 짓눌린 상태라서 어린애와 똑같아진다. 지나칠 정도로 순진한 그들은 아주 단순한 속임수에도 쉽게 걸려든다. 범행에 성공하고 나서 일종의 허탈 상태가 된 그들은 공허감을 채우기 위해 바로 방탕에 빠지거니와, 그래서 자신에게 남은 기력을 소진하기 위해 술과 약물에 취하고 미친 듯이 여자 품에 몸을 던지며, 이성의 끈을 놓음으로써 범행을 잊고자 안간힘을 쓴다. 이러한 상태에 놓이면 그들은 경찰의 처분에 맡겨진 꼴이 된다. 일단 체포되고 나면 그들은 암담해지고 분별력도 잃는다. 그리고 그냥 희망에만 목을 걸고 아무것이나 다 믿는다. 그래서 아무리 터무니없는 제안일지라도

---

165) 벨칸토 창법을 애용하며 유난히 강렬한 퍼포먼스를 강조하는 도니체티, 오페라 『위그노』(1836)에서 지나치게 길고 긴장이 고조된 이중창을 선보였던 자코모 마이어베어, 그리고 극적 효과를 강조한 베를리오즈 등을 가리키는 것으로 보인다. 발자크는 이들 '현대 작곡가들'보다 조금은 고전적인 로시니, 치마로사 같은 작곡가들을 선호한 것으로 알려져 있다.

그들은 그것을 덥석 받아들이게 되어 있다.

빵에 갇힌 죄수가 어느 정도까지 멍청할 수 있는지 보여주는 사례가 있다.

비비뤼팽은 최근 열아홉 살 먹은 살인범의 자백을 받아낸 적이 있는데, 그는 살인범에게 미성년자는 절대로 사형시키지 않는다고 설득하는 방법을 썼다.[166] 재판을 위해 그 소년은 콩시에르주리로 이감되었고, 결국 상고가 기각되고 나서 피도 눈물도 없는 그 요원이 소년을 보러 왔다.

"스무 살이 안 된 것이 확실하지……?" 비비뤼팽이 살인범에게 물었다.

"예, 열아홉 살 반밖에 안 됐어요." 살인범이 더할 나위 없이 평온하게 말했다.

"그렇군!" 비비뤼팽이 대꾸했다. "넌 안심해도 되겠구나, 스무 살이 될 일이 없을 테니."

"그런데 왜죠……?"

"어허! 여하튼 넌 사흘 안에 목이 날아갈 거야." 범죄수사대장이 대꾸했다.

그때껏 늘, 심지어는 사형선고를 받고 나서도, 미성년자는 사형시키지 않는다고 철석같이 믿었던 그 살인범은 부풀어 오른 수플레 오믈렛이 푹 꺼질 때처럼 무너지고 말았다.

살인 강도범들은 부득이 증인을 제거할 수밖에 없으므로

---

166) 프랑스에서 성인의 기준은 1974년 7월 5일 자로 만 18세로 바뀌기 전까지는 21세였다.

그토록 잔인한 짓도 서슴지 않는다지만, (살인은 범행 증거들을 없애기 위한 어쩔 수 없는 행위일 뿐이라는 이 논리가 사형제도 폐지를 주장하는 사람들이 내세우는 여러 근거 중 하나다.) 그리고 술수와 책략에서 따라올 자가 없는 그들은 손동작이나 시력이나 기타 감각이 야만인처럼 발달했다지만, 오직 그들이 활약하는 무대 위에서만 악행의 주인공이 될 뿐이다. 그런데 범행을 저지르고 나면 그들의 혼란이 시작된다. 범행 전 가난에 짓눌렸던 그들은 범행 후 장물을 감추어야 할 필요성 앞에서 압박감 못지않은 극심한 당혹감을 느끼기 때문이다. 그들은 그렇게 혼란스러울 뿐 아니라 방금 출산한 여인처럼 기진맥진한 상태가 된다. 일을 꾸미는 면에서는 놀라우리만치 원기 왕성한 그들은 흡사 원하는 것을 얻은 후의 어린아이 같다. 그들은 한마디로 말해 야수의 속성을 지녔으니, 포만감에 젖었을 때 죽이기도 쉽다. 감옥에서 그들은 자신을 철저히 감추고 절체절명의 순간이 아니고서는 절대 입을 열지 않는 특이한 존재로 보이지만, 계속된 구금으로 이미 깊은 내상을 입고 기진맥진해 있는 상태다.

이제야 비로소 그 세 명의 도형수가 왜 자신들의 우두머리를 죽이려던 애초의 생각을 버리고 돕기로 마음을 정했는지 이해할 수 있을 것이다. 그들은 없어진 그 75만 프랑을 훔친 장본인이 콜랭이라고 추측하고, 그가 콩시에르주리에 투옥되고도 의연함을 잃지 않는 모습을 보고, 그리고 그가 자기들을 보호해 줄 능력이 있을 것이라고 믿고 그를 추종한 것이다.

고트 소장은 가짜 에스파냐인을 남겨두고 접견실을 통해

사무실로 돌아왔다가 비비뤼팽을 만나러 갔다. 비비뤼팽은 20분 전 자크 콜랭이 독방을 나와 운동장으로 내려간 때부터 운동장으로 향한 창문 뒤에 몸을 숨기고 감시 구멍을 통해 그 모든 광경을 지켜보고 있었다.

"그들 중 누구도 그자를 알아보지 못했소." 고트 소장이 말했다. "그리고 그들 모두를 몰래 감시하는 나폴리타스도 아무 소리를 못 들었다는군요. 지난밤 내내 깊은 슬픔에 빠져 있던 가련한 신부는 그 신부복 밑에 자크 콜랭을 숨기고 있다고 믿게 할 만한 말을 한마디도 하지 않았다는군요."

"그게 바로 그자가 감옥을 훤히 알고 있다는 증거요." 범죄 수사대장이 대답했다.

비비뤼팽의 조수인 나폴리타스는 당시 콩시에르주리에 갇힌 죄수 누구도 그의 정체를 몰랐는데, 죄수들 사이에서 위조 혐의로 잡혀 들어온 부잣집 아들 행세를 했다.

"그리고 그자는 사형수의 고해를 듣겠노라고 나섰어요!"

"그거요, 우리의 마지막 방책!" 비비뤼팽이 외쳤다. "그 생각을 미처 못 했네. 테오도르 칼비, 그 코르시카 녀석은 자크 콜랭의 쇠사슬 동료요. 자크 콜랭은 목초지에서 그에게 아주 근사한 걸레 뭉치를 만들어 주곤 했소……."

도형수들은 걸음을 내디딜 때마다 그들의 발목을 짓누르는 발목 토시의 압박을 줄이기 위해 두툼한 완충 패드 같은 것을 만들어 쇠고랑과 살갗 사이에 끼워 넣는다. 대마 뭉치와 면포로 만드는 그 패드를 도형장에서는 걸레 뭉치라고 부른다.

"그 사형수를 지금 누가 감시하고 있지요?" 비비뤼팽이 고트 소장에게 물었다.

"쇠테 두른 염통이라는 자요!"

"알겠소, 내가 직접 헌병으로 둔갑해서 운동장으로 가보겠소. 그들 얘기를 내가 직접 들어보겠소. 내가 모든 것을 책임지지요."

"그자가 정말 자크 콜랭이라면 그자가 당신을 알아보고 목을 조를지도 모르는데, 진짜 겁나지 않습니까?" 콩시에르주리 소장이 비비뤼팽에게 물었다.

"헌병이니까 군도를 차고 갈 거요!" 대장이 대답했다. "게다가 그자가 정말 자크 콜랭이라면 통행증을 발급 받을 만한 일은 절대 하지 않을 거요. 진짜 사제면 난 안전한 거고요."

"이렇게 허비할 시간이 없어요." 고트 소장이 말했다. "지금 8시 반이오. 조금 전 법원 서기 소트루 영감이 상고기각 결정문을 가져다주었소. 상송 씨가 방에서 검찰의 명령이 떨어지기를 기다리고 있어요."

"알겠소, 오늘이 사형 집행일이지요. 과부(처형 장치를 가리키는 소름 돋는 다른 명칭!)의 경기병들에게 명령이 떨어졌으니까." 비비뤼팽이 대답했다. "그런데 검사장이 망설이고 있는 것도 일리가 있소. 그 청년이 계속 자신은 결백하다고 주장하니까요. 내가 알기로는 아직까지도 그의 죄를 입증할 결정적 증거가 없소……."

"그는 진짜 코르시카인이오." 고트 소장이 대꾸했다. "이제까지 한마디도 하지 않았소. 그리고 뭐든 완강히 거부했소."

콩시에르주리 소장이 범죄수사대장에게 한 마지막 말은 사형수들에 관한 음울한 이야기를 담고 있는 것이었다.

법원이 판결로 살아 있는 사람들 수효에서 삭제한 죄수는 이후 검찰의 소관 사항이 된다. 검찰은 최고 권한을 가진다. 검찰은 아무에게도 종속되지 않으며, 오직 자신의 양심만을 따른다. 감옥도 검찰에 속하며, 검찰은 감옥의 절대 주인이다. 시(詩)가 사형수라는 이 사회적 주제를, 상상력을 강타하는 그 주제를 독점했다![167] 시는 이전부터 숭고했으나, 산문은 현실 말고는 다른 자원이 없다. 그러나 현실도 서정(抒情)과 맞대결을 펼칠 수 있을 만큼 그 자체로 충분히 무서운 곳이다.

자신의 범죄나 공범을 자백하지 않은 사형수의 목숨은 끔찍한 고문에 맡겨진다. 여기서 말하는 고문은 죄수의 발을 으스러뜨리는 형틀, 배가 터지도록 물을 부어 넣는 고문, 끔찍한 기구를 사용해 사지를 잡아 찢는 고문 등이 아니다. 그런 것보다는 은근한 고문, 다시 말해 소극적 고문을 말한다. 검찰은 사형수를 온전히 자신과만 마주하도록 혼자 둔다. 침묵과 어둠 속에 놓아둔다는 것인데, 물론 사형수로서는 경계하지 않을 수 없는 짝(양)을 하나 붙여놓지만 말이다.

인자함을 표방하는 근래의 박애주의는 독방 구금이라는 잔혹한 형벌이 박애 정신에 입각한 것이라고 믿겠지만, 그것은 틀렸다.[168] 사실을 말하자면, 신체 고문이 폐지된 이후 검찰이

---

167) 발자크가 원문에서 '사형수'라는 말을 대문자 이탤릭체로 쓴 것은 1829년 발표된 빅토르 위고의 소설 『사형수 최후의 날』을 염두에 둔 것으로 보인다. 위고는 소설도 썼지만 당시 시인의 대명사 같은 존재였다.

168) 일반적으로 독방 구금은 18세기 말 영국의 자선가로서 인도적 차원에

안 그래도 민감한 배심원들의 마음을 진정시키려는 지극히 당연한 의도에서 독방 구금을 창안했던 것인데, 독방에 갇힌 죄수의 고독이 뉘우침을 불러일으키고 그 결과 사법 당국에 엄청난 대비책이 확보된다는 점을 일찌감치 내다본 결과였다.

고독은 진공이다. 정신도 육체와 하나 다를 바 없이 고독에 대해 굉장한 공포감을 느낀다. 고독은, 그 고독을 영적 세계의 산물인 사유로 메우는 천재적인 사람이나, 그 고독을 천상의 빛으로 물들이고 신의 숨결과 목소리로 생동하게 하는 신성한 역사(役事)를 관조하는 명상가만이 벗할 수 있는 것이다. 천국을 아주 가까운 이웃으로 둔 그 두 부류의 인간을 제외하면, 고독과 고문의 관계는 정신과 육체의 관계와 같다. 고독과 고문 사이의 차이는 신경증과 외과 수술 대상 질환 간에 있는 모든 차이와 같다. 그것은 무한대로 증폭된 고통이다. 정신이 사유를 통해 무한대의 영역에 들어가듯, 육신은 신경 체계를 통해 무한대에 접근한다. 그러므로 파리 검찰청 발간 연감에는 자백하지 않는 죄수들의 사례가 일정 정도 실리는 것이다.

이러한 음산한 상황은 여러 경우에서, 예컨대 한 왕조나 국

서 감옥 개혁을 주장한 존 하워드(1726~1790)의 이론에 따른 것으로 알려져 있다. 구금 환경 개선이 죄수를 속죄로 이끈다는 것이 명분이었다. 그러나 훗날 '팬옵티콘' 또는 '펜실베이니아 시스템'으로 불리게 되는 그 감옥 체계에 대한 비판은 19세기 초부터 이미 활발하게 개진되었다. 발자크는 자선 혹은 박애주의를 표방한 당대의 사회 개선 사업을 가장 신랄하게 비판한 작가다.

가 차원의 문제일 때, 그러니까 정치 측면에서 상당히 많이 등장하는데, 그와 관련한 이야기가 언젠가는 『인간극』에서 별도로 한 자리를 차지할 것이다.[169] 하지만 이 자리에서는 왕정복고 시대에 파리 검찰청이 사형수를 대기시켰던 그 돌벽 감옥을 묘사하는 것만으로도 사형 집행을 앞둔 마지막 날들의 공포를 엿보는 데는 충분하리라고 본다.

7월혁명 전에 콩시에르주리에는 사형수의 방이라는 특별한 감옥이 있었는데, 그 방은 지금도 없어지지 않고 남아 있다. 그 방은 각석으로만 쌓은 두꺼운 벽을 사이에 두고 사무실과 붙어 있는데, 그 맞은편 벽은 넓은 중앙홀 한 부분을 떠받치고 있는 두께가 2.6미터가량 되는 엄청나게 두꺼운 벽 일부분이다. 콩시에르주리 출입구가 있는 아치형 천장 밑 큰 홀에 들어서면 한쪽으로 어둡고 긴 복도가 단번에 시선을 잡아끄는데, 사형수의 방은 그 복도 첫 번째 문을 통해 들어가게 되어 있다.

이러한 위치만 보아도 사방이 두꺼운 벽으로 둘러싸인 이 방이 콩시에르주리를 감옥으로 개조할 때 이미 죽음이 드리운 음산한 용도로 지목된 까닭을 알 수 있다. 그곳에서 탈출한다는 것은 아예 불가능하다.

스크레 독방과 여성 수감 구역으로 이어지는 복도 끝에는 난로가 설치된 방이 있는데, 그곳엔 항상 헌병들과 간수들 여

169) 이 주제에 관해서는 발자크가 '국사범'이라는 제목으로 작품을 구상한 흔적만 남아 있을 뿐, 어떠한 구체적인 진전도 이루어지지 않았다.

럿이 모여 있다.

그 방에서 밖으로 난 유일한 출구는 바닥에서 약 3미터 높이의 천창인데, 그 바깥은 바로 콩시에르주리 외부 출입문 보초를 서는 헌병들이 늘 지키고 있는 첫 번째 안뜰이다.

인간의 힘은 아무리 강해도 그 두꺼운 벽을 뚫을 수 없다. 게다가 사형선고를 받은 죄수에게는 곧바로 구속복을 입히는데, 구속복을 입은 사형수는, 한 번 설명한 적 있듯이,[170] 두 손을 전혀 쓸 수 없다. 거기에다 사형수는 한쪽 발이 간이침대에 쇠사슬로 묶여 있다. 그리고 사형수는 자기를 도와주고 감시하는 역할을 하는 양과 함께 있다. 바닥엔 두꺼운 돌이 깔려 있고, 들어오는 빛은 너무 약해서 그 방에서는 사물을 식별하기도 어렵다.

법원 판결의 집행을 두고 파리에 도입된 일련의 변화에 따라 16년 전부터 이 방은 원래 용도로 쓰이지 않지만, 요즘도 그 방에 들어서면 등골이 오싹하지 않을 수 없다. 공포의 두 원천인 적막과 어둠 속에 갇힌 사형수가 거기서 뉘우치고 있는 모습이 보인다고? 오히려 미쳐버린 모습이 보이지 않는지 자문해 보시라! 그러한 환경에 구속복으로 꼼짝달싹도 못 하는 처지까지 되면 거기에 버틸 수 있는 기질을 가진 사람이 어디 있겠는가!

테오도르 칼비, 당시 나이가 스물일곱 살이던 그 코르시카

---

170) 『인간극』의 다른 작품 『마을 사제』(1841)에서 구속복을 입은 살인범 타슈롱의 모습이 극적으로 묘사된다.

청년은 그러나 불굴의 자제력으로 자신을 완전히 가린 채 두 달 전부터 지하 독방의 그 암담한 환경과 양이 걸어대는 엉큼한 수다에 묵묵부답으로 버티고 있었다……!

그 코르시카 청년이 사형선고를 받았던 희한한 형사재판을 짚고 넘어가기로 하자. 그 재판이 왜 희한했는지 분석하자면 매우 흥미롭겠지만, 이 자리에서는 아주 간략하게만 언급하고 넘어가기로 하겠다. 결말 부분에 도달한 이 장면의 분량이 이미 너무나 늘어나 버렸기도 하거니와, 그 주된 관심사가 다른 무엇보다도 바로 자크 콜랭을 둘러싼 관심사, 그러니까 그 무시무시한 영향력으로 『고리오 영감』과 『잃어버린 환상』, 그리고 『잃어버린 환상』과 본 연구를[171] 이어주는, 말하자면 세 작품에서 척추 같은 역할을 하는 인물을 둘러싼 관심사이니만큼, 여기서 본류를 벗어난 곁가지를 길게 붙들고 있을 여유가 없기 때문이다.

다른 한편, 독자는 거기에 대해 차차 상상의 나래를 펼치겠지만, 테오도르 칼비가 출정했던 재판 내내 쟁점이 되었던 사안은 배심원들에게 엄청난 불안감을 불러일으켰다. 그런 까닭에 그랑빌 검사장은 죄수의 상고가 파기원에서 기각되고 난 후 일주일간 줄곧 그 사건에 골몰하며 사형 집행명령을 차일피일 미루고 있던 참이었다. 그 정도로 검사장은 사형수가 죽음을 앞두고 자신의 범죄를 자백했노라고 발표함으로써 배심원들을 안심시키는 일에 집중하고 있었다.

---

171) 발자크는 『인간극』의 개별 작품들을 종종 '장면' 또는 '연구'로 칭한다.

7. 희한한 형사재판

낭테르의 한 불쌍한 과부가, 그녀의 집은 파리 사람이라면 다들 아시다시피 몽발레리앵, 생제르맹, 그리고 사르트루빌과 아르장퇴유 구릉지대로 둘러싸인 그 마을 내에서도 외따로 떨어져 있었는데, 생각지도 않았던 유산을 상속 받은 후 며칠도 지나지 않아 살해되고 상속 받은 금품도 모두 도난당했다.

없어진 상속분은 3000프랑, 식기 한 다스, 목걸이 하나, 금제 회중시계 하나, 그리고 약간의 아마포 제품들이었다. 그 노파는 친척인 자신에게 유산 일부를 물려주고 사망한 포도주 상인의 공증인이 3000프랑을 파리에 투자하라고 조언했지만, 따르지 않고 전액을 집 안에 보관해 두고 있었다. 무엇보다도 그 노파는 평생 그렇게 많은 돈을 지녀본 적이 없었던 데다, 대다수 서민이나 시골 사람들이 그렇듯이 사업가들이라면 무조건 믿지 못했다.

과부는 자기 친척이자 동시에 죽은 포도주 상인과도 친척 관계인 낭테르의 포도주 상인과 숙의한 끝에, 그 돈을 종신연금에 넣고, 낭테르의 집은 판 다음, 생제르맹의 부르주아 동네로 이사하기로 결심했다. 그녀가 거주해 온 집 뒤로는 조잡하게 쌓은 울타리로 둘러싸인 꽤 넓은 밭이 딸렸는데, 파리 근교의 소규모 영농자들이 직접 지은 그런 볼품없는 가옥이었다. 곳곳이 노천 채석장인 낭테르에 지천으로 나뒹구는 석고와 기타 돌덩이 들이 파리 근교에서 흔하게 보이는, 아무런 건축 관념도 없이 그저 빠르게만 지어 올리는 집에 사용되었다.

겨우 문명화된 야만인의 오두막집이 있다면 거의 다 그런 모습일 것이다.

그 집은 1층과 2층으로 이루어져 있었고, 그 위에 다락방을 덧대 올린 구조였다. 그 여자의 남편으로서 집을 손수 지은 채석장 주인은 모든 창문에 아주 튼튼한 방범용 쇠창살을 설치했다. 출입문은 눈에 띄게 견고했다. 채석장을 운영한 그는 그 허허벌판 시골에 자기 집만 달랑 있다는 사실을 잘 알았다. 얼마나 황량한 시골인가! 그를 찾아오는 고객들은 파리의 주요 건축업자들이어서 그는 석재를 배달하고 돌아오는 빈 마차에 자기 집을 지을 때 필요한 기본 자재들을 구해 싣고 돌아왔다. 집터는 채석장에서 500보가량 떨어진 곳이었다. 그는 파리 개발 과정에서 허문 집들을 돌며 자신에게 필요한 자재들을 헐값에 구매했다. 그래서 창문, 철책, 문, 덧창, 각종 목공품 등 그 모든 자재가 허가 받은 철거를 통해 구한 것들이거나 그의 고객들로부터 무상으로 받은, 엄선된 양질의 선물이었다. 예컨대 주어진 창틀이 두 개가 있으면 그는 그중에서 좋은 것을 골랐다.

집 앞에는 마구간이 딸린 꽤 너른 마당이 펼쳐져 있고, 집에 이르는 길 끝에 담이 둘러쳐져 있었다. 담 한쪽의 튼튼한 철책이 대문으로 쓰였다. 게다가 경비견 여러 마리가 마구간에 진을 치고 있었고, 작은 개 한 마리가 밤마다 집 안을 돌아다녔다. 집 뒤로는 1헥타르 정도 되는 밭이 있었다.

남편을 잃고 자식도 없는 채석장 안주인은 하녀 하나만 데리고 그 집에서 살았다. 채석장을 매각한 돈은 2년 전 사망한 남편이 진 빚을 갚는 데 이미 다 쓴 상태였다. 가진 것이라곤 그 황량한 집밖에 없었던 과부는 닭을 치고 소를 기르며 달걀과 우유를 낭테르에 내다 팔았다. 죽은 남편이 부리던 마구간 하인들도 마차꾼도 채석장 인부들도 다 떠나고 없어 여자는 밭 경작을 포기하고, 그 자갈투성이 땅에 저절로 자라난 얼마 안 되는 허브와 채소 들이나 뜯었다.

집값과 상속 받은 돈을 합치면 7000~8000프랑은 될 것으로 보여서, 그 여자는 8000프랑이면 거기서 나오는 종신연금이 700~800프랑은 너끈히 되리라고 혼자만의 셈법으로 계산하고[172] 그 돈으로 생제르맹에서 아주 행복하게 여생을 보내는 자기 모습을 그렸다. 그래서 그녀는 생제르맹의 공증인과 이미 여러 차례 상담을 나누었다. 낭테르의 포도주 상인이 그녀의 돈을 종신연금에 넣는 일을 자기에게 맡기라고 했지만, 그녀는 그 제안도 거절했던 터였다.

상황이 이랬는데, 어느 날부터 과부 피조와 그녀의 하녀가 사람들 눈에 띄지 않았다. 앞마당의 철책과 집의 현관문과 덧창들까지 문이란 문은 모두 닫힌 상태였다. 그렇게 사흘이 지난 후, 수상한 낌새를 신고 받은 사법 당국이 찾아왔다. 예심 판사 포피노가 검사를 대동하고 파리에서 온 것인데, 확인된 사항은 다음과 같다.

앞마당의 철책도, 집 현관문도 침입의 흔적이 없었다. 열쇠

---

172) 당시 국채 투자 종신연금의 최고 금리가 5퍼센트였기에 과부가 가진 8000프랑으로는 400프랑의 연금밖에 나오지 않는다.

는 현관문 안쪽 자물쇠 구멍에 꽂혀 있었다. 창문에 설치한 창살은 파손된 것이 하나도 없었다. 자물쇠나 덧창 걸쇠 등 모든 잠금장치는 훼손된 부분이 없었다. 벽에는 강도들의 동선을 밝혀줄 만한 어떠한 자취도 발견되지 않았다. 도기로 된 굴뚝들은 강도가 집 안에서 빠져나올 만한 크기의 구멍이 나 있지도 않았고, 더구나 굴뚝으로 잠입할 수 있는 그런 구조도 아니었다. 지붕 기와들도 모두 멀쩡한 상태로, 파손 흔적을 전혀 찾아볼 수 없었다.

2층에 있는 침실을 조사하러 들어간 사법관들과 헌병들, 그리고 비비뤼팽은 과부 피조와 그녀의 하녀가 잘 때 두르는 머플러에 목이 졸린 채 각각 자기 방 침대에 숨겨 있는 것을 발견했다. 3000프랑은 없어졌고, 식기와 패물도 마찬가지였다. 두 구의 시신은 부패가 진행된 상태였고, 작은 개와 가금 사육장의 큰 개 사체도 마찬가지였다. 밭을 둘러싼 울타리도 조사했지만, 부서진 곳이 한 군데도 없었다. 밭에 난 소로들에는 밟고 지나간 흔적이 하나도 없었다. 예심판사가 보기에 살인범이 만약 밭을 통해 침입했다면 그는 발자국을 남기지 않기 위해 풀 위를 골라 디딘 것 같았다. 하지만 집 안으로는 어떻게 들어갔단 말인가?

집 뒤편, 밭쪽으로 난 문에 채광창이 하나 있었는데 거기 세 개의 쇠창살도 건드린 흔적이 없었다. 그쪽 문 열쇠도 앞마당 쪽 현관문처럼 안쪽 자물쇠에 꽂혀 있었다.

포피노 판사, 샅샅이 조사하느라 하루 종일 그 집에 머물렀던 비비뤼팽, 검사, 그리고 낭테르 역참의 헌병대장이 다 같이 진상 파악 불가라고 1차 결론을 내리자, 그 살인 사건은 정치권과 사법 당국이 난감해하지 않을 수 없는 골치 아픈 문제가 되어버렸다.

《판결 공보》에 게시된 이 드라마는 1828년에서 1829년으로 넘어가는 겨울에 일어났다. 이 기이한 사건이 당시 파리에 얼마나 큰 흥미와 호기심을 불러일으켰는지는 두말이 필요 없다. 하지만 매일 아침 새로운 드라마가 탐스러운 먹잇감으로 등장하는 파리는 금세 이전 것을 까맣게 잊는다.

수사가 아무런 소득도 없이 미궁에 빠지고 석 달이 지날 무렵, 헤픈 씀씀이 때문에 비비뤼팽의 요원들 눈에 띈 데다, 몇몇 도둑들과의 내통 혐의로 감시를 받고 있던 창녀 하나가 자기 친구를 통해 식기 한 다스, 회중시계, 금 목걸이를 전당포에 맡기고 돈을 구하고자 했다. 그 친구는 거절했다. 그 사실이 비비뤼팽의 귀에 들어왔는데, 비비뤼팽은 낭테르에서 도난당한 식기 한 다스, 회중시계, 금 목걸이를 바로 떠올렸다. 즉시 전당포의 중개인들이며 파리의 모든 장물아비에게 그 사실이 통보되었고, 비비뤼팽은 금발의 마농이라는 창녀에 요원을 붙여 엄중하게 감시했다.

금발의 마농이 좀처럼 모습을 드러내지 않는 어떤 청년을 애가 닳도록 사랑하고 있다는 사실이 곧 알려졌다. 그 청년은 금발의 마농이 전하는 어떠한 사랑의 정표에도 모르쇠로 일관하는 것으로 전해졌다.

감시 요원들의 추적을 받던 젊은이는 얼마 안 돼 꼬리가 밟혔고 탈옥한 도형수로 정체가 밝혀졌는데, 바로 코르시카 벤데타의[173] 영웅으로 소문난 미남 청년 테오도르 칼비, 일명 마들렌이었다.

도둑과 경찰 양쪽에 붙어 기생해서, 두 얼굴을 지닌 존재라고 하는 장물아비 하나를 경찰이 차출해서 테오도르에게 접근하게 시켰고, 장물아비는 테오도르에게 식기와 회중시계와 금 목걸이를 매입하겠노라고 약속했다. 생기욤 골목의[174] 고철 장수가 여자로 변장하고 밤 10시 반에 찾아온 테오도르에게 돈을 셈해 주려던 순간, 경찰이 현장을 덮쳐 테오도르를 체포하고 물건들을 압수했다.

심리가 즉시 개시되었다. 증거가 매우 불충분했으므로 검찰의 통상적인 방식으로는 사형 판결을 끌어내는 것이 불가능했다. 칼비는 결코 진술을 번복하지 않았다. 그의 진술은 한 군데도 모순되지 않았다. 그는 어떤 시골 아낙이 아르장퇴유에서 자기에게 그 물건들을 팔았으며, 그것들을 사고 나서야 낭테르에서 일어난 살인 사건을 알게 되어 그 식기들과 시계와 패물을 가지고 있으면 위험하겠다고 생각했노라고 일관되게 진술했다. 게다가 그것들이 도난당한 물건이라는 사실도 과부 피조의 친척 아저씨인 파리 포도주 상인의 사망 이후 작

---

173) 코르시카를 중심으로 지중해 지역에서 통용되는 '복수(벤데타)' 관습으로, 적대적인 두 집안 간의 응징을 의무로 여긴다.『인간극』의 다른 작품『라벤데타』(1830)가 이러한 코르시카의 명예살인 관습을 소재로 한 비극적 사랑 이야기다.
174) 생기욤 골목은 파리의 옛 지명 중 하나로, 1867년 오페라 가로와 코메디 프랑세즈 구역이 정비되면서 사라졌다.

성된 재산목록에 들어 있어서 알게 되었다고 했다. 요컨대 그의 말인즉슨, 그 물건들을 팔 수밖에 없을 만큼 형편이 곤궁해지기도 해서 범죄에 연루되지 않은 사람을 앞세워 처분하려고 했다는 것이었다. 탈옥한 도형수의 입에서는 더 이상 어떠한 진술도 나오지 않았다. 그는 자신이 철저히 함구하고 당당하게 나가면 사법 당국은 결국 낭테르 포도주 상인이 범행을 저질렀으며, 범죄와 관련된 그 물건들을 자신에게 판 여자는 다름 아닌 상인의 아내라고 생각하게 되리라는 점을 알았다.

과부 피조의 운 나쁜 친척과 그의 아내가 체포되었다. 그러나 일주일 동안 구속하고 철저하게 조사했지만, 남편도 아내도 살인 사건 당시 자기 집을 벗어나지 않았다는 점이 증명되었다. 게다가 칼비는 포도주 상인의 아내와 대면했지만, 그녀가 자기에게 은제 식기와 패물을 팔았다는 그 시골 아낙이라는 반응을 보이지 않았다.

공범으로 재판에 넘겨진 칼비의 내연녀가 범행 시점부터 칼비가 은제 식기와 패물을 저당 잡히려고 할 때까지 대략 1000프랑을 지출했다는 사실이 확인되었기 때문에, 그 정도 증거면 도형수와 그의 내연녀를 중죄 재판소로 보내는 데 충분했다.

그것은 테오도르가 저지른 18번째 살인이었기에 그는 사형 선고를 받았다. 누가 봐도 그가 교묘하게 자행된 살인 사건의 범인으로 여겨졌기 때문이다. 그는 낭테르 포도주 상인의 아내를 알아보지 못했으나, 그 아내와 남편은 그를 알아보았다. 수사 결과, 다수의 증인을 통해 테오도르가 한 달 동안 낭테르에 거주했다는 사실이 밝혀졌다. 그가 낭테르에서 석회 가루 범벅인 얼굴과 허름한 옷차림을 한 채 목수들을 뒷바라지했다는 것이었다. 낭테르에서 그를 접한 사람들은 모두 그가 열여덟 살 소년으로 보였다고 증언했는데, 그렇게 변장하고 그는 한 달 동안 갓난아기 젖을 먹였음(범행을 계획하고 준비했음)에 틀림없다는 판단이 굳어졌다.

검찰은 공범들이 있을 것이라고 믿었다. 금발의 마농이 굴뚝을 통해 집 안으로 들어갈 수 있는지 확인하기 위해 연통의 직경을 재서 그녀의 몸에 대 보았다. 그러나 여섯 살짜리 아이도 그 도기 관을 통과하기는 어려웠다. 옛날에는 굴뚝이 다 넓었는데 요즘에는 건축업자들이 좁은 도기 관으로 바꾸는 추세다.

이러한 희한하고 께름칙한 미스터리만 없었다면 테오도르는 판결 후 일주일 안에 처형되었을 것이다.

감옥 부속 사제도 앞에서 언급했듯이 그의 고해를 끌어내는 데 완전히 실패했다.

자크 콜랭은 그 당시 콩탕송, 코랑탱, 그리고 페라드와의 대결에 몰두하고 있던 때라, 그 사건과 칼비라는 이름을 놓쳤음에 분명했다. 게다가 불사조는 친구들, 그리고 법원과 관련된 모든 걸 가능한 한 잊으려고 노력했다. 그는 우연히라도 어떤 파낭델과 마주칠까 두려워했다. 그 파낭델이 대빵에게 상환 불가능한 계좌를 따지고 드는 불상사를 당할지도 모르기 때문이었다.

콩시에르주리 소장은 즉시 검사장실로 향했다. 거기서 그

는 수석 부장검사가 그랑빌 검사장과 대화를 나누고 사형 집
행명령서를 손에 받아 드는 모습을 보았다.

그랑빌 검사장은 지난밤 피곤과 걱정으로 몸이 천근만근
무거웠으나 의사들이 백작 부인이 의식을 회복할 거라는 확답
을 여전히 주지 않은 상태라 세리지 저택에서 온밤을 지새우
고 온 참인데, 사정이 그랬지만 그 중요한 집행명령을 통해 자
신이 지휘하는 고등검찰청의 고민을 다만 얼마간이라도 줄여
주지 않을 수 없었다.

그랑빌 검사장은 소장과 잠시 이야기를 나눈 뒤, 부장검사
에게 사형 집행명령서를 다시 받아서 고트 소장에게 건넸다.

"사형을 집행하시오." 검사장이 말했다. "예기치 않은 상황
이 발생하지 않는 한 말이오, 그 판단은 당신에게 맡기겠소.
난 당신의 신중함을 믿소. 단두대 설치를 10시 반까지는 연기
할 수 있소. 이런 날 아침은 1시간이 한 세기 같으니까. 그리
고 한 세기 안에는 엄청나게 많은 일이 일어나고! 형 집행유예
를 기대하게 하지 마시오. 필요하다면 당장 사형수에게 마지
막 단장을 시키시오. 돌발 변수가 발생하지 않는다면 9시 반
에 상송에게 명령을 전달하고 대기하라고 하시오!"

감옥 소장이 검사장 집무실을 나와 회랑으로 통하는 통로
아치 아래를 지나는데 검사장실로 향하는 카뮈조 판사와 마
주쳤다. 그래서 그는 판사와 간단히 대화를 나누고, 자크 콜랭
과 관련해 콩시에르주리에서 일어난 일을 알려준 다음, 불사
조와 마들렌의 대면을 준비하기 위해 아래로 내려갔다. 검사
장은 비비뤼팽이 헌병으로 감쪽같이 변장하고 코르시카 청년

을 감시하던 양을 대신해 투입된 다음에야, 그 자칭 사제라는 자가 사형수와 접견하는 것을 허락했다.

간수가 자크 콜랭을 사형수의 방으로 데려가기 위해 찾아 오자, 세 명의 도형수가 얼마나 놀랐는지는 상상조차 어려울 것이다. 그들 셋은 약속이나 한 듯 동시에, 의자에 앉아 있는 자크 콜랭에게 한걸음에 다가갔다.

"오늘이요? 정말이오, 쥘리앵?" 명주실이 간수에게 물었다.

"그렇다니까, 샤를로가 대기하고 있어." 간수가 아무런 관심 도 없다는 투로 대답했다.

일반인들도 감옥 세계도 파리의 사형집행인을 1789년 대혁 명에서 유래한 그 별명으로 부른다. 그러니 그 이름만 들어도 극심한 심적 동요가 일어나게 되어 있다. 감방 안의 죄수들이 모두 얼굴을 마주 보았다.

"다 끝났어." 간수가 말을 이었다. "사형 집행명령서가 고트 소장에게 도착했고, 조금 전 결정문이 낭독됐어⋯⋯."

"그렇다면," 장작개비가 말을 받았다. "아름다운 마들렌은 모든 성사는 다 받은 거야⋯⋯? 그는 지금 마지막 숨을 들이 쉬고 있는 거네."

"불쌍한 꼬맹이 테오도르⋯⋯." 비퐁이 외쳤다. "참 착했는 데. 그 나이에 목이 잘린다니 안됐어⋯⋯."

간수가 자크 콜랭이 으레 뒤따라오는 줄 알고 출구 쪽으로 향했다. 그러나 에스파냐 신부는 천천히 발걸음을 옮겼다. 쥘 리앵과 열 걸음 정도 벌어지자, 그는 기운이 떨어진 듯 장작개 비에게 자기를 부축해 달라는 동작을 취했다.

"저자는 살인범이에요!" 나폴리타스가 나서서 자기 팔로
신부를 부축하고는 장작개비를 가리키며 말했다.

"아닐세, 나에겐 그저 불쌍한 영혼일 뿐이지……!" 불사조
가 캉브레 대주교처럼[175] 침착하고 경건하게 대꾸했다.

그는 나폴리타스와 거리를 두었다. 나폴리타스는 처음 접
했을 때부터 아주 수상한 자로 보였던 탓이다.

"그는 지금 마지못해 들어가는 수도원의 첫 번째 계단 위에 서
있다. 그러나 난 그 수도원의 원장 신부다! 여러분에게 내가 황
새와 어떻게 한 잠자리에 드는지(검사장을 어떻게 우롱하는지) 보
여주겠어. 난 황새의 발 갈퀴에서 테오도르의 소르본을 빼낼
작정이야……."

"그의 사다리[176] 때문이지!" 명주실이 빙그레 웃으며 말했다.

"난 그 영혼을 하늘나라에 바칠 작정이네!" 자크 콜랭이 자
기를 둘러싼 몇몇 다른 죄수들을 의식하고 짐짓 엄숙한 표정
을 지으며 대답했다.

그런 다음 그는 출입구에 있는 간수에게로 갔다.

"그는 마들렌을 구출하러 온 거야." 명주실이 말했다. "그럴
줄 진즉에 알아보았지. 대빵은 참 대단해……!"

---

175) 프랑수아 페늘롱(1651~1715)을 가리킨다. 프랑스 북부 지방 캉브레의
대주교이자 루이 14세 시대 왕손의 가정교사로서 활약하지만, 정통 가톨릭
교회에 의해 이단으로 판정받은 '정숙주의'를 옹호하다 실각하고 캉브레에
은거해, '캉브레의 백조'라는 별명을 얻었다.
176) 268쪽에도 소개되었다시피, '사다리'는 은어로 '속바지'를 가리키며, 이
때 속바지는 엉덩이의 은유다. 자크 콜랭과 테오도르가 동성애 관계임을 암
시한다.

"하지만 무슨 수로……? 단두대의 경기병들이 저렇게 지키고 있는걸. 대빵은 그를 만나는 것조차 어려울지 몰라." 비퐁이 대꾸했다.

"그에겐 자기를 돕는 빵집 주인이 있다고!" 장작개비가 소리쳤다. "그가 우리의 금광을 털 리가……! 그는 친구들을 너무 사랑해! 우리를 너무 필요로 한다고! 저들은 우리를 그의 왼편에 세우려고(우리더러 그를 팔아넘기게 하려고) 했어. 하지만 우리는 싸구려 독주가 아니라고! 그가 자기 마들렌을 빼돌린다면, 내 봇짐(내 금고 비밀번호)을 가져도 좋아!"

이 마지막 말은 자기들 신을 향한 세 도형수의 헌신적 믿음을 증폭시키는 결과를 낳았다. 그 순간 그들의 위대한 대빵은 그들의 온 희망이 되었던 것이다.

자크 콜랭은 마들렌에게 닥친 위기로 긴장했지만 신부로 위장한 자기 역할을 절대 그르치지 않았다. 콩시에르주리를 자신이 드나들었던 세 개의 도형장만큼이나 잘 알고 있는 그이지만, 일부러 지극히 자연스럽게 엉뚱한 방향으로 향하곤 해서 그때마다 간수는 사무실에 도착하는 내내 "이쪽으로! 저쪽으로!"라고 말해야만 했다.

사무실에 도착하자 난롯가에 팔꿈치를 괴고 있는 키가 크고 몸집이 우람한 남자가 대번에 자크 콜랭의 눈에 들어왔다. 얼굴이 불그스레하고 길쭉한 그 사내는 어느 경우라도 확실히 눈에 띄었다. 자크 콜랭은 그가 상송임을 금세 알아보았다.

"부속 사제시군요." 자크 콜랭이 만면에 호의를 담아 그에게로 다가가며 말했다.

이 실수는 의도적이었지만, 너무나도 심각한 것이어서 지켜보는 사람들을 얼어붙게 했다.

"아니요," 상송이 대답했다. "난 다른 직무를 맡고 있소."

상송은, 그 이름을 가진 마지막 사형집행인의 아버지이자, 루이 16세를 처형한 사형집행인의 아들이었다. 그의 아들을 그 집안의 마지막 사형집행인이라고 한 것은 그가 최근 그 직을 사임했기 때문이다.[177] 400년 동안 그 직을 수행해 온 집안의 수많은 망나니의 뒤를 이은 후계자는 마침내 그 세습의 짐을 내려놓기로 마음먹었던 것이다.

왕국의 수도에서 직분을 수행하기 전 2세기 동안 루앙의 사형집행인이었던 상송 가문은 13세기부터 아버지에서 아들로 대를 이어 사법부의 판결을 집행해 왔다. 관직이든 귀족 신분이든 6세기 동안 아버지에서 아들로 끊이지 않고 대대로 이어져 내려온 사례를 보여주는 집안은 거의 없다.[178] 5대 상송

---

177) 루이 16세의 사형을 집행한 인물은 4대 샤를앙리 상송이고, 그의 아들이 1830년을 시간적 배경으로 가지는 이 이야기에 등장하는 상송, 곧 5대 앙리 니콜라 상송(1767~1840)이다. 1847년 연재소설 형식으로 발표된 4부에서, 앞서 더럼 경을 상대했다고 소개되는 이 사형집행인을 발자크가 "최근에 고인이 된 유명한 사형집행인"이라고 지칭한 이유다.(290쪽 참조.) 그리고 여기서 "최근 그 직을 사임"한 그 집안의 마지막 사형집행인이라고 소개되는 인물은 앙리 니콜라 상송의 아들로, 6대이자 마지막인 앙리 클레망 상송(1799~1889)이다. 앙리 클레망 상송은 단두대의 시대가 서서히 저물며 도박으로 거액의 빚을 지게 되고 마침내 그 빚을 갚기 위해 자신의 단두대를 저당 잡혔기 때문에 그 직을 사임할 수밖에 없었는데, 사임한 해가 바로 1847년이다.
178) 상송가(家)가 프랑스에서 사형 집행을 맡은 것은 1688년부터지만, 본

이 젊어서 기병대 대위가 되어 군문에서 찬란한 경력을 쌓아 가기 시작할 무렵, 그의 아버지가 왕의 사형 집행을 맡게 돼 그에게 제대하고 보조역을 맡을 것을 요구했다. 이후 1793년 파리에 상설 단두대가 트론 관문에[179] 하나, 그레브 광장에 하나, 이렇게 두 대가 세워졌을 때, 그의 아버지는 아들을 보좌역으로 임명했다.

이 장면이 펼쳐질 당시 나이가 예순 줄에 접어든 그 위엄이 넘치는 공직자는 위풍당당한 풍채와 부드러우면서도 절도 있는 행동거지, 그리고 단두대 손님 공급자들인 비비뤼팽과 그의 부하들을 경멸하는 도도한 태도로 금방 눈에 확 들어오는 인물이었다. 이 남자에게 중세 망나니의 유구한 피가 흐른다는 것을 보여주는 유일한 흔적은 양손이 놀라우리만치 크고 두툼하다는 점뿐이었다. 게다가 상당히 교양 있고, 선거권을 가진 시민으로서의 자질을 아주 자랑스러워하며, 들리는 말로는 원예에도 일가견이 있다고 알려진 키가 크고 몸집이 우람한 이 남자는, 목소리가 저음이고 몸가짐은 아주 조용하고 차분한 데다 이마가 훤히 벗겨져서 사형집행인이라기보다는 영국 귀족의 일원에 훨씬 가까워 보였다. 그러므로 자크 콜랭이 의도적으로 범한, 상송을 알아보지 못한 그 실수는 에스파냐의 참사원으로서는 능히 범할 수 있는 그런 실수였다.

"이 사람은 도형수가 아닙니다." 간수장이 소장에게 소곤거

래 피렌체에 뿌리를 둔 집안으로, 훨씬 오래전부터 그곳에서 사형집행인을 세습해 왔다.
179) 트론 관문은 파리 동쪽, 지금의 나시옹 광장이다.

렸다.

'이자에게 믿음이 가기 시작하는걸.' 고트 소장이 자기 부하에게 고갯짓을 까딱하며 속으로 중얼거렸다.

8. 마드무아젤 콜랭이 무대에 등장하다

자크 콜랭은 구속복을 입은 젊은 테오도르가 조악하기 그지없는 간이침대 옆에 앉아 있는, 지하 창고나 다를 바 없는 방으로 안내되었다. 불사조는 문이 여닫히며 복도에서 빛이 들어온 그 잠깐 사이에, 군도에 기대 서 있는 헌병이 비비뤼팽임을 바로 알아차렸다.

"이오 소노 가바 모르토! 파를라 노스트로 이탈리아노." 자크 콜랭이 재빨리 말했다. "벵고 티 살바르."("나 불사조야! 이탈리아어로 대화해. 내가 널 구하러 왔어.")

이후 두 친구가 주고받게 될 모든 말을 가짜 헌병은 도통 알아들을 수 없었다. 게다가 비비뤼팽은 죄수를 감시하는 임무를 수행하는 것으로 되어 있었기에 자기 자리를 벗어날 수도 없었다. 그런 까닭에 범죄수사대장은 형언할 수 없을 정도로 격렬한 분노가 속에서 치밀었다.

테오도르 칼비는 올리브색을 띠는 무채색에 가까운 낯빛에 머리는 금발이고 움푹 팬 두 눈은 탁한 푸른빛이 감도는 데다, 몸매의 균형이 아주 뛰어나게 잡혔고 겉보기엔 남프랑스 사람들에게서 심심찮게 나타나는 나른한 모습이었지만 그 안에 엄청난 근력을 감추고 있는 청년으로서, 뭔가 음울한 분위기를 풍기는 굽은 눈썹과 푹 꺼진 이마만 아니었다면, 야생의 잔인함을 머금은 붉은 입술만 아니었다면, 그리고 불시에 벌어진 싸움에서 순식간에 사람을 죽이는 코르시카인 특유의 그 다혈질을 여실히 드러내는 근육의 꿈틀거림만 아니었다면, 비할 데 없이 매혹적인 용모를 갖추었다고 할 만했다.

그 목소리를 듣고 깜짝 놀란 테오도르는 화들짝 고개를 들었고 무슨 환영을 접한 듯한 느낌이었다. 그러나 각석으로 철 동같이 둘러싸인 그 방에 두 달 동안 갇혀 지낸 그는 칠흑 같은 어둠에 익숙해진 터라 성직자 차림을 한 존재를 바로 확인했고, 이어 깊은 한숨을 내쉬었다. 그는 그 존재가 자크 콜랭임을 알아보지 못했다. 황산의 작용으로 심하게 얽은 얼굴이 대빵의 얼굴로 보일 리 만무했기 때문이다.

"나다, 너의 자크. 나는 사제로 변장했고 널 구하러 왔어. 바보 같이 나를 알아보는 티 내지 말고, 그냥 고해하는 척해."

이 말은 순식간에 이루어졌다.

"이 젊은이는 크게 낙담한 상태입니다. 죽음에 겁을 먹은 것이지요. 곧 모든 걸 자백할 겁니다." 자크 콜랭이 헌병을 향해 말했다.

"당신이 그라는 걸 증명할 뭔가를 내게 말해 줘. 당신은 목소리만 그와 같으니까."

"보시오, 그가 나에게 말하지 않소, 불쌍한 죄인 같으니라고. 자기는 결백하다는군요." 자크 콜랭이 다시 헌병을 향해 말했다.

비비뤼팽은 정체가 탄로 날까 봐 입도 벙긋 못 했다.

"셈프레미!" 자크 콜랭이 테오도르에게 다가가 귀에 대고 서로 약속되어 있었던 단어를 속삭였다.

"셈프레티!" 청년이 역시 정해진 암구호로 대답했다.[180] "내 대빵이 맞아…….."

"네가 죽였니?"

"그래요."

"내게 숨김없이 다 말해 줘. 널 구하기 위해 어떻게 해야 할지 방법을 찾아야 하니까. 때가 왔어, **샤를로**가 대기하고 있어."

코르시카 청년이 바로 무릎을 꿇고 고해하려는 것 같은 자세를 취했다.

비비뤼팽은 속수무책이었다. 둘의 대화가 어찌나 빨리 오갔는지 여기 옮긴 그 대화를 읽는 시간만큼도 걸리지 않았던 것이다.

테오도르는 자신의 범행에 대해 알려진, 그러나 자크 콜랭은 모르고 있는 정황들을 재빨리 이야기했다.

"배심원들은 증거도 없이 나에게 사형선고를 내렸어." 그가 이렇게 말하며 설명을 마쳤다.

"얘야, 저들은 너의 머리털을 깎으려고 하는데 넌 시시비비나 가리고 있구나……!"

"하지만 난 장물을 은닉한 죄로만 처벌 받을 수도 있었단

---

180) 이탈리아어로 셈프레미는 '변함없는 나'라는 뜻이고, 셈프레티는 '변함없는 너'라는 뜻이다.

말이야. 저들이 재판하는 꼴이 그렇지 뭐, 파리에서는 더구나……!"

"그런데 살인은 왜 한 거야?" 불사조가 물었다.

"아! 그건 말이야! 당신과 헤어지고 나서 난 귀여운 코르시카 아가씨를 알게 됐어, 팡탱(파리)에 올라와서 우연히 만난 여자지."

"사내들이란 참 어리석어, 여자를 사랑하다니." 자크 콜랭이 목소리를 높였다. "그들은 그런 식으로 항상 망하지! 감옥에서 나온 호랑이들은 다 그래. 말이 많고 거울에 제 모습이나 비춰 보고……. 넌 현명하지 못했어……!"

"하지만……."

"자, 그래, 그 빌어먹을 옆바람이 너한테 무슨 도움이 되었는데?"

"그 사랑스러운 여자는 키가 나뭇단만 하고 바늘처럼 날씬한 데다 원숭이처럼 민첩해서 화덕 연통 위에서부터 몸을 밀어 넣어 집 안으로 들어가 내게 문을 열어줬어. 개들은 독이 든 미트볼을 먹여서 미리 죽여 놓았고. 난 두 여자를 싸늘한 시신으로 만들었지. 내가 돈을 챙겨 나간 다음 지네타가 안에서 문을 걸어 잠그고 화덕 연통 위로 빠져나왔지."

"그렇게 근사한 새 수법은 목숨을 걸 만하지." 조각가가 조각상 모델을 감탄하며 바라보듯 자크 콜랭이 범행 수법에 감탄하며 말했다.

"내가 한 짓이 바보짓인 건, 고작 1000에퀴 때문에 그런 재주를 총동원했다는 거지……!"

"아냐, 여자 때문이지!" 자크 콜랭이 대꾸했다. "여자들이란 우리 지능을 앗아가는 존재라고 내가 너한테 누누이 말했잖아……!"

자크 콜랭이 테오도르를 향해 경멸로 이글거리는 눈길을 보냈다.

"당신이 없었잖아!" 코르시카 청년이 반박했다. "난 버려졌었단 말이야."

"그래 넌 그 아가씨를 사랑하나?" 그 반박이 담고 있는 비난에 예민해진 자크 콜랭이 물었다.

"아! 내가 살고 싶은 생각이 드는 건, 지금은 그 여자 때문이기보다는 당신 때문이야."

"진정해! 내가 괜히 불사조라는 별명으로 불리겠나! 내가 널 책임질 거야!"

"뭐라고! 목숨도……!" 코르시카 청년이 그 지하 감옥의 습기 찬 궁륭을 향해 구속복으로 꽁꽁 묶인 두 팔을 들어 올리며 외쳤다.

"귀여운 마들렌, 옛날의 목초지로 돌아갈 준비나 하고 있어." 자크 콜랭이 말을 이었다. "기대해도 좋아. 저들은 널 카니발의 소처럼 장미 화관으로 꾸미진 못할 거야……! 저들이 전에 우리 발에 쇠고랑을 채워 로슈포르로 보냈던 것은 어떻게 해서든 우리를 제거하려 한 거야!181) 하지만 난 너를 툴롱 도형장

---

181) 브레스트, 툴롱, 로슈포르, 세 도형장 중에서 로슈포르가 가장 열악하고 삼엄했다고 전해진다.

으로 보내게 할 거야. 넌 거기서 탈출하는 거야. 그리고 팡탱으로 되돌아오는 거지. 팡탱에서 난 너에게 소박하지만 아주 안온한 삶을 보낼 수 있게 여건을 마련해 줄 거야……."

한숨이, 해방의 기쁨에서 터져 나온 한숨이 돌연 울려 퍼졌고, 이제까지 그런 소리가 그 굳건한 궁륭 아래에서 울려 퍼진 적이 거의 없었기에 돌벽은 난데없는 충격을 받고 어떤 음악에서도 유래를 찾을 수 없는 그 음향을 얼이 빠져 있던 비비뤼팽의 귓속으로 튕기듯 전달했다.

"이 소리는 내가 저자가 밝힌 새로운 사실을 듣고 저자에게 약속한 사면의 효과요." 자크 콜랭이 범죄수사대장에게 말했다. "헌병 양반, 당신도 알다시피 코르시카인들은 믿음이 충만하오! 참으로 저자는 어린 예수처럼 무고하오. 그래서 난 저자가 구원받을 수 있도록 노력하겠소……."

"하느님께서 당신과 함께하시길! 신부님……!" 테오도르가 프랑스어로 말했다.

그 어느 때보다도 더 카를로스 에레라답고, 더 참사위원다운 불사조가 사형수의 방에서 나와 복도를 빠른 걸음으로 지나 고트 소장에게 가서 놀라운 사실을 알게 되었다는 표정을 지었다.

"소장님, 저 젊은이는 무고합니다. 그가 나에게 진짜 범인을 털어놓았어요……! 그는 단지 그릇된 명예심 때문에 비밀을 지키고 자기가 죽으려 했던 거요……. 그는 코르시카인이오! 나 대신 검사장께 가셔서 내가 잠깐 접견을 요청한다고 전해 주십시오. 그랑빌 검사장께서는 프랑스 사법 당국이 범한 그

숱한 실수로 고통받고 있는 에스파냐 사제의 요청을 거절하지 않고 즉시 받아들이실 겁니다!"

"그렇게 하겠소!" 고트 소장이 선선히 대답했는데, 그건 이 뜻밖의 장면을 지켜보던 모두를 경악에 빠뜨리는 일이었다.

"그런데," 자크 콜랭이 말을 이었다. "그 전에 나를 잠시 저 운동장으로 다시 들여보내 주십시오. 아까 내가 한 죄수의 마음을 울려 놓았는데, 그와 나누던 대화를 마무리 지어야 하거든……. 저런 사람들도 감동하는 마음이 있다오!"

이 연설은 그 자리에 있던 모든 사람을 동요하게 했다. 헌병들, 감옥 서기, 상송, 간수들, 사형 집행 보조원 등이 감옥의 통상적 절차에 따라 단두대를 세우러 출발하라는 명령을 기다리고 있었다. 그들 모두는 뭔가 이상한 느낌이 들면서 당연히 고개를 쳐드는 호기심에 술렁거렸다.

그때 수려한 말들이 끄는 마차 한 대가 강변로 쪽 콩시에르주리 철책 앞에 보란 듯이 요란하게 멈춰 서는 소리가 들려왔다. 마차 문이 열리고 발판이 하도 당당하게 펼쳐져서 모두 엄청나게 지체 높은 인사가 도착한다고 생각했다. 곧이어 귀부인 한 명이 제복 입은 하인과 수행 시종을 대동하고 푸른색 서류 한 장을 흔들며 감옥 출입구 철책 앞에 나타났다. 온통 검은색인 옷을 입고 거창하게 베일로 덮인 모자를 쓴 그녀는 아주 화려하게 수놓인 손수건으로 흐르는 눈물을 연신 훔쳤다. 자크 콜랭은 그녀가 아지임을, 이제 비로소 그녀에게 본명을 돌려주자면 그의 고모인 자클린 콜랭임을 바로 알아보았다.

조카 못지않게 성격이 무서울 정도로 사납고, 머릿속 생각

은 온통 감옥에 갇힌 조카에게 쏠렸으며, 적어도 그 위력만 따
진다면 사법 당국과 맞먹는 뛰어난 지략과 통찰력으로 조카
를 지키는 데 열심인 나이 든 그 여자는 전날 밤 세리지 백작
의 추천을 받아 모프리뇌즈 공작 부인의 하녀 앞으로 발급된
허가증을 손에 넣었는데, 그 허가증은 뤼시앵과 카를로스 에
레라 신부가 독방에서 일반 감방으로 옮겨지는 즉시 면회를
허락한다는 증명서로서 그 위에 감옥을 담당하는 부서 책임
자의 지시가 명시되어 있었다.

그 서류는 색깔만으로도 이미 무시할 수 없는 위력적 권고
를 담고 있었다. 왜냐하면 그러한 허가증들은 극장의 우대권
처럼 등급에 따라 형태와 모양이 제각각이기 때문이다. 따라
서 열쇠지기는 바로 출입구를 열었는데, 특히 깃털 장식을 단
시종의 청록색과 황금색이 어우러진 제복은 러시아 장군의
군복처럼 반짝거리며 방문객이 귀족 여인이거나 왕족에 준하
는 문장(紋章)의 소유자임을 과시하는 것이었다.

"아! 친애하는 신부님!" 눈물범벅이 된 가짜 귀부인이 성직
자를 보고 외쳤다. "이토록 거룩한 사람을 아무리 잠시라고 해
도 어떻게 이런 데 가둘 수 있단 말입니까!"

소장이 허가증을 받아서 읽었다. 거기엔 '세리지 백작 각하
추천'이라고 적혀 있었다.

"아! 산에스테반[182] 부인, 후작 부인께서," 카를로스 에레라

---

182) 앞에서 몇 차례 언급된 아지의 또 다른 이름인 생테스테브의 에스파냐
식 발음이다.

가 말했다. "어찌 이런 황공한 호의를 다 베푸시고!"

"부인, 여기서 이렇게 대화를 나누시면 안 됩니다." 제법 연륜이 쌓인 고트 소장이 말했다.

그러고는 일렁이는 검은색 천과 레이스로 도배하다시피 한 거구의 여인을 제지했다.

"아니, 이 정도로 서로 떨어져 있는데 무슨 일이 있을 거라고!" 자크 콜랭이 말을 이었다. "더구나 여러분이 지켜보는데요……?" 그가 좌중을 둘러보며 덧붙였다.

자크 콜랭의 고모는 서기며 간수들, 소장, 헌병들까지 혼미하게 만들고도 남을 진한 화장에다 사향내까지 독하게 풍겼다. 그녀는 1000에퀴짜리 레이스 말고도 6000프랑이나 나가는 고가의 캐시미어 숄을 두르고 있었다. 한술 더 떠 수행 시종은 자신이 꾀까다로운 왕녀에게 없어서는 안 될 존재라는 점을 아는 측근인 양 거들먹거리며 콩시에르주리 안마당을 배회하고 있었다. 그는 하인과는 말도 섞지 않았는데, 하인은 멀찌감치 떨어져 낮 동안은 항상 열려 있는 강변로 쪽 철책에 장승처럼 서 있었다.

"뭘 원해! 난 뭘 해야 하지?" 산에스테반 부인이 고모와 조카 간에 정한 은어로 물었다.

「범죄 수사」라는 제목을 단 부분에서 이미 살펴보았듯이,[183]

---

183) 「범죄 수사」는 본 작품 3부가 1846년 《레포크》지에 연재소설 형식으로 처음 분재되기 시작했을 때의 제목이다. 1847년 3부가 단행본으로 묶여 수브랭 출판사에서 출간되었을 때는 「감옥에서 펼쳐진 드라마」로 제목이 바뀌었다. 지금의 제목 「잘못된 길의 결말」은 1846년 퓌른판 『인간극』 전집

이 은어는 프랑스어에 속하든 범죄 세계 은어에 속하든 단어들을 길게 늘여서 변형시키는 방식, 예컨대 단어 어미를 '아르(ar)' '오르(or)' '알(al)' '이(i)' 등으로 끝내는 방식을 사용한다. 이를테면 그것은 외교 문서에 쓰이는 난수표를 구어에 적용한 것이다.

"모든 편지를 안전한 곳에 보관해. 그중에서 관련된 귀부인들 개개인에게 가장 큰 위협이 될 만한 편지들을 챙겨서 천한 여자로 변장하고 중앙홀로 돌아와. 그리고 거기서 내 지시를 기다려."

아지, 아니 자클린은 마치 축성을 받으려는 것처럼 무릎을 꿇었다. 가짜 사제는 복음서에 따른 장엄한 태도를 한껏 과장하며 자기 고모에게 강복을 빌었다.

"아디오, 마르케사!"[184] 그가 보란 듯 목소리를 높였다. "그리고," 그는 둘이 약조한 언어를 이용해 덧붙였다. "외롭과 파카르를 찾아내. 그것들이 가지고 튄 75만 프랑과 함께 말이야. 우리에게 지금 그 돈이 필요해."

"파카르는 저기 있어." 신심 깊은 후작 부인이 두 눈에 눈물을 글썽인 채 수행 시종을 가리키며 말했다.

이 뜻밖의 기민한 맞장구에 가짜 사제는 표정으로는 미소를, 몸짓으로는 놀라움을 표시했다. 그를 놀랠 수 있는 사람은 자기 고모밖에 없었다.

에서 발자크가 정한 제목을 따른 것이다.
184) "Addio, marchesa(안녕히 가십시오, 후작 부인)!" 그런데 이것은 에스파냐어가 아니라 이탈리아어다.

가짜 후작 부인은 만인의 주목을 받는 것에 익숙한 배우처럼 그 장면을 지켜보는 사람들을 향해 몸을 돌렸다.

"저분은 자기 자식의 장례식에 갈 수 없어서 비통한 심정이에요." 그녀가 엉성한 프랑스어로 말했다. "사법 당국의 그 끔찍한 오해가 여기 있는 이 거룩한 분의 비밀을 만천하에 까발렸기 때문에요……! 내가 대신 장례미사에 참석하겠어요. 이거 받으세요, 소장님." 그녀가 고트 소장에게 금화가 가득 든 돈주머니를 내밀며 말했다. "불쌍한 죄수들의 영혼을 평온하게 하는 데 써주세요……."

"끝내주아르!" 흡족한 조카가 그녀의 귀에 대고 속삭였다.

자크 콜랭은 간수의 뒤를 따라 감옥 운동장으로 향했다.

낭패를 본 비비뤼팽은 결국 진짜 헌병을 오게 할 수밖에 없었다. 자크 콜랭이 나간 후 그는 헛기침을 몇 차례 해서 신호를 보냈고, 그 신호에 진짜 헌병이 사형수의 방으로 와 그와 교대했다. 서둘렀지만 불사조의 호적수는 때맞춰 도착할 수 없었고, 그 결과 에스파냐 귀부인과 상면하지 못했다. 그가 도착했을 때 그녀는 예의 그 화려한 마차를 타고 막 사라진 뒤였는데, 변조한다고는 했지만 그래도 원래의 쉬고 탁한 소리가 밴 그녀의 목소리만이 멀리서 비비뤼팽의 귓전을 울렸다.

"수감자들을 위해 쓰라고 탄환 300발을[185] 주고 갔습니다……!" 고트 소장이 서기에게 넘긴 돈주머니를 간수장이 비비뤼팽에게 가리키며 말했다.

---

185) 300프랑을 말한다.

"이리 줘보시오, 자코메티 서기." 비비뤼팽이 말했다.

비밀경찰 대장은 돈주머니를 받아 든 다음, 손바닥에 금화를 쏟고 자세히 살펴보았다.

"진짜 금화로군……!" 그가 말했다. "돈주머니에는 문장(紋章)도 박혀 있고! 아! 망할 놈, 그놈은 정말 강해! 완벽해! 놈이 우리 모두를 속여 넘긴 거야, 그것도 매번……! 놈을 개 잡듯이 잡아 족쳐야 해!"

"무슨 일인데 그러십니까?" 서기가 돈주머니를 받아 들며 물었다.

"그 여자는 귀부인이 아니라 비천한 여자니까 그러지……!" 흥분한 비비뤼팽이 출입구 바깥쪽 바닥을 미친 듯이 발로 차며 소리 질렀다.

비비뤼팽의 입에서 나온 말들은 주변에서 지켜보던 사람들에게 큰 파문을 불러일으켰다. 사형집행인 상송은 그들 무리와 좀 떨어져서 아치형 천장 아래 너른 홀 중앙에 있는 커다란 난로에 등을 기대고 선 채로, 사형수의 몸단장을 시키고 그레브 광장에 단두대를 세우라는 명령이 떨어지기를 기다리고 있었다.

2절
검사장과 자크 콜랭

9. 유혹

운동장으로 되돌아온 자크 콜랭은 목초지를 제집처럼 드나들었던 경험에서 나오는 그런 익숙한 걸음걸이로 자기 친구들에게로 향했다.

"무슨 걱정거리가 있다고 그러는 거야?" 그가 장작개비에게 말을 걸었다.

자크 콜랭이 구석으로 데려가자, 살인범이 입을 열었다. "난 가망이 없어. 그래서 지금 믿을 수 있는 확실한 친구가 필요해."

"왜 그런데?"

장작개비는 두목에게 자신이 저지른 그간의 범행을 모두 털어놓은 후, 물론 모든 말은 은어를 사용했는데, 크로타 부부 집에서 저지른 살인과 강도질을 낱낱이 설명했다.

"넌 칭찬받아 마땅해." 자크 콜랭이 그에게 말했다. "아주 잘

했어. 하지만 너는 내가 보기에 한 가지 잘못을 저질렀어……."

"어떤 잘못?"

"일단 일을 성공적으로 끝냈으면, 너는 러시아 여권을 만들고, 러시아 대공으로 변장하고, 문장이 박힌 근사한 마차도 한 대 사고, 훔친 돈을 과감하게 은행에 맡기고, 함부르크를 지급처로 해서 신용장을 요구하고, 하인과 하녀, 그리고 대공비로 보이게 차려입은 애인을 대동하고 장거리 역마차를 탔어야 했어. 그런 다음, 함부르크에 도착해서 멕시코행 배에 몸을 실었어야지. 금화 28만 프랑이면 똑똑한 사내는 당연히 제가 원하는 것을 하고 제가 원하는 곳으로 떠나지! 이 어리보기야!"

"아! 넌 거기까지 생각하는군, 대빵이니까……! 그러니까 넌 절대 소르본을 잘리는 일이 없지! 하지만 난 아냐."

"말인즉슨 그렇다는 거야. 지금 네 처지에 아무리 유익한 충고를 해봤자 그건 죽은 자에게 수프를 끓여 주는 격이지." 자크 콜랭이 자기 파낭델에게 매혹적인 눈길을 던지며 말했다.

"그건 그래!" 장작개비가 조금은 미덥지 못한 표정을 지으며 말했다. "그래도 내게 변함없이 수프를 끓여 줘. 그게 나를 먹여 살리는 양식은 못 되겠지만, 그걸로 족욕 물을 삼을까[186] 해서……."

"넌 가중처벌 대상인 다섯 건의 절도와 세 건의 살인으로 황새에게 잡힌 신세야. 그중 최근 살인이 바로 부유한 부르주

---

186) 은어로 '도형장에 보내다'라는 뜻. 장작개비가 사형만은 면하고 싶어 하는 말이다.

아 두 명을 죽인 것이지. 배심원들은 부르주아를 죽인 것을 좋게 보지 않아. 넌 통행증을 발급 받을 거야. 너에겐 일말의 희망도 없어……!"

"저들도 다 나에게 그렇게 말했어." 장작개비가 측은하게 대답했다.

"내 고모 자클린이, 나는 조금 전 사무실 한복판에서 자클린과 짤막하게나마 대화를 나누었지, 자클린은 자네도 알다시피 모든 파낭델의 어머니잖아, 그 자클린이 내가 말해 준 건데 황새는 자네를 제거하고 싶어 한대. 그만큼 황새가 자네를 두려워한다는 거지."

"하지만," 장작개비가 천진한 표정으로, 그러니까 도둑들에게 도둑질을 천부적 권리라고 여기는 풍조가 얼마나 깊숙이 박혀 있는지 여실히 보여주는 그런 표정으로 말했다. "나는 지금 부자잖아, 그들이 뭘 두려워하는 거지?"

"우린 지금 철학이나 논하고 앉아 있을 시간이 없어." 자크 콜랭이 말했다. "자네가 처한 상황으로 돌아갈까……?"

"넌 날 어떻게 하고 싶은데?" 장작개비가 자기 대빵의 말을 끊고 물었다.

"두고 보면 알게 되겠지! 죽은 개도 아직 쓸모가 있는 법이니까."

"남 대하듯 하는군……!" 장작개비가 말했다.

"난 너를 내 게임에 끌어들일까 해!" 자크 콜랭이 응수했다.

"그 정도면 쓸모 있는 거네……!" 살인범이 말했다. "그다음엔?"

"난 너의 돈이 어디 있는진 묻지 않아. 하지만 이건 물을게, 넌 그 돈으로 무엇을 하고 싶은데?"

장작개비는 도무지 속을 짐작할 수 없는 대빵의 눈을 슬며시 살폈다. 대빵은 그러거나 말거나 무표정하게 하던 말을 계속했다.

"사랑하는 **옆바람**은 있나? 자식은? 보살펴야 할 파낭델은? 난 1시간 후면 풀려나 밖으로 나갈 거야. 난 네가 잘해 주고 싶은 사람들을 위해 뭐든지 할 수 있어."

장작개비는 여전히 망설였다. 그는 결정을 못 내리고 부동자세로 굳어버렸다. 그러자 콜랭이 회심의 일격을 날렸다.

"우리 금고에 있는 네 몫이 3만 프랑이야. 그 돈을 파낭델 조직에 희사할 텐가, 아니면 누군가에게 물려주고 싶은가? 네 몫은 안전하게 보관돼 있어. 나는 그 돈을 네가 물려주고 싶은 사람에게 당장 오늘 밤이라도 전달할 수 있어."

살인범에게서 흡족한 표정이 비어져 나왔다.

'됐다!' 자크 콜랭이 속으로 말했다. "같이 좀 걷지 않겠는가, 생각도 할 겸해서……?" 그가 장작개비의 귀에 대고 속삭이며 말을 이어갔다. "이 친구야, 우리에겐 10분도 채 남지 않았어……. 검사장이 곧 나를 찾을 거고 난 그와 담판을 지을 거야. 난 그 사람의 약점을 쥐고 있어. 내가 **황새**의 목을 비틀 수 있다고! 난 마들렌을 구할 수 있다고 확신해."

"대빵, 대빵이 마들렌을 구할 수 있다면, 나도 역시……."

"당연한 일에 더 이상 침 튀기지 말자고." 자크 콜랭이 간명하게 못 박았다. "너의 유증서나 얼른 작성해!"

"좋아! 그러면 난 내 돈을 고노르라는 여자에게 물려주고 싶네." 장작개비가 민망한 표정을 지으며 대답했다.

"아니……! 자네, 죽은 모세의 과부와 같이 살아? 남부 룰뢰르[187] 조직의 두목이었던 그 유대인 모세?" 자크 콜랭이 물었다.

위대한 장군들이 그러듯 불사조도 모든 범죄 집단의 구성원 하나하나를 놀라우리만치 정확하게 꿰고 있었다.

"맞아, 그녀야." 장작개비가 엄청나게 기분이 들떠서 말했다.

"예쁜 여자지!" 흉악한 범죄 기계들을 다루는 데 이골이 난 자크 콜랭이 화답했다. "그 옆바람 영리하지! 아는 것도 대단히 많고 남자에게 아주 순종적이기도 하고! 매춘부 일은 아마 그만두었지……. 아! 자네 그 고노르에게 다시 푹 빠진 거군! 그런 옆바람을 손에 넣었는데 땅에 묻히게 된다면 그거야말로 바보짓이지. 멍청한 짓이야! 그러려면 착실하게 조그만 장사나 하며 근근이 살았어야지……! 그래, 그 여자는 무슨 작업을 하며 살지?"

"생트바르브가에 자리를 잡고 매음굴을 하나 운영하고 있어……."

"그러니까 넌 그녀를 상속인으로 지정한다는 건가……? 이보게, 그런 매춘부들이 결국 우리를 이렇게 만드는 거야. 그런 여자들을 사랑하는 바보짓이나 하고 있으면 말이야……."

---

187) 마차 승객의 짐을 훔치는 도둑으로, 앞서 명주실의 별명 중 하나로 소개되었다.

"알아, 하지만 내가 죽은 다음 말고는 그녀에게 한 푼도 주지 마."

"장하군." 자크 콜랭이 진지한 어조로 말했다. "파낭델들에겐 아무것도 없고?"

"아무것도. 그들은 날 밀고했어." 장작개비가 증오에 찬 목소리로 대답했다.

"누가 너를 팔았지? 내가 복수해 줄까?" 자크 콜랭이 결정적 순간에 마음을 흔들리게 하는 마지막 감정을 어떻게 해서든 일깨우려고 격하게 물었다. "이봐, 내 오랜 친구 파낭델, 내가 너의 복수를 하다가 황새와 너 사이에 평화협정을 주선할 수도 있지 않겠는가……?"

그 말에 살인범은 뜻하지 않은 희망에 어리벙벙한 표정으로 자기 대빵을 쳐다보았다.

"하지만," 대빵이 속이 훤히 들여다보이는 그 표정을 확인하고 응답했다. "나는 지금은 오로지 테오도르를 위한 허방다리 짓을 꾸미는 데 집중해야 해. 우선 그 보드빌 공연을 성공시킨 다음에, 다른 친구를 위한 연극을 또 펼치지. 친구야, 넌 누구도 아닌 바로 나의 친구 중 하나잖아! 나는 아주 많은 일을 할 수 있다네……."

"네가 그 불쌍한 테오도르를 제물로 바치는 의식을 연기시키는 걸 내 눈으로 확인하면, 응? 그때 네가 해달라는 대로 다 해주겠어……."

"그건 벌써 해냈네. 황새의 발 갈퀴에서 테오도르의 소르본을 빼낸 건 확실해. 빵에서 벗어나려면, 알잖아, 장작개비, 상부

상조해야만 되는 거…… 혼자서는 아무것도 못 해……"

"맞는 말이야!" 살인범이 감정이 복받친 목소리로 말했다.

신뢰가 확실하게 구축되었다고 믿고, 대빵에 대한 믿음이 광신적 수준에 이른 장작개비는 더 이상 망설이지 않았다. 그는 자기 공범들을, 그때까지 철저히 함구해 온 비밀을 다 털어놓았다. 그건 바로 자크 콜랭이 알고 싶었던 모든 정보였다.

"일이 그렇게 된 거야! 이 갓난아기를 오래 젖 먹여 키운 자 중에는 뤼파르도 있어, 비비뤼팽의 요원으로 전향한 자 말이야. 그가 나와 고데에 이은 세 번째 공범이지……"[188]

"양털깎이라고……?" 뤼파르가 강도로 활약할 때 불리던 별명을 거명하며 자크 콜랭이 목소리를 높였다.

"그래 맞아. 그 비열한 놈들이 날 팔아넘겼어. 왜냐하면 나는 그들이 돈을 숨겨놓은 곳을 알지만, 그들은 내가 숨긴 곳은 모르거든."

"네가 내 장화에 기름칠을 해주는구나,[189] 내 사랑!" 자크 콜랭이 말했다.

"뭔 소리야!"

"이야!" 대빵이 대답했다. "나를 전적으로 신뢰하면 무슨 이득이 생기는지 볼까……? 이제 너의 복수는 내가 펼치려는 파티의 핵심이 됐어! 난 지금 너에게 돈을 숨긴 곳을 밝히라고

---

188) 장작개비와 함께 크로타 부부를 죽인 고데와 뤼파르, 그리고 앞서 언급된 모세, 이 셋은 모두 당시 실제로 있었던 악명 높은 범죄자들의 이름이기도 하다.

189) '여행 채비를 하다, 일을 수월하게 도와주다'라는 뜻의 은어다.

하지 않을 거야. 마지막 순간에 나에게 알려주면 돼. 하지만 뤼파르와 고데가 숨긴 곳은 내게 낱낱이 말해 주겠어?”

“넌 지금까지 우리 대빵이었고 앞으로도 영원히 우리 대빵일 거야. 난 너에게 숨길 게 없어.” 장작개비가 맞장구쳤다. “내 돈은 고노르가 운영하는 매음굴 밑바닥(지하 창고)에 숨겨놓았어.”

“너 옆바람을 전혀 의심하지 않는 거야?”

“아! 천만에! 그녀는 내가 벌인 일에 대해서 아무것도 몰라!” 장작개비가 말을 이었다. “난 고노르에게 술을 먹여 인사불성이 되게 만들었거든. 단두대 구멍에 머리가 처박혀도 아무 말도 하지 않을 센 여자지만 말이야. 하지만 엄청나게 많은 돈이긴 하지!”

“맞아, 그 정도 돈이면 제아무리 깨끗한 순백의 양심이라도 돌아버리게 만들지……!” 자크 콜랭이 맞장구쳤다.

“그래서 난 나를 향해 번들거리는 눈길 없이 안심하고 작업할 수 있었지! 닭들은 전부 닭장 안에서 자고 있었으니까. 금화는 포도주 병들 뒤, 땅속 1미터 정도 깊이에 묻혀 있어. 그리고 그 위를 자갈과 회반죽으로 덮어버렸지.”

“좋아!” 자크 콜랭이 외쳤다. “다른 자들이 돈을 숨긴 곳은……?”

“뤼파르는 자기 전리품을 자기가 고노르의 매음굴에 가두어 놓은 불쌍한 여자의 방에 숨겼어. 사실상 그녀는 장물 은닉의 공범이 되어 생라자르에서[190] 일생을 마칠 수도 있어.”

---

190) 당시 파리의 여자 교도소다.

"아! 나쁜 놈! 짭새(경찰)가 너희하고 한패가 되어 강도질이나 하다니……!" 자크가 말했다.

"고데는 자기 전리품을 자기 누이 방에 숨겨놓았어. 그 누이는 세탁부인데 로르스페[191] 구치소의 형기를 5년은 너끈히 감형 받을 만큼 정직한 아가씨야. 그 파낭델은 방바닥 타일을 뜯어내고 금화를 숨긴 다음 달아나 버렸지."

"내가 너한테 뭘 바라는지 알아?" 그제야 자크 콜랭이 장작개비에게 빨아들일 것 같은 시선을 던지며 말했다.

"뭔데?"

"네가 마들렌이 저지른 살인 사건의 범인이라고 죄를 뒤집어쓰는 거……."

장작개비가 펄쩍 뛰었다. 그러나 대빵의 단호한 눈빛에 눌려 이내 복종하는 자세를 취했다.

"어허! 너 벌써 투덜대는 거야! 넌 내가 짠 판에 이미 가담했어! 자, 볼까? 살인을 네 번 하나 세 번 하나 그게 그거 아냐?"

"그럴지도!"

"파낭델의 메가(하느님)를 걸고 말하건대, 너의 국숫발에는 포도즙이 빠져 있군(자네 혈관에는 피가 흐르지 않는군). 그런데 난 그런 너를 구하려는 일념이었던 거고……!"

"어떻게 구할 건데?"

"어리석긴! 네가 금화를 조직에 넘기겠다고 약조한다면 넌 별일 없이 옛날의 익숙한 목초지로 돌아가는 걸로 사건이 종

---

191) 라포르스 구치소 명칭의 철자 순서를 바꾼 말장난이다.

결되는 거야. 만약 우리 조직이 돈을 이미 확보했다면 난 너의 소르본에 대해 동전 한 닢의 값어치도 쳐주지 않을 거야. 하지만 지금 너의 목숨은 70만 프랑의 값어치가 있어, 어리석긴……!"

"대빵! 대빵!" 장작개비가 기쁨에 겨워 소리쳤다.

"게다가," 자크 콜랭이 말을 이었다. "우리가 뤼파르에게 살인죄를 뒤집어씌울 건데, 그건 계산에 안 넣더라도 말이야……. 그 결과 비비뤼팽은 해고될 거고……. 내가 장담하지!"

장작개비는 자크 콜랭의 계획에 어안이 벙벙했다. 그는 눈이 휘둥그레졌고, 조각상처럼 우두커니 서 있을 뿐이었다. 석 달 전 체포되어 중죄 재판소에 회부되기 전날 밤, 라포르스 구치소에 수감된 친구들에게 자기 공범들에 대해서는 일절 이야기하지 않은 채 의견을 물었던 그는 자신이 저지른 범행을 검토해 본 후 전혀 희망이 없다고 결론을 내린 상태라, 자크 콜랭이 말한 계획은 갇혀 있는 동안 머리가 딱딱하게 굳어진 그로서는 아무리 궁리해도 떠올릴 수 없는 것이었다. 그런 까닭에 이 허울뿐인 희망만으로도 그를 거의 바보 천치로 만들기에 충분했다.

"뤼파르와 고데는 벌써 흥청망청 방탕하게 살겠지? 그들은 자기들이 은닉한 누런 금화 일부를 꺼내 바람 쐬게 했겠지?" 자크 콜랭이 물었다.

"감히 그러지 못하지." 장작개비가 대답했다. "그 나쁜 놈들은 내 목이 날아가기를 기다리고 있대. 비프가 비퐁을 면회하러 왔을 때, 내 옆바람이 비프더러 내게 전해 달라고 부탁해서들은 사실이야.”

“좋아! 우리는 24시간 안에 그들의 전리품을 확보할 거야……!” 자크 콜랭이 외쳤다. “그 녀석들은 너처럼 혐의를 벗지는 못할 거야, 넌 눈처럼 새하얘질 테고, 그자들은 피 칠갑으로 시뻘게질 거야! 너는 그자들이 범죄에 끌어들인 착한 어리보기가 될 거야. 난 너의 돈을 너의 다른 재판들에서 알리바이를 증명하는 데 쓸 거야. 일단 목초지로 가고, 넌 거기로 돌아가라는 선고를 받을 테니까, 그다음에 탈출할 기회를 엿보는 거야……. 비천한 삶이긴 하지만 그래도 죽지 않고 사는 거잖아!”

장작개비의 두 눈에 내면의 흥분이 고스란히 드러났다.

“이보게! 70만 프랑이면 아주 많은 코카르드를[192) 가질 수 있어!” 자크 콜랭이 이렇게 말하며 자기 페낭델을 희망에 얼근히 취하게 했다.

“대빵! 대빵!”

“나는 법무부 장관을 구워삶을 거야……. 아! 뤼파르는 망할 거야. 그놈은 반드시 망가뜨려야 할 짭새 끄나풀이야. 비비 뤼팽은 끝장난 거야.”

“좋아! 약속한 거야!” 장작개비가 솟구치는 기쁨을 어찌지 못하고 소리쳤다. “명령만 해, 복종할게.”

그리고 그는 두 눈에 기쁨의 눈물이 그렁그렁한 채 두 팔을

---

192) 일반적으로 ‘휘장’ 혹은 ‘모자에 다는 리본 장식’을 뜻하는 이 말이 범죄 세계의 은어로는 어떤 뜻인지 분명치 않다. 문맥상 ‘성공’ ‘알리바이’ ‘탈출 기회’ 등 여러 의미로 추측할 수 있다.

벌려 자크 콜랭을 끌어안았는데, 그만큼 그로서는 이제 목숨을 부지하게 됐다는 생각이 들었던 것이다.

"그게 다가 아니야." 자크 콜랭이 말했다. "황새는 소화기관이 시원찮은 법이지. 특히 열이 치솟는 사안(부담이 많이 되는 새로운 사실의 폭로)에 대해서는 말이지. 지금 중요한 문제는 어떤 옆바람을 미인으로 활용하는(무고한 어떤 여자를 고발하는) 일이야."

"왜? 무슨 소용이 있는데?" 살인범이 물었다.

"날 도와야 해! 곧 알게 될 거야……!" 불사조가 대답했다.

자크 콜랭은 장작개비에게 낭테르에서 일어난 살인 사건의 내막을 간단하게 밝히고, 지네타가 했던 역할을 연기하겠다고 할 만한 여자를 구하는 게 긴요하다고 설명했다. 그러고 나서 그는 기쁨에 들뜬 장작개비와 함께 비퐁 쪽으로 향했다.

"난 네가 비프를 얼마나 사랑하는지 잘 아는데……." 자크 콜랭이 비퐁에게 말했다.

그 말에 비퐁이 쏘아보는 눈빛은 소름 돋는 완벽한 한 편의 시였다.

"네가 목초지에 가 있는 동안 그녀는 뭘 하며 살까?"

눈물이 비퐁의 눈을 촉촉이 적셨다.

"그래! 내가 너를 위해 그녀를 옆바람 전용 로르스페(여성 전용 라포르스, 마들로네트 혹은 생라자르 감옥)에 1년 동안만 있게 하면 어떨까? 너의 장날(재판)과, 목초지로 출발, 목초지 도착, 그리고 목초지 탈출에 걸리는 기간만 말이야."

"넌 그런 기적을 일으킬 수 없을걸. 그녀는 아무하고도 눈이 맞은 적이 없는데(어떤 범죄에도 연루되지 않았는데)." 비프의 애인이 대꾸했다.

"아! 야, 비퐁," 장작개비가 말했다. "우리 대빵은 메가보다 더 힘세다고……!"

"너와 그녀 사이에 정한 암호가 뭐지?" 자크 콜랭이 자기 말이 거절당하리라고는 꿈에도 생각지 않는 주인처럼 당당하게 요구했다.

"소르그 아 팡탱(파리의 밤). 이 말만 하면 그녀는 내가 보내서 온 사람이라고 여길 거야. 그녀가 너에게 복종하기를 원한다면 다섯 발짜리 탄통을 그녀에게 주고 '퐁디프!'라고 말해."

"그녀는 장작개비의 장날에 유죄판결을 받을 거고, 1년 동안 어둠 속에서 지내다 보면 새로운 사실이 드러나 사면될 거야." 자크 콜랭이 장작개비를 바라보고 으쓱대며 말했다.

장작개비는 대빵의 계획을 알아차리고 대빵에게 자기가 비퐁을 끌어들이겠노라고, 그러니까 자기가 진범이라고 나설 살인 사건의 가짜 공범 역할을 비프가 받아들이도록 비퐁을 설득하겠노라고 눈을 한 번 깜박거려 약속했다.

"잘들 있게나. 너희는 곧 내가 내 귀염둥이를 샤를로의 손아귀에서 빼냈다는 소식을 듣게 될 거야." 불사조가 말했다. "그래, 샤를로는 마들렌에게 마지막 단장을 해주기 위해 자기 조수들을 데리고 사무실에 대기하고 있거든! 자," 그가 말을 이었다. "황새 대빵(검사장)이 나를 데려오라고 보낸 사람이 왔군."

실제로 간수 한 명이 콩시에르주리 출입구를 통해 운동장으로 와서, 코르시카 청년이 처한 위험을 알고 거친 야수의 힘을 발휘해 사회 전체를 상대로 싸움에 나선 이 비범한 인물에게 오라는 신호를 보냈다.

뤼시앵의 시신을 품에서 빼앗기던 순간, 자크 콜랭이 절체절명의 결연한 심정으로 마지막 현현을 결심했다는 사실을, 그러나 이제는 자신의 피조물을 통해서가 아니라 상황 장악을 통해서 최후로 자신을 드러내기로 결심했다는 사실을 특기하는 것도 의미가 없진 않을 것이다. 그는 나폴레옹이 벨레로폰 전함으로 자기를 호송하던 보트 위에서 했던 그 숙명적 결정을 그때 결행했던 것이다.[193]

여러 여건이 서로 묘하게 들어맞으면서 이 악과 타락의 천재가 기획한 일은 온 천지가 나서서 돕는 듯 순조롭게 진행되었다. 따라서 경이로움을 개연성이 전혀 없는 상황에서만 일어나는 허무맹랑한 현상이라고 여기는 오늘날의 풍조로 인해, 범죄로 점철된 그 인생의 예기치 않은 결말이 비록 어느 정도 경이로움을 잃을 수도 있겠지만, 자크 콜랭과 함께 검사장실로 들어가기 전에 잠시 카뮈조 부인의 행적을 따라가, 콩시에르주리에서 이 모든 일이 벌어지고 있는 동안 그녀가 어떤 사람들 집을 찾아다녔는지는 알아볼 필요가 있다.

풍속의 역사가가 방기해서는 안 되는 의무 중 하나가 바로,

---

193) 1815년 6월 워털루 전투에서 패한 나폴레옹은 대서양 연안 로슈포르 항으로 이동해 아메리카행을 기도한다. 그러나 이미 정보를 입수한 영국군은 전함 벨레로폰으로 바다를 봉쇄했고, 마침내 7월 15일 나폴레옹은 항복을 결심한다. 나폴레옹은 벨레로폰 전함에 실려 영국 해안까지 갔다가 노섬벌랜드 전함으로 옮겨져 세인트헬레나섬에 유배된다.

극적 효과를 돋보이게 한답시고 인위적으로 조정해 진실을 훼손하는 일을 절대 하지 않는 것이다. 특히 그 진실이 각고의 노력을 통해 소설로 형상화되었을 때는 더욱 그렇다.

사회는, 특히 파리에서는, 그 속성상 숱한 우연이 작용하고 온갖 변덕스러운 추측이 얽히고설킨 까닭에, 그것을 파악하려는 창작자의 상상력을 어김없이 훌쩍 뛰어넘어 버린다. 상궤를 벗어나는 진실의 분방한 속성은 예술의 접근을 불허하는 복잡한 결합을 만들어내기에 이른다. 그만큼 그 복잡한 결합은 작가가 다듬을 덴 다듬고, 가지치기할 건 쳐내고, 버릴 건 버려서 형상화하지 않는다면 그 자체로는 개연성도 없고 건전한 상식에 별로 부합하지도 않는다.

10. 카뮈조 부인의 세 번의 방문

카뮈조 부인은 가급적 고상한 아침 화장을 하려고 신경을 썼는데, 그런 시도는 지난 6년을 줄곧 지방에서만 살았던 판사의 아내에겐 꽤 어려운 일이었다. 그녀가 그런 까닭은 아침 8시에서 9시 사이에 데스파르 후작 부인과 모프리뇌즈 공작 부인 댁을 방문하면서 그 귀부인들에게 흉잡힐 빌미를 주지 않기 위해서였다.

결혼 전 성(姓)이 티리옹인 아멜리 세실 카뮈조는 결론만 간단하게 말하자면, 아침 화장을 절반 정도만 성공했다. 그런데 화장에서 그 정도면 곱절로 실수했다는 말이 아닐까?

파리의 여인들이 온갖 분야의 야심가들에게 얼마나 긴요한 존재인지 상상이 잘 안 될 것이다. 조금 전 살펴보았듯이 여자들이 대단히 중요한 역할을 하는 도둑 세계와 마찬가지로 상류 사교계에서 파리 여인들은 필수적 존재다.

전차 경주가 벌어지는 원형경기장에서 여차하면 후미로 처지는 그러한 절박한 상황에서, 왕정복고 시대에 막강한 권력을 휘둘렀고 지금도 여전히 '국새상서'라는 옛 직함으로 불리는 그 거물과[194] 주어진 시간 안에 반드시 면담을 성사해야 하는 어떤 남자가 있다고 하자.

가장 큰 도움을 줄 수 있는 사람을 하나 꼽아보시라. 판사, 다시 말해 집안 친지 중 판사로 재직하는 인물일 것이다.

부탁 받은 그 법관은 법무부 국장이든, 장관의 특임 비서든, 비서실장이든 누군가를 찾아가 그들에게 장관을 즉시 면담해야 할 필요성을 입증해야만 할 것이다. 법무부 장관이 어디 바로 만날 수 있는 그런 존재던가? 그는 낮에는 의회에 나가 있지 않으면 국무회의에 참석하거나 서류 결재를 하거나 면담을 진행한다. 아침에는 아무도 모르는 곳에서 아직 자고 있다. 밤에는 공사다망하다. 만일 모든 법관이 어떤 구실이든 내세우며 면담을 요청할 수 있다면, 사법부의 수장은 밀려드는 면담에 질식하고 말 것이다. 그러므로 특별 면담이건 긴급 면담이건 면담 요청인은, 면담이 아직 다른 경쟁자에 의해 선점되지 않았다면, 중간에 지키고 서서 장애물이나 출입문 역

---

194) 법무부 장관을 가리킨다.

할을 하는 여러 권력자 중 하나의 승인을 받아야 한다.

여자는 다르다! 여자는 다른 여자를 찾아간다. 그녀는 안주인이나 시녀의 호기심을 자극해 안주인의 침실로 직행할 수 있다. 특히 안주인에게 엄청난 이해관계가 걸렸거나 다급한 사정이 있는 일일 때는 말할 것도 없다.

법무부 장관이 결코 무시하고 넘어갈 수 없는 상대인 데스파르 후작 부인 같은 귀부인은 여성 권력이라고 해야 할 것이다. 그런 위치의 여인이 용연향 풍기는 호박색 편지지에 몇 자 적어 자기 시종에게 주면, 시종은 그것을 장관의 시종에게 전달한다. 장관은 아침에 일어나 그 내밀한 편지지를 받고는 잔뜩 긴장해서 곧바로 읽어 내려간다.

장관은 장관으로서는 처리해야 할 업무가 있지만, 남자로서는 그 업무를 제치고 파리 여왕 중의 일인이요, 포부르 생제르맹의 권력자 중 일인이며, 빈궁(嬪宮)이나 왕세자빈 혹은 국왕의 총애를 받는 귀부인 중 일인을 방문한다는 것에 상당한 뿌듯함을 느낀다. 7월혁명 정부에서 명실상부한 수상으로 꼽을 수 있는 유일한 정치가였던 카지미르 페리에는 샤를 10세 국왕 치하 귀족원에서 가장 명망 높은 전통 귀족의 저택에 가기 위해 모든 업무를 접었던 적이 있다.[195]

---

195) 카지미르 피에르 페리에(1777~1832)는 은행가 출신 정치가로, 왕정복고 기간 의회에서 샤를 10세의 반동주의를 강하게 비판한 자유주의파의 기수였다. 7월혁명 후 승리한 부르주아지의 지도자로서 내무부 장관 겸 국무회의 의장을 역임하며 실질적 수상 역할을 했다. 지속적인 개혁을 요구하는 '운동파'에 맞서, 정국 안정을 주장한 '저항파'를 이끌다가 1832년 콜레라 창

이상 살펴본 원리에 비추어볼 때, 데스파르 후작 부인의 시녀가 그녀를 깨우러 침실에 들어와 한 말, "마님, 카뮈조 부인이 마님께서도 알고 계신 아주 긴급한 일로 찾아왔습니다."라고 한 말의 위력이 어땠는지 여실히 알 수 있다. 그렇기에 후작 부인은 아멜리를 당장 침실로 안내하라고 일렀다.

판사의 아내는 "후작 부인 마님, 마님 복수를 했다가 우린 망했어요……."라며 말을 꺼냈는데, 후작 부인은 그 말에 유심히 귀를 기울였다.

"이게 웬일이야, 어쩌 그리 예뻐요……?" 후작 부인이 빼꼼히 열린 방문 틈으로 들어오는 희미한 불빛을 등지고 서 있는 카뮈조 부인을 바라보며 대답했다. "그 앙증맞은 모자가 오늘 아침 기막히게 잘 어울리는데요. 그런 건 대체 어디서 구해요……?"

"마님, 마님께서는 참으로 다정하세요……. 그건 그렇고 마님께서도 아시다시피, 카뮈조가 뤼시앵 드 뤼방프레를 신문한 방식이 그 젊은이를 절망에 빠뜨렸어요. 그래서 그는 감옥에서 자기 목숨을 끊었고요……."

"이제 세리지 부인은 어떻게 되는 걸까?" 후작 부인이 모르는 척하며 이야기를 딴 데로 돌리기 위해 목소리를 높였다.

"안됐어요! 사람들 말로는 정신이 나간 것 같답니다……." 아멜리가 대답했다. "아! 마님께서 법무부 장관 각하께 말씀드

궐 때 사망했다. 발자크는 이 대목에서 공개적으로는 자유주의를 표방하며 샤를 10세와 정통주의자들을 비판했으나 은밀하게 전통 귀족의 신임을 얻고자 노력한 카지미르 페리에의 이중성을 꼬집고 있다.

려서, 법원에 전령을 보내 제 남편을 즉시 불러들이시면 믿을 수 없는 해괴한 사실을 들으시게 될 겁니다. 이 일은 국왕 전하께 보고드려야 할 중요한 사안임이 분명합니다……. 그렇게 되면 카뮈조의 적수들은 침묵을 지킬 수밖에 없을 거고요.”

“카뮈조의 적수들이라니, 누구누구를 말하는 거죠?” 후작 부인이 물었다.

“당연히 검사장이지요. 그리고 지금 상황에서는 세리지 백작도 포함됩니다…….”

“알았어요, 부인.” 데스파르 후작 부인이 응답했다. 자기 남편을 금치산자로 만들 목적으로 그녀가 제기한 역겨운 소송에서 자신에게 패소를 안긴 장본인들이 그랑빌 검사장과 세리지 백작이라고 믿는 후작 부인은 그들에게 앙심을 품고 있었다. “내가 당신 부부를 지켜줄게요. 난 내 친구들도, 내 적들도 절대 잊지 않아요.”

그녀는 시녀를 불러 커튼을 걷게 했다. 햇살이 넘실대며 들어왔다. 그녀는 서탁을 가져오라고 분부했고, 이내 시녀가 서탁을 대령했다.

후작 부인은 편지지에 빠르게 몇 마디 적었다.

“고다르에게 말을 타고 급히 이 전갈을 법무부 장관 집무실에 전하라고 해. 답장은 필요 없고.” 그녀가 시녀에게 말했다.

시녀는 서둘러 방을 나갔다. 그러나 후작 부인의 분부에도 아랑곳 않고 시녀는 방문 밖에서 귀를 대고 몇 분간 안의 대화를 엿들었다.

“믿을 수 없는 해괴한 사실이라니요?” 데스파르 부인이 물었다. "그게 뭔지 말해 봐요, 부인. 클로틸드 드 그랑리외는 그 일에 연루되지 않았대요……?"

"후작 부인 마님께서는 장관 각하께 전모를 들으시게 될 겁니다. 제 남편은 그에 대해 제게는 입도 벙긋하지 않았습니다. 남편은 다만 자신이 위험에 처했다는 사실만 제게 알렸습니다. 세리지 부인이 저렇게 정신이 나가 있으니 차라리 죽는 게 우리를 위해서는 나을 것 같습니다."

"불쌍한 여자 같으니라고!" 후작 부인이 말했다. "그런데 그녀는 이미 죽은 거 아냐?"

사교계 여인들은 똑같은 내용의 말이라도 수백 가지 다른 방식으로 발언함으로써 주의 깊은 관찰자에게 같으면서도 무한히 다른 광폭 음역이 실제로 존재함을 실감 나게 보여준다. 마음은 시선을 통해 드러나기도 하지만, 마찬가지로 목소리를 통해서도 온전히 드러난다. 마음은 두 눈과 후두의 활동 영역인 빛과 공기 속에 자국을 남기는 것이다. "불쌍한 여자!"라는 그 두 마디 말을 강세 어조로 발음함으로써 후작 부인은 앙심이 채워진 데 대한 흡족함과 승리를 거두었다는 행복감을 숨김없이 내비쳤다. 아! 그녀는 뤼시앵의 보호자를 자처한 여인에게 엄청난 불행이 닥치기를 얼마나 바랐던가! 증오의 대상이 죽었다는 말을 듣는 동안에도 여전히 풀리지 않는 복수심을 내비치는 모습을 접하면 음산한 공포감이 일기 마련이다. 그래서 천성이 모질고 악의적이고 표독한 카뮈조 부인이지만 그 모습에 적잖이 놀랐다. 카뮈조 부인은 대꾸할 말이 없어 가만있었다.

“사실 디안이 내게 알려주었어요, 레옹틴이 감옥에 갔었다고요.” 데스파르 부인이 말을 이었다. “친애하는 공작 부인은 그 소동에 낙심한 상태예요, 공작 부인은 마음이 여려서 세리지 부인을 아주 사랑하거든요. 그러나 이해 못 할 바는 아니에요. 두 여자 모두 그 얼간이 같은 뤼시앵을 거의 동시에 사모했으니까. 이제 같은 제단에 저마다의 기도를 바치는 일 말고는 두 여자를 이어주거나 헤어지게 해줄 그 어떤 일도 남지 않았어요. 그래서 그 정다운 친구는 레옹틴의 방에서 어제 2시간을 함께 보냈다는 거예요. 그때 그 불쌍한 백작 부인이 경악할 만한 사실들을 말했나 봐요! 내게 역겹다는 표현을 썼지요……! 품위 있는 여인이라면 그런 곳을 출입해서는 안 된다고요! 쳇! 그건 순전히 육체적 욕망일 뿐이지……. 공작 부인이 다 죽은 사람처럼 창백해져서는 나를 만나러 왔더랬지요. 용기가 많은 사람이었는데! 이 사건에는 뭔가 흉측한 구석이 있어요…….”

“제 남편이 자신의 정당성을 피력하기 위해 장관님께 모든 걸 다 고할 것입니다. 그들은 뤼시앵을 구하려 했고, 제 남편은, 후작 부인 마님, 자기 의무를 다했어요. 예심판사는 항상 법이 정한 시한 안에 독방에 갇힌 피의자들을 신문해야 할 의무가 있잖아요……! 제 남편은 그 애송이 죄인에게 뭔가를 물어봐야 했는데, 그 애송이는 형식적 절차로 묻는지도 모르고 바로 자백을 했다는 거예요…….”

“그자는 어리석은 데다 건방지기까지 했지!” 데스파르 부인이 싸늘하게 말했다.

판사의 아내는 이 선고를 들으며 침묵을 지켰다.

"우리가 데스파르 씨의 금치산 청구 소송에서 졌지만 그건 카뮈조의 잘못이 아니지요. 난 그 점을 항상 기억할 거예요!" 후작 부인이 잠시 멈추었다가 말을 이어갔다. "우리를 실패하게 만든 자들은 바로 뤼시앵, 세리지 씨, 보방 씨, 그리고 그랑빌 씨지요. 시간이 지나면 하느님은 내 편일 거야! 그자들은 모두 불행해지고 말 거야. 안심해요, 내가 데스파르 기사를 장관에게 보내 서둘러 당신 남편을 만나보라고 할 테니까요, 그게 필요하다니까……."

"아! 마님……."

"자!" 후작 부인이 말했다. "당신에게 내일 당장 레지옹도뇌르 훈장을 내리도록 하겠다고 약속하지요! 그건 이번 일에서 보여준 당신의 행동에 대해 윗선이 보여주는 만족감의 뚜렷한 증표일 거예요.[196] 맞아요, 그건 뤼시앵에게 내리는 추가 징벌이기도 하죠. 그가 유죄라는 선언이 될 거예요! 자기 만족을 위해 목을 매는 일은 드문 법이죠……. 자, 잘 가요, 부인!"

10여 분쯤 후 카뮈조 부인은 이번에는 아름다운 디안 드 모프리뇌즈의 침실로 들어섰다. 그녀는 밤 1시에 자리에 누웠지만 오전 9시인데도 여전히 잠을 이루지 못하고 있었다.

공작 부인들은 다소 무심한 편이지만 심장이 모조 대리석

---

196) 레지옹도뇌르 훈장을 만든 나폴레옹이 물러난 후, 왕정복고 시대는 그 서훈 제도를 격하시키는 한편, 루이 14세가 제정한 구체제의 생루이 서훈 제도를 부활시켜 함께 운용했다. 콧대 높은 데스파르 후작 부인으로서는 일개 부르주아에게 전통 귀족의 특권을 부여한다는 것이 마뜩찮았을 것이다.

처럼 차가운 그 귀부인들도 절친한 친구가 광기에 사로잡힌 광경을 접하면 깊은 충격을 받지 않을 수 없다. 게다가 디안과 뤼시앵의 관계는 비록 1년 반 전에 끝나긴 했어도, 공작 부인의 마음에 꽤 많은 추억을 남긴 터라 그 젊은이의 불행한 죽음은 그녀에게도 심한 충격을 안겨주었다.

디안은 밤새도록 그 아름다운 젊은이를 눈앞에 떠올렸다. 너무나 매혹적이고 너무나 시적이며 사랑하는 방법을 너무나 잘 알았던 젊은이가 목을 매 자살한 모습은 고열에 허우적거리고 까무러치면서 레옹틴이 이야기한 바로 그 모습이었다. 디안은 뤼시앵이 보낸 우아하고 매혹적인 편지들을 여전히 간직하고 있었다. 그 편지들은 미라보가 소피에게 쓴 편지들과 닮았지만,[197] 그보다 더 문학적이고 더 정성이 담긴 것이, 뤼시앵의 편지는 열정 중에서도 가장 격렬한 열정, 바로 허영심이 불러준 대로 쓴 것이었기 때문이다! 공작 부인 중 가장 매혹적인 여인의 몸과 마음을 소유한다는 것, 물론 둘만의 비밀이지만 그녀가 자기에게 미친 듯이 빠져드는 모습을 본다는 것, 그 행복감이 뤼시앵의 머리를 돌게 했더랬다. 그런 여인의 애인이라는 자만심이 시인에게 엄청난 영감을 선사했다. 그래서 공

---

197) 계몽사상가이자 작가이자 정치가로서 대혁명 초기 큰 활약을 했던 미라보는 대혁명 전 저명한 귀족의 아내인 소피 드 모니에 부인과 사랑에 빠져 도피 행각을 벌이다 붙잡혀 뱅센 감옥에 갇히는데, 이때 역시 수녀원에 감금된 소피에게 많은 편지를 보낸다. 그러나 미라보의 편지들은 정숙한 표현으로 이루어져서, 온갖 유혹의 언사들로 넘쳐났을 것으로 추정되는 뤼시앵의 편지와는 성격이 다르다고 볼 수 있다.

작 부인은 자기 안 깊숙한 곳에 있는 가장 덜 공작 부인다운 부분을 겨냥해 쏟아진 과장된 찬사들로 점철되어 감동적이기 그지없는 그 편지들을 마치 몇몇 노인네들이 춘화를 은밀히 간직하듯 그렇게 고이 간직하고 있었던 것이다.

"그런데 그가 비천한 감옥에서 죽었다!" 그녀가 뤼시앵의 편지들을 두려움에 사로잡혀 움켜쥐고 그렇게 중얼거리고 있을 때, 시녀가 가만히 문 두드리는 소리가 들렸다.

"카뮈조 부인이 공작 부인 마님과 관련된 심각하기 그지없는 일 때문이라며 찾아왔습니다."

디안은 화들짝 놀라 벌떡 일어섰다.

"오!" 공작 부인이 그런 분위기에 어울리는 심각한 표정을 짓고 있는 아멜리를 바라보며 말했다. "내 그럴 줄 알았지! 내가 보낸 편지들 때문이군……. 아! 내 편지들……!"

그러고는 그녀는 안락의자에 털썩 주저앉았다. 과거 열정이 끓어오를 때 뤼시앵의 편지에 똑같은 어조로 답장했던 사실이, 그가 여인의 영광을 찬미했던 것처럼 남자의 시흥(詩興)을 찬양했던 기억이 그 순간 떠올랐던 것이다. 얼마나 격정적인 디오니소스 찬가였던가!

"아아! 그렇습니다, 마님, 전 마님께 목숨보다 더 소중한 것을 구하러 왔습니다. 마님의 명예가 걸린 문제입니다……. 정신을 다시 가다듬으시고, 의복을 갖춰 입으세요. 그랑리외 공작 부인 댁에 함께 가시지요. 마님께 그나마 다행스러운 점은 이 일에 연루된 분이 마님 혼자만은 아니라는 겁니다……."

"아니, 레옹틴은 수사 당국이 우리의 불쌍한 뤼시앵 집에서 압수한 편지들을 어제 법원에서 자기가 전부 불태워 버렸다고 내게 말했는데?"

"아닙니다, 마님. 뤼시앵은 자크 콜랭의 짝패였습니다!" 판사의 아내가 힘주어 말했다. "마님과 마님 주변 분들은 그 흉악한 동서(同棲) 관계를 늘 망각하십니다. 둘이 붙어 있던 것이 바로 매력적이고 애석한 그 젊은이의 죽음을 가져온 유일한 원인이 분명한데도 말입니다! 그런데 그 도형장의 마키아벨리는 이제까지 한 번도 냉혹한 분별력을 잃은 적이 없는 그런 자입니다! 카뮈조 판사는 그 괴물이 뤼시앵의 애인들이 보낸 편지 중 가장 민감한 것들을 안전한 곳에 감춰두었다고 확신합니다, 뤼시앵은 그의……."

"그의 친구라고 해요." 공작 부인이 바로 끼어들었다. "당신 말이 맞아요, 명석하군요, 부인. 그랑리외 댁으로 가서 조언을 구해야겠어요. 우리 둘 다 그 일에 관심이 있는 처지지요. 그런데 아주 다행스럽게도 세리지가 우리에게 손을 내밀어 줄 거예요……."

사람이 극도로 위험한 상황에 몰리게 되면, 앞서 콩시에르주리에서 펼쳐진 몇 가지 장면에서도 목격했듯이, 육체가 거기에 대응해 강렬한 힘을 발휘함은 물론 영혼도 그에 못지않은 무서운 힘을 발휘한다. 그러한 영혼의 반응은 일종의 볼타 전지 같은 것이다.[198] 감정이 화학적으로 응축되어 전기의 흐

---

198) 볼타전지는 1800년 이탈리아 물리학자 알레산드로 볼타가 발명한 최초의 전지다.

름과 유사할 것으로 추정되는 어떤 유체로 변하는 양상을 완전히 규명해 내는 날도 머지않았는지 모른다.

그런 반응은 도형수에게도, 공작 부인에게도 동일하게 나타나는 현상이었다.

충격을 받고 다 죽어가던, 밤새 한숨도 못 잔 그 공작 부인은 옷을 입기도 힘든 상태였지만, 궁지에 몰린 암사자의 놀라운 힘과 포연 속 장군의 강인한 정신력을 갑자기 되찾았다. 디안은 입고 갈 옷을 손수 골랐고, 따로 시녀를 둘 형편이 안 되는 재단사 아가씨가 그러듯이, 다른 이의 손을 빌리지 않고 즉흥적인 화장을 신속하게 마쳤다.

그 모습이 너무나 뜻밖이어서 시녀는 잠시 얼어붙은 듯 우두커니 서 있었다. 시녀는 속옷 차림의 자기 주인이 일부러 즐기듯이 일개 판사의 아내 앞에서 옅은 안개처럼 속이 다 비치는 천에 감싸인 백옥 같은 몸을, 카노바의 비너스처럼[199] 완벽한 비율을 갖춘 몸을 보란 듯이 드러내는 모습에 몹시 당황했던 것이다. 공작 부인의 몸은 말 그대로 박엽지에 싸인 한 알의 보석이었다.

디안은 특별한 밀회가 있을 때 입는 코르셋을 어디 두었는지 금방 머릿속에 떠올렸다. 그것은 마음이 다급한 여자들이 끈을 졸라매는 데 헛되이 들여야 하는 시간과 수고를 면할 수 있도록 앞에서 고리로 채우는 방식의 코르셋이었다. 시녀가

---

199) 이탈리아 조각가 안토니오 카노바가 1808년 제작한, 의자에 비스듬히 기댄 고혹적인 자세의 비너스 상이다.

치마를 가져왔을 때 그녀는 이미 속옷 레이스를 다 달아놓고 가슴을 아름답게 돋보이도록 적절하게 여며놓은 상태였다. 시녀는 그녀에게 드레스를 입히고 마무리 작업을 했다.

아멜리가 시녀가 가리키는 대로 등 뒤로 가 드레스 단추를 채우며 공작 부인을 거드는 사이, 시녀는 스코틀랜드 면사 양말과 벨벳 부츠와 숄과 모자를 가지러 갔다. 아멜리와 시녀가 한쪽 다리씩 맡아 양말과 부츠를 신겼다.

"마님은 이제까지 제가 본 여자 중 가장 아름다운 분이세요." 아멜리가 열정적인 몸짓으로 디안의 곱고 매끄러운 무릎에 입을 맞추며 능숙하게 환심을 샀다.

"마님 같은 사람은 세상에 둘도 없어요." 시녀도 거들었다.

"어허, 조제트, 입 좀 다물어주겠니?" 공작 부인이 제지했다. "마차 타고 왔지요?" 그녀가 카뮈조 부인을 향해 말했다. "자, 그럼, 부인, 그 마차를 타고 가면서 이야기를 이어가도록 하지요."

그러고는 공작 부인은 장갑을 끼면서 카디냥 저택의 웅장한 계단을 달리듯이 내려갔는데, 그런 모습은 전에 없던 것이었다.

"그랑리외 저택으로, 빨리!" 그녀가 자기 집 하인에게 그렇게 말하고 그 하인더러 마차 뒤꽁무니에 올라타 자기를 수행하라고 손짓했다.

하인은 머뭇거렸다. 그 마차는 카뮈조 부인이 타고 온 삯마차였기 때문이다.

"아! 공작 부인 마님, 저번에는 그 젊은이가 마님의 편지를

받았다고 제게 말씀해 주시지 않았잖아요! 그때 말씀해 주셨
더라면 카뮈조는 전혀 다르게 일처리를 했을 텐데⋯⋯."

"그때는 레옹틴의 상태에 골몰하느라 까맣게 잊고 있었네
요." 공작 부인이 말했다. "그 불쌍한 여자는 그저께부터 이미
반쯤 미쳤었거든. 그 파멸적 사건이 그녀를 얼마나 큰 혼란에
빠뜨렸을지 한번 가늠해 봐요! 아! 부인, 우리가 어제 어떤 아
침을 보냈는지 당신이 좀 알아주었으면 좋겠는데⋯⋯. 정말이
지 사랑을 다 포기하고 싶을 정도로 끔찍했었어. 어제 레옹틴
과 나, 우리 둘이 함께 어떤 흉측한 노파에게 이끌려, 여장부
같은 방물장수였는데, 사람들이 사법 당국이라고 이름 붙인,
악취를 풍기고 피로 물든 그 더러운 소굴에 갔어요. 내가 레
옹틴을 사법 단지로 데려가면서 말했지요. '그의 발치에 몸을
던지고 울부짖어야 할 일이 아닐까? 나폴리로 가면서 지중해
의 그 무시무시한 폭풍우를 만난 순간 뉘싱겐 부인이 했다는
말처럼, 하느님! 제발 절 좀 살려주세요, 그러면 다시는 사랑
을 안 할게요, 라고 말이야.'200) 분명 어제 하고 그제, 그 이틀
은 내 인생에서 절대 잊지 못할 거야! 레옹틴과 나, 우리가 편
지를 쓴 것이 바보짓인가⋯⋯? 하지만 사랑하는데! 눈으로 읽
다보면 당신의 심장을 뜨겁게 불태우는 그런 글월을 받았는
데! 모든 게 활활 타오르는데! 신중해야 한다는 생각은 흔적

---

200) 뉘싱겐 부인의 이 일화는 『인간극』 어디에도 나오지 않는다. 여기서
'사랑'은 앞에서 모프리뇨즈 공작 부인이 말한 사랑과 마찬가지로 불같은 정
염에 빠진 사랑을 의미한다. 『고리오 영감』에 묘사된 뉘싱겐 부인과 라스티
냐크의 관계에서 비롯한 일화라고 짐작할 수 있다.

도 없이 사라지는데! 그래서 답장했는데……."

"왜 답장을 남기세요, 행동으로 옮기면 되는데요!" 카뮈조 부인이 말했다.

"그렇게 몰두하는 것이 얼마나 아름다운 일인데……!" 공작 부인이 도도하게 말을 이었다. "그건 영혼으로 느끼는 관능이라네."

"아름다운 여자들은," 카뮈조 부인이 조심스럽게 대꾸했다. "모든 게 다 용서돼요. 그들은 용서받지 못하는 우리 여느 여자들보다 훨씬 더 많은 기회를 붙잡는 거죠!"

공작 부인이 미소 지었다.

"우리는 늘 너무나도 점잖았어요." 디안 드 모프리뇌즈가 말을 이었다. "난 이제부터 그 사나운 데스파르 부인처럼 하겠어요."

"그녀가 어떻게 하는데요?" 판사의 아내가 촉각을 곤두세우고 물었다.

"그녀는 연애편지를 1000통이나 썼는데……."

"그렇게나 많이요……!" 카뮈조 부인이 공작 부인의 말을 자르며 소리쳤다.

"그럼요! 이봐요, 그런데 그 수많은 편지 중 그녀를 위험에 빠뜨릴 만한 문장은 한 개도 찾아내지 못할 거예요……."

"마님은 그런 냉정함을, 그런 조심성을 절대 유지하실 수 없을 거예요." 카뮈조 부인이 대답했다. "마님은 여자니까요, 악마와 맞설 줄 모르는 천사에 속하니까요……."

"나는 다시는 편지를 쓰지 않겠노라고 다짐했어요. 나는 평

생 오직 그 불쌍한 뤼시앵에게만 편지를 썼어요……. 그의 편
지들을 죽을 때까지 간직할 거요! 이봐요, 그건 불이에요, 사
람들은 가끔 그런 불이 필요하지요……."

"행여라도 사람들이 그 편지들을 발견한다면 어쩌려고요!"
카뮈조 부인이 정숙한 척 약간 수줍어하는 몸짓을 해 보였다.

"오! 그러면 소설을 한 편 쓰기 시작했는데 거기에 들어가
는 편지라고 둘러대지요. 난 모든 편지를 내 손으로 베껴 써놓
았거든요. 원본은 다 불태워 없앴지요!"

"오! 마님, 아뢰옵기 황송하오나 그 편지들을 제게 보여주실
수 있으신지요……."

"봐서요." 공작 부인이 말했다. "이봐요, 읽어보면 알겠지만,
그가 내게 보낸 편지는 레옹틴에게 보낸 것과는 달라요!"

이 마지막 말은 모든 여성이, 모든 시대 모든 나라의 여성이
한결같이 하는 말이다.

11. 잊고 있던 거물

라퐁텐 우화에 나오는 개구리처럼[201] 카뮈조 부인은 아름
다운 디안 드 모프리뇌즈와 동행해 그랑리외 저택에 들어간
다는 희열에 온몸이 한껏 부풀어 올랐다. 그날 아침 그녀는

---

201) 라퐁텐 『우화』의 세 번째 이야기 「황소처럼 몸집을 키우고 싶었던 개
구리」를 말한다.

야망의 실현에 꼭 필요한 관계 중 하나를 막 맺을 참이었다. 그녀의 귓전에 자기를 '재판장 사모님'이라고 부르는 소리가 들리는 것 같았다. 그녀는 거대한 장애물들을 하나하나 넘어설 때마다 이루 말할 수 없는 기쁨을 경험했는데, 그중 가장 심각한 장애물이 바로 남편의 무능력이었다. 남편의 무능력은 아직 세간에 드러나지는 않았지만, 그녀는 너무나 잘 알고 있었다.

범용한 남자를 출세시킨다는 것! 그것은 왕들에게도 그렇지만 여자에게는 자신에게 뿌듯함을 선사하는 일이다. 대배우들을 그토록 유혹하는 그 뿌듯함, 형편없는 연극을 백번도 넘게 연기하게 만드는 그 뿌듯함 말이다. 그것은 이기주의가 만들어내는 도취다! 나아가 그것은 어떤 점에서 보자면, 권력이 펼치는 사투르누스 축제다. 권력은 다른 게 아니라 어리석은 짓에는 승리의 월계관을 씌워주고 절대권력이라도 건드리지 못하는 천재에게는 모욕을 안기는 그러한 독특한 권력 남용의 방식으로 스스로의 힘을 확인하고 과시한다. 칼리굴라가 자기 말을 집정관으로 진급시킨 일, 황제가 벌인 그 웃기는 짓거리는 수없이 되풀이되어 왔고 앞으로도 영원히 되풀이될 것이다.[202]

단 몇 분 만에 디안과 아멜리는 우아하게 어질러진 아름다운 디안의 침실에서 빈틈없이 웅대한 호사의 본보기를 보여주

---

202) 일설에 따르면 로마 황제 칼리굴라는 광기 상태에서 자신이 총애하던 경주마 인키타투스를 집정관으로 임명하고 자신의 분신으로 숭배할 것을 강요했다고 한다.

는 그랑리외 공작 부인의 침실로 이동했다. 신심이 아주 깊은 이 포르투갈 여인은 매일 아침 8시에 일어나 생토마다캥 교구의 분원으로서 당시에는 앵발리드 광장 귀퉁이에 있던 자그마한 생트발레르 예배당으로 미사를 드리러 다녔다. 지금 그 예배당은 철거되고 조금 떨어진 부르고뉴가로 자리를 옮겼는데, 최근 그 근처 부지에 착공된 성녀 클로틸드에게 봉헌하는 규모가 큰 고딕 양식 교회가 완공되면, 옮긴 예배당도 그리로 흡수될 것이라고 전해진다.[203]

디안 드 모프리뇌즈가 그랑리외 공작 부인에게 귀엣말로 몇 마디 소곤대자마자 독실한 공작 부인은 그랑리외 공작의 방으로 건너가 그를 바로 데려왔다.

공작은 카뮈조 부인을 빠르게 훑어보았다. 대귀족들은 그런 시선으로 상대의 정체를 분석하며 종종 영혼까지 들여다본다. 아멜리의 화장은 알랑송에서부터 시작해서 망트로, 그리고 망트에서 파리로 이어진 그 부르주아 인생 역정을 공작이 바로 알아차리는 데 결정적인 구실을 했다. 아! 판사의 아내가 공작들이 지닌 그러한 재주를 알았더라면 겉으론 정중해도 속으론 빈정대는 그 눈길을 그저 황송하게 받고 있지는 않았을 텐데, 그녀에게는 그저 정중함밖에 보이지 않았다. 원래 무지란 세련의 특권을 한몫 거드는 요소다.

---

203) 앵발리드 광장 귀퉁이에 있던 생트발레르 예배당은 1838년 철거되고 인근 부르고뉴가로 옮겨져 1857년까지 사용되다 다시 철거되었다. 그 옆 블록에 생트클로틸드 성당 건립 공사가 시작된 해는 이 작품이 발표되기 전해인 1846년이고 완공된 해는 1865년이다.

“카뮈조 부인이에요, 티리옹 씨의 딸, 왕실 수장고 집행관을 하던 이 말이에요.” 공작 부인이 남편에게 말했다.

공작은 법복 입은 남편을 둔 여인에게 아주 정중하게 인사를 건넸지만, 그의 표정에서 진지함은 약간 가셨다.

공작의 시종이 주인의 부름을 받고 들어왔다.

“오노레슈발리에가에 들러야겠네. 마차를 타고 가게. 거기 도착하면 10번지 팻말이 붙은 작은 대문의 초인종을 울리게. 문을 열어주러 나온 하인에게 내가 그 댁 주인에게 이리로 와주십사 부탁한다고 전하게. 만약 그 신사가 집에 있으면 자네가 직접 모시고 오게나. 내 이름을 대게. 그러면 걸리는 것 하나 없이 무난하게 넘어갈 걸세. 이 모든 일을 하는 데 15분이 넘지 않도록 유의하고.”

공작의 시종이 떠나자마자 곧바로 또 다른 시종, 그러니까 공작 부인의 시종이 들어왔다.

“내 전갈을 가지고 숄리외 공작 댁으로 가게. 가서 공작에게 이 명함을 전하게.”

공작은 독특하게 접은 자기 명함을 건넸다. 막역한 사이인 그 두 친구는 편지 쓸 겨를이 없을 만큼 화급하고 은밀한 일이 생겨 당장 만나야 할 필요가 있을 때는 그런 식으로 만나자고 통보했다.

당연한 이야기지만, 사회의 맨 꼭대기에서부터 맨 밑바닥까지 모든 계층은 여러 면에서 관습이 서로 닮았다. 다만 방법이나 방식에서 정도의 차이만 있을 뿐이다. 상류사회도 그들만의 은어가 있다. 다만 그 은어가 스타일이라고 불릴 뿐이다.

"부인, 부인께선 일각에서 주장하듯 마드무아젤 클로틸드 드 그랑리외가 그 젊은이에게 썼다고 하는 편지들이 정말 있다고 확신하시나요?" 그랑리외 공작이 물었다.

그러고서 그는 선원이 바다에 수심 측량기를 내리듯 카뮈조 부인에게 시선을 향했다.

"저는 그 편지들을 직접 보진 못했습니다. 그러나 있을까 봐 걱정됩니다." 그녀가 벌벌 떨며 대답했다.

"내 여식이 떳떳하게 밝힐 수 없는 그런 말을 한 자라도 썼을 리가 없어요!" 공작 부인이 강한 어조로 말했다.

'공작 부인도 참 딱하군!' 디안이 그랑리외 공작을 아연 긴장하게 만드는 시선을 보내며 속으로 생각했다.

"당신은 어떻게 생각해, 디안?" 공작이 모프리뇌즈 공작 부인을 벽과 창문 사이 움푹 들어간 공간으로 데려가 귀엣말로 물었다.

"이봐, 클로틸드는 뤼시앵에게 어찌나 푹 빠졌던지 이탈리아로 떠나기 전 그에게 만날 약속까지 정해 줄 정도였어. 동행한 친구 르농쿠르만 없었더라면 아마 그와 함께 퐁텐블로 숲으로 달아나고도 남았을걸! 난 뤼시앵이 성녀의 머리도 돌게 할 만큼 매혹적인 편지를 클로틸드에게 보냈다는 사실을 알아. 우리 셋은 편지라는 뱀에 칭칭 감긴 이브의 딸들이야……."

공작과 디안은 공작 부인과 카뮈조 부인이 있는 곳으로 돌아왔다. 둘은 낮은 목소리로 대화하는 중이었다. 아멜리는 모프리뇌즈 공작 부인의 조언을 따라, 그 대화에서 신심 깊은 포르투갈 여자의 마음을 얻기 위해 독실한 신자 행세를 했다.

"우리는 근본도 없는 탈옥한 도형수의 처분만 기다리는 신세로군!" 공작이 어깨를 으쓱해 보이며 말했다. "신원을 완벽하게 알지 못하는 사람들을 집에 들이면 어떤 결과가 초래되는지 보여주는 거야! 누군가를 받아들이기 전에 반드시 그의 재산, 그의 부모, 그의 모든 과거지사를 잘 알아봐야 해……."

이 말은 귀족의 관점에서 바라본 이 이야기의 교훈이라 할 만하다.

"됐고요," 모프리뇌즈 공작 부인이 말했다. "불쌍한 세리지 부인과 클로틸드, 그리고 나, 이렇게 셋을 구할 생각이나 합시다……."

"앙리를[204] 기다리는 수밖에 없소. 그에게 와달라고 부탁했거든. 하지만 모든 것은 내가 장티더러[205] 모시고 오라고 한 사람에게 달려 있소. 부디 그 사람이 지금 파리에 있기를!" 그가 이어서 카뮈조 부인을 향해 말했다. "부인, 우리에게 신경을 써줘서 감사합니다……."

이 말은 카뮈조 부인에게 그만 가보라는 말이었다. 왕실 수장고 집행관의 딸은 공작의 말을 알아들을 정도의 분별력은 충분히 있는 여자였다. 그녀가 자리에서 일어났다. 그러나 모프리뇌즈 공작 부인이 흉금을 터놓을 수 있는 교분을 그토록 두텁게 쌓을 수 있게 해준, 감탄이 절로 나오는 그 특유의 온

---

204) 앙리는 숄리외 공작의 이름이다.

205) 장티는 앞에 언급된 그랑리외 공작의 숙련된 시종 이름이다. 참고로 『잃어버린 환상』에 등장하는 바르주통 부인의 앙굴렘 저택에서 일하는 늙고 굼뜬 시종과는 당연히 다른 시종이다.

유한 태도로 아멜리의 손을 붙잡고, 어떻게 보자면 그녀를 선보이려는 것처럼 공작 부부 앞에 세웠다.

"순전히 내 입장에서, 그리고 이 부인이 우리 모두를 구하기 위해 꼭두새벽부터 일어나 부지런히 움직인 사실은 차치하고라도, 나는 두 분에게 내가 애정하는 카뮈조 부인에게 좀 더 관심을 두길 부탁해요. 우선 이 부인은 이미 내게 절대 잊을 수 없는 그런 도움을 준 적이 있어요.[206) 그리고 이 부인은 확실한 우리 편이에요, 이 사람이나 그녀의 남편이나. 나는 이 사람 남편 카뮈조를 승진시켜 주겠다고 약속했어요. 당신이 무엇보다도 그 남편을 지켜주면 좋겠어요, 나에 대한 당신의 우정을 생각해서라도."

"부인께선 그런 청탁을 할 필요가 없소." 공작이 카뮈조 부인에게 말했다. "우리 그랑리외 집안은 우리가 받은 도움을 늘 관심을 두고 기억하니까. 국왕께 충성하는 사람들은 조만간 두각을 나타낼 기회를 얻을 거요.[207) 그들의 헌신이 필요하오.

---

206) 『인간극』의 다른 작품 『골동품 진열실』에서 전개된 일로서 이 작품 3부 12장 초반에도 언급된 일화다. 『골동품 진열실』에서 모프리뇌즈 공작 부인은 자신과 얽힌 사건의 해결을 위해 변복을 하고 사건을 맡은 알랑송 지방법원 카뮈조 판사의 부인을 찾아간다. 카뮈조는 아내의 부탁을 받고 공작 부인과 관련된 일을 무혐의로 깔끔하게 정리해 주며, 그 공로로 파리 법원에 진출하게 되었다.

207) 3부 첫머리에 이 이야기의 시대 배경이 1830년 7월혁명 직전, 의회 해산이 예고된 때임이 명시된다. 그랑리외 공작 같은 권력의 핵심 인사는 이미 그해 7월 25일 발표될 샤를 10세 정부의 억압 정책을 알고 있었다. 그 억압 정책에 대한 반발이 7월혁명의 도화선이 된 것은 익히 알려진 사실이다.

부인의 남편은 늘 전투에 대비하고 있어야 합니다……."

뿌듯하고 행복해진 카뮈조 부인은 벅찬 심정을 간신히 억누르고 자리에서 물러났다.

그녀는 의기양양해서 집으로 돌아왔다. 그녀는 자기도취에 빠져 남편에 대한 검사장의 반감을 비웃었다. 그녀는 혼잣말로 중얼거렸다. "우린 그랑빌 검사장을 날려버릴 거야!"

카뮈조 부인이 아까 그랑리외 저택에서 물러나오던 때, 국왕의 최측근인 숄리외 공작은 저택 현관 계단에서 그 부르주아 여인과 마주쳤었다.

"앙리!" 그랑리외 공작이 친구가 오는 소리를 듣고 소리쳤다. "부탁인데 급히 궁궐로 달려가 국왕을 알현하게. 국왕께 말씀드릴 일은 이걸세."

그러고는 아까 분방하고 우아한 디안과 이야기를 나누었던, 창문과 벽 사이 움푹 들어간 공간으로 공작을 데려갔다. 숄리외 공작은 대화 중 간간이 사랑이라면 물불을 안 가리는 모프리뇌즈 부인에게 슬쩍슬쩍 시선을 보냈고, 신심 깊은 공작 부인과 이야기를 나누던 그녀는 진지하고 따분한 설교를 듣는 둥 마는 둥 하며 숄리외 공작의 그런 은근한 눈길에 역시 눈으로 화답했다.

"이 친구야," 밀담이 끝나자 숄리외 공작이 다가와 말했다. "그러니까 조심해야지! 자!" 그러고는 디안의 두 손을 잡고 덧붙였다. "제발 절도를 좀 지키시게. 앞으론 평판에 위태로운 일은 좀 하지 마시라고. 절대 편지를 쓰지 마셔! 바로 편지가, 이 친구야, 공적 불행도 불행이지만 그만큼 사적 불행도 일으켰잖아……. 클로틸드같이 처음으로 사랑에 빠져본 젊은 여자에게는 용납될 수 있는 일이더라도 어떤 사람에게는 용납이 안 되는 거야…….”

“이미 뜨거운 불 맛을 알아버린 늙은 석류나무에겐 용납이 안 된단 말이지!” 모프리뇌즈 공작 부인이 공작에게 뾰로통한 표정을 지으며 말했다.

그 표정과 농담이 두 공작은 물론 독실한 공작 부인까지도 근심 어린 얼굴에 미소를 짓게 했다.

“내가 연애편지를 안 쓴 지는 벌써 4년이 됐네요……! 그래, 이제 우리는 별일 없는 거야?” 디안이 천진한 말투에 불안한 마음을 감추며 물었다.

“아직은 아닐세!” 숄리외 공작이 말했다. “재량권에 의한 처분이 얼마나 하기가 어려운지 여러분은 잘 모를 거야. 그건 입헌군주에게는 결혼한 여자의 부정과 같은 것, 입헌군주가 범하는 간통이지.”

“입헌군주가 저지르는 아름다운 죄라!”

“금단의 열매라니!” 디안이 미소 지으며 말을 받았다. “오! 내가 통치권을 가졌다면. 난 이제 그런 열매가 없어서 하는 말이야, 이미 다 따 먹어버렸거든.”

“오! 이보시게! 이보시게!” 독실한 공작 부인이 말했다. “너무 멀리 나가는구려…….”

그때 두 공작은 전속력으로 달리던 말들이 내는 요란한 소리와 함께 마차 한 대가 현관 계단 앞에 멈추는 소리를 듣고, 두 여자에게 간단히 인사만 하고 그랑리외 공작의 서재로 향했다. 서재로 오노레슈발리에가의 거주자가 안내되었다. 그는 다름 아니라 국왕 직속 비밀경찰 대장, 다시 말해 정치경찰 고위 간부로 베일에 싸인 실력자 코랑탱이었다.

"들어가시죠." 그랑리외 공작이 말했다. "므시외 드 생드니."

코랑탱은 공작의 기억력에 살짝 놀라며[208] 두 공작에게 정중하게 인사한 다음 먼저 서재로 들어갔다.

"여전히 같은 인물에 대해서요, 아니 같은 인물 때문에라고 해야겠군요, 선생." 그랑리외 공작이 입을 열었다.

"하지만 그는 죽었잖소." 코랑탱이 말했다.

"짝이 남아 있소." 숄리외 공작이 지적했다. "만만치 않은 짝이."

"도형수 자크 콜랭 문제로군요!" 코랑탱이 응수했다.

"말하게, 앙리." 그랑리외 공작이 전직 대사에게 말했다.

"그는 두려운 범죄자요." 숄리외 공작이 말을 받았다. "자기 피조물인 그 뤼시앵 샤르동에게 세리지 부인과 모프리뇌즈 부인이 보낸 편지들을 확보해 놓고, 그걸 무기로 엄청난 대가를 요구하려는 자요. 격정적인 편지를 먼저 보내 그에 대한 답장으로 역시 격정적인 편지를 유도하는 것이 그 젊은이의 수법이었던 것 같소. 사실 그래서 마드무아젤 그랑리외도 그런 편지를 몇 통 썼다는 말이 있소. 우리는 아무튼 그 점이 걱정되오. 우리는 그 부분에 대해 아는 바가 전혀 없소. 마드무아젤

---

208) 코랑탱은 '므시외 드 생드니'라는 이름으로 행세하며 1년 전 뤼시앵의 뒷조사를 위해 그랑리외 공작의 서재에 온 적 있다. 2부 50장(1권 482쪽) 참조.

이 여행 중이라서……."

"그 애송이 젊은이는," 코랑탱이 대꾸했다. "그런 대비책을 스스로 마련할 깜냥이 없는 잡니다……! 그건 카를로스 에레라 신부가 마련해 둔 대비책이오!"

코랑탱은 앉아 있는 안락의자 팔걸이에 한쪽 팔꿈치를 괴고 손으로 머리를 짚은 채 깊은 생각에 잠겼다.

"돈이라……! 돈이라면 그자는 우리보다 더 많이 갖고 있소." 그가 입을 열었다. "그자가 뉘싱겐이라는 그 금화가 가득한 연못에서 200만 프랑 가까이 낚시질하는 데 에스테르 곱세크가 미끼 역할을 했었소……. 두 분께서는 국왕 전하께 말씀드려 내게 전권을 부여하도록 해주시오. 그러면 내가 귀하들을 위해 그자를 제거해 드리겠소……!"

"그럼…… 편지들은 어떻게 되는 거요?" 그랑리외 공작이 코랑탱에게 물었다.

"잘 들으십시오." 코랑탱이 벌떡 일어나 흥분한 기색이 역력한 그 교활한 얼굴을 들이대며 말을 이어갔다.

그는 발등을 덮은 검은색 플란넬 바지 주머니에 두 손을 찔러 넣었다. 우리 시대 역사극의 주역인 이 위대한 배우는 실내복 위에 조끼와 프록코트만 걸친 차림이었는데 심지어는 집 안에서 주로 입는 그 플란넬 바지조차 갈아입고 오지 않았다. 그 정도로 그는 지체 높은 귀족 양반들이 어떤 경우에는 예법보다 만사를 제쳐두는 신속한 대응을 엄청나게 중시한다는 사실을 잘 알았다. 그는 마치 혼자 있는 것처럼 서재 안을 익숙한 걸음으로 왔다 갔다 하며 큰 목소리로 떠들었다.

"그자는 도형수요! 우린 재판을 거치지 않고 그자를 외부와 절대 소통할 수 없는 비세트르 감옥의 지하 스크레에 처넣고 거기서 말라 죽도록 내버려둘 수 있소……. 하지만 그자는 그런 경우까지 다 내다보고 자기 조직원들에게 이미 지침을 내려놓았을 거요!"

"그런데 그자는 이미 스크레에 수감된 적이 있지 않소." 그랑리외 공작이 말했다. "그 아가씨 집에서 체포되고 나서, 즉석에서, 바로 말이오."

"그런 작자를 가둘 만한 스크레가 있을까요?" 코랑탱이 답했다. "그자는 만만찮게 강합니다……, 나만큼이나!"

'어떻게 해야 하지?' 두 공작이 같은 눈빛으로 그런 뜻을 담아 마주 보았다.

"우리는 그 작자를 즉시 도형장에, 그러니까 로슈포르에 재수감할 수 있소……. 그러면 그자는 6개월 안에 죽지요! 아니, 살해하겠다는 말이 아닙니다!" 그가 뭔가 말하고자 하는 그랑리외 공작의 몸짓에 대한 응답으로 말했다. "무엇을 원하십니까? 악취 나는 샤랑트강 늪지에서 강제 노역을 시키면 실제로 도형수는 뜨거운 여름에 6개월도 못 버티고 죽소. 하지만 그런 방식은 우리의 상대가 말씀하신 그 편지들에 대해 그 작자가 대비책을 세워두지 않았을 때만 통하죠……. 그자가 자기 적수들을 경계했다면 대비책을 세워두었을 텐데, 그게 뭔지 알아내야 하오. 그 편지들을 가지고 있는 자가 돈이 궁하다면 매수하면 그만이오. 그러나 자크 콜랭은 스스로 실토하게 만들어야 하는 자요! 엄청난 대결이오! 어쩌면 내가 그 대결에서 질지도 모르오. 그렇다면 대결보다 더 좋은 방법은…… 그 편지들을 다른 편지와 맞바꾸는 거요, 사면장하고! 그리고 그자를 내 사업장에 데려다 쓰는 거지요. 불쌍한 콩탕송과 소중한 페라드가 죽었기 때문에 자크 콜랭은 내 뒤를 이을 유일한 존재요. 내가 거느렸던, 누구와도 맞바꿀 수 없는 그 유능한 비밀 요원 둘을 자크 콜랭이 죽였소, 마치 자기 자리를 마련하기 위한 것처럼. 두 분께서 이해하셨겠지만 내게 전권을 위임해 주셔야 하오. 자크 콜랭은 지금 콩시에르주리에 있소. 나는 검찰청으로 가서 그랑빌 검사장을 만나겠소. 그리로 신뢰할 수 있는 사람을 보내 내게 붙여주시오. 내게 필요한 것은, 나에 대해 전혀 모르는 그랑빌 검사장에게 내가 제시할 편지거나, 그 편지는 총리에게도[209] 제시할 것입니다만, 그게 아니면 막강한 권한을 가진 소개인이라도 좋소……. 귀하들께 30분 드리겠소, 내가 의복을 갖춰 입는 데, 다시 말해 검사장 눈에 그럴듯한 사람으로 보이기 위해 대략 30분 정도 걸릴 테니까요."

"이보시오." 숄리외 공작이 말했다. "당신의 실력은 익히 아는 바요. 당신에게 묻겠소. 그렇다, 아니다로만 답해 주시오. 성공할 수 있겠소?"

"그렇소, 전권을 주시면요. 그리고 그와 관련해 내게 아무 부족함이 없도록 지원해 주겠다는 약속만 해주시면요."

---

209) 왕정복고 마지막 내각 총리이며 반동 정책을 진두지휘했던 폴리냐크를 가리킨다. 국왕의 비밀 요원인 코랑탱의 직속상관이기도 하다.

이 무시무시한 대답을 듣고 두 대귀족은 가벼운 전율을 느꼈다.

"좋소." 숄리외 공작이 말했다. "이번 일도 당신이 이제까지 훌륭하게 처리했던 일들처럼 맡아주시오."

코랑탱이 두 대귀족에게 인사하고 나갔다.

앙리 드 숄리외는 페르디낭 드 그랑리외가 채비해 놓은 마차를 타고 곧장 국왕의 거처로 향했다. 그는 특권이 부여된 직위를 맡고 있어서 언제라도 국왕을 알현할 수 있었다.

이렇게 사회의 하층부에서부터 상층부에 이르기까지 여러 이해관계가 집결해 검사장 집무실에서 마주하게 되었다. 그 서로 다른 이해관계들은 각기 필요에 따라 세 명의 인물로 대표되었다. 야만적 에너지를 통해 사회악을 구현하는 자크 콜랭, 그리고 그 가공할 적수에 맞서, 사법부를 대표하는 그랑빌 검사장과 귀족 가문을 대리하는 코랑탱.

도형장과 그 도형장의 계책에 맞서, 사법부와 국왕의 재량권이 합세해 벌이는 그 엄청난 대결! 도형장, 계산과 숙고 따위는 무시하는 대담함의 상징, 목적 달성을 위한 모든 수단은 정당화되고, 독단적 권위의 위선과는 거리가 멀며, 주린 배의 요구, 다시 말해 굶주림에서 비롯한 걷잡을 수 없는 피의 항거를 무섭게 상징하는 도형장! 그 대결은 공격과 방어가 아니었을까? 도둑질과 소유권의 대결이 아니었을까? 사회 상태와 자연 상태의 대치라는 무시무시한 문제를 가장 좁은 공간에서 결판내려는 싸움이 아니었을까? 요컨대, 그것은 너무도 허약한 권력의 대표들이 야만적인 폭도들을 상대로 획책하는 그 많

은 반사회적 타협을 생생하고 끔찍하게 보여주는 하나의 사례
가 아니었을까?

12. 급반전

카뮈조 판사가 찾아왔다는 소리에 검사장은 안으로 들이
라는 손짓을 했다.

그 방문을 예상했던 그랑빌 검사장은 뤼시앵 사건을 종결
짓는 방식에 대해 예심판사와 다시 합의를 볼 작정이었다. 전
날 그 불쌍한 시인이 죽기 전 그가 카뮈조와 의논해서 도출한
결론은 이제 의미가 없어졌다.

"앉으시오, 카뮈조 판사." 그랑빌 검사장이 자신의 안락의
자에 털썩 주저앉으며 말했다.

검사장은 예심판사와 단둘이만 있는 자리라 자신이 받는
엄청난 중압감을 굳이 감추지 않았다. 카뮈조는 그랑빌 검사
장을 쳐다보고 단호한 그의 얼굴에서 납빛과 다를 바 없는 창
백함, 극도의 피로감, 완전한 낙담을 읽었는데, 그것들은 검사
장이 서기로부터 최종 상고가 파기되었다는 통보를 받는 사형
수의 고통보다 심하면 심했지 덜하지는 않을 고통에 시달리고
있음을 드러냈다. 그러나 예심판사가 읽어낸 그런 표정은 법원
의 관행에 따라 해석하자면 '마음의 준비를 하시오, 당신에게
주어진 마지막 결정의 순간이오.'라는 의미였다.

"나중에 다시 오겠습니다, 백작님." 카뮈조가 말했다. "급한

일이긴 합니다만……."

"아니오, 있으시오." 검사장이 위엄 있게 대답했다. "이보시오, 진정한 사법관이란 자신의 고뇌를 감수해야 하고 또한 그것을 감출 줄도 알아야 하오. 내게서 뭔가 혼란스러운 모습이 보였다면, 그건 내 잘못이오……."

카뮈조가 자세를 고쳐 앉았다.

"카뮈조 판사, 우리네 삶에 간혹 있는 이러한 몹시 곤궁한 처지를 모른 척해 주길 바라오! 이보다 더 작은 일에도 쓰러질지 모르오! 나는 내 절친한 한 친구 곁에서 밤을 보내고 온 참이오. 나는 친구가 둘밖에 없소. 옥타브 드 보방 백작과 세리지 백작이지. 우리는, 세리지 백작, 옥타브 백작, 그리고 나 셋 말이오, 어제저녁 6시부터 오늘 아침 6시까지 번갈아 가며 거실에서 세리지 부인의 침상을 들락날락했소. 그때마다 그녀가 혹시 죽지 않았는지, 영원히 미치는 건 아닌지 걱정이 되었소! 데플랭과 비앙숑과 시나르가[210] 교대로 두 명의 간병인과 함께 침실을 한시도 떠나지 않았소. 백작은 자기 아내를 흠모하오. 사랑에 미친 여자와 미칠 지경으로 절망한 내 친구 사이에서 내가 보냈던 밤을 한번 생각해 보시오. 국사를 맡은 사람은 여느 바보처럼 좌절한 모습을 보이진 않소! 세리지

210) 시나르는 발자크가 1844년경 구상하고 집필을 시작했으나 초고 상태에서 중단된 채로 남은 '과학자들'이라는 제목의 소설에 처음 등장하는 인물이다. 거기에서 그는 과학자이지 의사로는 설정되지 않았는데, 이 작품 4부를 쓰면서 발자크는 '과학자들'을 완성하는 한편, 시나르를 의사로 설정해 여러 작품에 재등장시키겠다는 계획을 하고 있었던 것으로 보인다.

는 국사원의 자기 자리에 앉아 있는 것처럼 침착했지만, 우리에게 차분한 낯빛을 보이려고 의자에 앉아 안간힘을 썼소. 그리고 그렇게 무진 애를 쓰느라 수그린 그의 이마 위로 땀방울이 흘러내렸소. 나는 졸음을 이기지 못하고 5시에서 7시 반까지 깜박 잠들었는데, 사형 집행명령을 내려야 해서 8시 반에 이리로 와야 했소. 카뮈조 판사, 상상해 보시오. 한 사법관이 인간사에 묵직하게 내려와 고결한 심장을 가진 자들을 사정없이 후려치는 하느님의 손길을 느끼며 고통의 심연 속에서 밤새 허우적거렸는데, 자기 집무실 책상 앞에 앉아서 냉정하게 '4시에 머리 하나를 잘라 굴러떨어지게 하라, 생명과 기운과 건강이 충만한 하느님의 피조물을 절멸시켜라.'라고 명한다는 것이 얼마나 힘들겠는지 말이오. 하지만 그런 게 나의 의무요……! 고통으로 쓰러지더라도 난 단두대를 세우라는 명령을 내려야 하오……. 사형수는 사법관이 자기 못지않은 고뇌를 겪는다는 사실을 알지 못하오. 지금 이 순간, 서류 한 장으로 서로 연결된 우리는, 정의의 심판을 내리는 사회인 나와 죗값을 치러야 하는 범죄인 그, 이렇게 우리는 두 얼굴을 가진 하나의 의무, 추상같은 법에 따라 잠시 하나로 봉합된 두 존재인 셈이오. 사법관의 깊은 고뇌를 누가 동정해 주며, 누가 위로해 주겠소……? 우리의 영광은 그 고뇌를 우리 가슴속 깊은 곳에 묻어두는 것이오! 목숨을 하느님에게 바친 사제와, 나라에 수없이 많은 죽음을 바친 병사도, 내가 볼 때는 의심과 두려움과 무지막지한 책임에 시달리는 사법관보다는 더 행복한 것 같소. 오늘 누구를 처형해야 하는지 아시오?" 검사장이 말을 이었다. "스물일곱 살 먹은 젊은이요. 어제 죽은 친구처럼, 우리의 기대를 저버리고 자기 머리통을 우리에게 남긴 그 친구처럼 잘생겼고, 금발인 청년이오. 그의 혐의에는 장물밖에 증거가 없었소. 사형선고를 받은 그 청년은 자백도 하지 않았소! 그는 지난 70일 동안 모든 신문에도 한결같이 결백하다고 주장하며 버티고 있소. 두 달 전부터 나는 머리가 두 개라도 부족할 정도로 고민이 깊소! 오! 그가 자백만 한다면 난 내 수명에서 기꺼이 1년을 바치겠소, 배심원들을 안심시켜야 하기 때문이오……! 그의 처형을 불러온 범죄가 다른 자에 의해 저질러졌다는 사실이 나중에 밝혀지기라도 하면 사법부에 얼마나 큰 타격을 입힐지 판단해 보시오. 파리에서는 매사가 끔찍할 정도로 심각한 의미를 갖소. 사법적으로 아무리 사소한 말썽이라도 대번에 정치 문제로 비화하오. 과거 혁명정부의 입법자들이 아주 강력하다고 믿었던 배심원제는 사회의 파멸을 불러오는 한 인자(因子)요. 그 제도가 본분을 다하지 못하고 사회를 충분히 수호하지 못하기 때문이오. 배심원단은 자기 직분을 무슨 게임을 하듯이 수행하오. 배심원들은 두 진영으로 갈려서, 그중 하나는 사형제를 더는 용인하지 않는 진영이고, 그 결과 법 앞의 평등이라는 원칙이 완전히 뒤집히는 일이 벌어지오. 존속살해 같은 끔찍한 범죄가 어떤 도에서는 무죄 평결을 받기도 하고,[211] 다른 도에서는 이를테면 평범한 범

---

211) 현재 도형장에는 정상참작이라는 특혜를 받은 존속살해범이 33명이나 있다.(원주)

죄가 사형판결을 받기도 하오! 우리 관할인 파리에서 무고한 사람을 처형한다면 무슨 일이 벌어지겠소?”

“그자는 탈옥한 도형수입니다.” 카뮈조 판사가 조심스럽게 지적했다.

“그는 야당과 언론의 조작을 통해 희생양으로 둔갑할지도 모르오.” 그랑빌 검사장이 소리쳤다. “게다가 야당은 그의 혐의를 벗겨줄 만한 좋은 구실이 있소. 그가 자기 출신지의 관습을 광신적으로 신봉하는 코르시카인이기에 그가 저지른 여러 차례의 살인은 벤데타 관습을 따른 것이라고 할 거요……! 그 섬에서는 자기 원수를 죽여야 하는데, 그걸 의무라 생각하고, 그렇게 원수를 죽이면 매우 명예로운 사람이라고 인정받소……. 아! 진정한 사법관들이란 정말 불행하오! 자, 보시오, 그들은 옛날 로마의 신관(神官)들처럼 사회 전체와 격리된 채 살아가야 하오. 정해진 시간에 은거지에서 나와서, 사법권과 교권을 한 몸에 지닌 고대 사회의 제사장들처럼 심판하는, 근엄하고 존귀한 원로의 모습만을 세상 사람들에게 보여야 하오! 사람들은 그렇게 우리를 법대(法臺)에 앉아 있는 모습만 보아야 하는데…… 오늘날은 우리가 다른 사람들처럼 괴로워하고 즐거워하는 모습을 다 지켜보오! 사람들은 우리를 살롱에서도 보고 가족을 꾸리고 사는 모습도 보고, 일개 시민들처럼 정념에 빠진 모습도[212] 보오. 우리는 무섭게 보여야 하는데, 그래서 우스꽝스럽게 보일 수도 있소…….”

---

212)『두 집 살림』에 묘사된 그랑빌 자신의 모습을 암시한다.

이 절정의 외침은 단속적이고, 탄식이 곳곳에 끼어들고, 그 외침을 필설로는 옮기기 어려운 웅변처럼 만들어주는 몸동작을 수반해 카뮈조를 전율로 몰아넣었다.

"검사장님," 카뮈조가 입을 열었다. "저도 어제 우리 직분의 고통을 비로소 알게 되었습니다! 저는 그 젊은이의 사망 때문에 죽다 살아났습니다. 그는 제가 자기편을 들어주었다는 사실을 알아차리지 못했습니다. 그 불쌍한 자는 제 꾀에 제가 넘어간 겁니다……."

"그를 신문하지 말았어야지." 그랑빌 검사장이 소리쳤다. "주어진 권한을 부러 안 씀으로써 일을 도모하는 방식이 얼마나 편한데……!"

"그래도 법이 있는데……!" 카뮈조가 답했다. "그는 이틀 전에 체포되었습니다!"

"불행한 일은 이미 벌어졌소." 검사장이 대꾸했다. "난 누가 봐도 돌이킬 수 없게 된 일을 내 최선을 다해서 바로잡아 놓았소. 내 마차와 부하 직원들이 그 불쌍하고 심약한 시인의 장례 행렬을 따를 거요. 세리지도 나처럼, 아니 나보다 더 많은 걸 했소. 그는 그 불행한 젊은이가 자기에게 맡긴 짐을 받아들였소. 그는 그 젊은이가 지목한 유언집행인으로서 주어진 임무를 다할 것이오. 그는 자기 아내에게 그 약속을 알려주었고, 동의한다는 뜻의 반짝이는 눈빛을 받았소. 그리고 옥타브 백작도 몸소 그 장례식에 참가할 것이오."

"알겠습니다! 백작님," 카뮈조가 말했다. "그러면 우리 일을 마무리하시지요. 우리에겐 아주 위험한 피의자가 남았습니다.

검사장님께서도 저 못지않게 잘 아시겠지만, 그 피의자는 자크 콜랭입니다. 그 파렴치한 자는 자크 콜랭으로 정체가 밝혀질 겁니다……."

"우린 망했군!" 그랑빌 검사장이 외쳤다.

"그자는 지금 검사장님이 사형 집행명령을 내릴 그 사형수 곁에 있습니다. 그 사형수는 옛날 도형장에서 그자에게 뤼시앵이 파리에서 했던 것과 같은 역할을 했던 자, 자크 콜랭의 보호와 관심을 받은 자입니다! 비비뤼팽이 헌병으로 변장해서 그 둘의 만남에 입회했습니다."

"사법경찰이 왜 개입하나……?" 검사장이 말했다. "사법경찰은 내 지휘에 따라서만 움직여야 하는데……!"

"우리가 자크 콜랭을 붙잡아 두고 있다는 사실이 콩시에르주리 전체로 퍼질 겁니다. 음……! 제가 들른 까닭은 검사장님께 그 대담한 거물 범죄자가 세리지 부인과 모프리뇌즈 공작 부인, 그리고 마드무아젤 클로틸드 드 그랑리외에게서 받은, 위험하기 짝이 없는 편지들을 분명히 가지고 있다는 말씀을 드리기 위해서입니다."

"정말 그렇다고 확신하오……?" 그랑빌 검사장이 깜짝 놀라 비통하게 일그러진 표정을 지으며 물었다.

"판단해 주시기를 바랍니다, 백작님, 이런 불행이 일어날까 봐 걱정한 제가 옳지 않았는지 말입니다. 제가 그 불운한 젊은이 집에서 압수한 편지 묶음을 꺼냈더니 자크 콜랭은 거기에 예리한 시선을 던지고는 득의의 미소를 흘리더군요. 예심 판사라면 그 미소의 의미에 대해 잘못 해석할 수가 없습니다.

자크 콜랭처럼 뼛속 깊이 악당인 자는 그런 무기를 절대 포기하지 않습니다. 그 작자가 정부와 귀족의 적들 가운데서 선택할 변호사 손에 그 문건들이 들어간다면 어떻게 하시겠습니까? 제 아내가 모프리뇌즈 공작 부인께 이 사실을 알리러 갔습니다. 공작 부인께서는 제 아내에게 호감을 느끼고 계시고요. 지금 공작 부인과 제 아내가 그랑리외 댁에 가서 대책 회의를 하고 있을 겁니다……."

"그 사람을 재판에 넘기는 것은 있을 수 없는 일이오!" 검사장이 벌떡 일어나 집무실 안을 성큼성큼 왔다 갔다 하며 소리쳤다. "그자는 그 문건들을 안전한 곳에 보관하고 있을 거요……."

"저는 그곳이 어딘지 압니다." 카뮈조가 말했다.

이 말 하나로 예심판사는 검사장이 그동안 자기에 대해 품고 있던 모든 편견과 반감을 일소시켰다.

"들어볼까요……?" 그랑빌 검사장이 자리에 앉으며 말했다.

"집에서 법원으로 오늘 길에 저는 이 난처한 사건에 대해 곰곰이 생각해 보았습니다. 자크 콜랭에게는 탕트가 하나 있습니다. 인위적 탕트가 아니라 자연적 탕트, 진짜 고모 말입니다.[213] 그 여자에 대한 보고서를 정치경찰이 경찰청에 넘겼습니다. 자크 콜랭은 자기 아버지의 누이인 그 여자의 제자이자 하느님입니다. 이름은 자클린 콜랭입니다. 그 흉악한 여자는

---

213) 남성 동성애 상대인 '인위적' 탕트와 혈연에 의한 '자연적' 탕트를 대비시키고 있다.

여성용품점을 운영하고 있습니다. 그 장사를 통해 맺게 된 인맥의 도움으로 그녀는 상류층 집안들의 비밀을 아주 많이 알고 있습니다. 자크 콜랭이 자신의 구명줄인 그 문건들의 보관을 누군가에게 맡겼다면, 그건 바로 그 여자일 수밖에 없습니다. 그 여자를 체포하시죠……."

검사장은 카뮈조에게 묘한 시선을 던졌다. 그 의미는 이러하다. '이 사람 내가 어제 생각했던 것처럼 바보는 아니군. 다만 아직은 미숙해. 사법부의 행동 지침을 활용할 줄 몰라.'

"그런데 말입니다." 카뮈조가 말을 이었다. "성공하려면 우리가 어제 취해 놓았던 조치를 전부 바꿔야 합니다. 그래서 검사장님의 조언과 지시를 받고자 이렇게 왔습니다……."

검사장은 종이칼을 들고 책상 모서리를 연신 가볍게 두드렸는데, 그 동작은 뭔가를 숙고하는 사람들이 완전히 생각에 몰두했을 때 흔히 보이는 모습이다.

"세 명문가가 위기에 처했어!" 그가 외쳤다. "어리석은 짓은 단 한 번도 해서는 안 돼……! 당신 말이 맞소, 무엇보다 푸셰의 명언, '체포해!'라는 말을 따르기로 하세.[214] 지금 당장 자크 콜랭을 스크레에 재수감해야만 해."

"우리는 그렇게 그자가 도형수라는 걸 보여주는 겁니다! 그게 뤼시앵이라는 존재를 사람들 뇌리에서 지우는 길입니다……."

---

214) 대혁명 이후 경찰부 장관으로서 오랫동안 정국을 좌지우지했던 조제프 푸셰의 경력 때문에 생긴 전설로 추측된다.

"얼마나 무시무시한 사건인가!" 그랑빌 검사장이 말했다. "모든 게 위험투성이야."

그때 콩시에르주리 소장이 살짝 노크하고 들어왔다. 검사장 집무실 같은 곳은 보안이 철통같아 아무나 들어올 수 없으므로 노크하는 사람들은 보통은 검찰청 식구뿐이다.

"백작님," 고트 소장이 말했다. "카를로스 에레라라는 이름을 가진 피의자가 검사장님 면담을 요청했습니다."

"그는 누군가와 접촉한 적이 있나요?" 검사장이 물었다.

"수감자들과 했습니다. 그는 오전 7시 반경부터 운동장에 있거든요. 그는 사형수를 만났습니다. 그 사형수는 그와 대화를 한 것 같습니다."

그 말에 그랑빌 검사장은 조금 전 카뮈조 판사에게 전해 들은 정보가 섬광처럼 뇌리를 스치면서 문제의 편지들을 회수하기 위해 자크 콜랭이 시인한 테오도르 칼비와의 밀접한 관계를 역이용할 가능성을 엿보았다. 사형 집행명령을 연기할 구실이 생겨 안도한 검사장은 고트 소장에게 곁으로 다가오라고 손짓했다.

"내 계획은," 검사장이 소장에게 말했다. "사형 집행을 내일로 미루는 것이오. 그러나 콩시에르주리에서 그 누구도 이 연기를 눈치채서는 안 되오. 절대 함구. 사형집행인이 계속 준비 상태를 점검하는 것으로 보이게 하시오. 그 에스파냐 신부는 에스파냐 대사관이 우리에게 요구한 것이라고 하고, 보안을 철저히 해서 이리로 데려오시오. 누구 눈에도 띄지 않도록, 당신이 전용으로 쓰는 통로를 통해 카를로스 씨를 호송하도록 하시오. 헌병들에게 엄중히 주의 주시오, 2인 1조로 양쪽에서 각자 그의 팔을 결박해서 호송하고, 내 집무실 문 앞에 도착할 때까지는 절대 결박을 풀지 말도록 지시하시오. 고트 소장, 그 위험한 외국인이 수감자들 말고 다른 사람과는 접촉하지 않은 것이 확실합니까?"

"아! 그가 사형수의 방에서 나오고 나서 웬 부인이 그를 만나기 위해 왔습니다만……"

이 말에 두 사법관은 눈길을 교환했다. 어떤 눈길이었겠는가!

"어떤 부인이었는데요?" 카뮈조가 말했다.

"그의 여신도 중 한 명 같았어요……. 웬 후작 부인이었어요." 고트 소장이 대답했다.

"엎친 데 덮친 격이로군!" 그랑빌 검사장이 카뮈조를 바라보며 소리쳤다.

"그 부인은 헌병들과 간수들을 골치 아프게 만들었습니다." 당황한 고트 소장이 말을 이었다.

"당신의 직무에서는 무엇 하나 소홀히 해서는 안 되오." 검사장이 엄중하게 말했다. "콩시에르주리는 그냥 장식으로 그렇게 높은 벽을 쌓은 게 아니오. 그 부인이 어떻게 들어왔단 말이오?"

"정식 허가증을 가지고 있었습니다, 검사장님." 소장이 항변했다. "그 부인은 옷차림도 완벽하게 귀부인다웠고, 성대한 마차에 수행 시종과 하인을 거느리고 검사장님께서 옮기라고 하셨던 그 불행한 젊은이의 장례식에 가기 전에, 자기 고해신부를 만나러 왔다고 했습니다……."

"그 경찰청 허가증을 내게 가져오시오." 그랑빌 검사장이 말했다.

"그 허가증은 세리지 백작 각하 추천으로 발급된 것이었습니다."

"그 부인은 분위기가 어땠소?" 검사장이 물었다.

"저희가 보기엔 틀림없이 품격이 높은 부인 같았습니다."

"그 부인의 얼굴을 보았소?"

"검은 베일을 쓰고 있었습니다."

"그래 그 둘은 무슨 말을 나누었소?"

"기도서를 휴대한 독실한 여인이었습니다……! 그런 여자가 무슨 특별한 말을 했겠습니까? 그 부인은 신부의 강복을 청하며 무릎을 꿇었습니다……."

"그들은 오랫동안 이야기를 나누었소?" 판사가 물었다.

"5분도 채 안 될 겁니다. 하지만 우리 중 누구도 그들의 대화를 전혀 알아들을 수 없었던 걸 보면 그들은 아마도 에스파냐어로 말했던 것으로 보입니다."

"우리에게 있는 그대로 다 말해 주시오, 소장." 검사장이 계속 말했다. "다시 한번 말씀드립니다만, 아무리 사소한 것일지라도 우리에겐 아주 중요한 관심거리요. 이번 일이 당신에게 본보기가 되길 바라오!"

"그 부인은 내내 울었습니다, 검사장님!"

"정말로 내내 울었다고요?"

"정말로 울었는지는 확인할 수 없었습니다. 그 부인은 손수

건으로 얼굴을 가리고 있었거든요. 그 부인은 또 수감자들을 위해 써달라고 300프랑을 놓고 갔습니다.”

“그 여자가 아닌데!” 카뮈조가 소리쳤다.

“비비뤼팽이,” 고트 소장이 말을 이었다. “이렇게 소리쳤습니다, 그 여자는 비천한 여자다.”

“비비뤼팽은 알고 있는 거야.” 그랑빌 검사장이 말했다. “체포 영장을 발부하시오.” 그가 카뮈조를 바라보며 덧붙였다. “그리고 신속히 그 여자 집에 가서 압류 딱지를 붙이시오. 모든 것에 다! 그런데 그녀는 세리지 백작의 추천을 어떻게 받았을까……? 내게 그 경찰청 허가증을 가져오시오, 어서, 고트 소장! 그 신부를 신속하게 내게 보내시오. 우리가 그를 붙잡고 있는 한, 위험이 더 악화할 리는 없을 테지. 그리고 2시간 정도 이야기를 나누다 보면 사람 마음속에 어느 정도 진척이 생기는 법이지.”

“특히 검사장님 같은 분이시라면요.” 카뮈조가 아부 섞인 목소리로 말했다.

“우리 둘이 같이 있을 거요.” 검사장이 형식적으로 예의를 갖춰 대답했다.

그러고는 검사장은 다시 깊은 생각에 잠겼다.

“감옥의 모든 면회실마다 감시인 자리를 하나씩 새로 설치해야 할 것 같소. 그 자리는 급료를 넉넉히 책정해, 은퇴한 경찰관 중 가장 유능하고 헌신적인 사람들에게 맡기는 거요.” 검사장이 오랫동안 침묵을 지키다 입을 열었다. “비비뤼팽 같은 사람이 그 자리에서 여생을 마치도록 하는 거지. 그러면 우리는 지금 있는 감시 체계보다 더 효과적인 감시 체계가 있어야 하는 곳에 눈과 귀를 갖게 되는 셈이오. 고트 소장은 우리에게 결정적 단서는 하나도 주지 못했소.”

“소장은 너무 바쁘니까요.” 카뮈조가 말했다. “하지만 스크레와 우리 사이에 허점이 있는 건 맞습니다. 그 허점을 없애야 할 겁니다. 콩시에르주리에서 우리 집무실로 오기 위해서는 복도와 안마당과 계단을 여러 번 거쳐야 합니다. 수감자는 늘 자기 사건에 골몰하는데, 우리 요원들의 집중력은 한결같을 수 없습니다……. 들은 말인데, 자크 콜랭이 스크레에서 나와 신문을 받으러 갈 때 도중에 한 부인을 만난 적이 앞서 한 번 더 있었다고 합니다. 그 여자는 수리시에르로 통하는 좁은 계단 위에 있는 헌병대 초소까지 왔었다고 집행관들이 제게 말해 주었습니다. 그 말을 듣고 제가 헌병대원들을 질책했지요…….”

“오! 사법 단지는 전체적으로 다시 지어져야 해.” 그랑빌 검사장이 말했다. “하지만 비용으로 2000만에서 3000만 프랑이 드는 일이지! 아무튼 사법부의 정상화를 위해 의회에 3000만 프랑을 요구해야 하오!”

그때 여러 사람의 발걸음 소리와 병기 부딪치는 소리가 들렸다. 자크 콜랭이 틀림없었다. 검사장은 얼굴에 마스크를 쓴 듯 근엄한 표정을 지었는데, 좀 전까지 감정이 담겼던 인간의 얼굴은 어느새 사라지고 없었다. 카뮈조도 그런 검찰 수장을 따라 했다. 집무실 사환이 문을 열자 실제로 자크 콜랭이 나타났다. 조금도 동요하지 않는 차분한 모습이었다.

"당신이 나와 면담하고 싶다고 했소?" 사법관이 말했다. "말하시오."

"백작님, 나는 자크 콜랭입니다. 자수합니다!"

카뮈조는 소스라쳤다. 검사장은 차분함을 유지했다.

13. 범죄와 사법의 대치

"당신은 내가 무슨 꿍꿍이속이 있어서 이렇게 행동한다고 생각하겠지요." 자크 콜랭이 두 사법관을 얕잡아보듯 당당하게 말을 이었다. "내 말이 당신을 분명 엄청난 혼란에 빠뜨렸을 겁니다. 왜냐하면 내가 그냥 에스파냐 신부로 계속 행세했으면 당신은 헌병대를 동원해 나를 바욘 국경 지대까지 호송한 다음, 거기서 에스파냐 총검으로 나를 제거하라고 했을 테니까요!"

두 사법관은 동요 없이 조용히 듣고만 있었다.

"백작님," 도형수가 말을 이었다. "내가 이렇게 행동하게 된 동기는 그런 것 따위가 두려워서가 아닙니다. 그보다 훨씬 더 심각하고 진지한 이유가 있습니다. 아주 개인적인 것이긴 합니다만, 백작님께만은 말씀드릴 수 있습니다……. 만약 두려우시다면……."

"누구를, 무엇을 두려워한다는 거지?" 그랑빌 백작이 반문했다.

그 순간 이 고위직 검사장이 보여준 태도, 표정, 분위기, 몸짓, 시선은 사법 관직의 살아 있는 이미지로서, 군인이 아닌 민간인이 보여줄 수 있는 가장 뛰어난 용기의 표본이라고 해야 마땅하리라. 찰나처럼 지나간 그 순간 그는, 옛날 내전으로 점철되었던 시기, 죽음과 맞서서도 훗날 그들을 기념해 세운 대리석 동상처럼 냉정함을 잃지 않았던 법원장들, 옛 고등법원의 그 연로한 사법관들의 반열에 올라섰다.

"하지만 탈옥한 도형수와 단둘이 있는 건 두려우시겠지요."

"그만 나가 보시게, 카뮈조 판사." 검사장이 노기 띤 어조로 말했다.

"내 두 팔과 두 다리를 결박하시라고 제안하고 싶습니다." 자크 콜랭이 무시무시한 시선으로 두 사법관을 싸잡아 보며 차갑게 말을 이었다.

그는 잠시 멈추었다가 진중한 어조로 다시 말했다. "백작님, 백작님은 이제까진 제가 존경만 했지만, 지금은 경탄이 절로 나오는군요……."

"당신은 그러니까 당신을 대단히 무서운 존재라고 자신하는가?" 사법관이 경멸 가득한 표정으로 말했다.

"내가 날 무서운 존재라고 자신한다고요?" 도형수가 말했다. "그게 무슨 소용입니까? 난 대단히 무서운 존재고, 또 내가 그런 존재라는 걸 잘 알고 있는데요."

자크 콜랭은 의자를 하나 집더니, 힘과 힘이 맞붙는 대회에서 자신이 적수와 동등한 위치에 있음을 아는 사람처럼 아주 편안하게 앉았다.

그 순간, 문지방에 서서 막 문을 닫고 나가려던 카뮈조 판

사가 황급히 돌아서더니 그랑빌 검사장에게로 와 접힌 상태
의 출입 허가증 서류 두 장을 전달했다.

"보십시오." 판사가 검사장에게 서류 중 하나를 가리키며
말했다.

"고트 소장을 부르시오." 그랑빌 백작이 그 서류에서 모프
리뇌즈 공작 부인의 하녀 이름을 읽자마자 소리쳤다. 그도 알
고 있는 하녀였다.

콩시에르주리 소장이 들어왔다.

"우리에게 자세히 묘사하시오." 검사장이 그에게 귀엣말로
속삭였다. "저 피의자를 보러 온 여자 말이오."

"키가 작고, 억세고, 뚱뚱하며, 다부졌습니다." 고트 소장이
대답했다.

"허가증이 발부된 사람은 키가 크고 호리호리한데." 그랑빌
검사장이 말했다. "나이는 얼마쯤 돼 보이고?"

"예순 살가량."

"이보시오들, 지금 나에 관한 얘기를 하시는 거요?" 자크 콜
랭이 끼어들었다. "자," 그가 친절하게 말을 이었다. "애쓰지들
마시오. 그 사람은 내 탕트요, 진짜 탕트, 내 고모, 늙은 고모
지요. 난 여러분에게 많은 수고를 덜어줄 수 있소……. 여러분
은 내가 그러기로 마음먹어야만 내 고모를 찾아낼 수 있소.
우리가 이렇게 갈피를 못 잡고 있으면 좀처럼 앞으로 나가기
힘들 거요."

"신부님은 이제 프랑스어를 에스파냐어처럼 말하지 않는구
면." 고트 소장이 말했다. "더 이상 어눌하지 않아."

“그건 사태가 꽤 복잡하게 얽혀 있기 때문이지요, 친애하는 고트 소장님!” 자크 콜랭이 쓰디쓴 미소를 짓고 소장 이름을 부르며 응답했다.

그러자 고트 소장은 검사장에게로 황급히 달려가 그의 귀에 대고 말했다. “조심하십시오, 백작님, 저 사람 지금 흥분했습니다!”

그랑빌 검사장은 천천히 자크 콜랭을 살펴보고 그가 차분하다는 것을 확인했다. 하지만 그는 곧 소장이 그에게 한 말이 사실임을 인정했다. 그 기만적 태도 뒤에는 노기 띤 야수의 차갑고 험악한 모습이 감춰져 있었다. 자크 콜랭의 두 눈은 화산의 분출을 애써 덮고 있었고, 두 주먹은 꼭 움켜쥐고 있었다. 그것은 영락없이 먹이를 덮치기 위해 웅크린 호랑이의 모습이었다.

“우리 둘만 있게 다 나가시오.” 검사장이 콩시에르주리 소장과 판사를 향해 심각한 표정으로 말을 꺼냈다.

“뤼시앵의 살해범을 내보내신 건 아주 잘하셨습니다……!” 자크 콜랭이 카뮈조가 듣건 말건 괘념치 않고 말했다. “더 이상 참을 수 없었소, 그자를 목 졸라 죽이려 했는데…….”

그랑빌 검사장은 소스라치게 놀랐다. 사람의 눈이 그렇게 충혈되고, 양 볼이 그렇게 창백하고, 이마에 그렇게 땀이 흐르고, 근육이 그렇게 긴장된 모습을 이제까지 한 번도 본 적 없었기 때문이다.

“그렇게 죽인다고 당신에게 무슨 도움이 되겠소?” 검사장이 죄인에게 차분하게 말했다.

"검사장님, 당신은 사회를 위해 매일 복수하면서, 아니 복수한다고 믿으면서, 나한테는 왜 복수하는지 해명하라시는군……! 당신은 핏줄 속에 복수심이 넘실대며 흐르는 느낌을 한 번도 가져본 적 없다는 말인가요……! 우리에게서 그를 죽여 앗아간 자가 저 멍청한 판사라는 사실을 모른단 말인가요. 당신도 그를, 나의 뤼시앵을 좋아했잖소, 그리고 그도 당신을 좋아했고! 검사장님, 나는 당신을 속속들이 압니다. 그 소중한 아이는 귀가해서 밤마다 내게 모든 것을 다 말해 주었소. 유모가 아이를 재우듯 난 그를 재웠소. 그리고 난 그에게 모든 얘기를 다 해주었지……. 그는 나에게 모든 것을 털어놓았소, 자신이 느낀 아주 소소한 감정까지 말이오. 아! 세상 어떤 어머니라도 자기 외아들은 사랑하겠지만, 내가 그 천사를 사랑하듯 그렇게 정성껏 사랑하지는 못했을 거요. 당신이 그 사실은 알아주기를! 꽃들이 초원에서 피어나듯 선함이 그의 가슴속에서 자라났소. 그는 나약했소, 그것이 그의 유일한 약점이었소, 당겨져 있을 땐 한없이 강하지만 늘어지면 연약한 리라의 현처럼……. 그는 가장 아름다운 천성을 지녔소. 그 천성의 약점이란, 사실대로 말하자면, 애정과 찬미의 다른 이름이오. 예술과 사랑의 햇볕을 받고, 그러니까 하느님이 인간을 위해 천 가지 형태로 빚어낸 아름다움의 햇볕을 받고 활짝 개화하는 능력을 이르는 다른 말이오……! 한마디로 뤼시앵은 여인이 되다 만 존재요. 아! 하룻강아지 같은 그 가소로운 판사에게 내가 무슨 말인들 못 했겠소……. 아! 검사장님, 예심판사 앞에 선 피의자라는 제한된 범위에서 내가 한 일이 무엇이나면, 바로 하느님께서 자기 아들을 구하기 위해 하셨을 그 일, 만약 하느님께서 자기 아들을 구하려고 빌라도 총독 앞에서 재판받는 자기 아들과 동행하셨더라면 그를 대신해서 하셨을 그 일이었소……!"

도형수의 황금빛 맑은 눈에서 하염없이 눈물이 쏟아졌다. 조금 전까지 우크라이나 평원 눈밭에서 6개월이나 굶주린 늑대의 눈처럼 이글거렸던 그 눈에서 말이다.

"그 얼간이 같은 판사는 내 말은 전혀 들으려 하지 않았소. 그리고 그자는 어린아이를 죽였소……! 검사장님, 난 그 어린아이의 시신을 내 눈물로 닦아주었소, 내가 알지 못하는 그분, 우리를 위에서 굽어보는 그분에게 애원하면서 말이오! 하느님을 믿지 않는 내가 말이오……! 내가 유물론자가 아니라면 난 내가 아닐 것이외다! 나는 이 한마디로 당신에게 모든 것을 말했소! 당신은 고통이 무엇인지 모를 것이오, 어떤 사람도 알리 없지. 오직 나만이 고통이 무엇인지 안다오. 고통의 불이 내 눈물을 모두 말려버려서 그날 밤 난 울 수도 없었소. 지금 비로소 나는 웁니다. 당신이 날 이해한다고 느끼니까요……. 나는 조금 전 당신의 모습에서 **사법의 화신**을 보았소. 아! 검사장님, 하느님께서…… (나는 지금 그분을 믿기 시작했소!) 하느님께서 당신을 보우하사 내가……, 그 빌어먹을 판사가 나의 영혼을 앗아갔소. 검사장님! 검사장님! 지금 사람들이 저기서 나의 생명을, 나의 아름다움을, 나의 덕성을, 나의 양심을, 내 온몸의 기운을 땅에 묻고 있소! 화학자의 손에 피를 뽑히고 있는 개를 상상해 보시겠소……. 그게 바로 나요! 나는 그 개요……. 그래서 나는 당신에게 '내가 자크 콜랭입니다, 자수합니다……!'라고 말하러 온 거요. 나는 이 결심을 오늘 아침 했소, 내가 미친 사람처럼, 어머니처럼, 무덤에서 성모 마리아가 예수에게 입 맞추듯이 그렇게 입 맞추고 있는 시신을 사람들이 와서 내게서 빼앗아 갔을 때 말이오. 그때 나는 조건 없이 사법부의 도구가 되기로 했소. 지금 난 그렇게 해야 하오. 왜 그런지는 곧 알게 될 거요……."

"당신은 지금 그랑빌 개인에게 하는 말이오, 아니면 검사장에게 하는 말이오?" 사법관이 물었다.

그 두 사람은, 범죄와 사법은, 그렇게 서로 마주 보았다. 도형수는 사법관을 깊이 감동하게 했고, 사법관은 그 불행한 자에 대해 일종의 종교적 연민에 사로잡혔다. 사법관은 그의 삶과 그의 감정을 미루어 짐작했다.

요약하자면, 탈옥 이후 자크 콜랭의 행적에 대해 아는 바가 없는 사법관은(사법관은 그저 사법관일 뿐이다.) 따지고 보면 신부를 사칭한 죄만 있을 뿐인 이 범죄자를 자신이 장악할 수 있으리라고 생각했다. 그래서 그는 여러 금속이 혼합된 청동처럼 선과 악이 뒤섞인 그 복합적 존재를 너그러이 대할 요량이었다.

거기다 그랑빌 검사장은 쉰세 살에 이르도록 남의 마음에 한 번도 사랑의 불을 지핀 적이 없어서, 사랑받아 보지 못한 사람들이 다 그러듯 다정한 마음씨를 높이 평가했다. 어쩌면 여자들이 존경이나 우정의 대상으로만 생각하는 많은 남자의 운명인 그 절망감이 보방 씨와 그랑빌 씨와 세리지 씨를 깊은 친밀감으로 이어준 비밀스러운 끈이었는지도 모른다.[215] 동일하게 겪는 불행이 함께 나누는 행복과 마찬가지로 영혼을 같은 음역에 공감하도록 만들기 때문이다.

"당신에겐 앞날이 있소……!" 검사장이 그 무너진 악당에게 종교재판관의 시선을 던지며 말했다.

그 말을 들은 사람은 자기 자신이 어떻게 되든 아무런 관심이 없다는 그러한 몸짓을 해 보였다.

"뤼시앵이 당신에게 30만 프랑을 물려준다는 유서를 남겼소……."

"가엾은지고! 불쌍한 것! 불쌍한 것!" 자크 콜랭이 소리쳤는데 여전히 너무나도 정직한 모습이었다! "나는 그 모든 악한 감정 쪽이었고, 그는 선하고 고귀하고 아름답고 숭고한 쪽이었소! 그렇게 아름다운 영혼은 바뀌지 않소! 그는 나한테서 내 돈밖에 가져간 것이 없소, 검사장님……!"

사법관도 도울 수 없을 만큼 극심하고 완전하게 자아를 버린 그 모습은 그 남자의 그러한 격정적 토로에 상당한 신빙성을 부여하는 것이어서 그랑빌 검사장은 죄인 곁으로 가까이 다가갔다.

---

215) 앞에서 몇 차례 언급된 『인간극』의 다른 작품 『두 집 살림』(그랑빌), 『오노린』(보방), 이 작품 3부 후반부와 『인생의 첫출발』(세리지), 그리고 이 세 인물의 불행한 결혼 생활이 간간이 인용되는 『이브의 딸』을 종합해 보면, 독자는 각기 사정은 다르지만 아내에게 버림받거나 아내의 마음을 얻지 못한다는 내밀한 공통점을 갖고 있는 이 명망 높은 세 고위 사법관의 심리와 우정에 대해 좀 더 구체적으로 실감할 수 있을 것이다.

검사장은 그냥 그러고 있었다!

"당신에게 더 이상 아무런 애착이 남아 있지 않다면," 그랑빌 검사장이 물었다. "당신은 내게 무슨 말을 하려고 온 거요?"

"내가 자수한 것만 해도 이미 대단한 것 아니오? 당신은 내 바람에 거의 다 근접했었소. 하지만 당신은 날 계속 가두지 않았소? 게다가 당신은 내가 너무 거추장스러웠나 보오……!"

'대단한 적수군!' 검사장이 속으로 생각했다.

"검사장님, 당신은 한 무고한 사람의 목을 자르려고 하오. 나는 그 사건의 진범을 찾아냈소." 자크 콜랭이 눈물을 훔치며 심각하게 말을 이었다. "내가 여기 온 것은 그들 때문이 아니라, 당신을 위해서요. 나는 당신에게 후회할 일을 치워주려고 왔소. 왜냐하면 난 뤼시앵에게 어느 정도 관심을 가졌던 모든 사람을 사랑하고, 그의 삶을 방해했던 남자나 여자는 한 명도 안 남기고 나의 증오로 괴롭힐 것이니까……. 도형수란 나에게 어떤 존재겠소?" 그가 잠깐 숨을 고르고 말을 이었다. "도형수란, 내가 볼 때, 당신에게 개미 같은 존재일 텐데, 내겐 그 정도도 못 되오. 나는 이탈리아의 산적들 같은 존재요. 그들은 자부심이 대단한지라, 아무나 죽이지 않소. 여행자가 총질에 드는 비용 이상의 무엇인가를 자기들에게 가져다주는 경우에 한해서 그 여행자를 죽인다는 원칙을 지키오! 나는 오직 당신만 생각했소. 나는 그 젊은이의 고백을 들었소. 그는 나만 신뢰하오, 나와 쇠사슬 동료였으니까! 테오도르는 천성이 착한 친구요. 그는 훔친 물건들을 팔거나 저당 잡히는 일을 맡으면 어떤 여자에게 도움이 된다고 믿었소. 하지만 그는 낭테르 사건의 범인이 절대 아니오. 그건 당신이 그 사건의 범인이 아닌 것과 마찬가지로 분명한 사실이오. 그는 코르시카인이오. 상대 진영 사람들을 파리 죽이듯 서로 죽이고 복수하는 게 그들의 관습이오. 이탈리아와 에스파냐에서는 사람 목숨을 존중하지 않아요. 그건 아주 간단한 이치지요. 여기서는 우리에게 영혼이 있다고 믿지요! 우리가 죽은 뒤에도 없어지지 않고 영원히 살아 있을 어떤 것이, 우리의 이미지 같은 것이 있다고 말이오. 그런데 그런 공허한 관념을 우리의 분석자들에게[216] 가서 말해 보시오! 그곳은 사람 목숨을 해치는 자들에게 목숨 값을 비싸게 치르게 하는 무신론자들의 나라, 혹은 철학자들의 나라요. 그들에게도 일리가 있어요. 그들은 물질만을, 현재만을 믿으니까요! 만약 칼비가 팔려고 한 장물의 출처인 그 여자를 당신에게 발설했다면, 당신은 진범이 아니라 공범을, 실은 진범은 이미 당신들 손아귀에 잡혀 있으니까요, 테오도르가 잃고 싶어 하지 않는 공범을, 왜냐하면 그 공범은 여자니까, 잡았을 것이오……. 무엇을 원하시오? 모든 직업에는 그 직업의 명예가 있는 법,[217] 도형수들에게도 사기꾼들에게도 그들만의 명예가 있소! 지금 나는 그 두 여인의 살해범을, 그 대담하고 기이하고 괴상한 강도질을 한 자들을 알고 있소. 누군가가 나에게 그 일을 아주 소상히 이야기해 주었소. 칼비의 사형 집행을 멈춰주시오, 당신은 모든 사실을 알

---

216) 발자크는 '분석자'를 '유물론자'나 '무신론자'와 같은 의미로 쓴다.
217) 앞서 2부 끝부분에서 코랑탱은 페라드의 죽음에 복수를 다짐하며 이와 똑같은 말을 한다. 1권 516쪽 참조.

게 될 겁니다. 나에게 그를 감형해 도형장에 재수감하겠다는 약속을 해주시오……. 나처럼 이렇게 고통스러운 상태에서는 거짓말할 힘도 없는 법이오. 당신도 잘 알지 않소. 내가 당신에게 한 말은 진실이오……."

"자크 콜랭, 당신과의 타협은, 비록 그러한 타협을 한다는 것을 상상도 할 수 없는, 사법부의 위신을 추락시키는 행위지만, 내 직분의 엄중한 무게에서 나를 놓아줄 수도 있을 것 같고, 결정권자에게 그 문제를 상신할 수도 있을 것 같소."

"나에게 그 목숨을 돌려주는 거죠?"

"그럴 수 있을 것 같소만……."

"검사장님, 간청하건대 내게 확약만 해주시오. 내겐 그걸로 족합니다."

그랑빌 검사장은 자존심에 상처를 받은 듯 움찔했다.

"나는 명문 집안 세 곳의 명예를 내 손에 쥐고 있소. 당신은 고작 도형수 셋의 목숨만 쥐고 있고요." 자크 콜랭이 말을 이었다. "내가 당신보다 더 강합니다."

"당신은 스크레에 다시 수감될 수도 있소, 어떻게 하겠소……?" 검사장이 물었다.

"아! 그러니까 게임을 하자는 겁니다!" 자크 콜랭이 말했다. "이제까지 나는 격식 차리지 않고 솔직하게 말했습니다. 그렇습니다! 나는 개인 그랑빌 씨에게 말했습니다. 하지만 검사장님이 그러신다면 나는 펼쳐놓은 내 카드를 다시 거둬들여 패를 감추겠소. 당신이 내 부탁을 들어주겠다고 약속했으면 마드무아젤 클로틸드 드 그랑리외가 뤼시앵에게 쓴 편지들을 당신에게 돌려주려고까지 했던 나인데 말이오!"

이 말은 그랑빌 검사장에게 상대가 조금만 실수해도 위험한 존재라는 사실을 확인시켜 주는 그러한 어조와 시선으로, 그리고 싸늘하게 언급되었다.

"당신이 요구하는 것이 아까 말한 그게 다요?" 검사장이 말했다.

"이번에는 나를 위해 당신에게 말하고자 하오." 자크 콜랭이 말했다. "그랑리외 집안의 명예는 테오도르의 감형 대가요. 나로선 그것만 해도 많이 퍼주기만 하고 거의 받지 않는 거요. 종신형을 선고 받은 도형수란 무엇일까요? 그가 탈출한다면 당신은 아주 쉽게 그와의 관계를 청산할 수 있는 거요! 그건 일종의 약속어음이오, 부도나면 단두대로 보내면 되는![218] 다만, 저번엔 별로 달갑지 않은 의도에서 그를 로슈포르에 처박아 놓았었으니까, 이번에는 당신이 그를 특별히 잘 대우하라는 지시를 달아서 툴롱으로 보내주겠다고 약속해 주시오. 자, 이제 내 문제요. 나는 요구하는 게 더 많소. 나는 세리지 백작 부인의 문서와 모프리뇌즈 공작 부인의 문서를 가지고 있소. 엄청난 편지들이더군요……! 자, 백작 나리, 매춘부 아가씨들도 편지를 쓰면서 나름의 스타일과 아름다운 감정을 담습니다. 그런데 말이오! 하루 종일 우아한 스타일과 고상한 감정으로 일관하는 훌륭한 귀부인들이 편지는 매춘부 아가씨들이 평소 말하고 행동하는 것처럼 쓰더군요. 그러한 엇갈림의 이

---

218) 탈옥한 테오도르가 다시 잡히면 그때 사형시키면 된다는 의미다.

유가 무엇인지는 철학자들이 밝혀내겠지요. 난 그 이유에 관심이 없소. 여자는 열등한 존재요. 여자는 자신의 생식기에 너무 종속되어 있소. 나에게 여자란 남자와 닮았을 때만 아름답소! 그래서 두뇌는 남자다운 그 아름다운 공작 부인들이 그런 걸작을 썼나 봅니다……. 와아! 얼마나 아름답던지, 처음부터 끝까지 피롱의 그 유명한 찬가[219] 같더군요……."

"정말이오?"

"직접 읽어보시겠소……?" 자크 콜랭이 미소 지으며 말했다.

사법관은 수치심을 느꼈다.

"나는 당신이 그 편지들을 읽게 해줄 수 있소. 하지만 장난은 금물이겠지요? 우리는 정직하게 게임을 하는 거지요? 다 읽고 나에게 그 편지들을 돌려줘야 하오. 그리고 편지를 가져올 사람을 밀고하거나 미행하거나 감시하는 일이 절대로 없도록 해야 합니다."

"시간이 오래 걸리오……?" 검사장이 말했다.

"아니요, 보자, 지금이 9시 반이니까……." 자크 콜랭이 벽시계를 바라보며 말을 이었다. "4분 안에 그 두 부인 각각의 편지 한 통씩을 우선 볼 수 있소. 그것들을 읽은 다음에 단두대 집행을 철회하면 됩니다. 만에 하나 그러지 않는다면, 당신은 이토록 얌전한 나를 다시는 못 볼 것이오. 게다가 그 부인들 일도 만천하에 폭로될 거요……."

---

219) 알렉시 피롱(1689~1773)은 프랑스 시인이자 극작가로서 18세기 자유연애주의파의 일원이다. 그가 남긴 장시 『프리아프에게 바치는 찬가』는 외설스러운 내용으로도 유명하다.

그랑빌 검사장은 흠칫 놀라는 동작을 보였다.

"두 부인은 이 시각 아주 분주하게 움직이고 있겠군요. 법무부 장관을 움직이게 하겠지요. 누가 압니까, 국왕에게까지 달려가겠죠……. 자, 누가 오는지 모르는 것으로 하겠다고, 그리고 그 사람을 1시간 동안 미행하지도, 미행시키지도 않겠다고 나와 약속하시겠소?"

"약속하겠소!"

"좋소, 당신이 행여나 탈옥한 도형수를 속이려고 마음먹는 일은 없겠지요. 당신은 튀렌 총사령관이 강도들에게 붙잡혔다는 그 숲속에 있소. 그리고 당신은 강도들에게 한 약속을 지키는 거요…….[220] 자, 좋소! 지금 이곳 중앙홀에는 허름한 차림의 거지 같은 여인이 하나 있을 거요. 늙은 여자고 홀 한가운데 있소. 그녀는 거기서 진을 치고 있는 사법 사서 하나와 경계벽에 게시된 어떤 소송 얘기를 하고 있을 거요. 당신 사무

---

220) 튀렌 자작(1611~1675)은 루이 13세와 루이 14세 치하에서 치른 여러 전쟁에서 혁혁한 전공을 세워, 나폴레옹 이전 최고의 프랑스 총사령관으로 추앙받는 인물이다. 발자크가 인용한 일화는 그가 암행 순찰 중 강도 무리에게 포로로 잡혀 벌어진 일을 가리킨다. 그는 끼고 있던 보잘것없는 반지를 지키기 위해 강도떼에게 거금을 주겠다고 약속하고 풀려났다. 이튿날 진중으로 자신을 찾아온 강도에게 그는 약속한 돈을 주고 돌려보내며 아무리 강도와 한 약속이라 할지라도 약속은 지켜야 한다고 말했다고 전해진다. 참고로 발자크는 '신뢰의 화신 튀렌' 일화를 『고리오 영감』에서 보트랭, 곧 자크 콜랭이 라스티냐크를 유혹할 때 하는 말에서, 그리고 『카디냥 대공 부인의 비밀』에서 카디냥 대공 부인, 곧 모프리뇌즈 공작 부인이 다니엘 다르테즈와 연애를 시작하며 미묘한 심리전을 펼칠 때 하는 말에서 두 차례 더 활용한다.

실 사환을 보내 그녀를 찾은 다음 그녀에게 이렇게 말하라고 이르시오. '다보르 티 만나나.'[221] 그러면 그녀가 올 거요……. 하지만 쓸데없이 위압적으로 굴진 마시오! 자, 내 제안을 받으시든가 아니면 도형수와 결탁하길 거부하시든가……. 자! 칼비를 사형수 단장(丹粧)이라는 그 끔찍한 고통의 시간에서 벗어나게 해주시오……."

"사형 집행은 이미 철회된 상태요. 난……," 그랑빌 검사장이 자크 콜랭에게 말했다. "사법부가 당신에게 굴복하는 걸 원치 않소!"

자크 콜랭은 놀란 표정으로 검사장을 쳐다보았다. 그가 호루라기 줄을 꺼내는 모습이 눈에 들어왔다.

"당신, 이곳에서 벗어나고 싶지 않은 거요? 내게 약속만 하시오, 그러면 난 그것으로 됐소. 당신이 직접 가서 그 여자를 만나시오……."

사무실 사환이 들어왔다.

"펠릭스, 문 앞의 헌병들을 돌려보내게……." 그랑빌 검사장이 말했다.

자크 콜랭은 패했다.

사법관과의 결투에서 그는 더 위대하고 더 강하고 더 관대해지고 싶었다. 그런데 막판에 사법관이 그를 압도했다. 그렇긴 하지만 도형수는 사법부를 농락했다는 점에서, 사법부에

---

221) '대빵이 널 오란다.'라는 뜻의 은어를, 335쪽에서 설명되었듯 어미를 독특하게 늘여 발음하는 말버릇을 적용해 표기한 것이다.

죄인이 결백하다고 설득했다는 점에서, 그리고 한 사람의 목숨을 놓고 겨루어 승리했다는 점에서 우월감을 느꼈다. 그러나 그가 느끼는 우월감은 침묵해야 하고, 은밀해야 하고, 감추어야 하는 것이었다. 반면 **황새**는 도형수의 그 우월감을 공공연하고 위풍당당하게 제압하는 모양새를 취했다.

14. 자크 콜랭의 연극 무대 데뷔

자크 콜랭이 그랑빌 검사장 집무실에서 막 나오는데, 왕실 위원회 사무처장, 국회의원, 데 뤼포 백작[222] 등이 작달막하고 병약해 보이는 노인을 대동하고 나타났다.

아직도 한겨울인 것처럼 적갈색 솜옷을 걸치고, 머리에는 분을 발랐으며, 낯빛이 창백하고 냉랭한 그 노인은 오를레앙 송아지 가죽 구두에 부푼 발이 불편한 듯 금색 손잡이 장식이 달린 지팡이에 의지해 통풍 환자처럼 절뚝이며 걸었는데, 모자는 쓰지 않고 손에 들었고, 웃옷 가슴 부분에는 십자훈장 약장 일곱 개가 달려 있었다.

"무슨 일이오, 친애하는 데 뤼포 씨?" 검사장이 물었다.

"대공께서[223] 보내서 왔소." 그가 그랑빌 검사장의 귀에 대

---

222) 데 뤼포는 이 작품 초반부에서 내무부 장관 비서실장으로 소개된 인물로(1권 23쪽) 국사원 청원심사관도 겸직하며 정부의 정치 공작에 동원되어 활약한다. 뤼시앵의 적수 중 하나다.
223) 폴리냐크 총리를 가리킨다.

고 말했다. "당신은 세리지 부인과 모프리뇌즈 부인, 그리고 마드무아젤 클로틸드 드 그랑리외의 편지들을 되찾으라는 임무와 함께 전권을 부여받았소. 당신은 여기 이 사람과 협상해도 좋소……."

"그런데 누구요, 저 사람은?" 검사장이 데 뤼포의 귀에 대고 물었다.

"당신에겐 숨길 게 없지요, 친애하는 검사장. 그는 그 유명한 코랑탱이오. 국왕 전하께서는 당신이 저 사람에게 이번 사건과 관련된 정황과 성공 요건 전부를 직보하라고 명하셨소."

"부탁인데," 검사장이 데 뤼포의 귀에 대고 대답했다. "대공께 가서 모든 일이 종결되었다고, 나는 저 사람이 필요하지 않다고 전해 주면 고맙겠소." 그가 코랑탱을 가리키며 덧붙였다. "법무부 장관의 결재를 받아야 할 사건의 종결 처리에 관해서는 내가 직접 전하의 명을 받으러 가겠소. 두 건의 은사(恩赦)를 청해야 해서……."

"현명하게 한 발 앞서 움직이셨군." 데 뤼포가 검사장을 주먹으로 가볍게 치며 말했다. "국왕께서는 대사(大事)를[224] 목전에 두고 귀족원과 명문 귀족 집안들이 공공연하게 비방을 받고 추문에 휩싸이는 걸 보고 싶어 하시지 않소……. 이건 더 이상 일개 저급한 형사소송이 아니오. 국사와 관련된 중대 사안이오……."

---

[224] 1830년 7월 25일 국왕 샤를 10세가 내린 언론 및 출판의 자유 제한, 의회 해산, 선거인 자격 개정 등을 담은 포고령을 말한다.

“아무튼 대공께 당신이 여기 왔을 때 이미 모든 일이 끝났다고 전해 주시오!”

“정말로요?”

“난 그렇게 생각하오.”

“그렇다면 당신은 곧 법무부 장관으로 임명되겠네요. 현 법무부 장관이 귀족원 의장으로 옮기면 말입니다, 친애하는 나의⋯⋯.”

“나는 야심이 없소!” 검사장이 대꾸했다.

데 뤼포가 웃으며 나갔다.

“대공께 말씀드려, 오늘 2시 반경, 딱 10분만 내가 국왕을 알현할 수 있도록 자리를 만들어주십사 부탁드리오.” 그랑빌 검사장이 데 뤼포 백작을 배웅하며 덧붙였다.

“야심이 없다면서요?” 데 뤼포가 그랑빌 검사장에게 묘한 시선을 던지며 말했다. “자, 당신에겐 자식이 둘 있소. 아마 당신은 적어도 프랑스 귀족원 의원 정도는 임명되길 바랄 텐데⋯⋯.”[225]

“검사장께서 편지들을 이미 확보했다면 내가 굳이 관여할 필요가 없게 되었군요.” 코랑탱이 그랑빌 검사장과 단둘이 남게 되자 입을 열었다. 검사장은 당연히 그를 호기심 가득한 눈초리로 빤히 쳐다보았다.

“당신 같은 사람은 매우 민감한 사건에는 꼭 필요한 존재

---

225) 당시만 해도 국왕이 임명하고 정원도 제한이 없던 프랑스 귀족원 의원은 종신직에다 세습직이었다. 그러나 이 제도는 1831년 폐지된다.

요.” 검사장은 코랑탱이 좀 전에 모든 상황을 다 알아듣고 다 이해하는 걸 떠올리며 대답했다.

코랑탱은 윗사람이 아랫사람에게 하듯 가볍게 고개를 까딱여 답례를 표시했다.

“그런데 지금 문제가 되는 인물을 잘 아시오?”

“그렇소, 백작. 그자는 자크 콜랭, 일만회의 우두머리, 세 곳 도형장의 금고지기, 5년 전[226] 카를로스 에레라 신부의 사제복 속에 자기 정체를 숨겼던 도형수요. 그자가 어떻게 해서 에스파냐 국왕이 돌아가신 우리 선왕께[227] 보낸 밀사 행세를 하게 되었는지, 그 사건의 진실을 찾아 나섰지만, 우리 모두 미궁에 빠진 상태요. 나는 마드리드에서 올 답신을 기다리고 있소. 거기에 각종 문서와 함께 사람을 보냈거든요. 그 도형수는 두 국왕의 비밀을 알고 있소……”

“그자는 아주 강인하게 단련된 자요! 우리로서는 취할 방도가 두 가지밖에 없소. 그자와 결탁하든가, 아니면 그자를 제거하든가.” 검사장이 말했다.

“우리도 똑같은 생각이었소. 그렇게 생각하시다니 나로서는 커다란 영광이오.” 코랑탱이 맞장구를 쳤다. “나는 직업상 수

---

226) 『고리오 영감』에서 경찰에 체포되었던 자크 콜랭이 탈옥한 시기는 이 작품 초반에서 수감 직후인 1820년이라고 언급되고, 『잃어버린 환상』에서 카를로스 에레라로서 뤼시앵을 만난 것은 1822년이다. 현재 서술 시점이 1830년이므로, 콜랭의 변신은 막강한 정보력을 가진 비밀경찰 코랑탱의 말과는 달리, 10년 전이거나 적어도 8년 전이다.
227) 1824년 사망한 루이 18세를 가리킨다.

많은 사람을 상대하고 그들에 대해 수많은 생각을 할 수밖에 없는 입장이오만, 이번엔 그중에서도 꽤 똑똑한 친구와 만난 것 같소."

그 말들이 어찌나 무뚝뚝한 표정과 어찌나 차가운 어조로 펼쳐졌던지 검사장은 대꾸를 피하고 몇몇 화급한 사무를 처리하기 시작했다.

자크 콜랭이 중앙홀에 나타났을 때 마드무아젤 자클린 콜랭이 얼마나 놀랐는지 그 모습은 아무도 상상하지 못할 것이다. 청과 행상 차림을 하고 있던 그녀는 엉덩이에 두 손을 짚은 채 두 발이 얼어붙은 것처럼 꼼짝도 하지 못했다. 자기 조카가 부리는 믿을 수 없는 곡예를 수도 없이 지켜보았지만, 이번만큼은 상상을 초월하는 상황이었기 때문이다.

"어허! 자연사 박물관에 진열된 모형 바라보듯 그렇게 나를 계속 바라보고만 있을 거야." 자크 콜랭이 자기 고모의 팔을 붙들고 중앙홀 외곽으로 데려가며 말했다. "우리 둘이 구경꾼처럼 보이도록 움직여. 어쩌면 우리를 체포할지도 몰라, 그러면 시간을 놓치게 돼."

그러고 나서 그는 상점가 계단을 타고 내려가 라바리유리가로 나섰다.

"파카르는 어디 있지?"

"빨강머리네에서 나를 기다리고 있다가 지금은 근처 오플뢰르[228] 강변로에서 어슬렁거리고 있을 거야."

---

228) 콩시에르주리에서 멀지 않은 노트르담 성당 근처 시테섬 강변로다.

"프뤼당스는?"

"걔도 빨강머리네에 있어. 내 대녀(代女) 행세를 하고 있지."

"그리로 가지……."

"누가 미행하는지 잘 살펴봐……."

빨강머리는 지금은 오플뢰르 강변로에 있는 철물점의 안주인인데 그 전에는, 일만회 일원으로서 떠들썩한 살인범이었던 자가 처형당할 당시 그의 애인이었다.

1819년, 자크 콜랭은 살인범이 처형당한 후 그 아가씨에게 애인이 유산으로 남긴 2만 몇 천 프랑 전액을 그대로 충실히 전달했다. 불사조는 여성 모자 판매원이던 아가씨와 자기 파낭델 간의 내밀한 관계를 아는 유일한 사람이었다.

"내가 네 남자의 대빵이다." 당시 보케르 부인이 운영하는 하숙집 하숙생이었던 그가 모자 판매원을 식물원으로 불러 말했다.[229] "그가 나에 대해서 너에게 일러주었을 것이다, 애야. 나를 배반하는 자는 누구든 그 해를 넘기지 못하고 죽는다! 그러나 나에게 충성을 다하는 사람은 나를 두려워할 이유가 하나도 없다. 나는 내가 보살피는 사람들을 위험에 빠뜨릴 말은 죽으면 죽었지 절대로 하지 않을 친구란다. 악마에게 영혼을 판 것처럼 너는 내 것이다. 그러면 넌 그 대가를 충분히 누릴 것이다. 나는 불쌍하게 죽은 너의 오귀스트에게 너를 행복하게 만들어주겠다고 약속했다. 오귀스트는 네가 부유

---

229) 자크 콜랭이 『고리오 영감』에서 보트랭이라는 가명으로 보케르 하숙집에 묵을 때 밖에서 벌이고 다녔던 수상한 일들이 이런 종류였을 것이다.

하게 살기를 원했다. 그는 너 때문에 목이 날아가는 편을 택했다. 울지 말고 내 말을 잘 들어라. 나 말고는 이 세상 사람 누구도 네가 도형수의 애인이라는 사실을, 지난 토요일에 단두대의 제물이 된 살인범의 애인이라는 사실을 모른다. 나는 그 사실을 절대로, 한 마디도, 발설하지 않을 것이다. 너는 스물두 살이고 예쁘다. 그리고 넌 2만 6000프랑을[230] 가진 부자다. 오귀스트는 잊어라, 그리고 결혼하거라. 결혼해서 되도록 착실한 여자로 살아라. 그 편안한 삶의 대가로 내가 너에게 요구하는 것은 나를, 그리고 내가 너에게 보내는 사람들을 모시라는 것뿐이다. 당연히 앞뒤 가리지 않고 즉시 말이다. 나는 너에게, 네 자식들에게, 네 남편에게, 남편이 생긴다면 말이다, 네 가족에게 위험한 일은 그 어떤 것도 요구하지 않을 것이다. 가끔, 내가 하는 일의 특성상 내겐 회의를 하고 잠을 잘 수 있는 안전한 장소가 필요하다. 내겐 편지를 보관하거나 심부름을 해 줄, 입이 무거운 여자가 필요하다. 너는 내 편지함 역할을, 내 경비실 역할을, 내 밀사 역할을 하게 될 것이다. 더도 덜도 말고 딱 그런 일만 하면 된다. 넌 금발이 너무 예쁘다. 오귀스트와 나는 너를 빨강머리라고 불렀다. 앞으로 그 별명을 써라. 나에게 탕플 지구에서 장사하는 고모가 한 명 있는데, 너를 그 사람하고 연결해 주겠다. 너는 세상에서 단 한 사람, 오직 그녀 말만 들어야 한다. 너에게 일어나는 일은 무엇이건 그녀에게 말해라. 그녀는 너를 결혼시켜 줄 것이다. 앞으로 그녀는

---

230) 현재 금액으로 환산하면 1억 3000만 원 정도에 해당한다.

너에게 아주 많은 도움이 될 것이다."

그렇게 악마와의 계약이 또 한 건 맺어졌던 것이다, 그와 프뤼당스 세르비앵을 아주 오랫동안 이어준 것과 같은 종류의 계약, 그가 한 번도 소홀함 없이 공고하게 다져온 계약이. 그는 사탄처럼 엄청난 열정으로 계약자를 끌어모으는 사람이었다.

자클린 콜랭은 1821년 무렵 빨강머리를 부유한 철물 도매상의 수석 점원과 결혼시켰다. 이 수석 점원은 사장의 사업체를 인수하기로 되어 있었기에 아이 둘이 딸린 홀아비지만 앞날이 탄탄대로였고, 자기가 사는 동네의 부구역장을 맡고 있기도 했다. 그렇게 프렐라르 부인이 된 빨강머리는 자크 콜랭에 대해서든 그의 고모에 대해서든 어떠한 사소한 불평거리도 없었다. 그렇지만 매번 요구받은 일을 할 때마다 프렐라르 부인은 사지가 벌벌 떨렸다. 그래서 자기 가게에 그 무시무시한 인물 둘이 한꺼번에 들이닥치자, 그녀는 새파랗게 질려버렸다.

"부인, 우리는 당신과 할 사업 얘기가 있어서 이렇게 찾아왔소." 자크 콜랭이 말했다.

"제 남편이 있어요." 그녀가 대답했다.

"그렇군! 지금 당장은 당신이 그리 필요하진 않소. 난 쓸데없이 사람들을 방해하는 건 질색이거든."

"이봐요, 사람을 보내 삯마차 한 대를 불러다 줘요." 자클린 콜랭이 말했다. "그리고 내 대녀에게 내려오라고 전하고요. 그 애를 귀부인 댁 하녀로 취직시킬 생각이거든. 그 댁 집사가 그 애를 데려가고 싶어 해서."

그러고 있을 때 한쪽에서는 헌병 비슷하게 보이는 부르주아 차림의 파카르가 프렐라르 씨와 다리를 놓을 때 필요한 철사를 놓고 상당한 규모의 구매 상담을 하고 있었다.

점원 하나가 삯마차를 부르러 갔다. 몇 분 후 외롭과, 아니, 이제는 그녀가 에스테르를 시중들었을 때 쓰던 별명 말고 본명을 찾아주어야 하니까, 프뤼당스 세르비앙과 파카르와 자크 콜랭과 그의 고모, 이렇게 네 명 모두가 빨강머리로서는 너무나 반갑게도 삯마차 한 대에 몰아 탔다. 불사조는 마부에게 이브리 성문231) 쪽으로 가달라고 말했다.

대빵 앞에서 벌벌 떠는 프뤼당스 세르비앙과 파카르의 모습은 마치 하느님 앞에 불려 나간 죄지은 영혼 같았다.

"75만 프랑은 어디 있나?" 대빵이 그들에게 또렷하고 미동도 없는 시선, 나쁜 짓을 하다 지옥에 떨어진 혼령을 발광할 정도로 흔들어놓아 자기 머리카락 개수만큼의 바늘에 사정없이 찔리는 듯 느끼게 하는 시선을 던지며 물었다.

"73232)만 프랑은," 자클린 콜랭이 조카에게 대답했다. "안전한 곳에 있어. 내가 오늘 아침 그 돈을 로메트에게233) 봉인된 상태 그대로 맡겼어……."

---

231) 파리 남동쪽 성문으로서 당시는 인적이 매우 드문 곳이었다. 현재 파리 13구, 일명 차이나타운 근처다.
232) 발자크는 2만 프랑의 차이를 독자가 알아차리도록 강조했다. 프뤼당스와 파카르가 며칠 사이에 써버린 액수일 수도 있고, 자크 콜랭 못지않게 대담한 자클린 콜랭이 2만 프랑을 자신의 수고비로 빼놓았다는 암시일 수도 있다.
233) 로메트는 탕플 지구에서 양품점을 운영하는 자클린의 정보원이다. 85쪽 참조.

"너희가 만약 그 돈을 자클린에게 돌려주지 않았다면," 불사조가 말했다. "너희는 바로 저기로 직행할 뻔했어……." 때마침 마차가 그레브 광장 앞을 지나자, 그가 광장을 가리키며 말했다.

프뤼당스 세르비앙은 천둥 벼락이 떨어지기라도 한 듯 자기 고향 방식대로 성호를 그었다.

"너희를 용서하마." 대빵이 말을 이었다. "다만 그런 잘못을 다시는 저질러서는 안 된다. 앞으로 너희는 내게 이 오른손 손가락 두 개 같은 존재다." 그가 검지와 중지를 펴 보이며 말했다. "엄지는 바로 이 훌륭한 **옆바람**이니까!"

그렇게 말하며 그는 자기 고모의 어깨를 쳤다.

"잘 들어. 파카르, 앞으로 너는 두려울 게 없을 거다. 넌 이제 팡탱에서 네 코가 맡는 냄새를 따라 네 마음대로 다녀도 좋다! 네가 프뤼당스와 결혼하는 것을 허락하마."

파카르는 자크 콜랭의 손을 잡고 공손하게 입을 맞추었다.

"제가 해야 할 일이 무엇입니까?" 그가 물었다.

"없다. 앞으로 너는 연금이나 받으며 살면 되고, 여자들도 많이 생길 거다. 네 마누라 말고도 많이. 이 친구야, 넌 바람기가 대단하잖아!"

파카르는 술탄의 칭찬 겸 놀림에 기분이 좋아져 얼굴을 붉혔다.

"프뤼당스, 너는," 자크 콜랭이 말을 이었다. "너는 직업도 있어야 하고, 신분도 갖추어야 하고, 장래도 도모해야 하니까 내 옆에서 계속 나를 도와라. 내 말 잘 들어. 생트바르브가에 여기 내 고모가 가끔 이름을 빌려 쓰는 생테스테브 부인이 소유한 아주 근사한 가게가[234] 하나 있다. 근사한 가게지, 단골손님도 많고, 해마다 1만 5000프랑에서 2만 프랑 정도 버는 가게야. 생테스테브가 그 가게 운영을 맡긴 여자는, 그……."

"고노르." 자클린이 거들었다.

"불쌍한 처지가 된 그 장작개비의 옆바람." 파카르도 거들었다. "우리가 모시던 그 불쌍한 마담 반 복세크가 죽은 날, 난 외롭과 함께 바로 그리로 도망쳤어요……."

"내가 말하는데 그렇게 자꾸 떠들 거야?" 자크 콜랭이 소리 질렀다.

한없이 깊은 침묵이 삯마차 안에 흘렀다. 프뤼당스와 파카르는 감히 서로 얼굴도 못 마주쳤다.

"그 가게는 그러니까 지금 고노르가 운영하지." 자크 콜랭이 말을 이었다. "파카르, 네가 프뤼당스와 함께 그리로 가서 몸을 숨긴 걸 보면, 네가 보기에 네 머리도 짭새를 엿 먹일(경찰을 따돌릴) 정도는 되는군. 하지만 넌 그 포주 여자의 본색을 파악할 만큼 똑똑하지는 못해……." 그가 자기 고모의 턱을 쓰다듬으며 말했다. "이제야 이분이 너를 어떻게 찾아냈는지 알겠지. 잘됐다. 너희 둘이 그리로 다시 가는 거야, 고노르의 가게로……. 계속 말할 테니 잘 들어. 자클린이 생트바르브가의 그 가게 소유주인 누리송 아줌마와 협상을 벌여서 그 가게를 사들일 거야. 그러면, 얘야, 넌 거기서 얌전하게 가게를 운영해

---

234) 발자크는 원고에 '매음굴'이라고 썼다가 지웠다.

큰돈을 벌 수 있을 거야!" 그가 프뤼당스를 바라보며 말했다. "네 나이에 수녀원장이 되는 거라고! 그게 프랑스 아가씨에게 잘 어울리는 일이지." 그가 신랄한 목소리로 덧붙였다.

프뤼당스는 불사조의 목을 끌어안고 입을 맞추었다. 그러나 대빵은 그가 지닌 엄청난 기력을 짐작하게 하는, 퍽 소리가 날 만큼 강한 일격으로 그녀를 밀쳤는데, 어찌나 거세게 밀쳤던지 파카르가 붙잡지 않았더라면 그 아가씨는 삯마차 창에 머리가 처박혔을 것이고, 창은 박살이 났을 것이다.

"썩 꺼져! 난 그런 식은 딱 질색이야!" 대빵이 싸늘하게 말했다. "그건 나에 대한 존경심을 망각한 짓이야."

"이봐, 대빵 말씀이 맞아." 파카르가 말했다. "알겠지만 그건 대빵이 너에게 10만 프랑을 거저 주는 것과 같아. 일반 상점도 그 정도 값이 나가. 대로변 짐나즈 극장 앞에 있는 상점 말이야. 극장 출구잖아……."

"내가 하려는 것은 그 이상이야. 난 그 집 전체를 살 것이다." 불사조가 말했다.

"그러면 우리는 6년 안에 백만장자가 되겠다!" 파카르가 소리 질렀다.

자기 말이 끊겨 짜증이 난 불사조가 발길질로 파카르의 정강이를 뼈가 부러질 정도로 세게 걸어찼다. 그러나 파카르는 신경이 고무줄 같고 뼈는 철판 같은 인간이었다.

"알았어요! 대빵! 입 다물게요!" 그가 대답했다.

"내가 지금 한가하게 헛소리나 늘어놓는 줄 알아?" 파카르가 독주를 몇 잔 마신 상태라는 것을 알아챈 불사조가 말을 이었다. "잘 들어. 그 집 지하 창고에는 금화 25만 프랑이 있어……."

한없이 깊은 침묵이 다시 한 번 삯마차 안에 흘렀다.

"그 금화는 아주 단단한 시멘트 더미 속에 묻혀 있지…….
그 돈을 꺼내는 게 문제야. 너희가 그 돈을 꺼낼 시간은 사흘
밤밖에 없어. 자클린이 너희를 도울 거야. 10만 프랑은 그 가
게를 인수하는 데 쓸 거고, 5만 프랑은 그 집을 사는 데 쓸 거
야. 나머지는 너희가 가져……."

"오!" 파카르가 말했다.

"지하 창고에!" 프뤼당스가 되풀이했다.

"조용히 해!" 자클린이 말했다.

"맞아, 그런데 그 정도 짐을 옮기려면 짭새(경찰)의 승인을
받아야 하는데." 파카르가 말했다.

"받겠지!" 불사조가 싸늘하게 말했다. "넌 대체 왜 그렇게
물색도 모르고 끼어들지……?"

그 순간 자클린이 자기 조카를 향해 고개를 돌렸는데, 평소
무표정하게 자기 감정을 드러내지 않던 그 강한 남자의 얼굴
이 돌변한 것을 보고 충격을 받았다.

"애야," 자크 콜랭이 프뤼당스 세르비앵에게 말했다. "나의
고모가 너에게 그 돈 75만 프랑을 줄 거다."

"73만 프랑이요." 파카르가 또 끼어들었다.

"어허! 그렇다 치자! 73만 프랑." 자크 콜랭이 하던 말을 계
속했다. "오늘 밤, 너는 어떤 구실을 대서라도 마담 뤼시앵의
집에 가야 한다. 천창을 통해 지붕 위로 올라가라. 그런 다음
굴뚝을 타고 죽은 너의 안주인 침실로 내려가라. 그리고 그녀

가 묶어둔 상태 그대로 그 돈다발을 그녀의 침대 매트리스 밑에 놔둬……."

"왜 출입문으로 들어가지 않고요?" 프뤼당스 세르비앵이 물었다.

"바보 같으니라고. 출입문은 봉인이 되어 있으니까!" 자크 콜랭이 대꾸했다. "본격적인 조사는 며칠 후에 이루어질 것이다. 그러면 너희는 도둑질을 하지 않은 것이 되지……."

"대빵 만세!" 파카르가 외쳤다. "야! 얼마나 너그러우신지!"

"마부 양반, 잠깐 세워주시게……!" 자크 콜랭이 우렁찬 목소리로 외쳤다.

마차가 파리 식물원 삯마차 정류장 앞에 멈췄다.

"어서 가라, 얘들아." 자크 콜랭이 말했다. "허튼짓하지 말고! 오늘 저녁 5시에 퐁데자르 다리 위에 나와 있도록 해. 거기에서 내 고모가 너희에게 명령이 바뀐 게 있는지 말해 줄 것이다. 모든 경우를 예상해 대비책을 세워야 해." 그가 낮은 목소리로 자기 고모에게 말했다. 그러고는 그들을 향해 다시 말을 이었다. "밑바닥에 묻어둔 금을 안전하게 꺼내기 위해 너희가 어떻게 해야 하는지는 자클린이 내일 너희에게 설명해 줄 것이다. 매우 조심스럽게 접근해야 하는 작전이다……."

프뤼당스와 파카르가 사면 받은 도둑처럼 기뻐하며 포석이 깔린 공도(公道) 위로 펄쩍 뛰어내렸다.

"아! 대빵은 얼마나 멋진 사람인지 몰라!" 파카르가 말했다.

"여자들에게 그렇게 모질게 대하지만 않는다면 만인의 왕이 될 텐데!"

“아! 그는 정말 다정하셔!” 파카르가 외쳤다. “아까 그가 나에게 어떻게 발길질했는지 너도 봤잖아! 우린 당장 귀신 곁으로 보내진대도 할 말이 없는 처지였잖아! 결국엔 우리가 그를 어려운 상황에 빠뜨렸던 거니까⋯⋯.”

“만약에⋯⋯” 똑똑하고 교활한 프뤼당스가 말했다. “그가 우리를 목초지로 보내기 위해 어떤 범죄에 끌어들이는 거라면⋯⋯?”

“그가 그런다! 행여라도 그가 그런 기발한 생각을 했다면, 우리에게 솔직히 말했겠지. 넌 그를 잘 몰라! 그가 네 운명을 완전히 바꿔준다잖아! 우린 부르주아가 되는 거야. 얼마나 좋은 기회야! 오! 그가 당신을 살뜰히 챙겨주는 걸 보면, 그 사람 그렇잖아, 너그러움에서 그를 따라올 자는 없어⋯⋯!”

“나의 이쁜 고모!” 삯마차에서 자크 콜랭이 자클린에게 말했다. “고모가 고노르를 맡아줘. 그 여자를 속여야 해. 그 여자는 지금부터 닷새 후면 체포될 거야. 그러면 우리는 그 여자 방에서 공증인 크로타의 늙은 양친 살해 사건 공범 중 하나가 자기 몫으로 챙겨 거기에 숨겨둔 25만 중에 15만 프랑의 금화를 손에 넣는 거야.”

“그 여자, 이번 일로 마들로네트 감옥에서 5년은 썩겠군.” 자클린이 말했다.

“거의 그럴 거야.” 자크 콜랭이 대답했다. “그러니까 그게 바로 누리송이 그 가게를 처분해야 할 이유야. 그녀가 직접 그 가게를 운영할 수는 없어. 마음에 꼭 드는 관리인을 구할 수도 없고. 그러니까 고모가 이 일을 성공적으로 아주 잘 마무리해 주면 좋겠어. 앞으로 우리는 거기에 눈을 하나 심어두는 거야……. 아무튼 이 작전들은 세 개 다 모두 우리가 가지고 있는 편지를 고리로 해서 내가 조금 전 시작한 협상에 성패 여부가 달려 있어. 자, 고모 옷을 뜯고 그 상품 견본을 내게 줘. 그 편지 세 뭉치는 어딘가 잘 보관하고 있겠지?"

"물론이지! 빨강머리 집에."

"마부 양반!" 자크 콜랭이 외쳤다. "사법 단지로 돌아갑시다, 빨리……! 나는 바로 돌아오겠다고 약속했거든. 벌써 30분이나 비워뒀네. 너무 오래 비웠어! 빨강머리네에 가 있어, 고모. 그리고 이따가 거기로 법원 사환이 와서 '마담 드 생테스테브'를 찾는다고 하면, 편지 뭉치들을 전하도록 해. '드'가 암호야. 그 뜻은 이거야. '마담, 저는 당신이 아시는 일로 검사장님께서 보내서 왔습니다.' 빨강머리 집 앞에 서서 꽃시장 쪽에 무슨 일이 있나 살피는 것처럼 하고 있어, 빨강머리 남편 프렐라르의 눈길을 끌어서는 안 되니까. 편지를 전하고 곧바로 파카르와 프뤼당스더러 활동을 개시하라고 해……."

"네가 무슨 일을 하려고 하는지 알겠다." 자클린이 말했다. "넌 비비뤼팽을 몰아내고 그 자리를 차지하려는 거야. 그 애의 죽음이 네 머리를 돌아버리게 했군!"

"그리고 테오도르를 살리는 일도. 그자들이 오늘 오후 4시에 그를 처형하기 위해 그의 머리카락을 밀려던 참이었거든."

"아무튼 됐고, 그것도 괜찮은 생각이야! 우리는 투렌 지방, 어디 날씨 좋은 곳에 근사한 소유지를 마련해 거기서 점잖은 부르주아로 여생을 보내는 거야."

"이게 아니면 난 어떻게 되었을까? 뤼시앵은 내 영혼을, 행복했던 내 삶 전부를 앗아가 버렸어. 나는 아직 30년을 더 따분하게 살 것 같은데, 이제 뜨거운 심장이 없어졌어. 도형장의 대빵 대신 난 사법부의 피가로가 되겠어. 그리고 뤼시앵의 복수를 할 거야. 내가 코랑탱을 확실하게 무너뜨리려면 짭새(경찰)가 되는 수밖에 없어. 한 사람을 집어삼켜야 한다면 그것도 또한 사는 방법이겠지. 사람들이 세상을 살아가면서 갖는 직업은 껍데기에 불과해. 실재하는 것은 이 머릿속 생각이야!" 그가 자기 이마를 치며 덧붙였다. "우리 자금이 현재 얼마나 남아 있지?"

"하나도 없어," 고모가 조카의 어투와 태도에 깜짝 놀라 대답했다. "네가 애지중지하던 애에게 쓴다고 해서 내가 너한테 다 주었잖아. 로메트는 자기 장사 자금 2만 프랑밖에 없어. 내가 쓰는 돈은 전부 누리송 아줌마한테 받은 거야. 그녀가 개인적으로 가지고 있는 돈이 대략 6만 프랑 정도 되지……. 아! 우리는 1년 동안이나 세탁하지 못한 시트를 사용하고 있는 형편이야. 그 애가 파낭델의 전리품하고 우리 자금하고 누리송이 가지고 있던 전부까지, 모조리 먹어치웠어."

"그게 다 합해서 얼마지?"

"56만……."

"우리는 15만 프랑의 금화가 있어, 파카르와 프뤼당스가 우리가 시키는 대로 해서 가져다줄 돈 말이야. 다른 20만 프랑 금화는 어디 있는지 곧 말해 줄게……. 나머지는 에스테르의 유산에서 충당하는 거야. 누리송에게도 보답해야지. 테오도르, 파카르, 프뤼당스 그리고 고모와 함께 난 곧 내게 필요한 군대를 조직해 성전(聖戰)을 벌일 거야……. 명심해, 때가 가까이 왔어…….”

“자, 여기 견본 편지 세 통.” 자기 옷 안감을 가위로 마저 자른 자클린이 말했다.

“좋아,” 자크 콜랭이 세 통의 소중한 자필 편지, 아직도 향기가 남아 있는 세 통의 독피지를 받아 들며 대답했다. “테오도르가 낭테르 살인 사건의 진범 맞아.”

“아! 그가 했군……!”

“그만, 시간이 없어. 테오도르는 지네타라는 이름의 아가씨, 그 코르시카의 작은 새에게도 한 모금 먹이를 물어다 주고 싶어 했어. 누리송을 이용해 지네타를 찾도록 해. 이따가 고트 소장이 고모한테 편지를 전달할 텐데, 그 편지로 필요한 정보를 알려줄게. 지금부터 2시간 후에 콩시에르주리 철책 출입문 앞으로 와. 그 작은 아가씨를 세탁부인 고데의 누이 집에 풀어놓아야 해, 그녀가 그 집을 차지하게……. 고데와 뤼파르가 크로타 부부 집에서 장작개비가 벌인 절도와 살인의 공범이야. 훔친 돈 75만 프랑은 손도 안 댄 채 고스란히 남아 있어. 그중 3분의 1은 고노르의 지하 창고에 있는데, 장작개비의 몫이야. 다른 3분의 1은 좀 전에 말한 대로 고노르네 집의 한 방에 있는데, 그건 뤼파르의 몫이고, 또다른 3분의 1은 고데의 누이 집에 숨긴 거야. 우리는 우선 장작개비의 전리품 중에서 15만 프랑을 빼낼 거야. 그런 다음 고데의 전리품에서 10만, 뤼파르의 전리품에서 10만을 빼낼 거고. 뤼파르와 고데가 일단 포승줄을 차게 되면, 그들 전리품에서 비는 액수는 바로 그자들이 원래부터 따로 챙긴 것이 되는 거야. 그들 각자에겐 이렇게 믿게 할 거야. 고데에겐 우리가 10만 프랑을 따로 떼어 그의 계좌에 넣어두었다고 할 거고, 뤼파르와 장작개비에게는 고노르가 그 돈을 가지고 달아났다고 할 거야……! 프뤼당스와 파카르가 고노르의 집에 가서 곧 작업에 들어갈 거고, 고모와 지네타는, 지네타는 내가 듣기론 아주 영리한 애 같아, 고데의 누이 집에 가서 일을 꾸미도록 하는 거야. 나의 희극 배우 데뷔작에서 난 황새가 크로타 부부 사건의 절도 금액 40만 프랑을 회수하고 나머지 범인들을 검거하도록 돕는 역할을 할 거야. 낭테르 살인 사건의 진상을 밝히는 척하면서 말이야. 우리는 우리 몫의 쩐을 복구하고, 짭새의 심장부로 들어가는 거야! 우리는 이제까지 사냥감이었어. 이제 우리가 사냥꾼이 되는 거야, 이상. 고모가 마부에게 3프랑을 줘.”

삯마차가 사법 단지 앞에 멈춰 섰다. 어안이 벙벙해진 자클린이 마차 삯을 냈다. 불사조는 계단을 올라 검사장 집무실로 향했다.

15. 영국군이여, 먼저 덤벼라[235]

인생이 송두리째 뒤바뀐다는 것은 너무나도 큰 위기인지

라, 자크 콜랭은 결단은 내렸지만 라바리유리가에서 상점가로 들어가는 층계를 긴장해서 한 계단 한 계단 천천히 걸어 올라갔다. 상점가 아케이드, 중죄 재판소로 통하는 열주 아래, 어두컴컴한 검찰청 입구가 있었다.

웬 정치 사건 관련 재판이 있는지 중죄 재판소로 이어지는 양방향 계단 발치에 많은 사람이 모여 있어서, 깊은 생각에 잠겨 있던 도형수는 잠시 군중 속에 갇히게 되었다.

그 양방향 계단의 왼편에는 시테 궁전의 여러 내력벽 중 하나를 구성하는 거대한 기둥 같은 것이 있는데, 그 거대한 구조물에 조그만 문이 하나 나 있다. 그 문을 열고 들어가면 나선형 계단이 나오고, 계단은 콩시에르주리와 연결되는 통로 구실을 한다. 검사장, 콩시에르주리 소장, 중죄 재판소 재판장들, 부장 검사들, 범죄수사대장 등이 그곳을 통해 드나들 권한이 있다. 오늘날은 폐쇄된 그 계단의 분기점을 통해 프랑스 왕비 마리 앙투아네트가 혁명재판소로 끌려갔는데, 혁명재판소는 알다시피 오늘날 파기원의 장중한 대법정으로 쓰이는 자리에 있었다. 그 살벌한 계단을 바라보며, 베르사유궁의 중앙 계단을 자신의 의복 일습과 머리 장식과 페티코트 살대 등으로 가득 채웠던, 마리아 테레지아 오스트리아 여왕의 딸이 그곳을 지나갔다는 사실을 생각하면 가슴이 미어진다……! 어쩌면 그녀는 폴란드를 그렇게 흉측하게 찢어놓은 자기 어머니의

벌어진 퐁트누아(프랑스와 국경을 이루는 벨기에 도시) 전투에서 프랑스군은 영국 네덜란드 하노버 연합군을 맞아 열세를 뒤엎고 승리를 거두는데, 그 전투에서 프랑스군 지휘관이 했다고 전해지는 말이다.

죄과를 그런 식으로 속죄했던 것이 아닐까.[236] 그러한 범죄를 저지르는 군주들은 그것에 대해 신의 섭리가 요구하는 죗값을 치르리라고는 추호도 생각하지 못할 것이다.

자크 콜랭이 궁륭 밑 계단을 통해 검사장 집무실로 들어가려던 순간, 비비뤼팽이 벽에 감춰진 문을 열고 나왔다. 범죄수사대장도 콩시에르주리에서 나와 그랑빌 검사장의 집무실로 향하던 중이었다. 그가 그날 아침 그토록 열심히 조사했던 카를로스 에레라의 신부복이 자기 앞을 지나쳐 가는 것을 본 비비뤼팽의 놀라움이 어느 정도였는지는 충분히 짐작하고도 남을 것이다. 그가 자크 콜랭을 따라잡기 위해 달려갔다. 자크 콜랭이 돌아섰다. 두 적수가 그렇게 대면했다. 양쪽 모두 상대를 바라보며 얼어붙은 듯 섰다. 결투 중 양쪽 권총에서 동시에 발사된 총알처럼 전혀 다른 두 사람의 눈에서 똑같은 시선이 뿜어져 나왔다.

"이번에 내가 너를 잡고야 만다, 흉악한 놈!" 범죄수사대장이 말했다.

"아! 아……!" 자크 콜랭이 비꼬는 어투로 대답했다.

그는 순간 그랑빌 검사장이 자기에게 미행을 따라붙게 했다고 생각했다. 그러자 발동한 묘한 심리! 그는 검사장이 자기

---

236) 오스트리아 여왕 마리아 테레지아(1717~1780)는 러시아 여왕 예카테리나 2세, 프로이센 왕 프리드리히 2세와 함께 1772년 1차 폴란드 영토 분할을 합의했다. 이 작품이 쓰이던 1847년 폴란드는 여전히 분할된 상태였다. 이 대목은 폴란드의 대귀족이었으나, 이와 같은 역사적 사건으로 러시아 차르의 신민이 된 한스카 부인에게 바치는 간접적 경의라고 볼 수 있다.

가 생각했던 것보다 별반 대단찮은 인물이라는 사실을 알고 마음이 아팠다.

비비뤼팽이 과감하게 자크 콜랭의 목을 잡으려고 달려들자, 자크 콜랭은 그런 자기 적수를 흘깃 보더니 매섭게 한 방 가격했고, 일격을 당한 적수는 저만치 사지를 쭉 뻗고 나동그라졌다. 불사조는 서두르지 않고 비비뤼팽에게 다가가 일어나는 그를 거들어주기 위해 팔을 내밀었는데, 그 모습이 흡사 힘의 우위를 확인하고 다시 격돌하겠다면 기꺼이 받아주겠다는 영국 권투 선수 같았다.

비비뤼팽도 소리쳐 사람을 부르기에는 자존심이 허락하지 않을 만큼 매우 강한 자였다. 그는 벌떡 일어나 복도 끝으로 달려가더니, 다가오려던 헌병에게 그 자리에 가만히 있으라는 손짓을 해 보였다. 그러고 나서 전광석화처럼 자기 적수에게 돌아왔고, 적수는 그런 그를 태연히 지켜보았다. 자크 콜랭은 이미 결심을 굳힌 뒤였다.

'검사장이 약속을 어긴 것인지, 아니면 약속대로 비비뤼팽에게 비밀을 알리지 않은 것인지, 어느 쪽이냐에 따라 내 상황을 분명히 해야 한다.' 그가 생각했다. "나를 체포하려고 하는 건가?" 자크 콜랭이 적수에게 물었다. "다른 소리 곁들이지 말고 거기에 명확히 답해라. 황새의 심장부에서 네가 나보다 더 강한가? 그걸 나만 모르는 건가? 나는 너를 격투기로 죽일 수 있어. 하지만 난 헌병들이나 군인들은 입맛에 안 맞아. 소란 피우지 말자고. 나를 어디로 데려가려고 하는데?"

"카뮈조 판사 집무실로."

"그렇다면 카뮈조 판사 집무실로 가자고." 자크 콜랭이 대꾸했다. "검사장이 있는 검찰청으로는 왜 안 가는 건데……? 거기가 더 가깝잖아." 그가 덧붙였다.

비비뤼팽은 자신이 사법부 고위층의 신임을 잃었으며, 범죄자들과 피해자들을 이용해 돈을 챙겼다는 의심을 사고 있음을 잘 알았기에 이런 거물을 체포해 검찰청으로 가는 것도 나쁘지 않겠다고 생각했다.

"그러면 거기로 가자고." 비비뤼팽이 말했다. "나로선 더 좋지! 하지만 체포에 순순히 응했으니 거기에 합당한 대우를 해주도록 하지. 네가 모욕을 느낄까 봐 걱정돼서!"

그러고 그는 호주머니에서 엄지 수갑을 꺼냈다. 자크 콜랭은 순순히 두 손을 내밀었고, 비비뤼팽은 그의 양손 엄지에 수갑을 채워 하나로 묶었다.

"아참! 넌 아주 착한 놈이니까," 그가 말을 이었다. "어떻게 콩시에르주리 바깥으로 나갔는지 내게 말해 줄래?"

"당연히 네가 나가는 곳으로, 작은 계단을 통해서."

"그러니까 넌 헌병들에게 새로운 수법을 선보였다는 거네?"

"아니. 그랑빌 검사장이 내 말만 믿고 날 석방했네."

"장난하나(농담하나)……?"

"두고 봐……! 이 수갑을 찰 사람은 어쩌면 널 테니까."

둘이 그러고 있을 때 검사장실에서는 코랑탱이 검사장에게 이렇게 말하고 있었다. "자! 검사장님, 우리의 관심 인물이 나간 지 정확히 1시간 됐군요. 그자가 당신을 우롱한 건 아닌지 걱정되지 않소……? 그자는 아마 지금 에스파냐로 가는 길 위를 달리고 있을 거요. 그자가 에스파냐에 가면 우리는 그자를 영영 놓치는 거요. 에스파냐는 온갖 기이한 일이 벌어지는 나라니까……."

"내가 사람을 잘못 보았거나, 아니면 그가 돌아오거나 둘 중 하나겠죠. 이해득실을 다 따져본다면 그는 돌아올 수밖에 없소. 그는 자기가 나에게 준 것보다 나에게 받을 것이 더 많거든……."

그때 비비뤼팽이 나타났다.

"백작님," 그가 말했다. "백작님께 드릴 기쁜 소식을 하나 가지고 왔습니다. 달아났던 자크 콜랭이 다시 잡혔습니다."

"이거로군요." 자크 콜랭이 소리쳤다. "당신이 약속을 지키는 방식이라는 것이! 두 얼굴을 가진 당신의 요원에게 나를 어디서 만났는지 물어보시오."

"어디요?" 검사장이 물었다.

"검찰청 바로 앞, 궁륭 아래서입니다." 비비뤼팽이 대답했다.

"이 사람 수갑을 풀어주시오!" 그랑빌 검사장이 비비뤼팽에게 엄중하게 명령했다. "명심하시오, 이 사람을 다시 체포하라는 명령을 받을 때까지 자유롭게 놓아두어야 하오……. 이만 나가보시오! 당신은 마치 당신 혼자 사법 당국이고 경찰인 양 처신하고 행동하는 것이 습관이 됐군."

그러고 나서 검사장은 범죄수사대장에게 등을 돌렸다. 범죄수사대장은 낯빛이 창백해졌는데, 특히 자크 콜랭의 눈빛을 받고 자신의 몰락을 예감했다.

"나는 내 집무실에서 나가지 않았소. 난 당신을 기다렸소.

그러니 당신이 당신 약속을 지켰듯이 나도 내 약속을 지켰다
는 점을 의심하지 마시오." 그랑빌 검사장이 자크 콜랭에게 말
했다.

"처음에는 당신을 의심했습니다, 검사장님. 아마 검사장님
이 내 입장이었다고 해도 나처럼 생각했을 것입니다. 하지만
곰곰이 생각해 보니 내가 틀렸다는 것을 알게 되었습니다. 나
는 당신이 내게 준 것보다 더 많은 것을 당신에게 주려고 가
지고 왔습니다. 당신은 나를 속여서 얻을 이익이 없었으니까
요……."

사법관은 코랑탱과 잠깐 시선을 교환했다. 그랑빌 검사장에
게서 눈을 떼지 않고 있던 불사조는 그 시선을 놓치지 않았는
데, 그제야 집무실 구석, 안락의자에 앉아 있는 왜소한 낯선
노인의 존재가 그의 시야에 들어왔다. 날카롭고 잽싼 본능의
작용으로 적의 존재를 직감한 자크 콜랭은 그 즉시 그 인물을
자세히 살펴보았다. 첫눈에 상대의 눈빛을 보고 옷차림으로
짐작되는 나이가 아니라는 점을 간파한 그는 상대가 변장했
다는 것을 바로 알아차렸다.

과거 코랑탱이 페라드의 집에서 자크 콜랭의 정체를 매서
운 눈으로 순식간에 벗겨버렸던 적이 있는데(『사교계의 영광과
비참』을 볼 것.[237]), 이번에는 자크 콜랭이 코랑탱의 정체를 순

---

237) 이 일화는 이 작품 2부 44장에 나온다. 4부는 1847년 「보트랭의 마지
막 현현」이라는 제목을 달고 연재소설로 발표된 뒤 바로 단행본으로 출간
되었기 때문에, 1844년부터 1846년에 걸쳐 『인간극』 전집에 『사교계의 영
광과 비참』이라는 제목으로 실린 1~3부에 아직은 통합되지 않은 상태였다.

식간에 알아차림으로써 속도 면에서 보기 좋게 반격을 한 셈이었다.

"우리 둘만 있는 것이 아니로군요……!" 자크 콜랭이 그랑빌 검사장에게 말했다.

"그렇소." 검사장이 별것 아니라는 듯이 대꾸했다.

"그런데 저분은," 도형수가 말을 이었다. "나와 아주 잘 아는 사이인 것 같은데……, 맞지요……?"

그는 한 걸음 다가가 뤼시앵의 몰락을 가져온 장본인으로 알려진 인물, 코랑탱을 확인했다. 붉은 벽돌색이었던 자크 콜랭의 안색이 눈 깜짝할 사이에 핏기가 사라져 거의 새하얗게 변했다. 온몸의 피가 심장으로 쏠렸다. 그 위험한 짐승에게 달려들어 박살을 내고 싶은 마음이 그만큼 절실하고 격렬했다. 그러나 그는 그 맹렬한 충동을 어렵사리 억누르고 물리쳤는데, 그렇게 안간힘을 쓰느라 그는 한결 더 무시무시하게 보였다. 그는 고위 성직자 연기를 하고부터 몸에 익힌 친근한 표정과 지나칠 정도로 공손한 말투로 그 왜소한 노인에게 인사를 건넸다.

"코랑탱 씨." 그가 말했다. "당신을 이런 데서 이렇게 반갑게 뵙게 되다니 우연도 이런 우연이 있나요, 아니면 제가 영광스럽게도 당신의 검찰청 방문 목적이라도 된 것인가요……?"

그래서 「보트랭의 마지막 현현」의 독자들에게는 괄호 안 참조 표시가 필요했다. 합본이 완료되면 사라졌을 이 표시는 그러나 작가 생전에 합본 작업이 이루어지지 않아서 그대로 남게 되었다.(자세한 텍스트 내력은 부록과 작품 해설 참조.)

검사장의 놀라움은 극에 달했다. 그는 그렇게 대치 중인 두 사람을 한시도 눈에서 뗄 수 없었다. 자크 콜랭의 몸짓이나 그가 자기 말에 실은 어조는 어떤 위기감을 표시하는 것이었다. 검사장은 그 이유를 파고들고 싶은 호기심에 사로잡혔다.

자기 정체가 그렇게 갑작스럽고 놀랍게 밝혀지자 코랑탱은 꼬리 밟힌 뱀처럼 벌떡 일어나 몸을 곧추세웠다.

“그렇소, 바로 나요, 친애하는 카를로스 에레라 신부님.”

“어쩐 일이시오.” 불사조가 그에게 말했다. “검사장님과 나 사이에 중재하실 일이 있어 오신 건가요……? 내가 당신의 재능이 빛을 발하는 그런 협상의 주제가 되는 영광을 누리기라도 하는 겁니까? 자, 검사장님,” 도형수가 검사장 쪽으로 몸을 돌리며 말했다. “내 시간만큼 소중한 검사장님 시간을 낭비하는 일이 없어야 하니까, 읽어보십시오. 내 상품의 견본입니다…….”

그러면서 그는 그랑빌 검사장에게 사제복 옆 주머니에서 꺼낸 세 통의 편지를 건넸다.

“검사장님께서 검토하고 계실 동안, 허락하신다면 이분과 이야기를 좀 나눌까 하는데…….”

“그렇다면 내겐 무한한 영광이지요.” 속으로는 전율을 금치 못하면서 코랑탱이 대답했다.

“선생, 당신은 이번 우리 일에서 완벽한 성공을 거두었소.” 자크 콜랭이 말했다. “내가 졌소…….” 그가 돈을 잃은 도박꾼이 그러듯 별일 아니라는 듯이 덧붙였다. “그러나 당신은 체스판에 사람을 몇 명 희생했소……. 그건 출혈이 큰 승리요.”

"그런가 보오." 코랑탱이 농담으로 받아넘기며 대답했다. "당신은 '여왕' 말을 잃었지만, 난 고작 '탑' 말을 두 개 잃었을 뿐이오만……."

"오! 콩탕송은 일개 '졸병' 말에 지나지 않아요, 한번 쓰고 버리는 존재지요." 자크 콜랭이 비아냥대며 대꾸했다. "이런 찬사를 면전에 대고 해도 되는지 모르겠지만, 내 명예를 걸고 말씀드리지요, 당신은 참 훌륭한 사람이에요."

"아니, 아니오, 당신의 탁월함에 비하면 내가 당신 앞에 허리를 숙여야지요." 코랑탱이 만담을 업으로 삼는 사람처럼 대꾸했다. 그 말뜻인즉 이러했다. '네가 헛소리를 지껄이고 싶구나, 그러면 헛소리나 하자!' "나는 모든 지원을 다 받는 사람이고, 당신은 이를테면 필마단기(匹馬單騎)의 처지인데, 어떻게 비교를……."

"이런, 이런!" 자크 콜랭이 손사래 쳤다.

"뭘, 당신은 거의 이길 뻔했잖소." 코랑탱이 그 과장된 동작에 반응을 보이며 말했다. "당신은 내가 이제까지 살아오면서 만난 가장 비범한 사람이오. 난 비범한 사람들을 참 많이 만났소. 내가 맞서 싸운 사람들은 용기도 그렇고, 대담한 발상도 그렇고 전부 뛰어난 사람들이오. 나는 불행하게도 돌아가신 도트랑트 공작 예하와[238] 아주 가깝게 지냈소. 나는 루이

─────────────

238) 1820년 사망한 경찰부 장관 푸셰를 가리킨다. 코랑탱은 1부에서 콩탕송이 뉘싱겐 남작에게 그를 가리켜 "푸셰의 오른팔", "푸셰의 사생아"로 소개할 만큼 푸셰의 심복이었다.(1권 213쪽) 코랑탱이 푸셰에게 고위 성직자에게 붙이는 '예하'라는 존칭을 쓴 것은, 푸셰가 한때 신학교 교수였을 뿐 정식

18세 전하를 위해 일했소, 그분의 치세 때도, 망명 중이었을 때도. 그 전엔 황제를 위해 일했고, 또 그 전엔 총재정부를 위해서……. 당신은 이제까지 내가 보았던 가장 뛰어난 정치 기계인 루벨의[239] 기질을 지녔소. 하지만 당신은 최고봉 외교관의[240] 유연함도 갖추었소. 그리고 당신의 그 대단한 부하들은 또 어떻고……! 난 그 불쌍한 에스테르의 식모를 내 편으로 만들 수 있다면 많은 사람 목을 바칠 의향이 있소. 한동안 뉘싱겐 씨에게 그 유대인 여자 대역을 했던 아가씨 같은 아름다운 여자들은 대체 어디서 구했소? 난 그런 여자들이 필요해도 어디서 구할 수 있는지를 몰라서……."

"선생, 선생," 자크 콜랭이 말했다. "몸 둘 바를 모르겠군요. 당신도 그런 찬사를 받는다면 몹시 당황스러울 겁니다……."

"당신은 그런 칭찬을 충분히 받을 만하오! 어떻게 페라드를 속일 수 있었소! 그는 당신을 수사경감으로 착각했었소, 다른 사람도 아닌 그가……! 아무튼 그때 당신에게 지켜야 할 그 얼간이 애송이만 없었다면, 당신은 우리를 단숨에 때려눕혔을 거요……."

사제가 아니었는데도 대중에게는 사제로 각인되었기 때문이다.

239) 베리 공작 암살범. 195쪽 각주 109번 참조.

240) 탈레랑(1754~1838)을 가리킨다. 탈레랑은 대대로 장군을 배출한 명문가 출신이었으나 한쪽 다리를 절었고, 랭스 대주교인 삼촌의 영향으로 성직에 입문해 오툉 주교가 되었다. 그러나 프랑스 혁명이 발발하자 삼부회 일원이 되어 정치계에 입문, 나폴레옹 제정기와 왕정복고기를 거치며 줄곧 노련한 정치 수완가이자 외교관으로 명성을 날렸다. 이 작품 1부에서 푸셰와 함께 몇 차례 언급된 적 있다.

"아하! 선생, 당신은 물라토로 변장한 콩탕송은 잊었군요, 그리고 페라드는 영국 갑부로 변장했었고……. 배우들이야 극장의 자원이라도 사용할 수 있지, 필요하면 아무 때나, 훤한 대낮에 그렇게 완벽하게 변장할 수 있는 사람들은 당신과 당신 부하들밖에 없소……."

"자! 각설하고," 코랑탱이 말했다. "당신이나 나나, 우리는 서로의 능력과 자질을 믿어 의심치 않소. 이제 우리 둘 다 혼자만 남았소. 나는 내 오랜 친구를 잃었고, 당신은 당신이 지켜온 젊은이를 잃었소. 지금 당장은 당신과 나 중 내가 더 강하고 유리하오. 우리가 『레자르데의 여인숙』[241] 주인공들처럼 힘을 합하지 못할 이유가 어디 있소? 나는 당신에게 손을 내밀고자 하오. 그 드라마 주인공처럼 '우리 서로 포옹하자, 그러면 다 해결되는 거야.'라고 말하는 거요. 나는 검사장께서 지켜보는 앞에서 당신을 완전히 사면한다는 증명서를 주고자 하오. 당신은 내 조직의 일원이 되는 거요, 제일 윗자리, 내가 그만두면 아마도 내 후계자가 되는 자리로 말이오."

"그래, 당신이 내게 하려는 제안이 바로 그것이오?" 자크 콜랭이 말했다. "흥미로운 제안이군요! 내가 칙칙한 갈색 머리 여자에서 금발 미인으로 옮겨가다니……."

"당신은 당신의 재능이 제대로 평가 받고 제대로 보상 받으며, 당신 마음대로 자유롭게 활동할 수 있는 그런 영역으로

---

241) 당시의 인기 멜로드라마다. 강도인 '로베르 마케르와 그의 친구 베르트랑'이라는 부제가 붙어 있다. 당대의 유명 배우 프레데리크 르메트르가(1권 209쪽 각주 152번 참조.) 주인공 로베르 마케르 역을 맡았다.

옮기는 거요. 정권을 보위하는 정치경찰은 위험이 도사리는 직무요. 당신도 알다시피 나는 벌써 두 번이나 투옥된 경험이 있소……. 그렇다고 내 처지가 더 나빠지거나 그러진 않소. 그렇지만 여기저기 여행하잖소! 마음먹은 대로 다 되잖소. 우리는 수많은 정치적 사건을 움직이는, 그 드라마를 무대에 올리는 기술자들이오. 대귀족들도 우리를 공손하게 대하오. 자, 친애하는 자크 콜랭 씨, 당신에게 어울리는 일 아니오?”

“그것에 대해 상부의 지시를 받았나요?” 도형수가 그에게 물었다.

“나는 전권을 부여받았소…….” 코랑탱이 도형수가 관심을 보이자 반색하며 대꾸했다.

“당신은 지금 농담을 하고 있소. 당신은 아주 강한 사람이오. 그런 당신인데, 당신이 당할 수도 있는 일을 선뜻 받아들이다니 말이 되는지……. 당신은 상대가 스스로 자루에 들어가게 한 다음 그 자루를 꽁꽁 묶어 팔아넘긴 일이 여러 번이오. 나는 당신이 벌인 대단한 전투를 알고 있소, 몽토랑 사건, 시뫼즈 사건. 아! 그것들은 밀정판(板) 마렝고 전투요.[242]”

---

242) 몽토랑 사건은 『인간극』의 다른 작품 『올빼미당원들』(1829)에서 왕당파 반란군의 우두머리 몽토랑 후작을 제거하기 위해 푸셰가 코랑탱을 파견해 벌인 공작을 말하고, 시뫼즈 사건은 『인간극』의 또 다른 작품 『어둠 속의 사건』(1843)에서 왕위 복귀를 꾀하던 시뫼즈 형제를 제거하기 위해 펼친 공작을 말한다.(1권 227~228쪽, 각주 177~178번 참조.) 마렝고 전투는 1800년 6월 14일, ‘브뤼메르 18일 쿠데타’ 이후 제1통령이 된 나폴레옹이 이탈리아 북부 마렝고에서 오스트리아군을 물리친 전투다. 이 승리로 나폴레옹의 정치적 입지가 확고해졌다.

"어허!" 코랑탱이 말했다. "당신은 여기 이 검사장님을 존경하시오?"

"그렇소," 자크 콜랭이 공손하게 허리를 굽히며 말했다. "나는 검사장님의 훌륭한 인품과 강직함, 고결함에 감탄을 금치 못합니다……. 검사장께서 행복해지신다면 난 내 목숨도 바칠 겁니다. 따라서 나는 세리지 부인이 처한 위험한 상황을 해결하는 일부터 먼저 시작하겠습니다."

검사장은 만족한 기색을 비쳤다.

"좋소! 그러면 검사장께 여쭤보시오." 코랑탱이 말을 받았다. "내가 당신을 치욕스러운 범죄자 신분에서 빼내 내 소속으로 두는 것에 대해 전권을 부여받았는지 아닌지 말이오."

"맞소." 그랑빌 검사장이 도형수의 반응을 살피며 말했다.

"그게 사실이라고요! 내가 내 전과를 완전히 사면 받는 겁니까? 내 전문 능력을 입증하면 당신의 후계자로 삼겠다고 약속한다고요?"

"우리 둘 같은 사람 사이에는 어떤 오해도 있을 수 없소." 코랑탱이 누구라도 감복할 그러한 위엄을 보이며 대꾸했다.

"혹시 이 거래의 대가는 세 사람의 서신을 넘기는 것인가요……?" 자크 콜랭이 말했다.

"당신에게 그걸 말할 필요가 있다고 생각하지는 않는데……."

"친애하는 코랑탱 씨," 니코메드 배역을 맡은 탈마에게[243]

---

243) 니코메드는 코르네유의 동명 비극의 주인공이고, 탈마는 발자크가 매우 높이 평가한 당대의 유명 배우다.

성공을 안겨준 그 거침없이 비아냥대는 말투에 견줄 만한 말투로 불사조가 말했다. "당신에게 감사하오. 나는 나의 가치가 전부 어느 정도 되는지, 내게서 그 무기를 빼앗는 대신 당신들은 어떤 중요한 것을 내놓을지 당신을 통해 알아봐야 할 것 같은데……. 나는 언제 어느 때고 당신에게 헌신할 거요. 누구처럼 로베르 마케르를 흉내 내 '우리 서로 포옹하자, 그러면 다 해결되는 거야.'라고 말만 하지 않고."

그러고 그는 잽싸게 코랑탱의 몸통을 껴안았는데, 어찌나 빨랐던지 코랑탱은 그 포옹을 가장한 결박에 방어할 겨를도 없었다. 자크 콜랭은 코랑탱을 인형처럼 가슴에 부둥켜안고 두 볼에 입을 맞춘 다음, 그를 깃털처럼 가볍게 들어 올린 채로 검사장 집무실의 문을 열고는, 거친 압박에 완전히 사색이 된 그를 문밖에다 내려놓았다.

"아듀, 친애하는 양반." 그가 코랑탱에게 귀엣말로 나직하게 속삭였다. "우리 둘은 시체 세 구를 나란히 늘어놓은 딱 그 거리만큼 떨어져 있어. 우리는 각자 지닌 검의 성능을 재보았지. 두 검은 담금질의 정도도 같고, 길이도 같아……. 그러니 서로 존중하자고. 난 당신과 동등해지고 싶지, 당신 수하에 있고 싶진 않아. 지금처럼 무장한 당신은 내가 보기에 당신의 부관에게 너무 위험한 장군이 될 것처럼 보여. 우리 사이에 일종의 도랑 같은 것을 파놓자고. 만약 당신이 내 영토에 들어온다면 당신에게 불행이 닥칠 거야……! 하인들이 자기가 섬기는 주인의 이름을 제 이름인 양 뻐기듯이, 당신은 당신 자신이 국가 자체인 양 했어. 나? 나는 그냥 사법부면 족해. 우리는 앞으로 자주 만날 거야. 우리 둘은 앞으로도 변함없이, 뭐랄까……
잔인한 하층민일 테니까, 그럴수록 서로 더 존중하고 더 예의
를 차리며 계속해서 상대해 나가도록 해보자고." 자크 콜랭이
다시 코랑탱의 귀에 대고 말했다. "내가 먼저 당신을 포옹하면
서 모범을 보여줬잖아."

코랑탱으로서는 그렇게 넋이 나간 것이 난생처음 겪는 일이
었다. 그는 무시무시한 적수가 악수한다고 손을 잡고 흔들어
대도 그대로 멍하니 있었다…….

마침내 코랑탱이 입을 열었다. "이왕 이렇게 된 거, 나는 우
리가 친구 사이로 남는 것이 서로에게 이익이라고 생각하는
데……?"

"우리는 각자의 진영에서 지금보다 더 강해지겠지. 더 위험
해지기도 하겠고." 자크 콜랭이 낮은 목소리로 덧붙였다. "그
러니까 내가 내일 우리 거래에서 당신에게 보증금을 요구해도
실례가 안 되겠지……."

"좋아!" 코랑탱이 호의적으로 말했다. "당신은 당신 관련 일
을 나한테서 회수해 검사장에게 주겠다는 거지. 당신이 앞으
로 검사장의 승진 요인이 되겠군. 그래도 당신에게 이 말만큼
은 안 할 수가 없군. 당신이 바른 결정을 하겠지만…… 비비뤼
팽은 너무 알려졌네. 그의 시대는 끝났어. 당신이 그의 자리를
대신한다면 당신은 당신에게 꼭 맞는 유일한 환경에서 살게
될 거야. 당신이 그 자리에 있게 된다니 기쁘군……. 진심이야."

"잘 가시게, 또 봐." 자크 콜랭이 말했다.

집무실로 돌아온 불사조는 검사장이 책상에 걸터앉은 채

두 손으로 머리를 감싸 쥐고 있는 모습을 발견했다.

"당신이라면 어떻게 세리지 백작 부인이 미치지 않게 할 수 있겠소……?" 그랑빌 검사장이 물었다.

"5분이면 됩니다." 자크 콜랭이 대답했다.

"그 부인들의 편지를 모두 내게 넘겨줄 수 있겠소?"

"그 세 통을 읽어보셨나요?"

"그렇소." 검사장이 격앙된 목소리로 말했다. "나로선 그 편지를 쓴 여자들이 부끄럽소……."

"저런! 지금 우리 둘뿐입니다. 아무도 엿듣지 못하게 문을 살피십시오. 담판을 지읍시다." 자크 콜랭이 말했다.

"미안하지만…… 사법부는 무엇보다도 먼저 주어진 직분에 충실해야 하오. 카뮈조 판사에게 당신 고모를 체포하라는 지시를 내렸소……."

"그는 그 여자를 절대 못 찾을 겁니다." 자크 콜랭이 말했다.

"탕플 지구를 곧 수색할 거요, 거기서 가게를 운영하는 파카르라는 이름의 독신 여성[244] 집 말이오……."

"싸구려 옷이나 무대 의상이나 번쩍번쩍하는 장신구나 단체복 같은 것밖에 없을 텐데요."

"그래도 카뮈조 판사의 열의에는 어쨌든 마침표를 찍어줘야 하니까."

그랑빌 검사장이 벨을 눌러 사환을 불렀고, 사환에게 카뮈

---

244) 124쪽에서 제시되었던, 법원이 입수한 첩보 문건의 내용상 오류로 인해, 사법부는 로메트의 가게를 '파카르'라는 가명을 쓰는 자클린 콜랭의 거처로 잘못 파악하고 있다.

조 판사에게 가서 검사장실로 오라는 말을 전하라고 했다.

"자," 검사장이 자크 콜랭에게 말했다. "마무리 지읍시다! 백작 부인의 병을 고치기 위한 당신의 처방을 한시바삐 알고 싶소……."

16. 자크 콜랭이 대빵의 왕권을 내려놓다

"검사장님," 자크 콜랭이 진지한 얼굴로 돌아와 말했다. "나는 검사장님도 아시다시피 맨 처음에 위조죄로 5년의 노역형을 선고 받았소. 나는 내 자유를 사랑합니다……! 그런데 그 사랑은 모든 사랑이 그렇듯이 자기 목표와 정면으로 부딪쳤습니다. 서로 너무 열렬히 사랑하려다 보면 연인들끼리 사이가 틀어지는 법이니까요. 탈출하고 다시 잡히기를 반복하면서 나는 7년을 도형장에서 보냈습니다. 그러니까 당신은 내가 목초지에서……, 죄송합니다!, 도형장에서 받은 가중처벌 형량에 대해서만 사면을 해주시면 됩니다. 사실 난 내 형기를 다 채웠습니다. 그리고 내가 어떤 고약한 사건의 죄를 덮어쓰기 전까지, 그것 때문에 내가 사법부에, 심지어 코랑탱에게까지 항거하는 것인데, 난 프랑스 시민으로서 나의 권리를 되찾게 되어 있었습니다. 거주지로 파리는 제외되었고 경찰의 보호관찰 대상이긴 했지만요. 그게 사는 겁니까? 내가 어디를 갈 수 있겠소? 내가 무엇을 할 수 있겠소? 당신은 내 능력을 익히 압니다……. 당신은 코랑탱이, 그 술수와 배반의 저장고 같은 자가,

내 재능을 인정하고 내 앞에서 공포에 떨며 새파랗게 질린 모습을 이미 보았소. 그 사람이 나에게서 모든 것을 빼앗아 갔소! 어떤 수를 썼는지, 무슨 이익이 있어서 그랬는지 모르지만, 뤼시앵의 운명을, 뤼시앵이 공들여 구축한 건물을 파괴한 자가 바로 그자요, 다른 사람이 아니라 그자요⋯⋯. 코랑탱과 카뮈조가 그 모든 짓을 했소⋯⋯."

"항의는 그쯤 하고," 그랑빌 검사장이 말했다. "본론으로 들어가시오."

"좋습니다! 본론은 이거요. 그날 밤, 유명을 달리한 그 젊은이의 얼음장처럼 차가운 손을 내 손으로 꼭 쥐고 나는 내가 지난 20년 동안 사회 전체를 상대로 벌인 무모한 싸움을 포기하기로 나 자신에게 약속했소. 당신은 내가 아까 당신에게 내 종교적 견해를 밝혀 놓고서는 지금 이런 도덕적 장광설을 늘어놓는 것이 믿어지지 않겠지요⋯⋯. 뭐! 나는 20년 전부터 세상의 이면을, 지표면 아래를 봐왔습니다. 그 결과 나는 세상사 진행 과정에 당신들은 섭리라고 부르고, 나는 우연이라고 부르며, 내 주변 동료들은 운수라고 부르는 어떤 힘이 작용한다는 사실을 깨달았지요. 모든 악행은 제아무리 빨리 숨는다고 해도 그로 인해 생긴 복수심을 피하지 못하고 결국 덜미가 잡히고 맙니다. 싸움꾼이라는 이 직업에서는, 누군가 좋은 패를 쥐었을 때, 그러니까 포 카드와 스트레이트 플러시가[245)]

---

245) 카드 게임에서 포 카드는 숫자가 같은 카드 4장인 패고, 스트레이트 플러시는 무늬가 같고 숫자가 연속인 카드 5장인 패다.

손에 들어온 데다 선공까지 잡은 순간에, 상대가 촛불을 넘어 뜨려 판을 뒤집거나, 그래서 카드가 불타거나, 아니면 승리를 목전에 둔 도박꾼이 뇌졸중으로 쓰러지거나 하는 일이 꼭 일어나지요……! 그게 바로 뤼시앵 이야기입니다. 그 청년은, 그 천사는 범죄의 그림자도 밟지 않았어요. 그는 시키는 대로 했을 뿐이며, 상황을 그저 바라만 보았을 뿐이오! 그는 마드무아젤 드 그랑리외와 결혼하기 직전이었고, 곧 후작에 서임될 예정이었고, 이미 제법 재산을 모은 상태였소. 그런데 말이오! 한 아가씨가 음독했고, 그녀는 국채 등록대장에서 나온 수익금을 숨겼고, 그 상당한 재산으로 어렵사리 세운 건물은 일거에 무너지고 말았소. 우리에게 최초의 일격을 가한 자는 누구일까요? 은밀하게 야비한 짓을 일삼은 인간, 그의 재산을 구성하는 동전 한 닢 한 닢마다 어느 한 집안이 흘린 피눈물이 배었다고 할 만큼 금융계에서 숱한 범죄를 저지른 괴물, 돈이 오가는 세계에서 합법적으로 자기 일을 했다고는 하지만, 자크 콜랭과 하나 다를 바 없는 짓을 한 뉘싱겐이라는 인간.(『뉘싱겐 은행』을 볼 것.)[246] 무슨 말이겠소, 당신도 나 못지않게 잘 아는, 그 인간이 기획하고 저지른 여러 차례의 위장 청산, 교수형에 처해야 마땅할 갖가지 사기술을 말하는 거요. 범죄자

---

246) 뉘싱겐이 주요 인물로 등장하는 본 작품 2부에서 발자크는 "최고의 명성을 자랑하는 뉘싱겐 은행의 금융 수법은 다른 작품에서 상세히 설명"할 것이라고 언급하는데, 그 작품이 바로 1838년 발표된 『뉘싱겐 은행』이다. 투기와 기획 파산 등으로 막대한 자본을 축적한 뉘싱겐의 이력과 "전능하고 전지적이며 전적으로 유용한 돈"의 위력이 그 작품의 주제다.

라는 낙인이 영원히 내 모든 행위에, 심지어는 가장 고결한 행
위에도 찍힐 거요. 하나는 도형장이라 불리고, 다른 하나는
경찰이라 불리는 두 개의 라켓 사이를 왔다 갔다 하는 공 같
은 신세, 그 신세가 바로 살아남기 위해 끝이 보이지 않는 노
역에 시달려야 하는 삶, 안식이 영영 불가능해 보이는 삶을 대
변합니다. 그랑빌 검사장님, 자크 콜랭은 지금 이 순간 죽었
고, 뤼시앵과 함께 땅속에 묻힙니다. 사람들이 지금 뤼시앵에
게 성수를 뿌리고 있겠군요. 그는 이제 페르라셰즈 묘지로 떠
나겠군요. 하지만 나에겐 갈 자리가 하나 필요합니다. 그 자
리로 살러 가는 것이 아니라 죽으러 가는 겁니다……. 현 상
황을 보면 당신들은, 당신들 사법부는, 석방된 도형수의 신분
이나 사회적 지위에 대해 관심을 기울일 생각이 없어요. 법
이야 그러면 그만이지만, 사회는 그렇지 않습니다. 사회는 불
신과 불만을 품고, 그 불신과 불만을 스스로 정당화하기 위
해 무슨 일이든 합니다. 그래서 사회는 석방된 도형수를 있어
서는 안 될 존재로 만들어버립니다. 사회는 형기를 마친 도형
수에게 모든 권리를 돌려줘야 마땅한데, 그러기는커녕 도형수
가 특정 지역에 들어와 사는 것을 금합니다. 사회는 그 비천하
고 비참한 자에게 말합니다. '너는 네가 은신할 수 있는 유일
한 장소로 파리를 생각하겠지만, 파리와 일정 범위의 파리 교
외는 네가 있을 곳이 아니다……!' 그런 다음 사회는 석방된
도형수를 경찰의 감시하에 둡니다. 당신들이야 그런 조건에서
도 못 살 건 아니라고 생각하겠지요! 살기 위해서는 일을 해
야 합니다. 무슨 도형장 연금 같은 것을 가지고 출소하는 것이

아니니까요. 당신들은 도형수 출신임을 분명하게 표시해서 널리 알리고 거주지를 제한하는 조치를 해놓으면 시민들이 석방된 도형수에 대해 안심할 거로 생각하겠지요. 정작 사회와 사법부와 도형수를 둘러싼 세상은 도형수를 전혀 믿지 못하면서 말이오. 그러한 조치는 석방된 도형수에게 굶주림이라는 형벌을 내려 다시 범죄로 내모는 행위입니다. 그는 일자리를 구할 수 없습니다. 그래서 그는 숙명적으로 옛 직업을 다시 시작하도록 내몰리는 것이고, 그 결과 단두대로 보내집니다. 그래서 난 법과의 대결을 포기할 마음이었지만, 나를 위해 마련된 양지바른 곳을 그 어디서도 찾을 수 없었어요. 딱 한 자리만 나한테 적합하구나, 내가 우리를 짓누르는 그 힘의 봉사자를 자임하는 것이 그것이겠구나. 그런 생각이 떠올랐을 때 내가 당신에게 말했던 그 힘이 내 주변에 뚜렷하게 나타난 겁니다. 세 곳의 대귀족 가문이 내 손 안에 들어왔습니다. 내가 그세 가문을 상대로 공갈치려 한다고 생각하지 마십시오……. 공갈 협박은 가장 비열한 범죄 행위요. 내가 볼 때 그것은 악랄함의 측면에서 살인보다 더 심각한 범죄입니다. 살인자에게는 잔혹할 정도의 용기가 필요하거든요. 나는 내 의견에 최종 확인 서명하는 것뿐입니다. 나의 안전을 보장해 주고, 내가 당신에게 이런 식으로 말할 수 있게 해준 그 편지들은, 나는 석방된 도형수고 당신은 사법부 일원인데도, 이 순간 내가 당신과 대등한 위치에 설 수 있게 해준 그 편지들은 이제 당신 처분에 맡겨져 있습니다……. 당신의 사환이 당신 명을 받아 지금 그것들을 회수하러 가기만 하면 됩니다. 사환에게 바로 내

어줄 것입니다. 나는 그것들을 인질 삼아 무슨 몸값을 요구하려는 것이 아닙니다. 나는 그 편지들을 파는 것이 아니란 말입니다……! 아, 슬프군요! 검사장님, 그 편지들 이야기는 이만 제쳐두지요. 난 나의 안위를 생각한 적이 없습니다. 내 머릿속은 언젠가는 뤼시앵에게 닥칠지도 모르는 위기에 관한 생각으로만 가득했었습니다……! 당신이 내 요구를 받아들이지 않는다면, 난 내 머리에 스스로 권총을 쏘는 것보다 더 큰 용기를 내서, 그것보다 인생에 더 심한 역겨움을 느껴서, 지긋지긋한 나로부터 당신을 해방해 줄 수밖에 달리 도리가 없겠지요……. 여권만 하나 마련해 준다면 난 아메리카로 가서 외로이 살 수도 있소. 난 야만인을 이루는 모든 조건을 두루 갖추고 있소……. 그날 밤 내 머릿속을 맴돌던 생각은 이런 것이었소. 그때 내가 당신 비서한테 당신께 전해 달라고 부탁했던 말이 있는데, 내가 했던 말 그대로 당신에게 전달되었겠지요……. 뤼시앵이 모든 오명을 벗고 영면에 들 수 있도록 당신이 그토록 세심하게 정성을 기울이는 모습을 보고, 난 내 목숨을 당신에게 바쳤소. 보잘것없는 선물이오만! 난 목숨에 애착을 가질 이유를 잃었소. 목숨을 밝혀주는 빛이 사라졌는데, 목숨에 활력을 불어넣어 주는 기쁨이 사라졌는데, 목숨의 의미였던 그 일념이 사라졌는데, 목숨에 태양과도 같았던 존재인 그 젊은 시인의 영광이 사라졌는데, 목숨을 부지하는 것이 어찌 가능하겠소. 그래서 난 당신에게 그 세 뭉치의 편지를 넘기는 것이오……."

그랑빌 검사장은 고개를 숙였다.

"콩시에르주리 운동장에 내려갔을 때, 난 거기서 낭테르에서 일어난 살인 사건의 진범들과 그 범행에 본의 아니게 연루된 사실 때문에 단두대의 칼날 아래 놓이게 된 나의 앳된 쇠사슬 동료를 알게 되었습니다. 또한 나는 비비뤼팽이 사법부를 속이고 있다는 사실과, 그가 데리고 있는 요원 중 한 명이 크로타 부부의 살해범이라는 사실도 알게 되었습니다. 그것이야말로, 당신들 말마따나 섭리가 작용한 결과가 아니겠습니까……? 그때 난 마침내 옳은 일을 할 수 있겠다는 가능성을 엿보았던 겁니다. 선천적으로 타고난 내 능력과, 알량한 수준이지만 후천적으로 익힌 내 지식을 사회를 위해, 해를 끼치는 것이 아니라 도움이 되도록 발휘할 수 있겠다는 가능성을요. 그래서 난 과감하게 당신의 명민함과 당신의 선함에 기대를 걸었던 것입니다……."

그전까지는 목소리만 들어도 무시무시한 느낌을 불러일으켰던 그 악의 철학이 자취를 감추고, 신랄함도 싹 가신 단어들로 심정을 토로하는 이 남자의 선하고 순진하고 소박한 어조는 사람이 완전히 바뀌었다는 믿음을 줄 만했다. 그는 더 이상 이전의 그가 아니었다.

"나는 당신을 그토록 신뢰했기에 전적으로 당신의 도구가 되겠다고 마음먹었습니다." 그가 속죄자처럼 고분고분하게 말을 이었다. "당신 눈에도 내 앞에 놓인 세 개의 길이 보이겠지요. 자살, 아메리카, 그리고 예루살렘가.[247] 비비뤼팽은 부자입

---

247) 30쪽 각주 20번 참조.

니다. 그자의 시대는 끝났습니다. 그는 두 얼굴을 가진 공직자입니다. 내가 그의 실체를 밝히기 위해 움직이는 걸 허락해 주신다면, 일주일 안에 그를 작업 현장에서 엮을 수 있을 겁니다(현행범으로 체포할 수 있을 겁니다). 당신이 그 불한당을 쫓아내고 내게 그 자리를 주신다면, 당신은 사회에 더할 나위 없이 큰 공헌을 하는 셈입니다. 나는 아무것도 필요 없습니다. (나는 성실한 공복이 될 것입니다.)[248] 나는 그 직무가 요구하는 모든 자질을 갖추고 있습니다. 나는 비비뤼팽보다 교육도 더 많이 받았습니다. 수사학 과정까지 교과목을 이수하라고 해서 했으니까요. 나는 그자처럼 그렇게 무식하지 않습니다. 나는 마음만 먹으면 언제라도 바른 품행을 몸에 익힐 수 있습니다⋯⋯. 나는 타락 그 자체에서 벗어나 질서와 규율을 구성하는 하나의 요소가 되는 것 말고는 다른 야심이 없습니다. 나는 거대한 악의 군단에 속한 자는 한 명도 고용하지 않겠습니다. 전쟁에서 적의 장군을 체포했을 때, 그러지 않습니까, 검사장님, 그 장군을 총살하지 않는 법입니다. 그에게 검을 돌려주고, 감옥 대신 하나의 도시를 다스리라고 줍니다. 그래요! 나는 도형장의 장군입니다. 그리고 나는 항복합니다⋯⋯. 내가 활동하고 싶고 살고 싶은 그 영역이야말로 나에게 어울리는 유일한 영역입니다. 나는 그곳에서 내 안에 솟구치는 이 힘을 펼쳐나가겠습니다⋯⋯. 결정하십시오⋯⋯."

---

248) 이 문장이 괄호 안에 들어가 있는 것은 앞에서처럼 은어의 번역이기 때문으로 추정된다. 무슨 이유에선지는 몰라도 은어 표현이 누락된 것으로 보인다.

그러고 나서 자크 콜랭은 처분을 기다리는 얌전한 몸가짐을 취했다.

"그 편지들을 내 손에 넘기겠다고요……?" 검사장이 입을 열었다.

"그 편지들을 회수하러 사람을 보내면 됩니다. 그러면 그 편지들은 당신이 보내는 사람에게 전달될 것입니다."

"그다음에는요?"

자크 콜랭은 검사장의 심중을 읽어내고, 하던 승부를 이어갔다.

"당신은 칼비의 형을 사형에서 20년 노역형으로 바꿔주겠다고 내게 약속했습니다. 오! 나는 거래를 하자고 당신에게 그 점을 상기시키는 것이 아닙니다." 그가 검사장이 움찔하는 것을 보고 단호하게 말했다. "그의 목숨은 다른 이유로 구해야 합니다. 그 청년은 죄가 없습니다……."

"어떻게 하면 내가 그 편지를 확보할 수 있냐고 물었소." 검사장이 말했다. "나는 당신이 정말 스스로 장담하는 그 사람인지 아닌지 확인해야 할 권리와 의무가 있소. 나는 당신이 아무 조건도 달지 않기를 바라오……."

"믿을 수 있는 사람을 오플뢰르 강변로로 보내십시오. 거기가면 어떤 철물상의 가게 계단 위에 아킬레우스의 방패라는 간판이 보일 겁니다."

"방패라는 간판의 상점……?"

"바로 거깁니다." 자크 콜랭이 쓴웃음을 지으며 말했다. "내 방패가 있는 곳이지요. 당신이 보낸 사람이 거기 가면, 내가 아까 당신에게 말했던 그런 차림을 한 노파가 있을 겁니다. 연금 수입이 있는 생선 장수 여인 차림이요, 귀에는 귀걸이를 주렁주렁 매달고 중앙 도매시장의 부유한 부인처럼 옷을 입었을 겁니다. 그 노파에게 '마담 드 생테스테브'냐고 물으라 하십시오. '드'를 잊으면 절대 안 됩니다. 그런 다음 그 노파에게 이렇게 말하라고 하십시오. '저는 당신이 아시는 일로 검사장님께서 보내서 왔습니다.'라고요. 그 즉시 당신은 봉인된 세 개의 봉투를 확보하게 될 것입니다."

"편지들은 하나도 빠짐없이 그 봉투 안에 들어 있소?" 그랑빌 검사장이 말했다.

"자, 당신은 강자입니다! 당신은 당신의 자리를 도둑질해서 차지한 것이 아닙니다." 자크 콜랭이 말했다. "내가 당신을 떠보려고 수작이나 부리는 인간, 당신에게 백지를 넘기고도 남을 인간일 수 있다고 경계하는 티가 당신의 모습에서 뻔히 보이는군요……. 당신은 아직도 나를 잘 모르십니다!" 그가 덧붙였다. "나는 아들이 아버지를 신뢰하듯 당신을 신뢰합니다……."

"당신은 콩시에르주리로 다시 옮겨질 거요." 검사장이 말했다. "거기에서 당신의 운명에 내려질 결정을 기다리시오."

검사장이 벨을 울렸고, 사환이 들어왔다. 검사장이 사환에게 말했다. "가르네리 씨 집무실에 가서, 있으면 이리로 와달라고 전하게."

파리에는 48개의 축소판 섭리의 눈[目]처럼 파리를 감시하는 48개의 경찰서가 있다. 이 48개는 경찰청 산하 범죄수사대는 뺀 숫자인데, 파리의 12개 구마다 4개씩 경찰서가 있는 꼴이기 때문에 도둑들이 자기들 은어로 각 경찰서의 서장을 4분의 1쪽짜리 눈이라고 이름 붙였다.[249] 그런데 그 48명의 경찰서장 말고도 파리에는 경찰청과 사법부에 동시에 소속된 직할 경찰서장이 두 명 더 있는데, 그 두 경찰서장은 민감한 임무를 수행하며, 많은 경우 예심판사가 하는 일을 대신한다. 사법관 신분인 그 두 경찰서장이 근무하는 곳을 특무국이라 부르는데, 실제로 그들은 수색이든 검거든 특별한 임무를 수행하기 위해 사법부에서 매번 주기적으로 파견되기에 그런 이름이 붙은 것이다.

그 두 자리는 신원이 확실하고, 능력이 입증되었으며, 높은 도덕성을 갖춘 데다, 철저히 비밀을 지키는 인물을 요구하는데, 그런 자질을 갖춘 인재가 늘 나온다는 것은 섭리가 파리를 위해 베푸는 여러 기적 중 하나다. 범죄를 예방하는 그 사법 관직을, 다시 말해 사법부의 가장 강력한 보조 기구라고 할 그들을 언급하지 않고 법원 조직을 묘사한다면 그 묘사는 부정확하다는 지적을 피하지 못할 것이다. 무슨 말인가 하면, 오늘날 사법부는 세태에 떠밀려 어쩔 수 없이 옛날의 화려함과 유구한 유산은 잃었지만, 내실을 따지자면 크나큰 발전을 이루었다는 뜻이다. 특히 파리에서 사법부라는 기계 장치는 경탄스러울 정도로 완벽하게 정비되었다.

---

249) 파리는 1860년까지 12개의 '구'로 편성되었고, 한 구는 다시 4개의 '지구'로 나뉘었다. 경찰서는 한 지구마다 하나씩 있었다.

그랑빌 검사장은 비서인 샤르즈뵈프를 뤼시앵의 장례에 보냈기 때문에, 그 대신 그 임무를 수행할 믿을 만한 인물을 골라야 했다. 가르네리 씨는 그 두 특무서장 중 한 명이었다.

"검사장님," 자크 콜랭이 다시 입을 열었다. "나는 당신에게 내가 신의를 지키는 사람이라는 증거를 이미 보여주었습니다. 그래서 당신은 나를 풀어주었던 것이고, 나는 이렇게 다시 돌아왔습니다. 조금 있으면 11시입니다. 뤼시앵의 장례미사가 끝나고 그는 곧 장지로 떠나겠지요……. 나를 콩시에르주리로 보내지 말고 그 아이의 시신을 따라 페르라셰즈까지 동행하도록 허락해 주시기를 바랍니다. 장례를 마치면 나는 다시 와서 죄수의 신분으로 돌아가겠습니다……."

"그렇게 하시오!" 그랑빌 검사장이 훈훈한 목소리로 어조를 바꿔 말했다.

"마지막으로 드리는 말씀입니다, 검사장님. 그 아가씨, 뤼시앵의 정부였던 그 아가씨의 돈은 도둑맞지 않았습니다. 당신이 내게 허락했던 그 짧은 자유의 시간을 이용해 나는 사람들에게 수소문해 볼 수 있었습니다. 나는 그 사람들을 신뢰합니다, 검사장님이 당신의 그 두 특무서장을 신뢰하듯이요. 그래서 알게 되었는데, 마드무아젤 에스테르 곱세크가 판 국채 수익금을 그녀의 침실에서 찾을 수 있을 겁니다. 출입 금지를 풀고 들어가 확인해 보십시오. 그녀의 하녀가 내게 환기해 준 사실인데, 죽은 그 아가씨는 흔히 하는 말로 숨기기 대장이었답니다. 게다가 그녀는 남을 하도 불신해서 분명히 그 은행권들을 자기 침대 속에 숨겨놓았을 것입니다. 침대를 조심스럽

게 찔러보든가, 분해해 보든가, 매트리스와 밑판을 열어 보든
가 하면 그 돈을 찾을 수 있을 겁니다.”

“확실한 거요……?”

“나는 내 조무래기들이 비교적 성실한 편이라고 믿습니다.
그들은 나를 상대로 절대 장난치지 못합니다……. 나는 그
들에 대한 생살여탈권을 가지고 있거든요. 내가 재판하고 내
가 형을 선고합니다. 그리고 나는 당신들이 지키는 형식적 절
차는 무시하고 내 명령을 바로 집행합니다. 검사장님은 내 힘
이 어떤 결과를 만들어내는지 익히 아십니다. 나는 크로타 부
부 집에서 도난당한 돈도 되찾게 해드리겠습니다. 내가 비비뤼
팽의 요원 중 한 명, 그의 오른팔을 작업 현장에서 엮어 검사장
님 앞에 대령하겠습니다. 그리고 검사장님께 낭테르에서 벌어
진 살인 사건의 비밀도 알려드리겠습니다……. 이건 맛보기입
니다! 자, 검사장님이 날 사법부와 경찰에서 일하도록 해주면,
1년 안에 검사장님은 내가 밝힌 새로운 사실들에 크게 흡족
하실 것입니다. 나는 단호하게 내가 마땅히 되어야 할 존재가
될 것입니다. 그리고 나는 나에게 맡겨진 모든 일에서 성공을
거둘 수 있을 것입니다…….”

“나는 지금으로선 당신에게 아무것도 약속할 수 없소, 나
의 호의 말고는요. 당신이 내게 요구하는 것은 나 혼자 결정할
수 있는 일이 아니오. 사면권은 법무부 장관의 제청을 받아서
오직 국왕만이 행사할 수 있는 권리요. 그리고 당신이 맡고자
하는 자리는 경찰청장이 인사권을 가진 사항이오.”

“가르네리 씨가 오셨습니다.” 사환이 전했다.

검사장이 손짓하자 특무서장이 들어왔다. 그는 자크 콜랭을 아는 것 같은 표정을 지었는데, 그랑빌 검사장이 자크 콜랭에게 한 "그만 가보도록 하시오!"라는 말에 놀란 기색을 감췄다.

"그런데 괜찮으시다면," 자크 콜랭이 그 말에 대답했다. "가르네리 씨가 제 모든 힘의 원천이라고 할 그 물건을 가지고 와서 검사장님께 전하기 전까지는 제가 여기서 나가지 않아도 되겠습니까? 제가 검사장님으로부터 만족의 증표를 받은 다음에 나가고 싶어 그럽니다."

이 공손함, 이 완벽한 솔직함에 검사장은 속으로 감동했다.

"가보도록 하시오!" 사법관이 말했다. "나는 당신을 믿소."

자크 콜랭이 윗사람에 대한 아랫사람의 전적인 복종의 표시로 깊게 허리 숙여 인사하고 나갔다. 10분 후, 그랑빌 검사장은 봉인된 채 건드린 흔적이 없는 세 개의 봉투에 담긴 편지들을 완전히 확보했다. 그러나 이 사건의 중대성으로 인해, 자크 콜랭의 고백이라고 할 그 토로로 인해, 그의 뇌리에서 세리지 부인의 병을 즉시 고쳐주겠다는 자크 콜랭의 약조는 일찌감치 사라진 상태였다.

자크 콜랭은 바깥으로 나오자 믿을 수 없을 정도로 행복한 느낌이 들었다. 자유롭고 새로 태어난 것만 같은 기분이었다. 그는 빠른 걸음으로 법원 청사에서 생제르맹데프레 교회로 향했다. 장례미사는 이미 끝난 상태였다. 사람들이 관 위에 성수를 뿌리고 있었다. 그는 다행히 더는 늦지 않게 도착해 그토록 다정하게 사랑했던 아이의 유해에 성수를 뿌리는 기독교식 고별인사를 할 수 있었다. 그러고 나서 그는 대기해 있던 마차 중 하나에 올라타 묘지까지 유해와 동행했다.

파리에서 거행되는 장례식에서는, 아주 특별한 상황이 아니고서는 또는 비교적 드물게 있는 자연사한 저명인사의 장례가 아니고서는, 교회에 모인 추모객은 페르라셰즈 묘지로 가면 갈수록 숫자가 점점 줄어든다. 예의상 교회에 얼굴을 내밀 시간은 있지만, 각자 저마다의 일이 있어 될 수 있으면 빨리 돌아가는 것이다. 그런 까닭에 동원된 10대의 장례용 마차 중 사람들로 꽉 들어찬 마차는 넉 대도 안 되었다. 장례 행렬이 페르라셰즈 묘지에 도착했을 때 그 뒤를 따르는 사람은 고작 열두어 명뿐이었으며, 그중에 라스티냐크의 모습이 보였다.

"그에게 마지막 도리를 제대로 하시는군." 자크 콜랭이 오래 알고 지내던 자에게 말했다.

라스티냐크는 그곳에서 보트랭을 마주치자 깜짝 놀라 흠칫했다.

"놀라지 마시오." 보케르 부인의 옛 하숙인이 그에게 말했다. "당신이 여기까지 왔다는 그 사실 하나만으로도 당신은 나를 노예로 삼을 자격이 있소. 나의 지원은 코웃음 칠 그런 하찮은 수준이 아니오. 나는 그 어느 때보다 강하오, 아니 강해질 것이오. 당신은 옛날에 나와 연결된 닻줄을 끊고 떠났소. 그때 당신은 아주 영리했었지. 그러나 모르긴 해도 당신은 앞으로 내가 필요할 거고, 나는 변함없이 당신을 뒷바라지할 것이오."

"아니, 당신이 앞으로 어떻게 된다는 건데요?"

"도형장의 입주민 노릇은 그만두고, 도형장 입주민을 공급하는 자." 자크 콜랭이 대답했다.

라스티냐크는 역겹다는 동작을 해 보였다.

"아! 누가 당신 물건을 도둑질하면 볼만하겠는데……."

라스티냐크는 자크 콜랭에게서 벗어나기 위해 서둘러 걸음을 옮겼다.

"사람 일은 모르는 법, 당신에게 내 도움이 필요하지 않을 거라고 어찌 장담하겠소."

사람들이 에스테르의 묘 옆에 파놓은 구덩이로 모였다.

"서로 사랑했고 행복했던 두 사람이었는데!" 자크 콜랭이 말했다. "마침내 하나로 합쳐졌도다. 함께 썩어 흙으로 돌아가는 것도 하나의 행복이리니. 나도 나중에 저곳에 함께 묻히리라."

뤼시앵의 시신이 묘혈 속에 내려지는 순간, 자크 콜랭은 혼절하여 통나무처럼 쓰러졌다. 그토록 강한 그였지만 산역꾼들이 수고비를 요구하기 위한 절차로, 삽으로 뜬 약간의 흙을 묘혈 속 시신 위에 뿌릴 때 난 그 작은 소리를 견디지 못한 것이었다.

바로 그때 범죄수사대 요원 두 명이 나타나 자크 콜랭을 확인하고, 쓰러지는 그를 붙잡아 근처에 대기 중인 삯마차에 옮겨 실었다.

결말

"이게 또 무슨 일이오……?" 얼마 후 의식을 되찾은 자크 콜랭이 삯마차 안을 둘러보며 물었다. 그의 좌우에 수사대 요원이 있었는데, 그중 하나가 다름 아닌 뤼파르였다. 자크 콜랭은 살인자의 영혼 깊숙이 내려가 고노르의 비밀까지 닿는 그런 시선으로 뤼파르를 노려보았다.

"검사장이 당신을 찾으니까 그러지." 뤼파르가 대답했다. "온갖 곳을 다 찾아다니다가 그 묘지에서 당신을 찾아냈지. 당신이 그 젊은이의 묘혈 속으로 머리를 처박기 직전에."

자크 콜랭은 대꾸하지 않았다.

"나를 찾으라고 보낸 사람이 비비뤼팽인가?" 잠시 후 그가 다른 요원에게 물었다.

"아니요. 우리를 차출해서 보낸 사람은 가르네리 씨요."

"그분이 당신들에게 아무 말도 하지 않았소?"

두 요원이 서로 마주 보며 의미심장한 표정으로 상의하는 것 같았다.

"자, 봅시다! 그분이 그래 당신들에게 무슨 지시를 했소?"

"그분은," 뤼파르가 대답했다. "우리에게 당신이 생제르맹데프레 교회에 있을 것이라고 하면서 즉시 데려오라고 명령했소. 운구 행렬이 이미 교회를 떠났으면 당신이 묘지에 있을 거라고 했소."

"검사장이 나를 찾았다……?" 자크 콜랭이 혼잣말처럼 중얼거렸다.

“그럴 거요!”

“그렇군.” 자크 콜랭이 대꾸했다. “그는 내가 필요한 거야……!”

그리고 그는 다시 침묵에 빠졌는데, 두 요원은 그가 아무 말이 없자 몹시 불안해졌다.

2시 반경, 자크 콜랭은 그랑빌 검사장의 집무실로 들어섰다. 거기에는 새로운 인물이 와 있었는데, 바로 그랑빌의 전임자로서 현재 파기원 법관 중 한 사람인 옥타브 드 보방 백작이었다.

“당신은 세리지 부인이 위급한 상태에 빠져 있다는 사실을 망각했소. 당신이 부인을 살려내겠다고 내게 약속했잖소.”

“검사장님, 저들에게 물어보십시오.” 자크 콜랭이 수사대 요원 둘더러 들어오라고 손짓하면서 말했다. “저들이 날 발견했을 때 내가 어떤 상태였는지요.”

“의식을 잃은 상태였습니다, 검사장님. 그 젊은이의 시신을 매장하고 있는데 갑자기 묘혈 가장자리에 쓰러졌습니다.”

“세리지 부인을 살려내시오.” 보방 백작이 말했다. “그러면 당신은 당신이 요구한 것을 다 얻을 것이오!”

“저는 아무것도 요구하지 않습니다.” 자크 콜랭이 말을 받았다. “저는 무조건 항복했습니다. 그리고 검사장님께서 다 받으셨을 텐데요……”

“편지들은 모두 받았소!” 그랑빌 검사장이 말했다. “하지만 당신은 세리지 부인이 정신을 되찾게 해주겠다고 약속하지 않았소. 정말 할 수 있소? 한번 허풍 떨어본 건 아니오?”

"저도 해드릴 수 있길 기대합니다." 자크 콜랭이 공손하게 대답했다.

"좋소! 지금 바로 나와 함께 갑시다." 옥타브 백작이 말했다.

"아닙니다, 백작님." 자크 콜랭이 말했다. "저는 백작님과 나란히 같은 마차에 탈 주제가 안 됩니다……. 저는 아직 도형수입니다. 제가 사법부의 종이 되겠다는 욕심은 있지만, 시작부터 사법부를 욕보이고 싶지는 않습니다. 먼저 백작 부인 댁에 가 계시죠, 전 잠시 후 뒤따르겠습니다. 백작 부인께 뤼시앵의 가장 친한 친구, 카를로스 에레라 신부가 올 거라고 알려드리십시오……. 제가 방문할 것이라는 기대만으로도 백작 부인께서는 변화가 있을 것이고, 위중한 상태도 다소 호전될 것입니다. 제가 에스파냐 주교좌성당 참사원을 또다시 사칭하는 것을 용서해 주시기 바랍니다. 큰 도움이 되고자 부득이 그러는 것입니다."

"4시에 거기서 만나기로 하지요." 그랑빌 검사장이 말했다. "먼저 나는 법무부 장관과 함께 국왕 처소에 들러야 하니까요."

자크 콜랭은 고모를 만나러 갔다. 그녀는 오플뢰르 강변로에서 그를 기다리고 있었다.

"이야!" 그녀가 말했다. "황새에 투항한 거야?"

"응."

"재수가 좋군!"

"아냐, 그 불쌍한 테오도르 덕에 살아난 거야. 그는 사면을 받을 거야."

"너는?"

"난, 난 내게 정해진 길을 가게 되겠지! 난 계속 온 세상이 나를 두려워하게 할 거야! 그렇지만 먼저 일을 시작해야 해! 파카르에게 가서 전속력으로 맡은 일에 돌진하라고 전해! 외롭에게는 내 명령을 실행에 옮기라고 전하고."

"그건 아무것도 아니지. 나는 고노르를 어떻게 할지 이미 정했어……!" 잔혹한 자클린이 말했다. "거기서 수모나 당하고 있으려고 그동안 내 시간을 바쳤던 건 아니니까!"

"지네타를, 그 코르시카 아가씨 말이야, 내일 일을 위해 찾아내야 해." 자크 콜랭이 고모에게 미소 지으며 대꾸했다.

"그녀의 자취를 추적해야 할 텐데……?"

"그건 금발의 마농이 고모에게 알려줄 거야." 자크가 대답했다.

"오늘 밤이면 찾아내겠군!" 고모가 대꾸했다. "넌 지금 수탉보다 조급해 보여! 어디 털 돈이라도 무진장 널려 있나?"

"나는 맨 먼저 착수한 작업으로 비비뤼팽이 이뤘던 그 모든 성과를 단번에 뛰어넘고 싶어. 난 그 괴물 같은 놈과 이미 맛보기로 자그마한 교전을 치렀지. 나의 뤼시앵을 죽인 놈, 나는 오로지 뤼시앵의 복수를 위해 사는 사람이거든! 우리는 각자의 위치 덕분에 무기도 엇비슷하고, 뒷배도 엇비슷해! 그 비열한 자를 처치하자면 몇 년이 걸리겠지. 하지만 그자는 결국 가슴 한가운데 정통으로 치명타를 맞고 말 거야."

"그자는 너에게 똑같은 방식으로 보복하겠다고 다짐한 것 같은데." 고모가 말했다. "어떻게 아냐 하면, 그자가 페라드의 딸을 자기 집에 거두어들였거든, 너도 알잖아, 누리송 아줌마에게 팔아넘긴 그 어린 여자애 말이야."

"우리가 첫 번째로 할 일은, 그자에게 하인을 하나 붙이는 거야."

"그건 어려울걸. 그자는 그런 일에 빠삭하잖아." 자클린이 손사래 쳤다.

"증오가 삶의 원동력이지! 자! 일하자고!"

자크 콜랭은 삯마차를 잡아타고 곧장 말라케 강변로에 있는 자신이 거주했던 조그만 방, 뤼시앵의 아파트와 같은 건물에 있지만 별개의 아파트에 딸린 그 방으로 갔다. 수위가 그를 보고는 깜짝 놀라서 그에게 그동안 벌어졌던 일들을 말하려고 했다.

"다 알고 있소." 사제가 그에게 말했다. "성직자 신분이지만 어쩌다 보니 나도 연루되고 말았소. 하지만 에스파냐 대사의 개입 덕분에 이렇게 석방되었소."

그러고는 빠르게 자기 방에 올라가 성무일도서 커버 안에 숨겨두었던 편지 한 통을, 뤼시앵이 에스테르와 함께 이탈리아 극장에 있는 것을 보고 세리지 부인이 그에게 절교 통보를 했을 때, 뤼시앵이 부인에게 보내려고 썼던 편지를 꺼냈다.

당시 뤼시앵은 몹시 낙담한 상태에서 자기 인생이 완전히 끝났다고 생각하고 그 편지를 부치려던 생각을 단념했다. 자크 콜랭이 그 편지를 읽었고, 뤼시앵이 쓴 글이라면 무엇이든지 신성한 경전으로 여겼던 그는, 허영에 부푼 사랑이 빚어낸 황홀한 시적 표현에 이끌려 그 편지를 자기 성무일도서 속에 끼워두었더랬다.

그랑빌 검사장이 그에게 세리지 부인의 위중한 상태를 말했을 때부터, 통찰력이 깊디깊은 그는 대번에 그 귀부인의 절망과 광기가 그녀가 자신과 뤼시앵 사이에 남긴 불화를 끝내 해소하지 못했다는 자책감에서 비롯되었다고 생각했다. 그는 사법관이 범죄자의 심리에 정통하듯 여자들 심리에 정통했다. 그는 여자의 마음에서 일어나는 가장 내밀한 동요도 알아차리는 사람이었다. 그래서 그 말을 듣자마자 백작 부인이 뤼시앵의 죽음을 부분적으로는 자신의 그러한 오만 탓으로 돌리는 것이 틀림없고, 자기 과오를 쓰라리게 반추하고 있다고 직감했다. 물론 그녀에 대한 사랑이 넘치는 남자라면 목숨을 끊지 않았을 것이다. 그래도 그녀가 자신의 오만한 태도에도 여전히 사랑받고 있었다는 점을 알면, 그녀에게 이성이 돌아올 수도 있는 일이었다. 자크 콜랭은 도형수들에게 위대한 장군이기도 했지만, 그에 못지않게 마음의 병을 치료하는 위대한 의사이기도 하다는 사실을 수긍하지 않을 수 없을 것이다.

이 남자가 방들이 즐비한 거대한 규모의 세리지 저택에 발을 들인다는 것은 치욕인 동시에 희망이었다. 백작과 의사 등 여러 사람이 백작 부인의 침실로 이어지는 조그만 응접실에 모여 있었다. 그러나 명예로운 백작 부인의 영혼에 오점이 될 어떠한 가능성도 차단하기 위해 보방 백작은 다른 사람들은 모두 내보내고 친구와 단둘이 기다렸다. 국사원 부의장이자 국정자문위원장으로서는 자신의 공간에 이 어둡고 음산한 인물이 들어오는 광경을 봐야 한다는 사실 자체가 이미 뼈아픈 충격이었다. 자크 콜랭은 옷을 갈아입은 모습이었다. 그는 고급스러운 검은색 모직 바지와 프록코트 차림이었고, 걸음걸이와 시선과 손동작 등 모든 면에서 완벽하게 규범을 준수했다. 그는 두 거물 정치인에게 정중히 인사하고, 백작 부인의 침실로 들어가도 되는지 물었다.

"부인께서 당신을 초조하게 기다리고 있소." 보방 백작이 말했다.

"초조하게요……? 부인께서는 이미 살아나셨군요." 그 마성의 유혹자가 말했다.

아닌 게 아니라, 30분간 면담 후 자크 콜랭이 문을 열고 말했다. "백작님, 들어오십시오. 이제 걱정하실 만한 위험 상황은 말끔히 사라졌습니다."

백작 부인은 가슴에 편지를 꼭 끌어안고 있었다. 그녀는 차분해 보였고, 완전히 마음의 안정을 찾은 것 같았다.

그 모습을 보고 백작은 행복에 겨워 자신도 모르게 부르르 몸을 떨었다.

'우리의 운명을, 민중의 운명을 결정하는 자들이 바로 저런 사람들이로구나!' 두 친구가 들어오자, 자크 콜랭이 속으로 그렇게 생각하며 어깨를 으쓱했다. '한 여성이 그저 예사롭게 토해 낸 탄식 하나에 수준 높다는 저들의 지능이 뒤집어 벗은 장갑처럼 정반대로 바뀌는구나! 저들은 여성의 눈짓 하나에 정신을 못 차리고 좋아하는구나! 여성이 치마를 조금 올려 입거나 조금 내려 입어보기라도 하면, 저들은 세상이 망한 듯 온 파리를 내달리겠지. 한 여자가 품은 판타지가 온 나라를

들썩이게 만드는구나! 오! 세상 남자가 나처럼 일찌감치 여자
의 그런 유치한 압제에서, 열정에 눈이 멀어 본말이 전도된 그
런 성실함에서, 그런 천진난만한 악의에서, 그런 야만인다운
교활함에서 벗어났더라면, 그는 얼마나 큰 힘을 얻었겠는가!
여자란 타고난 사형집행인의 자질과 고문에 특화된 천부적 재
능으로 남자의 파멸을 불러오는 존재고, 앞으로도 변함없이
그럴 것이다. 검사장도 그렇고, 장관도 그렇고, 대단한 공작 부
인들이나 애송이 아가씨들의 편지 때문에, 또는 이성을 잃고
그랬던 것보다 멀쩡하게 정신이 돌아와서 더 미쳐 날뛸 한 여
자의 그 잘난 이성 때문에, 다들 눈이 멀고 모든 걸 왜곡시키
는구나.'

그는 보란 듯이 미소를 지었다.

'그리고,' 그가 계속 속으로 중얼거렸다. '저들은 나를 믿는
다. 나의 폭로에 끌려다닌다. 저들은 앞으로 나를 어쩌지 못할
것이다. 나는 앞으로도 변함없이 이 세상 위에 군림할 것이다,
25년 전부터 죽 나에게 복종해 온 이 세상 위에……."

자크 콜랭은 예전에 가련한 에스테르를 지배했던 그 절대권
력을 이번에도 유감없이 활용했다. 이미 여러 차례 보았겠지
만, 그는 사랑에 미친 사람들을 길들이는 말과 눈빛과 몸짓을
터득한 전문가였다. 그는 백작 부인에게 그녀의 심상(心象)을
가슴에 품고 세상을 떠난 뤼시앵을 만들어내 보여주었다. 세
상 어떤 여자도 자기만 유일하게 사랑받고 있다는 생각에 버
틸 재간은 없는 법이다.

"당신의 사랑은 이제 경쟁자가 없습니다!" 이것이 그 냉소적

인 인간이 백작 부인에게 마지막으로 한 말이었다.

그는 그 응접실에서 꼬박 1시간 동안 철저히 잊힌 사람처럼 그렇게 방치되어 있었다. 그랑빌 검사장이 도착해, 응접실에서 어두운 표정으로 우두커니 서서 몽상에 잠겨 있는 그와 마주쳤다. 자신의 인생에서 브뤼메르 18일을[250] 결행하는 순간을 맞은 사람이라면 영락없이 그와 같은 모습일 것이다. 검사장이 그를 지나쳐 백작 부인의 침실 문턱까지 가서 잠시 안쪽과 말을 주고받았다. 그러고 나서 그는 자크 콜랭에게 되돌아와 말을 건넸다.

"아직도 당신 주장을 굽히지 않고 있소?"

"그렇습니다, 검사장님."

"좋소! 당신은 나중에 비비뤼팽의 후임으로 임명될 것이오. 그리고 사형수 칼비는 감형 받을 것이오."

"로슈포르로 가는 것은 아니겠지요?"

"툴롱도 아니오. 당신은 그를 당신의 부하로 데리고 있어도 좋소. 단, 이 사면과 당신의 임명은 당신이 앞으로 비비뤼팽의 부관으로 일할 6개월 동안 어떻게 활약하느냐에 따라 최종 결정될 것이오."

일주일 후, 비비뤼팽의 부관은 크로타 유족에게 40만 프랑을 돌려주고, 뤼파르와 고데를 체포해 경찰에 넘겼다. 에스테

---

250) 브뤼메르 18일은 나폴레옹이 대혁명 이후 정국의 주도권을 장악해 제정시대를 여는 결정적인 계기가 된 1799년 11월 9~10일의 쿠데타를 말한다. 브뤼메르(안개의 달, 霧月)는 프랑스 대혁명기에 일시적으로 쓰였던 혁명력 2월을 가리키는 명칭이다.

르 곱세크가 매각한 국채에서 나온 수익금은 그 매춘부의 침대 속에서 발견되었고, 세리지 백작은 뤼시앵 드 뤼방프레의 유서에 따라 자크 콜랭에게 증여된 30만 프랑을 지급하도록 조치했다.

뤼시앵이 에스테르와 자기를 위해 주문한 묘석 장식물은 지금도 페르라셰즈에서 가장 아름다운 것으로 손꼽히며, 그 묘석 밑 묘지는 자크 콜랭의 소유로 등록되었다.

자크 콜랭은 대략 15년 동안 맡은 바 임무를 수행하고 1845년 무렵 은퇴했다.

파리, 1847년 12월

부록 1

1844년 『에스테르』 초판 서문[1]

우리 풍속의 마모와 소멸 속도가 점차 빨라지고 있다. 10년 전, 이 책의 저자는 당시 뉘앙스밖에 남은 것이 없다고 쓴 적이 있다. 그런데 이제 그 뉘앙스들마저 사라져가고 있다. 그 결과로, 최근 『루이종 다르키앵』과 『불쌍한 몽레리』의 저자가[2] 아주 명민하게 관찰한 바와 같이, 뚜렷한 형태의 풍속과 무대에 올릴 만한 극적 요소는 도둑과 매춘부와 도형수의 세계에만 남아 있고, 왕성한 기운도 사회와 격리된 존재들에게만 남

---

1) 1844년 8월 드포터 출판사에서 *Splendeurs et misères des courtisanes. Esther*(통칭 『에스테르』)라는 제목으로 이 작품 1, 2부가 처음 합본 출간될 때 쓴 서문이다.
2) 발자크와 막역했던 작가이자 《르뷔 드 파리》의 편집장이었던 샤를 라부(1803~1871)가 각각 1840년과 1841년 발표한 소설이다.

았다. 오늘날의 문학에는 선명한 명암 대비가 실종되었다. 격차 없이는 대비도 없다. 각종 차이는 시나브로 사라져가고 있다. 오늘날 마차는 보행자보다도 못한 신세로 전락하는 중이다. 그래서 머지않아 보행자 군단이 작고 납작한 마차에 탄 부자들에게 흙탕물을 튀기는 날이 올 것이다. 검은색 옷이 득세하고 있다. 의복과 마차의 다양하고 생생한 모습은 정신을 활기차게 해주며, 태도와 풍속에도 영향을 미친다. 요즘은 장관이 부르주아들이나 타는 볼품없는 마차를 타고 아무렇지도 않게 국왕을 접견하러 간다. 튈르리 궁 안뜰에는 삯마차가 즐비하다.[3] 장관과 장군과 학술원 회원 등이 입는 수놓인 의복들은, 한마디로 '정장'이라고 하는 옷은, 내세우기 부끄러울 뿐만 아니라 무슨 가장행렬 의상처럼 보인다. 우리가 우리 시대에 반기를 드는 것은 지극히 정당하다. 우리가 이 작품에서 신랄하게 비판하고자 하는 악행이 바로 가증스러운 위선이거니와, 이러한 세태에 우리 작가들이 반도덕주의자가 된다 한들, 그것은 시비 걸 일이 아니다.

이런 내용은, 파리에 우글거리는 비밀 정보원들과 매춘부 아가씨들, 그리고 사회와 결투를 벌이는 자들의 존재를 사실 그대로 묘사하는 이 책의 서두에서 반드시 언급해야 할 필요가 있을 것으로 보인다.

'파리 생활 장면'을 쓴다고 하면서 흥미진진하기 이를 데 없

---

3) 일반적으로 귀족의 마차는 화려하고 거대할 뿐만 아니라 그 가문의 문장(紋章)이 장식되어 있다. 그와 달리 삯마차는 오늘날의 택시와 같은 기능을 했다.

는 이러한 인물들을 빠뜨린다면, 그것은 우리로서는 도저히 용납되지 않는 비겁한 짓일 것이다. 게다가 이제까지 아무도 그런 존재들이 지닌 심오한 극적 요소를 다뤄보겠다는 용기를 내지 못했다. 검열이 이제 연극에 눈독을 들이지 않는데도 말이다. 그렇지만 튀르카레나 마담 라 르수르스 같은 존재들은 언제나 있는 법이다.[4]

'파리 생활 장면'을 완결 짓기 위해 저자는 '법조계' '연극계' 그리고 '과학계'라는 제목의 작품을 준비하고 있다. '정치계'라는 제목의 작품은 '정치 생활 장면' 연작에 속하니까 여기서는 언급하지 않기로 한다.[5]

위 작품들이 완결되면 빠진 부분은 거의 없을 것인즉, 저자는 그런 작품들과 반대 성향을 지녀 균형추를 이루는 작품도 준비하고 있기 때문이다. 그 준비 중인 작품에서는 타락한 수도 한복판에서 일어나는 덕성과 종교와 선의의 행위를 보게 될 것인데, 너무 길기도 하고 너무 어렵기도 한 작품이어서 언제 끝날지 기약은 없지만, 아무튼 열심히 집필 중인 상태가 이제 곧 3년이 되어간다. 이미 출간된 「어떤 성인군자의 악행」과 「마담 드 라 샹트리」가 그 작품을 구성하게 될 두 대목인데,[6] 놀라우리만큼 덕성이 넘치는 이 작품에서 독자들은 찬

---

4) 튀르카레는 르사주의 희곡 『튀르카레 혹은 은행가』(1707)의 주인공인 악덕 은행가이고, 마담 라 르수르스는 장 프랑수아 르냐르의 희곡 『노름꾼』(1696)에 등장하는 방물장수이자 고리대금업자다.
5) 언급된 작품 제목 중 실제로 쓰인 작품은 하나도 없다.
6) 각각 1848년 완결될 『인간극』의 다른 작품 『현대사의 이면』에 포함되는

란한 파리 문명의 바탕에 있는 끔찍한 참상들을 하나하나 손
꼽을 수 있을 것이다.

『13인당 이야기』로 '파리 생활 장면'을 시작하면서 저자는
'파리 생활 장면'을 전작과 똑같은 구상, 즉 결사(結社)를 소재
로 하는 구상, 그러나 전작이 쾌락을 추구하는 결사라면 이번
에는 자애를 실천하는 결사의 구상으로 마무리하겠다고 약속
한 바 있다.[7]

추상적으로는, 예를 들어 미각에 관한 달랑베르의 논설 같
은 방식으로는 사회구성체를 파고들기가 그다지 쉽지 않다.
제대로 파고들려면 범죄자를 따라서 감옥과 사법부의 깊숙한
내부까지 들어가야 한다. 마찬가지로 은행가는 우리를 화류
계 여자들의 예외적인 삶 한가운데로 데려갈 것이다.

매우 사실적이며, 이렇게 말하면 어떨지 모르겠지만, 역사
적 고증을 거친 디테일들로 이루어진 이 소설은 기본적으로
는 사생활에서 소재를 가져온 작품으로, 라포르스 구치소와

부분들인데, 전자는 1842년에, 후자는 1843년과 1844년 두 번에 걸쳐 잡지
에 발표된다. 1846년 『현대사의 이면』이라는 작품 제목이 처음 제시되고 이
미 발표된 이 두 편을 합쳐 1부가 「마담 드 라 샹트리」라는 제목으로 발표된
다. 2부인 「입문자」는 1848년에 발표된다. 1, 2부가 합본된 『현대사의 이면』
단행본은 작가 사후인 1854년에 출간된다.

7) 『13인당 이야기』는 1833년에서 1835년 사이에 쓰인 『페라귀스』 『랑제
공작 부인』 『황금 눈의 여인』, 세 작품을 아우르는 제목이다. 『13인당 이야
기』에서 13인으로 이루어진 '데보랑'이라는 비밀단체가 쾌락의 결사라면,
위에 언급한 두 작품(나중에 『현대사의 이면』 1부에 해당)에 등장하는, 마
담 드 라 샹트리가 주도하는 '위로의 형제단'은 자애의 결사라는 말이다.

예심판사의 집무실 문턱에서 멈춘다. 따라서 후속 작품이 이어져야 한다. 수많은 인물을 거느린 법조계는 파리에서 너무나 큰 자리를 차지하고 있기에 세심하게 연구하고, 묘사하고, 재현해야 한다.

그렇게 19세기 파리의 거대하고 웅장한 모습이 조만간 완성되리라고 본다. 그 모습을 이루는 특징들은 하나도 빼놓지 않을 것이다. 이 소설에서 코랑탱, 페라드, 콩탕송은 각기 비밀경찰 조직의 세 면모를 보여줄 것이며, 보트랭은 혼자서 타락과 범죄의 전 면모를 보여줄 것이다.

많은 사람이 보트랭이라는 인물을 두고 저자를 비난하려고 했다. 그렇지만 보트랭은, 구성원만 해도 5만 명에 이르고, (『13인당 이야기』에 등장하는 페라귀스는 전형이 아니라 하나의 우발적 존재일 뿐이다.) 끊임없이 위협적인 그들의 존재로 인해 조만간 입법자의 관심을 끌 것으로도 예상되는 하나의 특수한 사회를 사진 찍듯이 묘사하겠다는 포부를 가진 이 작품에서, 특출난 것 없는 일개 도형수에 지나지 않는 인물이다. 사이비 박애 사상에 고취된 몇몇 작가가 10여 년 전부터 도형수를 훌륭하고 용서받아 마땅한 인물로, 사회의 희생자로 만들고 있다. 그러나 우리가 보기에 그러한 묘사들은 위험하고 반정치적이다. 그들을 있는 그대로, 끝내 탈법에 머무르는 존재로 보여주어야 한다.

『보트랭』이라는 제목을 단 연극 작품이 전하려는 의미, 그러나 발표 이후 줄곧 제대로 이해된 적이 별로 없는 그 의미가 바로 위와 같은 것인데,[8] 거기서 주인공은 끊임없이 대치하는 경찰과 도둑의 극적인 싸움을 보여주면서 결국 자신이 사회에 통합될 수 없는 존재라는 결론에 도달한다.

아마도 사람들은 먼 훗날 저자가 매춘부와 범죄자와 그 주변 인물들로 이루어진 그토록 흥미진진한 인물들을 얼마나 공들여 무대에 올렸는지, 얼마나 끈기 있게 극을 구성하는 핵심 요소들을 취재하고 다녔는지, 그 인물들이 지닌 아름다운 측면을 진실에 대한 애정을 가지고 얼마나 열심히 발굴해 냈는지, 그리고 그것들을 인간 심성에 관한 일반 연구와 어떻게 결부시키려 했는지 등을 알게 될 것이고, 결국 저자가 옳았다고 인정하게 될 것이다. 물론 뉘싱겐 남작은 몰리에르의 극에 나오는, 조롱당하고 속고 패배하고 만족하고 망신당하는 늙은이, 곧 현대적인 의복을 입고 현대적인 행동거지를 보이는 현대판 제롱트다.[9] 이 책은 그렇게 천 개의 얼굴을 가진 파리의 면모 중 하나를 제시해 줄 것이다. 그런 점에서 이 책은 『카디냥 대공 부인의 비밀』『클로딘의 환상(les Fantaisies de Claudine)』[10] 그리고 『뉘싱겐 은행』에 이어 읽을 것을 추천한다. 그러면 독자는 대공 부인의 우아하고 냉혹한 타락 언저리

---

8) 발자크가 연극으로 각색해 1840년 3월 처음으로 무대에 올린 이 희곡은 초연이 끝나자마자 공연이 금지된다.

9) 몰리에르의 희극 『스카팽의 간계』(1671)는 젊은 청년 레앙드르가 하인인 꾀많은 스카팽의 도움으로 완고한 아버지 제롱트의 반대를 이겨내고 사랑하는 여인과 결혼에 이르는 이야기가 주요 줄거리로서, 젊은 세대와 기성세대, 피지배층과 지배층의 갈등을 형상화한 작품이다.

10) 1840년 《르뷔 파리지엔》에 연재되었던 작품으로, 1844년 단행본이 출간될 때 『떠돌이 왕자』로 제목이 바뀌었다.

에서, 대(大) 은행가의 극악무도함 언저리에서, 위대함이 흘러 넘치는 에스테르를 발견할지도 모를 일이다. 결과를 보면 알 수 있을 터인데, 사회의 모든 부분에 대한 분석과 비판을 시도해 온 저자의 목표와, 그 목표에 다다르기 위한 수단들을 아예 인정하려 들지 않으려고 고집하는 것이 아니라면, 어떤 독자도 문제의 근원까지 파고들고 문제를 모든 측면에 걸쳐 검토하는 저자의 용기를 부정할 수는 없을 것이다. 저자가 보기에 바로 그런 용기에서 한 작품의 철학이 구축되는 것이다. 최종 판결을 하기 위해, 도덕과 의미를 검증하기 위해 저자를 더 두고 지켜보아야 할 필요는 없을 것이다.

만일 저자가 근시안적 관점에서 작품을 쓰는 것이라면, 그는 최악의 계산을 한 셈일 것이다. 그리고 그가 그렇게 중앙에서 명성을 얻어 봐야 변두리에서 잊힌 것보다 결과적으로는 더 나쁜 일일 것이다. 생각해 보라, 그가 당장 이익이 나는 성공을 바란다면 다른 몇몇 작가들이 그랬던 것처럼 당대의 관념에 순종하고 아첨하기만 하면 될 것이다. 저자는 그를 비판하는 평론가들보다, 프랑스에서 한 작품이 한때 반짝하는 것이 아니라 지속적 관심을 받을 수 있는 조건들을 더 잘 안다. 작품에는 진실과 양식(良識), 그리고 사회의 영원한 원칙과 조화를 이루는 철학이 담겨야 한다. 그러나 이런 조건들이 세세한 부분들에서 다 구현될 수는 없는 일이다. 그것들은 전체 속에 담겨야 하고 그럴 수밖에 없다. 전체가 모습을 드러낼 때까지는 천박한 사람들이여, 그대들에게 비방할 권리를 부여하노니, 현대의 신(神)인 다수결에, 머리는 비록 금은 아니어도 합금이기에 아주 단단해도 두 다리는 무른 점토로 만들어진 그 거대한 동상에 뭐라도 공물을 바쳐야 마땅하리라.

작품 발간 이력

0. 『인간극』에서 『사교계의 영광과 비참』만큼 오랜 기간 (1835~1847)에 걸친 복잡한 발간 이력을 가진 예는 없다. 이 작품의 발간 이력을 살펴보는 일은 『인간극』 전체의 발간 이력을 요약해서 보여준다고 해도 과언이 아니다. 또한 이 작품의 마지막 4부가 1847년 발간되지만, 1부부터 4부까지 모두가 하나로 묶인 형태로는 발자크 생전에 출판된 적이 없다. 참고로, 발자크 작품은 연재소설로 발표된 상태를 '초판 준비본(le texte préoriginal)'으로, 연재 후 최초 출판된 단행본을 '초판본(l'édition originale)'으로 보는 것이 원칙이다.

1. 최초의 구상은 1835년 1월 주간지 《르뷔 드 파리》에 실렸던 『고리오 영감』의 마지막 부분 원고 여백에 남긴 메모에

나타난다. 거기에 앞으로 쓸 작품 제목으로 '라토르피유(La Torpille)'가 언급된다. 『고리오 영감』 중간에 경찰에 체포되어 사라진 보트랭을 주요 인물로 등장시키려는 작품을 염두에 둔 것으로 추측된다. 1835년 3월 『고리오 영감』 초판본 서문에 자신의 소설 세계에 등장하는 '덕성스러운 여성들'과 '죄지은 여성들' 목록을 표로 싣고, 아직 쓰이지 않은 "『라토르피유』의 파니 베르메이"를 '죄지은 여성들' 난에 올린다.

'라토르피유'라는 별명의 여성을 파니 베르메이가 아니라 에스테르 곱세크로 설정한 것은, 1830년에 『불륜의 위험』으로 발표된 소설 제목을 1835년 8월, 『파파 곱세크』(나중에 『인간극』에 실릴 때 최종 제목은 『곱세크』)로 바꾸면서다. 제목을 변경하면서 유대인 고리대금업자 곱세크의 유일한 상속자로서 증손녀가 존재한다는 사실과 함께, 그녀의 용모가 간략하게 추가된다. 뤼시앵 드 뤼방프레라는 인물은 『고리오 영감』 발표 이후 보트랭의 제안을 거절한 라스티냐크를 대체할 젊은 인물로 일찌감치 작가의 머릿속에 설정된 것으로 보인다.

2. 1836년, 발자크는 구상 중이던 『라토르피유』를 당시 그가 혼자서 발간하고 있던 정치·문예 월간지 《크로니크 드 파리》 6월호에 실을 생각이었으나, 7월 경영난으로 잡지 운영을 접는 바람에 무위로 그친다. 그해 10월, 에밀 드 지라르댕이 창간한 일간지 《라프레스(La Presse)》에 프랑스 최초의 연재소설인 『노처녀』를 발표한 데 이어 『라토르피유』도 게재할 계획이었으나, 《라프레스》에 『노처녀』의 부도덕성을 비판하는 독

자의 항의가 쇄도하자 지라르댕은 발자크의 작품 게재를 망설인다. 이렇게 『라토르피유』 집필은 차일피일 미뤄진다.

3. 1836년, 뤼시앵의 앙굴렘 시절 이야기인 『잃어버린 환상』 1부 「두 시인」이 집필되고 이듬해 단행본으로 발표된다. 고리대금업자 곱세크는 1836년에 쓰인 『탁월한 여인』(나중에 『하급 공무원들』로 제목 변경)에 다시 등장하며, 특히 1837년에 발표된 『세자르 비로토』에서 공증인 로갱이 에스테르의 어머니 사라 반 곱세크로 인해 파산한 이야기가 담긴다. 『세자르 비로토』와 거의 비슷한 시기에 은행가 뉘싱겐의 치부(致富) 과정을 다룬 『뉘싱겐 은행』이 집필된다.

4. **1838년 『라토르피유』**: 1838년 드디어 이 작품 첫머리를 장식할 '에스테르 이야기', 곧 그녀가 우연히 극장에서 만난 뤼시앵의 애인이 된 후 매춘부 생활을 청산하기 위해 사창가를 나와 지내다가 뤼시앵과 함께 참석한 오페라 극장 무도회에서 파리의 한량들에 의해 과거 행적이 발각되고, 그로 인해 음독자살을 기도하지만, 정체 모를 사제에 의해 구조되어 수녀원에 보내지고, 거기서 갱생의 삶을 사는 이야기가 완성된다. '1844년 초판 서문'에서 밝히듯, 발자크는 그동안 미뤄왔던 이 작품을 1837년 체류했던 밀라노 디포르차 대공의 저택에서 쓰기 시작했고, 파리 레자르디로 돌아와 7월과 8월 두 달에 걸쳐 집필을 이어간다. 애초 생각한 제목은 『퐁데자르 다리 위에서』였는데, 아마도 에스테르의 자살 시도를 음독이 아니라

강물 투신으로 설정했던 것으로 보인다.

사실 이 시점에서 발자크는 자신의 작품이 어디로 향할지 정하지 않은 상태였다. 최종적으로 제목을 『라토르피유』로 확정하고, 이 작품과 『뉘싱겐 은행』을 《라프레스》에 연재하려 했으나 지라르댕에 의해 거부되자, 발자크는 이 두 작품과 1837년 7월 《라프레스》에 연재되었던 『탁월한 여인』을 묶어 12월 베르데(Werdet) 출판사를 통해 두 권의 단행본으로 출간한다.(발자크는 이 단행본의 『탁월한 여인』에 붙인 서문에서 『뉘싱겐 은행』과 『라토프피유』의 연재를 거부한 지라르댕의 행태를 가리켜 "장사치들의 변덕스럽기 짝이 없는 기호와 관례라는 법칙"이 작가의 작품에 수모를 안겼다고 강하게 비판한다.) 본 작품 첫머리의 '헌사'는 이때 붙인 것이다.

누가 봐도 미완성임이 분명한 1838년의 『라토르피유』(이 작품은 본 번역본 1부 13장 119쪽, "응, 악마만 신봉하는 간악한 늙은 이지."라는 뤼시앵의 말로 끝나고, 그 뒤에 "1838년 8월, 레자르디에서"라는 집필 시기와 장소를 명시한 부기가 붙는다.)에 대해 발자크는 한스카 부인에게 보내는 편지에서 그것이 "『라토르피유』의 첫 부분"일 뿐이라고 밝힌다.

5. 그러나 예고된 『라토르피유』의 후속 이야기는 중단되고, 그사이 뤼시앵의 파리 생활을 다룬 『잃어버린 환상』 2부 「파리의 지방 위인」이 1839년 단행본으로 발간된다. 그러니까 뤼시앵의 1차 파리 체류 이야기인 『잃어버린 환상』 2부가 집필되기도 전에 2차 파리 체류 이야기인 『라토르피유』가 쓰인 것

이다. 그렇게 『라토르피유』의 후속 이야기는 답보 상태에 놓인 채, 그 전사(前事)인 파리에서 펼쳐지는 뤼시앵의 저널리즘 활동과 파국에 이은 낙향을 다룬 이야기가 완결되고, 1840년에는 탈옥한 도형수의 활약과 경찰로의 변신을 다룬 『보트랭』이라는 제목의 5막 산문극을 써서 무대에 올리나 초회 공연 후 풍기 문란을 이유로 공연 금지처분을 받는다.

1841년 발표된 『위르쥘 미루에』에 매춘부 에스테르가 지나가듯 언급되고, 그해 연재되기 시작한 『가재 잡는 여자』 2부에서 조금은 더 자세히 다루어진다. 한스카 부인에게 보내는 편지를 보면, 그러는 동안 발자크의 머릿속에선 뉘싱겐, 코랑탱, 페라드 등의 활약이 두드러지는 확장판 『라토르피유』가 '늙은 백만장자의 사랑' 등 여러 다른 제목으로 구상되고 있었음을 알 수 있다. 코랑탱과 페라드는 1843년에 발표되는 『어둠 속의 사건』에서 중요한 인물로 등장한다.

6. 1843년 5월부터 7월까지 일간지 《르파리지앵》에 『에스테르, 또는 늙은 은행가의 사랑』이라는 제목의 작품이 연재된다. 이 연재소설은 1838년 단행본으로 발표된 『라토르피유』 부분을 재수록하고(단행본에는 없던 장 구분이 이때 적용된다.) 새로 쓰인 다음 부분(2부 3절 끝까지, 본 번역본 1권 443쪽)을 덧붙인 것인데, 발자크는 이 연재로 5년 전 시작된 이야기를 이어가면서, 1839년 발표된 『잃어버린 환상』 2부에서 다루어진 뤼시앵의 파리 체류를 참조해 에피소드와 인물명 등 세부 사항을 일치시킨다. 이렇게 하나의 독립된 이야기로서의 『라토

르피유』는 발자크의 작품 목록에서 완전히 사라진다.

발자크는 5월 21일 연재 1회분에 이런 작가 노트를 단다. "『에스테르, 또는 늙은 은행가의 사랑』의 처음 앞부분은 어떤 신문에도 연재된 적이 없고, 『라토르피유』라는 임시 제목을 달고 단행본으로 출간된 적이 있을 뿐이다. 그래서 독자의 이해를 돕기 위해 우리는 그 부분을 재수록하지 않을 수 없다고 판단했다. 따라서 이번 연재에서 처음 공개되는 부분은 14장부터인 셈이다."

《르파리지앵》은 1차 연재를 마치면서 후속편(4절 「백만장자의 가슴앓이」에 해당) 연재를 곧 이어갈 것이라 공고한다. 한편 1843년 6월에서 8월에 걸쳐 『잃어버린 환상』 3부 「발명가의 고뇌」가 일간지 《레타(L'Etat)》에 이어 《르파리지앵》에 연재된다. 『잃어버린 환상』 3부 마지막, 가짜 에스파냐 신부 카를로스 에레라와 뤼시앵의 계약이 맺어지는 장면이 『사교계의 영광과 비참』 1, 2부와 거의 동시에 집필된 것이다.

7. **1844년 1, 2부**: 무슨 까닭인지 약속된 연재는 속개되지 않았으나, 발자크는 그 후 2부 4절에 해당하는 부분을 마저 쓰고 1844년 8월 드포터(De Potter) 출판사를 통해 이 작품의 최종 1, 2부에 해당하는 부분을 『사교계의 영광과 비참, 에스테르』라는 제목의 단행본으로 발표한다. 총 4개 부(본 번역본의 4개 절), 57개 장으로 나뉜 이 단행본에는 각 부와 장마다 제목이 붙어 있고 서문(본 번역본의 부록 1)도 달렸다.

8. 단행본 출간 직후인 1844년 9월, 발자크는 이 작품을 1842년부터 발간되기 시작한 퓌른판(l'édition Furne)『인간극』 전집 11권,《풍속 연구》중 '파리 생활 장면'에 수록한다. 제목은 단행본에서 붙였던 부제 '에스테르'를 삭제해 최종적으로 『사교계의 영광과 비참』이 된다. 퓌른판 전집에서는 기존 단행본의 4부 편제를 2부 편제로 바꾼다. 본 번역본의 1절과 2절이 1부 「행복한 에스테르」(이 제목은 '수정 퓌른판'에서 「아가씨들을 어떻게 사랑하는가」로 바뀐다.)로, 3절과 4절은 2부 「얼마를 내면 사랑이 노인들에게 되돌아오는가」로 통합되는 것이다. 또한 퓌른판에서는 전집 편집 원칙에 따라 장 구분을 모두 없애고 단행본에서 달았던 서문도 삭제한다.

참고로, 퓌른판(퓌른을 필두로 4개 출판사가 합자해 출판했지만 퓌른 출판사의 지분이 가장 많았기에 통상 '퓌른판'으로 불린다.)『인간극』 전집은 1842년 6월 25일 첫 권 발매를 시작으로 발자크 생전에는 1846년 8월까지 모두 16권으로 발간된다. 1권부터 13권까지가 《풍속 연구》, 14권과 15권이 《철학 연구》, 마지막 16권이 《분석 연구》다. 정확히 말하자면 퓌른판 전집은 이전에 신문 및 잡지에 연재되었거나 단행본으로 출판된 작품들을 전집 편제에 맞추어 '재수록'한 것이다. 재수록하면서 개별 작품에 붙였던 서문은 모두 삭제하고 1842년 『인간극』 전체에 붙인 「서문(L'Avant-propos)」 하나로 대체한다. 그리고 대부분 작품에 있었던 장 구분도 일괄 삭제하는데, 그 이유는, 지면 절약, 소설에 씌워진 '가벼운 장르'라는 이미지 불식, 신문과 독자의 간섭을 받았던 연재소설의 흔적 지우기 등 복합적 요인이 작용한 것으로 보인다.

발자크는 자신이 소장한 이 16권의 '퓌른판'에 수정 사항을 계속 기록하고, '연구'나 '장면'의 편제를 재조정하기도 한다. 이 개인 소장판을 '수정 퓌른판(Furne corrigé)'이라고 부른다. 발자크 사후 발간되는 전집은 작가가 생전에 "결정판"이라고 못 박은 '수정 퓌른판'을 원본으로 삼는 것이 관례다.

9. **1846년 3부**: 3부의 발간 이력은 비교적 간명한 편이다. 계획한 작품의 전반부를 마무리한 발자크는 곧바로 후반부 집필에 들어간다. 그러나 발자크의 작업대 위에는 늘 그렇듯이 완결지어야 할 서너 편의 작품이 동시에 올라와 있었고, 과로로 인해 건강은 날로 악화하였으며, 무엇보다 우크라이나에 있는 한스카 부인과의 결혼 문제가 그의 남은 기력을 다 집어삼키는 실정이었다. 머릿속에서는 작품 계획이 수시로 행로를 바꾼 것으로 보인다. 일례로, 전집에 이미 수록된 작품은 물론 앞으로 쓰일 작품들을 망라한 이른바 《1845년의 카탈로그 (Catalogue des ouvrages que contiendra La Comédie humaine)》(이 목록은 총 26권에 137편의 작품을 거느린다. 그러나 『인간극』 전집은 미완성 작품 3편을 포함해 모두 91편 수록으로 진행을 멈춘다.) 에는, 당시 계획 중이던 『보트랭의 마지막 현현』이 『사교계의 영광과 비참』과는 별개의 독립된 작품으로 수록되어 있다.

아무튼 발자크는 자료 조사를 위해 1845년 12월 13일 지인인 검사의 안내로 콩시에르주리를 방문하는 등 집필 준비에 힘을 쏟는다. 발자크는 1846년 1월과 2월, 비교적 단시일 만에

3부를 완성한다. 이어 적지 않은 수정과 증보를 거쳐 1846년 7월 7일부터 29일까지 일간지 《레포크(L'Époque)》에 「형사소송」이라는 제목으로 연재한다. 이어서 직후인 8월에 이 연재분을 『인간극』 전집 12권에 수록하는데, 제목은 '『사교계의 영광과 비참』 3부 「잘못된 길의 결말」'로 바뀌고 연재 당시의 2개 절과 55개 장 구분 역시 일괄 삭제된다. 그 후 3부는 1847년 수브랭(Souverain) 출판사에서 『감옥에서 펼쳐진 드라마』라는 제목을 달고 단행본으로 재출간되는데, 이때는 전집에서 삭제되었던 연재 당시의 절과 장 구분이 복원된다.

10. **1847년 4부**: 마지막 4부의 집필은 계속 미뤄진다. 1846년 발자크는 『가난한 친척들』 연작인 『사촌 베트』와 『사촌 퐁스』의 집필과 연재에 온 힘을 쏟고 있었다. 그 두 작품에 자크 콜랭과 그의 고모 자클린이 잠깐 등장한다. '수정 퓌른판'에 수록된 3부 끝에다, 앞으로 이어질 4부의 제목으로 "마지막 4부: 「보트랭의 마지막 현현」"이라는 메모만 적어넣고 정작 집필은 답보 상태에 빠진다.

그즈음 발자크의 작업일지 역할도 하는, 거의 날마다 한스카 부인에게 보내는 편지에는 좀처럼 진척되지 않는 작업에 대한 한탄이 이어진다. 마침내 1847년 1월 6일 자 편지에 "「보트랭」을 완료했다."라고 적지만, 정작 원고가 완성된 것은 1월 말이었다. 원고 마지막에는 콜랭과 코랑탱의 물밑 대결이 『인간극』의 다른 작품에서 펼쳐질 것이라고 적지만, 연재본에서 이를 지운다.

4부는 일간지 《라프레스》에 1847년 4월 13일부터 5월 4일까지 2절 17장으로 나뉘어 연재된다. 이어 이 연재분은 1847년 7월 초 클렌도프스키(Chlendowski) 출판사에서 장 구분을 유지한 채 3권의 단행본으로 재출간된다.(발행일은 1848년으로 표기되었다.)

엄밀한 의미에서 『인간극』 생산은, 1848년 가을 우크라이나의 한스카 부인 집에 체류할 때 쓰이고 이듬해 8월 연재된 『현대사의 이면』 2부 「입문자」를 제외하면, 「보트랭의 마지막 현현」을 끝으로 중단된다. '수정 퓌른판'의 수정이 멈춘 것은 그보다 앞서서다. 발자크는 1847년 6월 '유서'를 작성하고 9월 우크라이나 베르히우냐에 있는 한스카 부인의 영지로 떠나 1848년 2월혁명이 일어나기 직전 파리로 돌아온다. 이어 그해 9월 다시 우크라이나로 떠나 1년 반 넘게 머물다 1850년 5월에야 파리로 돌아오고, 8월 18일 세상을 뜬다.

11. 4부 「보트랭의 마지막 현현」이 『인간극』 전집에 수록된 것은 작가 사후다. 퓌른판 판권을 인수한 우시오(Houssiaux) 출판사는 1855년 『인간극』 전집 18권에 「보트랭의 마지막 현현」을 수록하지만, (퓌른판 전집 17권은 발자크가 파리에 부재중이던 1848년 11월 출간된 『사촌 베트』와 『사촌 퐁스』다.) 이때까지도 1, 2부(전집 11권), 3부(전집 12권), 4부(전집 18권)는 분리된 상태였다.

『사교계의 영광과 비참』이 비로소 한 권으로 합쳐진 것은, 1869년 간행되기 시작한 '미셸 레비(Michel Lévy)판' 전집에서

다. 이 전집은 '수정 퓌른판'을 기반으로 텍스트를 확정하고 미수록 작품을 수록하고 발자크의 메모에 따라 편제를 재조정한다. 오늘날 『인간극』 전집의 결정판으로 인정받고 있는 갈리마르 출판사의 '플레이아드(Pléiade)판'은 이 '미셸 레비판'을 보완하고, 작품마다 발자크 연구자들의 해설과 주석, 텍스트 내력을 비롯한 상세한 문헌 조사를 붙인 판본이다.

12. 이상의 작품 발간 이력을 참조하면, 1, 2, 3부에 대해서는 저자의 마지막 손길이 닿은 텍스트, 즉 '수정 퓌른판' 11권, 12권을 최종본으로 삼는 것이 마땅하다. 그러나 4부는 사정이 다르다. 4부는 퓌른판 자체가 없을 뿐 아니라, 클렌도프스키판 단행본도 저자가 제작 과정을 통괄하지 못했다고 알려진다. 그러므로 4부는 《라프레스》의 연재본을 신뢰할 만한 최종본으로 보아야 한다.

사정이 그렇다면, 4부를 1, 2, 3부와 통합하기 위해서는 연재본을 최종본으로 삼되, 앞선 부분들처럼 부의 제목만 남기고 절과 장 구분 및 제목을 일괄 삭제하는 것이 일관성을 유지하는 방법일 것이다. '플레이아드판'이나 다른 전집 대부분이 그런 방식을 취한다. 그러나 적잖이 길고 줄거리가 복잡하게 얽힌 데다, 말년의 작품답게 이전 작품들을 자주 참조해야 이해 가능한 부분이 곳곳에 널려 있고, 무엇보다 언급된 작품들 중 상당수가 우리말로 번역도 되어 있지 않아 답답할 수밖에 없는 한국의 독자에게는 그런 빽빽한 판형은 가독성 면에서 너무 가혹한 조건임이 틀림없다. 또한 장 구분을 일괄 삭제하는 것은 전체가 연재소설로 발표된 이 작품의 애초 특성이 지워지는 아쉬움도 있다.

본 번역의 저본으로 선택한 파트리크 베르티에(Patrick Berthier)가 편찬한 '포슈판(Le Livre de Poche)'은 '수정 퀴른판'을 기반으로 하되, '플레이아드판'과는 달리 4부는 물론 1~3부도 일간지 연재 당시의 절과 장 구분 및 제목을 복원한 판본이다. 통일성을 기해야 하는 『인간극』 전집이라면 사정이 다르겠지만, 독립된 개별 작품에는 독자 친화적인 형식을 취하는 편이 더 나을 수도 있다고 생각된다. 장 구분을 일괄 삭제하는 것이 『인간극』 전집의 편집 방침이라지만, 예컨대 3부가 단행본으로 재출간될 때 발자크 자신이 삭제된 장 구분과 제목을 복원한 것도 그런 까닭이리라.

발자크의 영광과 비참
"삶이라 불리는 모순 대립"과 『인간극』의 세계

보트랭 3부작

발자크의 『인간극』 총서가 거느리는 총 91편의 소설 중 우리나라 독자들에게 가장 널리 알려지고 가장 많이 읽히는 작품일 『고리오 영감』은, 청년 라스티냐크가 페르라셰즈 묘지에 고리오 영감을 묻고 파리를 발아래 굽어보며 웅장한 목소리로 "이제 우리 둘의 대결이다!"라고 외치고는 "자신이 사회를 향해 선포한 도전의 첫 번째 행위로 뉘싱겐 부인 집을 향해 저녁 식사를 하러 갔다."라는, 한 작품의 종결부라고 하기에는 무언가 미진한 구석이 있는 구절로 끝난다.[1] 그런가 하면 소설의 전반부를 주도했던 인물, "나는 누구인가? 보트랭, 나는

---

1) 이하 별도의 출처가 언급되지 않은 큰따옴표는 모두 발자크 인용이며, 번역은 역자의 것이다.

무엇을 하는가? 내 맘에 드는 일”이라고 선포하는 인물, 라스티냐크에게 인간을 믿지 말 것이며, 도덕도 법도 견해도 고정불변인 것은 없다고 설파하며 자기 제자가 되면 무엇이든 이루게 해주겠다고 제안하는 인물, 그렇게 독자에게 강렬한 인상을 심어주던 그 인물은 소설 중반부에 경찰에 체포되어 보케르 하숙집에서 돌연 퇴장한다. 아마도 독자 대부분은 『고리오 영감』의 맨 뒷장을 덮으며 끝난 것도 같고 아닌 것도 같은 이야기라는 느낌에 고개를 갸웃할 법하다.

　『고리오 영감』을 계기로 발자크에 흥미를 느낀 독자라면, 작가 자신이 “작품 중 가장 중요한 작품”이라고 자부했으며, 루카치 같은 유명한 비평가로부터 서구 자본주의가 초래한 정신의 사물화 현상을 뛰어나게 묘파한 작품이라는 상찬을 듣는 『잃어버린 환상』(이하 『환상』)을 집어 들었을 법하다. 그 작품은 라스티냐크와 동향, 동갑에 준수한 외모, 뛰어난 재능, 청운의 뜻을 품고 상경한 점 등 닮은 구석이 많은, 그러나 성향은 닮지 않은 뤼시앵이라는 청년에 관한 이야기다. 『환상』 2부 끝에서 페르라셰즈에 애인 코랄리를 묻고 망연자실한 눈길로 파리를 바라보며 “이제 난 누구에게 사랑받나?”라고 처연하게 읊조리던 뤼시앵은 그런 그를 불쌍히 여긴 코랄리의 하녀 베레니스가 거리에서 몸을 팔아 마련해 준 20프랑 덕에 고향 앙굴렘으로 돌아갈 여비를 구한다. 그러나 고향에서마저 결국 누이동생과 매제를 파산으로 내몰게 된 그는 3부 끝에서 스스로에 대한 환멸에 사로잡혀 샤랑트강 강가에서 자살을 결행하려던 순간, 우연히 수상한 에스파냐 사제를 만난다.

에스파냐 사제로부터 『고리오 영감』에서 라스티냐크가 보트랭에게 들었던 내용과 비슷한 설교와 제안을 들은 뤼시앵은 라스티냐크와는 달리 사제와 모종의 계약을 맺으며 "신부님, 전 당신의 것입니다."라고 고백하고 사제와 함께 파리로 향한다. 『인간극』 편제에서 '지방 생활 장면'의 맨 끝, '파리 생활 장면' 바로 앞에 배치된 『환상』은 "뤼시앵이 궁금할 텐데, 파리로 돌아간 그의 이야기는 '파리 생활 장면'에 속한다."라는 구절로 끝을 맺는다. 이번에도 독자는 그 긴 작품을 덮으며 고개를 갸웃할 가능성이 높다.

우리말로 처음 번역되어 소개되는 이 작품, 『사교계의 영광과 비참』(이하 『영광』)이 바로 그 '수상한 에스파냐 사제와 함께 파리로 돌아간 뤼시앵의 이야기'다. 『고리오 영감』과 『환상』, 그리고 『영광』, 이 세 작품이 긴밀하게 연결된 3부작이라는 언급은 『영광』에 적시된다. 『영광』 4부에서 작가는 "자크 콜랭을 둘러싼 관심사, 그러니까 그 무시무시한 영향력으로 『고리오 영감』과 『환상』과 (……) 본 연구를(발자크는 『인간극』의 개별 작품들을 종종 '장면'이나 '연구'라고 부른다.) 이어주는, 말하자면 세 작품에서 척추 같은 역할을 하는 인물을 둘러싼 관심사"가 『영광』의 "주된 관심사"일 것이라고 밝힌다.

자크 콜랭이 누구인가? 『영광』의 3부 첫머리에서 콩시에르주리 감옥에 수감되는 에스파냐 사제 카를로스 에레라를 가리켜 작가는 "이제 그를 상황에 맞춰 '카를로스 에레라와 자크 콜랭' 두 이름 중 하나로 불러야 할 필요가 있다."라고 적는데, 에스파냐 사제 에레라로 행세하는 자크 콜랭이 바로 『고리오 영감』의 보케르 하숙집에서 파리의 도매상인 보트랭으로 행세하던 인물의 본명이다.『인간극』세계에서 보트랭으로 처음 등장하고, 도형수들 사이에서는 '불사조'라는 별명으로 통하며,『환상』끝부분에서는 에스파냐 사제로 감쪽같이 '둔갑'해 나타나더니,『영광』앞부분에서는 도미노 복장에 자객 가면을 쓴 수수께끼 인물로 등장하고서도, 향수병에 걸린 에스테르를 달래기 위해 고급 레스토랑 '로셰 드 캉칼'로 데려갈 때는 군인으로, 비밀경찰 요원 페라드와 대적할 때는 수사 경감으로, 사채업자 세리제를 상대할 때는 영국인 윌리엄 바커로 완벽하게 변모하는 등 "변신술의 귀재"인 자크 콜랭은『영광』끝부분에서 다시 한 번 경찰청 범죄수사대장으로 신분을 180도 바꾼다. 작품 발간 이력(부록 2)에서 밝혔듯이, 실질적으로『인간극』의 마지막 작품이라 할 수 있는『영광』은 "자크 콜랭은 대략 15년 동안 맡은 바 임무를 수행하고 1845년 무렵 은퇴했다."라는 구절로 끝난다. 즉, 4부의 제목「보트랭의 마지막 현현」은『고리오 영감』에서 보트랭으로 시작된 인물의 최종 변신을 가리키는 말이다.

'작품들'의 재등장 기법

그런데『영광』의 첫 페이지를 열자마자 나오는 '오페라 무도회 장면'을 접한 독자는『고리오 영감』이나『환상』의 마지막 페이지를 닫으며 느꼈을 미진함을 넘어 당혹감에 휩싸일지도 모른다. 수려한 용모로 뭇시선을 끄는 젊은 남자와 그 뒤를 따라붙는 자객 가면의 건장한 남자, 그리고 잠시 후 그 젊은 남자와 합류하는 가면을 쓴 한 여인, 여기까지는 오페라 서막에서 앞으로 활약할 주역들을 무대에 등장시키는 익숙한 방식을 따르지만, 당혹스러운 점은 그 세 주역의 정체를 드러내 주는 역할을 맡은 조연들이 등장하는 방식이다. "파리의 퇴폐상에 대해서는 일가견이 있는 노회한 판관들"로 소개되는 "기자, 댄디, 한량", 그리고 사교계의 귀부인을 대표하는 데스파르 후작 부인이 그 조연들인데, 문제는 그들이 누가 맡더라도 상관없는 그런 일회성 단역이 아니고, 저마다 이름과 뚜렷한 개성을 보이는 인물들로 등장한다는 점이다. 라스티냐크와 건장한 수수께끼 가면이 몇 차례 주고받는 선문답 같은 대화는『고리오 영감』을 읽지 않은 독자에게라면 호기심을 부추긴다기보다는 뜬금없다는 인상을 줄 것이며, 그 가면이 다름 아닌『고리오 영감』의 보트랭이라고는 알아차리지 못할 것이다. 샤틀레 백작과 데스파르 부인이 뤼시앵과 주고받는 공방은『환상』과『금치산』의 상황을 모른다면 왜 그렇게 서로 날이 서 있는지 어리둥절할 것이다. 그리고『환상』 2부에 등장해 뤼시앵과 얽혔던 인물들, 곧 데 뤼포, 블롱데, 피노, 베르누, 비지우, 루스토, 나탕 등을 소개하는 대목이나 그들의 발언을 접하고 독자는 기억력을 시험당하는 느낌이 들 것이다. 그 장면은『영광』이라는 한 작품의 초입부에서 3인의 주역을 향해 관심을 이끌기에는 지나치게 세세하고 겉돈다. 특히 블롱데에 대한 긴 소개, 그중에서도 몽코르네 백작 부인과의 관계에 대해서는 『환상』은 물론, 『골동품 진열실』이나 『농민들』을 모르는 독자에게는 몰입을 방해하는 거추장스러운 장애물이거나 불필요한 사족으로 보일 가능성이 높다.

뤼시앵의 두 번째 파리 체류를 다루는 『영광』의 이 초반부는 원래 그의 첫 번째 파리 체류 이야기인 『환상』 2부(1839년)가 발표되기 전인 1838년에 단행본(『라토르피유』)으로 출간되었다. 발자크는 1843년 『영광』 1, 2부를 일간지에 연재하면서 초반부에 등장하는 인물들과 구체적인 정황들을 『환상』이나 『골동품 진열실』(1839년) 등, 1838년 이후에 발표된 작품을 참고해 수정하거나 보완한다. 그 작업은 『인간극』의 개별 작품들을 독립적이고 자체 완결된 이야기가 아니라 한 편의 거대한 이야기(19세기 프랑스 풍속의 역사)를 구성하는 서로 연결된 요소들로 만들려는 의도의 일환이다. 발자크는 1842년 『인간극』 전집에 붙인 「서문」에서 자신의 소설 시학을 "구성의 통일성"이라고 명명한다. 그 시학은 다른 곳에서 '체계 정신'("뛰어난 인물이 되는 것으로는 충분하지 않다. 체계가 되어야 한다.")이나 '종합 의지'("천재는 창조력만이 아니라 자신의 창조 작업을 조정하고 배열하는 능력을 겸비해야 비로소 완전하다고 할 수 있다. 관찰하고 묘사하는 것만으로는 충분하지 않다. 어떤 목표를 가지고 묘사하고 관찰해야 한다.")로 변주되기도 한다. 그래서 그는 자기 작품을 자주 '건축물'("낱낱의 작품은 건물의 재료인 하나의 돌로서 그 돌들이 모여 언젠가 하나의 거대한 건물을 이룰 것이다.")이나 '모자이크'("이 세계에서 한 덩어리로 이루어진 것은 아무것도 없다. 모든 것은 모자이크다. 당신은 과거의 이야기만 시간의 흐름을 따라 이야기할 수 있다. 그것은 진행형인 현재에는 적용할 수 없는 체계다.”)에 비유한다. “구성의 통일성”을 천명하며 시작된 『인간극』 서문은 “사회의 역사와 사회에 대한 비판, 사회의 악에 대한 분석과 사회의 원칙에 대한 토론, 이 모든 것을 포괄하는 『인간극』이라는 이 방대한 기획이 무모한지 정당한지는 작품이 완결되고 나서 독자 대중이 판단할 문제다.”라며 독자를 향한 자못 비장한 당부로 끝을 맺는다.

그 시학을 실현하는 구체적인 방법이 1835년 발표된 『고리오 영감』에서부터 적용된 ‘인물의 재등장 기법’임은 이제 우리나라의 발자크 독자들에게도 제법 알려진 사실이다. 『영광』이 발자크의 작품 중에서 착상에서부터 완성까지 가장 오랜 시간이 걸린 데다, 착상은 ‘인물의 재등장 기법’ 고안 시점과 겹치고, 완성은 『인간극』의 여정이 멈춘 시기와 겹친다는 점을 고려하면, 작가의 전성기에 시작되어 말년에 이르러서야 완성된 이 작품에 발자크가 말한 ‘종합의 의지’가 얼마나 왕성하게 발휘되었을지, 그리고 그 의지를 가로막는 여러 현실적 장벽에 맞서 작가가 얼마나 치열하게 분투했을지 어느 정도 짐작이 갈 것이다. ‘인물의 재등장 기법’은 하나의 삶이 한 편의 소설에서 시작되고 완결된다는 고전적 등식을 깨뜨린다. 『인간극』의 전신이라고 할 수 있는 『19세기 풍속 연구』라는 제목의 모음집 1835년판에 발자크를 대신해 서문을 쓴 펠릭스 다뱅은 이 기법을 가리켜 “최근 문학계에 획기적인 일이 일어났다. 독자 대중은 『고리오 영감』에서 이전에 창조되었던 인물들이 다시 등장하는 모습을 접하고 저자의 대담하기 그지없는 의도를 이해하게 되었으니, 바로 온전한 하나의 허구 세계에 생명과 운동을 생생하게 불어넣어 주려는 저자의 의도를 말한다. 그 세계 속 인물들은 그들의 모델이 된 현실 세계의 인물들이 대부분 죽거나 잊히더라도 여전히 살아남을 것이다.”라고 작가의 의도를 부연 설명한다. 이 새로운 발명품은 ‘한 편의 소설은 자체 완결성을 지닌 한 작품을 가리킨다.’는 관행을 위반하는 것이었다. 그렇게 ‘인물의 재등장 기법’이 불러일으킨 반향은 가히 혁신적이라 할 만했고, 격렬한 논쟁의 대상이 되었다. 당대 최고 권위의 비평가 생트뵈브는 이 기법을 겨냥해 “끊임없이 연장되고 되돌아오고 서로 얽히는 무수한 부수적 인물들을 내세우지만, 그로 인해 발자크 씨의 ‘풍속 연구’ 연작은 결국 지하 갱도나 카타콤의 통로를 닮은 난맥상을 보여주고 만다. 독자는 거기서 길을 잃고 헤어나지 못한다. 요행으로 빠져나온다고 해도 독자에겐 어떤 선명한 잔상 하나 남지 않는다.”라고 혹평한다.[2] 그러니까 『영광』을 입문서 삼아 발자크의 소설 세계로 들어가려는 독자가 도입부에서부터, 뤼시앵이나 보트랭 같은 인물은 제외하더라도, 『인간극』의 다른 작품들에서 활약하는 부수적 인물들이 마치 독자에게 이미 친숙한 인물인 양 우르르 등장하는 광경을 접하고 느끼는 당혹감은 어쩌면 당연한 반응일 것이다.

그렇지만 그 당혹감은 동시에 『인간극』이라는 미지의 세계, 그래서 호기심을 불러일으키고 새로운 경험을 제공하는 세계

---

2) Sainte-Beuve, *Premiers Lundis*, 1838.

로 부르는 초대장이기도 하다. 『잃어버린 시간을 찾아서』의 작가 마르셀 프루스트는 '인물의 재등장 기법'은 생트뵈브가 알아보지 못한 발자크의 천재성으로서, 그 기법이 『인간극』의 사회 묘사를 통합시키는 효과를 넘어 지속과 노쇠, 다시 말해 존재를 형성하고 변화시키는 시간을 인식하게 해준다고 평가한다. 바로 그 시간이 프루스트가 찾아나선 '잃어버린 시간'이 아니겠는가?『잃어버린 시간을 찾아서』연작 중 「꽃핀 소녀들의 그늘에서」에서 샤를뤼스 남작의(뒤에서 살펴보겠지만, 『영광』의 카를로스 에레라를 모델로 해서 창조된 인물로 유명하다.) 사촌 형수로 잠깐 언급되는 클라라 드 시메의 현실 모델인 카라망 시메 대공 부인(1873~1916)에게 푸르스트가 1907년 보낸 편지에(이 편지는 대공 부인이 자기 친구를 위해 읽을 책을 추천해 달라고 부탁한 데 대한 답신이다.) 다음과 같은 구절이 나오는데, 이는 발자크의 세계에 입문하고자 하는 일반 독자에게도 훌륭한 지침서가 될 법하다. "비교할 수 없는 최고의 흥밋거리가 있다면 그건 단연코 발자크 읽기에 도전하는 일일 겁니다. (당신 친구가 아직 발자크를 읽지 않았다면 말입니다.) 발자크 전체는 아니더라도 적어도 연작으로 이루어진 것들은 모두 다요. 그 연작에 속하는 소설 한 편만 달랑 읽는 건 말이 안 됩니다. 발자크의 작품들은 적어도 3부작으로 구성되며, 때론 10부작짜리도 있는데, 한번 읽기 시작하면 내려놓기 쉽지 않습니다. 몇몇 짧은 소설들은 정말로 기막힌데, 그런 소설들은 한 편만 따로 읽어도 좋습니다. 그 거대한 프레스코 벽화 안에는 빼어난 세밀화도 들어 있으니까요."(여기서 "3부작"이라 함은 3부작 『환상』이나 4부작 『영광』 같은 작품을 지칭하겠지만, 『인간극』에 실제로 10부작이 있는 것은 아니다. '인물의 재등장 기법'으로 3편, 4편, 10편의 소설이 연결되어 있다는 뜻이리라.) 그런데 91편의 『인간극』 작품 중 한국어로 번역된 이력이 있는 작품은 30편 남짓이며, 그마저도 오래되고 절판된 것이 적지 않아 실제 접할 수 있는 작품 숫자는 또 줄어든다. 한국어 독자들은 프루스트의 지침을 다 따를 수 없겠지만, 전해 들은 명성만큼 발자크가 흥미롭지 않다고 느껴진다면, "연작으로 이루어진 것들[을] 모두 다" 읽지 않은 탓이겠거니, 생각해 볼 일이다.

『영광』은 등장인물 숫자만 해도 273명에 이르는 대작이다. 다시 등장하는 수많은 인물 중에서도, 뤼시앵(『환상』), 자크 콜랭(『고리오 영감』, 『환상』), 코랑탱(『올빼미당원들』, 『어둠 속의 사건』), 뉘싱겐(『뉘싱겐 은행』) 등 다른 작품들에서 주인공급으로 활약한 인물들이 주요 인물로 재등장한다. 주인공이 주인공으로 다시 등장하는 경우는 『인간극』에서 흔치 않다. 게다가 착상에서 완성까지 12년이 걸린 이 작품에는 그사이에 쓰인 50여 편의 다른 작품들이 간섭한 흔적이 셀 수 없이 많다. 그 간섭의 흔적을 놓칠 때 의미가 모호해지는 경우가 자주 생긴다. 그중 한 가지 예만 들어보자. 1부 20장 「양갓집 규수」에서 그랑리외 공작 부인 주위에 모인 포부르 생제르맹의 귀부인들은 숄리외 공작 부인의 사위가 젊은 나이에 사망했다는 소식을 전해 듣고 저마다 홀로 남게 된 공작 부인의 딸 루이즈를 염려하는 말을 보탠다.(이 일화를 제대로 이해하려면 『두 젊은 부인의 서간』을 읽어야 한다.) 그중 그랑리외 집안과 묘한 경쟁 관계에 있고, 이 작품은 물론『환상』이나『금치산』에서 이기적인 성정의 소유자로 묘사되는 데스파르 후작 부인이 사려 깊고 다감한 표정을 지으며 위로의 말을 건네자, 그랑리외 공작 부인의 곁에 있던 열 살배기 넷째딸 사빈 드 그랑리외가 그 말을 듣고 의아하다는 듯 초롱초롱한 눈으로 자기 어머니를 바라보고, 공작 부인이 그런 어린 딸을 눈짓으로 엄하게 꾸짖는 장면이 나온다. 이렇게 설명을 좀 보태서 그렇지, 소설 원문 그대로만 읽으면 생경하게 여겨지기 십상이다. 사빈은 비슷한 시기에 쓰인, 그러나 시간 배경은 훨씬 뒤인『베아트리체』에서 브르타뉴의 전통 귀족인 뒤게닉 집안의 외아들 칼리스트 뒤게닉과 혼인하는데, 원하지 않은 결혼을 한 칼리스트는 부부 생활에 충실하지 않은 인물이다. 사빈은 강인하게 결혼 생활을 견디며 파리의 어머니에게 자주 편지를 보내는데, 그 중에 이런 구절이 나온다. "세상엔 악마의 꽃과 하느님의 꽃이 있어요! 악마와 하느님이 세상을 절반씩 창조했다는 사실을 알려면 우리 내면으로 들어가 보기만 하면 돼요."『영광』에는 딱 한 번 등장하지만, 사빈은『인간극』세계에서 아주 지적이고 명민한 여성으로 그려진다. 어린 나이지만 그러한 사빈은 데스파르 후작 부인의 위선적인 모습을 바로 간파한 것이고, 어머니 그랑리외 공작 부인은 상류 사교계의 예법에 따라 어린 딸이 자신의 속내를 빤히 드러내는 경솔함에 주의를 준 것이다. 설명하자면 구구절절한 이런 상황을 발자크는『영광』의 해당 장면에서 단 4줄로 기술했으니, 웬만한 독자로서는 의미 파악이 어려울 수밖에 없다.『베아트리체』에서 사빈의 삶과 사유에 깊이 공감하는 독자에겐 이 장면이 반갑고 의미가 있겠지만 말이다. 발자크를 가장 잘 이해했다고 알려진 독자, 마르셀 프루스트가 흥미롭다고 말한 부분, 그가 '되찾으려 했던 시간'과 관련된 부분이 이런 장면을 두고 하는 말일 것이다.

이런 식으로 『영광』에는 다른 작품의 인물들이 무더기로 다시 등장할 뿐만 아니라, 다른 작품들 제목 자체가 화자의 개입으로 괄호 안에 심심치 않게 적시된다. 예를 들어 "('사생활 장면' 『두 집 살림』을 볼 것.)" 같은 개입 말이다. 말하자면 '작품의 재등장 기법'이다. 『영광』은 『인간극』의 다른 작품들을 부단히 참조해야만 제대로 이해되는 작품이다. 앞서 말한 대로 이 작품과 이른바 '보트랭 3부작'을 이루는 『고리오 영감』과 『환상』은 물론이고, 『곱세크』 『마라나 가문의 여인들』 『뉘싱겐 은행』 『골동품 진열실』 등, 이 작품에 다시 등장해 의미에 간섭하는 작품들을 일일이 열거하자면 한이 없을 것이다. 가령, 작품 후반부에서 중요한 역할을 하는 그랑빌 검사장과 보방 백작과 세리지 백작, 이 절친한 3인의 고위 사법관들의 심리를 제대로 이해하려면 각각 『두 집 살림』(그랑빌), 『오노린』(보방), 그리고 『인생의 첫출발』(세리지 백작)을 읽어야 한다. 그러나 번역본을 구하기 어려운 한국어 독자에게 이는 무리한 요청이다. 해서 역자는 '소설'에 그리 어울리는 방식은 아닐지 몰라도, 필요할 때마다 독자의 이해를 돕기 위해 해당 작품에 대해 간략한 설명이나마 주석으로 붙였다.

『영광』이 보여주는 이러한 양식이 『인간극』의 모든 작품에 비슷하게 나타나는 건 아니다. 초기 작품, 특히 주로 1830년

초중반에 쓰인 중편들은 자체적으로 완결된 구조를 보이며, 그중 어떤 작품들은 프루스트의 말처럼 주옥같은 아름다움으로 빛나기도 한다. 그러다 후반부로 갈수록 이런 양식이 나타나고 『영광』에 이르러서는 절정에 다다른다고 할 수 있다. 이는 어떤 의미를 지닐까? 단순히 시간의 흐름의 결과일 뿐일까? 물론 시간 흐름의 결과이겠지만, 그 흐르는 시간에 작가나 예술가마다 어떤 식으로 대응하느냐는 또 다른 문제다. 그 대응의 양상에 따라 발생하는 의미가 사뭇 다를 것이기 때문이다.

에드워드 사이드는 그의 말년에 쓰인 미완성 에세이 『말년의 양식에 관하여(On Late Style : Music and Literature Against the Grain)』에서 아도르노에게 빌려온 '말년의 양식(late style)' 혹은 '말년성(lateness)'이라는 개념을 확장해 여러 예술가의 말년 양식에 나타나는 '부정의 힘' 혹은 '저항의 힘'을 분석한다. 아도르노나 사이드가 말하는 '말년성'은, '시의성(timeliness)', 그러니까 세월이 흐름에 따라 노년의 예술가가 보여주는 조화 평온 화해 포용 관용 등의 태도와 다르다. 사이드가 분석하는 예술가들에게 나타나는 '말년의 양식'은 그와 반대로 예술이 자신의 권리를 포기하지 않고 현실에 저항할 때 생겨나는 모습을 말한다. 그 속에는 이전의 갈등이나 풀리지 않는 모순이 그대로 드러난다는 것이다. 발자크에게도 아도르노와 사이드가 정의한 '말년의 양식'이 나타날까? 일찍이 허구의 세계로 현실 세계를 대체하고자 했던 지난한 꿈을 생의 끝까지 밀고 간 발자크가 남긴 『인간극』이라는 '전집', 그 거대한 구조물은

끝내 어떤 모습을 보여줄까? 발자크의 말년 작품인 『영광』에
나타나는 특징들을 통해 사이드가 말하는 '말년의 양식'에 몇
몇 양상들을 추가할 수도 있을 법하다.

연재소설의 영광과 비참

　『영광』은 작품 전체가 일간지 연재소설 형태로 발표되었던
작품이다.(연재에 관한 자세한 상황은 부록 2 참조.) 발자크의 시
대나 오늘날이나 연재소설에는 이른바 '상업 문학'이라는 곱
지 않은 꼬리표가 붙는다. 그러나 연재소설의 자리가 이른바
'순수 문학'의 경계 바깥에 놓인다고 섣불리 단정할 수 있는
것은 아니다. 『영광』에는 연재소설이라는 양식의 요구를 한편
으론 따르고 한편으론 거부하는 모습이 뚜렷이 나타난다. 그
모습은 '연재소설로 연재소설을 넘어서기'라고 이름 붙일 만
하다. 그래서 어떤 평자는 『영광』을 가리켜 "모든 연재소설을
통틀어 연재소설을 가장 많이 위반하는 작품"이라고 평하기
도 한다. 흥미롭게도 프랑스에서 최초로 일간지 연재소설을
쓴 작가가 다름 아닌 발자크다. 1836년 창간된 일간지 《라프
레스》에 연재된 『노처녀』가 바로 그것인데, 이 작품의 연재는
폭발적 반응을 이끌어내며 《라프레스》의 성공적인 안착에 기
여하지만, 귀족과 부르주아지를 가리지 않고 어리석음과 위선
을 신랄하게 풍자한 내용 탓에, 대다수가 사회의 기득권층에
속하고 보수적 가치관을 지닌 일간지 독자의 정서를 거스르는

바람에 신문사에 독자의 항의가 쇄도하기도 했다.

《라프레스》가 창간된 1836년은 프랑스에서 '매스미디어 시대의 원년', '산업 시대로의 진입 원년'이라고 불린다. 대혁명 이후 프랑스 일간지는 원래 사회의 엘리트를 대변하고 특정 정치 노선을 표방하는 정파적 성격을 가진 매체였다. 그러니까 뜨거운 혁명의 시대에 한 신문의 자산은 정치적 견해와 거기에 동조하는 구독자들의 지지였다. 구독료는 연 80프랑으로(일반 노동자의 2개월 치 임금에 해당) 매우 비쌌고, 상업적 이익은 새로운 사상을 유통하는 수단 중 하나로 고려되었을 뿐이었다. 1830년 무렵 최대 일간지로서 자유주의와 반교권주의를 표방한 《르콩스티튀시오넬》의 구독자 수는 1만 명 남짓이었다. 그런데 1836년 에밀 드 지라르댕이 정치색을 탈피해 종합 정보지를 표방하며 구독료를 반값으로 낮춘 《라프레스》를 창간한다. 지라르댕은 신문의 가장 큰 수익원으로 광고를 적극 활용했고, 독자 수를 늘려 광고 수익을 극대화하는 방안으로 연재소설 게재를 도입했는데, 그 첫 주자로 선택된 작가가 바로 왕성한 필력을 선보여 왔고 직전에 『고리오 영감』을 발표해 대중의 관심을 사로잡았던 발자크다. 그러나 발자크의 첫 연재소설은 앞서 말한 대로 《라프레스》의 편집 방향과 충돌을 일으킨다. 『노처녀』에 이어 『라토르피유』 『뉘싱겐 은행』 『하급 공무원들』을 《라프레스》에 연재하려 했던 발자크는 신문사에 의해 연재가 거부되자 세 작품을 단행본으로 출간하며 붙인 서문에 《라프레스》를 적시하지는 않지만, 일간지 편집인이 보여주는 "장사치 근성"에 맹공을 퍼붓고, "자기 작품의 수익으로만 먹고살 수밖에 없게 된 오늘날 대부분의 프랑스 작가가 처한 상황"을 강조한다.

사실 발자크는 저널리즘의 가능성과 위력을 누구보다도 먼저 알아차린 작가였다. 1831년 출판사 단행본으로 나온 『나귀 가죽』으로 유명 작가 대열에 들어선 다음에도 한동안 저널리스트로서 활동을 이어가던 1830년대 초, 그는 잡지에 기고한 한 평문에서 "저널리즘이 없으면 정부도, 문명도 더 이상 존재할 가능성이 없기에, 인간의 지적 능력을 인정하듯 이제 저널리즘을 인정해야 한다. 저널리즘은 민중의 이성이다."라고 적는다. 그러나 당시의 경험을 녹여낸 『환상』 2부가 보여주듯 저널리즘은 재능과 양심을 분쇄하는 기계이기도 했다. 저널리즘이라는 새로운 권력은 이를테면 양날의 검 같은 것이었다. 그러나 스무 살 무렵 파리의 다락방에서 문학으로 사랑과 명예를 쟁취하겠노라는 결심을 다지며 습작에 몰두하던 기억을 평생 삶의 원동력으로 간직할 발자크로서는 전업 작가로 본격적인 활동을 개시하고 나서 저널리즘 비평을 남의 일 다루듯 하고만 있을 형편이 아니었다. 그것은 그로서는 매우 실존적인 문제였다.

발자크가 20대 초반의 결심을 다질 무렵, 프랑스에는 펜으로 먹고사는 작가가 하나도 없었다고 해도 지나친 말이 아니다. 옛날의 메세나(후원자) 제도는 사라졌다. 작가는 자기 소유의 영지에서 나오는 수입이 있거나, 여유롭고 번듯한 다른 직업이 있거나, 왕의 하사금을 받거나 해야 삶을 영위할 수 있는 존재였다. 그도 저도 아니면 저널리스트를 병행해야 했다. 작품을 쓰는 것만으로는 생업이 될 수 없었다. 저작권 개념도 없었다. 낭만주의 시대의 거목들, 예컨대 프랑수아 르네 드 샤토브리앙은 귀족 출신에 외교관이었고, 같은 귀족 출신인 알퐁스 드 라마르틴은 정치가였으며, 알프레드 드 비니는 군 장교였다. 예외적으로 평민 출신으로서 일찌감치 천재적인 시인으로 두각을 나타낸 빅토르 위고는 약관의 나이에 왕의 하사금으로 살았다. 대중소설로 당대에 엄청난 인기를 누리던 소설가 피고 르브룅(Pigault-Lebrun, 1753~1835) 같은 모델은 발자크에게 '명예'를 가져다줄 수 없었다. 발자크는 피고 르브룅이면서 동시에 단테가 되고자 했다. 그가 파리 레디기에르가의 다락방에 칩거해 1년 만에 선보인 운문 비극 『크롬웰』을 읽고 집안의 친지인 콜레주 드 프랑스의 교수가 발자크 부모에게, 아들이 문학만 아니라면 어떤 분야에서도 성공을 거둘 재자(才子)라고 말한 것은 어쩌면, 작품에 대한 평가 이전에 작가라는 직업에 관한 냉정한 조언이었을지 모른다.

그렇게 10년 가까이 사랑과 명예를 쟁취할 작품의 집필을 미룬 채, 사업에 투신하고 훗날 스스로 "쓰레기 같은 작품"이라고 깎아내린 작품들이나 가명으로 발표하다가, 발자크는 마침내 1829년 서른 살에 자신의 이름을 건 『인간극』의 첫 작품 『마지막 올빼미당원』을 발표하는데, 출판사를 통한 단행본 형식이었다. 발자크의 초기작들은 장편의 경우 단독으로, 중편의 경우는 몇 편을 모아서 출판사를 통한 단행본으로 발간된다. 그러다가 주간지 《르뷔 드 파리》나 월간지 《르뷔 데 되 몽드》 같이 그즈음 창간되어 정착된 종합 문예지에 먼저 분재하고, 이어서 출판사를 통해 단행본을 발간하는 형식을 취한다.

1835년《르뷔 드 파리》에 네 차례에 걸쳐 나누어 싣고, 곧바로 베르데 출판사를 통해 단행본으로 발간한 『고리오 영감』이 대표적인 예다. 문예지 게재에 편집진과 작가와의 갈등이 없었던 것은 아니지만, 발자크로서는 독자 대중에게 더 알려질 기회를 적극 활용해야 했고, 문예지 수록과 단행본 출간으로 원고료 수입이 배가(倍加)되는 것을 간과할 수 없었다. 그러다가 일간지 연재소설의 시대가 열린 것이다. 당시의 한 평자는 "자기 생각을 옹호하고 전파하기 위해 오늘날 일간지를 활용하지 않는다는 것은 자기 시대에 속하지 않겠다는 선언이나 다름없다."라고 말한다. 자기 시대인 "19세기 프랑스 사회"를 모델로 삼은 『인간극』의 기획자 발자크가 일간지 연재소설에 뛰어든 것은 당연한 일인지 모른다.

1836년 이후 쓰인 발자크의 소설 대부분은 연재소설로 독자와 처음 상면한다. 나머지의 경우, 예컨대 『세자르 비로토』(1837)나 『뉘싱겐 은행』(1838) 같은 주목할 만한 작품들이 일간지를 통해 연재되지 않은 이유는 연재가 예정된 신문이 파산했거나, 아니면 신문 편집진이 먼저 수록을 거절했거나, 그것도 아니면 발자크가 편집진의 수정 요구를 받아들이지 않은 데 있다.

대혁명 이전 봉건시대의 메세나나, 1830년 7월혁명 이후 자신이 시대의 주역이 되었다고 자부하는 부르주아지가 다수를 점하는 일간지 독자 대중이나, 작가에 대한 요구는 다르지 않았다. 독자 대중은 작가가 자기들 이야기를 해줄 것을, 그것도 자기들이 원하는 목소리로 해줄 것을 기대하며 작가에게 밥벌이를 제공했다. 어쩌면 배타적 권한을 누리는 극소수였던 이전의 메세나가 광범하게 퍼진 익명의 독자 대중보다 작가에게 훨씬 더 너그러웠던지도 모른다. 대혁명 이후 반세기 동안 국가의 검열은 사라졌지만, 대중의 검열이, 그것을 대리한 일간지 편집진의 간섭이 더 심해진 상황이었다.

발자크에게 그 검열을 피하면서 동시에 대중의 관심을 사로잡고 위대한 작가가 되는 길은 무엇이었을까? 우선 생각한 돌파구가 독립적인 매체를 스스로 운영하는 방법이었다. 발자크는 정치·문예 월간지 《크로니크 드 파리》를 1836년 인수해 혼자 경영하며 자신의 정치·사회 평론과 소설 작품의 발표 지면으로 활용했으나 6개월을 넘기지 못하고 파산한다. 그는 자신의 패배를 "신념을 지닌 인간"이 "숫자에 매몰된 인간"에 무너진 것이라고 평했다. 이 집념은 1840년에 같은 성격의 월간지 《르뷔 파리지엔》을 창간하여 다시 혼자서 운영할 정도로 강했으나, 그 시도도 3호 발간을 끝으로 무산되고 만다. 현실의 장벽은 집념이라는 장대를 이용해 뛰어넘기에는 너무 높았다. 사르트르의 표현을 원용하자면, 부르주아 독자 대중은 문학이 자기를 신성한 권력을 지닌 존재로 추인해 주기를 바랐지만, 발자크의 소설은 부르주아지의 그러한 기대를 배반할 뿐만 아니라 부르주아지 지배의 정당성 자체를 심각하게 부정했기 때문이다.

그사이 작품 발표 지면으로 단행본 출판사나 거대 문예지를 통하는 길은 이미 막혀 있었다. 『환상』 2부에서 묘사되듯

상업적 사적 이익에 좌우되는 서적상(출판사)의 농간은 일간지와 다를 바가 없었으며, 거대 문예지는 그 좌장 격인 생트뵈브가 보여주듯 발자크에 대한 비토 정서가 지배적이었던 탓이다. 이는 자유주의 부르주아 체제의 승리로 요약되는 시대의 흐름과 지배적인 정서를 거스름은 물론, 문체와 구성에서도 고전적 소설 양식을 자주 위반하는 발자크 소설의 면모와 관련이 있다. 니체식으로 표현하자면 '반시대적 고찰'이라고 부를 수 있는 그러한 면모로 인해, 발자크의 소설이 오늘날에도 프랑스 문학 연구계에서 가장 많은 연구 논문이 생산되는 텃밭 중 하나가 되었지만, 반면에 '발자크답다'라는 형용사가 담은 부정적 함의, 곧 엄청난 에너지의 소유자인 것은 맞지만, 지나친 디테일 묘사와 장광설을 구사하는 과대망상증 환자, 돈밖에 모르고 귀부인의 환심을 사기 위해 혈안이 된 속물이라는 이미지가 굳어지고, 그 후로도 계속 확대 재생산되는 근거로 작용하게 되었다. 그리고 그즈음 소설이 일간지 연재로 발표되는 것은 이미 거스를 수 없는 대세가 된 상태였다.

알렉상드르 뒤마, 외젠 쉬 등 연재소설의 규약을 창안하고 충실히 따르던 작가들과 달리 발자크는 작품을 연재할 때마다 신문사와 갈등을 빚었다. 발자크의 사회 묘사는 그 시대의 지배자 혹은 기득권자 들이 듣고 싶어 하는 이야기와는 거리가 멀었고, 그들이 감추고자 하는 이야기를 자주 폭로했다. 연재소설에서 당대의 논쟁적 주제를 다루는 것은 금기 사항이었다. 그들은 그러한 발자크의 작품에 '부도덕'하다는 낙인을 찍으며, 사회의 진창에 너무 깊숙이 발을 들여놓는다고 비판했다. 게다가 발자크의 소설은 연재 내내 독자의 관심을 붙들기 위해 날마다 장면을 적절히 나누고 자르는, 이른바 '서스펜션 효과'를 유발하는 기법에 맞지 않았다. 그의 소설은 길고 세밀한 묘사와 화자가 개입하여 펼치는 장광설로 악명이 높았다. 『인간극』에서 세 편의 소설이 미완인 채 중단된 사정도 일간지와의 갈등과 깊게 연관된다.

『농민들』은 1838년부터 여러 일간지에 연재를 타진하나 계속 거부되다 1844년 《라 프레스》에 연재가 시작된다. 그러나 귀족과 부르주아지의 대립에 이은 부르주아지와 프롤레타리아트의 대립이라는 민감한 주제를 다루는 이 작품을 계속 연재하면 구독을 해지하겠다는 독자들의 항의가 쇄도하자, 《라 프레스》는 결국 『농민들』의 연재를 중단하고 대신 뒤마의 『여왕 마고』를 연재하며, 발자크는 그렇게 중단된 『농민들』을 끝내 완성하지 못한다. 같은 해, 프티부르주아들이 장악해 가는 파리의 풍경을 그리는 『소시민들』을 연재하기로 한 일간지 《주르날 데 데바》가 편집진의 원고 수정을 허락한다는 계약 조건을 내밀자, 발자크는 그 작품의 연재를 접고 대신 문제의 소지가 거의 없는 '사생활' 계열의 연애소설인 『모데스트 미뇽』을 연재한다. 구독자의 관심을 끌지 못한 발자크의 작품에 실망한 《주르날 데 데바》가 그다음에 연재한 작품이 바로 뒤마의 『몬테크리스토 백작』이다. 집필이 상당 부분 이뤄졌지만 말년의 발자크는 그 후 『소시민들』을 더 이상 이어가지 못한다. 1847년, 지방의 국회의원 보궐선거라는 민감한 정치 문제를 다루는 『아르시의 국회의원』은 《왕정 연합》이라는 왕정주의 색채를 지닌 일간지에 연재되나, 첫 회부터 구독자들의 적의에 찬 항의가 빗발치자, 신문은 결국 연재를 중단한다. 역시 상당량이 집필된 이 작품 또한 그렇게 후속 이야기를 잇지 못한다.

19세기 문학은 정기간행물 덕분에 읽힐 수 있었다고 해도 과언이 아니다. 발자크는 그 점을 누구보다 잘 알고 있었다. 그러나 작가가 노예가 되는 그 시스템은 작가에게 상업적 제약을 벗어나는 방법에 대한 고민을 안긴다. 스탕달처럼 '행복한 소수'를 독자로 겨냥해 제약을 벗어나는 방식은 발자크의 추구가 아니었다. 그에게 연재소설은 예속과 투쟁의 장이었다. 발자크는 연재소설로 발표된 작품을 단행본으로 내면서 연재 시 담지 못했거나 삭제된 부분을 복원하고, 서문을 붙여 그 과정을 정리하며 자신의 소설 시학을 재천명하는 경우가 많다. 서문은 그 투쟁의 보고서라고 할 수 있다.

1839년 『베아트리체』 1부를 일간지 《르시에클》에 연재하고 나서 다시 단행본으로 발간할 때 붙인 서문에서 발자크는 "연재소설의 배반"으로 인해 "훼손되고 삭제된 작품"을 제대로 복원할 필요성을 언급하며, 본문 첫머리에는 "우리는 상품을 가지고 있을 뿐이다. 우리는 더 이상 작품을 가지지 못한다."라는 구절을 집어넣는다. 같은 시기에 역시 《르시에클》에 연재되면서 적지 않은 대목이 삭제되는 수모를 겪은 『피에레트』를 1840년 단행본으로 발간하면서 발자크는 삭제된 대목들을 복원하고 붙인 서문에, "우리 시대는 예술가가 세상과 담을 쌓고 평온하게 살다가, 어느 날 완성된 작품 하나를 들고 세상에 나타나는 그런 시대가 더 이상 아니다. (……) 우리는 학문을 위해, 예술을 위해, 문학을 위해 사는 것이 아니라, 살기 위해 문학과 예술과 학문을 행할 수밖에 없는 처지에 몰린 것이다."라고 열변을 토해 낸다. 『영광』의 경우도 1, 2부 연재 후 1844년 단행본으로 출간될 때 서문을 붙인다.(부록 1 참조.) 발자크는 거기서 자기가 왜 비밀 정보원과 매춘부와 범죄자를 소설에 등장시켰는지 설명한 다음, 마지막 대목에서 연재소설로 발표되는 이 작품이 다른 작가들의 연재소설과 구별되는 점을 강조하고, 독자에게 이 부분만이 아니라 앞으로 발표될 작품 전체를 읽고 판단해 달라는 예의 그 당부를 되풀이하며 "전체가 모습을 드러낼 때까지는 천박한 사람들이여, 그대들에게 비방할 권리를 부여하노니, 현대의 신(神)인 다수결에, 머리는 비록 금은 아니어도 합금이기에 아주 단단해도 두 다리는 무른 점토로 만들어진 그 거대한 동상에 뭐라도 공물을 바쳐야 마땅하리라."라는 신랄한 풍자로 글을 맺는다.

상업적 제약에 대한 발자크의 투쟁은 여기서 멈추지 않는다. 단행본 출판이 연재소설 당시 담지 못했던 부분을 채우는 과정이었다면, 단행본을 퓌른판 『인간극』 전집에 재수록할 때 발자크가 세운 방침은 연재소설 발표 당시의 흔적을 지우는 일이었다. 독자의 관심을 유인하기 위한 연재소설 기법인 장 구분과 제목을 모두 지운 것이라든가, 상업적 제약에 맞선 투쟁의 기록인 개별 작품에 붙인 서문들을 일괄 삭제하고 『인간극』 전체에 붙인 서문으로 대신한 것이 그런 방침에서 나왔다. 착상부터 최종본까지 텍스트의 내력을 살피는 일은 연구자의 관심사지 일반 독자가 상세히 살필 일은 아니며, 작품 감상에 큰 변수가 되는 요인도 아니다. 그러나 발자크의 작품을 손에 들고 읽을 때, 그 지표면의 구조물을 그 아래 켜켜이 쌓인 지층이 지탱하고 있다는 사실만은 기억해 둘 필요가 있다.

『영광』은 연재소설 형식으로 발표된 1836년 이후의 발자크 소설 중 연재라는 양식을 가장 강하게 의식하고 쓴 작품이다. 1842년은 발자크에게야 『인간극』이 출범한 해이지만, 전반적인 소설 시장의 관점에서 보자면 외젠 쉬의 『파리의 미스터리(Les Mystères de Paris)』가 연재된 해로 기록될 것이다. 1842년 6월부터 일간지 《주르날 데 데바》에 연재되기 시작한 쉬의 작품은 대중의 요구를 정확히 파악하고 충실히 받아들여 절정의 인기를 누렸고, 연재는 해를 넘겨 1843년 10월까지 이어진다. 『파리의 미스터리』는 발자크가 볼 땐 너무나 이상하고, 고전주의 시학에서 마이너 장르로 홀대받던 소설을 혁신해 문학을 대표하는 장르로 끌어올리겠다는 그의 의지와 정면으로 충돌하는 작품이었다. 그러나 당시 대중과 신문은, 지금은 문학사에서 거의 잊힌 작가로 취급되지만, 쉬에 환호했고, 같은 시기 연재된 발자크의 소설들은 외면했다. 거기에다 그즈음은 발자크를 평생 따라붙은 빚이라는 악령의 괴롭힘이 절정에 이른 시기였다.

1842년 5월 한스카 부인에게 보낸 편지에는, 동정심을 유발하려고 과장했다는 점을 감안해도, 그의 고뇌가 절절히 묻어난다. "난 앞으로 뭐가 될지 모르겠소. 내 집필 작업은 아무짝에도 쓸모가 없어요. 희망이라도 붙들지 않는다면 낙담이 내 영혼 속에 치고 들어와 모든 걸 무너뜨릴 거요. 쉬지 않고 창작해야 하오! 쉬지 않고! 기분 전환을 위해 좀 쉴라치면, 물질적 근심이 물밀듯 밀려오오.” 그런데 그가 볼 때 쓰레기 같은 작품이나 쓰는 외젠 쉬는 돈 걱정이라고는 아예 없는 부유한 집안 출신인 데다 자기와는 비할 수 없이 엄청난 원고료를 받는 것이다. 어떤 연구자는 당시 발자크의 심리를 ‘외젠 쉬 콤플렉스’라고 명명한다. 그래서 발자크는 쉬를 흉내 내 쉬를 격파하기로 마음먹는다.

『영광』 1, 2부를 《르파리지앵》에 연재하기 시작한 1843년 5월, 한스카 부인에게 “순전히 쉬를 흉내 낸 작품을 쓰겠다.”라고 편지한 그는 연재를 마치고 단행본으로 출간하기 얼마 전인 1844년 2월 편지에서 “『에스테르』라는 희한한 작품을 곧 받아보게 될 거요. 수정을 마친 후 보내드리겠소. 당신이 몰랐고, 앞으로도 영원히 모를 파리라는 세계, 『파리의 미스터리』에 나오는 가짜 파리와는 완전히 다른 세계를 거기서 접하게 될 거요.”라고 적는다.

발자크의 이전 작품과 달리, 『영광』에는(특히 1, 2부) 연속되고 중첩되는 사건들이 마치 바로크 양식처럼 차고 넘친다. 이런 양상은 작가가 유감없이 발휘하는 상상력의 산물이겠지만, 자신이 제일 먼저 시도한, 그러나 이제는 쫓아가는 처지가 된 연재소설 양식이 독자를 복잡한 줄거리에 붙들어 매고 가쁜 호흡으로 따라오게 만드는 대표적 기법이다. 발자크는 1840년 「문학 서한」이라는 평문에서 여러 사건의 중첩을 가리켜 작가의 무능을 드러내는 결함이라고 질타한 적이 있다. 그런데 『영광』에서 자기가 그걸 해야 했다. 범죄자와 매춘부와 비밀 정보원의 세계는 『파리의 미스터리』가 독자의 관심을 사로잡은 주요 요인이다. 발자크는 「서문」에서 그들의 등장이 범속하고 획일화된 사회의 위선을 폭로하는 목적을 가진다며, 자기 작품에서는 쉬의 "가짜 파리"가 아닌 "진짜 파리"의 면모가 드러날 것이라고 설명하지만 말이다.

『영광』은 연재소설의 클리셰들을 적극 차용한다. 그러나 발자크는 그런 방식들을 자기 식으로 활용하고자 한다. 예컨대 거액의 상속으로 인물의 운명이 바뀌는 멜로드라마식 구도와 달리 에스테르에게 상속은 너무 늦게 오고, 나아가 의도치 않은 곳으로 유통되게 함으로써 자본주의 체제에 대한 자신의 시각을 입히려 한다. 범죄는 범람하지만 주로 부르주아의 의식을 뒤흔들고 박애주의나 이상주의의 시각을 비판하기 위해 활용된다. 그리고 소설 시학에서 '메타 담론'이라고 부르는, 화자의 개입으로 펼쳐지는 긴 사설(私說)이 부쩍 늘어난 현상은 원래 발자크 소설의 특성이기도 하지만, 그런 메타 담론은 연재소설이 애용하는 방식이기도 하다. 차이가 있다면, 쉬 같은 작가는 거기에 대중의 정서에 영합하는 내용을 주로 담았고, 발자크는 자기 작품이 여느 연재소설과는 다르게 '진지'하다는 점을 독자에게 보여주려고 인과관계를 상술한다거나 백과사전적 지식을 과시하는 내용으로 채웠다는 점이다.

그러나 1846년 이후 쉬와 뒤마가 주도한 연재소설 유행은 거짓말처럼 잦아든다. 자극적인 이야기나 역사물에 식상한 대중은 발자크의 이야기에 다시 관심을 보인다. 발자크는 1846년

10월에 한스카 부인에게 "상황이 내 쪽으로 유리하게 대반전이 펼쳐지고 있소. 나는 승리했소."라고 감격스러워하는 편지를 보낸다. 그즈음 연재된 『영광』의 3, 4부는 쉬나 뒤마가 피상적으로 묘사하는 데 그쳤던 주제인 감옥과 형사소송의 내밀한 속내를 파고들어 비교적 뚜렷하고 단일한 줄거리를 빠른 전개로 이끌어 가는 모습을 보이며 연재소설의 질곡에서 얼마간 벗어난 느낌을 준다. 어떤 면에서 보자면, 연재소설에서의 실패가 발자크의 소설을 구했다고 평할 수도 있겠지만, 실제로는 연재소설이라는 '플랫폼'은 『인간극』의 기획을 재촉하는 한편, 그 기획을 적잖이 뒤틀리게 하는 등 발자크의 말년 양식에 강한 영향을 미친다. 그 점을 자세히 살펴보기 전에 우선 『영광』 안으로 좀 더 들어가 보기로 하자.

제목의 함의와 복수(複數)성

이 작품의 원제 *Splendeurs et misères des courtisanes*을 우리말 어감이나 어법을 고려하지 않고 고지식하게 옮기면 '창녀**들**의 영광**들**과 비참**들**'이다. 사용된 명사들이 모두 복수라는 점이 이채롭다. 제목에 들어 있는 '영광과 비참'은 계몽주의 시대인 18세기의 유명한 두 저작, 몽테스키외의 『로마 제국의 흥성과 몰락의 이유에 대한 고찰』(1734), 에드워드 기번의 『로마 제국의 쇠퇴와 몰락의 역사(쇠망사)』(1776~1789)를 떠올리게 한다. 두 저작 모두 '로마 제국'의 '부침'을 다룬 이야기다. 『인간극』에는 이 작품을 포함해 이런 유의 제목을 가진 작품이 세 편이다.

발자크의 초기작으로서 『인간극』 편제의 첫머리에 놓이는 작품인 『공놀이하는 고양이 상점』은 파리의 포목상 기욤의 두 딸이 겪는 상반된 운명에 관한 이야기인데, 1842년 『인간극』 전집에 수록되면서 제목이 지금처럼 바뀌기 전까지는, 그 상반된 두 운명을 빗댄 '영광과 불행'이었다. 또한 1838년에 발표된 『세자르 비로토』는 파리의 화장품 상인인 비로토의 성공과 파산과 죽음을 다룬 이야기인데, 보통 줄여서 그렇게 부르지 원래 제목을 다 적자면, 『화장품 상인이자 파리 제2구의 부(副) 구역장이며, 레지옹도뇌르 기사장 수훈자 등의 직함을 가진 세자르 비로토의 영광과 몰락에 관한 이야기』다.

이제 '영광과 몰락' 유의 제목은 제국이나 영웅에게만 붙지 않는다. 아니, 황제나 영웅의 시대는 가고 없다. 부침의 역사는 평범한 개인의 이야기로서 일상의 영역으로 들어온다. 과거에도 개인의 부침을 다룬 이야기가 없진 않았지만, 발자크의 이야기는 개인의 영광과 몰락을 통해 영광의 덧없음과 개인의 도덕적 의무를 강조하는 옛날의 교훈담과는 거리가 멀다. 그리고 이 작품에 와서는 한 걸음 더 나아가, 이전 두 작품의 '영광과 몰락(불행)'이라는 단수형 제목에서 '영광들과 비참들'이라는 복수형 제목으로, 다시 말해, 한 개인의 인생사 내에서 펼쳐지는 단일 대립 구도를 넘어, 여러 사람이 여러 차원으로 얽혀 끊임없이 상승과 추락을 이어가는 복합 구도로 확장된다.

제목에서 어쩌면 훨씬 더 이채로운 부분은 그 개인들이 '창녀들(courtisanes)'로 설정되었다는 점일지 모른다. 영광과 비참이라는 거창한 주제가 사회에서 가장 소외되고 가장 낮은 존재로 여겨지는 '창녀'에 적용되었다는 점에서, 그 주제에 대한 인식의 변화 과정이 더욱 극적으로 다가온다. 이 작품 1부와 2부를 일간지에 연재할 때 그렇게 제목을 정한 것을 보면, 모태가 되는 1838년의 『라토르피유』라는 제목도 그렇지만, 적어도 그때까지는 이 이야기가 창녀 에스테르와 그녀의 동료들(특히 『환상』 2부에도 등장하는 쉬잔 뒤 발노블, 플로린 등)을 중심으로 그녀들과 관계를 맺는 파리의 번듯한 인간 군상이 펼치는 드라마로 구상되었으리라고 추측할 수도 있다. 아마도 당시 대중의 관심을 유인하던 멜로드라마 혹은 연재소설의 코드에 편승한 측면이 없지 않았을 것이다.

그런데 이야기에 살이 붙어가며 창녀의 파란만장한 삶의 부침보다는 상품이 된 여성을 통한 정신의 사물화 현상에 대한 비판의 색채가 점점 짙어지고, 2부 마지막에서 에스테르가 자살로 소설 무대에서 퇴장하고 나서는 이야기의 중심축이 보트랭으로 완전히 옮겨가지만, 발자크는 이전에 종종 해왔던 것과는 달리, 애초의 제목을 바꾸진 않는다. '창녀들'은 좁은 의미에서 에스테르와 그녀의 동료들을 가리키지만, 발자크는 처음부터 그 말의 다층적 의미를 염두에 두었던 것으로 보인다. 그 첫 번째 의미, '창녀 에스테르'부터 살펴보기로 하자.

'창녀'는 프랑스어 'courtisane'의 번역이다. 이 작품 초반부 오페라 무도회에서 블롱데가 '토르피유', 곧 에스테르를 "진짜 멋진 'courtisane'의 기질이 집대성[된]" 여자라고 설명하면서 고대부터 현대까지 시대별로 courtisane의 계보를 나열하듯이, 이 말은 의미의 스펙트럼이 꽤 넓은 편이어서, 단순히 자기 몸을 상품으로 파는 여성에서부터 수준 높은 교양과 재능을 갖추고 봉건적 가부장 질서의 언저리나 바깥에서 활약했던 여성들까지 아우른다. 물론 주로 남성 예술가들이 자기중심적 시각에서 '뮤즈'의 다른 말로 사용하기도 한다. 아무튼 그래서 우리나라에서는 그런 뜻을 강조할 때는 특히 영어식 발음인 '코르티잔(courtesan)'으로 구분해 쓰는 경우도 있다. 블롱데의 발언에서 그와 비슷한 쓰임이 보여서 본 번역에서는 거기에 나오는 courtisane를 '코르티잔'으로 옮겼다. 그러나 발자크가 이 용어를 이 작품은 물론이고 『인간극』 전체에서 그런 식으로 '창녀'의 역사적 배경이나 유형이나 위계를 염두에 두고 세세히 가려서 쓰는 것은 아니고, 대개는 '매춘부(prostituée)'와 구별 없이 쓴다.

물론 『인간극』에는 여러 유형의 창녀들이 있다. 초기작인 『나귀 가죽』에서 저널리스트들과 세련되고 냉소적인 대화를 주고받는 아퀼리나, 유프라지. 아마조네스 신화를 연상케 하는 『마라나 가문의 여인들』의 어머니 마라나. 이 작품과 함께 대표적 말년작인 『사촌 베트』에 등장하는, 가수 조제파와 남편을 두고 매춘을 일삼는 발레리 마르네프 등. 그중에서 『영광』의 에스테르는 낭만주의 시대 작가들의 상상력이 만들어낸 '교화된 숭고한 창녀' 계열에 속하며, 동시에 서구의 오리엔탈리즘이 만들어낸 '아름다운 유대 여인'이라는 유서 깊은 신화에 편승해 창조된 인물이다. 이 작품에서 블롱데도 언급하는 루이 13대 시대의 실존 인물 마리옹 들로름을 소재로, 빅토르 위고가 1831년 포르트 생마르탱 극장(에스테르가 뤼시앵을 처음 만난 곳이다.) 무대에 올린 5막 운문극 『마리옹 들로름』은 '사랑으로 정화된 창녀'라는, 루소와 실러에게서 비롯된 주제를 대중에게 널리 퍼뜨린 대표적 작품이다.

한편, '아름다운 유대 여인'은 셰익스피어의 『베니스의 상인』에 나오는 유대인 고리대금업자 샤일록의 딸로서 기독교도인 로렌조를 사랑하는 제시카가 그 원형이라 할 수 있을 텐데, 18세기 계몽주의 자유사상가들이 에스더, 유디트, 사라, 살로메 등 구약에 나오는 여성들을 육감적인 여성으로 속화시키고, 이어 1820년에 프랑스에 번역 소개되어 큰 인기를 얻은 스코틀랜드 작가 월터 스콧의 『아이반호』에(발자크는 스콧의 애독자였다.) 나오는 유대인 고리대금업자 요크의 현숙하고 아름다운 외동딸로서 기독교도인 아이반호를 연모하는 레베카가 그 구체적인 이미지를 널리 퍼뜨렸다.

유대인 어머니와 고리대금업자 아버지(에스테르에겐 증조할아버지 곱세크), 고혹적인 절세의 미모(1부 9장 "티치아노가 그리고 싶었을 초상화"의 묘사를 보라.), 그리고 기독교도 남성을 사랑하는 정화된 창녀까지(카를로스가 그녀를 수녀원에 입교시켜 "교화의 표본"으로 만들기도 전에 이미 그녀는 뤼시앵에 대한 사랑의 염원으로 "창녀가 아니라 타락을 딛고 다시 일어서는 천사"로 변한다.) 에스테르는 '교화된 창녀'와 '아름다운 유대 여인'이라는 두 도식을 완벽하게 구현한다.

하지만 발자크는 에스테르를 예외적인 창녀로 만들기 위해서가 아니라, '매음'의 보편적 속성이 19세기 사회에 가지는 의미를 뚜렷하게 드러내기 위해 에스테르의 그러한 특수성을 활용한다. 뤼시앵을 향한 에스테르의 헌신적 사랑은 진실하고 그 자체로 감동적이나, 『영광』은 사랑으로 거듭난 그녀를 그리려는 소설이 아니다. 그녀를 거듭나게 만든 에레라에 따르면 "뉘우친 탕녀는 교회에는 영영 하나의 기만적 존재"로서, 에스테르는 지금도 "창녀고, 앞으로도 죽 창녀일 테고, 창녀로 죽을" 운명이다.

1829년에 발표된 『결혼 생리학』에서 발자크는 "창녀는 욕구의 산물이지만, 동시에 하나의 제도"라고 말한다. 이어 그는 창녀라는 문제가 "워낙 많은 가설과 반박을 낳는 아주 민감한 주제이므로 우리로서는 이 문제를 후대에 남겨두기로 한다. 그들도 뭔가 해야 할 일이 있어야 하지 않은가."라며 창녀가 왜 욕망의 문제이자 제도의 문제인지 더 이상 구체적으로 밝히지 않는데, 『영광』은 그에 대한 늦은 답변이라고 할 수 있다. 19세기 파리는 매춘이 심각할 정도로 만연했다. 그로 인한 문제에 대한 논의는 주로 매춘 여성의 교화와 갱생 같은 박애주의적 접근, 성병 같은 사회병리학적 접근에 집중되었다. 그러나 『황금 눈의 여인』 서두에서 "황금과 쾌락"을 향한 욕망이 준동하는 "파리의 지옥도"를 소개했던 발자크는 그런 접근보다는 욕망이 모이는 공통의 장소라고 할 수 있는 창녀라는 존재가 사회경제적 의미에서 일종의 특별한 매개체일 수 있다는 점에 주목한다.

‘불가촉천민’이지만 모든 사람이 ‘접촉’하는 창녀는 리비도의 흐름 한가운데에서 마치 화폐처럼 욕망과 욕망을 중계한다. 창녀의 가치는 증권거래소의 주가처럼 시장의 법칙에 따라 날마다 등락을 거듭한다. 에스테르는 상품처럼 뉘싱겐에게 팔리고, 그녀가 진심으로 사랑하는 뤼시앵도 자기 목숨이 걸린 일이라며 그녀에게 상품이 되어줄 것을 요구한다. 『영광』에서 에스테르는 인간의 소외를 낳는 자본주의 시스템의 은유라는 점에서 하나의 ‘제도’다. 그런데 창녀라는 존재가 가장 비참한 수준으로 전락한 사물화된 인간을 형상화하는 것만은 아니다.

2부 40장에서 자본가 뉘싱겐이 에스테르의 요구대로 돈을 물 쓰듯 쓰는 장면을 기술하다가 발자크는 창녀들의 수중으로 그렇게 막대한 돈이 흘러 들어가 없어진다고 개탄할 게 뻔한 “정숙한 부르주아 가정의 부인”이 절대로 알 수 없는 사실을 이렇게 설명한다. “그러한 탕진이 사회라는 몸에 미치는 효과는 이를테면 다혈증 환자의 몸에 사혈침을 찔러 뇌출혈을 막는 것에 비유될 수 있다. 뉘싱겐은 두 달 만에 20만 프랑 이상을 뿌려 파리의 상업을 진흥시켰다.” 아이러니 효과를 노린 것일까? 아니다. 발자크는 『곱세크』 『외제니 그랑데』 등에서 수전노의 금고에 고여 있는 돈을 가차 없이 비판한다. 그는 “돈의 원칙이 명예의 원칙을 대신한 우리 문명의 상처”(『회개한 멜모스』)에 누구보다도 정통하고 비판적이지만, 자본의 유동성으로 계발되는 개인의 잠재적 가능성과 사회에 일어나는 역동적인 변화를 누구보다 열렬하게 예찬하는 작가다.

자본주의에 대한 발자크의 견해는 양가적이다. 자본가와 창녀는 자본주의 경제순환을 일으키는 생산 축적과 소비 지출의 두 국면을 형상화한다. 이런 관점에서 보자면, 몸이 자본인 에스테르가(이 일을 뒤에서 조종하는 '보이지 않는 손' 카를로스에게 "그녀의 미모는 자본"이다.) 뉘싱겐의 계좌에서 빼내는 돈은 사취가 아니라, 경제에서 말하는 자본의 선순환, 또는 정치에서 말하는 자본의 분배에 대한 비유라고 할 수 있을 것이다. 이런 점은 '아름다운 유대 여인' 에스테르의 상대가 '유대인' 은행가 뉘싱겐이라는 설정에서 더 두드러진다.

뉘싱겐을 이 작품에서만 접한 독자에게는, 그가 자본가라고는 해도 다 늙어 젊은 여자와 사랑에 빠지고 알아듣기 힘든 프랑스어나 구사하는 우스꽝스럽고 괴상망측한 인물 정도로 여겨질 것이다. 하지만 그는 『인간극』 여러 작품에서 "대은행의 왕자", "존 로(스코틀랜드 출신 은행가로서 루이 15세 때 재무장관을 맡아 프랑스 최초로 지폐를 도입한 인물)의 화신", "금융계의 나폴레옹"으로 불리는 거물이다. 당시 프랑스 금융시장을 장악한 유대인 은행가들인 제임스 드 로스차일드(James de Rothschild, 1792~1868)나 아실 풀드(Achille Fould, 1800~1867)를 모델로 삼았다고 알려진다. 알자스의 일개 은행직원이었던 뉘싱겐이 어떻게 대은행가가 되었는지, 그의 자산이 어떻게 그렇게 기하급수적으로 불어나는지, 이는 가치란 모름지기 이마에 땀을 흘려야만 창출된다는 기존의 관점에서는 도저히 불가해한 현상이었다.

『영광』 초반에도 등장하는 비지우 등 4인의 저널리스트들이 그 자초지종을 설명하는 구조를 취하는 『뉘싱겐 은행』은 뉘싱겐의 불가해한 "금융 농간"을 닮은 듯, 이야기 구조가 얽히고설켜 장황하기만 할 뿐 요지를 드러내지 못하고 표류하기만 한다. 화자는 이러한 이야기 구조에 대해 "우리 시대를 표상하는 그 암울한 것들의 잡탕, 거기에 대해서는 그와 닮은 이야기로밖에는 전할 수 없을 것이다."라고 소설 속에 직접 개입해 변명에 나선다. 발자크 자신도 1847년에 한스카 부인이 빚을 갚으라고 준 돈을 철도회사 주식에 몰아넣고 주가가 하락하자 주식시장에 저주를 퍼부을 정도로 금융 자본주의의 메커니즘이 낯설기는 마찬가지였다. 이야기를 주도하는 비지우가 변죽만 울리지 말고 요지를 말하라는 동료들의 채근을 받고 내리는 결론은 이렇다. "어음 가격이 오르고 내리는 것은, 주식 가치가 상승하고 하락하는 것은, 밀물과 썰물이 달의 영향을 받는 자연적인 대기의 움직임에 따라 일어나는 것과 같다." 하나 마나 한 그 답변 뒤에 선명하게 드러나는 메시지는 영원할 것만 같던 기존의 가치체계를 돈이 무너뜨렸는데, 기존의 관념으로 돈의 현상을 설명하겠다는 시도는 어불성설이라는 지적이다.

당시 유대인 은행가는 많은 사람에게 원성의 대상이었다. 유대인 은행가를 응징해야 할 근거로 『인간극』에서 제시되는 것 중, 『회개한 멜모스』 서두에 나오는, 그들이 "우리가 은행가라는 이름으로 근사하게 치장해서 부르지만, 실은 사략선(私掠船) 선장이 나포 허가증을 받듯 국가로부터 거액의 금전 취급 면허증을 받은 해적들"이라는 설명은 그나마 분석적이다.

금융 메커니즘을 알 리 없는 대중의 정서를 효과적으로 자극할 만큼 유력하게 제시되는 근거는, 『영광』 2부 31장에서 카를로스가 에스테르를 설득하며 하는 말에서 나타나듯, 유대인 은행가가 "대규모 증권시장의 도둑놈"으로서, "수많은 사람에게 무자비하게 굴었고, 과부와 고아의 돈으로 배를 채[운]" 악한이라는 규정이다. 뉘싱겐이 "부정한 방법으로 엄청난 재산을 일군" 자이고, "과부와 고아"로부터 "수백만 프랑을 갈취[한]" 자라는 사실을 "알게 된" 에스테르는 그래서 몸 파는 아가씨인 자기와 은행가가 오십보백보인 존재라고("당신이나 나나 다 그렇고 그렇잖아요.") 생각한다.

'악독한 고리대금업자 유대인'이라는 설정은 서구 기독교 사회에서는 유서가 깊다. 만물을 창조한 유일신 야훼가 자신의 명을 거역한 죄를 지은 최초의 사람 아담에게 "얼굴에 땀을 흘려야 양식을 벌어먹을 수 있으리라."(「창세기」)라고 벌을 내린 이후, 땀을 흘리지 않고 야훼의 것인 시간을 도둑질해 돈을 버는 행위인 이자 놀이는 천벌을 받을 대죄였다. 종교적 인종적 차원의 유대인 혐오 정서가 19세기 들어 경제적인 반유대주의로 증폭된 것은 유대인 은행가들이 금융업을 장악한 사정과 밀접한 관련이 있다. 대혁명의 이념에 따라 1791년 유대인에게 최초로 시민권을 부여한 프랑스의 경우, 특히 1830년 7월혁명 이후 정계 재계 학계 예술계에 진출하는 유대인의 수가 늘어났다. 비슷한 시기에 산업혁명을 거치며 자본주의에 대한 반감이 거세지면서, 사회주의자들이 자본주의의 폐해와 유대인을 연결 짓기 시작한다. 대중은 물론 사회주의 사상가들이 볼 때 공업 및 상업 자본주의는 그래도 이해가 되나, 금융 자본주의는 아무리 봐도 설명 불가능했다. 이로부터 유대인의 부와 권력이 사회 불의의 뿌리라는, 이른바 '사회주의의 반유대주의(socialist anti-sémitism)' 담론이 출현한다.

일례로 사회주의자이자 무정부주의자인 프루동(Pierre-Joseph Proudhon, 1809~1865)은 자신의 노트에 이렇게 적는다. "나는 이 민족을 증오한다. (······) 유대인은 인류의 적이다. 그 종족을 아시아로 추방하거나 아니면 절멸해야 한다."(『Carnets: 1847~1851』) 푸리에주의자인 알퐁스 투스넬(Alphonse Toussenel, 1803~1885)은 1845년에 출간한 『유대인, 이 시대의 왕: 금융 봉건주의의 역사』라는 책에서 "내 생각도 민중의 생각과 같다. 나는 남의 재화와 노동으로 먹고사는, 모든 종류의 장사꾼, 모든 비생산적 기생충을 유대인이라는 경멸적인 호칭으로 부른다."라고 쓴다. 이런 담론은 얼마 후 '바보들의 사회주의(the socialism of fools)'라고 비판받으며 조금은 잦아들었지만, 19세기 후반 드레퓌스 사건부터 20세기 중반 2차 세계대전까지 프랑스는 물론 유럽 전체를 대혼란 속으로 밀어 넣는다.

서구 사회에서 탐욕스러운 유대인 은행가를 응징해야 한다는 정서와 '아름다운 유대 여성'을 찬양하는 정서는 동전의 양면과 같은 관계라고 해야 할 것이다. 정신분석학의 표현을 빌리자면, 부와 권력을 쥔 유대인 남성이 안기는 거세 공포가 순결하고 아름다운 유대 여성이라는 욕망의 대상을 만들어냈다고 설명할 수 있겠다. 아무튼 '교화된 창녀'와 함께 낭만주의 상상력이 만들어낸 '아름다운 유대 여성'이라는 이미지는, 반유대주의와 함께 2차 세계대전 이후 적어도 서구 문학의 표면에서는 금기시되고 완전히 사라진다.

발자크는 1847년 한스카 부인을 만나기 위해 우크라이나로 가면서 쓴 「키이우 통신(Lettre sur Kiev)」에서 유대인에 반감을 지닌 슬라브 귀족들과 러시아 차르의 호의를 얻기 위해, 그리고 여행 도중 그의 회중시계 금줄을 탐내 달려드는 중부유럽 유대인들을 경험하고, 반유대주의를 공개적으로 표명한 적은 있지만, 대체로 동화된 유대인 일반에 대한 유별난 편견은 없었다. 그럼에도 『영광』에서 발자크가 '사회주의의 반유대주의' 견해를 얼마간 답습하고, 뉘싱겐과 에스테르라는 인물의 대립 구도에 '악독한 유대인 자본가'와 '아름다운 유대 여성'이라는 당시 널리 퍼진 정서를 그대로 적용한 것은 분명하다. 다만, '교화된 창녀'의 경우와 마찬가지로, 이번에도 발자크는 '아름다운 유대 여성'이라는 낭만주의의 상투어를 살짝 비튼다.

『영광』에는 "매춘과 도둑질은 사회적 존재 양태에 맞서는 자연 상태의 항의"라는 구절이 나온다. 이 구절은 다시 "도둑질과 소유권의 대결"로 변주되는바, 발자크가 사용하는 사회 상태(혹은 사회적 존재 양태)란 국가 법 제도 관습 등을 아우르는 말이다. 따라서 위 구절은 자연 상태의 전적인 옹호도, 사회 상태의 전적인 부정도 아니다. 발자크에 따르면, 두 상태의 대치가 인간의 삶 자체이고, 그 대치의 조율 정도에 따라 사회와 개인의 존재 방식이 결정된다. 『영광』은 욕망의 수동적인 대상일 뿐인 '아름다운 유대 여성'과는 달리, 에스테르에게

'토르피유', 곧 누구라도 '감전'시키는 이름을, 다시 말해 오페라 무도회의 난다 긴다 하는 젊은이들과 막강한 자본가 뉘싱겐의 욕망을 폭로하는 공격적인 이름을 부여한다. 그렇게 자본주의 착취 체계의 가장 밑바닥에 있는 '아름다운 유대 여인' 에스테르가 착취의 맨 위에 있는 '악독한 유대 은행가' 뉘싱겐의 욕망을 고발하는 구도를 취함으로써, 『영광』은 '유대-자본주의' 내부에서 자본주의 체제에 부여된 과제, 즉 자연 상태와 사회 상태의 적절한 조율이라는 문제를 환기한다.

견결한 마르크스주의자로서 당대 사회와 발자크 작품의 관계를 연구하며 비판적 리얼리즘의 위대한 작가 발자크의 모습을 뚜렷이 세운 피에르 바르베리스(Pierre Barbéris, 1926~2014)는, 『영광』에서 유일하게 긍정적이며 영웅적인 인물은 에스테르라며, 이해관계에 초연하다 '상품'이 되고 만 그녀야말로 이윤 추구에 장악된 세계에 맞설 수 있는 가장 긍정적인 두 힘, 바로 사랑과 여성을 대변한다고 평한다. 다소 도식적인 이 해석이 구불구불 복잡하게 얽힌 길들을 걷다 만난 곧은길 같아 안도감을 줄 수는 있겠다. 그런 명쾌함이 일리가 없진 않겠지만, 과연 『영광』을 읽어나가며 드는 복잡한 생각을 잠재울 수 있을까? 『환상』에서 블롱데가 뤼시앵에게 하는 말처럼, "문학에서 표출되는 모든 생각에는 안과 밖이 있다. 그 누구도 어느 쪽이 안이라고 장담할 수 없다. 사유의 영역에서 모든 것은 양면성을 지닌다." 에스테르도 뉘싱겐처럼, 그리고 뤼시앵과 보트랭처럼, 안과 밖을 지닌 양면적인 존재다. 『영광』은 양면성을 배제하는 일면적이거나 이원론적인 해석이 세상의 진실에

다가가는 길이 아니라고 말한다.

　제목의 복수형이 가리키는 두 번째 의미의 '창녀'는, 『영광』의 독자라면 대부분 공감할 텐데, 뤼시앵 드 뤼방프레를 가리킨다. 『환상』에서 지방 도시 앙굴렘의 "시인"(1부)이 "파리로 상경한 지방의 위인"(2부)으로 활동하면서 깨달은 사실은, 대혁명이 낳은 가능성의 세계와 그 가능성이 사라지고 들어선 사취의 세계 간 모순이었다. 3부 첫머리에서 뤼시앵은 누이 집을 찾아가다 만난 마을 사제에게 자기 불행을 털어놓는다. 이때까지만 해도 뤼시앵은 "시인"으로, 그가 털어놓은 불행은 한 편의 "시"로 불린다.

　시와 시인은 모순을 안고 견디는 힘이다. '시인 뤼시앵'은 3부 후반부에서 이 모순을 더 이상 견디지 못해 자살을 결심한다. 그런데 수상한 에스파냐 사제를 만남으로써 그의 자살이 연기된다. 수상한 사제는 그에게 "계약"을 제안한다. 조건은, 자기로 인해 구속된 매제의 석방에 필요한 돈 1만 5000프랑을 받는 대신 사제가 요구하는 복종을 보여주는 것뿐이다. "넘실대는 금화"에 현혹된 그는 "신부님, 전 당신의 것입니다."라고 말하고, 수상한 사제는 "의지를 상실한 시인"의 이마에 "다정하게 입을 맞춘다." 그런데 간단히 줄여서 그렇지, 이 대목을 유심히 읽은 독자라면 그 계약 조건의 충족 방식이 매우 이상하다고 느낄 것이다. 뤼시앵이 우편 마차를 타고 파리로 떠나는 게 목격되었다는 말을 전해 들은 소송대리인 프티 클로는 뤼시앵이 더 이상 "시인이 아니"라, 그저 "한 편의 연재소설"일 뿐이라고 일갈한다. 이제 우리는 그 '연재소설'이 '정신의 매음'

을 의미한다는 것을 안다.

『영광』에서 뤼시앵은 그저 멋진 몸으로 사교계의 주목을 받는 존재일 뿐이다. 그는 아름다운 에스테르에게 받는 사랑과 "비밀리에 권력을 행사하는 사람들의 총애"를 받으면서 과거 "다락방에서 한 푼도 없이 배곯던 시인의 꿈"이 비로소 이루어졌다고 여긴다. "문학적 영광을 얻겠다는 생각" 따위는 완전히 잊은 그가 귀부인들을 유혹하기 위해 보내는 편지에 대해 화자는 "누가 봐도 문학적으로 최고 수준의 걸작"이라고 비꼰다. 그는 에스테르에게 자기 목숨이 달린 문제니 뉘싱겐에게 몸을 팔 것을 요구하고, 에스테르 대역을 위해 고용된 영국 여자를 상대로 욕정을 푼다. 그는 이 침대에서 저 침대로 옮겨 다니는 색정 기계이자, 포부르 생제르맹의 귀부인들에게 성을 파는 존재다. 동시에 그는 카를로스에게 팔린 영혼, "극작가" 카를로스가 쓰는 "드라마"다. 그는 카를로스의 아바타고, 카를로스는 그의 몸을 빌려 극장 칸막이 좌석으로, 귀부인의 내실로 들어간다. 뤼시앵이 가끔 본분을 망각하면 카를로스는 "너는 시인이 아니잖아. 우리는 지금 시가 아니라 산문을 짓고 있어."라며 그를 꾸짖는다. 그는 정신을 포함해 모든 것이 사물화한 세계를 표상하는 하나의 사물일 뿐이다. 그의 자살은 "이카로스의 추락"에 비유되지만, 그것은 헛된 환영과 실체 사이의 아득한 고도 차이만을 뜻할 뿐, 높은 곳의 이상을 환기하는 비유는 아니다.

'창녀' 에스테르는 "시인의 사랑" 안에서 '영광'을 누리며 "휘황찬란한 연"으로 솟아오르지만, 그 시인의 '영광'을 위해 자신의 '비참'을 받아들여 결국 "곤두박질하는 연"이 된다. 이제는 '연재소설이 된' 왕년의 시인은 실은 자신의 '비참'일 뿐인 '영광'의 환영 속에서 노닐다가 이카로스처럼 추락해 산산이 부서진다. "홀린 듯 꿈을 쫓다가 이제 다시 옛날 샤랑트 강가에서 서성이던 [자기]로 되돌아[온]" 것이다. 발자크는 『영광』에서 뤼시앵을 명시적으로 '창녀'라고 지칭하지는 않는다. 그런데 『영광』 3, 4부와 같은 시기에 쓰인 『사촌 베트』에서, 폴란드 귀족 출신의 실패한 예술가 스타인보크가 예술가의 좌절을 입에 달고 다니면서도 하녀 리스베트, 창녀 발레리 마르네프 등과 어울리는 호색한임을 두고 발자크는 "남자 창녀(courtisanes-hommes)"라고 할 만한 부류라는 평을 한다. 발자크의 이 용어는 우리말 비속어인 '색골'과 '남창' 두 뜻을 다 포함한다고 보아도 무방하다.

프루스트처럼 발자크의 열렬한 애호가이면서 발자크를 창조적으로 다시 쓰기도 한 오스카 와일드는 에세이 「거짓의 쇠락」에서 "뤼시앵 드 뤼방프레의 죽음은 내 인생에서 만난 가장 큰 비극에 속한다. 그 죽음은 내가 결코 완전히 극복할 수 없었던 그런 고통을 지금도 안긴다. 쾌락의 순간에도 그 죽음은 나를 붙잡고 떨어지지 않는다. 나는 웃고 있어도 그 죽음이 떠오른다……."라고 술회한다. 『영광』에서만 뤼시앵을 접한 독자는 이 술회에 공감하기 쉽지 않겠지만, 『환상』에서부터 이어진 뤼시앵의 운명을 아는 독자라면, 뤼시앵처럼 자유와 상승을 꿈꾼 기억이 있는 독자라면, 비록 『영광』에서 뤼시앵이 꾼 꿈은 비루하게 생각되더라도, 그 좌절된 꿈 앞에서 와

일드가 느낀 감정이 어떤 것인지 짐작할 수 있을 것이다.

프루스트는 『생트뵈브 비판』에서 와일드의 이 글귀를 인용하며 그 깊은 상심에 공감을 표하는 한편, 와일드 자신이 이 글을 쓰고 나서 불과 몇 년 후 뤼시앵처럼 되고 말 운명이었다는 사실을 떠올리지 않을 수 없다고 덧붙인다.(『생트뵈브 비판』의 해당 대목은 나중에 『잃어버린 시간을 찾아서』 중 「소돔과 고모라」 2부 3장에서 얼마간 변형되어 샤를뤼스 남작의 발언이 된다.) 아무튼 『영광』에서 뤼시앵은 자신의 성(性)을 경제적 자산(사교계 생활을 영위하고 영지를 구입하는 비용으로 쓰일 수백만 프랑) 및 상징적 자산(뤼시앵 샤르동에서 뤼시앵 드 뤼방프레로 신분 상승)과 '교환'하는 존재가 되며, 이제 '시인'의 자리는 그의 성과 영혼을 사서 "악의 시"를 써나가는 자크 콜랭의 차지가 된다.

제목의 복수형이 가리키는 세 번째 의미의 '창녀'는 프랑스 사회 전반, 그중에서도 중심지인 수도 파리, 그리고 특히 파리에서도 핵심 세력인 기득권층이다. 발자크는 『페라귀스』에서 파리를 가리켜 "이 경이로운 괴물 (……) 이 거대한 창녀"라고 지칭하며, 『사촌 퐁스』에서는 "파리처럼 창녀나 다름없는 도시"라는 표현을 쓴다. 우선, 디안 드 모프리뇌즈 공작 부인과 레옹틴 드 세리지 백작 부인, 그들의 표현대로 "편지라는 뱀에 칭칭 감긴 이브의 딸들"을 꼽을 수 있다. 물론 그들 포부르 생제르맹의 두 귀부인은 동시대의 작가 조르주 상드가 비판한 대로, '여자에겐 매음과 다를 바 없는 당시 결혼 제도'의 희생자인 측면이 있고, 이 문제를 다루려면 그들이 등장하는 『인간극』의 다른 작품들에 대한 별도의 글이 필요하다. 다만 『영

광』에서 나타나듯 19세기에 만연한 위선과 폭력의 '모노가미
(monogamie)'가 금지한 쾌락을 찾기 위해 자신들의 상징 자산
으로 타인의 몸을 산다는 점에서, 두 귀부인도 매음 세계의
일원임은 분명하다. 생제르맹의 대귀족 그랑리외 가문도 빠질
수 없다. 대혁명 당시 국외로 망명했다가 1804년 귀환한 공작
부부는 "당시 황제가 깊은 관심을 보인 대상이었다." 나폴레옹
은 혁명정부가 몰수한 그들의 재산을 모두 돌려주고 그들의
충성심을 산다. 왕정복고 후 생제르맹의 귀족 사회가 황제에
게 부역한 그들을 비난하자, 그들이 그 과거의 치욕을 지우기
위해 선택한 방식에는 다섯 명의 딸을 나폴레옹 체제에 협력
하지 않은 전통 귀족 가문에 혼인시키는 정략결혼도 들어 있
다. 그랑리외 공작 부부에게 딸들은, 당시나 지금이나 놀라운
일은 아니지만, 정략결혼에 거래되는 일종의 상품이다. 이처럼
매음은 사회에, 특히 파리에 만연한 풍속이다. 프뤼당스 세르
비앵, 곧 외롭은 자기를 죽이려는 뒤뤼의 죽음을 받아내려고
자기 목숨을 자크 콜랭에게 판다. 예심판사 카뮈조 부부는 승
진을 위해 가장 높은 가격을 부르는 자에게 자신의 양심을 판
다. 그 매음 세계에는 정신계도 포함된다.

　발자크는 1829년『마지막 올빼미당원』으로 이어질 습작의
제목이었던『르가르(Le Gars)』에 붙인 서문에서 "출판이라 불
리는 사상의 매음"이라는 말을 쓴다.『환상』에서 루스토는 뤼
시앵에게 기자나 평론가는 "생각의 자객", 출판계나 문학계나
연극계의 "명성을 노리는 자객"이라고 가르치거니와,『영광』초
반부에는 그 자객들이 서로 피노에게 재능을 파는 존재라고

조롱하며 공방을 벌인다. 이상의 이유로 역자는 이 작품의 제목을 곧이곧대로 '창녀들'이라고 옮기지 않고, 매음 세계의 감춰진 본산으로서 '황금과 쾌락'을 향한 질주의 목적지를 가리키는 명칭, 19세기 프랑스의 '사교계'를 택했다.

"악의 시", 보트랭

『인간극』에서 보트랭이 등장하는 세 작품에는 빠지지 않고 그의 연설이 등장한다. 『고리오 영감』에서 보트랭은 두 차례에 걸쳐 라스티냐크를 계몽하고 유혹하는 일장 연설을 펼친다. 그 연설의 요지는, "당신네 무질서한 사회의 현재 구조"에 대한 경험적 논증, 자신이 "사회계약의 그 뿌리 깊은 기만성에 항거하는 사람"이라는 확인, "부동의 견해"에 근거를 두는 선악 이원론에 대한 문제 제기 등이다. 그리고 나서 라스티냐크가 자기 "제자"가 되기만 하면 "무엇이든 이루게 해줄" 것이라는 제안이 이어진다.

라스티냐크에게 말하길, 보트랭은 자기에게 "딱 하나의 실질적인 감정만이 존재"하는데, 그것은 "남자 대 남자의 우정"이라며, 그 예시로 17세기 영국 작가 토머스 오트웨이가 쓴 비극 『수호된 베니스(Venice Preserv'd)』의 두 남자 주인공 자피어와 피에르의 우정을 거론한다. 『환상』에서 수상한 에스파냐 사제 카를로스 에레라가 뤼시앵에게 하는 연설도 내용이 대동소이하며, 뤼시앵이 자기에게 복종하기만 하면 "3년 안에 뤼방프레 후작이 될 것이고, 포부르 생제르맹의 최고 귀족 집안 아가씨를 신부로 맞아들일 것"이라는 제안이 뒤따른다. 그리고 이번에도 피에르와 자피어가 보여준 "남자 대 남자의 그 깊은 우정"이 다시 거론된다. 차이가 있다면 이번엔 라스티냐크를 상대할 때와는 달리 사제의 태도와 어조가 "눈에 띄게 상냥하고 다정해 거의 노골적인 유혹"에 가까워졌고, 뤼시앵의 손을 톡톡 두드리거나 팔짱을 끼거나 이마에 입을 맞추는 등 신체 접촉이 잦아졌다는 점이다. 『영광』에서 자크 콜랭은 작품 후반 그랑빌 검사장을 상대로 앞선 두 작품과 비슷한 논지를 피력하나 뤼시앵에겐 더 이상 장황한 연설은 하지 않는다. 그의 연설은 이제 행동으로 바뀐다.

작가의 말처럼 세 작품을 잇는 척추 역할을 하는 자크 콜랭이야말로 『영광』의 "주된 관심사"다. 도형수 출신 콜랭은 세 작품을 관통하며 단순한 범죄자가 아니라 '반항인'이라는 강렬한 모습으로 독자에게 각인된다. 『영광』은, 특히 4부에서, 사회로부터 추방된 이 인물을 "사회 전체를 상대로 싸움에 나선 (······) 비범한 인물"로 규정한다. 그리고 "보트랭이라는 이름의 소용돌이"를 진압하기 위해 총동원된 사회를 언급하며, 사회가 "악과 타락의 천재"로 규정한 그를 "악마 그 자체지만 사랑의 마음으로 인간계에 내려온 사나이"로 격상시킨다. 그의 반항은 도덕규범과 사회제도 같은 인간의 질서에 맞선 싸움이면서 동시에 스스로 세계를 창조하려는 인간의 의지에 대한 예찬이라는 의미에서 창조주 신에 대한 항의라고 할 만하다.

사회를 대표하는 그랑빌 검사장을 상대로, 세상을 움직이

는 힘에 관해 피력하는 '반항인' 콜랭의 연설은 이러한 측면
을 잘 드러낸다. "나는 20년 전부터 세상의 이면을, 지표면 아
래를 봐왔습니다. 그 결과 나는 세상사 진행 과정에 당신들은
'섭리'라고 부르고, 나는 '우연'이라고 부르며, 내 주변 동료들
은 '운수'라고 부르는 어떤 힘이 작용한다는 사실을 깨달았지
요." 설명을 좀 보태자면, 사회의 상층부는 자신들이 세운 질
서를 신의 뜻이라고 불러 절대화하고, 하층부는 자신들의 처
지를 인간의 힘으로는 어쩌지 못하는 숙명으로 여기고 체념
하지만, 콜랭 자신은 불변이라는 도덕규범과 사회제도가 실은
상황의 산물에 불과한 우연적인 것으로서 인간의 의지로 얼
마든지 변화시킬 수 있다고 본다는 말이다.

독자에 따라서는, 자기 손으로 직접, 혹은 조직을 동원해,
백만장자 타이유페르의 아들(『고리오 영감』)과, 진짜 에스파냐
사제 카를로스 에레라를 살해한(『고리오 영감』 이후 『환상』 직전
에) 다음에도, 『영광』에서 다시 콩탕송과 페라드를 죽이고, 페
라드의 딸 리디를 납치, 능욕하도록 지시해 정신을 붕괴시키
는 악한이 인류 역사를 수놓는 '반항인'의 계보에 속할 수 있
을지는 이견이 있겠다. 앞의 두 작품과는 달리 악의 철학자
에 그치지 않는 행동가 콜랭의 이야기인 『영광』에 비추어 본
다면, 그의 반항이 그저 말뿐이고, 논리와 정당성이 부족하며,
자신과 남을 해방한다고 하지만 현실적 장악력은 빈곤하므
로, 콜랭은 대중의 호기심에 편승한 당시의 고딕소설이나 해
적소설, 그리고 연재소설의 악한과 크게 다르지 않은 인물이
라는 비판은 설득력이 있다.

　자크 콜랭의 이런 측면이 같은 도형수 출신 '반항인'이라 그와 자주 비교되는 『레미제라블』의 장 발장보다 대체로 독자의 공감을 덜 받는 이유일 것이다. 그러나 어쩌랴, 발자크는 '행복한 소수'를 위해 소설을 쓴 스탕달이 아니듯이, 이번에도 위고가 아닌 것을. 위고는 산업과 금융 자본주의가 지배하는 사회가 낳은 '비참한 사람들'을 구원하기 위한 작업에 바로 그 산업과 금융의 에너지를 적용하는 장 발장을 형상화함으로써 확고한 휴머니즘과 넉넉한 낙관주의를 유감없이 드러낸다. 그러나 발자크는 『인간극』 서문에서 "나는 사회가 무한히 진보한다는 믿음에 동의하지 않는다. 내가 믿는 것은 인간 자신에 대한 인간의 진보다."라고 선언한 작가다. 그는 인간이 이룩한 진보가 인간을 더 나은 존재로 만들어준다는 주장에 회의를 표하는 당시의 보수주의 사상가들 편에 선다. 그러면 발자크에게 인간이란 무엇인가? 서문의 저 대목 바로 앞에서 그는 "열정이 인간성의 전부다."라고 말한다. 발자크의 이런 가차 없는 현실주의와 비관주의가 『영광』의 결말, '보트랭의 마지막 현현'과 밀접한 관련이 있을지 모른다.

　그런데 자크 콜랭이 설파하는 "악의 철학"과 관련해 이보다 더 논란이 되는 부분은, 그와 뤼시앵의 관계를 보는 관점의 문제, 다름 아닌 '동성애' 문제일 것이다. 1979년 필리프 베르티에(Philippe Berthier, 1941~)가 발자크의 작품을 '소돔 쪽' 주제를 적용해 본격적으로 분석하기[3] 전까지 콜랭과 뤼시앵의 관

---

3) 「*Balzac du côté du Sodome*」 in 《*Année balzacienne*》, 1979, pp.147~177.

계에 나타나는 동성애 성향을 해석하는 아카데미의 관점은 그것이 도형장의 예외적 풍속일 뿐 작품 전체와는 별로 관련이 없는 문제라고 취급하거나, 거기서 '육체적 측면'은 제거하고 '이상적 측면'만을 부각하는 두 방식이 일반적이었다.

콜랭의 동성애를 범죄자들의 일탈로 보는 경우, 동성애 문제는 『영광』 4부 5장에 소개되는 일화의 수준으로 축소된다. 언젠가 영국 국회의원인 더럼 경에게 프랑스 감옥 시설 곳곳을 소개하던 소장이 단 한 곳만은 "구역질 난다는 표정을 지으며" 안내를 거절했는데, 그곳이 "'탕트'들이 있는 구역"이었기 때문이다. 더럼 경이 탕트가 무슨 뜻이냐고 되묻자, 소장이 "제3의 성(性)"이라고 답했다는 일화다. '탕트'는 '아주머니'라는 본래 뜻이 아니라 남성 동성애에서 여자 역할을 하는 쪽을 가리키는 감옥 은어다. 이 관점에 따르면, 콜랭의 동성애는 본성적 지향도, 도착적 성욕도 아니다. 그의 동성애는 형이상학적 의미도 없다. 있다면 발자크가 『나귀 가죽』에서 형상화한 마법의 가죽이라는 알레고리가 담은 의미, 바로 열정(여자에 대한 성적 욕망)이 남성 존재의 지속을 단축한다는 경계(警戒)의 의미뿐이다. 동성애는 콜랭이 보여주는 또 다른 특징인 여성혐오(misogyny)의 이면이다.

이와는 달리, 콜랭의 동성애에 육체의 욕망을 제거하고 형이상학적 의미만 부여하는 관점은, 미르체아 엘리아데가 "대립의 합일(coïncidentia oppositorum)"이라고 부른, 인류 역사에서 오래된 전통을 가지는 '양성인(androgyne) 신화'를 적용한다. 알다시피 그 신화는 남녀로 나뉜 인간이 꾸는 꿈, 바로 잃어버린 총체성의 회복을 향한 열망의 표현이다. 발자크는『인간극』의 또 다른 작품『세라피타』에서 양성인 '세라피타-세라피투스'를 완전한 인간의 모범적 이미지로 형상화한 적이 있다. '뤼시앵-콜랭'을『세라피타』의 연장선상에 놓는 관점은, 그 결합이 '세라피타-세라피투스'의 속화된 버전이긴 하지만, 뤼시앵과 결합된 콜랭의 야망을 완전한 인간을 향한 영웅적 의지로 격상시킨다. 이런 관점이 의미가 없진 않겠으나『환상』과『영광』이라는 두 텍스트에 명백히 존재하는 구체적인 동성애 담론과 겉도는 해석임은 물론, 그 문제를 의도적으로 회피하는 "위선적인 해석"이라고 필리프 베르티에는 비판한다.

그런데 그 전에 먼저 이 문제를 수면 위로 띄워 베르티에의 문제 제기를 촉발한 사람은 이번에도 발자크의 성실한 독자 프루스트다. 오스카 와일드가『영광』에서 '뤼시앵의 죽음'을 접하고 깊은 슬픔을 토로했다는 일화를 소개하는『생트뵈브 비판』에서 프루스트는 다시『환상』3부의 한 장면, 그러니까 수상한 에스파냐 사제가 뤼시앵과 함께 타고 가던 마차를 세우고 라스티냐크의 고향 집터를 둘러보는 장면을 "이론의 여지 없이 가장 아름다운 장면"으로 꼽으며, 그 대목을 "'동성애'에 관한 '올랭피오의 슬픔'"이라고 명명한다. '올랭피오의 슬픔'은 빅토르 위고가 1840년 펴낸 시집『빛과 그림자』에 수록된 시의 제목인데, 옛사랑의 추억이 깃든 장소를 홀로 찾아간 위고의 시적 페르소나 올랭피오가 흘러가 버린 시간과 함께 황량하게 변한 풍경을 접하고 깊은 슬픔에 잠겨 사랑의 그리움과 세월의 무상함을 노래하는 시다. 그러니 여기서 올랭피오는 『고리오 영감』에서 라스티냐크를 유혹하려다 무위에 그친 보트랭이다. 『생트뵈브 비판』의 이 대목 역시 얼마간 변형을 거쳐 『잃어버린 시간을 찾아서』의 「소돔과 고모라」 2부 3장에 샤를뤼스의 발언으로 수록된다. 그리고 이에 대해 스완이 "'남색'에 관한 '올랭피오의 슬픔'"이라고 "매우 재치 있게" 평했다는 전언을 덧붙인다.

사실 『환상』과 『영광』에는 동성애를 함축하는 표현들이 차고 넘쳐 어떤 의도를 갖고 외면하는 게 아니라면 도저히 모르고 지나칠 수 없을 정도다. 물론 발자크가 작품 활동을 하던 시기에는 '동성애'라는 단어가 프랑스어에는 없었다. 프랑스어 homosexualité는 독일어 Homosexualität의 차용인데, 이 단어는 케르트베니(Kertbeny)라는 필명으로 활약하던 오스트리아 출신 헝가리 작가가 1869년 처음으로 쓴 것으로 알려져 있다. 하지만 이 단어는 발자크의 시대와 프루스트의 시대는 물론, 오늘날에도 예사로이 사용하긴 쉽지 않다. 일상에서는 물론 문학 작품에서도 동성애는 직접적으로 표현되지 못하고 항상 다른 언어, 은유의 언어, 은폐와 위장의 언어에 기대야 하는 운명을 지닌다. 『환상』과 『영광』 두 작품에 나오는 사례를 몇 가지만 살펴보기로 하자.

『고리오 영감』의 보트랭도, 『환상』의 카를로스 에레라도 상대에게 자신이 요구하는 관계를 '베니스 수호'라는 숭고한 목표로 엮인 자피어와 피에르의 우정, "남자 대 남자의 우정"이라 내세우지만, 그거야말로 카를로스 자신이 연설에서 설파한 두 가지 역사, "사건의 진짜 이유가 담긴 비밀의 역사, (……) 부끄러운 역사"와 그것을 감추려는 "공식적인 역사, 거짓을 가르치는 역사"의 구분을 적용해야 할 사안일 것이다. 『환상』에서 에레라가 뤼시앵을 처음 만나는 장면을 보자. 자살을 생각하며 언덕길을 걸어 오르던 뤼시앵은 길섶 포도밭으로 내려가 "포도밭 자갈 사이로 자라는 노란 세덤꽃 다발"을 꺾어 들고 큰길로 나온다. 때마침 언덕길을 걸어 올라오던 에레라는 "깊은 우수에 잠긴 시인의 아름다움"과 "그가 손에 든 그 '상징적인' 꽃다발"을 대번에 알아본다. 뤼시앵에게 "슬픈 결혼의 신처럼 손에 깊은 근심의 표시를 들고 있다."며 말을 거는 것이다.

'세덤'은 돌나물과에 딸린 기린초와 비슷한 꽃인데, 그 색깔은 예로부터 로마인들에게 결혼이나 처녀성의 상징으로 통하던 사프란색이다. 이어지는 에레라의 연설은 아직 전도가 양양했던 보케르 하숙집의 라스티냐크에게는 먹히지 않았지만, 절망의 밑바닥에 굴러떨어진 뤼시앵에게는 제대로 통한다. 뤼시앵에게 필요한 돈을(여기서 돈은 목숨과 등치관계에 있다.) 제공하고 그 대신 에레라가 제시하는 계약 조건은 그가 "원하는", "복종의 증거 단 하나"뿐이다. 그러나 그는 매우 "중요"하지만 아주 간단한 그 증거의 제시를 즉시 요구하지 않고, "저녁 식사를 하고 묵을 푸아티에"에서(앙굴렘에서 푸아티에까지 거리는 100킬로미터가 넘는다.) 보여달라고 한다. 그렇게 해서 뤼시앵은 "피조물이 창조주에게 속하듯" 에레라의 소유물이 된다. 그리고 푸아티에에서 써서 누이 에브에게 보낸 편지에다 그는 "자살하는 대신 난 내 목숨을 팔았다."라고 쓴다.

『영광』에서 에레라와 뤼시앵의 관계는 "한 명의 책략가로

합체된 두 사람"으로 표현된다. 그러나 이는 거사를 도모하기 위해 뭉친 두 남자를 가리키는 말이 아니다. 에레라는 뤼시앵에게 "변덕스러움을 놓고 보면 넌 영락없는 여자지만, 똑똑하기로는 최고의 사내대장부"라고 말한다. 다시 말해 뤼시앵은 에레라에겐 여자지만, 포부르 생제르맹의 귀부인들을 사로잡는 뤼시앵을 양갓집 사위로 만들려는 에레라의 계획이라는 측면에서 보자면 '최고의 수컷'인 셈이다. 둘 사이에는 "생사여탈권의 비밀뿐 아니라, 보통의 감정을 훌쩍 뛰어넘는 어떤 감정"이 흐른다. 소설의 화자는 "둘 사이에는 어쩌면 순전히 정신적인 공모 이상의 어떤 연결 고리가 있지는 않았을까?"라며 둘만이 알고 있을 그 관계의 은밀한 속내를 독자에게 슬쩍 내비쳐 준다.

『환상』 1부 첫머리에서부터 뤼시앵은 '양성인'으로 묘사된다. 그의 두 발은 남자가 보면 "변장한 아가씨"로 착각할 만큼 매혹적이며, "엉덩이는 여자 엉덩이를 빼다 박았다." 이어서 묘사되는 그의 몸은 "조각가들이 우아한 자태로 형상화하는 인도에서 돌아온 바쿠스"를 닮았다. 첨언하자면, '인도에서 돌아온 바쿠스'는 보통 수염이 덥수룩한 건장한 남성으로 형상화되지만, 원래 디오니소스-바쿠스는 대표적인 양성적 신이다. 에우리피데스의 비극 『바쿠스의 여신도들』에서 테바이의 왕 펜테우스가 여장한 디오니소스에게 묻는 말이("어디에서 오는가, 남자-여자여, 당신의 조국은 어디인가, 그리고 이 옷은 무엇인가?") 그 대표적 예다. 본래 강한 남성상인 그 신을 헬레니즘 예술은 곧잘 여성의 모습으로 형상화한다. 즉 '인도에서 돌아온 바쿠스'는 '수염 난 아프로디테'나 '대머리 비너스' 숭배처럼 양성인을 향한 꿈의 표현이다.

『환상』과 『영광』은 "파르네세의 헤라클레스 석상"으로 묘사되는 남성성의 표본 자크 콜랭에 의해 "바쿠스" 뤼시앵의 남성성이 제거되고 여성성만 남는 과정이라고 할 수 있다. 그러나 그 과정은 뤼시앵의 자살로 미완에 그친다. 뤼시앵의 자살은 여성으로의 전이를 멈추고 그가 애초의 양성인으로 되돌아왔다는 의미인데, 자살을 단행하기 직전 그가 유서를 작성하는 장면(3부 51장)의 제목이 「나뉘었던 댄디와 시인이 서로 합쳐지다」인 것은 그런 점에서 의미심장하다. 뤼시앵은 유서에서 자크 콜랭을 "카인의 후예"로 규정하고, 그가 벌인 일을 "악의 시"라고 비판한다. 작품의 차원에서 보자면 이는 콜랭이 선과 악의 경계를 무너뜨려 인간성의 지평을 확대하는 '반항인'의 계보에 속하는 존재라는 의미이고, 그 의미는 얼마 후 보트랭을 찬미하는 시인 보들레르가 시집 『악의 꽃』으로 '미학'을 '윤리'에서 떼어내며 열어젖히는 '모더니티'의 면모를 떠오르게 한다. 하지만 순전히 뤼시앵 개인의 입장에서 보자면, 『영광』 내내 '시인' 뤼시앵을 철저하게 부정하고, 그가 쓴 시를 신랄하게 조롱했으며, 더 나아가 자기의 남성성을 무참하게 짓밟은 존재에 대한 그의 분노를 표현하는 말일 것이다. 콜랭이 뤼시앵의 자살 이후 그를 "여인이 되다 만 존재"라고 규정하는 것은 양성인 뤼시앵을 환기하는 말인 동시에 그에게서 남성성을 제거하는 작업이 미완에 그치고 만 사정을 가리키는 말이기도 하다.

자크 콜랭과 뤼시앵의 관계가 육체관계가 수반된 동성애 관계임을 강조하는 해석은 어떤 사실을 말하려는 것일까? 발자크는 '파우스트 계약'을 자기 소설의 모티프로 종종 사용한 작가다. 일반적으로 파우스트 계약은 지식과 경험의 한계를 절감한 인물이 자신의 영혼을 악마에게 넘기고 무한한 지식 권력 부 쾌락을 얻는 계약을 말한다. 이는 정신적 가치와 원칙의 포기를 비판하는 의미도 갖지만, 반대로 인간성이 지닌 역동적 의지를 환기하기도 한다. 『나귀 가죽』에서 이 모티프를 활용해 '욕망'과 '지속', 혹은 '죽음 속의 삶'과 '삶 속의 죽음'이라는 모순적 상황에 놓인 주인공 라파엘의 운명을 그려냈던 발자크는, 『회개한 멜모스』에서는 악마와의 거래 후 영혼의 구원을 얻기 위해 시도되는 일련의 거래를 주식시장의 거래로 치환한다. 하지만 두 작품에서 파우스트 계약 모티프는 엄밀히 말해 알레고리 수준을 벗어나지 못한다. 『환상』과 『영광』은 전작들에서 알레고리 수준에 머물렀던 그 모티프의 활용을 구체적 삶 속에 녹여내야 했다. 자크 콜랭의 동성애는 그런 차원의 고안일 수 있다.

1979년, 전문 학술지에 실린 논문에서 발자크 소설에 나타난 '소돔 쪽'에 해당하는 담론에 대한 "위선의 해석"을 비판한 필리프 베르티에는 동성애의 사회적 권리선언도 분명 염두에 두었을 것이다. "발자크가 대담하다고 하지 않을 수 없을 정도로 역점을 두고 강조한 내용은, 동성애가 물론 상궤를 벗어난 성적 대상의 선택이지만, 그와 동시에 적법하다고 공인된 사랑에 비해 덜하지도 더하지도 않게 타자와 자아의 이상적 이미지를 추구하는 존재가 자신의 전부를 건 '기투(企投)의 선택'이라는 사실이다."라고 결론지은 후, "동성애의 진짜 스캔들은 두 동성이 금지된 육체 행위에 함께 몰두한다는 점이 아니라, 정상과 닮지 않은 인간이 그 인간의 범주에 포함되려 하지만 끝내 그에 이르지 못한다는 점이다."라고 덧붙인 베르티에의 말은 반세기 후인 지금도 여전히 적잖은 항의를 불러일으킬 수 있겠지만, 그때보다는 상식의 영역 안쪽으로 더 들어와 있다.

필리프 베르티에의 분석은 콜랭과 뤼시앵의 관계가 바로 인생의 본질에 해당하는 문제임을 상기시킨다. 그가 드는 근거는 프랑스어로 보통 '정치적 성(le sexe politique)'이라 불리는 개념, 또는 한국어로는 주로 '성의 정치경제학'이나 '섹슈얼리티의 정치학'이라 불리는 개념, 곧 모든 권력관계는 '섹슈얼리티'의 변주라는 테제다. 성은 더 이상 풍속의 영역에 국한된 문제가 아니라 정치·경제·사회 권력의 영역에 속한다는 것이다. 이에 근거해 베르티에는 자크 콜랭의 "금지된 성적 욕망"을 "도덕적인 동시에 정치적인 어떤 질서에 대한 항의"로, "사회적 위반과 도전이라는 보다 넓은 차원의 문제 제기"로 읽어야 한다고 주장한다. 아닌 게 아니라 그런 관점으로 보아야 비로소, 자크 콜랭이 '피그말리온'이 되어 뤼시앵을 자기의 '갈라테이아'로 빚어내고, 그렇게 "밖으로 드러난 자신의 영혼"이 된 뤼시앵의 몸으로 "그랑리외 저택의 저녁 식사 자리에도 있었고, 귀부인들의 내실에도 슬그머니 들어갔으며, 에스테르와 대리 사랑을 나누었다."라는 대목이나, 콜랭을 "법에 저항하는 민중의 모습"으로 지칭한 대목이 더 실감 나게 다가올 것이다.

『영광』 이전까지 발자크 소설에서 영혼의 거래로 얻는 무한한 능력이라는 형이상학적 주제는 돈의 거래와 위력이라는 현실적 문제에 치중되는 모습을 보였다. 이는 발자크가 자기 시대의 현실에서 파우스트 계약을 더 이상 관념적이고 추상적인 차원의 문제로 다룰 일이 아니라고 판단했기 때문일 것이다. 관건은, 이 모티프를 『환상』과 『영광』이 재현하는 구체적 현실 속에 담아낼 때, 자크 콜랭이 뤼시앵에게 행사하는 절대적 영향력과 뤼시앵의 절대적 복종을 어떻게 설득력 있게 제시하느냐였을 것이다. 이 문제를 콜랭이 표면적으로 내세우는 것처럼 부성이나 모성의 절대적 헌신, 또는 남자 대 남자의 우정으로 처리한다거나 양성인 신화의 힘에 의탁하는 방식은 개연성이 떨어진다고 볼 수 있다. 이는 발자크가 『영광』에서 화자로 개입해 천명하는 그의 소설 시학에도 맞지 않는다. 발자크는 "풍속의 역사가가 방기해서는 안 되는 의무 중 하나가 바로 극적인 효과를 돋보이게 한답시고 인위적으로 조정해 진실을 훼손하는 일을 절대 하지 않는 것이다. 특히 그 진실이 각고의 노력을 통해 소설로 형상화되었을 때는 더욱 그렇다."라고 말하는데, 위에 말한 관례적이거나 추상적인 방식들이 발자크에게는 인위적 조정으로 진실을 훼손하는 일이라 여겨졌을지 모른다.

콜랭과 뤼시앵의 육체관계를 수반한 동성애는 그것이 콜랭의 어깻죽지 위의 낙인처럼, 콜랭이 전세를 일거에 뒤집는 데 결정적 역할을 하는 모프리뇌즈 부인과 세리지 부인의 은밀하고 뜨거운 편지처럼, 지우거나 감추려 하지만 절대 지워지지도 감추어지지도 않고 현실적으로 막강한 위력을 발휘하는 관계임을 보여주기 위해 "각고의 노력을 통해" 설정된 소설적 장치가 아닐까? 콜랭이 그랑빌 검사장에게 엄청난 게임을 제안하며 "내가 유물론자가 아니라면 내가 아닐 것이외다! 나는 그 한마디로 당신에게 모든 것을 말했소."라고 말한 숨은 뜻이 아마 이것일 것이다.

자크 콜랭과 뤼시앵의 관계를 어떤 관점에서 보느냐의 문제는 '보트랭의 마지막 현현'을 어떻게 해석하느냐의 문제와 직결된다. 사회규범에 도전하는 '반항인' 콜랭에 별로 동의하지 않는 관점은 "도형장의 '대빵' 대신 사법부의 피가로"가 된 그의 변신을 두고 백기 투항이며 사회의 승리라고 해석할 것이다. 아닌 게 아니라 콜랭은 그랑빌 검사장에게 "타락 그 자체에서 벗어나 질서와 규율을 구성하는 하나의 요소가 되는 것 말고는 다른 야심이 없"다고 말한다. 그러나 그 자신이 단언하듯 "사법부의 피에로"는 "뤼시앵의 복수"를 이어가기 위한 선택일 뿐이다. 콜랭은 사법부의 또 다른 축 코랑탱을 가리켜 하인이 자기를 주인과 동일시하듯 "국가 자체인 양" 행세하는 자라고 일갈하며, 자신이 최종 변신을 결심한 이후에도 "잔인한 하층민"의 일원으로 남을 것임을 재확인한다.

'도형수'에서 '경찰'로 변신한 콜랭의 모습은 금지된 욕망에 대한 저항으로서의 '동성애'만큼 체제 전복적이다. 테오도르 칼비를 부하로 데리고 활동할 '경찰' 자크 콜랭은 자기가 명목상 수호하는 질서에 대한 완벽한 조롱이다. 그는 내부에서 그 질서의 허구성을 폭로하는 존재다. 그 질서의 최상부 수호자들이 모인 "거대한 세리지 저택"에서 그가 속으로 하는 다짐은["우리의 문명을, 민중의 운명을 결정하는 자들이 바로 저런 사람들이로구나! (……) 나는 앞으로도 변함없이 이 세상 위에 군림할 것이다. 25년 전부터 죽 나에게 복종해 온 이 세상 위에…….]" 그의 선택이 "도형장의 입주민"에서 "도형장의 입주민을 공급하는 자"로의 변신이 아니라, (콜랭이 뤼시앵의 무덤 앞에서 라스티냐크에게 하는 이 비유는 뉘싱겐의 수족이 됨으로써 그 질서의 수호자 대열에 합류한 라스티냐크에 대한 조롱의 성격을 띤다.) '도형장'과 '사회'의 관계를 전복시키는 근원적 질문을 계속 이어가는 행위임을 암시한다. 명민한 사법관 그랑빌 검사장이 자기 앞에서 그 질서를 유지하는 부품이 되겠다고 말하는 콜랭의 본질을 간파했듯이, 그는 그 질서가 구분한 범주에 들지 않는 존재, "여러 금속이 혼합된 청동처럼 선과 악이 뒤섞인 복합적 존재"인 것이다.

　자크 콜랭과 맞서는 체제인 사법부, 곧 경찰과 법원은 역자의 해설이 따로 필요할 만큼 복잡한 모습을 보이는 것 같지는 않다. 다만, 『영광』과 『어둠 속의 사건』은 프랑스 문학에서 오늘날 '범죄물' 혹은 '법정 드라마'라 불리는 장르를 본격적으로 연 작품으로 평가 받는다는 사실은 언급하고 넘어가기로 한다. 아울러 사법부라는 체제에 대해 발자크가 긍정과 부정의 양가적 평가를 내린다는 점과, 사법부를 구성하는 등장인물들이 모두 자크 콜랭 못지않게 복합적 성격의 소유자들이라는 점은 다시 한 번 짚고 넘어갈 필요가 있다. 이 작품에서 콩탕송과 페라드와 코랑탱, 이들 3인의 경찰은 모두 "철학자"로 불리는데, 이는 '궤변을 일삼는 자'라는 뜻으로만 쓰인 것은 아니다. 발자크의 인물들은 소설이 창조하는 '전형'이 단일한 성격이어야 한다는 편견을 불식시킨다. 그랑빌, 보방, 세리지, 이 3인의 고위 사법관들에서 공생활의 모습과 사생활의 모습이 겹치는 것도 인물들과 작품들이 '재등장하는' 발자크의 소설이 제공하는 흥미로운 점일 것이다. 발자크 소설의 인물들은 그가 몇몇 작품에서 사용하는 용어인 이중의 인간, "호모 두플렉스(Homo Duplex)"다. 그들은 오로지 숭고하지도 오로지 비루하지도 않다. 그들은 숭고하면서 비루하고 비루하면서 숭고하다.

발자크의 "말년 양식" 혹은 발자크의 딜레마

일찍이 발자크는 낱낱의 작품들을 그러모으고 체계적으로 배치해 복잡다단한 현실 세계를 대체하는 온전한 허구의 세계를 만들겠다는 야심 찬, 그러나 스스로 인정한 것처럼 무모할지도 모르는 계획을 세운다. 그러다 1840년경부터 작품들이 주로 '연재소설'이라는 플랫폼에서 생산되며 파편처럼 흩어질지 모른다는 우려가 증폭되고, 1841년 루이필리프의 7월 왕정이 지식 재산권 인정을 거부하자, 개인적으로라도 그 허구 세계의 소유권을 확정해야 할 필요성이 절박해지면서 '전집'『인간극』의 기획은 급물살을 타게 된다.

발자크가 자기 작품 하나하나를 자주 건축 재료인 '돌'로, 전체 작품을 '건축물'로 비유한 점을 떠올리며, 한 연구자는 1842년부터 서둘러 출간되기 시작한 『인간극』 전집에 대해 이렇게 설명한다. "끝나려면 아직 6년에서 10년이 남은 시점에서 건설 현장을 완전히 폐쇄하고, 거기에 '인간극'이라는 근사한 팻말을 꽂은 것은 하나의 권리증을, 소유권 등기증서를 흔들어 내보이려는 뜻이요, 법으로 보호받는 저작권 개념을 만천하에 천명하려는 뜻이다. 그리고 그것은 동시에 재산세 납부에 따라 선거권과 피선거권을 부여하는 당시 제한선거에서 자신의 정치적 권리를 확보하려는 뜻이다. 발자크는 바로 그 제한선거 체제에서 예술가의 소유권이라는 응전의 용어를 빌린 것이다."[4] 재산이 신(新) 귀족의 척도가 된 시대에 그 소유권, 즉 『인간극』 판권은 발자크가 스스로 자신의 성(姓) 앞에 귀족의 전유물인 '드'를 붙일 수 있었던 근거이며, 1847년 6월 공증인 앞으로 작성된 유서에서 사랑하는 한스카 부인에게 생전 유증으로 남기는 유일한 재산목록이 된다.

그런데 그렇게 울타리를 치고 소유권을 주장한 『인간극』의 세계는 반대급부로 고착과 고립의 위험에 직면하게 된다. 발자크는 전집 발간이 시작된 이후에 자기 세계의 유동성과 확장성을 어떻게든 유지해야 했고, 내적 연결성을 강화해야 했다. '인물과 작품의 재등장'이 더욱 빈번해진 이유다. 이러한 현상

---

4) Roland Chollet, 「*Ci-gît Balzac*」 in 『*Le 'Moment' de La Comédie humaine*』, 1993.

은『영광』을 비롯한 말년의 작품들에서 정점에 달한다. 그러나 기대하는 효과는 어김없이 역효과를 동반하기 마련이다.

1834년『고리오 영감』을 쓸 무렵에는 창작의 역동성을 보장해 주었던 인물의 재등장 기법이 이제 창작자의 발목을 잡는 족쇄로 변한다. 소설 내부에서 흐르는 시간을 피할 수 없게 된 것이다. 그에 따라 이전에 역동적 역할을 담당했던 젊은 주인공들에게 나타나는 육체적 정신적 사회적 변모를 말해야만 했다.『영광』에서 만나는 '발명가' 다비드의 은둔, '시인' 뤼시앵의 죽음, '반항인' 자크 콜랭의 상징적인 퇴장 등은 그런 모습의 대표적 사례일 텐데, 말년의 작품에서 그와 비슷한 사례를 일일이 헤아리자면 한이 없을 정도다.

활력이 넘쳤던 왕년의 젊은 주인공들이 생을 마치거나, 살아 있더라도 육체와 정신이 몰라보게 변해 버린 모습을 보여주는 말년의 작품들을 읽노라면, 독자는 소설 바깥에서 흐르는 시간, 곧 작가와 함께 늙어가는『인간극』의 세계에 점점 진하게 드리워지는 쓸쓸한 정조에 어느새 감염된다. 그것은 창조자가 피조물에 지배당하는 형국에서 오는 쓸쓸함이다. 그렇게『인간극』의 세계는 작가에 의해 재현된 현실이 아니라 현실 그 자체가 되어버리면서 고립과 고착은 피하려고 할수록 심해져만 갔다.

『인간극』 세계에 나타나는 고립과 고착 현상은 시대와 자신의 작품 세계가 점점 멀어져 간다는 작가의 의식과도 매우 밀접한 관련이 있다.『인간극』에 있는 세 편의 미완성 작품이 중단된 이유는 앞서 살펴본 대로 연재소설 시장이라는 외적인 문제를 떼어놓고 생각할 수 없다. 물론 그 외적 요인은 작품 내적 요인과 깊게 맞물려 있다. 발자크는 『사촌 베트』에서 "1830년은 1789년 체제를 끝냈다."라고 적는다. 부르주아 혁명이라고 일컬어지는 1830년 7월혁명은 발자크가 보기엔 1789년 대혁명의 결말이면서 대혁명 정신의 배반이었다. 그의 소설 쓰기는 그 1830년 체제에 대한 줄기찬 항의였다고 할 수 있다.

그런데 1848년 2월혁명으로 치닫는 프랑스 사회에 나타나는 여러 조짐은 1830년 체제의 종식을 예고했다. 발자크는 이 문제를 "옛날의 부르주아지와 오늘날 부르주아지의 비교"(『소시민들』). 국회의원 선거를 통해 나타나는 그 두 계급의 대결(『아르시의 국회의원』), 그리고 토지 소유 문제를 둘러싸고 격해지는 농민 프롤레타리아트와 부르주아지의 격심한 갈등(『농민들』)이라는 주제들로 다루고자 했다. 야심만만한 이 주제들은 그러나 그동안 구축해 온 『인간극』의 영토에 들이기에 너무 버거운 것들이었다.

발자크에겐 상대적으로 낯선 이 새로운 인간 군상은 이미 구축된 소설의 구조를 공격했고, 그들을 긴밀하게 소설로 형상화하기엔 그의 몸과 세계관이 이미 쇠락의 길을 밟고 있었다. 그렇게 현실 세계와 발자크 소설 세계의 간극은 점점 깊어지고 멀어져 갔지만, 세 소설의 중단에서 알 수 있듯 발자크의 소설 세계는 그 현실을 따라잡거나 끌어안지 못하고 오히려 밀어내고 물리치며 이미 구축된 소설 세계의 경계를 더욱 공고히 하는 방향으로 나아간다.

프루스트 못지않게 열렬한 발자크 독자였던 소설가 헨리 제임스는 발자크를 자기 작품이라는 감옥에 갇힌 수인에 빗댄다. "발자크의 작품을 접하면 그의 정신이 진정 자기 자신을 하나의 감옥으로 만들었다는 생각이 든다. 그 감옥 속에서 발자크는 종신 징역형을 받은 죄수처럼 쉬지 않고 제자리를 뱅뱅 맴돌면서 실패에 감긴 실을 끊임없이 풀어내야 하는 운명에 처한 것 같다. 그 감옥은 다름 아닌 프랑스 사회다. 복잡하지만 대단히 한정된 그 사회는 높다란 담벼락 위로 철통 같은 지붕이 덮여 있어 그를 옴짝달싹 못 하게 가두어놓았다. 우리는 그와 함께 그 닫힌 세계 속에 투옥된 것이다."[5]

제임스의 비유는 말년의 발자크 모습이 콩시에르주리에 갇힌 자크 콜랭과 비슷하다는 생각이 들게 한다. 뤼시앵이 페르라셰즈로 떠나는 날, 콜랭은 그랑빌 검사장에게 "나에겐 갈 자리가 하나 필요합니다. 그 자리로 살러 가는 것이 아니라 죽으러 가는 겁니다."라고 말한다. 여기서 '죽음'은 자기가 사회에 맞서 구축한 세계를 버린다는 뜻이 아니라, 현실을 자기 세계로 완전히 대체하겠다는 뜻으로 이해해야 할 것이다. 그렇게 콜랭은 3부 18장의 제목(「독방의 자크 콜랭이 세상을 뒤흔들다」)이 요약하듯 감옥 안에서 바깥세상을 움직인다. 이는 바로 자기가 세운 감옥에 갇혀 세상을 바라보고 움직이려는 발자크의 모습이다.

---

5) Henry James, 「*Honoré de Balzac, traduit par Joséphine Ott*」 in 《*Année balzacienne*》, 1981.

완료해야 할, 그러나 점점 고착되고 고립되는 세계가 발자크를 짓누른다. 그는 1847년 5월 우크라이나의 한스카 부인에게 보낸 편지에서 "생의 초기에는 모든 창조를 사랑하고 모든 걸 소중히 여기는 힘이 느껴지오. 하지만 나이를 먹어갈수록 행동반경은 얼마나 좁아지는지요! 자기가 탄 배 안으로 들어오는 물을 퍼내고, 물건들을 물속에 던져 버려야 하오."라고 쓴다. 그리고 한스카 부인을 만나러 우크라이나로 떠나기 직전인 8월에는 "내 머릿속은 늘 비어 있소. 뭔가 텅 빈 게, 거추장스러운 게 내 몸 위에 얹혀 있는 것만 같소. 나는 내년을 기다릴 힘조차 없소. 내겐 모든 게 마멸되었소. 행복만이 내게 살아갈 힘과 창작의 힘을 줄 수 있소."라고 적는다. 그 행복이란 한스카 부인에게 편지를 쓰며 그녀와의 결혼을 머릿속에 그리는 미래로 투영된 시간이거나, 며칠 후 보낸 편지에서 토로하듯 과거로 회귀하는 시간, 유년기 투렌 시절로의 침잠을 뜻하기도 한다.("과거의 어떤 순간들이 완벽하게 재현된 영상으로, 놀라우리만치 선명한 기억으로 되살아나면서, 생각으로나마 그 순간들을 다시 살아가오. 눈을 감으면 난 그곳에 있소.")

눈을 뜨면 끝내야 할 작품이 짓누르는 현실의 '비참'과 눈을 감으면 떠오르는 행복한 과거와 미래의 '영광', 이것이 발자크가 말년에 마주한 딜레마다. 그런데 그 모순은 양자택일의 문제가 아니다. 동화 같은 결혼은 소설 세계가 완결되지 않으면 실현 불가능하다. 그에게 새로 생명을 부여해 줄 한스카 부인과의 결혼은 대가를 치러야 이뤄진다. 그 대가는 돈으로 환산될 소설, 끝내야 할 소설이다. 그런데 그 가혹한 소설 집필 작업이 그의 생명을 대가로 요구한다. 장차 써야 할 작품은 그렇게 그가 처한 운명의 부조리함을 상징한다.

발자크에게 말년의 글쓰기는 셰에라자드의 '천일야화'다. 발자크는 끝내 그 모순을 풀고 셰에라자드처럼 페르시아의 왕비가 되었을까? 발자크는 마침내 한스카 부인과 결혼하지만, 그 '영광'은 시작과 동시에 끝난다. 그리고 그가 그토록 유감스러워했던, 생전에 누리는 명성이 아닌 '사후의 명성'만이 『인간극』 '전집'의 작가라는 명칭으로 그에게 부여된다. 그런데 다름 아닌 『인간극』이 발자크가 생의 초반부터 말년에 이르기까지 버텨낸 삶의 모순 자체다.

우크라이나에 체류하던 1849년 4월, 발자크는 누이동생 로르 쉬르빌에게 보낸 편지에 이렇게 쓴다. "나는 지금 병에 걸려 꼼짝도 못 하고 있다. 아아! 나는 1848년에 이렇게 공물을 바친 것이다. 그때 죽은 모든 사람처럼, 혹은 그것으로 인해 앞으로 죽을 모든 사람처럼. 다만, 황소 같은 나의 기질이 존귀한 인류를 당혹스럽게 만들리라. 나는 '삶'이라 불리는 모순 대립의 편에 선다." 끝내 해소되지 않을 "삶이라는 이름의 모순 대립"을 그 상태 그대로 자기 작품 안에 보존해 두었다는 점, 그것이 발자크의 '영광'이다.

사이드가 말하는 '말년의 양식'은 예술가의 주관과 객관적 현실 간의 불화가 조화로운 종합으로 귀결되지 않고 분열의 원동력을 지닌 채 그대로 남아 있는 모습을 가리킨다. 시대와의 불화, 미완성, 자기 세계로의 고립 등이 말년의 양식이 보여주는 특징들이며, 그렇게 "예술이 자신의 권리를 포기하지

않고 현실에 저항할 때” 생기는 긴장이 말년의 양식에서 살펴
보아야 할 의미다. 발자크의 경우, 일간지 연재소설의 질곡, 지
적 재산권의 불인정, 자신의 세계관과 역사의 진행 방향의 어
긋남 같은 요인들이 『인간극』이라는 ‘전집’의 때 이른 ‘완결’을
낳았고, 그를 자기 작품 세계 안에 갇히게 했다. 연재소설 양
식과 잘 어울리지 않는 《철학 연구》와 《분석 연구》 계열의 작
품들은 1830년대 중반 이후 거의 추가되지 않았으며, 《풍속
연구》 중 ‘정치 생활 장면’과 ‘군대 생활 장면’ 계열의 작품들
은 시류와 불화하며 표류하기만 했다. 발자크가 《1845년의 카
탈로그》에서 앞으로 추가될 것이라고 밝힌 50편의 작품 ‘제
목’들은 이 4개 계열에 집중적으로 배치된다. 그러나 실현되지
못한 이 보완 계획은 『인간극』 체제의 심한 불균형을 두드러
지게 할 뿐이고, 『인간극』 세계라는 미완과 불화와 고립의 현
장을 둘러보는 답사객은 ‘삶이라 불리는 모순 대립’을 어떻게
인식하고 대처해야 하는지 반추하게 된다.

* * *

발자크의 말년 작품 『영광』을 한국어판 발자크 소설 목록
에 추가할 수 있어서 기쁘다. 프랑스 문학 전공자들 사이에서
『영광』은 발자크 전공자가 아니어도 프루스트를 비롯한 여러
유명 작가가 언급했다는 이유로 관심의 대상이 된다. 그러나
프루스트의 『잃어버린 시간을 찾아서』가 역자를 포함한 프랑
스 문학 전공자들 사이에서 다 읽지 않고도 누구나 말하는

작품으로 통하는 것처럼, 적잖이 긴 이 작품도 다 읽지 않은 채 언급되는 발자크 작품 중 하나일 것이다. 그러나 번역 과정은, 하나 마나 한 소리지만, 기쁨보다는 괴로움의 연속이었다. 작품 자체가 길기도 하거니와, 작가가 지닌 독특한 사유 구조 탓인지 보통은 낯설게 여겨지는 추상어와 추상어의 결합이 즐비한 발자크의 문장은 프랑스에서도 고전주의 애호가들에겐 처치 곤란한 문제로 여겨지는 경향이 있다.

감당하기 어려울 정도로 치고 들어오는, 이른바 '재등장하는 인물들과 작품들'을 발자크의 세계에 친숙하지 않은 독자들이 고개를 끄덕일 만큼은 설명하기 위해 주석을 다는 일도 고역이었다. 소설에 무슨 각주란 말인가. 당시 사회와 역사를 모르면 상형문자나 다를 바 없는 인물이나 상황들, 그리고 제도나 직책 이름도 그냥 넘어가야 할지, 주석을 달자면 어느 선까지 달아야 할지 고민거리였다. 당시 사법부를 비롯한 프랑스 정부 기관과 직책은 그게 무슨 뜻인지는 알겠는데, 그걸 한국어 독자가 직관적으로 받아들일 수 있는 한국어 명칭으로 옮기는 건 또 다른 문제였다. 오류가 있다면 관련 전문가들의 질정을 바란다.

이에 더해, 발자크가 원 없이 백과사전식 지식을 뽐내는, 논지를 살짝 비껴가는 장광설들에 대한 적절한 안내도 그냥 넘어갈 수 없는 숙제였다. 그리고 리얼리스트 발자크가 표 나게 살린 알자스 출신 프랑스인 뉘싱겐의 프랑스어 억양은 어떻게 표기할지, 지폐와 주화가 혼용되던 당시 통화 시스템과 이자율에 따라 다르게 운용되는 국채 기반 연금제도는 설명 없이 그냥 넘어가도 될지, 숙제는 꼬리에 꼬리를 물었다. 독서를 방해한다고 불평을 살지 모르지만, 모쪼록 이 번역문에 가득한 각주들이 그 너른 발자크 세계의 답사를 돕고 싶은 여행 안내자의 욕심이겠거니 이해해 주었으면 좋겠다.

그러나 이런 문제들보다 더 역자를 고심에 빠뜨린 사항은 원서와 본 번역서 사이에 19세기 전반 프랑스와 21세기 전반 한국이라는 건너기 힘든 시공의 차이가 놓여 있어 빚어지는 문제, 특히 성(性)이나 윤리·도덕과 관련한 차별 인식과 차별어 문제였다. 이는 발자크를 읽는 오늘날의 한국어 독자를 고려해야 한다는 그런 말로 간단히 해결될 문제가 아니다.

2023년 3월 프랑스 라디오 교양 채널인 '프랑스 퀼튀르(France Culture)' 토론에서, 당시 영국에서 화제가 되었던 영국 작가 로알드 달(Roald Dahl) '다시 쓰기'가 거론되었다. 알다시피 달의 작품은 반유대주의나 흑인 비하라는 혐의를 받는다. 프랑스 고등사회과학연구원 연구부장이며 문학 비평가이자 작가인 티펜 사무이요(Tiphaine Samoyault)는 다시 쓰기에 찬성하며, 그 대상을 고전문학의 작가들, 특히 프랑스 19세기 작가들로 확대한다. 그녀는 학교에서 19세기 문학을 가르치는 게 불편하다고 토로하는 동료가 많다며, 그 예로 발자크 작품이 보여주는 반유대주의와 여성의 도구화를 든다. 그녀는 발자크가 여성을 투명인간으로 취급하는 '비앙팡상(bien-pensant, 우리말로 옮기자면 '당대의 규범을 맹종하며 편견을 지당한 말씀으로 읊어대는 사람'이라는, 경멸적 뜻을 담은 프랑스어)'이라고 꼬집는다.

이에 맞서 프랑스 저널리스트이자 작가인 마르크 베츠만 (Marc Weitzmann)은 작가의 존중과 문학의 자율성을 전제로, 고전은 원래 있는 그대로 놓아두어야 한다고 주장하며, '로알 드 달 다시 쓰기'가 영국에서 벌어지는 일종의 '문화혁명'이라 비판한다. 오랜 문학 유산을 현대의 잣대로 판단하는 것은 결코 '현대화'가 아니라는 것이다. 이 방송을 들은 청취자들 사이에서는 조지 오웰의 '『1984』의 강림' 같다는 반응이 나왔으며, 이 소식을 전하는 저널의 기사 제목은 자극적이게도, "발자크를 불태우자!, 문학을 멸균 처리하자!"였다. 역자가 이 논쟁에 말을 보탤 필요는 없다. 역자는 다만 '우리가 알고 있는 발자크가 정말 발자크인가?'라는 발자크 연구계에서 종종 제출되는 질문으로 답을 대신하고자 한다.

발자크는 당대의 '비앵팡상'을 가장 신랄하게 비판한 작가다. 이에 대해서는 발자크 연구계에서 이론의 여지가 없다. 발자크의 작품에 반유대주의나 여성 비하 또는 혐오가 적잖지만, 그를 반유대주의자나 여성 비하론자로 규정하려 한다면, 그 점을 뒷받침하는 텍스트보다 반박하는 텍스트를 훨씬 많이 찾게 될 것이다. 여성의 발언을 대체로 부속물 취급하는 동시대 작가와는 달리, 발자크가 여성 인물의 주체적이고 생생한 발언을 가장 많이, 그리고 가장 적극적으로 자기 작품에 담은 작가라는 점은 환기하고 싶다. 다시 한 번 인용하거니와 발자크에게 "모든 것은 양면성을 지닌다."

사물과 현상을 본다는 것은 사물과 현상의 안과 밖, 그 양면을 아우름을 말한다. 역자의 설명보다 이와 관련해 발자크 연구계에 제출된 여러 논문 중 한 편을 소개하는 것이 훨씬 신뢰도를 높일 터, 관심 있는 독자는 오웬 히트코트의 「발자크와 페미니스트 비평」의[6] 일독을 권한다. 그 논문의 결론은 이렇다. "자기 작품에서 여성의 조건과 여성이라는 존재, 섹스와 젠더가 접합된 이 역설, 이 이중구속(double bind)을 줄기차게 드러낸다는 점에서, 발자크는 진지한, 그것도 아주 진지한 페미니스트다." 본 번역서에 옮긴 어떤 표현들에 대해 현대의 독자가 불편하게 느끼는 구석이 분명 있을 터, 역자의 변명을 요약하면, 번역하는 동안 줄곧, 19세기의 원서와 21세기 번역서의 시공간적 간극을 어떻게 이을 것인가를 두고 고민이 무척 깊었다는 것이다. 끝으로 '고전문학 작품'을, 그것도 발자크의 작품을 기꺼이 내준 민음사에 깊은 감사를 드린다.

2026년 2월 6일
이철의

---

6) Owen Heatcote, 「*Balzac et la critique féministe*」 in 《*Année balzacienne*》 2023, pp. 127~145.

1799년   5월 20일, 프랑스 중서부에 있는 루아르 강변 도시 투르, 라르메 디탈리가 25번지 (현 나시오날가 47번지)에서 오노레 출생. 아버지 베르나르 프랑수아 발자크는 농촌 출신의 자수성가한 인물로 당시 투르의 군량 공급 부서 책임자였으며, 어머니 안 샤를로트 로르 살랑비에는 파리 마레 지구의 부르주아 집안 출신이었다. 1797년 결혼 당시 아버지의 나이는 쉰하나였고 어머니의 나이는 열아홉으로, 두 사람의 나이 차는 서른둘이었다. 오노레는 출생 직후 근위병의 아내인 유모에게 맡겨져 4년간 양육된다.

1800년   첫째 누이 로르가 태어난다.

1802년   둘째 누이 로랑스가 태어난다.

1804년   발자크 가족, 나시오날가 29번지(현 53번지)의 저택으
         로 이사하고, 지방 유지들이 모이는 살롱을 운영한다.

1807년   아버지가 다른 남동생 앙리가 태어난다.(앙리의 생부
         는 발자크 집안의 친구인 사셰 성의 성주 장 드 마르곤이
         다.) 유년 시절 오노레는 어머니가 혼외자인 앙리를 편
         애한 것에 깊은 상처를 입는다. 훗날 발자크는 어머니
         의 애인인 장 드 마르곤과 우정을 나누고, 그가 소유한
         사셰 성에 머물며 작품을 집필하기도 한다. 사셰 성은
         현재 발자크 박물관(Musée Balzac-Château de Saché)
         이다.

1804년   투르의 르 게 기숙학교를 1807년까지 통학한다.

1807년   6월 22일, 방돔의 오라토리오 수도회 기숙학교 입학해
         6년 동안 생활한다. 발자크의 자전적 소설로 평가되는
         『루이 랑베르』에는 방돔 학교 시절의 불행했던 기억이
         생생하게 표현된다.

1813년   4월 22일, 신경증 악화로 방돔 기숙학교를 그만두고 집
         으로 돌아와 요양한다. 파리 토리니가 50번지의 강세
         르 신부가 운영하는 기숙학교에 입학한다.

1814년   11월, 아버지가 파리의 군수품 조달회사 책임자로 임명
         되면서 발자크 가족은 투르를 떠나 파리 탕플가 40번
         지(현 탕플가 122번지)에 정착한다. 튀랭가 37번지 르
         피트르가 운영하는 학교에 입학한다.

1815년   9월, 다시 강세르 신부가 운영하는 학교로 전학, 동시
         에 샤를마뉴 고등학교에서 수학한다.

1816년   11월 4일, 소르본 대학의 법학부에 등록한다. 동시에
         소송대리인 기요네 메르빌 사무실에서 1819년 초여름
         까지 16개월 동안 수습 서기로 근무한다.

1818년   4월, 발자크의 집과 같은 건물에 있던, 공증인 빅토르
         파세의 사무실에서 서기로 근무한다.

1819년   1월 4일, 법과대학 수료 시험(당시 학위 편제로 '법학 바
         칼로레아')을 통과한다. 7월 말에서 8월 초 사이, 발자
         크 가족은 경제적인 이유로 파리 북쪽 근교 빌파리지
         로 이사한다. 법률가가 되길 원하는 부모의 뜻을 거스
         르고 작가가 되기로 결심한 발자크는 8월, 파리 바스티
         유 광장 근처 레디기에르가 9번지에 있는 월세 5프랑
         의 다락방에 칩거하면서 집필에 몰두한다. 부모는 2년
         간의 유예 기간 동안 오노레에게 월 120프랑의 생활비
         를 지급한다.

1820년   5월, 운문 비극『크롬웰(Cromwell)』완성 후 빌파리지
         가족과 친지들 앞에서 낭독하나 부정적 평가를 받는
         다. 가족들은 그에게 확고한 직업을 가지고 부수적으
         로 글을 쓰는 분별 있는 삶을 살 것을 권유한다. 9월,
         누이동생 로르, 에콜 폴리테크니크 출신의 쉬르빌과
         결혼한다.

1821년   1월, 부모의 재정지원 중단으로 빌파리지의 본가에
         들어가지만, 문학에 대한 꿈을 버리지 않고『팔튀른
         (Falthurne)』,『스테니 혹은 철학적 오류(Sténie ou les
         Erreurs philosophiques)』,『기도론(Taité de la prière)』,

『팔튀른 II(Falthurne II)』 등의 철학적 종교적 신비주의적 작품들을 계속 집필한다. 9월, 여동생 로랑스가 결혼한다.

1822년　오귀스트 르 푸아트뱅 드 레그르빌과 동업으로 삼류소설을 양산하기 시작한다. 로르 훈, 오라스 드 생토뱅 등의 필명으로, 8편의 소설을 출간한다.

1822년　8월, 빌파리지의 이웃인 로르 드 베르니 부인과 내밀한 관계가 시작된다. 스물두 살 연상인 베르니 부인은 연인이자 어머니로서 발자크에게 조언자이자 후원자 역할을 했다. 그들의 관계는 1836년 부인이 사망할 때까지 지속된다.

1824년　《푀유통 리테레르(Feuilleton littéraire)》라는 문학 관련 신문에 글을 기고하며 저널리스트로서의 첫걸음을 내딛는다. 투르농가 2번지에 작은 아파트 얻는다.

1825년　8월, 동생 로랑스가 사망한다. 9월, 누이 로르의 베르사유 집에 체류하던 중 만난 다브랑테스 공작 부인과 교류를 시작한다. 부인은 나폴레옹 시대의 장군이었던 주노 공작의 과부로, 발자크를 파리 사교계에 입문시키는가 하면, 그에게 나폴레옹에 관한 정보도 제공한다. 공작 부인의 자서전 집필에 도움을 준다.

1825년　이후 1828년까지 인쇄업, 출판업, 활자주조업 등에 투신한다. 자본금은 가족과 베르니 부인에게서 충당한다. 3년간의 사업 실패로 6만 프랑(현재 가치 약 3억 원)의 빚을 진다.

1828년   문학으로 돌아와 역사물에 관심을 보이고, 브르타뉴
         지방에서 일어난 올빼미당의 반혁명 운동을 소재로 소
         설을 쓰기로 결심한다. 9월 17일부터 두 달 동안 브르
         타뉴의 푸제르에 사는 집안의 친구 포므뢸 남작의 저
         택에 기거하면서 증인들의 이야기를 듣고 현지를 답사
         한다. 4월, 빚쟁이들을 피해 파리 남쪽 포부르 생자크
         (일명 파리 천문대 구역)의 카시니가 1번지의 아파트를
         누이의 남편 쉬르빌의 이름으로 계약해, 1836년까지
         그곳에 머문다.

1829년   3월, 자신의 본명으로 출판한 최초의 소설『마지막 올
         빼미당원 혹은 1800년 브르타뉴(Le Dernier Chouan
         ou la Bretagne en 1800)』[1845년,『인간극』총서 출간
         시『**올빼미당원들 혹은 1799년 브르타뉴**(Les Chouans,
         ou la Bretagne en 1799)』로 제목 변경]를 출간한다.*
         6월 19일, 아버지 베르나르 프랑수아 드 발자크가 사
         망한다.
         12월에는 익명으로『**결혼 생리학**(Physiologie du
         mariage)』(『인간극』체계 정립 이후 《분석 연구》에 편입)
         을 출간해 큰 반향을 일으키고, 이를 계기로 사교계에
         입성한다.
         1809년, 여동생 로르를 통해 알게 된 쥘마 카로 부인과

---

* 이하『인간극』에 속하는 발자크 작품들은 볼드체로 구분했다. 작품의 발
표 연도는 최초 단행본 출간(première publication) 기준이다.

친분을 맺는다. 카로 부인은 발자크에게 진지한 문학적 조언자의 역할을 하며 상당한 영향을 미친다.

1830년　여러 언론 매체에 시사적인 논평을 다수 발표하는 한편, 본격적으로 문학 작품 생산에 돌입한다. 당시 그가 관여한 신문은 《푀유통 데 주르노 폴리티크(Le Feuilleton des journaux politiques)》, 《라카리카튀르(La Carricature)》, 《르탕(Le Temps)》, 《라실루에트(La Silhouette)》, 《라모드(La Mode)》, 《르볼뢰르(Le Voleur)》 등이다. 특히 7월혁명 직후부터 19차례에 걸쳐 연재한 『파리 통신(Lettres sur Paris)』에서 그는 7월혁명 이후의 체제를 신랄하게 비판한다.

본격적으로 소설 창작에 몰두, '사생활 장면'이라는 제목 아래 여섯 편의 단편{『**라벤데타**(La Vendetta)』, 『불륜의 위험(Les Dangers de l'inconduite)』[1842년, 『**곱세크**(Gobseck)』로 제목 변경], 『**소의 무도회**(Le Bal de Sceaux)』, 『영광과 불행(Gloire et malheur)』[1842년, 『**공놀이하는 고양이 상점**(La Maison du chat-qui-pelote)』으로 제목 변경], 『덕성스러운 여인(La Femme vertueuse)』[1842년, 『**두 집 살림**(Une double famille)』으로 제목 변경], 『**가정의 평화**(La Paix du ménage)』}을 묶어 2권으로 출간한다. 《분석 연구》에 속하는 『**우아하게 사는 법**(Traité de la vie élégante)』을 출간한다.

1831년　4월, 정치 논평 「두 내각의 정치에 관한 앙케트」 발표, 현실정치 참여 야심을 표명한다. 이 해와 이듬해에 국

회의원 선거 출마를 계획하나, 재산에 따라 선거권과
피선거권을 부여하는 당시 선거제도에서 피선거권 자
격을 갖추지 못해 무위에 그친다. 9월 말에서 10월 초
사이, 익명으로 보낸 카스트리 공작 부인의 편지를 받
는다.

8월, '철학 소설'이라는 부제가 붙은 『**나귀 가죽**(La
Peau de chagrin)』을 출간해 성공을 거두고 작가로
서 입지를 굳힌다. 『**사라진**(Sarrasine)』, 『**엘베르뒤고**
(El Verdugo)』, 『**저주받은 아이**(L'Enfant maudit)』, 『**불
로장생의 묘약**(L'Élixir de longue vie)』, 『**추방자들**(Les
Proscrits)』, 『**미지의 걸작**(Le Chef-d'œuvre inconnu)』,
『**징용군**(Le Réquisitionnaire)』, 『**여인 연구**(Étude de
femme)』, 『**플랑드르의 예수그리스도**(Jésus-Christ en
Flandre)』, 『두 개의 꿈(Deux rêves)』[1844년, 『**카트린 드
메디치에 대하여**(Sur Catherine de Médicis)』 3부로 편
입]을 출간한다.

1832년   정통주의로 정치적 전향을 한다. 카스트리 공작 부인
과 관계가 시작되고, 8월에는 그녀와 함께 엑스 레 뱅,
제네바 등지를 여행한다. 10월, 제네바에서 공작 부인
에게 열렬히 구애하지만 끝내 거절당한다. 이때의 경
험은 2년 후 출간되는 『**랑제 공작 부인**(La Duchesse de
Langeais)』의 모티프가 된다. 몇몇 여자들과의 결혼을
모색하지만 모두 실패한다. 2월 28일, 발신지가 우크라
이나의 오데사이고 발신인은 '외국 여인'이라고만 서명

된 한스카 부인의 편지를 받은 바 있다. 11월, 사랑의 좌절로 절망에 빠져 있던 그는 외국 여인으로부터 두 번째 편지를 받고, 그 후 한스카 부인과의 서신 왕래가 시작된다.

『**돈주머니**(La Bourse)』, 『**여인의 의무**(Le Devoir d'une femme)』[1834년, 『**아듀**(Adieu)』로 제목 변경], 『**독신자들**(Les Célibataires)』[1843년, 『**투르의 사제**(Le Curé de Tours)』로 제목 변경], 『**재판관 코르넬리우스**(Maître Cornélius)』, 『**피르미아니 부인**(Madame Firmiani)』, 『**붉은 여인숙**(L'Auberge rouge)』, 『**루이 랑베르**(Louis Lambert)』를 출간한다.

1833년   9월, 서신 교환만 하던 한스카 부인과 뇌샤텔에서 처음 만난다.

『**시골 의사**(Le Médecin de campagne)』, 『**외제니 그랑데**(Eugénie Grandet)』, 『**전언**(Le Messager)』, 『**버림받은 여인**(La Femme abandonnée)』, 『**라그르나디에르**(La Grenadière)』, 『**명사 고디사르**(L'Illustre Gaudissart)』를 출간한다. 《분석 연구》에 속하는 『**발걸음의 이론**(Théorie de la démarche)』을 출간한다.

1834년   자신의 모든 작품을 하나의 체계 속에 집대성하고자 하는 계획을 세우고, 총서의 통일성을 위해 '인물 재등장' 기법 고안한다. 1833년 12월 24일, 제네바에 도착해 가족과 함께 체류 중이던 한스카 부인을 만나 45일간 깊은 교분을 나눈다. 1834년 1월 26일은 "잊지 못할 날"로 기억된다. 6월, 마리아 뒤 프레네와의 사이에서 딸을 얻지만 두 사람의 관계는 오래 지속되지 않는다. 마리 카롤린 뒤 프레네라는 이름의 딸은 후손을 남기지 않은 채 1930년 사망한다. 쥘 상도를 문하생 겸 비서로 삼는다.

10월 한스카 부인에게 보내는 편지에서 자신의 작품 세계 전체의 구상을 밝힌다. 아직 『인간극』이라는 제목은 등장하지 않지만, 작품 총서는 인간사의 다양한 현상을 보여주는 《풍속 연구》, 그러한 현상의 원인을 탐구하는 《철학 연구》, 현상의 원인과 결과를 종합하여 원칙을 세우는 《분석 연구》라는 체계에 따라 구성될 것임을 밝힌다. 「19세기 프랑스 작가들에게 보내는 편지」를 통해 작가의 권리에 대한 각성을 촉구한다.

『**마라나 가문의 여인들**(Les Maranas)』, 『**페라귀스**(Ferragus)』, 『도끼에 손대지 마시오(Ne Touchez pas la hache)』[1840년, 『**랑제 공작 부인**』으로 제목 변경], 『**절대 탐구**(La Recherche de l'Absolu)』, 『똑같은 이야기(Même histoire)』[1842년, 『**서른 살 여인**(La Femme de trente ans)』으로 제목 변경], 『**바닷가의 비극**(Un drame au bord de la mer)』을 출간한다.

1835년   오스트리아 여행. 빈에서 다시 한스카 부인을 만나지만 이후 8년 동안 둘은 서로 만나지 못한 채 서신만 주고받는다. 평생 충실한 친구로 남을 기도보니 비스콘티 백작 부인과 교제를 시작한다. 12월, 독자적 발표

지면의 확보를 위해 정치·문예지 성격의 《크로니크 드 파리(Chronique de Paris)》를 인수하나, 1836년 1월 첫 호를 발행한 지 반년만인 6월에 파산, 다시 한 번 상당한 금전적 손실을 보게 된다.

『**고리오 영감**(Le Père Goriot)』, 『**황금 눈의 여인**(La Fille aux yeux d'or)』, 『남편이 둘인 백작 부인(La Comtesse à deux maris)』[1832년 잡지에 발표 시 제목은 『타협(La Transaction)』이었으며, 1844년 전집 출간 시 『**샤베르 대령**(Le Colonel Chabert)』으로 제목 변경], 『**회개한 멜모스**(Melmothe réconcilié)』, 『사교계의 총아(La Fleur des pois)』[1842년, 『**결혼 계약**(Le Contrat de mariage)』으로 제목 변경], 『**세라피타**(Séraphîta)』를 출간한다.

1836년   1월, 『**골짜기의 백합**』 저작권과 관련해 《르뷔 드 파리》지와 《르뷔 데 되 몽드(Revue des deux Mondes, 양세계 평론)》지의 공동 편집장을 맡고 있던 뷜로즈를 고소한다. 국민군 복무 의무를 수행하지 않아 4월 27일에서 5월 4일까지 감옥에 구금된다. 7월 베르니 부인이 사망한다. 7~8월, 기도보니 비스콘티 백작의 상속 문제를 해결하기 위해 이탈리아 토리노를 여행하고 스위스를 거쳐 귀국한다. 남장한 마르부티 부인을 여행에 대동한다. 9월, 빚쟁이들을 피해 카시니가의 집을 버리고 샤이오에 있는 상도의 다락방으로 피신한다.

『**골짜기의 백합**(Le Lys dans la vallée)』, 『**금치산**(L'Interdiction)』을 출간한다.

1837년   2월, 빚쟁이들을 피해 또다시 기도보니 비스콩티 부인
         의 도움으로 이탈리아를 여행한다. 5월, 거래하던 베르
         데 출판사의 파산으로 경제적 위기가 가중된다. 채권
         자 고발로 구속을 피하고자 피신한다. 9월, 파리 근교
         세브르의 '레 자르디'에 농가를 사서 증축하고 1838년
         그곳에 정착, 농장 운영을 시도하지만 막대한 비용만
         날린다. 훗날 제3공화국의 주요 정치인이었던 레옹 강
         베타가 이 집의 주인이 되었고, 현재 이 집은 강베타의
         유품이 보관된 기념관으로 사용된다.
         『**노처녀**(La Vieille fille)』, 『**잃어버린 환상**』 1부 「두 시
         인」, 『**무신론자의 미사**(La Messe de l'athée)』, 『**파시노 카
         네**(Facino Cane)』, 『**사막에서 피어난 열정**(Une Passion
         dans le désert)』, 『**세자르 비로토**(César Birotteau)』를 출
         간한다.

1838년   로마 시대 은 채굴지였던 사르데냐의 폐광 개발 계획을
         가지고 현지를 방문하나 성공하지 못한다. 후일 사르데
         냐의 은광산은 엄청난 매장량을 가진 것으로 판명된
         다. 2월 말~3월 초, 노앙에 있는 조르주 상드의 저택에
         머물며 문학적 교분을 나눈다.
         『**뉘싱겐 은행**(La Maison Nucingen)』, 『**탁월한 여인**
         (La Femmes supérieure)』[1844년, 『**하급 공무원들**(Les
         Employés)』로 제목 변경]을 출간한다.

1839년   8월, 작가 협회 회장직을 맡아 저작권 보호를 위한 맹
         렬한 활동을 펼친다. 12월, 아카데미 프랑세즈에 출마

하나 고배를 마신다.

『**골동품 진열실**(Le Cabinet des antiques)』, 『**감바라**(Gambara)』, 『**잃어버린 환상**』 2부 「파리의 지방 위인」, 『**이브의 딸**(Une fille d'Eve)』, 『**마시밀라 도니**(Massimilla Doni)』, 『**베아트리체**(Béatrix)』 1부와 2부, 『**피에르 그라수**(Pierre Grassou)』를 출간한다. 《분석 연구》에 속하는 『**현대의 자극제론(論)**(Traité des excitants modernes)』을 출간한다.

1840년　희곡 『보트랭(Vautrin)』의 초연 직후 공연 금지처분을 받는다. 《크로니크 드 파리》의 실패 이후 다시 월간지 《르뷔 파리지엔(Revue parisienne)》을 발간하나, 7월호를 시작으로 총 세 호를 출간한 후 종간한다. 9월, '레자르디' 집을 압류당하고 채권자들을 피해 가정부이자 정부인 브뢰뇰 부인의 이름으로 임대한 파시 지구의 바스가 19번지, 현재 파리의 레누아르가 47번지의 집으로 이주한다. 발자크는 1847년까지 그곳에서 지낸다. 이 집은 오늘날 발자크 기념관으로 사용된다. 『인간극』이라는 총서 제목을 결정한다. 12월, 작가의 권리 보장을 위해 저작권법을 제안한다.

『파리의 대공 부인(Une princesse parisienne)』[1844년, 『**카디냥 대공 부인의 비밀**(Les Secrets de la princesse de Cadignan)』로 제목 변경], 『**피에레트**(Pierette)』를 출간한다.

1841년　9월 작가 협회 회장직을 사임한다. 10월, 퓌른 출판사

와 『인간극』을 제목으로 하는 전집 출판 계약을 체결
한다. 한스카 부인의 남편 한스카 백작이 사망하지만,
발자크는 이듬해 1월에야 그 소식을 듣는다.

『마을 사제(Le Curé de village)』, 『제드 마르카스(Z.
Marcas)』를 출간한다.

1842년　한스카 부인과의 결혼을 위해 전력을 기울인다. 7월과
12월 아카데미 프랑세즈 회원이 되기 위해 출마하나
두 번 다 낙선한다. 『인간극』 총서의 서문을 집필한다.

『두 젊은 부인의 서간(Mémoires de deux jeunes
mariées)』, 『위르쥘 미루에(Ursule Mirouët)』, 『가짜 애
인(La Fausse maîtresse)』, 『알베르 사바뤼스(Albert
Sabarus)』, 『속(續) 여인 연구(Autre étude de femme)』,
『1793년의 미사(Une messe en 1793)』[1846년, 『공포정
치 시대의 일화(Un Episode sous la Terreur)』로 제목 변
경], 『두 형제(Les Deux Frères)』[1842년, 수정 퓌른 판
에서 『가재 잡는 여자(La Rabouilleuse)』로 제목 변경]를
출간한다.

1843년　여름, 상트페테르부르크를 방문해 두 달간 체류하며
8년 만에 한스카 부인을 만난다. 과로와 긴 여행으로
건강이 악화된다.

『어둠 속의 사건(Une ténébreuse affaire)』, 『지방의 뮤즈
(La Muse du département)』, 『잃어버린 환상』 3부 「발명
가의 고뇌」를 출간한다.

1844년　『인생의 첫출발(Un début dans la vie)』, 『사교계의 영

광과 비참(Splendeurs et misères des courtisanes)』 1부
와 2부, 『**카트린 드 메디치에 대하여**(Sur Catherine de
Médicis)』, 『**오노린**(Honorine)』, 『**떠돌이 왕자**(Un prince
de la bohème)』, 『**모데스트 미뇽**(Modeste Mignon)』, 『**고
디사르 II**(Gaudissart II)』를 출간한다. 『**소시민들**(Les
Petits Bourgeois)』은 원고 상태로 중단되었다가 발자크
사후 미완인 채로 『인간극』 전집에 편입되고, 『**농민들**
(Les Paysans)』은 신문 연재 중단으로 미완 상태로 남았
다가 발자크 사후 한스카 부인의 가필을 거쳐 전집에
수록된다.

1845년   한스카 부인에게 창작에 대한 부담을 토로한다. "참 딱
한 일입니다. 나는 하루에 16시간을 일합니다만, 아직
도 빚이 10만 프랑이 넘습니다. 그리고 나이는 마흔다
섯 살이고요! 슬프기 그지없는 일입니다." 한스카 부인
과 프랑스, 독일, 네덜란드, 벨기에, 이탈리아 등지를 여
행한다. 레지옹도뇌르 훈장을 받는다.

『**베아트리체**』 3부를 출간한다.(완간)

1846년   한스카 부인과 이탈리아, 스위스 등지를 여행하며 생활
한다. 8월, 퓌른 출판사에서 『인간극』 총서를 16권으로
완간한다. 한스카 부인과 결혼해 살 집으로 포르튀네
가(현 발자크가)의 저택을 매입하고 꾸민다. 한스카 부
인의 임신 소식에 결혼을 앞당길 수 있다는 기대에 부
풀었으나 11월 사산 소식을 듣고 낙담한다.

『**본의 아닌 코미디언들**(Les Comédiens sans le savoir)』,

『**사업가**(Un homme d'affaires)』, 『**사교계의 영광과 비참**』 3부, 『**현대사의 이면**(L'Envers de l'Histoire contemporaine)』 1부를 출간한다. 1830년부터 여러 차례 수정 및 분재했던 『**부부 생활의 작은 불행**(Petites Misères de la vie conjugale)』(《분석 연구》)을 단행본으로 출간한다.

1847년   2월~5월, 한스카 부인이 비밀리에 파리에 체류한다. 6월, 발자크가 유서를 작성한다. 9월, 한스카 부인의 집이 있는 우크라이나의 베르히우냐(Верхівня)로 떠난다.

『**사촌 베트**(La Cousine Bette)』, 『**사촌 퐁스**(Le Cousin Pons)』, 『**사교계의 영광과 비참**』 4부를 출간한다. 신문 연재 중이던 『**아르시의 국회의원**(Le Député d'Arcis)』은 발표를 중단해 미완 상태로 남아 있다가, 발자크 사후 미완 상태로 『인간극』 전집에 편입된다.

1848년   우크라이나에서 6개월 체류한 후 2월 파리로 귀환한다. 2월혁명을 접하고 국회의원 선거 출마를 고려하기도 하나, 9월 다시 우크라이나로 떠나 1850년 4월까지 그곳에 체류한다. 아카데미 프랑세즈에 네 번째 도전, 1849년 1월 선거에서 빅토르 위고의 적극적인 지지를 받았음에도 실패한다.

『**현대사의 이면**』 2부를 신문에 연재한다. 단행본은 발자크 사후인 1854년 출간되고, 1855년 『인간극』 전집에 편입된다.

1849년   1년 내내 우크라이나 베르히우냐의 한스카 부인 집에
        머문다. 건강이 악화된다. 한스카 부인은 러시아 황제
        에게 발자크와의 결혼을 청원하고, 남편 한스카 백작
        의 막대한 상속 재산과 영지를 포기하는 조건으로 허
        락받는다.

1850년   3월 한스카 부인과 결혼한다. 5월 한스카 부인과 함께
        파리로 돌아와 신혼살림을 위해 준비해 둔 포르튀네
        가 14번지 저택에서 지낸다. 계속 와병 중이던 발자크
        는 여러 날 동안 의식불명 상태에 있다가, 8월 18일 밤
        11시 30분에 사망한다. 생필립뒤룰 교회에서 장례식을
        치른 후 페르라셰즈 묘지에 묻힌다. 빅토르 위고의 유
        명한 추도 연설이 이뤄진다. "그 자신도 모르는 사이에,
        그가 원하든 원치 않든, 그가 동의하든 동의하지 않든,
        『인간극』이라는 이 방대하고 비범한 작품의 저자는 혁
        명적인 작가들의 강력한 혈족에 속합니다."
        한스카 부인은 발자크 사후 홀로 살다가 1882년에 생
        을 마친다.

세계문학전집 **490**

사교계의 영광과 비참 2

1판 1쇄 찍음 2026년 3월 24일
1판 1쇄 펴냄 2026년 3월 31일

지은이 오노레 드 발자크
옮긴이 이철의
발행인 박근섭, 박상준
펴낸곳 (주)민음사

출판등록 1966. 5. 19. (제 16-490호)
서울특별시 강남구 도산대로1길 62(신사동) 강남출판문화센터 5층 (우편번호 06027)
대표전화 02-515-2000 팩시밀리 02-515-2007
www.minumsa.com

© 이철의, 2026. Printed in Seoul, Korea

ISBN 978-89-374-6490-4 04800
ISBN 978-89-374-6000-5 (세트)

* 잘못 만들어진 책은 구입처에서 교환해 드립니다.